부 동 산 뎐

1. **이 책은 부동산 전문가인 김용민 전 강남대 부동산학과 교수가 대한민국 역대 대통령의 부동산 가격 대책과 부동산 정책을 분석하고 평가해 점수를 매긴 성적표다.**

2. 본문에 나온 단어나 문장 중 독자가 주목해야 할 부분은 고딕체로 굵게 표기했다.

3. 본문에 나오는 단어 중 추가로 설명이 필요한 것은 번호를 붙여 각주로 표시했으며, 책 후반부 '참고의 글'에 순서대로 설명해놓았다.

4. 문장 부호 중 단행본·신문·잡지·정기간행물은 《　》로, 영화·TV프로그램·논문은 〈　〉를 사용했다.

不動産傳

무흥산교

김용민 지음

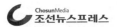
ChosunMedia
조선뉴스프레스

부동산 가격 대책을 둘러싸고 수십 년 동안 혼돈의 연속이다. 이론이 부재하기 때문이다. 이론을 바로 세우기 위해 제대로 걸어가야 할 길을 묻는 소리에 목이 타는 시대인 동시에 계절이다.

이 글은 부동산 가격 대책에 대한 올곧은 소리를 모색하기 위한 소설이자, 우리나라 역대 대통령들의 부동산 가격 대책들에 대한 평가서다.

부동산 정책은 동산動産의 대책과는 전혀 별개여야 하는 성격을 갖고 있다. 재화가 서로 다르기 때문이다. 부동산 정책을 평가하는 가치와 기준을 세우고 이에 의거하여 바른길을 모색하는 게 중요하다. 필자는 나름대로의 부동산 정책 평가기준을 세우고 그 기준에 의해 평가하는 노력을 시도해왔다.

필자의 기준에 의거한 가채점에 의하면 정상적인 업무를 수행한 역대 대통령들의 부동산 가격 대책들의 평가 점수는 다음과 같다. 100점 만점이다.

이승만 51점

박정희 43점

전두환 42점

노태우 45점

김영삼 58점

김대중 56점

노무현 24점

이명박 44점

박근혜 61점

문재인 23점

사실 대통령들은 전부 학점 미취득 F학점이었다. 대통령들의 체면을 생각해서 동일하게 10점씩 가산점을 부여했다. 그랬음에도 불구하고 10명 가운데 1명만이 겨우 D학점에 턱걸이했을 뿐이다.

점수 기준으로 등수를 매기면 1등 박근혜, 2등 김영삼, 3등 김대중, 4등 이승만, 5등 노태우, 6등 이명박, 7등 박정희, 8등 전두환, 9등 노무현, 10등 문재인이다.

의외로 여길 사람이 많을지 모르나 박근혜가 1등이고, 다음으로 김영삼, 김대중, 이승만, 노태우 순이다. 노무현과 문재인은 다른 대통령들보다 크게 떨어진다. 한 사람은 꼴찌이고 또 한 사람은 그 바로 앞이다. 심각한 것은 9, 10등이 8등과 비교할 때 현저하게 낮은 점수라는 점이다. 이 점수를 부여한 기준은 이 소설 속에 자세하게 기록되어 있다.

필자는 지금껏 저서는 물론 여러 편의 논문, 신문의 칼럼, 방송 등을 통해 우리나라 부동산 대책의 길을 제시한 바 있다. 그러나 이러한 노력이 특정한 목적을 갖고 정책을 이끌어가는 위정자들에게는 쇠귀에 대고 경 읽기였다.

부동산 가격의 결정과 변동의 원칙 등이 왜곡된 말들마저 오랜 세월에 걸쳐 여기저기에서 난무하고 있다. 부동산 가격의 본질과 그 변동을 제대로 이해하는 일은 국민은 물론 국가에 있어서도 매우 중요하다. 국민은 자신의 재산을 관리하기 위해, 정부는 바른 정책을 모색하기 위해 상호 깨어 있어야 한다. 더구나 정부가 이론에 취약하면 제대로 된 정책이 세워질 리 없다.

유전자나 화석의 검사를 통하여 친자나 문명의 흔적을 유추해보듯이 부동산 관련법의 변천을 통하여 역대 정권의 부동산 가격 대책이 어떻게 흘러왔는지를 파악할 수 있다. 이 소설은 종전에 쓴 필자의 논문 〈역대 대통령시대의 부동산법의 특징《부동산학보》 제47집, 한국부동산학회 2011. 12)〉을 기초로 골격을 만들었다.

책 하나를 세상에 내놓는다는 게 얼마나 힘든지를 다시 깨닫는다. 더구나 평소 흠모하는 수많은 시인, 소설가 등 작가들이 활동하는 이 땅에서 칠십 넘은 아마추어가 장편소설을 쓴다는 건 애초부터 무리한 시도였다는 생각도 든다. 탈고하고 출판을 위해 원고를 넘기고 보니 마치 늦둥이 자식을 출가시키는 기분이다.

저자는 어렸을 때 《조선일보》를 약 10여 년간 배달한 적이 있다. 힘은 들었지만 뉴스에 목말라하는 독자들에게 신문을 돌리는 일은 보람찼다. 한데 반세기가 넘은 지금 와서, 이번에는 저자의 부동산 책을 《조선일보》 자회사 조선뉴스프레스가 독자들에게 배포해주게 되었다. 이 각별한 품앗이 인연이 많은 사람에게 부동산값의 결정과 변동의 구조는 다양한 면에서 동산과 크게 다르다는 지식을 공유할 수 있게 해준다면 의외의 기쁨이 될 것이다.

감사드려야 할 사람이 많다. 이 분야의 이론을 개척해온 많은 선배·동료·후배 학자들의 연구에 먼저 감사드린다. 졸고를 책으로 내준 조선뉴스프레스, 편집과 교열 등에 도움을 준 친구 조남준 전《월간조선》이사, 그리고 여동생 김용희 박사, 제호를 써주신 허욱 교수에게 고마운 마음을 전한다.

끝으로 나로 인하여 평생 동안 늘 고생하고 속만 썩으면서도 자나 깨나 묵묵히 후원해온 내자에게 염치없이 말한다. "미안합니다."

북한산자락 우거寓居에서

| 차례 |

머리말   4

프롤로그   10

1장 우주대왕궁   17

2장 우주법정   47

3장 피고인 신문訊問

　　　1. 이승만(李承晩)   83

　　　2. 윤보선(尹潽善)   93

　　　3. 박정희(朴正熙)   99

　　　4. 최규하(崔圭夏)   140

　　　5. 전두환(全斗煥)   143

　　　6. 노태우(盧泰愚)   162

　　　7. 김영삼(金泳三)   204

8. 김대중(金大中)   218

9. 노무현(盧武鉉)   234

10. 이명박(李明博)   276

11. 박근혜(朴槿惠)   299

12. 문재인(文在寅)   330

4장 참고인 신문   417

1. 빠   419

2. 언론인·교수·정치인   429

3. 헌법재판관   445

4. 개발마피아   460

5. 우발적 황천 나그네   491

5장 최종 심판   503

참고의 글   517

1. 나는 어느 한적한 산길에 우연하게 만들어진 서낭당이다.

사람들은 산길을 걷다가 꽤 높은 돌무더기인 나를 금세 알아본다. 나를 향해 합장하여 기도하는 분, 엎드려 절까지 하는 분들마저 있다. 꽤 많은 사람이 나로 인해 마음의 위안을 얻는다. 나의 탄생은 아주 보잘것 없고 우연스러웠으며 우습기까지 했다. 하나 지금은 나의 존재가 많은 분께 위안을 주기 때문에 나는 유형물로서 자랑스러울 때마저 있다. 그래서 나의 탄생 이력을 공개하기로 한다.

예전 한반도 중부 어느 산길을 걷던 두 명의 젊은 처녀가 있었다. 두 처녀 중 한 처녀가 갑자기 대변이 마려웠다. 금세 쏟아낼 듯 변의가 느껴졌다. 때는 여름이라 산길 옆은 초목이 우거져 발 디딜 틈 없이 야생 들풀 등으로 빽빽했다. 아무리 둘러봐도 적당히 은폐하여 일을 볼 수 있는 장소가 보이지 않았다. 그래서 처녀는 어느 고갯길에 섰다. 길의 양옆이 확 트여 멀리까지 보이는 곳이었다. 그곳에는 무릎 높이의 꽤 넓고 큰 바위가 있었다. 그 바위 위에서 일을 보기로 했다. 산길을 오가는 사람들을 쉽게 발견할 수 있는 곳이었기 때문이다. 일을 치르다가 다른 길손의 눈에 띨 것 같으면 금방 단정한 옷차림으로 변신하기에 좋은 장소라고 여겼다. 그 바위는 쉽게 올라앉을 수 있었다. 친구에게 망을 보게 하고 그 바위 위에서 일을 보았다. 다행히 일을 볼 동안 오가는 사람들이 없어 남의 눈에 띄지 않고 일을 시원하게 볼 수 있었다. 그러나 이번에는 싸놓은 변이 마음에 걸렸다. 냄새도 났다. 그래서 그 변이 잘 눈에 띄지 않도록 친구와 함께 몇 개의 납작한 작은 돌로 덮었다.

그 후 산길을 걷던 어느 나그네가 그곳에서 냄새가 나니까 또 몇 개의 돌을 그 위에 더 얹었다. 그러던 중 어느 날부터 또 다른 나그네 가운데 일부는 소원을 비는 마음으로 그곳에 하나 둘 돌을 더 얹었다. 그리하여 나는 점점 더 높아지고 넓어지는 돌무더기가 되어갔다. 꽤 큰 규모의 돌무더기가 만들어졌을 때부터는 적지 않은 산길 나그네가 내 옆에 머무르며 가벼운 묵례를 하기도 했다. 내 옆을 지나는 길손들에 의해 그 후에도 계속 나는 넓이와 높이가 커졌다. 나는 꽤 긴 세월을 거치는 동안 자연스럽게 상당히 규모가 큰 서낭당처럼 된 것이다.

내 옆을 지나는 분들 가운데 별 관심 없이 걷는 분들도 많지만 나에게 지극한 관심을 갖는 분들 또한 적지 않다. 이제는 제법 돌들이 많이 쌓여 내 앞에서 합장하는 사람, 드물기는 하지만 엎드려 절까지 하는 사람마저 있다. 나는 우연히 만들어졌지만 결코 적지 않은 분들을 위로하는 존재인 셈이다. 이러한 모습에 나는 나의 존재에 대해 자부심마저 느낄 때가 있다. 하지만 근래 들어 내 마음은 매우 심란하다. 나를 악용하여 옆에 거대한 돌탑을 세우고 보호림까지 훼손하며 문화재를 땅속에 파묻는 방식으로 관광명소화 하여 관람료를 받으려고 하는 장사꾼의 손길이 뻗쳐오기 때문이다. 또한 나를 섬겨야 세상이 평등해진다고 선전하면서 자신의 이권을 챙기는 그룹마저 나타나 내 마음은 가끔 어지럽기까지 하다.

나는 성이 토지다. 이름은 공개념. 그래서 내 풀네임은 토지공개념土地公槪念이다. 나를 영문으로 번역하면 land kong-conception이다. land public conception이라고 쓰면 다양한 혼돈을 야기한다. 왜냐하면 나의 이름으로 쓰는 내용을 상징하는 정확한 말은 지구촌 어디에도 없기 때문이다.

나는 한국에서 태어났다. 그리고 한국의 여러 사람이 나를 부른다. 나는 비록 무형물이지만 마치 유형물인 서낭당처럼 꽤 많은 분의 관심을 받는 존재가 되기도 한다(이 책 각주 11에서). 그러나 나로 인해 그동안 국토는 다양하게 수난을 당해왔다. 많은 국민 또한 고통을 겪어왔다. 그 고통은 있는 분들에게는 작았지만 없는 분들에게는 더 가혹했다. 그러함에도 불구하고 얼마 전에는 정부가 내놓은 헌법개정안에까지 내 이름을 등장시키는가 하면 지금도 일부 사람은 나를 부동산 정책의 보배인 것처럼 찬양하기까지 한다.

2. 한때 어떤 지도자는 주택지를 정하는 기준을 적군의 포화로부터 안전한 곳이어야 한다는 잘못된 신념 속에서 대단위 택지개발을 강행하기도 했었다. 또 다른 지도자는 부동산값이 비싸지면 수도를 옮겨야 한다고 우겨대서 사실상 수도 기능의 대부분을 이전시킨 경우도 있었다.

세월이 흘렀다. 핵무기와 미사일이 개발된 지금은 적군의 포격으로부터 위태롭지 아니한 국토는 단 한 군데도 없다. 한편 세종시의 집값은 서울 집값을 뺨칠 정도로 비싸졌다. 이들 지도자들의 논리에 의한다면 안전한 주택지를 개발하려면 국외로 눈을 돌릴 수밖에 없고, 또 다른 행정도시를 물색해야 한다는 말인가.

혼돈의 길은 여러 갈래다. 혼돈의 세상에서는 어디로 가든지 목적하는 곳이 나타나지 않는다. 그래서 종종 어둠 속을 방황하는 길손들은 제비뽑기를 하거나 또는 흙탕물을 막대로 내려쳐서 물이 많이 튀는 쪽을 향하여 나아가기도 한다. 그러나 그러한 방법으로는 혼돈의 미로에서 빠져나오는 건 불가능하다.

잘못된 정책은 국민들의 삶을 피곤하게 만든다.

중요한 지방선거가 있었다. 부동산 민심이 흉흉했다. 국토의 집중화 개발과 똘똘한 한 채로 몰아가는 부동산 가격 대책들이 부익부 빈익빈을 극도로 심화시키고 있었다. 가난한 분들은 상대적인 박탈감에서 허탈해했다. 있는 자들은 공시가격을 기계적으로 운용하도록 하는 장치들로 인하여 언짢아했다. 대부분의 국민이 부동산 문제로 신경질적인 상태에 놓였다. 그래서 이러한 일을 벌인 무리에 대하여 매서운 회초리를 가하였다.

지방선거 참패.

무리는 매우 아팠다. 무리의 지도자 격 인물들은 너도나도 국민들을 향해 다음과 같이 외쳤다.

잘못했습니다

목이 쉬도록 외치고 또 외쳤다. 그러나 무리는 스스로가 무엇을 어떻게 잘못했는지에 관하여는 깜깜이었다. 그래서 그들은 결국 혼돈의 길로 다시 걸어가기 시작했다. 그러고는 다음과 같은 자위의 넋두리를 되뇌었다.

그냥, 걸어왔던 길로 가야 일관성이라도 있지

그러자 국민들은 발을 동동 굴렀다.
이를 어찌해야 하나!

1장

우주대왕궁

우주를 관장하는 우주대왕에게 어느 날 한 통의 상소문이 올라왔다.

하느님과 염라대왕께 올리는 상소문

하느님, 예수님, 부처님, 염라대왕님.

저는 지구촌 꼬레아 전라도 농촌에서 태어나 주로 서울에서 생활해온 올해 72세 된 여성 고복순입니다.

제가 갓난아이 적에 3년 동안의 전쟁에 휩싸이게 한 6·25가 터집니다. 제 아버지는 이 전쟁 발발 다음 해 전사합니다. 해서 홀어머니 아래 시골에서 다섯 남매가 어렵게 생활하여야만 했습니다. 저는 막내였고요. 늘 끼니 걱정에 배가 고파 초등학교를 그만두고 무작정 상경하였지요. 재봉사, 청소부, 가정부, 배달부 등 잠자고 먹는 시간을 빼고는 열심히 일했습니다. 그러다 할아버지의 고향인 제주도 출신의 착하고 근면한 청년을 만나 결혼을 했습니다. 시아버지는 제주 4·3사건으로 희생되었다고 합니다. 아버지를 전쟁 전후 잃었다는 공통점이 있었기에 우리 부부는 더 서로 격려하며 열심히 살아왔는지 모릅니다.

우리 부부는 향학열도 높았습니다. 낮에 일하고 밤에 공부하여 좋은 성적으로 고등학교를 마쳤습니다. 60세 넘어 방송통신대학을 우수한 성적으로 졸업하였지요.

우리는 아들 둘도 두었습니다. 열심히 피땀 흘려 일한 끝에 이놈들이 초등학교 입학하기 전에 서울 중부시장 한 곳에 자그마한 건어물 상점을 차릴 수 있었습니다. 장사를 잘해서 그럭저럭 돈도 모았습니다. 1980년대에 은행 대출을 끼고 강남에 중형 새 아파트를 분양받았습니다. 자식들을 키워가며 분양대금을 갚아가야 했기에 열심히 일만 하며 살았습니다. 지금은 품엣 자식 둘 전부 성가하였지요. 다 좋은 직장에 취직하여 오순도순 생활하고 있습니다. 이제는 귀여운 손자도 다섯이나 두었지요.

우리 동네는요, 제 고향 사람이 매우 드뭅니다. 그래서 동네 공원 조기회에 가서 다른 지역 출신 사람들과 반갑게 인사 나누며 서로 다정하게 운동하곤 했습니다. 다른 지방 사람들과 어울리는 게 흥미롭고 배우는 게 많았습니다. 제가 부족했기에 낮은 자세로 늘 먼저 인사를 올렸지요. 언제나 이웃을 형제처럼 여기고 다가갔지요. 그러면 동네 사람들도 반갑게 저를 맞이하였습니다.

그런데요, 이러한 반가움이 여지없이 깨지는 때가 있답니다. 선거철이지요. 특히 대선大選 때만 되면 점잖으신 이웃들이 갑자기 좌빨이네, 종북이네 하는 말들을 하면서 큰소리로 이야기하다가 제가 나타나면 조용해집니다. 어느 날, 그들이 제 고향 사람들을 무조건 **좌빨**로 부르는 걸 보고는 깜짝 놀랐습니다. 제 아버지는요, 6·25 전란 때 국군으로 참전하였다가 전사하셨고요, 제 두 아들은요, 하나는 공수부대에서, 또 하나는 해병대에서 자랑스럽게 군복무를 마친 건강한 예비역입니다.

저를 더욱 슬프게 했던 일이 있었습니다. 친한 이웃이 좌빨의 시선으로 저를 대하는 걸 알게 된 것입니다. 평소 땐 형제보다 더 친하게 지낸 또래의 이웃이 있었습니다. 같은 복도를 오랫동안 공유해온 옆집 가족이었지요. 이 이웃을 우리 가족은 교수님댁이라고 부릅니다. 옆집 아저씨가 당시에는 유수한 대학의 유명 교수였거든요. 평소에 경외하며 친절한 이웃사촌으로 수십 년 동안 지냈습니다. 특히 우리 부부는 열성을 다해 이웃 교수님 가족을 챙기고 섬겼습니다. 교수님댁과 친해서 그랬는지 제 아들 둘은 공부를 썩 잘했지요. 옆집 아이들과 친하게 지내며 성장했습니다. 그러던 어느 날이었습니다. 동네 조기회 운동에 갔을 때였습니다. 동네의 지인들끼리 서로 흥분하며 그놈의 "좌빨" 하는 노래를 부르는 것이었습니다. 그 자리에 옆집 교수님 부부가 함께 어울려 아주 강한 어조로 합창하는 모습을 보고는 깜짝 놀랐습니다. 물론 제가 옆에 온 걸 잘 모르고 부른 분단팔이 노래였지요. 저를 발견하고는 깜짝 놀라며 좌빨 노래를 잠시 멈추었는데, 그날 이후로 친한 이웃조차 선거철만 되면 굳은 표정으로 저를 향해 좌빨의 시선을 강하게 보내는 걸 알았습니다.

세상에! 선거철이 되면 교수도 좌빨 노래를 부르는구나. 이 땅에 지성은 없구나 하고 세상을 탓한 적도 있었지요. 제가 배움은 적지만 세상 윤리를 어느 정도 판단하는 분별력은 갖추려고 늘 노력하며 살아왔거든요. 좌빨은 강자에게 아부하는 거잖아요. 아부하여 제 한 몸 건사하려는 거잖아요. 남을 매도하고 공격하기 위한 거잖아요. 거기에다가 마녀사냥에 안보·분단팔이가 더해진 거잖아요.

나중에 그 교수 댁이 궁금했습니다. 다른 이웃이 전하는 말에 의하면 그 교수는 물론 자신의 두 아들 중 한 명 또한 병역 기피자였답니다. 또 한 명은 술수를 부려 의병제대를 했다는 사실에 깜짝 놀랐습니다. 그러나 옆집 가족의 군복무 이력을 우리 부부는 지금껏 모른 체하고 지내고 있습니다. 아는 체하면 이웃이 부끄러워할 수도 있으니까요.

선거철이 지나면 언제 좌빨 노래를 불렀냐는 듯이 잠잠해집니다. 그러나 다시 선거철이 되어 평소 친절한 교수 댁 이웃이 저를 향해 좌빨의 시선을 보낼 때면 세상이 몹시 서글퍼지기까지 했습니다. 한때는 상호 다정하게 지내온 세월들이 허망하기까지 했었지요. 그분들은 "좌빨, 좌빨" 하다가 대선이나 총선 결과가 분단팔이 노래꾼들의 뜻대로 나오면 얼굴이 활짝 펴지고요, 반대로 나오면 화난 얼굴이 되어 간헐적으로 계속 좌빨 노래를 더 힘차게 불러대곤 하였습니다.

그러나 저는 그러한 성향이 제가 항의한다고 바뀔 것이 아님을 잘 알고 있습니다. 제가 배움은 부족하지만 사람들의 성향은 잘 눈치챕니다. 그래, 그렇고 말고, 하면서 강자에게 아부해야 생명을 부지했던 우리 조상들의 왜곡된 서글픈 문화유산이지 하고 체념한 채, 수십 년을 지내오고 있습니다. 요즘에는 그러한 노래들이 조금 여려진 것 같기도 합니다. 아마도 노인네들보다 젊은이들이 좀 더 깨어가는 것 같아 다행입니다.

물론 선거철에 특정 지역에서 태어났다는 것만으로 선한 이웃이 저를 그렇게 바라보는 것이 과거 저에겐 큰 아픔이었지요. 마치 빨간 찔레꽃에 찔린 것처럼 슬퍼 우울증까지 앓은 적이 있었습니다. 그러나 이 땅에 살고 있는 한 언젠가는 저 마녀사냥이 사라지겠지 하고 가볍게 넘기기로 했습니다. 어쩔 수 없는 운명이려니 하고요. 그 노래 부르기의 밑바닥에 연약한 우리 민족이 벌이는 약육강식의 서글픈 정서를 대하고 오히려 제 스스로 연민의 눈물을 흘린 적마저 있었으니까요.

그런데요, 대왕님. 이번에는 좌빨 노래가 저를 괴롭히는 것이 아닙니다. '투기야(정의팔이용)'라고 하는 노래가 저를 슬프게 합니다. 우리 부부가 억척같이 일해서 번 돈으로 거의 40년 전에 마련했고 은행 빚을 전부 갚는 데 만 30년이나 걸린 보금자리입니다. 저희는 이 집을 분양받은 후 단 한 차례도 이사한 적이 없습니다. 그런데도 요즈음엔 투기꾼이 사는 집이라고 하는 오명 땜에 속이 상합니다. 이 집은 지하주차장도 없어 지상에 주차를 합니다. 늦은 밤이면 주민들끼리 주차 전쟁을 벌입니다. 건물이 너무 오래되어서 재건축을 열망했습니다. 15년 전부터 재건축을 추진했습니다만 여의치 않았습니다. 과거 노무현 대통령 재임 때 재건축을 하기로 거의 성사된 적이 있었습니다. 그러나 중간에 재건축 허가가 더 까다롭도록 법을 고치거나 새 법을 만들어서 재건축 연한 연장, 재건축 조합원 지위 양도제한 등으로 재건축을 못 하게 했습니다.

그러다가 세월이 지나서 이런 방해 요소를 가진 법의 시행이 유보됐는데, 최근에는 문재인 대통령이 등장해서 또 더욱 시끄러워졌습니다. 다시 투기 노래가 부활하는 것이었습니다. 재건축 연한이 넘었어도 안전진단을 까다롭게 시행령을 고쳤습니다. 아주 위험하다는 진단을 받아야 재건축이 허용된다는 내용입니다. 내 집 허물고 내 집 짓는 데 초과이익 환수 대상이니 거금을 부담할 각오를 하라고 으박지르기까지 합니다. 저는 정부가 그동안 행한 재건축 방해의 부당함을 개선하기 위해 주민단체장으로서, 또 개인으로서 수많은 곳에 청원을 했습니다. 그렇지만 돌아오는 대답은,

투기야, 투기야
토지공개념
주택공개념
투기와의 전쟁
주택은 공공재다
다주택자는 범죄자다
공개념은 신도시다
균형은 수도이전이다
투기는 묻지마 규제를 방해하는 것이다

투기는 묻지마 공영개발에 참여하지 않는 것이다

하는 노래들이었습니다.

내가 왜 투기꾼이냐고 항의해봐야 아무런 소용이 없습니다. 요즘엔 더욱 방해가 심해졌습니다. 코로나 국회가 절대다수를 차지하고 있기 때문입니다. 아무리 이곳저곳 호소를 해봐도 막무가내입니다. '투기야' 노래를 부르는 꾼들은 코로나19를 등에 업고 제 가슴을 시리게 합니다. 언젠가 가시에 찔려 나를 눈물겹게 했던 좌빨 노래보다 더 큰 아픔으로 다가왔습니다. 이번에는 빨간 찔레꽃보다 더 검붉은 찔레꽃에 찔린 것처럼 더 많이 아파 눈물도 흘렸고요. 이제 이승을 하직할 때가 그리 멀지 아니한 나이인데 무슨 꼴을 당하고 있는지 모르겠습니다. 민간끼리 벌어지는 편향된 갈등이 아닙니다. 정부가 앞장서서 노래 부르고 있으니, 이에 맞서는 일은 계란으로 바위치기입니다.

주택은 생활의 대상이지 투기의 대상이 아닙니다. 그런데도 현정부는 주택을 투기의 대상으로 봅니다. 왜 주택이 투기의 대상입니까. 이용의 대상이 주택 아닌가요?

만약 부동산값을 인위적으로 상승시키는 활동이 투기라고 가정한다면 저는 평생 부동산 투기 한번 해본 적 없습니다. 오로지 내두 아이를 곱게 키운, 정이 깊게 밴 이 동네에서 여생을 마무리하고 싶습니다.

비록 낡은 콘크리트 건물이 즐비한 동네이긴 합니다만 이 동네 구석구석 우리 가족의 숨소리가 배이지 않은 곳이 없습니다. 동네에 있는 것만으로도 그 숨소리를 듣지요. 공부 잘하고 건강한 자식들과 손자들의 다정한 음성을 듣지요. 설혹 이 헌 집을 헐고 새집을 짓는다 해도 동네는 물론 인근 도로와 공원 등에는 수십 년간 살아온 우리 가족의 온기가 생생하게 살아 꿈틀대니까요. 재건축도 하루빨리 했으면 좋겠습니다. 새 둥지를 자식에게 상속할 수 있다면 아무리 품어도 그 귀여움이 식지 않는 손자·손녀들과 그후 태어날 후손들의 숨결까지 느낄 수 있을 테니까요. 또한 이들은 제가 자식들과 뛰놀았던 것처럼 이 동네를 수없이 누빌 수 있을 테니까요. 이 동네 구석구석이 제 아이들과 지낸 다정한 추억의 샘이자, 소중한 추억의 강물입니다. 그 강물에서 헤엄치며 자손대대로 살고 싶은 꿈이 있는데 투기꾼 몰이가 웬 말입니까.

이제는 늙어 가게도 접었습니다. 국민연금과 그동안 저축해놓은 돈으로 그럭저럭 생활하고 있습니다. 많지 않지만 불우이웃 돕기도 하고 해외 난민이나 빈곤국을 돕기 위한 성금도 수십 년째 매월 해오고 있습니다.

그런데 제가 살고 있는 집은요, 며칠씩 비웠다가 돌아와 수도꼭지를 틀면 얼마 동안은 녹물 섞인 노란 물이 나옵니다. 누군가는 환경호르몬 덩어리라고도 합니다. 이 집에서 또 얼마나 고생해야 헌 집 허물고 새집 지을 수 있는 것인지 답답하기만 합니다. 십수 년 동안 규정 때문에 묶이고, 안전진단 때문에 묶이고, 부담금 때문에 묶이고… 묶인 이곳의 주민들은 최근 들어 왜 정부가 존재하는지에 대하여 회의감마저 느끼고 있습니다. 정부에서는 신도시를 지을 테니 이 집 팔아 신도시로 이사하면 돈도 많이 남을 텐데 무슨 그런 배부른 소리냐 하는 시선입니다. 심지어 최근에는 공공의 재화인 용적률을 미끼로 사유재산을 공영개발의 대상으로 강요당하는 일까지 벌어지고 있습니다. 제 신랑이 이 억울함을 호소하는 글을 SNS에 올리면 위로는 못 해줄지언정 소위 '무슨 빠'라고 하는 사람들이 무더기로 나타나 오히려 저희를 범죄자인 양 몰고 가기도 합니다. 저는 좌빨로 받았던 상처 후유증이 여려질 만하니 이제는 투기꾼으로 몰려 우울증으로 매일 신경안정제를 먹어가며 겨우 생활하고 있는 할망구입니다. 아무리 정부에 호소를 해봐도 막무가내입니다. 오히려 저를 향해 정부는 서슬 퍼런 표정으로 '투기와의 전쟁'이라는 노래만 부릅니다. 또한 인터넷을 보면 정부가 하는 투기꾼 노래에 언제냐 싶게 달려든 벌떼 같은 분들이

투기꾼
강남 투기꾼
강남 할망구 배부른 소리 마라
이 땅에 부동산 투기 씨가 마를 때까지
투기야 노래를 부를 거야
투기가 있어야 우리가 안보팔이, 정의팔이 마녀사냥으로
왕따놀이를 즐길 수 있지

하고 저의 호소를 깔아뭉개고 짓밟습니다.
강남에 오랫동안 산 게 죄인가요? 강남 집값이 비싸진 게 제 죄인가요? 평생 살아온 내 집 재건축하고 싶어 하는 게 죄인가요? 희

망하는 새집 지어 살다가 여건 되면 상속세 물고 대대로 이곳을 둥지로 정하고 싶은 소박한 울 가족의 꿈이 죄인가요?

코로나19 계절에 아직은 코로나 귀신이 절 잡아가지 않았기에 이승에서 억울하게 당하고 있는 이 고난을 풀기 위해 어찌할 수 없어 머잖아 제가 향할 저승에 호소드리는 바입니다. 제가 무리한 요구를 하는 것인가요? 하느님, 염라대왕님, 옥황상제님 꼭 부디 살펴주옵소서!

제발! 부디!
하느님!
염라옥황대왕님!

특정 지역 출신이었기에 받았던 좌빨 설움보다 특정 지역의 주택에 산다고 해서 주홍글씨를 씌어 투기꾼으로 매도되어 눈물 어린 헌 주택에서 검은 찔레꽃 가시에 찔리는 아픔의 나날이 더 괴롭습니다. 특정 지역 출신이 죄인가요? 특정 지역 거주가 죄인가요? 이승에서는 더 이상 호소할 곳이 없어 대왕님께라도 시비를 가려주십사 하여 이 글을 올립니다.

– 좌빨 피해 수십 년, 투기꾼 피해 십수 년째 몰려
늘 우울증 약을 먹고 사는 고복순이 하느님과 염라대왕님께 올림

땅신으로부터 전해온 이 글을 읽은 우주대왕은 가볍게 쓴웃음을 지었다. 우주대왕을 하느님, 염라대왕, 그리고 옥황상제라고 표현했기 때문이다.

"모르면 제대로 표현하기가 어려워지지" 하고 우주대왕은 작은 소리로 말한다.

어느 날 우주대왕은 거슬리는 소리들로 인하여 밤잠을 설치고 잠에서 깨어났다.

그 소리는,

좌빨, 좌빨

하는 합창이었다.

그 소리를 합창한 사람들이 흩어진 광장에는 찢긴 태극기와 성조기가 뒤섞인 쓰레기들이 나풀댔다.

이윽고 또 다른 날, 또다시 우주대왕의 밤잠을 방해하는 소리가 들려 왔다.

투기, 투기, 투기!
부동산 투기!
투기, 투기, 투기!
토지공개념!
주택공개념!
부동산 투기와의 전쟁!

릴레이식 합창이었다.

그 소리를 지른 사람들이 흩어진 광장에는 타다 만 초 토막과 촛농들이

어지럽게 쓰레기와 함께 널브러져 있었다. 구겨지고 찢긴 태극기와 성조기도 보였다.

좌빨 합창에는 정부 관료들이 직접 나서지는 않았다. 그러나 투기 합창에는 정부가 직접 앞장서서 리드했다. 최근에는 안보와 정의를 동시에 판다. 지구가 요즘 기가 막히다.

우주 속 한 구성원으로서 지구의 탄생은 원래 우주의 법칙에 따랐다. 태양 속에서 오랫동안 평화롭게 존재하라는 법칙. 하나 그 안에 매우 탐욕스러운 존재가 있어 종종 우주의 질서를 거스르는 일이 발생하기도 한다.

생명들은 원래 그 나름대로의 에너지만을 소비하도록 설계되어 있었다. 그러나 주어진 설계를 거역하며 살고 있는 생명이 있으니 그 이름은 호모 사피언스다.

우주대왕은 인간이 내세운 대왕이 아니다. 우주의 탄생과 동시에 함께 하다가 우주가 소멸하면 그 운명 또한 같이하는 단 하나의 존재다. 지구촌 사람들은 그를 하느님 또는 옥황상제나 염라대왕 등의 수많은 이름으로 부르기도 한다. 우주의 질서를 우주의 섭리에 따르도록 다스리는 왕, 그는 중성이다. 해서 슈퍼 퀸이라 부르기도 하고 퀸 대신 킹이라고 부르기도 한다. 그는 우주와 운명을 같이하므로 처음도 없고 끝도 없다. 우주의 탄생과 소멸이 그의 처음이고 끝이기 때문이다.

우주대왕은 사람이 죽으면 반드시 거쳐야 하는 천국을 다스린다. 그는 변신술에 능수능란하다. 공간을 축소하거나 확대하는 능력 또한 무한대다. 시간을 길게 늘어뜨리거나 짧게 축소시키는 능력도 탁월하다. 자신의 몸을 필요에 따라 수백, 수천, 수억 개 이상으로 동시에 나누어 운용하기도 한다. 그러므로 지구촌에서 갑자기 수많은 인명이 희생되어 우주재판이 열리더라도 지체되는 일이 없다. 우주대왕은 자신이 있어야 할 곳에 어느 때나 존재하기 때문이다.

원래 사람의 수명은 10,000년이었다. 사람 대부분 자신의 유전인자의 명령을 받고, 스스로 교육받은 사회적 관계를 고려하며 산다. 유전인자의 수명은 역시 10,000년. 지구촌 사람들은 원래 수명의 100분의 1밖에 살지 못하고 이승을 뜬다. 그래서 9,900년의 못다 한 수명은 저승에서 관리한다.

대왕은 사람이 죽어 저승에 오면 10,000에서 지구에서 살아온 기간을 뺀 남은 기간 동안 지낼 곳을 배정한다. 배정되는 곳은 세 곳 중 하나다.

지상에서 선하고 이웃에게 좋은 일 많이 했다고 판단된 경우에 보내는 곳은 공기 좋고 먹을거리 풍부하며 산천초목이 수려하여 늘 맑은 물이 흐르는 포근하고 언제나 온화한 기후가 펼쳐지는 공간이다. 이를 청천국淸天國, 즉 맑은 천국이라고 부른다. 다종다양한 아름다운 환경 속에서 자유롭고 풍요로우며 범죄의 발생이 거의 없이 평화가 늘 넘실대는 공간이다.

지상에서 한 일이 착한 일과 악한 일이 겹쳐있어 그 경중이 엇비슷한 나그네들이 향하는 곳은 모기와 파리 등 유해 곤충들이 득실대고 스모그가 연중 스멀대는 공간이다. 이를 오천국汚天國, 즉 흐린 천국이라고 부른다. 이곳은 환경이 다양하지 못하며 자유가 제한되고 가끔 끔찍한 범죄가 발생하여 천국 주민들의 재심사건도 자주 발생하는 공간이다.

지상에서 한 일이 선행보다 악행이 너무 커서 불량한 나그네로 판정받은 경우에는 흐린 천국보다 훨씬 열악한 천국행을 시킨다. 혐오 곤충이나 세균, 바이러스는 물론 스모그, 홍수, 메르스, 코로나, 매연 등이 득실대어 언제나 뿌연 연기 속에 콜록거리며 살아간다. 온몸이 수많은 벌레로부터 공격을 당하여 퉁퉁 부은 채로 겨우 목숨 부지하며 갇혀 사는 나그네들이 밀집해있는 공간이다. 이를 마천국魔天國, 즉 악마 천국이라 부른다. 이곳은 환경이 최악일 뿐만 아니라 늘 불안에 쫓기고 수많은 종류의 감옥이 있어 천국 주민들의 죄과에 대한 응보가 행해지는 공간이다.

이와 같이 천국은 맑은 천국, 흐린 천국, 악마 천국으로 나뉜다. 세 종류의 천국 중 어느 하나가 이승을 떠난 자가 가야 할 곳이다. 이승에 있을 땐 자신이 어디로 향할지 알 수 없다. 또한 이승에서 단숨에 저승으로 온 경우라고 하더라도 그의 본래적인 성향을 분석하여, 있어야 할 천국의 종류를 배정한다. 이승에서 스스로 오만에 빠져 맑은 천국을 간다고 과신하는 건 어쩔 수 없다. 어차피 셋 중의 한 곳으로 향하는 확률은 형식상 33.333%이니까. 그러나 대왕은 제비뽑기를 좋아하는 분이 아니기 때문에 33.333%로 배정될 확률은 제로다. 맑은 천국에 절반이 있을 수도 있고, 악마 천국에 절반 넘게 배정될 수도 있다. 그 배정량을 정확하게 알고 있는 이는 우주대왕뿐이다.

천국에 이르러 우주재판에 임해서야 나그네들은 맑은 천국으로 가고 싶어 한다. 또한 적어도 악마 천국은 피하려고도 한다. 그러나 그것은 나그네 본인이 결정하지 못하고 대왕 앞에서 재판이 열려야 배정된다는 것을 죽어서야 깨닫는다. 저승에 온 나그네들은 너나없이 지상에서의 자신의 삶을 회상해본다. 그러나 이미 주사위는 던져졌다. 용서나 회개는 차후의 일이다. 한 번 황천 나그네의 천국행이 정해지면 육신의 탈을 쓴 그의 영혼은 우주대왕의 재심이 없는 한, 수천 년을 맑은 천국, 흐린 천국, 악마 천국 가운데 단 한 곳에서만 지내야 한다.

일만 년 가까운 세월이 흘러 천국에서의 정해진 시간을 다 보낸 후에 수행자인 나그네들은 또 다른 생명이나 물건으로 거듭난다. 물론 같은 종의 생명으로 거듭날 수도 있다. 이때에도 대왕의 약식재판이 있는데 이 재판을 통해서 새 생명을 얻거나 물건이 된 자들이 있을 공간이 재배정된다. 그곳은 천국일 확률보다는 비천국일 확률이 매우 높다. 물론 지구가 될 수도 있다. 이와 같이 천국에서의 삶이 어떠하였는가를 다시 평가하여 사람이 사람으로 또는 다른 동물, 또는 식물로 다시 태어나거나 무생물로 지정돼 우주를 관장하는 질서에 따라 존재하게 되는 것이다. 그러나 여기에서는 천국에 관한 이야기로 영역을 한정하기로 한다. 세 천국 중 어느 하나로 배속되는 우주대왕의 재판을 스케치해봤다. 그것도 우주법정에서 최초로 열린 부동산 재판을 통해 말이다.

지구촌 사람들은 스스로 도구를 만든다. 그 도구들로 지구촌을 자신들의 놀이공간으로 개조해가는 능력이 탁월하다. 이러한 탁월한 능력을 바라보는 대왕의 마음은 그렇게 편하지 못하다. 원래 인간의 설계에서 오류가 발생한 걸 발견했지만 아직은 우주의 질서까지 위협하는 극한의 정도에 이르지 않았기 때문에 좀 더 추이를 두고 보기로 했다.

만약 우주의 질서를 심각하게 훼손하는 이기적 인간을 대면하면 어쩔 수 없이 지구에서 인간을 포기해야 한다. 지구촌에서 인간을 포기하는 건 대왕의 본뜻이 아니다. 우주를 지켜내기 위한 고육지책일 뿐이다. 사람보다 더 소중한 건 우주니까, 즉 땅이니까 말이다.

이기적인 인간들이 우주의 근본 질서를 적극적으로 거슬러온 지 수백만여 년. 인간들은 원래 자신들의 생활에 필요한 최소 에너지만을 사용해야 하는 명을 받고 태어났다. 그러나 아마도 대왕의 인간설계에 실수가 있었나 보다. 이들은 주어진 에너지 이상을 쓰기 위해 한없는 경쟁을 한다. 심지어 그렇게 에너지를 많이 소비할 수 있는 능력을 선진先進이라고 이름 붙이고 논다. 그래서 최근 지구촌 나라들은 하루빨리 선진국이 되기 위해 열을 쏟기도 한다. 이들 경쟁의 열기로 지구촌이 몸살을 앓고 있다. 이러한 놀이를 최근 대왕은 우려의 시선으로 바라보고 있다.

야만과 오만 덩어리인 사람들은 스스로를 만물의 영장이라고 부르기도 한다. 그러고는 약탈을 일삼는다. 수많은 지구상의 동식물이 이들 야만에 희생되었다. 그리고 지금도 이러한 약탈은 계속되고 있다. 그러나 아무리 약탈을 자행해도 그들은 유한한 존재다. 그래서 그들은 늘 불안하다. 이러한 불안을 없애기 위해 유전공학을 활용하기도 한다. 그들 스스로의 수

명을 유전자의 수명인 10,000년까지 연장하는 기술도 추구하고 있다. 만약 그날이 온다고 하여도 대왕은 크게 개의치 않을 것이다. 에너지만 제대로 사용해준다면. 유전자의 수명을 배로 늘려 20,000년 또는 100,000년이나 1억 년 등으로 바꿔놓으면 되니까.

또한 대부분의 사람은 이승에 있을 동안 불안을 잠재우기 위해 자신들의 신神을 만든다. 그리고는 그 신을 섬긴다. 원래 지상에서의 다양한 인간들이 만든 신들의 모습은 땅의 소산물이었다. 자신들이 오랫동안 생활해 온 땅이 달라지면 신의 모습 또한 달라졌다. 유목민은 유일신唯一神을 섬겼고, 정착민은 다신多神을 믿었다.

어떤 인간들은 자신들이 만든 신을 통해 지구에서의 야만을 속죄받으려고도 한다. 대왕의 눈에는 우스운 모습이다. 오만이 하늘을 찌른다고 생각한다. 이들이 하는 행동이 기가 막히고 안타까울 뿐. 원래 이들을 땅에 내보낼 때 놓친 설계 실수다. 전지전능의 대왕도 실수할 때가 있나? 아마도 실수는 아닐 것이다. 그냥 지켜보고 관리하는 것일 뿐.

대우주를 관장하는 한가운데 왕궁이 있다. 이 왕궁은 지구촌 가부장적 권위주의자 나라들처럼 크고 웅장한 건물이 아니다. 마치 투명 유리에 세워놓은 놀이공간처럼 생겼다. 이곳에 아무리 세월이 흘러도 변하지 않는 단 하나의 존재, 우주대왕이 있다. 우주대왕은 워낙 나이가 많기 때문에 법정에서는 피고에게 자연스럽게 반말을 한다. 대왕의 반말은 부모가 자식에게 하는 것처럼 짙은 애정이 배어있다. 자신을 보좌하는 수많은 신에게도 오직 한 분인 어머니나 아버지 격인 대왕이다. 특히 대왕은 우주법정에서 오로지 자신만이 개정과 폐정을 명하기 때문에 심판의 효율과 명확성을 위해 가식적인 존댓말을 쓰는 걸 최소화한다. 특히 피고에게는 거의 반말을 쓴다. 반말이 존댓말보다 피고에게 훨씬 감성과 이성의 전달을 명확하게 할 때가 많으니까.

어느 날 우주대왕이 가볍게 콧노래를 부르고 있었다. 대왕은 지구촌 한 쪽 구석의 조그만 나라에서 국민들이 서로 편 가르기를 하며 핏대를 세워 소리치며 싸우는 소리를 들었다. 그 소리가 워낙 커서 종종 대왕이 잠자다 가 깰 정도였다.

하루는 지구를 담당하는 신하인 땅신지신·地神을 불러 물었다.

"어허, 저 나라는 어떤 나라인고?"

"꼬레아입니다."

"왜 저 조그만 나라가 종종 지구촌이 떠나갈 정도로 사람들이 핏대를 세 워 편 가르며 싸워대는고. 남북이 또 한바탕 전쟁이라도 치를 태세인고?"

"남북이 싸우는 게 아니라 남남이 싸웁니다."

잠시 대왕이 침묵하자 다시 땅신이 말을 이어갔다.

"그 나라 국민들이 워낙 오랫동안 외세 침입을 많이 받고 생존해와서 끈 질기게 싸우는 데는 모두가 고수들입니다."

"그래. 이십 세기 짧은 순간에 세계 열강의 대리전을 치러 인류사에서 한순간에 가장 많은 희생자가 생겼던 나라가 아니더냐."

"최근 들어 그들이 싸우는 때는 주로 선거철입니다. 대통령 선거, 국회 의원 선거, 지방자치 선거 날짜가 각기 달라 거의 매년 싸움질을 해오고 있 습죠."

"지금도 선거철이냐?"

"아닙죠. 지난해에 국회의원 선거가 끝났습니다."

"아하! 이들의 선거는 반사이익으로 승리를 거두는 특징이 있지 않았느 냐. 최근의 대통령들을 보면 노무현이 죽 쑤니까 이명박이 나오고 박근혜 가 죽 쑤니까 문재인이 나오지 않았느냐."

대왕의 명을 이행하는 땅신은 우주대왕이 정확하게 말하는 걸 듣고는 연신 맞습니다, 맞습니다 한다.

"지난 국회의원 선거도 끝난 지 꽤 오래 지나지 않았더냐?"

"네. 코로나19 방역을 하는 가운데 치러낸 선거였습니다."

"코로나19 때문에 여당이 다수 의석을 차지하지 않았더냐?"

"네, 맞습니다. 코로나 여론이 관료의 스캔들이나 부동산 대책의 실패를 지워서 여당이 초유의 다수당이 되었습니다."

대왕은 다시 묻는다.

"또 그 마녀사냥질을 하더냐. 좌빨, 빨갱이 싸움이냐? 수천 년 동안 외세와 결탁하여 상대를 굴복시켜온 수법의 유전자를 발동시키는 행위 아니겠느냐. 스스로가 강자로 살아남기 하려고 상대를 제압하려는 파렴치한들이 행하는 안보팔이요 분단팔이가 아니겠느냐?"

"네. 부모, 형제, 자식들을 쳐서 자신의 영달을 꿈꾸는 자들인 패륜아들이 부르는 노래입죠."

"해방 이후 좌빨 하던 친구들이 정부 주요직을 다 차지한 적도 있지 않았었느냐"

하고는 대왕은 꼬레아 좌빨 노래꾼들이 부르던 노래 한 곡을 흥얼거린다.

좌빨, 좌빨

좌빨은 우리의 밥

우빨도 우리가 합창하면 좌빨이 되지

민주주의는 다수결

세상은 목소리가 큰 놈이 이기는 거라네

모두 모여 좌빨, 좌빨 하면

아무리 우파독립투사라고 하여도

좌빨이 되지

좌빨, 좌빨

좌빨은 우리 권력의 아버지

목소리 크게 높여 좌빨을 외치면

세상은 우리더러 네가 권력을 요리하거라 하지

네가 다 해묵으라 하지

좌빨은 전리품을 낳는 우리의 보물

좌빨이 잘 먹혀야 우리가 흥하지

우리는 좌빨노래당

나는 좌빨 외쳐 먹이를 찾는

행복한 좌빨 하이에나

땅신은 좌빨 노래를 흥얼대는 대왕께 자그만 목소리로

"대왕님, 이번에는 좌빨이 아닙니다" 한다.

"그럼 우빨이라는 신조어라도 생겼단 말이냐?"

"아닙니다."

"그럼 또 양쪽에 독재자라도 나타나서 남북이 상호 적당히 간첩도 보내고, 게릴라도 침투시켜서 미국을 물리치자라거나 혹은 좌빨 노래 부르는 독재자들이 장기 독재 하는데 요긴하게 악용하는 묵시적 담합사건이라도 일어났단 말이냐. 제2, 제3의 김신조 사건이라도 또 발생했단 말이냐. 남쪽은 이젠 헌법으로 장기 독재를 못하게 막아놨지 않느냐?"

"아닙니다. 이번에는 남북 문제가 아닙니다. 장기 독재 문제가 아닙니다."

"그럼 무엇인고?"

"남남갈등입니다. 남쪽 안에서 자기들끼리 특정 문제를 놓고 내가 옳다, 네가 옳다 다투고 있습니다."

"특정 문제라니?"

"부동산 문제입니다."

"오호라 부동산이라. 인간 생존에 필수인 그 부동산 아니더냐. 우주가 아니더냐. 우리의 본질이 아니더냐!"

"네. 이번에는 투기입니다. 제가 한번 이러한 상황을 은근하게 즐기는 자들이 부르는 그들 마음의 노래를 들려드리겠습니다."

투기, 투기, 투기
투기꾼은 우리의 먹이
투기와의 전쟁이 있어야
우리는 기지개를 켜지
투기가 있어야 전략을 만들지
투기는 우리의 양식

투기를 때려 집을 못 짓게 해야
집값이 오르지
집값이 올라야 세상 여기저기서
공급, 공급을 합창하지
그래야 묻지마 공영신도시와 공영재개발을 하지
진짜 투기장터를 생산하지

투기, 투기, 투기는 우리의 놀이터
투기, 투기, 투기
적군의 포격으로부터의 도피,
안보팔이, 토지공개념, 국토의 균형개발, 주택공개념
부동산 투기와의 전쟁

집값이 오르는 건 전리품을 챙길 기회

투기를 외쳐 투기를 조장해야

집값이 오르지

수도 이전을 하지, 신도시를 짓지, 묻지마 공영재개발을 하지

투기는 우리가 원하는 명분

요술방망이

투기만이 우리 조직이 승리하는 길

투기 감시기구를 만들어야

우리의 조직이 더 강해지지

수도권 신개발과 서울의 재개발은 우리의 먹이지

새 먹이를 발견하여 무참하게 국토를 짓밟는 하이에나가 되지

"이 노래는 주로 누가 부르는고?"

"네. 이들 나라 노태우 정권 때 본격적으로 그 모습을 드러냈던 **개발마피아**들이 **합창**할 때 부르는 노래입니다. 그러나 이 노래는 원래 일반인들이 들을 수 없는 마피아들의 마음의 노래입니다. 그런데 박힌 돌 마피아들은 숨고 앵무새가 된 굴러온 돌 마피아인 고위 관료들이 부릅니다."

"고위 관료란?"

"담당 장관들이 이 노래를 부른 후 대통령, 수석비서관, 국회의원, 총리에 이르기까지 다양합니다. 주로 현재 요직에 있는 권력자들이 부릅니다."

"주객이 전도가 되었구나. 항상 정의를 파는 시민단체가 부른다면 애교로라도 새길 수 있겠다. 그런데 그 노래를 관료들이 불러?"

"네. 희한하게 이 노래를 정부와 시민단체가 합창할 때도 있습니다."

"시민단체는 어떠한 경우이건 항상 정부를 감시해야 하지 않느냐?"

"네. 투기 노래 역시 멀쩡한 국민들을 투기꾼으로 몰아붙입니다. 그러고는 무자비하게 공격합니다. 공격해서 일정한 상황이 전개되면 자신들이 원하는 사업을 벌입니다. 이러한 과정에서 정부와 시민단체가 합창하는 경우까지 발생합니다."

"정부가 그 노래를 주도한다니 문제 가운데 가장 큰 문제로구나. 꼬레아 민족이 예부터 외침을 많이 당해왔지. 외세를 등에 업고 자신만이 강해지려고 마녀사냥질을 해왔지. 마녀사냥 수법이야말로 꼬레아에서 공정한 사회 구축을 위해 가장 먼저 없애야 할 싸움 수법이 아니더냐."

"그렇습니다. 부모·형제와 자식이 죽든 말든 남을 밟고 나 자신만 살아남겠다고 하는 수법입니다."

"그래. 자신만이 살아남겠다고 하는 논리가 아니더냐. 그런데도 합창까지 한다고?"

"네. 아주 오래전부터 있어온 이상현상입니다."

"지구가 온난화 등 환경파괴로 기가 막힌 일들이 벌어지고 있으니까 일시적인 혼돈에 빠진 단체가 정부와 짝짜꿍 합창하는 이상현상까지 벌어지는구나. 이건 땅에 관한 주요한 정책을 생산해내는 노래가 아니더냐. 좌빨도 문제지만 투기도 큰 문제다. 특히 **투기 노래**는 꼬레아를 넘어 지구, 곧 우주에 심각한 영향을 미치는 노래가 아니더냐?"

"그렇사옵니다. 자신은 정의의 사자이고 상대는 불의의 악마로 몰이하는 **투기가投機歌**는 결국 땅 이야기, 우주의 이야기입니다. 그런데도 그 노래를 부르는 자들이 그 노래로 인한 여파의 심각성을 전혀 모르고 있사옵니다. 특히 **최근에 들어와서는 안보팔이**와 **정의팔이**가 **합성**된 **부동산 투기와의 전쟁**이라는 마취제를 선량한 국민들을 향하여 마구 뿌려댔습니다."

대왕은 땅신의 말에 전적으로 공감하는 표정을 짓는다.

"자세하게 그 내막을 아뢰어라."

"네. 꼬레아의 어떤 한 분이 대왕님께 상소문을 올렸습니다."

"누구인가?"

"이승 꼬레아 서울에 살고 있는 할머니입니다."

"할머니?"

"네. 좌빨 노래에 치어 수십 년 동안 마음고생하고 또 요즘에는 투기꾼으로 몰려 가끔은 녹물 나는 수돗물까지 먹고 있어 심신이 허약하며 피골이 상접해있을 정도에 이르러 저를 통해 대왕님께 상소문을 올렸습니다."

"그 상소문을 읽어보아라."

이리하여 고복순 할머니가 하느님과 황천대왕에게 보낸 상소문을 우주대왕이 읽게 되었던 것이다.

고복순 할머니의 상소문을 정독한 우주대왕은 마음이 아팠다. 고복순 할머니는 자신을 하느님이라고 불렀다. 또 예수님, 부처님, 염라대왕이라고도 표현했다. 더불어 옥황상제라고도 했다. 그게 우주대왕인 줄 모르고 한 표현이니 상관없다. 고복순 할머니의 딱한 삶보다도 이 일에 숨겨진 지구촌 꼬레아 위정자들의 무서운 비밀 때문에 큰 문제였다. 그 비밀은 사람들 간의 갈등이 아니었다. 사람들 간의 갈등이었다면 우주대왕은 할머니께 위로의 몇 마디만 던졌을 것이다. 이 일은 땅에 관한 사건이었다. 꼬레아 땅. 그것은 곧 우주사건이었다.

인간들의 감정싸움은 그들만의 이야기로 끝나지
하나 땅의 사건은 우주로 연결된다네
땅은 우주의 자손
우주는 땅의 어버이
땅은 우주의 어른
우주와 땅은 한 몸이라서

대왕은 땅신에게 명을 내린다. 꼬레아의 부동산 싸움을 정확하게 조사하여 대왕에게 보고하는 것이었다. 보고를 들은 대왕은 사안이 매우 심각하다고 느낀다. 지구는 물론 우주에까지 영향을 미칠 파괴적인 사건이어서 그냥 넘길 수 없다고 판단한다.

"이 일은 매우 중대한 사건이다. 가볍게 대처했다가는 꼬레아가 나락으로 떨어진다. 또한 이 일을 다스리지 않으면 이상기온, 미세먼지, 쓰레기 대란, 바이러스, 소음 등으로 몸살을 앓고 있는 지구촌의 위독한 병이 더욱 가속화될 것이다."

대왕은 잠시 한숨을 내쉰다. 그러고는 다시 말을 잇는다.

"하니, 고복순의 고통이 그냥 가볍게 넘길 일이 아니다. 그 고통은 고복순의 고통일 뿐만 아니라 꼬레아 남쪽 땅의 고통을 넘어 지구촌의 고통이기도 하기 때문이다. 더 나아가 우주의 평형을 파괴하여 우주의 고통으로 증폭될 수도 있다. 특히 대통령들이 큰 문제다. 그들의 판단 잘못으로 국토가 크게 훼손된다. 그러하니 이 사건과 직접 연관된 이 나라 현직 대통령을 비롯한 전직 대통령과 관련된 저승 및 이승 객손까지 다 불러 모아 놓아라. 그리하여 부동산 재판을 열 것이다" 하고 명령한다. 땅신은 곧바로 "네. 준비하겠습니다" 하고 응답한다.

우주대왕은 우주의 황천법정에서 처음으로 부동산 재판을 열도록 했다. 우연히 전달받은 고복순 할머니의 상소문을 받아들여 꼬레아의 부동산 재판을 열게 된 것이다.

이미 천국에 와있는 꼬레아의 역대 최고지도자들과 이승에 있는 역대 최고지도자들을 죄다 불러들인다. 더불어 우수리로 주요 참고인 나그네들까지 불러들여 심판을 한다. 이미 저승에 와있는 황천 나그네들이 과거에 받았던 심판은 하나의 참고사항으로 하고 재심을 한다. 그리고 꼭 황천 부동산 재판에 등장시켜야 할 피고는 이승에 있어도 불러들인다.

"**칠대 삼이다**"라고 대왕은 크게 외친다.

"과거에는 7을 무시했는데 이제는 7이 중요해졌다."

대왕은 다시 큰 소리로 선언한다.

"특별한 권력을 누린 자들에 대해서는 부동산을 잘 관리했느냐의 여부를 따져 맑은 천국이냐, 흐린 천국이냐, 악마 천국이냐를 결정한다. 부동산 관리점수 70점, 개인의 윤리점수 30점, 합계 100점 기준으로 점수를 매긴다."

"대왕님, 갑작스럽게 등장한 부동산 관리점수 70%의 비중이 충격적이지 않을까요?"

"전혀 충격적일 수 없다. 지구가 심각하지 않으냐. 오히려 지구관리가 지금보다 더 악화되면 부동산 관리의 비중을 90% 이상까지 높일 것이다."

그리하여 이미 붙들려간 꼬레아 대통령들을 피고로 한 저승 나그네들과 불려온 이승 나그네들을 심판하기 위한 재판이 열리게 되었다. 저승 나그네들에게는 재심再審을 한다. 이승 나그네들에게는 단심單審을 한다. 워낙 사안이 중대하여 이승에 있는 주요 피고인들에게는 그들이 저승에 올 때 결정하는 천국의 종류를 미리 정하기 위해 당겨서 심판을 한 것이다. 심판을 하는 재판정은 지구촌 여느 대법정과 비슷한 공간이었다. 재판장석과 나란히 앉는 배석자 없이 대왕이 가장 위에 앉는다. 그 바로 아래쪽 양옆으로 보조 신문인으로서 땅신과 다른 신문인이 앉는다. 일정한 공간의 거리를 둔 맞은편에 피고석이 길게 늘어져 있다. 마치 어느 오래된 성당이나 법당의 신도들이 앉는 예배석처럼 재판장과 피고들이 상호 마주보는 형태의 좌석 배치다. 피고석 맨 앞에는 집중 신문받는 자가 앉는 의자가 있다. 그와 약간 떨어진 뒤쪽으로 안내인인 도우미가 앉는 의자가 있다. 그 뒤편에는 열 지어서 줄지어 도우미 안내원들과 함께 피고들이 한 칸씩 띄어 대기 피고인석에 앉아 있다. 주된 피고인으로서 꼬레아 전·현직 대통령들이 앉아

있는 좌석의 줄은 세 줄을 점하고 있었다. 그로부터 한 칸이 텅 비어있다. 텅 빈 그 뒤로 검사들과 변호사들이 도우미의 안내에 따라 마치 방청인처럼 앉아있다. 모두 언제나 법정에서 대왕이 호명하면 즉시 이동할 준비가 되어있다.

고복순 할머니의 하늘을 향한 상소문이 동기가 되어 특별한 황천 우주 재판이 열렸다. 지구의 시간으로는 불과 한 나절 정도 걸렸을 것이다. 이 재판에서 지구의 시간으로 셈하면 약 7~8시간여 동안 전개된 심판관들의 대화를 기록해놓은 게 소설 '부동산뎐傳'이라고 발음하는 부동산 평전不動産 評傳이다. 이 법정에서 행하는 심판을 하기 위한 사실 보고는 저승과 이승을 항상 넘나드는 땅신이 한다. 그리고 현장의 부동산값에 관한 주요 이야기는 이승의 보조자를 활용한다.

우주재판은 지구촌 재판과 형식은 비슷해 보이지만 전혀 다른 절차로 행한다. 사실관계를 정확하게 파악하고 있는 땅신과 이승의 보조자에 의해 심의되기 때문에 지구촌 법정과는 다른 방식으로 진행된다. 지구촌에서 흔히 볼 수 있는 검사와 변호사의 논리공방이 생략된다. 지구촌 판사는 법정에서 사실관계나 실체적 진실을 파악하기 위한 심사를 한다. 하나 우주 법정은 땅신이나 보조자에 의해 사실은 물론 논리의 원동력을 전부 파악하고 있어 그러한 방식의 재판은 하지 않는다. 그러므로 피고는 몰라서, 권력이나 백이 없어서, 돈이 없어서, 색깔이 안 맞아서 억울한 일을 당하지는 않는다. 즉 유지무죄 무지유죄有知無罪 無知有罪나 강권무죄 약권유죄强權無罪 弱權有罪나 유전무죄 무전유죄有錢無罪 無錢有罪, 동일코드 무죄同一色無罪라는 말이 생길 우려도 없다.

우주 황천재판은 공정하다. 반드시 구해야 하는 것을 구한다. 궁극적으로 우주 황천재판은 유무죄를 가리는 게 아니다. 피고들이 오랫동안 지내야 할 천국의 종류를 결정하는 것일 뿐이다. 그러므로 피고나 검사나 변호사는 사실 참고인에 불과하다. 오히려 검사나 변호사는 피고의 최후진술과 한데 묶어 피고, 검사, 변호사 순으로 자신의 의견만 개진할 뿐이다. 단, 변호사는 피고의 지인으로 피고가 원하는 사람들을 저승이건 이승에서건 상관없이 별도 초청이 가능하도록 하였다.

최종적으로 우주대왕이 중요한 판단을 한다. 대왕의 부동산 재판에 의해 이미 와있는 황천 나그네들은 자신이 생활하는 천국의 유형이 바뀔 수도 있다. 물론 같아질 수도 있다. 한편 이승에 있는 피고들은 저승에 왔을 때 자신이 배속될 천국을 정하게 된다.

춘향의 사랑 이야기가 〈춘향전〉이요, 심청의 효도 이야기가 〈심청전〉이다. 흥부 이야기가 〈흥부전〉이고, 용궁 속 토끼간 이야기가 〈별주부전〉이다. 이외에도 전해오는 이야기~ 전傳, 전, 전들이 꼬레아에는 많다.

뎐뎐뎐(전을 고어체로 표현)은 모두 다 생명들이 겪는 희로애락 이야기다. 부동산은 생명도 아닌데 어찌 생명의 이야기처럼 거룩할 수가 있겠느냐 싶을 것이다. 하나 부동산 없이 살 수 있는 생명은 지구촌에 아무도 없다. 해서 **부동산**에 **뎐傳** 자를 붙여 꼬레아에서 벌어지고 있는 부동산 투기와 관련된 시시비비를 우주 황천법정을 통해 가린다.

따라서 여기에서 결정된 법정의 이야기나 판단에 관하여 격려나 불만을 제기하고 싶은 사람들은 이 법정을 꾸려가는 이들에게 직접 소감을 전달하면 감사하겠다.

2장

우주법정

"이승의 법이란 마치 요술방망이 같아서 힘 있는 쪽이 방망이를 들면 금도 나오고 은도 나온다. 힘센 자가 원하는 금속이 나온다. 그러니 어찌 세상사를 공정하게 판명할 수 있겠느냐. 특히 부동산 문제는 매우 복잡한 것 아니냐. 부동산 문제는 지구촌 생명들이 살아가는 데 아주 중요한 문제 아니더냐. 그래서 그 문제를 해결하는 길은 매우 험하고 조심스럽지 않으냐."

땅신은 꼬레아의 부동산 문제를 우주대왕에게 상세하게 보고하기 위하여 꼬레아에서 소문난 여러 학자와 면담을 진행하였다. 먼저 미국 유수의 대학에서 경제학을 전공하고 대학교수로 있다가 고위 관료를 역임한 어느 원로학자에게 물었다.

"요즈음 한국의 부동산 문제는 집값, 특히 수도권 아파트값이 문제인 듯한데 그 원인이 무엇입니까?"

"그건 수요·공급의 문제겠죠. 수요를 억제하고 공급을 늘리면 값이 안정됩니다."

"그런데 그동안 수도권은 집값이 오를 적마다 대량 공급의 명분 아래 수도권 신도시를 건설해왔지 않소."

"네. 대량 공급만이 해답입니다."

"서울을 포함하는 수도권이 신도시 건설로 비대해질수록, 왜 강남을 위시한 중심지 집값은 세월이 흐를수록 그 수준이 더 높이 오르기만 하고 수도권 외곽 지역이나 열악한 지방은 상대적으로 열위에 처하냔 말이오."

이 질문에 대한 원로학자의 대답은 새로울 것이 없었다. 공급이라는 말만 모기만 한 소리로 반복할 뿐이었다. 속 시원한 논리적인 답을 듣지 못했다. 흔히 부동산 연구가라고 각종 TV에 나오는 사람들도 면담했다. 이들은 대부분 전문지식보다 시청자들의 시선을 계속 끌어가는 말꾼들로서 눈치 9단들인지라 권위 있는 학자가 새로운 말을 하면 앵무새처럼 같은 말을 TV에서 무한 반복한다.

"공급이 부족해서요."

공급, 공급
수요와 공급
수요를 줄이고 공급이 늘면 값이 떨어지지
빠른 공급이면 더 좋고요
같은 값이면 용적률을 올리는 것도 탱큐지요

그러나 공급 후 일정 기간이 흐르면 오히려 중심지는 가격이 더 높이 오른다. 커다란 외부 효과를 받는 경우를 제외하면 예외가 없다. 답답해졌다. 그래서 땅신은 부동산에 대하여 한마디씩 내뱉는 어느 단체의 우두머리를 만났다. 그 단체 이름에는 정의正義·justice가 포함되어 있었다.

정의, 정의, 정의

우리는 정의의 사도

정의 없이 단 하루도 맑은 숨을 쉴 수가 없지

우리는 불의를 보면 참지 못한다네

불의와는 담대하게 대항한다네

그러나 종종

우리가 불의와 싸운 명분이

오히려 더욱 심각한 불의였으매 민망한 적 한두 번이 아니었다네

특히 그 민망함이 유독 부동산 문제에서 많았다네

부동산으로 향한 정의의 길이 깜깜이라서

부동산 대책이 때때로 불공정한 거라서

정의는 흔히 법률가나 정치인들은 물론 일반인들도 많이 애용하는 용어가 아니더냐. 정의론은 고매한 사회를 추구하는 학술용어가 아니더냐. 그런데 스스로가 속한 단체 이름에 정의를 달고 행세하는 그룹들이 있다. 남세스러운 일이다. 땅신은 의아했다. 그래도 스스로 정의라는 이름표를 단 학자들도 만났다. 그 가운데 가장 유명하며 권위 높다고 소문난 한 학자를 만났다. 그러고는 왜 수도권 가운데 중심지 집값들이 시간이 흐를수록 하늘 높은 줄 모르고 상승하는지를 물었다.

"당연히 부동산 투기 때문이죠."

또 다른 정의단체장에게 물었다.

"투기를 근절해야 하지요."

투기의 뜻은 우주대왕은 물론 땅신이 정의단체 회원들보다 훨씬 정교하게 알고 있다. 그러하기에 정의 자를 붙이고 활동하는 사람들은 이 사태를 정교하게 읽어낼 수 없다고 땅신은 판단하였다. 그래서 정의와의 면담은 더 이상 불필요하다고 여겼다. 그리하여 우선 땅신은 대왕에게 주로 두 가지

대답을 정리하여 보고하였다.

"수요는 많은데 공급이 부족하여 집값이 오른다는 대답을 하는 학자들이 많았고요, 부동산 투기가 그 원인이라고 대답하는 사람도 있었습니다."

그러자 우주대왕은 눈을 한참 깜빡이며 여러 가지 생각을 한다. 그러고는 말한다.

"지금 꼬레아 수도권은 주택보급률이 얼마냐?"

"행정기관의 발표로는 가구 수 대비 100% 정도가 약간 못 됩니다. 그러나 실제와는 많은 차이가 납니다. 가구들이 독립적으로 생활할 수 있는 독립형 주택을 중심으로 카운트하면 훨씬 불어나지요. 다가구들과 원룸, 투룸, 사실상 주거용으로 쓸 수 있으나 업무용으로 등록된 수많은 오피스텔까지 합하면 주택보급률은 100%를 훨씬 넘을 것으로 추정됩니다. 게다가 교통망이 더 좋아지는 곳을 중심으로 기존 용도지역이 변하면 수많은 원·투·스리룸은 물론 주거 가능한 오피스텔까지 증가하여 주택공급량이 더 높아질 것입니다. 특히 시간이 흐를수록 용도변경에 따른 밀도 변화에 의하여 자동 증가하는 양도 만만치 않을 것이니 주택의 양적 공급은 충분하다고 봅니다. 다만 질적인 주택 부족은 매우 심각한 것으로 보입니다. 주거의 질을 갈망하는 방송 프로들이 우후죽순처럼 늘어나고 있습니다."

"원래 집값은 중장기적으로는 국내총생산GDP의 변화로 시장이 요구하는 주택이 부족할 때 더 오르지 않느냐?"

"그렇습니다. 주택보급률이나 자기주택 소유비율은 집값의 수준을 나타내는 장기적인 참고지표일 뿐입니다."

"지구촌에서 집값이 비싼 나라들 대부분은 주택보급률이 매우 높은 나라들 아니냐. 또한 자가 소유 가구 수가 많은 나라일수록 대부분 그 나라 집값 수준이 세계적으로 가장 높은 그룹에 들지 않더냐."

"그렇습니다. 주택가격 수준을 결정하는 중요 지표는 보급률이나 자가 소유비율지가율·持家率이라고 볼 수 없습니다. 그 나라 경제총량과 경제밀도가 오히려 가장 중요한 변수지요."

"물론 중장기적으로는 보급률도 관리해야 할 주요 지표이기는 하지. 그러나 부동산값이 보급률 때문에 싸다 또는 비싸다 하고 호들갑 떠는 것은 마치 미시적인 사건을 거시적인 눈으로 관찰하려고 하는 한가한 이야기가 아니더냐. 그래도 한가한 이야기를 한번 해보자. 수도권의 절대적 주택 공급은 어느 정도 충족했거나 초과한 것이 되겠구나."

"네. 물리적인 숫자는 넘친다고 봐야 합니다. 게다가 이 나라 임대차보호법이나 세법 등을 보면 가구 분리를 할수록 쪼개진 가구에 유리하도록 되어있습니다. 사실상 한 가구인데도 여러 가구처럼 쪼개진 가구가 많습니다. 이 숫자를 뺀다면 실질 주택보급률은 훨씬 더 높아질 것입니다."

"그런데도 왜 강남 집값은 해를 거듭할수록 비싸지는가?"

"그게…, 그게…"

하고 땅신은 대답을 망설인다. 딱 떨어지는 대답을 못 한다.

"그럼 투기 때문에 집값이 오르는 것인가. 투기는 가격상승의 **원인**原因인가?"

"아닙니다."

"그렇지. 투기는 **증상**症狀 아니더냐. 투기가 부동산값을 상승시키는 원인이라면 지구촌 곳곳에 부동산 투기학교나 부동산 투기학과가 일찍이 성업했을 터인데, 지구촌에 그러한 학교가 있기나 하느냐?"

"예나 지금이나 교육기관으로서는 전혀 존재하지 않습니다. 다만 '묻지마 개발'을 시행하는 단체에서 오랫동안 범죄행위와도 같은 나쁜 투기를 행해온 조직은 있습니다."

"그렇다면 둘 다 정확한 문제해결 방법이 못 되는구나."

"그런데 최근 정부에서는 특정 지역이나 특정 주택에 살면 투기꾼으로 몰아왔고요. 최근에는 다주택 소유자들이 곧 투기꾼이고, 이를 잡으면 집값이 안정된다고 하는 말들로 사회적 최면까지 걸고 있습니다. 그 결과 얼마 전에는 전셋값이 하늘 높은 줄 모르고 오른 적이 있습니다."

"다주택자가 독점이나 과점을 형성한단 말이냐?"

"아주 예외적인 곳에서는 그러한 경우가 있지만 전국의 일반적 현상은 아닙니다. 특히 아파트 시장은 독과점이 아니고 완전 경쟁시장입니다."

"집을 이용하는 방법은 여러 가지이지 않느냐?"

"네. 소유도 있고, 지상권도 있으며, 전세도 있고 월세도 있습니다."

"사람들은 한곳에서만 살 수 없기 때문에 때로는 소유해서 살기도 하고 전세로 또는 임차로 살기도 하는 것 아니겠느냐?"

"맞습니다. 집을 정하는 위치나 규모 등은 워낙 다양한 요구에 의존합니다. 따라서 주택은 소유주택도 있어야 하고 임대주택도 있어야 하지요. 그것은 시장이 자율적으로 형성해가지요."

"전체 주택 수에서 주로 소유로 집을 활용하는 정책을 소중하게 여겼던 싱가포르 등은 자가주택비율이 세계에서 가장 높지 않으냐?"

"맞습니다."

"그런데 이들 지가율이 높은 나라들의 집값은 세계에서 가장 높은 경우가 대부분이지 않더냐. 임대료 역시 세계에서 가장 높은 나라 아니냐. 1가구 1주택 소유가 집값 안정의 원인일 수 없지 않으냐. 지가율을 갑자기 높이면 시장에 따라 임대료가 지속적으로 폭등하는 일이 발생하지 않겠느냐. 특히 집은 소유와 임차로 사용하는 재화가 아니더냐. 그래서 집값이란 그의 생산비에 의해 결정되기도 하고 수익을 포함하는 지역시장에서 결정되기도 하고 하지. 그렇지만 가장 중요한 것은 소비자들의 시장행동 아니겠느냐?"

"그렇습니다. 가장 중요한 건 주택시장의 효율화입니다."

"특정 시장을 소유 쪽으로 몰고 가거나 임차 쪽으로 몰고 가면 이미 오랫동안 형성되어왔던 주택시장의 점유율에 교란이 일어나 오히려 집값이나 임차료가 불안정해지지 않겠느냐?"

"네. 현 정부는 주택을 소유의 대상으로만 보려고 합니다."

"임대료가 상승해도 집값이 오르는 것이고, 집값이 상승해도 임대료가 오르는 것인데, 파급력은 임대료가 훨씬 크지 않더냐?"

"옳습니다. 임대료야말로 주택이 사용하는 재화라는 점을 대표적으로 상징합니다. 현 정부는 인위적으로 자가 소유비율을 높이려는 건지 1가구 1주택을 밀어붙이고 있습니다. 청와대의 한 힘센 비서관은 과거 국회의원이었는데 지역구에 작은 아파트 하나, 서울 강남에 작은 아파트 하나를 갖고 있다가 1가구 1주택 이상 소유는 투기라는 마녀사냥 프레임에 걸려 결국 두 집 전부를 팔아버리는 해프닝이 벌어졌지요."

"또 그 마녀사냥이냐. 좌빨 말고?"

"네. 정의팔이 투기사냥이죠. 이미 투기와의 전쟁을 선포해놓은 상태입니다. 그러고는 투기를 위정자의 입맛에 맞게 규정하고요."

무주택자는 정상
1주택자는 잠정투기꾼
2주택 이상 소유하면 **투기꾼**
특정 지역 사람들은 투기꾼
특정 사업이 예정된 집에 살면 투기꾼
정부가 공급하는 아파트를 투기로 사면 **투자자**
신도시 아파트를 투기하여 사면 선량한 투자자
용적률 상향에 동승하는 묻지마 공영재개발 참여자는 투자자
민간이 공급하는 아파트를 로또투기를 하면 보통 투자자

공공이 공급하는 아파트를 로또투기 하면 훌륭한 투자자

묻지마 개발정보를 활용한 공직자의 투기는 투자자

하는 노래들이 수도권 부동산 시장에서 정부 주도로 불리고 있는 현실입니다. 이 노래는 투자가 투기가 되고 투기가 투자가 되는 전대미문의 투기 노래입니다라는 땅신의 보고가 있자 대왕이 말한다.

"불쌍한 비서관들이 누군가에게 놀아나고, 우매한 국민들이 서투른 정책으로 인한 집단최면으로 상처를 받고 있구나. 예전부터 있어온 이 적폐가 지금도 계속되고 있구나."

"그렇습니다. 그 뿌리가 매우 오래되었습니다."

"이러한 적폐가 거의 반세기 동안 계속되고 있지 않았느냐. 더구나 이 일은 땅, 즉 우주의 문제이기도 하지 않겠느냐. 아무래도 이에 관하여 시시비비를 정확하게 가리려면 땅신 한 명으로는 부족할 것 같으니 꼬레아에서 함께 이 일을 정확하게 판단하는 데 도움이 될 동지 한 사람을 더 구해보거라."

그리하여 땅신은 꼬레아에서 특히 서울의 강남 부동산값을 잘 이해하고 있다는 소문이 있는 부동산 전문가 한 사람을 구하기로 다짐하고 물색에 나섰다. 우선 경제학자 가운데서 한 사람을 점찍었다. 이력이 화려하였다. 국내에서 최고 대학을 마친 후 미국 유수 대학 대학원에서 석·박사를 마쳤다. 미국 유명 대학 조교수로 있다가 모교인 국내 최고의 대학으로 직장을 옮겼다. 그 후로 20여 년, 이젠 시니어 교수다. 그가 쓴 경제 관련 서적은 역사적 평가를 받는다. 그 책으로 벌어들이는 출판수입인세·印稅만 해도 그의 1년 봉급보다 몇 배 많을 정도다. 신문 칼럼도 많이 쓰고, 방송에도 자주 출연한다. 땅신은 이 교수가 적합하다고 판단했다. 수소문 끝에 면담이 이루어졌다.

먼저 땅신이 물었다.

"항상 집값이 많이 올라 사회로부터 비판의 시선을 받는 게 강남을 비롯한 수도권 중심지입니다. 이를 잡으려면 어떻게 해야 하는지요?"

탤런트 교수가 대답했다.

"그것은 주택에 관한 수요와 공급의 문제지요. 수요를 통제하는 건 주로 금융일 것이고요. 공급은 많이 짓도록 유도하는 것이지요. 주택을 많이 지으면 됩니다."

"그런데 수도권 신도시를 지은 후 얼마의 시간이 지나면 수도권 중심지 집값 수준이 외곽 지역에 비하여 상대적으로 더 비싸지는 이유는 무엇이오?"

"그것은 공급 부족…."

"알겠습니다."

이 유능한 경제학자가 TV에 나가 공급이 부족해서라고 한마디 하면 소위 각종 부동산 전문가라고 하는 TV 잘 타는 전문가나 패널들이 이구동성으로 말한다.

"공급이 부족해서…"라고.

공급 부족 공급 부족 공급 부족
대량 공급 대량 공급 대량 공급
빨리빨리 공급 빨리빨리 공급

이러한 때를 기다렸다는 듯이 정부 일각에서는 회심의 카드를 꺼낸다. 강남을 대체할 수 있는 신도시를 만들겠다고. 그래서 수도권에는 여러 차례 강남을 대체한다는 수도권 신도시들이 생겼고 또 생기고 있다.

수도권 신도시의 주택들이 공급되는 동안은 그 주변의 전셋값이 약간은 안정되는 듯하다. 또 인근의 집값도 안정되는 듯하다. 그러나 이러한 현상은 신도시 물량이 쏟아질 때 잠깐일 뿐이다. 수도권 전체로 보면 단기적 착시 효과일 뿐이다. 신도시 신규 주택이 광역적인 시장에 흡수된 이후에는 이 신도시가 도시 전체의 밀도를 더 증가시킨다. 그리하여 중장기적으로는 오히려 신도시가 강남을 위시한 중심지 집값 수준을 더 높이 상승시킨다. 이러한 현상이 코로나19 계절에는 부동산값의 중심지 평형화마저 야기한다.

대신 수도권 외곽 지역은 강남 집값에 비해 상대적인 열위에 놓인다. 또한 꼬레아는 세계적으로 서울과 지방이 상호 밀접한 영향을 가장 강하게 미치는 지리적 관계에 있다. 주택시장의 측면에서 보면 광역적 동일수급권에 속하는 것이다. 수도권 신도시 개발은 오히려 수도권 중심지 집값을 더 높이 상승시킴과 함께 지방 집값은 상대적 열위에 빠지게 한다. 이러한 현상은 강남 신도시 개발, 상계동 개발, 목동 개발 등 오래전부터 있어온 현상이다. 그리고 흔히 말하는 경기도에 지은 제1기와 제2기 신도시들도 똑같은 현상을 오랫동안 발생시켰다.

그러함에도 수도권 중심지의 집값이 오르면 대부분의 학자는 공급이 필요하다고 말한다. 이러한 분위기가 얼마 동안 지속되면 어디에선가 기다렸다는 듯이 신도시 카드를 꺼내놓는다.

신도시, 신도시, 신도시!

신도시를 꺼내고, 공급하는 주체는 이때다 싶게 회심의 카드를 꺼낸다. 그리고 노래한다.

신도시만이 공급 효과를 제대로 내는 보약이지
신도시만이 강남 집값을 잡는 최상의 공급이지

신도시는 우리의 전리품

강남 집값을 잡는 최고의 개발이지

자치도시, 혁신도시, 기업도시 등에 이어 제2기 신도시 건설이 수도권 이곳저곳에 지정되고 있을 때였다. 미니 신도시를 수도권 곳곳에 내놓아도 강남 집값이 안정되지 않았다. 그러자 수도권 여기저기에 더 많은 미니 신도시들을 대량으로 지정했다. 당시 건설 관련 모 장관은 자신의 조직에서의 부하가 한 말을 앵무새처럼 소리 냈다.

"강남 집값을 잡기 위해 김포 신도시를 건설해야 합니다."

그 발표가 끝나자마자 오히려 강남 집값이 더 높게 상승했다. 그러자 여론은 "무슨 김포 신도시로 강남 집값을 잡아" 하며 건설 관련 장관을 공격했다. 너무 여론이 악화되는 가운데 그 장관은 결국 경질되었다. 그 후 촛불 정부에서 그는 또 중요한 사회 인사로 활동하고 있다는 소문이 들린다.

항상 그랬다. 신도시의 주택이 공급되는 동안에 어쩌다가 주변 집값이 반짝 안정되는 듯한 경우도 발생한다. 그러나 그 현상은 그때 잠깐뿐이다. 시간이 조금만 지나가면 중심지 집값은 과거에 볼 수 없었던 수준으로 더 높게 오른다. 그동안 신도시가 도시 전체의 밀도를 증가시켜 중심지 집값을 더 높이 상승시켜왔던 것이다.

수도권 신도시가 중장기적으로 수도권 중심지 주택값을 안정시키기는커녕 오히려 가격 수준을 더 폭등시키는 이유는 무엇 때문일까.

땅신은 꼬레아 탤런트 경제학 교수에게 묻는다.

"강남이나 목동이나 상계동 같은 새로운 신도시를 개발했는데도 강북의 요지는 물론 강남의 일부와 목동에 이르기까지의 중심지 집값이 중장기적으로 왜 더 크게 높아지는 거지요? 오히려 강북 중심지가 강남으로 이동했으니 이 또한 이상한 일 아니겠소?"

"그렇다면 강남을 대체할 수 있는 신도시를 지어야지요."

"강남을 대체할 수 있는 신도시 부지가 어디에 있단 말이오? 지진지대라 건축에 한계가 있는 일본 도쿄처럼 그린벨트를 풀어 거대 신도시를 만들까요? 일본의 수도권이 갖는 전국의 파괴력은 미미하지만 꼬레아의 수도권 파괴력은 인구만으로는 일본 도쿄보다 5배, 국토 면적과 합해 비교하면 20배나 크지 않소?"

"어쨌든 강남을 대체할 수 있는 신도시를 지으면 되는 거지요."

하도 답답하여 땅신은 경제학자보다 정치인 가운데 그동안 야성野性이 강하여 스스로 정의의 인물임을 자처하는 한 정책학자를 만났다. 종종 정의 관련 TV에도 출연했고, 흔히 진보 권력 잡지에 몇 차례 이상한 글을 기고하기도 했다. 그는 토지공개념의 뜻도 제대로 모르면서 토지공개념을 무조건 찬성한다. 또한 부동산 투기의 뜻을 제대로 정의한 적이 없는데도 상투적으로 부동산 투기를 잡으면 된다고 한다. 토지공개념과 부동산 투기 소탕은 이자의 단골메뉴였다. 그와 코드가 같은 '투기야 정부'에서 그는 정규직이 아닌 임시로 임명되어 영위하는, 일명 굴러다니는 마피아라고도 불리는 '굴림마피아'로서 단체장을 역임하기도 하였다. 토지공개념은 토지 소유권을 규제하는 것이요, 투기 소탕은 인기 지역의 주택 건설을 지연하거나 방해하는 것입니다라는 말도 덧붙인다. 그 역시 신도시를 추진하는 집단과 항상 보조를 같이한다.

신도시

서울 신도시

수도권 신도시

도심 공영재개발

하는 노래를 반복한다. 그를 내세워 노래 부르는 굳음마피아들은 효과
음악으로 다음과 같은 노래도 한다.

왜 원래 국토계획에도 없었던 개발을 하느냐고 묻지 마세요.
왜 특별법에 저촉되는 개발을 하느냐고 묻지 마세요.
왜 천문학적인 국민의 혈세가 은폐된 공영개발에 집착하느냐를
묻지 마세요.
왜 신중하게 오랜 기간에 걸쳐 구상하여 계획하지 않고
금은방 도둑이나 보이스피싱처럼 단숨에 개발계획을 내놓느냐고
묻지 마세요.
신도시 신도시
수도권 신도시
서울 도심 공영재개발

그동안의 꼬레아 서울의 부동산 개발 역사가 대왕의 마음을 매우 불편
하게 했다. 이미 개발된 주택지를 주민들이 자율적으로 개량하여 시장원리
에 의하여 짜임새 있게 활용하도록 유도하는 것을 방해하고 중앙정부가 앞
장서서 항상 수도권 신도시 만들기에 혈안이 된다. 이들의 혈안은 오랜 세
월 관리되어온 농촌형 토지를 금세 콘크리트와 플라스틱 부지로 바꿔놓는
다. 최근에는 스마트니 코로나 물류니 등으로 유혹까지 하며 맨땅은 물론
땅 밑에 이르기까지 플라스틱 조형물로 채워가는 방식만 선호한다. 이러한
콘크리트와 플라스틱 붓기로 맨땅이 고갈되어가자 이제는 마수를 서울의
도심 공영재개발로 방향을 전환하고 있다.
　왜 이들은 이러한 방식을 관행적으로 선호할까. 그 대답을 대왕이나 땅
신은 정확하게 알고 있다. 그러면서도 좀 더 논리적인 이해를 추구한다.

직주분리職住分離형 대형 신도시는 갑작스러운 에너지 공급을 폭증시킨다. 왜냐하면 전통적인 땅의 자정 능력을 없애고 교통유발 등 과잉 에너지 소비를 초래하기 때문이다. 지구온난화, 이상기후, 미세먼지, 쓰레기 대란, 홍수, 더욱 빈번해지고 강해지는 태풍, 코로나 등으로 지구촌이 몸살을 앓고 있는 계절이어서 대왕의 심기가 매우 불편하다.

"야, 이놈들아. 너희가 즐기자고 쓰다가 내버린 생활쓰레기가 지구촌 곳곳을 오염시키고 있지 않으냐. 매년 미세먼지 때문에 고생하고 있지 않으냐. 토양은 물론 강과 바다까지 오염 덩어리가 즐비하지 않으냐. 그런데도 기존 도시를 제대로 활용하는 걸 방해하면서 역효과만 큰 신도시만 지으려고 혈안이 되느냐. 더 나아가 요즘에는 도심을 묻지마 재개발을 하려고 덤비고 있고" 하고 넋두리하듯 말한다. 그러고는 꼬레아의 부동산값을 정확하게 증언할 사람을 물색하는 게 쉬운 일만은 아니라는 생각을 한다. 대왕의 약간 침울해하는 표정을 읽은 땅신은 말한다.

"이 나라 교수 가운데에는 빨갱이, 빨갱이 하고 노래 부르기를 좋아하는 안보팔이 하는 사람도 무지 많고요, 다른 편에서는 투기야, 투기야 하고 스스로가 마치 정의의 사도인 양 거룩한 인물인 척하는 정의팔이 하는 교수도 많습니다. 또 자진하여 정부 주도의 토지공개념 감투를 쓰려는 학자도 한둘이 아닙니다. 행정수도 논란 직후 변칙 행정도시를 입안하는 데 심의위원을 모집하니까 벌떼처럼 자원한 어용학자들까지 줄을 서고 있을 정도입니다."

대왕은 말한다.

"자신의 우물에서는 우물의 생김에 따라 세상을 바라보지. 바라보는 사람들은 본인의 우물에 따라 바라보는 세상의 모습이 우물의 모습에서 나온다는 걸 전혀 모르며 살지."

"그렇습니다. 교수들도 부동산과 관련해서는 자기만의 동굴에 갇혀 지내는 자가 대부분입니다."

"그렇다면 빨갱이 노래나 투기 노래를 전부 경계하는 학자 한 명을 내 곁에 세우기로 하자. 단순한 학문보다 융복합融複合 학문을 체득한 자로 말이다."

"알겠습니다. 물색하겠습니다."

땅신은 경제학을 응용하는 사람을 만났다. 순수경제학은 그의 이론의 기초가 동산경제학이기 때문에 부동산에 적용하면 전혀 다른 효과를 가져오는 경우가 많기 때문이다. 그래서 경륜이 많은 여러 부동산 학자를 만났다. 현직은 물론 퇴직자까지 죄다 들여다보았다. 검색해보고 논문도 보고, 각종 칼럼은 물론 그들이 쓴 다양한 글까지 살펴 만나고 또 만난 끝에 전직 교수 한 사람을 물색하게 되었다.

그의 이름은 지킴이다. 체중은 좀 나가 보였다. 키는 작지만 뚝심은 있을 듯했다. 그가 몸담았던 곳은 융복합 학문으로 부동산학을 교육하는 동양 최초의 4년제 독립형 단일 부동산학과였다. 그는 이 학과 초창기부터 정년 후까지 학생들을 가르친 선생이었다. 교과서는 없으나 커리큘럼은 많아 책 없이 강의를 많이 해온 교수 가운데 한 명이었다. 20대 말부터 70대에 접어든 지금에 이르기까지 부동산학을 공부하고 있는 인물이었다.

땅신은 이 화상을 만나 물었다.

"혹시 성함을 물어도 실례되지 않겠소?"

"지킴입니다."

"발음하기에 좋군요. 혹시 이름에 대한 연원을 물어봐도 실례가 되지 않겠습니까?"

"저는 원래 꼬레아에서 가장 많은 성을 차지하는 김가였습니다. 그러다가 사회 활동을 위해 개명한 것입니다. 땅 위에 사는 김가라서요. 그냥 줄여서 땅 지地에다 김金을 붙여 만든 것입니다."

"지김地金씨이시군요."

"제가 나이가 들어 세상 사람들이 저를 혹여 구닥다리로 볼까 봐 현대적인 세련미를 이름에 얹기 위해 외래어 감각이 밴 된소리를 붙여 김을 킴이라고 하였습니다."

"아하! 지킴님, 반갑습니다. 저는 우주대왕 명을 받고 온 땅신입니다."

"네, 반갑습니다."

땅신은 자신이 지킴을 찾은 이유에 관하여 자세히 설명했다. 지킴은 땅신의 질문에 대하여 몇 마디 응답했다. 땅신은 지킴의 설명이 논리에 맞는 걸 느끼고는 좋은 대화 상대라고 판단했다. 서로 인사치레로 여러 가지 이야기가 오간 후 본론으로 들어가기 위해 땅신은 지킴에게 핵심에 해당하는 몇 마디를 더 물었다.

"꼬레아의 수도권 신도시 건설이 강남 집값을 안정시키는 최선의 방법인가요?"

땅신이 묻자마자 곧바로 지킴의 대답이 나왔다.

"정반대입죠."

"그럼 무엇이오?"

"단기적으로는 안정시키는 듯이 보이지만 그것은 착시현상입니다. 우리나라 주택시장처럼 수도권과 지방이 동일 수급권에 있는 곳에서 수도권 신도시 건설은 중장기적으로 보면 오히려 수도권 중심지 집값을 더 높이 폭등시키는 주범이지요."

땅신은 지킴의 설명을 상세하게 경청했다. 그러고는 고개를 끄덕였다. 수많은 설명을 들은 후 며칠이 지났을 것이다. 그사이 땅신은 우주대왕에게 지킴이가 황천의 우주 부동산 재판에서 주요 역할을 할 수 있는 적격자라고 추천하여 허락을 받았다. 지킴에게 땅신은 말했다.

"대왕을 이해시킬 수 있는 논리를 가지고 계십니다. 대왕은 이치나 논리를 좋아하시는 절대자이십니다. 대왕이 여는 재판정에 대왕의 주된 보조 신문인인 배석자로 모실 터이니 허락해주십시오."

"워낙 배움이 얕은 저를 인정해주시는 것만으로도 영광입니다."

"그런데 한 가지 염두에 둘 일이 있소."

"……."

"나이를 보아하니 머잖아 지킴님도 우주 황천재판에 임할 게 아니오?"

"당연하지요."

"이 우주의 부동산 재판에서 대왕께 도움을 주었다고 해서 지킴님이 머잖아 황천 우주재판을 받으실 때 정상참작은 하지 않음을 명심하는 것이오. 지킴님이 황천 나그네가 될 때 천국을 결정하는 심판에는 전혀 영향을 미치지 않는다는 점을 재삼 양해해주십시오."

"물론이지요, 공과 사는 구분할 줄 압니다."

땅신은 지킴의 영혼 일부를 임시로 복제하여 또 다른 지킴의 육신에 씌워 동반하여 대왕에게 갔다. 대왕은 땅신의 말을 경청한 후 고개를 끄덕였다. 그러고는 지킴에게 말했다.

"소신껏 말씀해주세요. 권선징악과 관련되어 본인의 마음이 격정적일 경우에는 말초적인 용어를 써도 좋아요."

지킴은 대왕에게 가벼운 목례를 드렸다. 그러자 대왕도 똑같이 답례의 목례를 보냈다. 대왕은 말했다.

"여기는 최근의 지구촌처럼 가부장적인 권위를 맹목적으로 중시하는 곳이 아닙니다. 남녀차별이 전혀 없는 곳입니다. 결혼과 자녀를 새로 두는 일이 없으니 비록 남녀구별은 있으나 생활은 모두가 중성처럼 지내는 곳입니다. 모두가 따지고 보면 저와 비슷하지요. 그러하니 저를 어려워 마세요. 친한 친구처럼 대하세요. 반말을 해도 좋습니다. 이치나 논리에 맞는 말만 소중하게 여기는 곳이니까요."

"마음 편한 대로 말하겠습니다."

"감사합니다."

이렇게 하여 지킴이 우주 부동산 재판의 주요 보조 신문인으로 참여하게 되었다.

꼬레아를 상대로 **우주황천**에서 대왕의 **부동산 재판**이 열리게 되었다. 물론 피고는 꼬레아 사람들, 주로 역대 대통령들이다. 원래 황천길에서는 죽은 자만을 상대로 잘잘못을 따진다. 그러나 꼬레아 이승의 고복순 할머니 호소문이 대왕의 마음을 움직였다. 이 사안이 우주의 질서에서 매우 중요함을 알고 특별한 재판을 열게 된 것이다. 꼬레아가 워낙 시끄럽고 또 그들 땅이 못된 수난에 신음하고 있기에 이승과 저승을 가리지 않고 주요 인물들까지 법정에 세우게 되었다. 혹여 이 글을 읽다가 아직 나는 이승에 있는데 왜 저승사자의 판단을 받는가라고 항의할 사람이 있을지도 모른다. 그러한 항의는 나중 저승에 갔을 때 대왕에게 여쭙기 바란다. 이 재판은 전적으로 우주대왕의 뜻에 의한 것이기 때문이다.

또한 이승에 있는 영혼이 이 재판정에 선다고 해서 이승에서의 자신의 삶은 전혀 영향을 받지 않는다. 대왕은 전지전능하기 때문이다. 또한 재판정에서 불리한 선고를 받았다고 해서 황천 가는 날이 당겨지거나 하지 않는다.

특히 명심할 일은 이 재판정에 서서 심판을 받은 경우에는 이것으로 천국의 종류를 정하는 70점의 몫이 결정된다는 점이다. 그만큼 부동산과 관련된 사안은 지구촌에 매우 소중하기 때문이다. 이 재판에 의해 맑은 천국이나 흐린 천국, 악마 천국 중 어느 한 곳으로 배정받으면 그것으로 끝이다. 번복이 없다. 번복은 오로지 우주대왕의 재심으로만 가능한 일이다.

땅신은 재차 궁금한 것이 있었다.

"대왕님, 원래 황천 길손들을 재판하는 일이 이곳의 본분인데, 아직 지구촌에 살아있는 자들까지 이 법정에 세워도 되는 건지요?"

"이들 하는 짓이 하수상하지 않으냐. 하나뿐인 지구를 살려야 하지 않느냐. 지들 이익을 위해서 지구를 못살게 구는 일을 하나씩 단죄시켜야 하지 않느냐. 그래야 그나마 땅의 파괴로 인하여 그 목숨이 실처럼 가느다란 그들 후손들이 지구촌에서 계속 존재해갈 수 있지 않겠느냐."

이 재판을 여는 궁극적인 뜻은 대왕의 깊은 우주 사랑에 있다. 우주 사랑 속에는 인간 사랑도 포함되어 있다. 그러하기에 인간의 지속적인 생존에 대하여 그 누구보다도 관심이 높다. 이승의 사람들을 호출하는 방식은 지킴의 호출과 마찬가지이다. 그의 영혼을 복제하여 가공의 육신을 씌우면 끝난다. 대왕은 다시 말을 잇는다.

"남쪽 꼬레아의 이번 재판은 황천에 이미 와있는 나그네는 물론 앞으로 황천으로 올 사람들을 판단의 대상으로 삼겠노라."

"네, 알겠습니다."

"황천에 이미 와있는 나그네라도 그가 어디에 있건 전부 호출하여라."

"네, 곧바로 준비하겠습니다."

"그가 맑은 천국에 있건 악마 천국에 있건 과거의 판단은 무효로 한다. 과거 그들 영혼들의 천국행을 정할 때는 지구의 문제를 전혀 고려하지 않았다. 인간사의 윤리만을 크게 고려했다. 그러나 지금은 다르다. 지구가 너무나 기가 막히다. 무질서한 개발과 에너지의 사용으로 이미 되돌리기가 힘들 정도로 훼손되었지 않느냐. 따라서 생명이 지속가능한 번영을 위한 정도의 효율적이고 합리적인 개발행위 이외에는 그 관리의 옳고 그름을 가릴 것이다. 이에 따라 이미 황천에 와있는 자들에 대해 행한 옛 배속은 취소한다. 여기에서의 판단에 의해 새로운 배정을 할 터이니 그리 알거라."

"네."

이리하여 황천에선 우주대왕이 주심이 되고, 땅신, 지킴이 보조자가 되어 부동산 재판이 열리게 되었다. 재판은 피고를 그룹별로 출석시켜 진행하였다. 주된 피고는 대통령 그룹이다. 그러나 참고인인 빠 그룹, 언론인과 교수 및 정치인 그룹, 헌법재판관 그룹, 마피아 그룹 등도 참고인이지만 때로는 피고로서 심판의 대상이 되었다. 그러므로 여기에서는 크게 피고 그룹인 대통령 그룹과 기타 그룹으로 나누어 기술한다. 재판은 단심이다. 사실관계와 실체적 진실이 명확한 가운데 이루어지는 판결이기 때문에 항소제도를 둘 이유가 없다.

먼저 대통령 그룹에 대한 재판이 열렸다.

꼬레아의 역대 모든 대통령이 워낙 무지하여 국토, 특히 우주를 파괴하였다고 판단한 대왕은 이들을 중범죄자 호송하듯 다루라고 지시한다.

재판에 처음 등장하는 인물들은 꼬레아의 전·현직 대통령들이다. 십수 명이 작은 소녀의 모습을 한 도우미들의 안내에 따라 비록 느슨하지만 개인별로 손이 포승줄에 묶여 법정에 들어선다. 안내원인 도우미들은 거의 모두 키가 작고 상냥하며 인자한 모습의 소녀들이었다. 그러나 이 소녀들은 힘이 매우 세다. 골리앗 같은 거구들을 손가락으로 들었다가 멀리 내던질 수도 있는 슈퍼우먼들이다. 이 소녀 안내원들은 우주대왕의 뜻에 따라 움직인다. 한편 검사는 피고인마다 다른 게 아니라 몇 명이 그룹별로 활동한다. 변호사는 피고들이 지인을 초청하여 내세울 수도 있다. 피고가 자진해서 변호사를 구하지 않은 경우에는 대왕의 명을 받아 땅신이 임의로 배정한다. 워낙 땅신의 확인과 대왕의 판단이 빈틈이 없는지라, 검사나 변호사들은 거의 참관인 수준으로 침묵하며 최후진술 격으로 발언만 할 뿐.

줄줄이 열두 명이 나온다.

　　나온다 나온다
　　줄줄이 나온다

마치 굴비 엮어 이동하듯 열 지어 떼 지어 일렬로 나온다
대부분 늙었지만 그 귀골들은 당당하구나

재판은 꼬레아에서 대통령을 역임한 순서에 따라 진행된다. 심판을 위한 재판은 그룹별로 하지만 신문은 한 명씩 한다. 집중 신문인석에서 재판받는 자를 제외한 나머지 피고들은 방청석 맨 앞쪽에 충분한 거리 두기를 하며 세 줄로 앉는다. 피고들의 몇 줄 뒤 칸에는 포승줄에 묶이지 않은 검사나 변호사들이 앉아있다. 마스크는 필요 없다. 피고들 가운데 집중 신문을 받는 피고는 피고들의 좌석 맨 앞쪽 집중 신문인석에 앉힌다. 그러고는 그룹 구성원 전부의 재판과정을 그룹 일원이 뚜렷하게 지켜보도록 하였다.

이마가 살짝 벗겨져 대머리가 번들한 친구다. 귀골풍이다.

"너는 누구냐."

"이 승자 만자 이름을 가진 전직 꼬레아 대장입니다."

"이름이 이승자만자인가?"

"……."

"전직이 대장이었다면 꼬레아 땅이 대부분 산지인지라 **진짜 산대장1)**이란 말인가."

"아닙니다. 그 나라의 왕, 대통령이었습니다."

"이놈아, 여기에서는 니들 땅에서 가졌던 모든 영광은 한낱 바람에 날리는 연기에 불과하다.

니들 살던 그 좁은 땅에서 쓰던 방식으로 이름에 토를 달지 마라. 그냥 성명만 말하면 다 안다. 이름만 말해도 대통령 했던 일 다 알고 있다. 여기에서는 전직이 대통령이었건, 거지였건 그 우열을 따지지 않는다. 전직에 따른 차별이 없다. 사람이나 동물이나 식물이나 모두가 평등하다. 그러하니 그냥 이름만 말하여라!"

우주대왕의 불호령이 떨어진다. 그러자 **이승만**은 눈을 지그시 깜빡이다가, "이승만 대통령" 하고 다시 대답한다. 그러자 우주대왕은 눈을 부릅뜨며 체벌 실무자인 도우미를 불러 회초리 세 대를 지시한다. 충분하게 주의를 줬는데도 '대통령'이라는 토를 단 잘못을 추궁한다. 키가 150cm 정도 되는 작은 체구의 체벌 실무자인 소녀 도우미는 손가락 하나로 이승만을 허공으로 들어 올렸다가 내려놓는다. 이승만은 마치 작은 애완동물처럼 몸을 파르르 떤다. 도우미는 이승만을 일으켜 세운 후 두 손바닥을 쭉 펴도록 한다. 그러고는 그의 손바닥을 회초리로 세 대 세차게 때린다. 황천재판에서는 때때로 재판의 정확성과 경제성을 위해 작은 회초리로 손바닥 때리기를 한다. 이 체벌은 몸에 전혀 상처를 남기지 않는다. 다만 따끔하게 아프기가 그지없다. 이승만은 아이고, 아이고, 아이고 하고 소리친다. 동시에 눈물 글썽, 오줌 찔끔.

"다시 묻겠다. 네가 누구냐."

"이승만입니다."

이렇게 해서 처음부터 전·현직 대통령을 불러 재판을 시작한다. 이승만이 맨 먼저 집중 신문 피고석에 앉았다. 그 뒤로 의자 20개 정도씩 열 지어 20줄 정도가 있다. 물론 열 지어 있는 의자들 약 서너 의자 사이엔 간이 통로들이 나 있다. 나머지 피고들은 이승만 뒤쪽 대여섯 줄 뒤부터 일곱 줄에 이르기까지 세 줄 정도를 차지하며 정자세로 도우미의 안내와 감시 아래 앉아있다.

그들 뒤로 피고들의 재판에서 발언하는 검사와 변호사들이 있다. 맨 먼저 재판정 바로 앞쪽에 이승만이 등장해서 재판을 받는데 주로 부동산을 규제 및 개발한 사례 중심으로 잘잘못을 가리는 방식이다. 처음 신문을 받는지라 재판에서 판단근거가 되는 판결 원칙에 대한 논의도 빼놓지 않는다.

"먼저 네가 재임했던 기간을 말하라."

"1948년부터 1960년까지입니다."

"왜 그렇게 길게 대통령을 했느냐?"

"국민이 원해서입니다."

"너는 국민에게 국토가 무어라고 생각하느냐?"

"생존하는 토지입니다."

"혹시 너희 나라 **국토의 헌법적 가치²⁾**를 아느냐?"

"……."

"네가 제헌국회에 참여하고 집권 후 몇 차례 개정했던 헌법이다."

"……."

"그 속에 담긴 국토관리 최고의 철학을 아느냐 말이다."

"……."

"그것은 국민들과 다른 생명들이 건강하고 평화롭게 최고 최선으로 행복한 삶을 구현하는 땅으로 관리하는 것이다."

"네. 저도 늘 국민들의 행복을 위해 노력했습니다."

"국토의 헌법적 가치를 누가 잘 수행했는가 하는 원칙은 코에 걸면 코걸이, 귀에 걸면 귀걸이식 논리가 존재하면 안 된다" 하고 대왕은 큰 소리로 강조한다. 그러고 대왕은 다른 피고들을 향해 눈길을 보냈다. 그 눈짓만으로도 갑자기 법정은 합창하듯, "네~" 하는 소리로 꽉 찬다. 이승만에 대한 손바닥 회초리 덕분인지 아니면 스스로가 좋은 천국에 가려고 열망해서인지 우주재판에 대해 피고인들은 물론 관계인들에 이르기까지 몰입도가 매우 좋음이다.

합창한 전·현직 대통령들은 국토의 헌법적 가치를 미처 알고 있지 못하였기에 모두들 의기소침해져 있다. 대왕은 큰 소리로 또 묻는다.

"그렇다면 국토의 헌법적 가치를 구현하기 위한 평가 기준은 알고 있느냐?"

"……"

역시 역대 대통령 가운데 그 누구 한 명 대왕의 질문에 대하여 답을 못하고 있다. 정확하게 알지 못할 땐 침묵이 답인가 보다.

"국토와 관련한 국민들의 이슈는 항상 변하게 마련이다. 그래서 이슈에 따라 자칫 국토관리의 질서를 상실하기 쉽다. 국토관리야말로 철저하게 질서를 지켜 행해야 한다. 그것은 너희가 유명 관광지에 입장할 때 줄 서는 질서와는 전혀 다른 차원의 질서다. 관광지 질서는 지켜지지 않았다고 해서 국토가 망가지는 법은 거의 없다. 너희 관계에 불편이 증대할 뿐이다. 그렇지만 국토관리는 질서를 지키지 않으면 국토가 망가진다. 따라서 너희가 최우선해서 지켜야 할 것이 국토관리 질서다. 그것은 지구의 법이며 우주의 법칙과도 연결된다, 알겠느냐?"

하고 대왕은 심기가 불편한 음성이 되어 호령하듯 묻는다. 모든 대통령은 이구동성으로 약간 큰 목소리로 "네~" 하고 대답한다. 다시 대왕은 묻는다.

"국토관리와 관련하여 수많은 이슈를 평가하는 기준은 어느 나라에서나 거의 비슷하다. 또 변함이 없어야 한다. 무엇이라고 생각하느냐. 이승만이 대답해보거라!"

"네, 그것은…. 그것은…" 하고 이승만이 머뭇거린다. 대왕은 다시 이승만에게 묻는다.

"어느 나라든지 그 평가 기준은 똑같다. 그것은 보통 그 나라의 최고 법에 명문화되어있다. 그렇다면 꼬레아 헌법에도 명문화되어있을 것이다. 무엇이라고 생각하느냐?"

"네, 그것은…, 네, 그것은… 혹시 자유와 행복이 아닙니까!"

"그래도 명문대학 출신이라 무언가 말하려 노력은 하는구나. 처음 만들

때 네가 참여하고 또 너의 장기 집권을 위해 계속 개정했던 헌법이 아니더냐. 거기에 나와 있는 국토에 관한 이야기들을 잘 음미해봐라!"

더 이상 대답을 못 한다. 침묵 속에 뒷좌석 피고들에게서 약간의 미동이 있다. 이승만의 머뭇거림을 지켜보던 대기 피고인석의 전·현직 대통령들은 머리를 들고 허리를 곧추세운 채 긴장의 시선으로 재판장인 대왕을 바라보고 있다. 그렇지만 국토의 헌법적 가치나 그 가치를 평가하는 기준에 관하여 알고 있는 피고들이 없기에 약간의 동요가 인다. 모두들 눈 깜빡임이 많아진다. 느슨한 포승줄로 묶인 손을 무릎 위에 얹고 꼿꼿이 허리 세워 앉아있다. 흐트러진 자세를 했다가는 금세 회초리 세례를 받을 수도 있다는 생각 때문이다. 대왕은 대기 피고인석에 앉아서 이 재판을 의무적으로 참관하고 있는 11명의 다른 피고들을 향해 소리친다.

"너희 가운데서 혹시 누군가 너희 국토에 관하여 국민 간에 분쟁이 있을 때 반드시 생각해야 하는 헌법상 국토관리의 평가 기준이 무엇인지 자신 있게 대답할 자가 있느냐?"

침묵이 흐른다. 누구도 나서지 않으려고 한다. 모두 굳은 자세다. 시선만 대왕을 향하고 있을 뿐. 다시 대왕은 이승만 외 11인을 향해 말한다.

"그러고도 너희가 어찌 한 나라의 최고 책임자였었다고 말할 수 있겠느냐. 국토에 관한 철학 없이 국토를 관리했다니 참으로 한심스럽다."

법정은 꽤 오랫동안 침묵이 흐른다. 이승만과 11명의 전·현직 대통령, 검·변호사들과 진행요원들은 대왕의 입만 지켜보면서 모두 잔뜩 긴장해있다. 대왕이 또 입을 연다.

"여기에서 가장 오랜 기간 대통령을 했던 박정희가 한번 대답해보아라!"

허리를 꼿꼿이 펴고 재판장을 응시하고 있던 대기 피고인석의 작은 체구 **박정희**가 갑자기, "네, 박 정자 희자입니다" 하고 씩씩하게 대답한다.

"여기에서는 이름을 간명히 말하라고 했지 않았느냐. 어이, 도우미, 저 박정희도 제정신이 나도록 회초리로 손바닥 한 대!"

작은 체구의 소녀 도우미가 손가락 하나로 박정희를 좌석에서 허공으로 마치 연필을 들듯 들었다가 내려놓는다. 그러고 잠시 일으켜 세운다. 박정희는 자발적으로 양 손바닥을 편다. 한 대 딱! 으으 아이고~ 하고 가느다란 신음을 냈지만 자세는 크게 흐트러지지 않았다.

"너희 가운데서 네가 가장 오랫동안 대통령을 했으니 이승만에게 한 질문에 답을 해보거라."

"......"

잠시 침묵이 흐른다.

"어서 대답해봐라. 네가 재임 동안 헌법 개정을 가장 많이 했지 않았느냐. 그런데도 대답할 수 없다면 참 딱한 일이구나!"

박정희는 잠시 노무현 쪽을 힐끗 본다.

"대왕님."

"그래, 어서 대답해보거라. 그리고 나에게 님자는 붙이지 않아도 된다."

"헌법이야기라면 여기에 사법고시에 합격한 노무현이나 문재인이가 어떠하실는지요?"

대왕은 잠시 미간을 찌푸린다. 자식, 지가 대답할 말을 노무현과 문재인에게 미뤄? 라고 대왕은 말하고 싶지만 참는다.

법정에 잠시 침묵이 흐른다. 눈이 둥그렇고, 볼이 두툼한 **노무현**이 두 눈을 깜박거리다가 입가에 둥근 미소를 지으며 갑자기 손을 들고 말한다.

"네, 대왕님. 부족하나마 제가 답변해도 괜찮겠습니까?"

법정의 분위기가 차디찬 침묵에서 약간의 온기를 띠게 된다. 대왕은 고개를 끄덕이어 노무현이 대신 대답하라는 사인을 보낸다.

"네, 그것은 균형이라고 생각하는데요" 한다.

"평가 기준이 그것 한 가지뿐이겠느냐? 박정희가 이왕 문재인도 거론했으니 혹시 문재인은 의견이 있느냐?"

하고 대왕은 대기 피고인석 맨 끝에 앉아있는 **문재인**에게 묻는다.

"네. 제 의견은 노무현 대통령과 같아서~"라고 말을 흐린다. 그러자 대왕은 이 장소에서는 지구촌 명함을 쓰지 말라는 주의를 보낸다. 대통령이라는 말을 쓰면 다음엔 회초리 세례가 있다고 말한다.

이때 갑자기 **김영삼**이 손을 번쩍 든다.

"김영삼입니다. 제가 거들겠습니다."

"알았다. 그렇게 하라!"

"제 생각에는 자유입니다."

그러자 우주대왕의 얼굴에 미소가 감돈다. 잠시 침묵 후 또 다른 대통령이 손을 든다. 대왕은 지목한다.

"**김대중**입니다."

"그래, 말해보거라."

"평등과 평화입니다."

"아직 그 기준들을 제대로 알고 있지 못하구나. 명색이 대통령을 했다는 자들이 국토관리의 평가 기준을 알고 있지 못하니 니들 국토가 그토록 신음하고 있는 게지."

대왕은 집중 신문인석에 앉아있는 이승만을 비롯하여 그 뒤쪽 대기 피고인석에 세 줄로 줄지어 앉아있는 나머지 11명의 전·현직 대통령에게 명령한다.

"모두들 두 팔을 하늘 향해 쭉 펴고 3분 동안 손들고 눈을 감고 있어라. 만약에 손을 내리는 놈이 있으면 가차 없이 무거운 체벌을 가할 것이다"

하고는 다시 말을 잇는다.

"손을 들고 있으면서 모두들 속으로 반성해라. 내가 대통령 한 것에 대해 조국의 국토에 대하여 참으로 사죄드린다고."

잠시 조용한 침묵이 흐른다. 대왕은 명령한다.

"자~ 지금부터 3분!"

이승만은 집중 신문인석 맨 앞에서 양손을 귀에 붙여 하늘 향해 두 손을 번쩍 든다. 뒤쪽 대기 신문을 위한 피고인석에 세 줄로 일정한 간격으로 나란히 앉아있는 나머지 전·현직 대통령들도 팔목을 귀에 대고 손들기 벌을 받는다.

1분이 흘렀다. 이승만을 비롯 후임 대통령들의 자세가 흔들리기 시작한다. 손을 빳빳이 들고 있기에 부담이 가는가 보다. 대기인석 대통령 가운데 누군가는 손가락 깍지를 끼어 순간 손목 흔들림을 피하려고 애쓴다. 그러면 외수없이 감시하고 있던 도우미의 회초리로 손바닥 때리기다.

딱! 아이고! 딱! 딱! 아야! 아이고! 딱! 딱! 딱! 으음! 아얏! 아이고!

딱 하고 회초리로 손바닥 때리는 소리, 손바닥을 맞으면 예외 없이 아이고 또는 으음 하는 신음이 터지며, 불과 손목 들기 2분이 채 안 될 때부터 3분이 흐를 때까지 이와 같은 장면은 계속된다. 3분 가까이에 이르러서는 체벌 도우미 열한 명이 대통령들을 손 벌리게 하고 힘차게 회초리로 쉼 없이 벌하는 현장이 된다.

딱! 아이고! 딱딱! 아이고, 아이고! 딱딱딱! 아이고, 아이고, 아이고!

가마솥에 콩 볶는 소리인지, 아니면 사격연습장에서 나는 사격 소리인지 분간하기 힘든 회초리 세례 소리와 더불어 부모를 갑자기 저승으로 보낸 효자 아들이 통곡하는 소리가 뒤섞인 소리들로 법정은 한동안 시끄럽다. 자그맣고 예쁜 소녀처럼 생긴 도우미들의 센 힘이 상상도 못 했던 훈육의 힘으로 전환된다. 이러한 의식을 거친 후다. 대통령 피고들은 도우미 소녀들의 단발머리나 또는 긴 머리카락만 보아도 정신이 번쩍 든다.

3분이 흐른 후 법정이 잠깐 술렁거렸다. 모든 대통령이 두 손을 손가락 깍지를 끼고 머리에 얹은 모습이 이 세상에서 가장 무거운 짐을 머리에 이고 있는 듯한 표정들이다.

"이제 팔을 내려라!"

대왕은 말한다. 그러자 대통령들은 머리 위에 얹었던 손을 아래로 내릴 수 있다는 것이 얼마나 큰 행복인가를 뼈저리게 느낀다. 순간 스스로 다짐한다. 우주대왕의 말씀을 잘 들어야지 하고. 대통령들에 대한 잠시의 현장 체벌이 끝난 후 법정은 다시 엄숙 모드다.

침묵 속에 유일한 여성이 두 손을 번쩍 든다.

"박근혜입니다."

"그래, 말해보아라."

"제가 말하기 전에 전화찬스 한번 써도 되겠습니까?"

"그래, 써라."

박근혜는 순간 대포폰으로 누군가에게 전화를 건다. 그러고는 대한민국 국토관리를 평가하는 기준이 무엇인지에 관하여 묻는다. 상대가 대답한다. 잠시 침묵. 박근혜는 우주대왕을 향해 미소를 보낸다. 답을 얻어냈다는 듯한 표정이다.

"네. 그것은 효율과 형평입니다."

갑자기 대왕의 얼굴에 미소가 돈다. 그러고는 부드럽게 말한다.

"거의 가까이 왔구나. 네가 어렸을 적부터 너희 남매 중에서 가장 똑똑하다는 소문은 들어 익히 알고 있었다. 아직 부족한 게 조금 있기는 하다. 그래도 중요한 평가 기준은 말한 거다. 그렇다면 또 묻겠다. 효율은 어떤 뜻이냐. 또 형평은?"

순간 박근혜는 움찔하며 다시 손을 든다.

"대왕님 다시 전화찬스를 써도 되겠습니까?"

"안 된다. 찬스 쓰기는 단 한 번뿐이다."

"……"

우주대왕은 잠시 미간을 찌푸린다. 그러고는 박근혜에게 다시 묻는다.

"그렇다면 국토관리와 관련하여 효율과 형평을 강조한 헌법조문이라도 알고 있느냐?"

박근혜는 미소를 지으며 작은 소리로 "잠시, 전화찬스~" 한다.

"안 된다. 또다시 전화찬스 얘기했다가는 손바닥 두 대다."

박근혜는 매서운 회초리 맛을 알기에 침묵한다.

이승만의 재판을 본격적으로 진행하기에 앞서 역대 대통령들에게 공개 질문을 하는 장이 된 셈이다. 누가 국토관리를 제대로 했는지를 재는 평가 기준을 먼저 숙지시키는 시간이었다. 더 이상의 진전이 없자 대왕이 마무리 말을 한다.

"김영삼이 말한 자유나 김대중이가 말한 평등도 중요한 잣대다. 그런데 그 말은 인권과 관련해서 쓰이는 말이다. 국토와 관련하여 쓰는 용어는 좀 다르다. 박근혜가 전화찬스로 알아낸 효율과 형평이 인권과 비견되는 평가 기준이다. 알겠느냐?" 하고 호령하듯 말하자, 피고들은 잘 훈련된 병사처럼, "네엡~" 하고 마치 하나의 목소리로 법정을 울린다.

잠시 또 침묵이 있은 후 대왕은 말을 잇는다.

"효율은 국토를 얼마나 알차게 쓰느냐 하는 문제이다. 이는 주어진 자원을 그 사회의 이익을 위해서 최고 최선으로 활용하였는가를 따지는 영역이다. 국토계획이나 국토관리의 목표와 얼마나 국토를 잘 맞게 이용했는가를 통해서 효율성의 점수를 잰다."

잠시 후 대왕은 형평성을 설명한다.

"형평은 국토로 인하여 발생하는 이익을 모든 국민이 최대한 골고루 나누어 향유하였느냐를 따지는 영역이다. 이것은 국토를 얼마나 많은 국민이 소유했느냐의 영역이 아니다. 소유보다 과실을 나누는 영역이다."

다시 잠시 쉬었다가 말을 이어간다.

"하나 효율과 형평만으로는 국토관리에 관하여 우열을 가리는 성적을 완전하게 매길 수 없다. 국토는 너희의 몸뚱이만큼 소중한 존재다. 국토가 병이 들면 너희 또한 병이 든다. 국토가 훼손되면 너희 또한 상처받는다. 오히려 국토의 건강은 너희 개개인들의 건강보다 훨씬 더 소중하다. 너희는 국토에서 잠시 머물다가 사라지는 시한부 나그네들이다. 하지만 국토는 영원하다. 그러하기에 너희보다 오히려 후손대대에 더 소중한 게 국토다. 해서 아주 소중한 기준이 또 하나 있지."

모두가 침묵한다.

"혹시 또 하나의 소중한 기준을 누가 아느냐?"

대답은 없고 계속 침묵만 흐른다. 그런 가운데 **전두환**이 손을 든다.

"아까 근혜가 전화찬스 썼는데 저도 전화찬스 한번 써도 되겠습니까?"

"좋다. 그렇게 하라."

전두환은 어디론가 전화를 건다. 효율과 형평 이외에 국토관리의 잘잘못을 가리는 평가 기준을 누군가에게 묻고 대답을 듣는다. 전화를 끊은 후 미소를 지으며 우렁찬 음성으로 말한다.

"환경입니다."

대왕은 옅은 미소를 짓는다. 그러고는 "가까이 가긴 했지만 내용이 조금 다른 용어를 썼다. 너희가 꿈틀대는 모습을 말하는 용어가 있다. 헌법에도 여기저기 그 이념이 분산되어 있다. 그것은 건강한 생명이다. 지속적으로 순환가능한 생명이지. 그냥 줄여서 생명이라 부른다. 환경과 생명은 아주 밀접한 관계에 있다. 하지만 지구촌에서 인류에게 문제가 되는 것이냐의 여부를 결정하는 바른 기준을 제시하는 용어로서는 생명이 더 정치精緻하지"라고 말한다.

잠시 침묵 모드. 대통령들을 앞혀놓고 대왕은 큰 소리로 선언한다.

"이놈들아. 앞으로 이 법정에서는 너희 한 명 한 명을 놓고 국토를 잘

관리했는가에 대하여 평가할 것이다. 잘잘못을 가리는 기준은 **생명성生命性, 효율성效率性, 형평성衡平性**이다. 대통령으로 재직할 당시 이들 기준을 잘 지켜 국토의 헌법가치에 부합하였는가에 따라 심판 점수를 매길 것이다. 이 점수의 비중이 70점이다. 나머지 30점은 전통 방식으로 매긴다. 알겠느냐?"

하고 말하자 다시 열두 명의 피고가 한목소리로 "네" 하는 합창의 소리가 법정을 울린다.

"**국토의 헌법가치 평가 기준3)**을 잘 숙지했을 것이다. 물론 이러한 평가 기준은 주로 사람들을 대상으로 판단할 것이고, 평가의 결과에 따라 너희 각자가 앞으로 만년 가까이 지내야 할 천국 유형이 결정된다. 알겠느냐?"

"네~ 넵. 네~" 하고 법정이 떠나갈 정도로 우렁차게 열두 명이 대답하는 소리가 합창처럼 이어진다.

"대통령은 지구촌 한 나라에서 막강한 힘을 행사한다. 그래서 국토에 관해서 그 누구보다도 힘센 권력을 휘두르지. 국민 개개인은 자신의 땅에 작은 건물 한 동 짓는 데도 정부의 허가를 받지. 허가받지 않고 한 행위는 벌을 받지. 그러나 너희는 국토 곳곳을 정치적 목적으로 난도질을 해도 처벌받는 경우가 거의 없다. 그 결과 지구촌은 너희 같은 무지한 지도자들이 정치적 목적 때문에 훼손한 곳들이 여기저기에 널려 있다. 그 잘잘못을 가리는 일은 매우 중요한데도 여태껏 그런 일을 하는 제도적 장치가 없었다.

더구나 어떤 대통령들은 즉흥적 결정으로 국토를 유린하기도 했다. 유린당한 국토는 오랜 세월 너희와 너희 후손들의 생명을 위험에 빠뜨리고 생활을 황폐하게 만든다. 그러므로 국토에 관하여 가장 힘센 권력을 행사해 왔던 너희를 심판할 필요가 있다. 오늘 비로소 너희가 한 행위에 대하여 잘잘못을 가리려 한다. 물론 상벌을 내리기 위함이다. 상벌은 너희가 오랫동안 생활해야 할 천국 정하기다. 천국 정하기는 누군가에겐 동일한 천국일 수도 있고, 또 누군가에겐 다른 천국일 수도 있으며, 그리고 누군가에겐 앞으로 잠시 시간이 흐르면 오랜 세월 지내게 될 새로운 시간과 공간일 수도 있다."

대왕은 잠시 말을 쉬었다가 다시 큰 소리로 말한다.

"알겠느냐?"

마치 한 사람이 큰 소리로 대답하듯이 "네!" 하는 12명 대통령의 합창이 법정을 다시 크게 울린다.

이승만에 대한 본격적인 신문이 이어진다.

3장

피고인 신문 訊問

1. 이승만(李承晚)

땅신은 이승만에 대하여 이야기한다. 프로필과 주요 행적에 관한 땅신의 간략한 소개가 끝났다. 대왕이 땅신에게 묻는다.

"이자가 통치할 동안 국토의 상황은 어떠했나?"

곧바로 땅신은 대답한다.

"당시는 농업국가였습니다. 전 국민 90% 정도가 농업에 종사했지요. 옛날부터 1960년대까지 꼬레아 대부분의 국민은 농업 위주로 땅을 사용했습니다. 물론 당시에도 이자가 한마디 하면 국토는 손쉽게 개조되곤 했는데 극히 일부의 특수개발을 제외하면 주로 농지정리와 수리사업 및 도로개설 사업 등이었습니다. 재임 기간 6·25가 터집니다. 6·25 이후 좌빨타령이 더욱 극심해졌지요."

대왕은 그래, 음, 그래, 하며 땅신의 말을 경청한다. 그러다가 농지의 소유와 이용에 대하여 획기적인 변화를 가져온 지주가 직접 경작하느냐의 여부에 따른 농지 이용 방식에 대하여 땅신에게 묻는다.

"삼국시대 이후 조선조까지 꼬레아의 농지제도는 지주가 소작인에게 경작하게 하고 그 대가로 수확물의 일정비율을 받는 소작이 대세였지 않나. 해방 직후에는 줄었다가 최근 다시 옛날처럼 소작농이 반수를 훨씬 초월하고 있지 않나. 그래서 제헌 헌법 초안에는 꼬레아의 전통적인 농지소작의 대세를 유지하는 법안으로 되어 있지 않았었소. 그런데 영농의 효율화를 방해한다고 하여 일부 국가에서 반짝 시행했다가 폐지시킨 경자유전耕者有田 조항이 삽입된 이유가 무엇인가?"

"네. 그 이전에 유럽 일부에서 제도화해서 시행했다가 폐기시킨 제도를 차용하여 논리를 제공한 미군정美軍政의 강력한 권유에 의한 것이었습니다."

"당시 국민 대부분이 농업인이었기 때문에 비록 영농의 효율화에는 부합하지 않지만 다수의 민심을 달래기 위한 탁월한 수법이 될 수 있었겠군."

"그렇습니다. 국민 가운데 대부분이 소작농민이었으니까요."

대왕은 땅신과 대화하다가 이승만으로 바꿔 묻는다.

"그런데 그러한 조문을 왜 너희가 제안하지 못했느냐?"

"그것은 미처…"

하고 이승만이 어물거린다.

"물론 지금은 그 조문이 농촌을 오히려 황폐화하는 힘으로 작용하는 면이 크다. 그렇지만 그 조문은 당시 국민 다수 여론을 국가의 편으로 끌어들이는 데 요긴하게 작용했겠지."

대왕은 땅신에게 다시 묻는다.

"이 당시의 부동산값은 어떠하였나?"

땅신은 부동산값에 대해서는 지킴이 대신 대답하도록 유도한다. 그리하여 우주대왕과 땅신 이외에 꼬레아의 땅값과 관련해서는 지킴의 증언이 심리의 주요 내용을 이루기 시작한다. 지킴이 대답했다.

"당시 농업 용지의 가격은 수익을 중심으로 셈하는 수익가격으로 매겨졌고요, 주택가격은 생산비로 값이 매겨지는 원가방식으로 헤아리는 게 일반적인 거래관행이었습니다. 대부분의 국토의 가격은 일정한 척도로 헤아렸습니다. 그때의 거래관행은 땅에서 수확하는 쌀의 양으로 산정하는 것이었습니다. 집은 땅값 더하기 건축비였습니다. 그래서 가옥에 건물을 건축하기 전의 땅이 무슨 용도였는가를 따져서 집터 조성 전 땅을 가리키는 원지原地 또는 소지·素地의 가격에 집터로 전환하는 조성비造成費를 얹으면 택지값이 됩니다. 주택값은 택지값 더하기 건축비였던 셈이지요. 철저하게 생산비 법칙이 주택값의 계량에 작용했습니다. 당시 대부분의 한 평(3.3m²)당 논값은 쌀로 작은 한 말, 밭 한 평 값은 쌀로 한 되, 임야 한 평은 밭값의 약 10분지 1에서 100분지 1에 해당했습니다."

"가장 비싼 게 논값이었단 말이오?"

"네, 경작지에서는 그랬습니다."

"밭값은 논값의 10분지 1 정도에 불과했단 말이오?"

"네, 당시는 논값이 가장 비쌌습니다."

"임야값은?"

"훨씬 더 쌌습니다. 깐보리 열 되가 쌀 한 되 값이었는데 임야값은 매우 낮아서 당시에는 쌀값보다 훨씬 값싼 보리나 옥수수 값으로 헤아리기도 했습니다. 밭 한 평이면 임야 100평(330m²) 이상을, 논 한 평이면 임야 1,000평(3,300m²) 이상을 살 수 있는 경우가 태반이었지요."

"그렇다면 집터는?"

"논을 메워 집을 지은 경우에는 논값에 조성비를 보탠 값이었고요, 밭에다 집을 지은 경우에는 밭값에 조성비를 보태는 식으로 셈을 하였습니다. 대부분 밭이나 임야를 집터로 쓴 경우가 많았지요. 그래서 집값 가운데 집터인 땅값은 매우 작은 부분이었습니다. 왜냐하면 논을 집터로 쓴 경우는 극히 드물었으니까요. 당시는 주택 하면 단독주택이었지요. 넓은 마당을 가진 집이라고 하여도 건물값이 부지값보다 몇 배나 더 비쌌습니다. 우리나라에서 삼국시대에는 물론 조선조까지 오랫동안 가옥에서 부지인 땅은 가옥(건물)의 종물從物로 취급해왔습니다. 가옥 중 건물이 **주물主物4)**이었던 셈이지요. 물론 일제 강점기에 민법(구민법 및 조선부동산등기령)을 우리 땅에 적용하면서부터 법적으로 토지는 건물과 별개의 물건처럼 취급되기 시작했지요. 그렇지만 법적인 변화와는 달리 가옥에서 차지하는 토지의 값은 미미한 수준이었습니다."

"아하! 그 당시에는 택지값이 매우 쌌군요. 논 한 평 팔면 택지 100평을 살 수 있는 경우도 허다했군요. 그러하니 건물값에 비하여 땅값이 차지하는 비중이 훨씬 작았겠지요."

"그렇습니다. 주택에서 건물이 주물처럼 취급되어왔는데 이러한 경제적인 거래 관행은 1960년대 초기까지 이어져 왔다고 할 수 있지요. 다만 취락이 집단으로 형성된 곳에서는 그러한 기본 위에 약간의 위치값이 따라붙었습니다. 하지만 당시는 위치가치가 다양한 게 아니었기에 위치 선호도가 집값에 미치는 영향이 지금처럼 극심하지는 않았습니다."

"그렇다면 전국토의 값이 그다지 차별화되어있지 않았겠군요."

"그렇습니다. 지방 소도시 집터와 서울 집터의 값 차이가 작았습니다. 지방 집 한 채 팔아 서울 집 한 채를 마련하는 게 어렵지 않았습니다. 특히 시골 논을 팔아 서울 집 장만하기는 아주 쉬웠습니다. 그렇지만 농업이 가장 소중했던 때라 농민인 시골 사람들이 굳이 상경할 필요가 없어 그냥 시골에 눌러 살았습니다."

지킴과 대화하다가 상대를 바꿔 대왕은 땅신에게 당시의 주요 국토개발사업에 관하여 묻는다. 땅신은 이승만 재임 당시에도 일제 강점기처럼 도로 확장사업을 꾸준히 해왔다는 말을 빼지 않는다. 신작로라고도 불린 비포장 도로 개설사업은 주로 취락과 취락의 교통을 이어주는 사업이었다고 설명했다. 해방 후에도 국도와 지방도의 신설 및 확장 사업은 계속되었다고 했다. 전후 복구사업이며, 충주 비료공장의 건설 등과 원자로 건설사업, 도시계획에 의한 여러 가지 사업을 나열하였다. 그러나 수도권에는 그다지 큰 변화가 없었다.

물론 도시개발에 따른 법의 정비가 필요했다. 경제개발계획을 모색하였으나 체계적으로 밀어붙이지 못했다. 그렇지만 당시 일본의 강점시대에 써오던 법을 그냥 써왔기 때문에 도시계획이나 토지수용 등을 하는 데 별문제가 없었다. 새로운 도시 관련 제도를 만들어가는 과정에서 4·19가 터졌다는 등의 말을 땅신은 이어갔다.

이번에는 대왕이 지킴에게 다시 묻는다.

"당시의 손실보상은 시장에서 정상적으로 거래되는 가격을 충분하게 반영하는 시가보상을 하였나요?"

"시가보상이 아니었고요, 상당한 보상을 하면 위헌이 아니도록 정해져 있었습니다."

"저런. 현실은 어떠하였소?"

"그 당시는 정부의 예산이 궁핍한 시대였지요. 공익사업 용지로 지정된 땅은 사업 시행이 언제 될지 막연하였기에 저주받은 땅처럼 여겨져 실거래 가격이 시가보다 현저하게 낮았던 게 대부분 거래시장에서의 현실이었습니다. 설혹 사업 시행이 되더라도 보상가격이 주변 시세보다 현저하게 낮았습니다. 뿐만 아니라 정부가 예산을 배정하지 않으면 공익사업 용지로 오랫동안 묶여 토지 이용 제한을 당하고도 아무런 보상을 받을 수 없었습니다."

"도시계획 시설용지로 계획되는 경우 선진국 같았으면 사실상의 유사한 수용으로 인정하게 하고 보상을 구하는 소송이 줄을 이었겠네요."

"네. 꼬레아에서는 그때도 그렇지만 지금도 이용제한에 대한 소유권 침해소송을 거의 인정하지 않고 있는 추세입니다."

"그만큼 법관들마저도 토지재산권의 보호가 국토의 헌법적 가치를 지켜내는 데 왜 중요한지에 관하여 논리가 빈곤한 현실인 것이겠지요?"

"네. 보상가격이 국토이용과 밀접한 관련이 있다는 점을 잘 모르고 있습니다."

"보상시스템이 국토의 헌법적 가치를 훼손하고 있고, 무조건 무보상인 과도한 이용규제 또한 국토의 헌법적 가치를 심각하게 훼손해왔을 것이고요."

대왕은 한숨을 푹 내쉰다. 이자에게 이제 와서 시가보상이 효율적 시장을 유지하는 주요 요소 가운데 하나이므로, 왜 국토관리에 있어 자유시장 경쟁의 원리라고 하는 시스템을 작동시키는 데 매우 중요함을 교육시켜봐야 때는 이미 늦었다는 생각이 앞서는 것이다. 잠시 무엇인가를 말하려 하다가 또다시 한숨을 푹 내쉬며 참는다. 그러고는 이승만을 향한다.

"국토관리에 관하여 무지로 출발하였구나. 물론 이승만은 요즘 수도권 집값 문제 때문에 시끄러운 일과는 별로 상관없이 지낸 편이다. 환경이 그러했으니까 말이다. 그렇다고 하더라도 공과는 있는 법이다. 공과에 따른 최종 판단은 나중 모든 대통령을 다 신문한 후에 할 터이니 그리 알거라. 혹시 나에게 하고 싶은 말이 있느냐. 피고는 최후진술을 장황하게 할 필요가 없다. 본인은 심판에 필요한 사실관계는 물론 국토관리에서의 본인의 의도를 정확히 알고 있기 때문이다. 그렇다고 하더라도 하고 싶은 말이 있으면 간략하게 말해보거라."

이승만의 최후진술이다.

"저는 진심을 다해 우리의 금수강산을 사랑했습니다. 국민의 기본재산과 관련된 민법을 제정했고요, 부동산등기법도 제정했습니다. 특히 농사짓는 농민께서 농지를 소유할 수 있도록 농지개혁법까지 만들었습니다. 진심을 다해 국민들을 사랑했습니다"

라는 짧막한 말로 진술을 맺는다. 그러자 대왕은 말한다.

"더 이상 할 말이 없다면 검사와 변호사가 각각 말할 기회를 갖도록 하자."

그리하여 먼저 이승만의 죄업을 추궁하는 검사가 등장한다.

"독립운동을 했습니다. 하나 동료들처럼 중국 등 험지에서 싸운 게 아니고 꽃밭 미국에서 주로 지냈습니다. 미국의 귀족 영재들이 많이 다니는 대학을 나왔습니다. 맥아더와 잘 지내려고 무척이나 애썼습니다. 미국의 비호 아래 대통령이 되었습니다. 제헌국회에서 대통령이 된 이후 전쟁 중에 직선제 개헌을 해서 다시 집권합니다. 그 후에도 두 차례나 장기 집권을 위한 헌법 개정을 합니다.

반공과 반일의 길을 걸었습니다. 물론 반일은 경제 협력의 물꼬를 트려고 많이 약화시킵니다. 제주 4·3사건이나 여순사건 등은 이자의 국민에 대한 사랑이 어느 정도였는가를 가늠하게 합니다. 모두 품고 가야 할 멀쩡한 국민들을 좌빨로 몰아 살육하는 일까지 발생하게 했습니다. 6·25 때 자신은 먼저 한강을 건너 남으로 피신하고 한강다리를 폭파하게 했습니다. 그당시 한강다리를 건너지 못해 수많은 국민이 적군에게 희생당한 일만 봐도 이자의 국민 사랑의 허구를 엿볼 수 있습니다.

그런데도 자신의 대통령직을 즐겼습니다. 헌법을 개정하여 장기 집권을 꾀했습니다. 이자의 재임 동안 국토는 크게 변하지 않았습니다. 왜냐하면 농경시대를 벗어나지 않은 때였으니까요. 농지는 되도록 골고루 실제 경작 농민들이 소유하게 하는 법을 만들었습니다. 미군정의 강권에 의한 것입니다. 그랬으면서 마치 자신이 한 일처럼 농민들에게 생색은 다 냈습니다. 오늘 여기에서도 거짓말하고 있지 않습니까?"

검사가 약간 흥분한다.

잠시 침묵 후 검사의 말이 이어진다.

"매우 파렴치함을 웅변하는 사례입니다. 전후 재건에 진력을 다해야 함에도 불구하고, 자신의 장기 집권에만 혈안이 되었다가 4·19가 일어나 권좌에서 밀려났습니다. 겉은 국민을 위한다고 하면서도 속은 자신의 장기 집권 야욕과 영화만 추구한 역사의 죄인입니다. 당연히 악마 천국에 보내야 합니다."

검사의 추궁이 끝났다. 곧이어 변호인의 변호가 이어졌다.

"공부를 잘했습니다. 맥아더 장군이 그 권위에 기가 꺾일 정도로 미국에서 좋은 대학과 대학원을 나왔습니다. 독립운동을 열심히 했고요. 대통령이 된 이후 가장 심혈을 기울인 건 교육이었습니다. 문맹률이 높았던 시절이었습니다. 이자가 통치를 한 후 문맹률이 급격하게 떨어질 정도로 많은 국민이 배우도록 유도했습니다. 수많은 교육기관을 창설하게 했습니다. 대학 또한 많이 설립되었지요. 오늘날 우리 사회가 깬 사람들로 둘러싸여 있는 것은 항상 아는 것이 힘이라고 외친 이자의 통치철학과 실행에 의한 영향이 큽니다.

헌법에 명문화된 경자유전의 원칙에 따라 농지개혁법을 제정했습니다. 대지주들의 농토를 지가증권으로 매입하여 농민들에게 유상분배를 한 점은 높이 살 만한 업적입니다. 경지정리사업을 많이 했고요, 수리시설 등도 전 국토에 많이 건설했습니다. 원자력을 도입했고요, 비료공장 등 공업화의 길도 열었습니다. 좀 더 집권했더라면 산업화는 물론 민주화도 크게 앞당겼을 것입니다. 오히려 기초산업이나 기반산업이 지금보다 더욱 튼튼하게 성장했을 것입니다. 대통령마다 공과가 있겠으나 이자가 최단시간 안에 국민을 문맹으로부터 해방시킨 공적은 세계사에 유례가 없습니다. 당연히 맑은 천국에 보냄이 마땅하다고 생각합니다."

변호사의 말이 끝났다. 곧바로 우주대왕은 말을 이었다.

"여기는 주로 대통령들의 부동산 정책들이 국토관리의 원칙에 잘 부합했는가를 따지는 자리다. 국토관리와 유관한 이야기를 중심으로 마지막 구형이나 변호가 이루어져야 했는데, 이들의 인성을 알 수 있는 최소한의 치적을 중심으로 추궁하고 변호하는구나. 알겠다. 그러한 점도 천국의 종류를 정할 때 중요한 비중을 차지하기는 하지. 그렇지만 주된 논점은 아니다. 어디까지나 부차적인 것일 뿐."

잠시 쉬었다가 다시 말을 잇는다.

"이자가 통치할 때 보상 규정이 시가보상이 아니고 비록 시가에는 못 미치더라도 적당한 가격으로 보상하는 상당보상으로 정한 건 국토관리에서 상당한 실수다. 그러한 규정 하나가 얼마나 국토를 망가뜨리는 것인가에 관하여는 자세히 말할 기회가 있을 것이다. 다만 이자가 통치했을 당시의 상황은 부동산값에 큰 변화를 몰고 올 정도는 아니었구나. 급격한 산업화가 전개된 게 아니라서 특별한 부동산 대책을 크게 요구하지 않은 시절이었다.

따라서 부동산 개발에 따른 생명성이나 효율성, 그리고 형평성을 구체적으로 판단하여 점수를 매길 만한 건수가 그렇게 많지는 않다. 그렇다고 해서 잘잘못 가리기를 유예하지는 않는다. 단지 환경이 그러했을 뿐이기 때문이다. 따라서 국토관리를 잘 했는가의 여부는 이자가 국민을 진심으로 잘 섬겼는지 아니면 자신의 집권욕에만 천착했는지를 관찰하여 살필 것이다. 이자의 성향으로 봐서 국토와 관련된 상황을 가정해놓고 그 가정된 상황에서 국토관리를 어떻게 했는가를 유추하여 판단할 것이다."

대왕은 다시 말을 이었다.

"생명성의 관점에서 이승만은 30점 배점에 15점, 효율성의 관점에서는 30점 배점에 13점, 형평성 관점에서 30점 배점에 9점, 정성평가에서는 장기독재를 했으나 4·19 때 국민을 향해 무자비하게 끝까지 발포하지는 않았으므로 10점 중 4점을 부여할까 한다. 그러나 정확한 점수는 나중에 모든 피고를 일괄해서 심판할 때 발표할 것이다."

침묵이 흘렀다. 이승만은 스스로의 점수가 너무 낮아 혹여 지금 있는 천국과 다른 천국으로 갈 수도 있다는 생각에 파르르 떨었다. 다시 대왕이 말을 이었다.

"판결 주문과 정확한 점수 발표는 개인별로 하지 않고 피고들을 한 그룹으로 묶어서 한꺼번에 행할 것이다. 그러하니, 다음 차례를 준비하라."

그리하여 한 소녀 도우미의 안내를 받아 등장한 인물은 윤보선이었다. 귀공자풍인데 머리가 희끗희끗하고 안경을 썼다. 대통령들이 열 지어 있는 곳 중 윤보선이 앉아있던 좌석으로는 이승만이 안내되어 들어가 앉고, 이승만이 앉아있던 집중 신문을 위한 대표 피고인석에 윤보선이 안내되어 앉는다.

2. 윤보선(尹潽善)

윤보선이 나온다.

지팡이 대신 몸 부축을 받으며 버선 신고 나온다.

걸음을 돕던 몸 부축 도우미가 집중 신문인석 옆으로 물러서자마자 잠시 일어서있는 윤보선에게 대왕이 묻는다.

"이름은?"

"윤보선입니다."

"너의 재임 기간을 말해보거라."

"1960년도 4월부터 1961년도 5월까지 약 1년 동안입니다. 그것도 실질적으로 당시는 개헌을 통해 내각제를 시행했기 때문에 대통령으로서의 권한은 거의 없었습니다."

"비록 힘은 없었다 해도 대통령은 대통령이었다. 왜 그렇게 짧은 기간만 통치했느냐?"

"제 뜻이 아니옵고, 박정희가 갑자기 나타났기 때문입니다."

잠시 침묵. 대왕은 윤보선이 집중 신문인석에 앉도록 한다. 그러고는 땅신에게 이자가 재임한 동안 행했던 주요 국토 관련 사업을 묻는다. 땅신은 내각책임제 아래 사실상 장면이 통치했지만 명목상 대통령이기 때문에 윤보선 편으로 대답함을 양해하라 하면서 말을 잇는다.

"소규모의 도시계획 사업들은 전국 곳곳에서 행해졌습니다. 그러나 이자의 재임 기간은 짧았습니다. 또 이승만 정부 때의 부정선거 및 축재자에 대한 사회적 심판을 요구하는 여론으로 사회가 어수선한 때 이를 수습하느라 우왕좌왕하다가 권력을 잃게 됩니다. 보상제도는 상당보상에서 완전보상인 시가보상으로 바꿀 준비를 했습니다."

"그래. 보상의 중요성이 국토 이용에 많은 영향을 미치는 걸 어렴풋이 이해하고 있었나 보구나."

"그보다는 단순히 독재 시대에서 민주화 시대로 넘어가는 흐름 속에 재산권의 보호도 민주적인 정신에 맞추려는 뜻이 있었던 것 같습니다."

잠시 침묵이 흐른 후 대왕은 땅신에게 말을 이어가도록 한다.

"해방 이후 10년 넘게 써오던 일제의 법들을 정비하는 도중에 5·16을 맞습니다. 민법, 도시계획법, 토지수용법, 건축법 등은 일제 때 것을 적용해 왔지만 이들 법들을 새롭게 제정하기 위하여 작업이 거의 진행되는 가운데 5·16을 맞은 것입니다. 특히 이자는 스스로 권좌에서 물러난 후 죽을 때까지 박정희 독재와 싸웁니다. 그러나 이자의 재임 기간이 짧고, 과거사 정리를 요구하는 사회적 저항도 관리하느라 의욕적으로 내세울 만한 일을 할 수가 없었지요. 그래도 경제개발 3개년 계획을 추진했고요, 이승만 시대에 건설한 비료공장이나 원자력발전소 등을 확대할 계획도 세웠습니다. 물론 헌법 개정에도 손을 댔는데 시가보상도 계획해두었습니다. 또한 시장 원리를 존중하며 공업화에 따른 각종 개발계획을 세우고 실천을 앞두고 있었습니다. 다만 이러한 추진력은 실질적으로 장면의 내각에 의해 진행된 것이었지요."

대왕은 지킴을 향해 한마디 한다.

"당시 부동산값에 대하여 말해보시오."

지킴이 답한다.

"농업인구 90%는 이승만 시절과 큰 변화가 없었지요. 해서 농지와 임야는 쌀을 통해 토지가 거래되는 수익방식의 관행에 의해 평가되어 거래되었습니다. 주택값은 여전히 생산방식원가방식으로 가치를 셈하여 거래되었지요. 논, 밭, 임야의 순으로 가격 기조는 크게 변함이 없었습니다. 수많은 국유지가 이승만 시대에 이어 이 시대에도 변칙으로 매각되는 등으로 사유화되기도 했습니다. 도시 쪽 땅값은 점차 농촌 토지보다 더 높은 상승세를 이어왔지만 대부분 단독주택의 경우 아직도 주택값에서 건물값이 차지하는 비중이 훨씬 높았습니다. 역시 가옥이라고 하면 건물과 토지의 결합입니다. 그런데 토지값이 건물값에 비하여 지나치게 비중이 낮았기 때문에 비록 법적으로는 건물이나 토지 모두 각각 주물이었지만 경제적으로는 마치 토지는 종물從物처럼 취급되어 건물 등기만으로 가옥을 거래하는 경우도 많았습니다."

지킴의 당시 부동산값 이야기가 끝난 후 땅신은 보충 증언을 한다.

"당시에는 조선조 후기와 같이 권문 세도가가 그랬던 것처럼 땔감의 공유를 관행적으로 묵인해온 산지를 사유화한 경우가 많았습니다. 그래서 관습상 땔감 채취권과 산지山地, 임지·林地에 대한 사유 재산권이 충돌하는 경우가 많이 발생했습니다. 국토의 대형 개발사업은 드물었고요. 도로의 확장 등 공익사업 등만 간헐적으로 행해졌습니다. 워낙 재임 기간이 단기인지라 특별히 추진하여 완성한 사업이 아주 적습니다."

땅신과 지킴의 대왕에 대한 보고가 끝났다. 대왕과 윤보선의 문답.

"할 말 있으면 더 말해보거라!"

"당시 산업 부흥을 위해 청사진을 짜고 있었습니다. 그런데 갑자기 박정희가 총을 들이대고 권력을 강탈해가는 바람에 계획이 수포로 돌아갔습니다. 국가를 지키라고 양성한 군대를 개인의 야심을 위해서 사용하는 자 앞에서 저는 무력할 수밖에 없었습니다. 쿠데타 당시 미군 쪽에서 은밀하게 저한테 연락이 왔습니다. 쿠데타 세력을 제압하도록 제가 미군 측에게 명령만 한다면 미군이 협력하겠다고 했습니다. 그러나 쿠데타 포고문에서 몇 개월 내에 군인은 원래의 임무를 위하여 복귀한다는 선언을 했고 그 선언을 저는 믿었습니다. 설마 쿠데타 세력들이 공개 선언한 약속마저 번복하겠는가라고 하는 생각에 군인들의 양심을 믿고 미군의 개입을 극구 말렸습니다. 그러나 저의 믿음은 매우 순진하기 짝이 없었다는 걸 곧 깨달아야 했습니다. 장면 총리가 국토관리에 대한 청사진을 만들었지만 현실화하기 전에 이들이 권력을 강탈해간 것입니다."

윤보선은 스스로의 삶이 매우 억울했다는 생각을 깊이 새기고 있었다. 그러나 역사는 되돌릴 수 없는 법.

다음으로 검사의 추궁이 이어졌다.

"정권을 잡았으면 책임 있게 행정을 이끌어가야 합니다. 그런데도 우유부단했습니다. 그것이 박정희에게 쿠데타를 정당화하는 구실로 악용하게 한 것 중 하나이기도 했고요. 도시계획에 있어서도 좀 더 미래를 내다보는 노력과 실행이 요구되는 때였는데도 그렇게 하지 못했습니다. 물론 제대로 통치하지 못했으니 그렇게 할 수밖에 없었다는 변명을 하겠지요. 또한 헌법상 재산권 조항을 정상으로 되돌려놓으려는 적극성을 보이지도 않았습니다. 국토에 관해서 특별한 철학은 없었습니다. 흐린 천국에 보내져야 온당하다고 판단합니다."

다음으로 변호인 말이 이어졌다.

"자신의 뜻과는 달리 통치 기간은 짧았습니다. 뿐만 아니라 당시는 사실상 내각제였기 때문에 실권을 휘두를 수가 없었습니다. 그렇지만 국민들의 다양한 의견을 매우 민주적으로 수렴하려고 노력했습니다. 민주주의는 갈등과 토론을 먹고 성장하지 않습니까. 자신의 의견을 옹호하는 주장은 물론 항상 반대 의견을 내는 정적의 의견이라도 끝까지 경청하는 매우 합리적인 사람이었습니다.

왕권과 독재와 독선에 길들어온 사람들의 눈에 비추어 보면 토론이 마냥 싸움으로 비쳐 그게 혼란으로 보일 수도 있습니다. 그래서 일부에서는 윤보선을 우유부단했다는 식으로 비난하기도 합니다. 그러나 윤보선이야말로 대한민국의 대통령 가운데 가장 민주적이고 합리적인 통치자였습니다. 만약 이분이 헌법 개정을 해서 실권을 회복하여 계속 통치했다면 국토관리는 매우 민주적인 의사결정으로 계획되고 실행됐을 것입니다. 필요한 경우에는 규제하고 필요하지 않는 경우에는 자유시장 경제의 원리에 의해 운용되게 유도하여 해방 이후 지금까지 자행해온 국토 훼손 행위는 최소화되었을 것입니다. 당연히 맑은 천국에 있어야 한다고 판단합니다."

이리하여 윤보선에 대한 신문이 모두 끝나고 대왕의 마지막 판단만 남게 되었다. 대왕은 말한다.

"이자에 대한 판단 또한 이승만과 크게 다를 게 없다. 점진적인 공업화를 추진했지만 실권은 없었다. 그래서 헌법 개정까지 시도한 점도 엿보인다. 당시에도 농업경제 위주의 세상이었다. 본격적으로 개발을 요하는 상황이 아니었기 때문에 국토관리에 관하여 생명성, 효율성, 형평성을 판단하는 건 이자의 통치 스타일을 통해서 시뮬레이션을 돌려 유추해볼 수밖에 없다. 이승만은 독재자였으므로 자신의 권력 유지를 위하여 국토를 얼마든지 훼손했을 수도 있는 위인이었다. 하나 이자는 매우 민주적인 의사결정을 존중했으므로 분명한 점은 국토의 관리에 있어 매우 합리적인 의사

결정을 했을 가능성이 이승만보다는 훨씬 높았다고 본다. 때문에 당연히 이승만이 지내야 할 곳과는 차별화된 곳으로 배속되어야 마땅하다. 다만 구체적인 결정은 그룹별로 나중에 한꺼번에 선언할 터이다."

이리하여 윤보선의 신문은 최종 심판만 남기고 모두 진행된 셈이다. 대왕은 말한다.

"이자는 생명성 16점, 효율성 14점, 형평성 10점, 정성평가 7점이지만 워낙 자신의 통치가 자주적으로 이루어진 게 없으니 다른 피고들과는 차별화가 필요할 것이다. 어쩌면 이자는 최규하와 함께 피고의 대열에서 제외될 수도 있을 것이다. 만약 제외된다면 현재 있는 천국에서 계속 지내게 될 것이다. 이 또한 최종 심판에서 결정할 것이다."

잠시 피고인들의 이동이 이루어졌다. 또 브레이크 타임도 갖는다. 윤보선은 방청석과 가까운 피고인 그룹으로 옮겨갔다. 이어 피고인 그룹에 앉아 있던 박정희가 나온다.

3. 박정희(朴正熙)

해방 이후 꼬레아를 가장 오래 통치했던 박정희.

작은 체구, 까무잡잡한 얼굴, 입술 굳게 물고 어깨 약간 건들거리며 나오다.

박정희는 윤보선과 자리바꿈을 하여 피고인석에 앉는다. 대왕은 묻는다.

"이름은?"

"박정희입니다."

"너의 실제 재임 기간을 말해보거라."

"1961년 5월 16일부터 1979년 10월 26일까지 20년이 채 못 되는 기간이었습니다."

"정확하게도 말하는구나. 왜 그렇게 오래 통치했느냐?"

"저는 항상 주어진 임기만 빨리 마치고 쉬고 싶었습니다. 그러나 국민은 늘 제가 더 오래 통치해주기를 원했습니다. 당시 북한도 장기 통치 시대였고요. 나중에는 북한과 보조를 맞추기 위한 점도 고려했습니다."

잠시 침묵. 대왕은 이자가 거짓말하는 걸 알고 쓴웃음을 짓는다.

"여기의 심판관들은 너희의 모든 행동거지를 죄다 알고 있다. 너희의 속마음까지 훤히 들여다보고 있다. 국민들이 늘 원해서 장기 집권할 수밖에 없었다는 말에 내가 쓴웃음을 지으며 웃었노라."

대왕의 말에 순간 박정희는 아차 한다. 저들의 머릿속에는 엄청난 정보와 거짓말탐지기까지 갖추어져 있다는 확신을 하면서 그만 고개를 숙인다. 그러나 말은 이미 던졌으므로 순간 자숙 모드가 최선이라고 판단한다.

약간의 침묵이 흐른 후 땅신은 박정희의 국토관리 상황을 보고한다.

"이자는 역대 대통령 가운데 국토개발을 가장 많이 한 통치자였습니다. 우선 일본의 이야기를 조금 하겠습니다. 이승만과는 달리, 이자가 정권을 잡은 후 경제성장을 위해 일본과의 관계를 적극적으로 활용했습니다. 세계대전을 일으킨 일본은 미국한테 패망합니다. 미국은 패망국 일본을 발판으로 세계 최강의 민주국가를 구현하려고 합니다. 그래서 일본에 미군을 주둔시키면서 적극적으로 일본의 전후 복구를 돕습니다.

세계대전 직전의 일본은 선진화된 공업국이었습니다. 그러나 전쟁으로 국토는 상처투성이가 되었죠. 경제 또한 피폐해져 있었고요. 미국의 적극적인 지원은 전후 일본의 폭발적인 부흥을 도와줍니다. 일본은 꼬레아를 자신의 나라처럼 오랫동안 통치해오다가 미국과의 전쟁에서 패하는 즉시 모든 점령지에서 물러납니다. 초대 대통령 이승만은 일본의 통치로부터 벗어나기 위해 독립운동을 한 사람이었습니다. 그래선지 그는 반일감정이 강했지요. 그의 집권 초기에는 일본과 긴장 및 소원관계를 유지합니다. 말기에는 일본과 우호적인 관계를 유지하기도 했지만 본격적인 협력관계는 형성되지 못했습니다. 박정희의 등장은 일본과의 관계에 있어 큰 변화를 가져오게 됩니다."

대왕은 두 차례 잔기침을 하며 땅신의 말을 잠시 끊는다.

"꼬레아의 국토관리를 말하려면 일본 이야기를 빼놓을 수가 없겠지."

"일본은 6·25 때에도 큰돈을 벌어들입니다. 박정희 시대가 열리면서 일본과 적극적으로 가까워집니다. 꼬레아 기업들이 일본으로부터 많은 돈을 빌려 공장을 짓는 등 활발한 관계가 전개됩니다. 이러한 흐름은 미국이 원하는 관계였습니다. 그들의 자본과 기술이 한국의 값싼 노동력과 결합합니다. 꼬레아는 세계의 주요 공산품을 생산해내는 일본의 작은 전진기지로 변화합니다. 특히 국토관리에 관해서는 맹목적으로 일본을 추종합니다. 일본에서 국토 관련법을 제정하면 얼마 안 있어 한국에도 거의 똑같은 법을 제정하여 국토를 관리해왔습니다. 일본이 법을 개정하면 뒤따라 꼬레아도 관련법을 개정합니다. 재산법은 일본 것을 그대로 써오다가 몇 개 조문을 손질한 정도고요. 국토 관련 공법은 거의 일본 공법을 그대로 베껴 활용해 왔습니다."

"기록을 보니 부동산 사법과 부동산 공법은 거의 일본의 것을 직수입해서 사용해왔군."

"그렇습니다. 오늘날 꼬레아 국토계획의 기본이 되고 있는 국토종합계획도 1971년도에 일본법을 본떠 만든 당시 국토에 대한 장기적인 청사진을 그리는 계획의 근거인 **국토건설종합계획법**으로부터 비롯된 것입니다. 물론 현재 사용하고 있는 국토 관련법들도 대부분 일본 것을 그대로 베낀 것들을 약간씩 손질한 것이지요. 예컨대 최근 문재인 정부에서 쓰는 토지거래허가제도는 일본의 법률을 베껴 1972년에 만든 국토의 구체적인 용도나 사업 등을 관리하는 **국토이용관리법**이 근거가 된 것입니다. 국토개발 수법 역시 마찬가지였고요."

"잠시, 토지거래허가제가 원래 일본의 제도인 건 알고 있다. 그러나 일본에서도 시행한 적이 있는가?"

"아닙니다. 일본에서는 근거만 만들어놓고 위헌 시비 때문에 시행한 적이 없습니다."

"꼬레아에서는 이미 오래전부터 시행까지 해와 대법원에서 합헌이라는 판결을 내린 적이 있지 않나."

"네. 그것이 일본과 꼬레아와의 재산권을 대하는 사법부의 시각차입니다."

"토지거래허가제 이야기는 나중 문재인 재판에서 다시 상세히 거론하기로 하세."

땅신은 말을 멈추었다. 그러자 법정은 잠시 침묵 분위기. 다시 땅신의 말이 이어진다.

"이자가 통치를 할 때에는 선진국이나 세계 대부분의 국가가 국토의 보존 관리에 힘을 쏟고 있을 때였습니다. 그러나 이자는 경제의 빠른 성장을 위해 개발의 삽질을 요란하게 들이대도록 하였습니다. 이자가 행한 전 국토에 관한 개발의 삽질을 열거만 하려 해도 공간이 너무 부족합니다. 경제성장 속도전에 심혈을 기울였습니다. 그 수단으로 국토개발을 강조했습니다. 모든 학교의 복도는 물론 전국 곳곳의 알림판에는 다음과 같은 표어들이 붙었습니다."

한 손에 총칼 들고 건설하면서!
개발만이 살길이다!

"그래, 요즘의 대통령과 비교하면 거의 네 명에 해당하는 통치 기간을 가졌으니 이자가 행한 국토개발 이야기를 전부 다 하려면 너무 지루할 게야. 주로 서울 개발을 중심으로 짚어보게."

그리하여 땅신은 박정희의 서울 개발 중심으로 얘기를 꺼낸다.

"이자가 통치한 후 일본은 꼬레아의 값싼 노동력에 자신의 기술과 자본을 결합하여 많은 상품을 생산해냅니다. 꼬레아는 공업 전 분야에 있어 전국 곳곳이 일본의 전진기지가 됩니다. 그리하여 농업국가였던 꼬레아는 갑자기 공업화가 진행되면서 도시로의 인구 이동도 가팔라집니다. 서울은 노동력을 활용한 제조공장의 가장 큰 배후지로 변합니다. 이에 따라 강북의 집값 역시 가파르게 상승하고요. 인구 유입도 크게 늘어납니다."

잠시 대왕이 말을 가로챘다. 땅신이 홀로 증언하려면 너무 지루할 것 같아 한마디 거든다. 땅신의 강북 집값이 가파르게 상승한다는 말을 들은 대왕은 갑자기 대화 상대방을 바꿔 지킴에게 묻는다.

"중장기적으로 부동산값에 가장 큰 영향을 미치는 게 무엇이오?"

"당연히 그 나라에서 생산하는 경제총량을 가리키는 **국민총생산**입니다."

"국민총생산을 국토면적으로 나눈 **경제밀도**라는 말과도 비슷한 얘기가 되는군요. 물론 국토면적은 물리적 면적보다 경제적 면적이 중요할 것이고요."

"그렇습니다. 거기에 **인구밀도**가 부가되어 고려되기도 하지요. 국토는 작은데 경제 규모는 커지면 부동산값이 상승하지요."

"그럼 주택값은요?"

"마찬가지입니다."

"그런데 주택보급률이 높은 나라일수록 주택값 수준이 더 높고, 보급률이 낮은 나라일수록 그 수준이 싼 건 어인 일이오?"

"경제 규모가 큰 나라일수록 보급률이 높고, 규모가 작은 나라일수록 보급률이 낮기 때문입니다. 보급률은 주택값 안정을 간접적으로 가늠하는 지표는 될 수 있지만 단기적으로 주택 수요를 재는 지표로서는 적합하지 않습니다."

"경제 규모가 어느 정도 커지면 주택 수요는 양보다 질이 더 중요한 게 아니겠소?"

"그렇습니다. 그렇지만 가파르게 도시화가 진행되는 경우에는 질보다 양을 강조하는 분위기가 주택정책을 선도하기도 합니다. 그러나 어느 정도의 주택 공급이 이루어지면 질을 더 강조하는 분위기가 주도하게 됩니다. 아무리 많은 주택이 공급되어도 그 시절 그때 사람들이 선호하는 주택이 부족하면 주택 부족을 느낍니다. 1980년대 이후 우리나라가 그러한 상태이고요. **요즘은** 양量의 부족不足의 시대가 아니고 **심각深刻한 질質 부족不足의 시대時代**라고 말할 수 있습니다."

이번에는 대왕이 땅신에게 묻는다.

"이자가 신도시를 개발할 때는 도심 집값 안정보다 오히려 항상 안보를 앞세웠지 않았나?"

"남북이 상호 전쟁을 벌이면 안전한 곳이 어디인가를 항상 강조했지요."

"이승만이 장기 집권을 위해 우려먹던 빨갱이를 재활용하고 국토개발에 이르기까지 **안보팔이**를 보태어 노래 부르지 않았던가?"

"네, 그랬습니다. 서울의 강남 개발이 그러했습니다."

"물론 강북 쪽 미니 신도시 개발계획 발표 때는 슬그머니 안보 여론을 감추지 않았던가?"

"네. 그래도 신도시 개발 때는 요란하게 떠들어댔습니다. 북한에서 대포를 쏘면 강북까지 날아온다는 걸 항상 강조했습니다."

"그래서 신도시를 남쪽으로 펼친 것이로구나."

"네. 오늘날 서울 중심지를 대변하는 보통명사처럼 되어버린 강남 개발을 한 자입니다. 이자의 3선을 위한 선거공약으로 대표할 수 있는 것 가운데 하나가 경부고속도로의 건설입니다. 일본과의 교역이 활발해지면서 물동량의 증가에 따라 부산항과 주요 생산기지인 서울의 연결이 중요해졌는데요, 1970년도에는 제3한강교가 완공됩니다. 물론 1960년대 말부터 강남을 대규모로 개발하는데요, 당시는 정부가 큰돈이 없었기에 주로 지주 중심으로 개발사업을 시행하는 **환지방식換地方式**에 의존하였습니다."

"개발방식에서 환지방식은 민간용지 일부를 거의 무상으로 공공용지로 확보하는 수법 가운데 하나 아닌가. 물론 당해 공공용지는 당해 지역의 토지 등 소유자에게 이익이 되는 시설로 국한되어야 하는 것이겠지만 그렇지 아니한 경우도 많았지 않았나?"

"그렇습니다. 정부는 마스터플랜 격인 도시설계를 하고 민간은 그에 따랐습니다. 수많은 사유지가 정부에 기부되기도 했습니다. 당시 환지에서 공공용지 등이나 개발사업 비용을 마련하기 위해 자기 전체 땅에서 무상으로 내놓는 땅의 비율인 **감보율減步率**도 대단했고요. 공공용지를 환지방식으로 조성하기도 했습니다. 참으로 우스운 일은 경부고속도로 건설에서 많은 사유지가 환지방식을 적용한 점입니다. 고속도로가 신설되니까 주변 농지 등 땅값이 오른다고 판단하여 개인이 국가에 땅을 공짜로 주는 무상 기부채납과도 같은 무상감보無償減步 사건입니다."

"고속도로가 지나가면 농지값 등이 오히려 폭락하는 사례 등이 많지 않겠소. 지주의 땅 전부가 들어갈 때에는 보상을 해주지만 일부가 들어갈 경우에는 개발이익이 생긴다고 하여 보상 없이 도로부지를 확보한 사례들도 많았다는 기록도 보이는군."

"경부고속도로의 신속한 건설을 찬양하는 분들 가운데 일부는 오히려 많은 도로개설 사업지에서 환지방식을 활용했기 때문에 이 고속도로가 빨리 건설될 수 있었다고 하는 찬사까지 내세울 정도입니다."

"음…. 정부가 깡패였구먼. 예나 지금이나 깡패 찬양 나그네들은 항상 존재하지. 그게 국토의 **과속개발過速開發**로 인한 **과잉개발過剩開發**과 **부적합개발不適合開發**을 초래한다는 원리를 모르는 것이겠지. 그래도 그게 택지가 아니라 도로였기에 그나마 조금 다행이네."

대왕과 같이 땅신은 잠시 호흡을 가다듬는다. 그러고는 최초의 강남 개발 이야기를 이어간다.

"대규모 개발에 대한 가장 큰 이유는 강북은 북한과 너무 가까워 전쟁 때 적의 포격으로부터 매우 취약하다는 점을 강조했습니다. 1970년대 초에 제3한강교 건설에 때맞춰 1960년대 중반에 계획한 강남 개발이 본격적으로 실행됩니다."

대왕은 땅신을 향해, "잠시 임자는 숨 좀 돌리게나. 땅신이 숨 고르기 하는 동안 지킴이 **1960년대 서울 부동산값** 얘기 좀 해보시오."

지킴이 입을 연다.

"1960년대 초반까지만 해도 우리 국토 곳곳 땅값을 평가하는 척도는 전번에 말씀드렸던 것처럼 농지와 임야는 쌀값을 기준으로 하는 **수익방식**의 단순한 셈법이 통용되었습니다. 건물이 있는 주택은 다른 평가 방법을 써왔지요. 땅값을 기초로 가옥은 **원가방식**을 활용해왔지요. 그러나 1960년대 중반부터 도시 토지 땅값이 가파르게 상승합니다. 또한 다양하게 상승합니다. 오랜 세월 대지 평가에 있어 기준으로 삼아왔던 평가방식에 변화가 옵니다. 더 이상 쌀값으로 땅값을 정하여 거래되는 관행은 유지되기 어려워집니다. 우리 국토에서 오랫동안 부동산 거래를 할 때 유지되어왔던 가격 매기는 관행이 바뀌는 거지요. 특히 토지에서 전통적 **수익방식의 거래관행 파괴**가 빠르게 진행됩니다. 특히 도시 토지에서 이러한 변화가 더 심했지요."

우주대왕은 지킴에게 다시 묻는다.

"그렇다면 새로 시세를 파악하는 원리가 생겼나요?"

"그냥 파는 자와 사는 자가 흥정하여 결정되는 **거래가격去來價格**이옵니다. 시장가격이라고도 부르지요. 지구상의 대부분 부동산값은 어느 나라 어느 곳에서나 그 지역의 거래관행에 따라 거래되는 가치로 결정됩니다. 감정평가 또한 그 관행을 제대로 추구하여 평가방식을 활용하는 것에 다름이 아니고요."

"**거래가격**과 **시장가격**市場價格은 같은 것입니까?"

"비정상적인 거래가격인 경우에 이론적으로 굳이 구분하는 경우도 있습니다만, 다 같이 시장가치를 반영한다는 면에서는 같은 것입니다. **원가방식**인 생산비용이나 **수익방식**인 장래 수익의 현재 가치와 이론적으로는 유사하게 다루어집니다마는 실제에서는 차이가 나게 되는 경우가 많습니다."

대왕은 항상 인간들이 귀에 걸면 귀걸이, 코에 걸면 코걸이 식으로 쓰는 거래가격, 시장가격, 적정가격의 구분에서 종종 의문을 품고 있었다.

"그러면 **적정가격**適正價格은 무엇이오?"

"원래 시장가격과 차별화를 두기 위해 쓴 개념입니다. 어떤 경우에는 연소득 대비 부동산값 비율PIR·price to income ratio을 통해 적정가격을 셈하기도 하지요. 그렇지만 어느 나라든지 PIR을 이용하여 부동산의 시장가격을 매긴 경우는 전혀 없습니다. 우리나라 역시 마찬가지였습니다. 다만 조선조 때에 동산의 가격, 특히 쌀값의 적정성을 유지시키기 위해 공개시장조작에서 이 개념을 목표개념으로 쓴 사례는 있었지요. 지금도 그 전통은 이어져 오고 있고요. 부동산은 위치가치이므로 이러한 공개시장조작이 거의 불가능하지요. 우리나라 부동산 가격 규칙에서는 원래 일본의 지가공시법에서 쓴 적정가격의 용어를 그대로 베껴 썼습니다. 그런데 관련 규칙에서는 시장가치와 거의 동의어로 정의해버렸습니다. 이 정의에 의하면 특수한 평가를 제외하고는 시장가격과 동의어가 되었지요."

"부동산평가 관련법에서는 적정가격을 시장가치와 거의 동의어로 정의하였군요. 그런데 적정가격을 매기는 데 예외가 되는 특수한 평가는 무엇을 말하오?"

"표준지나 표준주택을 독립평가 하는 경우입니다."

"알겠소. 너무나 전문성이 짙어지는군요. 그런데 법을 먼저 개정하고 규칙은 그에 따라 개정해야 하는 건데 그만 **법 개정도 없이 규칙 개정을 먼저** 했어도 별문제 없이 지내오고 있는 게 **꼬레아 감정평가제도**라는 보고도 있네요. 그러한 우스운 일들도 있나."

"그렇습니다. 법을 먼저 개정한 뒤 시행령이나 규칙이 법에 따라 개정돼야 하는데 법의 개정도 없는데 갑자기 규칙부터 개정하여도 그 규칙을 유용하게 쓰는 일까지 벌어지고 있는 현장이 꼬레아 전문적 감정평가의 현실이기도 하지요. 국민들은 이러한 불합리한 사건에 아예 관심도 없고요."

"그렇다면 요즈음 과열투기를 몰고 다니는 **분양가상한제**分讓價上限制 아래에서 시가보다 싸게 분양하도록 행정명령에 의해 분양하는 가격은 시장가격이요, 아니면 적정가격이라도 된단 말이오?"

"그 가격은 일반시장에서 거래되는 가격이 아니므로 시장가격이라고 할 수 없습니다. 마찬가지로 소득 등의 경제 수준을 고려한 가격도 아니기 때문에 적정한 가격도 아닙니다. 굳이 이름을 붙인다면 정책가격 또는 **통제가격**이라고 부를 수 있습니다."

"그러면 부동산 세금 매길 때 쓰는 **과세시가표준액**課稅時價標準額은 무슨 가격이오?"

"시장가격이나 적정한 가격은 아니고요, 보통 **공정가격**公定價格이라고 일컫습니다. 담세 능력에 알맞게 과세를 한다고 하는 뜻에서 형평을 강조해야 하는 가격의 뜻을 지닌 공정이라는 말을 붙여 씁니다."

"부동산에 붙여지는 가격의 종류는 동산과 비교할 때 아주 다양한 건 이해하고 있지만 학자나 이론가, 그리고 전문가들도 용어들을 제대로 이해하지 못하면서 사용하는 경우가 많은 것은 큰 문제입니다."

"네. 용어를 오용하거나 잘못 해석하게 되면 엉뚱한 법이 만들어지거나 혼란을 야기하는 대책들을 남발하게 되지요."

"땅의 **공시지가**公示地價나 주택의 **공시가격**公示價格은 무엇이오?"

"관련법에 의하면 시장가치로 정의되어있는 적정가격, 즉 정상적인 거래 가격이어야 합니다. 그러나 관련법이 생긴 이후로 정부에 의해 발표된 공시 지가나 공시가격은 단 한 번도 시장가격, 즉 적정가격인 적이 없었습니다. 항상 법을 위반한 값을 발표해왔던 것이지요. 그냥 표준지나 표준주택을 구한 다음 약간씩 차별화해서 가격 격차를 만들어 발표하는 엉터리 시장 가격인 셈이지요. 예나 지금이나 관련법은 시장가치로 정의하고 있는 적정 가격으로 공시지가를 정하도록 되어있지요. 그러므로 현실은 정부가 수십 년간 **위법적인 가격 공시**를 해온 셈이지요."

"원래 일부 부처가 어용 연구단체를 이용하여 **토지공개념**土地公概念5)을 구현하기 위해 공시지가를 해야 한다고 요란을 피워서 만든 제도가 아닙 니까?"

"네. 노태우 정권 때 그러했습니다."

"심지어 **토지공개념연구위원회**土地公概念研究委員會를 만들어 국가를 **집단 최면**에 빠뜨릴 정도로 대량 홍보도 했지 않았습니까. 그러한 분위기 속에 슬그머니 붙여서 만든 법이 공시지가 제도 아닙니까. 전국 토지의 시장가격 을 해마다 추계하여 발표해야 토지공개념 3법이 실효성을 확보한다고 하는 논리를 폈지요. 더구나 그 요란스러움을 이용하여 국민들이 사회적 최면에 빠져있을 때 그들이 말하는 수도권 1기 신도시 건설을 내놓지 않았습니까."

"그렇습니다. 개발에 있어 가장 경계해야 하는 질의 문제를 양의 문제로 호도하는 '**빨리빨리 개발병**'을 악용한 대표적인 사례이지요."

"시장가격을 국민에게 쉽게 알려야 한다는 이유로 당시 건설부가 자기 소관의 토지평가사와 재무부 관장의 공인감정사를 감정평가사라는 이름 으로 통합했습니다. 토지공개념 도입에 도움이 된다고 여론화해서 만든 제 도였습니다. 물론 토지공개념 이력서는 노태우 재판 때 말하는 게 더 적절 하겠습니다."

"네. 당시 재무부 소속 한국감정원 노조에서는 토지공개념을 여론으로 띄워서 한국부동산원(한국감정원의 현재 명칭)을 빼앗아가려고 하는 당시 건설부의 주도권에 강렬하게 저항했습니다. 그 저항이 사회를 집단 최면에 빠뜨리는 공작에 무너지게 되었지요."

"네. 당시 건설부가 자격증을 통합하면서 감정평가가 오히려 시장가격하고 더 멀어지게 된 셈이 되었습니다."

"쯧쯧쯧! 엄청난 국민의 혈세를 낭비하면서 오히려 국토를 망가뜨려왔구나."

"네. 대부분의 선진국에서는 꼬레아식 방법의 공시지가를 거의 활용하지 않고 있습니다."

"당연하지. 감정평가가 시장가격을 도출해내지 못하면 국토이용이 심각하게 훼손되지요. 그런데 감정평가가 반드시 시장가치를 도출해내는 장치인 건 아니지 않소?"

"그렇습니다. 하나 다른 특별한 조건이 없는 한 전문가로서 시장가치를 구하는 게 감정평가 활동의 원칙이지요."

"감정평가가 국가기관의 말에 좌우되면 국토는 과잉개발이나 과소개발이 발생하게 되겠지요. 결국 수십 년 동안 국토가 전문적 평가의 관리 부실로 인하여 수난을 당해온 것이로군요. 그래서 그 아름다운 삼천리 금수강산 가운데 남쪽이 늘 먼지와 쓰레기 동산, 그리고 역병으로부터 더 취약한 땅으로 변모해가고 있는 것이로군요."

"매우 잘못된 현상이 지금도 국토 곳곳에서 자행되고 있습니다."

"그래요. 집값을 안정시키기는커녕 중장기적으로는 오히려 중심지 집값만 더 올리는 대책으로 틈만 나면 오랫동안 멀쩡하게 숨 쉬던 땅을 빨리빨리 콘크리트와 플라스틱으로 포장하여 숨 막아 죽이려고 혈안이 되고 있는 현상이 발생한 것이지요. 이러한 재앙을 막지 못한다면 꼬레아는 물론 우주의 불행이오."

　대왕은 한숨을 길게 내뿜는다. 지구촌이 이상기후 등으로 병들어가는 것을 항상 염려하는 대왕이다. 꼬레아의 땅과 부동산이 걱정거리가 아닐 수 없다. 특히 감정평가시스템 때문에 정상시가를 제대로 파악하지 못한다면 국토이용 등의 관리에 부정적인 영향을 미친다는 원리를 우주대왕은 아주 잘 이해하고 있다. 그 제도가 개발마피아들에게 좌우되는 바람에 점점 국토가 콘크리트로 도배되어 숨 막히는 현장으로 변하는 것을 매우 안타까워했다. 이 우주 부동산 재판을 황급하게 연 것도 그 때문이다. 이론을 떠나 다시 박정희 시대의 부동산을 사고파는 국민들이 그 가치를 파악하는 **부동산 거래관행**에 관하여 대왕은 지킴에게 묻는다.

　"집값은 건물값과 토지값이 합쳐진 것이지요. 1960년대 초반에도 집값 가운데 여전히 건물값 비중이 현저하게 높았나요?"

　"네. 물론 일제 강점기부터 법적으로는 건물과는 달리 토지도 주물이 되었지요. 그러나 경제적으로는 여전히 건물이 주물이고 토지는 종물처럼 취급되는 주택이 많았습니다. 이러한 주종의 경제적인 관계가 1960년대 중반부터 변화합니다. 특히 당시 서울 택지값은 해마다 30% 이상씩 상승했을 정도였으니까요. 개발지의 땅값은 30%를 훨씬 웃도는 폭등을 하게 됩니다. 반면에 농지값의 연간 상승은 그의 절반에 못 미칠 정도였습니다. 이것이 농촌 사람들이 서울로 하루빨리 이동해야 한다는 자극제가 되기도 했습니다. 당시는 하루라도 빨리 시골의 논을 팔아서 서울의 땅을 샀던 사람들이 시간이 흐를수록 더욱 경제적인 부를 누리는 시대였습니다. 우직스럽게 농촌을 지키신 분들은 세월이 지날수록 경제적으로 쪼그라드는 국민으로 전락했고요. 지금도 그러한 경향이 있지만 그땐 그 정도가 아주 극심했습니다. 게다가 1970년대 이후 다양한 곡물들의 수입이 늘어남에 따라 농지값은 더 많은 타격을 받게 되었지요."

잠시 침묵이 흐른다. 우주대왕은 다시 땅신을 향해 미소를 보낸다.

"강남 개발 이야기를 이제는 땅신이 이어가 보게."

땅신이 미소 지으며 설명한다.

"강북 4대문 안과 가장 가까운 곳의 하나가 강남입니다. 한강에 다리만 놓는다면 강남과 강북은 그야말로 다리 건너지요. 그래서 1962년도에 화신의 총수가 허허벌판인 강남의 땅을 계획도시로 건설하는 걸 최초로 제안한 '남서울계획'이 주목을 끌기 시작했습니다. 물론 이 계획은 워낙 그 규모가 큰 것이어서 일반인들에게는 처음에 허황되게 여겨졌습니다. 그래서 사회적 관심으로부터 멀어지는 듯했습니다. 박정희가 선거로 뽑힌 첫 임기를 마친 것은 제1차 경제개발이 끝나고 제2차를 앞둔 때였습니다. 재선으로 향할 무렵 강남 개발이 수면으로 올라왔습니다. 역시 경부고속도로의 건설과 함께 전국의 시선을 모을 수 있는 대형 개발이었던 거지요. 위정자는 경제적인 택지 공급의 필요성보다 강남이 북한 대포의 사거리로부터 강북보다 상대적으로 유리한 점을 더 강조하였습니다."

"강남 개발은 초기부터 그 규모가 컸지 않았나?"

"계획은 컸지만 처음에는 사업 진행이 더뎠기 때문에 지금의 강남구와 서초구 중심으로 개발이 되었고요, 강북의 주요 사무실들을 강남으로 이전하도록 하였습니다. 특히 강북에 있는 명문 중·고등학교 대부분을 강남으로 이전하도록 했고요. 점차 강남 개발은 외연이 확장됩니다. 특히 당시 제3한강교의 개통으로 강남 개발은 속도가 붙게 됩니다."

"만약 강남 개발을 하지 않았다면 어떻게 되었을까?"

"서울의 규모가 지금보다 현저하게 작았을 것입니다."

"지방은?"

"일본은 물론 다른 대부분의 나라와는 달리, 꼬레아는 수도권이 전국의 부동산시장과 매우 강한 대체관계에 있기 때문에 지방 인구의 서울 진입이 훨씬 줄어들었을 것입니다."

대왕은 잠시 머뭇거리다가 지킴을 향해 묻는다.

"만약 강남 개발을 하지 않았다면 서울의 중심지 집값 수준이 지금보다 훨씬 높아졌을까?"

"그렇지 않습니다. 오히려 지금보다 훨씬 낮을 것입니다."

"왜 그럴까?"

"도시 규모가 작기 때문입니다. 다른 조건이 동일하다면 언제나 작은 도시의 중심지 부동산값은 큰 도시의 중심 부동산값보다 낮게 형성됩니다."

"그런데도 왜 집값, 안보 하면서 신도시를 지어서 도시를 키운단 말인가?"

"위정자들은 단기적인 반짝효과만을 선호하지요. 중장기적인 고려는 그들 사고 영역 밖입니다. 뿐만 아니라 신도시 개발은 개발마피아들이 가장 좋아하는 먹이지요. 그렇기 때문에 원래 마스터플랜이 없는 즉석개발을 즐기지요. 또한 금융마피아들도 선호하는 개발놀이고요. 개발마피아의 철학은 묻지마 개발만이 자신들의 번영을 누리는 길이라는 거고요, 금융마피아들에게는 개발은 돈놀이 밭의 확장이라는 철학이 깔려있으니까요."

대왕은 땅신에게 묻는다.

"강남 개발이 본격적으로 탄력을 받은 건 언제부터인가?"

"1970년대 이후부터입니다. 1972년도에는 남과 북의 지도자들이 남북회담을 엽니다. 이를 국민 깜짝 쇼로 활용하여 상호 장기 독재를 공고히 하는 데 악용합니다. 1972년도 말 유신헌법 개정이 있었고요. 1970년대 중반에는 강남고속버스터미널, 잠수교, 남산 1호 터널에 이은 3호 터널 등으로 강남북의 교통망이 크게 증대되었습니다. 강남의 땅값이 1970년대 중반 이후 하늘 높은 줄 모르듯 지속적인 상승을 합니다. 일부 택지는 오히려 강북의 택지값보다 더 비싸집니다."

"땅값 잡는다는 명분 아래 엉뚱한 곳의 땅값 상승을 유도한 꼴이 되었구나. 어찌 그러한 일을 벌였단 말인가!"

"1970년도 말에 들어와서는 오히려 강남이 서울의 중심지로 부상합니다. 물론 강북은 상대적으로 소외지역으로 전락하고요. 택지를 예로 들면 경기도 의정부시 같은 경우 강남 개발 초기만 해도 오히려 땅값과 집값이 강남보다 더 높았던 곳이 많았습니다. 그러나 1970년대 초반에는 비슷해지고요, 그 이후 세월이 흐를수록 강남과의 부동산값 격차는 더 크게 벌어집니다."

대왕이 이번에는 지킴을 향해 묻는다.

"어떻게 이러한 부동산값의 역전현상이 가능하단 말이오? 설명해보시오."

"네. 우선 위치 면에서 강남은 강북 중심지와 대체관계가 강할 정도로 가까웠습니다. 개발지의 규모도 대형이었습니다. 또한 필지나 획지가 강북에 비하여 넓은 면적이 많았습니다. 다음으로 그 큰 개발지 전부가 총체적인 마스터플랜은 없지만 계획되어 설계된 것이었습니다. 여기에 사무용 공간의 확대 공급으로 인한 각종 서비스업의 증가, 업무용과 주거용 공간이 연접하는 대형 택지, 양호한 교통, 신흥명문 교육이라는 삼박자 이상의 이점들이 상호 견인하면서 지금의 강남구, 서초구 일원에 형성되었습니다. 송파구도 나중에는 분리되면서 확장되어가고요. 상호 시너지 효과를 낸 것이지요."

"한마디로 개발이익이 강북 등보다 지속적으로 훨씬 많이 붙게 된 점이 가격에 반영되었기 때문에 음지가 양지로 변하는 현상이 발생한 것이로군요. 그런데 시간이 흐를수록 왜 강남은 다른 지역보다 더 가격이 높아지기만 하는 것입니까."

"그것은 크게 대표적인 두 가지 이유가 작용하기 때문입니다. 하나는 점점 **수도권이 커지면서 중심 쏠림이 강해지는 점**이요, 또 다른 하나는 그만큼 강남의 **인프라가 지속적으로 개선**되어왔다는 점입니다."

"그것이 원인의 전부인가요? 또 다른 큰 이유도 있을 터인데요."

"또 한 가지 중요한 원인을 덧붙인다면 **사회의식**社會意識입니다. 꼬레아에서 1970년대 중반 이후부터 2020년도 초기까지 사회적 계급의식이 부동산 값에 많은 영향을 미쳤습니다. 당시 주된 부동산 수요자들은 강남이라는 이름이 주는 가치를 높이 선호해왔다는 점도 무시할 수 없지요. 이러한 사회의식이 최근에 들어서는 점점 가벼워지고 있지만요."

"그렇지. 꼬레아 사람들 가운데 허세를 선호하는 분들이 많지요. 그건 그들이 역사적으로 외침을 많이 받아 처음 마주하는 외인들에게 스스로를 강한 척 나타내고자 하는 본능이 작용하기 때문이겠지."

"그렇습니다. 그것 이외에도 정부의 **안보팔이**는 강북의 불안과 강남의 상대적 안정감을 은연중에 심어놓기도 하였고요. 국민들로부터 강북은 멀게 느끼고 강남은 가깝게 느끼게 하는 **의식거리**意識距離가 형성되게 했지요."

"음, 그렇다면 요즘 이곳에서 번성하는 **코로나19**까지 강남 부동산값을 편들게 되겠습니까?"

"그렇지는 않을 것으로 보입니다. 모일수록 가치가 나가는 집적이익集積利益을 강남이 수십 년간 누려왔습니다. 그러나 코로나19 문제는 밀폐·밀집·밀접에 취약하지 않습니까. 집적이익으로 호황을 누려온 **강남에는 코로나19가 오히려 가장 두려운 존재**가 될 수밖에 없습니다. **2020년도 이후의 수도권 부동산값 변동에는 코로나19의 영향이 강하게 작용한 것으로 추정**됩니다. 관악산이 가까운 관악이나 동작, 북한산이 가까운 강북 등이 코로나 계절에 입지적으로는 강남보다 더 유리하겠습니다. 그러나 코로나19의 영향력은 이 바이러스의 유행기간이나 강도 등에 따라 유동적일 것으로 보입

니다."

대왕은 상대가 적당한 만큼의 말을 했다 싶으면 다른 자가 말할 수 있게 유도해갔다. 이번에는 다시 땅신을 향했다.

"수도권 묻지마 신도시의 원조가 박정희였군. 또 다른 이자의 부동산 개발 구상은?"

대왕의 물음에 땅신이 대답한다.

"강남 개발 이후에도 강남의 외연을 확장함과 함께 강북·노원 개발, 목동 개발 등을 계획합니다. 쓰레기 집하장인 난지도 등만 빼고 서울에서 택지화할 수 있는 큰 빈 땅은 죄다 개발할 계획을 갖고 있었습니다."

"당시 그린벨트라는 **개발제한구역**도 신설하지 않았나?"

"강남 개발 당시, 무리한 개발을 억제하기 위해 서울 외곽에 띠를 크게 두른 토지 이용 제한구역이 있었는데 그린벨트입니다. 그린벨트는 서울과 경기 지역 중간에 도넛처럼 굉장히 넓게 형성됐습니다. 영국에서 일찍이 제도화했고요. 처음엔 도시 팽창을 억제하기 위한 제도였지만 지금은 도시환경 보호 기능이 더 강조되고 있는 현실입니다. 영국 것을 일본이 도입한 이후 곧바로 우리나라에서도 받아들였습니다. 물론 일본 수도의 경우는 이미 그 벨트를 죄다 풀 수밖에 없었지만요. 그런데 그린벨트 안쪽 서울의 개발 가능한 땅은 그것이 무슨 용도지역이었든 상관없이 택지로 개발합니다. 이제 큼직한 택지개발이 가능한 땅은 거의 고갈이 됩니다."

"이런 친구들을 봤나. 대형 택지개발을 언제나 정치적으로 악용하다니. 국토개발에 있어 가장 신중하게 사업을 벌여야 하는 게 주택지 개발 아닌가. 동산 개발은 빨리빨리 또는 더 많이가 우선시되는 경우가 많지만 부동산 개발은 신중하게 천천히, 그리고 반드시 필요한 경우만이 더 우선시되어야 하는 것 아니겠는가."

"신도시를 개발하니 중장기적으로 중심지 부동산값 수준은 더 높이 오릅니다. 그러자 1970년대 중반 이후에는 갑자기 행정수도 이전을 터뜨립니다. 유신헌법만으로 정국 안정이 잘 되지 않고 경제성장의 속도도 급감하자 국민들의 관심을 돌리기 위해 1977년도에는 **임시행정수도건설을 위한 특별조치법**도 제정합니다. 서울이 안보에 취약하다는 점이 그 이유였습니다. 북한에서 대포를 쏘면 서울 강북에 포탄이 도달하여 단숨에 많은 국민이 희생당한다는 겁니다. 뿐만 아니라 그들 대포의 성능이 점점 더 좋아져서 강남도 사정거리에 들어왔다는 것입니다. 그러므로 안보에 취약한 서울을 옮겨야 한다는 논리였습니다. 이 논리를 뒷받침하기 위해 당시 현역 군인의 포사격 설명까지 시연하였을 정도였으니까요."

잠시 법정의 스피커에서는 다음과 같은 노래가 흘러나왔다.

대포알 피하게 강남으로 가자
대포알 성능이 더 좋아졌으니
더 강남으로 가자
더 강남도 위험해졌으니
수도를 옮기자

"그래서…."

"1970년대 말에는 충남 연기군 주위를 행정수도 후보지로 내정합니다. 물론 카터 미국 대통령의 주한미군 철수 선언으로 이 논의가 중단됐다가 1979년 10월 26일을 계기로 행정수도 이전 카드는 막을 내립니다.

잠시 우주대왕은 혀끝을 쯧쯧 하고 찬다. 그러고는 한마디 한다.

"땅을 자기 마음대로 파헤치려고 혈안이 되었구나. 정권 연장을 위해 도시개발이 늘 사회 최면용으로 악용되어왔구나. 정권 연장의 수단으로 국토를 대하다니!"

작은 음성으로 중얼거린 후, 다시 말한다.

"지킴이 강남 개발 이후 서울의 부동산값 변동 추이를 말해보시오."

"1960년대 중반부터 약 10년 이상 동안 강남 땅값이 연평균 30~50% 이상 상승합니다. 그러자 1969년도 정부에서는 요즈음 양도소득세에 해당하는 **투기억제세**라는 이름의 세목도 만듭니다. 전국에서 강남 지역 부동산값 상승률이 가장 심했습니다. 이때 상승을 주도한 건 집값보다 택지값이었습니다. 상승의 정도는 1960년대 말이 가장 높았고요. 1970년대 들어 상승률은 상대적으로 줄었지만, 여전히 해마다 뛰어올랐습니다. 특징적인 것은 신도시 개발로 택지가 공급될 즈음에는 주택값 상승률이 약간 주춤하다가 개발이 끝나면 오히려 중심지의 가격 수준이 훨씬 더 높게 상승해왔다는 점입니다. 어떤 경우에는 신도시가 개발되어도 택지값과 주택값이 잠시도 주춤거리지 않고 계속 오르는 경우까지 있었지요."

"그러니까 신도시는 여전히 중장기적으로 중심지 부동산값을 낮추는 효과가 전무했던 셈이네요."

"중장기적으로 우리나라와 같은 입지환경에서 보면 수도권에서의 신도시 건설은 중심지 부동산값을 하락시키는 공급이 아니라 상승시키는 공급이었습니다. 반면에 서민들이 주로 생활하는 열악한 외곽의 한계 지역 부동산은 상대적으로 가격이 하락했고요. 또한 자족 기능이 취약한 지방의 부동산값은 더 열위에 놓였습니다. 전국이 강한 주거 대체권역에 드는 우리나라 같은 곳은 수도권의 블랙홀 같은 흡인력으로 인해 인구가 수도권으로 흡인되었기 때문이죠. 특히 수도권 신도시 공급물량이 많으면 많을수록 서울 중심지 쏠림현상은 더 강해졌지요. 오히려 지방 인구가 수도권으로 유출되는 정도가 더욱 심해지기도 했고요."

대왕은 한숨을 푹 내쉰다. 잠시 침묵을 했다가 계속 지킴을 향한다.

"부동산값 변동은 무엇으로부터 영향을 많이 받습니까?"

"사회적, 경제적, 행정적, 문화적 요인 등으로 매우 다양합니다. 장기적으로 볼 때 가장 강한 영향을 미치는 것은 그 나라의 실질적인 경제밀도입니다. 땅은 좁은데 경제적 성과가 많아지면 많아질수록 경제밀도는 증가하지요."

"박정희 시대 초·중기에는 경제성장률이 높았으니까 부동산값 상승률도 높았겠네요."

"그렇습니다. 또한 1970년대까지만 하더라도 우리나라 대부분의 땅값은 거품가격의 반대 의미를 지닌 **농축가격**濃縮價格·concentrated value·extract price6)에 해당합니다."

대왕은 농축가격의 뜻을 묻는다.

"거품가격의 반대말로 생각하시면 됩니다. 농축가격은 광역적으로 관찰될 수도 있고요, 물건별로 관찰될 수도 있는데요, 이때는 광역적으로 관찰했을 경우에도 전 국토의 가치가 농축가격의 성격을 지닌 경우가 대부분이었습니다. 거시적으로 보았을 때 이 당시 우리나라 부동산값은 전반적으로 그 수준이 낮게 형성되어있던 시기였습니다."

"그런데도 이들은 부동산값이 약간 높아지면 그 원인을 GDP나 농축가격이라고 하지 않고 왜 투기라고 몰아붙이는 거죠?"

"부동산값으로 인한 이익률이 다른 대체투자보다도 높다고 시장에서 판단하면 자연히 과열투자가 일어납니다. 과열투자를 투기라고 일컫기도 합니다. 과열투자를 경계한다는 소리로 보입니다."

"그렇다면 과열로 손해 볼 수도 있으니 조심하라는 메시지만 보내면 될 것 아니겠소. 불법적인 경우는 법에 의해 엄중하게 다스리면 될 것이고요."

"그렇습니다. 과열투자가 일어나는 원인을 관리해야 하는 게 정부의 역할입니다. 중장기적으로 투기는 가격을 올리는 **원인**이 아니라 결과, **증상**에 불과하지요. 시장에 따라서는 투기가 효율적인 시장을 이끌어가는 촉매의 역할을 하기도 합니다. 오히려 투기 때문에 공급이 늘어나 가격이 안정되기도 하고요."

"부동산값이 크게 오를 것 같다고 생각하면 투기가 생기는 것 아니오. **투자**하고 **투기**는 무엇이 다르오. 난 여태까지도 그 두 가지 개념이 헷갈릴 때가 있소."

"경제행위 자체로서는 그 둘을 구분하는 것은 난센스입니다. 모두가 장래의 이익을 위해 현재의 노력을 쏟아붓는 행위니까요."

"투자는 과학적인 분석을 통한 장래를 위해 행하는 현재의 소비행위이고, 투기는 감각에만 의존하여 장래를 위한 현재의 소비행위인 듯한데 올바른 정의가 되겠소?"

"하하. 그렇게 구분하는 것도 다수의 학자가 하는 정의 가운데 하나입니다. 그렇지만 투기의 뜻을 워낙 다양하게 사용해오고 있어 한마디로 딱 부러지게 표현하기 어려운 개념이기도 합니다."

"적법한 투기가 있고 불법적 투기가 있나요?"

"그렇습니다. 법의 규제를 받는데도 불구하고 행하는 투기는 불법적 투기라고 할 수 있지요."

"그렇다면 최근 꼬레아에서 신도시 예정 지역에 갑자기 **왕버들 나무 심기나 필지 분할**을 행한 LH(한국토지주택)**공사 직원 등의 내부 정보에 의한 투기**는 무슨 투기요?"

"**선량한 투기를 모독하는 범죄형 투기입니다. 투기라는 말을 붙이는 것 자체가 매우 관대한 호칭**이지요. **개발 관련 범죄**입니다. 개발마피아들이 얻는 과실의 극히 일부가 드러난 사건이지요."

"그렇소. 일반 국민들이 행하는 투자와 전혀 그 성격이 다른 것을 투기라고 일컫는 것은 용어 자체부터가 관용寬容을 베푸는 사회적인 모순을 드러내는 것이오. 일반 국민들의 정상적인 부동산 활동을 투기로 몰아가는 정부가 범죄행위에 대하여 동일한 용어인 투기를 사용하면 자칫 용어 사용의 부정확성으로 인한 혼란이 일어날 수도 있지 않겠소. 그러한 일은 다른 경우에 다루고 우선 경제적인 뜻에서 투기의 개념을 좀 더 다루어봅시다.”

“투기를 **일반적인 시장에서 나타나는 수요에 비하여 좀 더 과열되고 있는 수요현상**으로 이해한다면 **분명한 점은 투기는 일반적인 부동산 시장보다 불균형하고 불안정한 부동산 시장에서 더욱 많이 나타난다**는 점입니다.”

“수요가 과열되는 이유는 다양하지 않겠소?”

“그렇지요. 공급 부족이 원인일 수도 있고, 개발이익이 원인일 수도 있으며, 금리와 통화, 제도적인 변화 등 다양한 원인이 존재하지요.”

“단순히 특정 지역에 살고 있거나 특정 사업을 해야 할 환경에 놓여있다고 해서 투기로 덮어씌우는 건 이와 같은 정의와 무관한 게 아니오?”

“당연하지요. 매우 잘못된 조치지요. 중장기적으로 투기는 값을 형성하는 원인이라기보다는 값 변동 과정에서 나타나는 특이한 현상이지요.”

“투기야 하고 외치면서 묻지마식 가격 규제를 남발하는 것은 일종의 마녀사냥 아니오?”

“그렇습니다. 마녀사냥인 점에서 안보를 팔아 사람들을 공격하는 것이나 성격이 같은 것이지요.”

“투기의 원인은 무엇이오?”

“부동산값의 불안정적·불균형적 변동입니다. 투기적인 행동이 많아지는 곳은 그렇지 않은 곳보다 부동산값 변동이 불안정하고 불균형합니다.”

“**불안정 변동과 불균형 변동[7]**은 어떻게 구분하는 것이오?”

“불균형 변동은 변동의 크기를 보고, 불안정 변동은 다른 변수들과의 비교를 통한 변동 양상을 살펴서 얻는 용어입니다. 불균형은 부동산 가격 변동을 일정한 추세선과 비교하여 이탈의 정도를 파악하여 판단하는 개념이고요, 불안정은 비교하는 다른 변동 요인, 예컨대 물가상승률, GDP 변동률, 이자율 등이 고려되어 상호 비교하여 판단하는 개념입니다."

"그렇다면 3%의 추세곡선인 경우 +10%, −5%, +7%, +5%, −4% 등으로 마치 널뛰듯이 부동산값이 변동하면 이를 가리켜 불균형 변동한다라고 말할 수 있는 것이오?"

"그렇습니다. 그러한 현상은 플러스를 유지하면서도 올 수가 있고요, 반대로 마이너스를 유지하면서 올 수도 있습니다."

"또한 물가나 개인소득 증가율이 3% 상승했거나 하락하였을 경우 그보다 두세 배인 10% 정도로 등락하면 불안정이라고 말할 수 있는 것이오?"

"그렇습니다."

"그렇다면 정부는 그러한 변동이 발생하는 원인을 찾아 불균형이나 불안정이 없도록 부동산값 변동을 관리하는 일에 열중하는 것이 투기가 나타나는 시장을 최소화하는 것이겠네요."

"당연합니다. 투기를 부동산값 변동 과정의 증상으로 이해해야지, 원인으로 이해하여 묻지마식 규제를 가하게 되면 필연적으로 부동산값의 불안정 변동이나 불균형 변동을 더욱 심하게 야기하게 될 가능성이 매우 높아집니다. 특히 부동산 시장에 막강한 힘을 행사할 수 있는 정부가 그러한 시각을 가진다면 이는 국토관리에 매우 나쁜 대책들을 양산할 수 있는 것입니다."

"그러니까 **무지無知한 정부政府의 시장개입市場介入은 부동산값 변동의 타성을 불균형이나 불안정으로 유발**하여 **오히려 투기를 불러들일 가능성만 더욱 높이**겠네요."

"대부분의 **묻지마식 부동산 가격 규제**들이나, **묻지마식 빨리빨리 개발**하는 **대형 공영개발** 등은 가장 **대표적으로 부동산값의 불균형 변동이나 불안정 변동을 유발시키는 사례**들이지요."

우주의 안전을 위해 항상 부동산값에 대하여 호기심이 많은 대왕은 지킴과의 대화를 통해서 스스로 알아가는 부동산값 속성에 매우 흥미를 느꼈다. 그래서 한없이 이야기를 나누고 싶었다. 그러나 재판장으로서 개인적으로 마냥 흥미로운 대화만 나눌 수 없었다. 자칫하면 대왕의 기호 때문에 피고들이 지루해하여 깜빡 졸 수도 있고, 그러면 또 손바닥 때리기를 해야 하는 악순환이 벌어질 게 빤하기 때문이다. 그래서 지킴에게 박정희 집권 초기의 부동산값 수준을 묻는다.

"땅 가운데서 가장 비싼 논값을 비롯한 농지값은 어떠했습니까?"

"농지는 거래도 규제하고 용도 변경도 까다로워 점차 도시 토지에 비해 상대적으로 가격이 낮아지는 현상이 계속되었습니다. 특히 서울에 신도시가 생길 때마다 이러한 격차는 크게 벌어졌습니다. 더구나 1970년대 이후에는 외국에서 쌀의 대체 곡물 등의 수입이 확대되면서 점점 농지값 가운데 특히 논값은 다른 토지에 비하여 최고의 지위를 완전히 빼앗기게 됩니다."

"공급이 늘어나면 가격이 떨어진다고 많은 경제학자가 말해왔는데 대관절 왜 공급이 늘어날수록 중장기적으로 오히려 대도시 중심지 택지 가격 수준이 더 높게 오르는 일이 벌어진다는 말이오."

"공급이 늘수록 중심지 부동산값은 더 상승했고요, 변두리 열악한 곳이나 지방 부동산값은 오히려 상대적으로 하락한 게 그동안의 일관된 현상이었습니다."

"어찌 그러한 일이 발생하는 것이오?"

"그것을 학술적으로는 대도시 부동산값의 삼각원추 또는 원뿔현상이라고 합니다."

지킴은 부동산값 원뿔현상인 **부동산값 원추현상**不動産價 圓錐現象8)을 설명한다. 도시개발을 해서 도시가 커질수록 그 도시의 중심지 가격 수준은 더 높아지는 현상이다. 이 현상은 도시가 살아있는 생물과도 같아서 커지면 커질수록 중심 쏠림이 더 높아진다는 원리다. 지킴은 스크린에 **그림1~3**

을 띄운다.

그림1은 작은 도시, 중도시, 대도시의 평면도이다. 평면의 넓이는 당연히 대도시로 갈수록 더 넓고, 고밀도다.

그림2는 소도시, 중도시, 대도시의 땅값 경사면을 나타내는 그림이었다. 소도시에서 대도시로 갈수록 땅값의 경사도가 더 높고 넓었다.

그림3은 신도시나 용적률을 획기적으로 높이는 공영재개발에 의해 도시의 평면은 물론 입체공간이 변화하는 모습을 보여주었다. 도시가 팽창하면 할수록 도시의 중심지 쏠림이 강해져 부동산값이 더욱 높게 상승하고 있는 모습이었다.

우주대왕은 고개를 끄덕인다.

"그렇구나. 시장이 개방된 도시에서 도시 규모를 키울수록 중심지 부동산값이 더 높아지는 이유를 알겠구나."

이리하여 박정희 재임 시, 서울 신도시 개발에 관한 땅신의 보고가 끝난다. 또한 지킴의 부동산값 상승 현상에 관한 핵심적인 이론에 대하여 우주대왕은 이해하게 된다. 그러나 궁금한 게 생긴다. 그래서 우주대왕은 지킴에게 묻는다.

"그럼 한없이 신도시를 지으면 언젠가는 공급 과잉으로 중심지 부동산값이 떨어질 게 아니오?"

"그러할 가능성도 있겠지요. 그런데 경제가 플러스 성장을 지속해나간다면 대신 중심지 부동산값보다 외곽이나 지방의 집값이 상대적으로 더 열악해져 차별화의 대상으로 변하겠지요. 그러나 그러한 현상이 나타나는 것은 우리나라 경제가 재앙에 빠지는 때입니다. 경제의 규모가 계속 성장하는 흐름이라면 차별화된 부동산값 변동이 계속될 것입니다. 주택에 대한 수요의 다양성은 물론 주거의 질적 변화가 일어나 좋은 위치, 좋은 집에 대한 선호도는 계속 증가할 것입니다. 장기적으로는 전 국토가 수도권 중심으로 비대해지고 지방은 몇 개 대도시만 겨우 명맥을 유지할 뿐 소도시들이 거의 사라져가는 현상을 초래하겠지요."

"그때까지는 빈익빈 부익부 현상만 훨씬 심해지겠구나. 물론 사회간접자본에 해당하는 시설들이 과잉이 된 경우에도 여전히 부익부 빈익빈은 더 심해질 것이고. 또한 꼬레아의 경제 수준이 흡수할 수 없는 주택의 과잉이 생기면 경제의 경쟁력에 커다란 퇴행이 진행될 것이고요."

"네. 무작정 양을 늘리려고 하는 **즉흥적인 신도시 건설이나 공영재개발의 확대**는 양과 속도에 의존하는 정책일 뿐이기 때문에 적기적소에서 다양하게 요구하는 주거 수요를 감당하는 것은 아니므로 **양호한 주거의 질을 공급하는 사업과는 동떨어진 사업**이 되는 것이지요."

"그렇다면 새로운 주거 수요를 어떻게 감당해야 최선의 충족이 되는 것이오."

"사람들이 신체가 다 다르고 취향도 달라서 옷도 다양하고 메이크업도 다양하듯이 주택도 가구의 주거 수요에 유연하고 다양하게 대응할 수 있도록 환경을 조성해주는 것이지요. 정부는 양호한 주거환경 조성은 물론 마스터플랜 마련과 그 관리에 적극적인 힘을 쓰고 주택 하나하나는 민간의 시장에 맡겨 생산과 소멸이 시대와 여건에 맞게 자동적으로 순환되어가는 시스템인 주택의 효율적인 시장을 구축하도록 도와야 하지요."

"그런데 현재 꼬레아는 집은 공공재라고 떠들면서 정부 주도로 주택시장이 형성되도록 하는 망상에 사로잡혀있는 듯 보이지 않습니까. 묻지마 공영개발로 신도시나 지으려고 하고 또 공영재개발 등에는 아무런 환경평가도 없이 용적률이나 올리려고 혈안이 되어있지 않습니까?"

"**빨리빨리 추진하는 공영개발은 반드시 과잉 개발과 부적합 개발의 온상**이 됩니다. 개발은 속도에 의존하면 과잉 공급이나 부적합 개발의 원인이 됩니다. 과잉 개발은 반드시 개발비용의 엄청난 낭비를 불러오고요. 부적합 개발은 환경비용의 천문학적인 지출을 초래하는 원인이 됩니다. 생산비용을 크게 증가시키고 환경을 악화시키는 악행을 하겠다고 하는 선언과 다를 게 없지요."

"중심지 집값을 안정시키려면 그 원인부터 봐야 하는데도 무조건 공급량을 늘린다는 명분 아래 여기저기 신도시를 남발함으로써 오히려 대도시의 덩치만 키워온 셈이구나. 신도시를 부득이 짓는다고 하여도 구도시를 최대한 재활하고 난 뒤에 도시 전체의 마스터플랜을 개선하고 다듬어서 그에 따라 구상할 일이겠다. 그러나 구도시의 재활은 늘 묶어놓고 민간개발보다 생산비용이 현저하게 많이 소비되는 공영개발에 의한 신도시만 지으려고 혈안이 되어왔구나."

"네. 주택 수요에 관한 정밀한 조사가 선행되어야 하지요. 그게 어려운 일이라면 자율시장에 맡기는 게 최선이지요. 그러한 고려 없이 민간에 의한 주택 공급은 최대한 억제하면서 정부가 양만 채우겠다고 여기저기 무조건 파헤치는 묻지마 개발에 혈안이 되는 것은 은폐되는 천문학적인 국민의 혈세만 쏟아붓는 것으로서 국토관리에 있어 재앙의 원인이 되는 가장 경계해야 할 일이지요. 그 재앙의 원인은 과잉 소비와 환경파괴를 불러오는 것이랍니다."

"속없는 청개구리가 부모 말을 거역하다가 재앙을 만나는 스토리가 생각나오. 왜 꼬레아 정부는 부동산값 대책에 있어 바른길을 거스르며 펼쳐왔단 말이오. 정밀한 수요 조사 없이 무조건 양만 높이려는 공영 신도시나 공영재개발 등의 묻지마 개발을 추진하는 것이 대도시 중심지 집값을 더 비싸게 끌어올린 주범이었던 셈이네요."

"중장기적으로는 그렇습니다. 국토계획대로 개발하고 관리하는 게 훨씬 부동산값 안정에 도움 되는 길입니다. 장기적으로는 오히려 지방의 생산 기능을 확대하는 게 서울 쏠림을 완화하고 지방의 황폐화를 막는 길이기도 합니다."

"그럼에도 왜 그동안 이자들은 부동산값이 오르면 수도권 신도시 주택 건설에 집착해왔습니까."

"그 대답은 제가 할 게 아니고…."

"답은 이미 알고 있습니다. 집권하는 동안 개발의 꽃밭을 걷고 싶은 정부 내 개발마피아들의 사욕인 집단 이기주의가 작용한 것이겠지요. 이들은 하이에나처럼 늘 남이 노동하여 만든 먹이를 훔치는 생각에 골몰하지요. 민간에 의한 창의적인 대형 개발은 최대한 억제하여 집값을 올려놓고는 공급을 외치는 여론에 편승하여 타이밍에 맞춰 묻지마 공영개발을 위해 매진하지요. 후손들이 설계해서 써도 모자랄 빈 땅이나 녹지만을 항상 노리지요. 뿐만 아니라 이제는 민간부지의 재개발에 이르기까지 용적률 당근을 뿌려대며 개발사업의 시행 주체가 되려고 혈안이 되어있습니다. 이들 마피아들의 부처 이기주의 욕심에 원래 구상했던 국토의 광역적인 마스터플랜인 원조 국토종합계획은 힘없이 무너지지요"라고 대왕은 걱정스러워한다.

대왕은 잠시 쉰 후 지킴에게 다시 묻는다.

"토지이용이 정상화되기 위해서는 손실보상이 중요합니다. 손실보상이 정상보다 높아도 낮아도 바람직하지 않습니다. 높으면 과소 개발을 유인하고, 낮으면 과잉 개발을 불러오지 않습니까. 정상이 되지 않으면 국토는 적합하게 이용되지 못하여 궁극적으로 국토의 낭비가 더 심해지지요. 특히 고가보상보다 저가보상이 항상 국토의 훼손을 더 유발하지 않겠소?"

"그렇습니다. 고가보상은 개발을 더욱 신중하게 하도록 하는 기능이 있어 그나마 땅의 숨을 살리는 효과가 있는데 저가보상은 정반대 현상을 유발하지요."

"그런데도 시민단체 등에서는 저가보상을 찬양하는 말까지 하는 경우가 많지 않았소?"

"그들의 고민은 국토관리에 있지 않은 것으로 보입니다. 다른 뜻이 있었던 것 같습니다."

"이 당시 손실보상 규정은 정상이었습니까?"

"1962년도에 박정희가 주도한 국가재건최고회의에서 만든 헌법에서는 정상적인 거래가격인 시가보상으로 바뀝니다. 물론 이 규정은 윤보선 통치 때 예정해놓은 헌법개정안에 포함되어있던 내용이기는 합니다. 그러나 헌법의 선언만으로는 완전보상을 확보할 수 있는 게 아니지 않습니까?"

"그렇지요. 헌법의 선언을 구현하기 위해서는 보상시스템이 제대로 구축되고 활용되어야 하지요."

"네. 헌법에 완전보상을 위한 시가주의를 선언했음에도 불구하고 실질 감정평가 역시 시가에 훨씬 못 미치는 경우가 대부분이었고요. 더구나 1972년 제정된 유신헌법에서는 개발독재를 더 강화시킬 수 있도록 보상범위를 법률로 위임하도록 바꿉니다. 사업에 따라 법률에 저가보상을 해도 합법이 되도록 한 것입니다."

지킴은 물 한 모금을 마신 후 말을 이어간다.

"또 때때로 당시 박정희의 말 한 마디로 보상평가액이 크게 차이를 나타내기도 합니다. 구체적인 공익사업에 있어 보상액이 들쭉날쭉하는 시대이기도 했지요. 그만큼 대통령의 권력은 막강했습니다. 현재도 대통령의 권력이 많은 영향을 미치고 있지만요. 대통령 말 한 마디로 보상가를 좌지우지할 정도로 감정평가가 해바라기성이었기도 했지요. 유신 직후에 생긴 부동산의 전문적 감정평가 제도 아래에서도 현실은 시가보상보다 대부분 훨씬 밑돌았습니다."

"역시 개발독재나 개발마피아가 득세하는 곳에서는 사실상 시가보상을 구현하는 경우가 매우 드물었구나. 그 결과 국토는 망가지고 생명은 신음하고, 효율은 떨어지고 형평은 악화되어가는 것이겠지요."

대왕은 땅신, 지킴과의 문답을 통해 사실관계 파악을 위한 주요 기초지식을 흡수해나간다.

대화를 듣고 있던 박정희에게 대왕은 시선을 준다.

"오늘 여기에서 너의 재임 기간 있었던 강남 개발 등의 사실관계에 관한 이야기를 들었는가?"

"네. 잘 경청하였사옵니다."

"혹시 부동산값 원뿔현상이라는 원리를 잘 알게 되었는가?"

"원래는 전혀 모르고 있었습니다."

"그럼 묻겠다. 작은 도시의 도심 부동산값과 대도시의 도심 부동산값 가운데 어디의 부동산값이 더 비싸겠는가?"

"대도시입니다."

"바로 알고 있구나. 그게 부동산값 원뿔현상을 상징하는 아주 쉬운 사례다. 그렇다면 도시의 중심지 부동산값 상승을 중장기적으로 안정시키거나 하락시키려면 그 도시를 키워야 하겠는가, 아니면 축소시켜야 하겠는가?"

"축소시켜야 합니다."

"그런데도 중심지 부동산값이 상승하면 왜 서울의 신도시들을 마구잡이로 건설하였는가?"

"네. 제 부하들이 줄곧 공급, 공급하는 이론가들의 말을 신봉해왔기 때문입니다. 부하들 가운데 건설 관련 고위 공직자들은 그러한 기회를 포착하면 흥이 나서 콧노래를 부르기까지 했는데 그 이유를 이제야 이해할 수 있게 되었습니다."

"똑똑한 체하지만 어리석기가 하늘을 찔렀구나."

"네, 반성합니다."

"그리고 왜 서울을 옮기려고 특별법까지 만들었느냐?"

"서울을 둘러싼 그린벨트 안에 대형 신도시를 지을 맨땅이 부족했습니다."

"그건 그동안 네가 기존 도시의 재활을 적극적으로 유도하지 않고 강남 등에 대형 신도시를 지었기 때문에 서울이 거대해진 결과이지 않느냐!"

우주대왕의 불호령이 이어졌다. 그러자 박정희는 모기 같은 목소리로 "깊이 반성합니다" 하고 말한다.

"꼬레아는 아담한 규모로서 원래 아름다운 땅을 가졌다. 땅의 대부분이 산지이고 일부만이 평지다. 쓸 만한 평지들을 아껴서 쓰고 땅의 숨을 보존해야 하는데 네가 통치하는 동안 내내 땅의 숨을 죽이고 콘크리트와 플라스틱으로 도배하는 일에 혈안이 되었지 않느냐. 개발만이 살길! 주택보급률. 그것은 부동산 시장원리와 국토의 헌법적 가치를 제대로 이해 못 한 무지의 슬로건이다. 사회주택을 제외한 나머지 주택은 민간의 개발을 활성화시켜 시장원리에 맡겨 개선해야 하지 않느냐. 그래야 알토란처럼 국토를 아껴 쓰게 되지. 원래 구축해놓은 정상적인 국토종합계획과 부응하도록 정부가 적극적인 택지개발을 수립하도록 노력했어야 하지 않았느냐."

신문 중에는 피고에게 좀처럼 발언 기회를 주지 않는 대왕이다. 그런데도 워낙 심각한 사안인지라 박정희에게 질문을 반복한다. 그러자 박정희는 자신이 한 행위가 무척이나 반생명적인 행위였음을 깨닫고, "네, 죄송합니다"라고 대답한다. 대왕은 다시 죄송하다고 100만 번 말해봐야 헌법적 가치를 훼손당한 국토가 부활하지 않는다고 재차 추궁한다.

"수도권을 국토계획대로 활용하지 않고 정부 주도로 깜짝 개발하는 바람에 흡인력이 강한 수도권의 팽창으로 지방은 급격하게 황폐화가 진행되었다. 그 결과 항상 서울 중심지 부동산값은 더 오르고 서울 외곽 대부분은 상대적으로 하락했다. 부자는 더 부자로 만들고 빈자는 더 가난뱅이로 만드는 개발을 오랫동안 밀어붙인 것이다."

마치 손바닥을 한 대 때릴 기세로 대왕은 몰아붙인다. 그 아픈 회초리로부터 벗어나기 위해서는 사실관계를 빨리 인정하는 수밖에 없음을 박정희는 잘 알고 있었다. 그래서 상책으로 답변하는 말이 고작 작은 목소리로, "네, 깊이 반성합니다" 하는 거였다. 잠시 침묵이 흘렀다.

"네가 서울을 비대하게 해놓아 중장기적으로 서울의 주택값을 더욱 상승시켜놓은 후 서울을 옮기려고 했던 게 가당키나 한 짓이냐?"

"네, 깊이 반성합니다."

"게다가 윤보선 시대 이미 초안을 잡은 1962년도 네가 만든 국가재건최고회의에서 개정한 헌법에는 시가보상을 정했다가 1972년도 유신헌법에서는 법률로 위임하는 규정마저 두었지 않았느냐. 개발의 약발이 한계에 이르렀던 시대에 또다시 개발만이 살길이라는 노래나 부르려고…. 얼마나 개발에 눈이 멀었기에…. 쯧쯧쯧. 보상가격이 공권력과 결탁하면 과잉 개발들이 전개되는 원리를 모르고 있는 게지. 과잉 개발은 토지이용을 왜곡시키고 훼손하여 천문학적인 국민의 혈세를 지속적으로 낭비하게 하고 생산비에 전가되어 장기적으로는 부동산값 상승 원인이 되지 않느냐. 상승하면 또 과잉 개발이나 하려고."

침묵이 깔린 법정 안에 우주대왕의 커다란 한숨 소리가 맴돌았다.

박정희에게 마지막 할 말을 하게 했다.

그리하여 박정희의 최후진술이 시작되는데, 법정 분위기가 매우 조용하고 긴장감이 감돈다. 방청석 앞쪽 나머지 대통령들 역시 허리를 곧추세우고 박정희의 발언에 귀 기울인다.

"저는 어떻게 하든 우리나라가 하루빨리 부자 되는 길을 걷도록 해야겠다고 다짐하면서 국사를 밀어붙였습니다. 강남 개발 등은 이러한 일환으로 추진했습니다. 그런데도 세월이 갈수록 중심지 집값이 잡히기는커녕 더 높이 치솟았습니다. 더구나 서울의 중심지가 제가 개발을 유도한 강남으로 이동한 이후에는 부동산값 잡자고 개발했던 땅이 오히려 부동산값을 상승시키는 선도구역으로 바뀌었습니다. 또한 경제성장률도 현저하게 하락하기 시작했습니다. 저는 강남부자라는 말이 싫었습니다. 세월이 흐를수록 더욱 초조해졌습니다. 그래서 결국 수도 이전까지 추진했던 것입니다. 그러나 그러한 것들이 여기 법정에서 신문받는 동안 매우 잘못된 행위였음을 알고 뼈저리게 뉘우치게 되었습니다. 깊이 반성하는 바입니다. 입이 열 개라도 더 이상 드릴 말이 없습니다. 죄송합니다."

역시 박통은 순발력이 있었다. 그리고 영리했다. 자신이 해온 개발이 무슨 결과를 초래하였는지에 관하여 이해하고 있었다. 그리고 스스로의 행위에 대하여 반성의 말을 빼놓지 않았다. 그것만이 우주대왕의 심기를 최대한 건드리지 않는 방법임을 잘 알고 있었다.

이리하여 박정희의 최후진술이 간략히 끝났다. 잠시 숨 돌릴 시간이 주어진다. 법정 안 분위기가 약간 자유로워졌다가 다시 엄숙 모드로 바뀐다. 그러고는 검사와 변호사의 발언이 이어진다. 먼저 검사가 말한다.

"**박정희**의 화려한 카멜레온적인 삶 얘기부터 간략하게 올리겠습니다. 이자는 당시 대다수의 국민처럼 가장 평범한 농민의 아들로 태어났습니다. 피고가 태어날 당시 전 국민의 90% 이상이 농민이었지요. 피고는 어렸을 적부터 공부를 꽤 잘했습니다. 사범학교를 나와 초등학교 선생으로 사회생활을 시작합니다. 그러나 뜻이 있어 만주군관학교에 들어가 일본군인의 길을 걷습니다만, 곧바로 해방되어 육사를 간략하게 졸업합니다. 초급 장교 때, 빨갱이 편을 든 사실이 발각되어 사형을 선고받습니다. 선배 군인의 도움을 받아 대통령 특사特赦로 면죄됩니다. 다시 복권되어 육군에 복무하다 제2군사령부 부사령관 때 5·16 쿠데타를 일으킵니다.

그 뒤로 곧바로 민간에게 권력을 이양한다고 공언해놓고 스스로가 민간이 되어 자신이 자신에게 권력을 이양할 정도로 권모술수의 달인입니다.

헌법을 바꿔가며 장기 집권해오면서 저항하는 무수한 국민을 탄압합니다. 급기야는 남북관계를 이용하여 유신체제를 구축, 영구 집권을 꾀합니다. 그렇지만 자유의 가치를 추구하는 국민들이 그의 음모를 무너뜨리기 위해 끈질기게 저항합니다. 그는 여성 편력이 정신병적이라고 할 만큼 난잡했습니다. 그는 사랑으로 여성을 상대한 게 아니라 오로지 생리의 대상으로 상대하였다고 봅니다. 어느 날 그가 번번이 그래왔듯이 자신의 딸보다 더 어린 여성을 옆에 두고 핵심 부하들과 술판을 벌입니다. 그러다가 김재규에게 암살당하지요."

대왕은 잠시 검사의 말을 끊는다.

"검사. 그의 인간됨은 이미 많이 알려져 있지 않소. 그 정도면 되었으니 이제는 주로 국토 관련 관리에 관하여 죄업을 묻길 바랍니다."

"그래도 이 말은 꼭 해야 해서요. 이자는 일본군에 아부, 공산당에 아부, 미군에 아부하며 자신의 생존과 권력을 쟁취한 변신의 귀재입니다. 또 수많은 부녀자와 거의 반강제성 유흥을 했다는 증언도 많고요. 말하자면 원조 일제, 원주 좌빨, 원주 미투, 원조 투기야였습니다. 이자가 행한 행적 가운데 서울시 주변에 녹지와 공지를 둘러친 그린벨트 제도의 도입과 보존만은 오늘날에도 평가할 만합니다. 그렇지만 그의 택지개발은 늘 안보와 연결시켜 통치수단으로 악용해왔습니다. 분단을 팔아 대형 개발사업 등을 탐색해왔습죠. 그 결과 중장기적으로는 오히려 중심지 부동산값을 더 높이 오르게 했습니다. 강남 개발이 성숙한 후에는 서울 중심지 이동마저 있었고요. 또 어떤 경우에는 개발 초기부터 오히려 부동산값 상승이 더 심해지기도 했습니다."

검사는 잠시 말을 멈추고 물 한 모금을 들이켠다.

"경제성장률이 급감한 1970년대 후반에는 정권 연장의 수단으로 수도 이전을 여론화하고 특별법을 만듭니다. 안보상의 이유를 들었지만 국토 훼손을 통해 국민들의 관심을 엉뚱한 곳으로 쏠리게 하는 상투적인 수법이 었지요. 독재를 위해 국토의 숨을 끊는 일을 항상 우습게 여겨왔지요. 뿐만 아니라 그는 장기 집권을 위해 핵개발까지 모색했다는 증언들이 있고요, 미국과는 점점 멀어집니다. 이자의 핵개발 의지는 북한에 핵개발 명분을 준 계기이기도 했고요. 그러다가 부하의 총탄을 맞은 거지요. 피고야말로 원조 일제, 원조 좌빨, 원조 미투에 이어 원조 양도소득세인 투기억제세 등의 묻지마 규제에 이어 신도시 투기는 물론 원조 수도 이전 추진을 자행한 인물입니다. 원래 아름답던 우리 국토가 이자가 집권하는 동안 망가졌으며, 균형의 파괴, 과잉 개발에 따른 부익부 빈익빈을 심화시키기 시작한 국토관리에 있어 최고의 악행을 자행한 묻지마 개발의 원조입니다. 그야말로 땅을 관리함에 있어 모든 나쁜 카드를 남발한 자이지요. 당연히 악마 천국행이 마땅하다고 판단합니다."

검사의 구형이 끝나자 우주대왕은 고개를 끄덕인다. 그러고는 다음에 이야기할 변호인에게 변론할 차례라는 시선을 준다. 변호인이 일어서서 변호를 한다.

"우리나라가 혼란한 시기에 구국결의로 5·16혁명을 했습니다. 최단 기간 안에 국가의 경제성장을 도모하기 위해서는 재벌 위주의 성장, 개발 위주의 성장을 꾀해야 했습니다. 그래서 재벌도 키우고 국토 곳곳을 파헤쳐 공장도 짓고 도로도 만들었습니다. 당시 주택보급률이 낮았기 때문에 서울에는 강남의 대형 신도시 건설을 했습니다. 모든 일을 빨리빨리 해치웠습니다. 그 결과 이자가 집권한 동안 세계적으로 유례가 없는 빨리빨리 경제성장을 하게 되었습니다. 농촌 또한 새마을운동으로 현대화를 도모했습니다. 그러한 눈부신 성장을 시켜준 업적 때문에 많은 국민은 이자를 흠모합니다. 단군 이래 우리나라의 가장 위대한 영도자였음을 추앙하면서 때로는 눈물을 흘리는 국민들까지 있습니다. 조선조 말기 이 나라가 얼마나 가난했습니까. 그 가난에서 벗어나게 해준 자입니다. 보릿고개를 없애준 사람이라는 표현도 있을 정도니까요. 또 핵무기 개발까지 꿈꾸었고요."

잠시 우주대왕이 말을 끊는다.

"변호인! 급격한 경제성장을 이룩한 것은 지난번 미국 트럼프 전 대통령 방한 시의 말과 다르지 않소. 트럼프는 미국 때문에 꼬레아가 급성장했다고 강조했지 않았소. 2차 대전 후 미국의 줄에 선 과거 일본이나 서독, 그리고 대만 등의 사례가 있으니 그 말은 자제하시고요, 여기에서는 꼬레아의 국토관리에 관해서 주로 변론하길 바라오. 그리고 핵무기 개발 의욕도 정권 연장을 위한 수단이지 않았소? 그에 자극받은 북한은 이미 핵을 생산하지 않았소?"

급기야 우주대왕은 변호인의 변론 내용에 관여한다. 변호인은 잠시 숨을 한번 크게 내쉰다. 그러고는 말을 이어간다.

"국토관리에 관해서는 방금 전에 박정희 대통령 각하께서 대충 말씀한 것 같아서요."

잠시 대왕은 말을 끊는다. 그러고는 변호인에게 명령한다.

"여기에서는 과거의 관직을 들먹이며 피고에게 이상한 경어를 쓰는 게 금지되어 있지 않소. 도를 지나쳐 이를 어겼으니 엄정한 우주 황천법정의 규칙에 따라 변호인에게도 정신이 바짝 들도록 체벌을 하겠소. 손바닥 한 대요."

우주대왕의 명령이 떨어지기가 무섭게 체벌 도우미가 변호인에게 다가간다. 손바닥을 펴게 하고 한 대 딱!

"아이고, 으으으…"

꽤 아픈가 보다. 변호인은 신음을 토한 후 자신의 손바닥에 입김을 후 길게 한 번 분다. 그러고는 손바닥을 접었다가 폈다가를 몇 번 한 후 다시 정자세로 서 있다.

우주대왕은 "사랑의 매다. 아프라고 때린 것이다. 정신이 번쩍 들라고 말이다. 그러나 손에 매 자국 한 줄 없을 터이니 염려는 말거라" 하고 변호인을 다독거린다. 잠시 침묵이 흐른 후 변호인의 겁먹은 음성이 계속된다.

"제가 잘 변호하기 위해 미리 생각해놓은 게 있었는데요, 저 권능과 권력에 민감하고 영리한 박정희가 천국에서 가장 권세가 높으신 대왕님의 권능을 눈치채고 그만 양심선언을 했습니다. 권력의 맛을 잘 아는지라, 스스로 묻지마 개발의 하나인 대형 공영 신도시 개발이 잘못이었음을 털어놓는 바람에 제가 할 말의 김이 빠져버리고 말았습니다. 그렇더라도 이자는 나라를 위해 경제성장만을 일념으로 매진해왔으니 대왕님의 성정으로 미루어 악마 천국행을 명령할 것으로 보입니다만, 제발 그곳만은 보내지 않기를 넓으신 아량에 간청 드립니다."

변호인의 변론이 끝나자 우주대왕의 간략한 소감이 뒤따랐다.

"국토란 너희의 부모는 물론 너희와 너희 자식들의 살붙이나 마찬가지다. 니들이야 한 몸 죽으면 모두 국토를 떠나 황천으로 향하지 않느냐. 그러나 니들 후손들은 이 국토에 영원히 남는다. 해서 늘 생명, 효율, 형평의 존중을 되뇌며 국토를 관리하는 생활을 해야 한다. 이자는 오랜 통치 기간 자신이 판단하는 왜곡된 효율만을 존중하는 바람에 진정 있어야 할 효율은 물론 형평 존중과 생명 존중마저 저해하고 말았다.

이자가 생각하는 효율은 국토의 효율적 이용과는 매우 거리가 멀다. 우선 효율적으로 국토를 이용하였다는 평가에 관한 뜻을 짚어보겠다. 여기에는 두 가지 평가 기준에서 전부 우량에 해당되어야만 효율성이 있다고 할 수 있다.

하나는 국토종합계획에 이바지해야 한다. 이자가 재임 시 일본법을 본떠 만든 현재의 국토종합계획법의 근거가 있다. 당시의 이름은 국토건설종합계획법이었다. 지금은 건설이라는 말이 빠져있다. 이 국토기본법에 의한 계획에 부응해야 한다. 그러나 서울 신도시 개발은 이러한 국토종합계획을 무자비하게 파괴한 것이다. 이래가지고 어떻게 효율성의 점수를 얻을 수 있겠느냐. 물론 당시의 주택보급률은 선진국 형에 비하면 턱없이 부족했다. 그리하여 절대적인 주택 공급을 위하여 정부가 노력해야 했었던 점은 어느 정도 효율의 문제를 달성하는 데 도움이 되었을 것이다. 그러나 서울의 구도심을 창조적으로 재개발할 수 있는 길은 외면했다. 민간의 창조적 개발에는 늘 투기의 멍에를 씌워 방해하려 했다. 묻지마식 빨리빨리 대형 공영 개발에만 집착했다. 수요 변화에 부응하는 맞춤형 주택의 생산에는 인색하였다.

오로지 묻지마 신도시를 지어서 서울 중심지는 더 넓어지고 중심지 가격은 더 비싸졌다. 아무리 집이 늘어나도 맞춤형 주택은 부족했다. 때문에 서울 외곽으로라도 상경하려고 하는 시골 사람들의 서울 이전만 계속 늘어났다. 그래서 서울 인구의 사회적 증가가 가파르게 진행될 수밖에 없었다. 대신 시골은 서울 신도시로 인하여 점점 쇠락의 길로 접어들었다. 이와 같은 악행의 국토관리를 늘 반복하였다."

대왕은 음성을 크게 내서 조금 쉬어가고 싶었는지 물 한 컵을 마신다. 그러고는 말을 이어간다.

"그다음으로 효율성을 인정받으려면 정책 목표를 효과적으로 달성하는 것이어야 한다. 대형 개발은 항상 시간 여유를 갖고 계획되고 설계되며 시행되어야 한다. 그러나 항상 빨리빨리라는 비효율에 기대는 개발에만 집착하였다. 그리하여 중심지 집값을 하락시키기 위해 대형 신도시 개발을 했지 않느냐. 도시만 팽창시켜놓고 항상 중심지 집값을 중장기적으로 더욱 높이 폭등시키지 않았느냐. 정책 효과가 언제나 정반대로 작용했다. 효율성 제로다. 그만큼 국토를 훼손한 거다."

우주대왕은 약간 상기된 음성으로 또 말을 이어갔다.

"특히 서울 신도시 개발 남발로 서울은 걷잡을 수 없이 비대해졌다. 반면 지방 소도시나 읍면들은 대부분 가파르게 공동화되었다. 형평성 또한 크게 파괴한 것이다. 결국 서울 **중심지 부동산값9)**만 올려놓았다. 특히 강남 집값 등을 말이다. 그 후로도 대단위 서울 신도시를 지으면 지을수록 그 집이 공급되는 동안의 단기적인 반짝효과만 있을 뿐, 중장기적으로는 강남을 위시한 부동산값만 크게 오르고 외곽 지역이나 지방은 상대적으로 비교우위에서 뒤로 밀려나게 되었다. 잘못된 국토관리에 의한 빈익빈 부익부만 더 심화시켰던 것이다. 이와 같이 형평성의 원리와도 어긋났다."

대왕은 생명성에 대해서도 말을 이어나갔다.

"한편 아무리 높은 경제성장률을 원한다고 하여도 국토는 신중하게 개발해야 한다. 국가에서 운영하는 조직 이름에서 개발이라는 말을 그동안 슬그머니 지워왔지 않았느냐. 건설부에서 건설을 빼고 국토부로, 토지개발공사에서 개발은 빼고 토지공사로, 국토개발 연구단체는 국토연구단체로 개명해오지 않았느냐. 왜 개발이라는 이름들을 지웠겠느냐. 또 각종 국토 관련법의 제정목적 안에 있는 개발이라는 말들을 지워왔지 않았느냐. 그동안의 무모한 건설이나 개발이라는 용어가 갖는 부끄러움을 지운 것 아니겠느냐. 그럼에도 개발만이 살길이라는 DNA를 심어놓은 원조가 바로 너다."

대왕은 잠시 한숨을 크게 내쉰다. 그러고는 말을 이어간다.

"신흥국에 있어 경제성장의 속도는 손쉽게 조절할 수 있다. 국토의 숨을 단기간에 압살시키면서까지 성장을 추구한다는 것은 국토관리의 원리에 어긋난다. 특히 당시 지구촌은 개발에 대한 반성으로 전환되던 시기였다. 선진국은 말할 나위 없고 지금도 경제성장이 더딘 아프리카, 히말라야의 네팔, 안데스산맥의 페루나 볼리비아, 천산산맥의 카자흐스탄 등 부근의 빈곤국들이 성장보다 보존의 길을 묵묵히 걸어가고 있지 않으냐. 더구나 개발만이 살길이라는 표어와 포스터를 전국 곳곳에 붙여놓고 멀쩡한 생땅 위에 국민들을 동원하여 콘크리트를 붓고 시멘트와 플라스틱으로 덮는 현장으로 몰아갔다. 그것을 발전이라 했다. 그 결과 수많은 문화유산과 자연유적이 파괴되었고 국토의 생명성은 쇠약해졌으니 그 죄업을 여기에서 뉘우치고 있다고 해서 어찌 정상참작을 할 수 있겠느냐. 만약 이 재판정에서 정상참작 한다는 것이 지구촌에 소문난다면 지구촌 그 누가 지구 또는 국토의 생명파괴를 두려워하겠느냐."

대왕은 길게 한숨을 푹 쉰다.

"국토관리에 있어서 박정희는 서울 중심지 집값 잡는다고 하면서 이와 같이 국토의 생명성, 효율성, 형평성 측면에서 자신의 재임 중에 너무나도 큰 만행을 저질렀다. 생명성 8점, 효율성 12점, 형평성 11점, 정성평가 2점이 가채점 결과이다"

하고 호령하듯 말한다. 잠시의 침묵이 흐른 후 대왕은 가라앉은 음성으로 "하나 나 역시 어진 몸이라 이자가 스스로 죄과를 뉘우친 점을 참고는 하겠노라"라고 말을 맺는다.

4. 최규하(崔圭夏)

박정희가 법정의 대기 피고인석 쪽으로 이동하여 앉는다. 그러자 최규하가 법정 앞 집중 신문인석으로 걸어 나온다. 거구를 이끌고 고개를 푹 숙이고 나온다. 최규하의 등장을 지켜본 대왕은 갑자기 큰소리로 "고개를 들라" 한다. 최규하는 고개를 든다. 그러자 대왕은 "임자가 왜 여기로 나오는 게지" 한다. 법정은 잠시 긴장과 침묵을 깨고 방청석에 앉아있는 피고들까지 어깨를 움찔거리며 당황스러워하는 분위기에 빠진다. 하나 곧바로 다시 침묵이 흐른다. 땅신이 대답한다.

"박정희가 갑자기 암살당하는 바람에 정상적인 대통령을 뽑을 때까지 헌법에 따라 대통령 유고 시 그 권한대행을 한 자이옵니다."

"음."

"또한 헌법을 바꿔 새로운 대통령을 뽑겠다고 하는 약속을 하고 1979년도 12월 6일 통일주체국민회의에서 제10대 대통령으로 선출되기도 했습니다."

"그러나 12·12가 일어나지 않았느냐?"

"네. 대통령으로 뽑힌 후 6일이 지나서요. 결국 합산하면 실질적으로는
10월 26일 밤부터 전두환의 등장 때까지 법적인 통치를 했습니다."

"그럼 그해 12·12, 전두환의 군사반란 때까지 사실상 통치한 것인가?"

"당시는 계엄 때라 모든 정보를 장악하고 있는 전두환이 사실상의 권력
자였습니다만 형식상은 그렇게 말할 수도 있겠습니다."

"불과 한 달 반 동안 이자가 국토관리에 관하여 새롭게 행한 사업들이
있는가. 특히 수도권 부동산 가격규제나 신도시 건설 말일세."

"없습니다. 해오던 일 관리하는 게 이자의 임무였으니까요. 또 대통령으
로 뽑힌 지 6일 만에 12·12를 맞았으니까요."

우주대왕은 지킴에게도 묻는다.

"비록 짧지만 이자가 위임통치할 동안 수도권 부동산값은 어떠하였습
니까?"

"안정적인 시기였습니다. 전두환이 등장하면서부터는 오히려 수도권 집
값은 하락하기도 했습니다."

대왕은 다시 땅신에게 묻는다.

"그렇다면 국토관리만을 가지고 수천 년 머무를 천국의 종류를 정한다
는 게 이자에겐 가혹할 수도 있는 거 아니오?"

"그러한 면이 있습니다. 그렇다면 이 법정에서 퇴장시킬까요?"

"잠깐만요. 내가 이자에게 물어보고 싶은 말이 있으니 그 말만 들어보
고 이동시키도록 합시다."

그리하여 대왕은 대표 피고인석에 있는 최규하를 향해 묻는다.

"12·12 때 계엄사령관 정승화를 왜 갑자기 체포한 것인가?"

"그건 제가 지시한 일이 아니었습니다."

"대통령의 지시 없이 행한 일이란 말인가?"

"보안사, 정보부, 대통령경호실을 장악하고 있던 전두환이 저를 감금하다시피 감시하는 가운데 이미 자신의 계획대로 저지른 군사변란입니다."

"알았소. 그럼 12·12부터 전두환 시대가 열린 셈이구먼."

"사실은 그 전부터입니다만…. 그렇습니다. 죄송합니다. 면목 없습니다. 불가항력적이었다는 말이 그러한 경우를 가리킨다고 생각합니다."

"혹시 이 법정에서 하고 싶은 말이 있는가?"

"제가 죽을 때까지 모셨으면 했던 박통이었습니다. 그러나 전혀 예기치 못했던 박통의 서거를 맞이하여 정신이 혼미했습니다. 어떻게 하든 간에 헌법에 정한 절차에 따라 통일주체국민회의를 통해 새로운 대통령을 뽑게 하고, 그 후 민주적 헌법으로 바꿔 평화로운 정권 이양을 하려 했습니다. 그러나 민주화는 전두환 때문에 망가지고 말았습니다. 억울합니다."

우주대왕은 땅신에게 지시한다.

"이자는 원래 배속해있던 천국으로 배정시키도록 하시오."

그리하여 최규하에 대한 심판은 법정에서 정상적인 절차에 따른 신문을 진행하지 않고 우주대왕의 명에 따라 중지된다. 최규하는 앞 피고인석에서 이동한다. 방청석 쪽 대기 피고인석으로 이동시키는 것이 아니라 아예 법정 밖으로 퇴출시킨다. 그가 원래 배속받았던 천국으로 돌아가는 것이다. 천국에서도 체구는 크다. 천국법정을 도우미의 안내에 따라 뒤뚱뒤뚱 빠져나간다. 이제 피고는 총 11명으로 줄었다.

5. 전두환(全斗煥)

머리카락이 거의 없는 번들 이마를 손가락 빗질로 빗어넘기며 입가에 미소 짓고 건들건들 몸 흔들며 전두환이 나온다.

전두환은 방청 피고인석에서 일어나 집중 신문인석으로 도우미의 안내에 따라 이동한다. 대왕은 전두환에게 "이름은?" 하고 묻는다. 전두환은 의자에서 일어나자마자 "전두환입니다"라고 씩씩하게 대답한다. 대왕은 전두환에게 특별하게 주지한다.

"이 법정이 무슨 법정인지 알고 있느냐?"

"도우미님의 말씀을 들었습니다."

"나의 명령으로 네 이승의 영혼을 복제하여 네 외모를 입혀 여기에 세운 것이다. 그런데 네가 여기에 있을 동안 너의 지구에서의 경험은 기억할 수 있다. 그러나 네가 지구로 돌아가면 여기에 다녀갔는지 또는 여기에서 무슨 대화를 했는지는 전혀 알 수 없게 설계되어 있다. 그러하니 지구의 영혼을 염려한다거나 하는 것을 고려할 필요 없이 있는 그대로 진실을 말하면 된다." 그러자 전두환은 짧게 "네"라고 대답한다.

"자신의 사실상 통치 기간은?"

"1980년 9월부터 1988년 2월까지 약 7년 5개월입니다."

"형식상 통치 기간 말고 사실상 통치 기간을 묻지 않았느냐?"

"저 이전에는 최규하가 1년 동안 대통령을 했습니다."

"좋다. 여봐라. 이자가 거짓말을 하고 있으니 우선 손바닥 때리기 두 대를 명한다."

그리하여 체벌 도우미가 등장한다. 외모는 작고 아담한 소녀 도우미다. 가는 대나무 같은 회초리로 전두환의 손바닥을 완전히 펴게 하고 두 대를 때린다.

아이고, 아이고! 전두환의 미소 짓던 얼굴이 굳어지고 이마 머리카락 쓸어올리던 손이 배 위에 얹힌다.

"다시 묻겠다. 네가 꼬레아를 통치한 사실상의 기간을 말하라. 방금 전에 최규하가 정승화와 관련된 증언도 하였다."

"대왕님, 그럼 12·12부터 셈할까요, 아니면 그 전부터 할까요."

"네 양심에 따라 답변하라. 여기서는 네가 행한 모든 일을 너보다 더 훤히 상세하게 바라보고 있다."

"12·12부터 셈하면 8년 3개월 정도고요, 그 전부터 셈하면 8년 5개월 정도 됩니다."

"너는 꼬레아 대통령들 가운데 박정희, 이승만 다음으로 사실상 통치 기간이 길었다. 네가 통치할 동안 국토관리를 잘했는가의 여부를 따지는 법정이다. 묻는 말에 또 거짓 답변하면 회초리 대수가 배로 늘어난다. 알겠는가."

"넵!"

우주대왕은 땅신에게 사실관계를 보고하도록 한다.

"우선 이자가 꼬레아에서 여태까지 세 번째로 오랜 통치를 했는데 등장 배경부터 간단히 설명해보라."

땅신은 전두환의 등장부터 말을 한다.

"이자는 박정희의 갑작스러운 죽음을 타고 등장했습니다. 박정희의 죽음으로 계엄 정국이 전개됩니다. 당시 국군보안사령관이었습니다. 박정희 암살 다음 날 정승화의 지시로 김재규를 체포합니다. 그리하여 전두환은 공석이 된 중앙정보부장까지 겸임하게 됩니다. 명실공히 한 나라의 안보와 관련된 당시 민·군의 최고 정보기관들을 전부 장악하게 됩니다. 처음엔 정승화 계엄사령관에게 김재규의 체포와 조사과정을 보고합니다. 물론 정승화는 암살 현장 만찬장에 직접 있지 않았기 때문에 참고인으로 조사를 받도록 합니다. 그렇게 시간이 흐르는 가운데 그 유명한 12·12 군사반란을 일으킵니다. 이때부터 사실상 국정을 완전 장악합니다."

"그렇구나. 익히 알고는 있었지만 이자도 권력욕이 대단하구나. 지구촌 사람들은 종종 승자독식의 놀이를 하지. 권력은 마치 마약과도 같은 것이어서 그걸 누리는 순간 이성이 마비되기 시작하지."

"암살범 김재규에 대한 사회여론이 그의 재판 기간 동안 점점 호의적으로 전환되기 시작합니다. 그의 암살이라는 거사가 없었다면 유신 영구독재는 중단되기 어려웠을 것이라는 국민들의 사실 인식이 점점 확산됩니다. 오랜 통치자의 갑작스러운 죽음의 충격이 사라지면서 '김재규가 애국열사이며 의사'라는 분위기마저 번져가고 있었습니다. 일부에서는 구명운동까지 은근하게 추진되기도 했고요. 법조계 일부에서는 그의 행위를 정당화하는 저항권을 거론하기도 하고요. 그러한 가운데서 오히려 김재규는 당시 신군부의 입김이 작용하는 계엄사의 초스피드 재판에 의해 신속하게 사형당하게 되죠. 김재규의 사형으로 그의 구명에 관한 운동이 잠잠해집니다. 다만 사회에서는 민주화에 대한 열망이 커집니다. 이때 꼬레아의 역사에서 아주 씻을 수 없는 불행한 일이 일어납니다. 5·18이죠. 5·18은 전두환의 공포정치를 가속화하는 페달로 작용합니다."

"잠깐만, 지금부터는 될수록 이자가 행한 수도권 개발 이야기를 중심으로 해보시게."

"박정희에 대한 다양한 비리가 드러나면서 국민여론이 점점 더 악화됩니다. 그러자 전두환은 박정희를 부정축재자로 몰고 자신은 결백한 자라고 하여 차별화를 꾀합니다. 자신이 추진하여 행한 개헌에서 5·16혁명도 지웁니다. 전두환 집권 초기에 땅값은 물가나 GDP 상승 정도만큼 상승합니다. 그러나 집값은 안정됩니다. 당시 오일쇼크로 세계경제가 침체한 면도 있었지만 오히려 세계의 실물 생산비는 폭등합니다. 특히 건물의 경우에는 건축비가 크게 상승했음에도 불구하고 집값은 하향 안정세를 유지합니다. 전두환은 집값이 안정되었음에도 불구하고 일반 경기의 부양을 위해 대량의 주택건설 계획을 발표합니다."

땅신은 잠시 쉰다. 물도 한 모금. 다시 말을 이어간다.

"전두환은 1980년도 말에 갑자기 향후 10년 동안 500만 호의 주택을 짓겠다는 계획을 발표합니다. 10년 동안 민간이 300만 호, 공공이 200만 호를 공급할 거라는 것이었습니다. 이 500만 호는 당시 나라 전체의 재고 주택 수와 거의 맞먹는 양이었습니다. 물론 결과적으로는 과잉계획이었지만 이때부터 서서히 묻지마 공영개발 방식이 대형 택지개발의 주요 수법으로 전면에 등장합니다. 특히 **택지개발촉진법**을 **제정**하여 대량 택지의 공영개발을 손쉽게 할 수 있는 길을 엽니다."

잠시 대왕은 말을 끊는다. 마치 상대방이 적당히 쉴 수 있는 여유를 부여하기라도 하듯이 말이다. 이내 법정 벽 커다란 스크린에 다음과 같은 글이 새겨진다.

단군 이래 전국에 있는 집만큼

단숨에 새집을 공급할 주택 공급의 산타

500만 호의 성군

그 이름은 전두환

"500만 호? 당시 외부에서 일시에 인구가 유입된 게 아니잖나. 삼팔선이 터져 북한 민족들이 대거 남하한 것도 아니잖나. 집값도 전반적으로 안정된 때가 아니었는가?"

"그렇습니다."

대왕은 대화 상대방을 지킴으로 바꿔 묻는다.

"주택보급률을 높이면 집값이 안정됩니까?"

"장기적인 지표일 뿐입니다. 중요한 것은 수요자들이 원하는 곳에 요구하는 다양한 주택들의 지속적인 공급이 이루어지는 시스템의 구축입니다. 갑자기 대형 신도시를 짓는 건 다양한 주거 수요를 외면하는 것입니다. 예측하지 못한 인구 이동만을 초래할 뿐입니다. 집값 안정의 적합한 수단이 아닙니다. 특히 천문학적인 생산비가 드는 직주분리형 공영개발은 사회적 비용을 증가시켜 중장기적으로 중심 쏠림을 더 가속화시켜 집값 상승을 더욱 부채질하는 원인으로 작용합니다."

대왕은 "이자도 박정희처럼 통치를 위한 쇼크요법을 좋아하는구면! 안보팔이, 분단팔이로 국토를 대하는 성향이 강하구면!" 하고는 이맛살을 찌푸린다. 다시 대화 상대방을 바꿔 땅신을 향해 말한다.

"아무리 주택보급률이 100%에 훨씬 못 미치는 경우라고 하여도 인위적으로 주택을 대량 공급하는 것은 마치 향후 발생할 교통량을 예비하여 미리 도로를 개설하는 것처럼 토지이용에 있어서 비효율을 야기할 가능성이 큰 게 아니겠는가!"

"네. 그보다도 훨씬 나쁜 영향을 미치지요. 자칫 사회간접자본의 부족 또는 과잉 현상의 부적합 토지이용이 번성합니다. 꼭 맨 먼저 있어야 할 곳에 개량물이 있지 못함으로써 발생하는 경제의 비효율이 발생하지요. 개포지구, 고덕지구, 목동지구, 상계지구, 중계지구 등에 대단위 아파트 건설이 이루어집니다. 주택 수요가 활황이 아니었어도 **택지개발촉진법**은 공영개발에 날개를 달아줍니다."

"그러네. 대량 **대형 공영택지개발을 단숨에** 전개할 수 있도록 하는 입법까지 하면서 국토를 관리하였네. 국토를 누구보다 더 사랑하고 아껴야 할 정부가 기회만 있으면 국민의 혈세가 많이 들어가는 방식으로 국토에 콘크리트를 부을 생각이나 하고…"

"네. 당시 입주자가 미달된 아파트들도 많이 발생하였지요. 서울의 빈 땅으로서 웬만히 넓은 곳은 대단위 택지개발을 하였습니다. 불도저식 양 채우기는 일단 시동이 걸린 거고요. 물론 투기가 일어나면 양도세 등으로 규제하고 잠잠하면 규제를 푸는 등으로 집값을 관리하는 철학이 일관되지 못한 냉온탕식 부동산 규제 대책들을 시행했지요. 500만 호 건설의 시동이 걸린 이후 집값이 오히려 상승하자, 1983년도에는 일정 규모 이상 아파트의 분양가상한제, 양도세 강화, 종합토지세 등의 강화 조치도 있었지요."

"집권자들은 항상 정제되지 못한 논리에 이끌리고 수시로 변하는 여론에 민감한 하루살이 대책들만 쏟아놓지. 또 전두환 때는 아시안게임과 올림픽이 열리지 않았나?"

"네. 86아시안게임은 재임 시 치러냈고요, 88올림픽은 전두환의 다음 정권 노태우 집권 초기에 치러냅니다."

"특수는 있었나?"

"있었습니다. 국도나 주요 지방 도로변의 주택과 수도권 도시 재개발구역의 주택들입니다. 단군 이래 외국에서 갑자기 많은 손님이 온다고 해서요. 도로변 주택들이 예쁘게 보이도록 담벼락에 페인트칠을 하도록 하는 등 꽃단장에 나섰고, 도로변에서 쉽게 눈에 들어오는 서울 달동네들의 탈바꿈을 시도합니다. 특히 박정희 시대의 **도시계획법** 및 그 후 **도시재개발법** 에 의해 **묶였던** 서울 도심부 재개발구역 주택들의 집값이 단숨에 몇 배씩 폭등합니다."

"박정희 때에는 강남이 집값 상승의 진원지였는데, 어찌 강북 일부에서 집값이 폭등하는 현상이 전개되었다는 말이오. 이에 관하여는 지킴이 말해보시오."

지킴의 대답으로 다시 넘어간다.

"해방 후 서울 도심의 구릉지를 중심으로 도로 주변에는 판자촌 등 소위 달동네들이 많이 생깁니다. 특히 6·25 이후 이북에서 피란민들이 많이 내려왔고, 그 가운데 서울에 가장 많이 내려왔지요. 주로 이들이 이주하여 남한에서 처음 보금자리 역할을 단단히 해온 곳이지요. 당시는 건축허가를 정상적으로 진행하기 어려운 시절이었지요. 대부분 사유지를 쪼개 집을 지었는데, 간혹 국공유지를 불법 점유해도 눈감아줘야 했던 시절이었습니다. 좁은 땅에 많은 집을 한꺼번에 짓다 보니까 집터는 작고 방은 많았습니다. 주택으로 이르는 도로는 겨우 성인 남자 한 사람이 걸어 다닐 만한 너비인 경우가 대부분이었고요. 화장실은 공중화장실을 이용하도록 된 동네들이 꽤 많았습니다."

"주택에 대한 자연적인 특별 수요가 폭증했던 때의 특이한 현상으로 거슬러 오르는군요. 물론 달동네 형성 초기에는 피란민들이 많았겠지만 세월이 흐르면서 피란민 대부분은 그 동네를 떠나고 도시의 빈민계층이 소유하거나 임대차로 입주하는 현상이 많아졌겠지요."

"그렇습니다. 주로 세입자들이 많았습니다. 집의 면적은 물론 편의시설이 매우 취약했지만 서울 도심에서 일자리를 찾는 서민들의 보금자리로서는 안성맞춤이었지요. 주로 판잣집으로서 시멘트를 바른 집들이었고요. 흔히 지방도시에 가서도 역 앞 구릉지 등에서 흔히 발견할 수 있는 일명 과거 용산이나 후암동 일부의 피란민촌처럼요. 이러한 동네들도 세월이 지나면 집이 낡아 더 이상 집의 구실을 못 하게 되었는데요, 그러자 도시계획으로 이들 지역을 박정희 때 아예 묶어버립니다. 소유자가 임의적으로 건축 행위를 못 하도록 한 것이지요."

"음, 그 재개발구역 말이지요?"

"네. 정부는 이들을 구역으로 묶어놓기만 할 뿐 환경을 개선하고 주택을 개량하는 종합계획이 시급한 지역인데도 이에 관하여는 방기한 채 신도시 짓는 데만 혈안이 됩니다. 재개발구역으로 묶이면 당시의 규제로써 건축 행위가 거의 정지됩니다. 집을 개축하거나 늘리지도 못하는 거죠. 겨우 도배 정도는 가능했고요. 집이 무너지지 않도록 보조 기초만 할 수 있을 정도였습니다. 그렇게 묶어놓고 10년 이상의 세월이 흐릅니다."

"그럼 집값이 형편없이 낮아졌겠네요."

"그렇습니다. 도시재개발구역으로 지정된 지역의 주택은 마치 도로로 지정되거나 다른 도시계획시설예정지로 지정된 경우처럼 거래가격이 시가보다 형편없이 낮아집니다. 그래서 집값보다 전셋값이 더 높은 주택들이 많이 발생합니다."

"집값보다 전셋값이 비싼 깡통주택들이 왜 많이 발생하는 거지요?"

"집의 투자가치는 거의 없고 전세를 내줘도 정기적으로 재산세는 물론 수리비용은 들어가니까요."

"그렇군요. 수익보다 손해가 많으면 그러한 일들도 발생하겠네요."

"그런데 약삭빠른 투자자들은 이를 대상으로 갭투자를 합니다."

"갭투자 해봤자 손해만 날 게 아니오?"

"물론 그렇지요. 언젠가 올지도 모르는 개발 대박을 꿈꾸며 사들인 역발상의 투자가들도 있었습니다. 흔한 현상은 아니었지요."

"시급하게 도시재개발이 필요한 곳을 오히려 정부가 재개발을 못 하도록 방해하고 방임하니 이상한 현상들이 벌어진 것이군요."

"그런데요, **86아시안게임**은 물론 **88올림픽**이 목전에 다가오면서 재개발 구역의 주택값이 크게 변합니다. 많은 외국인을 초청해야 하는 정부는 고민에 빠집니다. 왜냐하면 달동네가 마치 꼬레아의 빈곤을 상징하는 것처럼 비칠 테니까요. 전 국토의 도로변 미화사업도 벌이지만요. 특히 80년도 중반에 서울 도심 달동네 땅 주인과 건설사가 협동하여 사업을 이루는 철거재개발이 활발하게 전개되기 시작합니다. 그러자 재개발 조합원 지위 가치가 집값의 다섯 배 또는 열 배 넘게 상승합니다. 말 그대로 집값이 순식간에 폭등한 거지요."

"일명 딱지값 폭등이라는 말로 부르기도 했던 그 사태가 일어났군요."

"그렇습니다. 그 정보를 미리 알고 수십 채씩 갭투자한 사람들은 엄청난 단기수익을 올리기도 했습니다."

"정보의 위력이 대단한 거네요."

"그렇습니다. 이렇게 갑자기 폭등하는 현상을 이론에서는 이용규제 해제로 인한 반등현상이라고도 부릅니다."

"그렇지요. 부동산 시장에 대한 규제는 반드시 반작용을 잉태시키니까요. 그러니까 부동산 개발 정보는 군사 등의 목적이 아닌 한, 미리미리 국민들에게 완전 공개하는 것이 중요한 게 아니겠소. 정부는 재산권자와 협의하여 광역적인 개발계획의 청사진을 마련하도록 적극적으로 유도하여 이를 국토이용계획에 반영했어야 했소. 미리미리 해제해서 대형 개발을 효율적으로 유도할 수 있는 길을 걷도록 해야 하는 것 아니겠소. 그래야 일시에 가격이 폭등하는 일을 막을 것 아닙니까. 이 당시 강남 집값은 어떠했습니까?"

"안정되었습니다."

"강남은 왜 안정되었던 것일까요?"

"88올림픽 특별개발에 의한 주택값 상승을 제외한 대부분의 주택값은 전두환 통치 기간 중반에 반짝 상승을 하다가 잠잠해지고 후반에 또한 반짝 상승을 했습니다. 세계적인 오일쇼크로 전두환 집권 초기에는 주택 생산비의 폭등에도 불구하고 오히려 주택값은 하락하기까지 했었지요. 집권 초기에는 사회심리가 주택값에 미친 영향이 컸습니다."

"그 **사회심리**도 말씀해보시오."

"특히 박정희 사망 후 세계적으로는 국제 오일값의 대폭등이 일어납니다. 이른바 오일쇼크죠. 오일값의 상승은 건축자잿값의 폭등을 유발하였습니다. 건축자잿값이 오르면 당연히 주택 생산비가 오릅니다. 주택 생산비가 오르면 그에 따라 생산비의 법칙에 따라 상승분만큼 주택값이 상승하는 게 원칙입니다. 그럼에도 불구하고 주택값, 즉 시장가격은 상승하지 않고 많은 지역에서 하락하는 현상마저 나타납니다."

대왕은 지킴에게 묻는다.

"부동산 가운데 주택은 생산비로 거래되는 경우도 많지 않소?"

"네. 시장가격보다 생산비 가격이 낮은 경우에는 그러한 사례들이 흔히 나타납니다."

"그런데도 전두환 집권 초기에는 왜 그러한 현상이 나타나지 않은 것이오. 오히려 생산비보다 시장가격이 더 낮은 이유는 무엇이오?"

"오일쇼크로 인한 생산비 증가에도 불구하고 부동산값이 오히려 하락한 것은 전반적인 경제 활력의 저하로 인한 침체 이외에 또 다른 부동산값의 속성으로 설명할 수 있을 것 같습니다."

"또 다른 부동산값의 속성 중 어떤 것이오."

"사회심리입니다. 부동산값은 평화 속에서는 정상 시장을 구가하는 상품이고요, 전쟁이나 사회적 공포 분위기와는 반비례하는 편입니다. 전두환의 등장 자체가 부동산 경기를 냉각시키는 효과를 발휘한 것입니다. 물론 이러한 심리적인 효과는 나중에 다시 반등으로 나타납니다. 부동산업이야말로 평화산업이잖아요. 뿐만 아니라 정부의 인위적 통제가 많아지면 반드시 시장은 교란되어 부동산값의 불안정 또는 불균형 변동을 유발시킵니다."

"그렇지. 부동산 거래가 평화 시에는 활발하고, 전쟁 중에는 거의 거래가 없지. 또한 규제를 받아 가격이 억눌리면 오히려 규제로 값이 불안정하게 변동하고 더불어 규제가 풀렸을 땐 가격이 갑자기 반등하는 등의 역작용이 일어나는 수도 있지."

"초기에 전두환 공포는 워낙 강했습니다. 그래서 박정희 때 존재했던 주택시장 규제 대책들을 완화하기도 합니다. 그러나 경기부양을 위한 500만 호 주택 건설을 발표한 후부터 그 사업이 시행되자 오히려 일부 지역 부동산값이 급격하게 오르기도 합니다. 그러자 또 투기억제를 위한 규제 대책을 내놓기도 했습니다."

"그건 방금 전에 나왔던 이야기요."

지킴이 잠시 물 한 모금을 마신 후 말을 이어갔다.

"86아시안게임과 88올림픽은 부동산시장에서 전두환 공포가 깨지는 시기가 됩니다. 특히 노태우의 집권 초기 있었던 올림픽이라는 세계적인 스포츠 제전은 전두환 공포를 잊게 하고요. 얼마 동안 사회불안으로 위축되었던 주택값이 변동합니다. 더하여 이른바 3저 현상에 힘입어 일반 경제는 호황을 맞이하고요. 인위적인 억제로 작용했던 강박적 사회심리가 풀리면서 억눌렸던 주택값은 반등하게 됩니다. 특히 올림픽 기간 동안에 그러한 반등이 크게 일어납니다."

"그렇다면 전두환 시대는 수도권 국토를 크게 유린하는 사다리를 만든 시대였네요. 그런데 내가 파악하고 있는 기록에 의하면 이자가 500만 호 주택건설계획 이외에도 국토 유린을 심각하게 자행한 경거망동이 있었던 것 같은데….”

이번에는 땅신을 바라보며 대답을 구한다.

“네. 국민들을 전쟁의 공포에 몰아넣고 건설한 사업이 있습니다. 서울 전체가 일시에 물바다가 된다는 서울 물바다 사건입니다.”

“또 남북문제를 국토개발에 악용한 거지요. 그 안보팔이 말이오.”

“네. **평화의댐 사건입니다.**”

“나도 알고 있소. 당시 중앙정부가 떠들썩하게 부른 노래 한번 들어봅시다.”

법정 안이 다음과 같은 큰소리로 요란스러워졌다.

북한에서 거대한 댐을 건설한다
그 댐의 물을 일시에 방류하면
서울시민 대부분이 물귀신 된다

“북한에서 대형 댐을 건설하고 있는데 그 댐의 물을 일시에 방류하면 서울 대부분이 물속에 잠겨 서울시민 대부분이 수장된다고 한 사건입니다. 그리하여 중앙정부가 주도하고 온 국민의 모금까지 보태어 북한에서 내려보내는 물을 임시로 가둬놓을 수 있는 평화의댐을 건설합니다.”

“그 후로 그 사건은 어떻게 된 거요?”

“매우 과장된 사건임이 확인된 후 여론의 비판을 호되게 맞았습니다. 그래서 결국 평화의댐도 축소 건설되었고, 안보를 핑계 삼아 국토를 유린한 기만성 대형 개발사건으로 기록되었습니다.”

“이자도 안보를 위해 국토를 함부로 유린한 위인이었구먼. 손실보상은 정상적이었습니까?"

"이자가 의장으로 있던 국가보위비상대책회의에서는 유신헌법을 개정합니다. 이 개정된 헌법에 국토 이용 관련 몇 개 조항을 개정하거나 신설합니다. 손실보상의 범위를 법률로 위임한 것에서 적당한 것으로 바꿉니다. 정상 시가보상을 선언했다고는 볼 수 없는 것이었지요. 국토 균형발전의 강조, 농지의 소작범위 확대 등이 헌법에 포함됩니다."

"특이한 법률은?"

"**택지개발촉진법, 주택임대차보호법, 수도권정비계획법**, 가등기 담보에 관한 법, 집합건물의 소유 및 관리에 관한 법률이 눈에 띄는 것들입니다. 대부분 그 시대 부동산 문제들을 해결하기 위한 수단으로서 정당성이 인정된 제도들이었다고 평가되고 있습니다. 하나 택지개발촉진법은 기존의 도시계획법상 택지개발을 할 수 있는 근거가 있음에도 불구하고 아마도 국가나 지방정부가 손쉽게 묻지마 대형 공영개발을 하기 위한 방편으로 입법된 것이라고 하겠습니다."

"그렇소. 전두환은 박정희를 부정축재자로 몰았으면서도 국토를 정치의 쇼크요법으로 악용한 것은 박의 키즈처럼 행동했구려. 강남 개발을 확대하고 묻지마 대형 신도시 개발을 정부가 주도하는 더 강력한 근거를 만들었소. 그것도 모자라 **분단팔이 댐**까지 만들었으니 국토가 온전할 리 있겠소!"

땅신과 지킴의 보고가 끝나자 전두환의 마지막 발언이 전개된다.

"저는 구국의 일념으로 국토 또한 관리했습니다. 어떻게 인간이 자신을 고위 공직자로 선택한 최고통치자를 배반하여 살해할 수 있습니까. 이러한 패륜을 응징하기 위해 위험을 무릅쓰고 거사를 한 것입니다. 저는 평소 국토는 우리 후손에게 물려줄 소중한 자산이므로 될수록 개발은 최소한도에 그치도록 하였습니다. 그러하오니 대왕님, 굽이 살피시어 맑은 천국으로 결정해주시옵기를 앙망하옵니다" 하고 간략하게 최후 소감을 피력한다.

대왕은 쓸쓸한 표정을 짓는다. 최후진술에서까지 자신의 행위를 미화하는 말에 혀를 내두르기까지 한다. 몇 대 더 손바닥 때리기를 지시할까 하다가 겨우 억누른다. 그러고는 전두환에게 말을 더 하도록 유도한다.

"본인이 대통령을 했다는 게 역사에 부끄럽지 않으냐?"

"아직도 그때 그 일을 저는 구국행동이라고 자부하고 있습니다. 그러나 국토에 관한 관리는 이 법정에 입회하여 전문적 판단을 듣는 동안 매우 잘못한 것이었음을 통감합니다. 제가 당시 굳힘 돌인 '늘공'이나 굴림 돌인 '어공' 공직자들에게 이용당한 걸 알았더라면 엄벌을 가했을 터인데 그 사정을 모르고 지낸 세월이 아쉽습니다."

대왕은 전두환으로부터 더 이상의 말 듣기를 삼가고 검사의 구형을 듣기로 한다. 전두환은 집중 신문인 피고석에 앉고 검사석에서 검사가 일어나 심판을 위한 구형을 하기 위해 말을 한다.

"이자는 장인의 소개로 박정희의 눈에 들어 초급 장교 시절부터 정치군인의 길로 접어듭니다. 또한 절대 권력에 아부하는 길을 걷습니다. 군 생활은 박통의 비호 아래 승승장구합니다. 군대에서 늘 요직을 거쳐 승진합니다. 스스로가 독재자 박정희에게 무한 충성을 해온 결과이지요. 군 간부의 정치적 사조직인 **하나회**의 핵심 멤버였고요. 유신이 국민으로부터 외면당하던 시절에도 변함없이 권력의 단맛에 무한 집착합니다.

박정희가 독재 권력을 유지하기 위해 **중앙정보부**와 **보안사령부로 하여금** 각각 **독립적**으로 정보를 직접 **보고**하게 만듭니다. 최고 정보기관들을 상호 보이지 않는 경계와 충성 경쟁을 시킨 거지요. 이러한 상황 속에서 중정부장의 거사가 감행됩니다. 김재규는 거사 후 자신의 거취에 대한 아무런 계획도 없이 절대 권력을 향하여 방아쇠를 당깁니다. 그것으로 19년 동안의 절대 독재가 무너집니다. 거사 후 당황하고 있던 김재규는 계엄군에 체포되어 군사재판을 받습니다. 전두환은 김재규의 거사를 사회적으로 희화화하도록 분위기를 잡아갑니다. 당시 대통령이 아닌데도 양대 정보기관을 장악하여 절대 권력을 휘두릅니다."

검사는 약간의 흥분이 이는 듯 말을 잠시 멈춘다. 목이 타는가 보다. 물한 모금을 마신 후 말을 이어간다.

"군사변란으로 **정승화**를 감옥에 보냅니다. **삼청교육대**를 만들어 국민들에게 군기를 불어넣습니다. 그리고 5·18이라고 하는, 있어서는 안 될 비극이 발생합니다. 박정희의 죽음 당시, 미군은 여러 차례 말합니다. 북한은 이상 징후가 없다고 말입니다. 뿐만 아니라 5·18 때도 북한은 특이 동향이 없다고 선언합니다. 그런데도 두 사건을 안보와 연결 지어 좌빨을 경계하기 위해서라는 우리 역사에서 가장 지저분한 마녀사냥질을 하며 정권을 잡습니다. 번들거리는 이마만 봐도 공포 그 자체를 본능적으로 느꼈다고 말하는 사람이 많았습니다.

공포심리를 조성한 때문에 생산비가 크게 증가했는데도 주택값이 집권초기에는 안정되었습니다. 심리적 공포를 통한 시장의 억눌림 현상이지요. 하지만 이자는 주택값이 안정되었는데도 불구하고 갑자기 향후 10년 동안 500만 호의 주택을 건설하겠다는 계획을 발표하고 밀어붙입니다. 과잉 개발과 부적합 개발의 대명사인 묻지마 대형 공영개발의 몫도 크게 포함되었지요. 이 건설이 본격적으로 전개되자 강남 등 일부 주택값이 오히려 상승합니다. 그 후 또다시 공포로 몰고 나가 장기 집권을 노렸는지는 모르지만 평화의댐 건설을 시작하게 합니다.

그뿐만입니까. 집권하는 동안 재벌들로부터 당시 수천억 원을 뇌물로 받습니다. 자신이 부정축재자로 몰아붙인 박정희를 뺨치는 수뢰 액수입니다. 뇌물로 받은 그 당시 천문학적인 거금을 국가가 환수한다는 법원의 결정에도 불구하고 납부를 거부합니다. 수천억 원을 뇌물로 챙겼으면서도 자신의 잔여 재산이 **29만 원밖에 안 된다는 역사적인 증언**을 남겼습니다. 이자는 뇌물을 숨기는 데는 귀재입니다. 박근혜 시절에 만들어진 국가 자금 회수를 위한 이른바 전두환특별법이 있음에도 불구하고 아직까지 돈을 국가가 제대로 회수하지 못하고 있는 실정입니다."

검사는 다시 흥분을 가라앉히려고 페트병을 들어 물 한 모금을 마신다. 그러고는 또 말을 이어간다.

"역사적인 거사를 파렴치한 살인으로 둔갑되도록 유도한 죄, 500만 호 주택 건설 쇼크로 국토의 과잉 개발과 부적합 개발을 유도한 죄, 게다가 안보를 이유로 댐 건설까지 하지 않았습니까. 당연히 악마 천국행이 합당하다고 봅니다."

대왕은 검사의 긴 말을 조용히 경청하기만 한다. 가끔 고개를 끄덕끄덕할 뿐이다. 검사의 구형이 끝나자 변호사가 나선다.

"전두환은 자신이 대통령을 하고 싶어서 한 게 아니라 어찌할 수 없는 역사적 현장에서 정의를 구현하려고 운명적으로 나선 자입니다. 스스로가 대통령이 된 걸 운명이라고 비유까지 했습니다. 어떻게 자신을 임명한 상관을 죽일 수 있습니까. 암살은 원래 무직자가 행하는 거사라고 봅니다. 가장 높은 권력 주변에서 최고권력자의 생명을 보호해야 할 자가 보호는커녕 배은망덕하게 상관을 죽인 것이 패륜이 아니고 무엇이겠습니까. 패륜은 패륜일 뿐이라는 역사 바로 세우기를 실천한 자입니다. 또한 총을 들고 정부에 저항한 빨갱이 시위대를 진압하려다 5·18사태가 일어난 것입니다.

세상의 살인 유형은 다양합니다. 구국을 위한 경우에는 그의 위법성이 없어지지 않겠습니까. 전두환은 의리 있는 보스입니다. 그래서 그에게는 목숨 바쳐 따르는 충직한 군대 후배들이 많습니다. 그 후배들이 왜 전두환을 따르겠습니까. 그냥 가만히 있어서 따르는 게 아닐 것입니다. 평소 때 후배들을 잘 관리해왔기 때문입니다. 다 큰 성인 후배들을 관리하기 위해서는 당연히 비용이 소비됩니다. 그러한 비용을 마련하기 위해서 돈 많은 재벌들의 돈을 거둬들인 게 무슨 큰 죄가 되겠습니까?"

변호인은 흥분하여 열변을 토한다. 그러자 대왕은 말을 가로채어 몇 마디 말을 던진다. 대왕의 심기를 건드린 발언이 있었는가 보다.

"검사나 변호사는 사실에 입각하여 공격과 변론을 해야 합니다. 미국이 북한의 이상 징후가 없었다고 몇 차례나 발표했고 무수한 실증을 통해 간첩과는 전혀 상관없이 일어난 사건임이 명명백백 밝혀졌지 않소. 또 그 천벌 받을 분단팔이 하는 거요. **간첩과 5·18을 연결 짓는 건 너무 뻔뻔한 짓**이오. 잠깐, 변호인이 사실과 다른 말을 하고 있으니 손바닥 세 대 벌을 명하오!"

그래서 체벌 도우미가 회초리를 들고 변호인에게 다가간다. 손바닥을 펴게 한다. 그리고 세 대, 딱! 아이고, 딱! 아이고, 딱! 아이 아이 아이고! 아이고~ 하는 소리가 여러 차례 법정 안에 퍼진다. 잠시 침묵이 흐른다. 대왕이 다시 말한다.

"여기에서는 사실을 왜곡하는 정도가 지나치다 싶으면 맨 정신이 돌아오도록 회초리를 가한다는 걸 기억하시오. 예외가 없소. 증언자가 말하는 사실관계를 나는 더 자세하게 알고 있소. 이승에서 변호인에게 이자가 무슨 호의를 얼마나 베풀었는지도 다 아오. 사실에 입각하여 말을 이어가도록 하시오."

겁먹어 정신이 바로 선 변호인이 말을 잇는다.

"네. 5·18을 간첩과 연결시킨 건 장사꾼 유튜버의 말과 전두환의 희망사항을 인용한 것으로서, 사실 확인을 제대로 안 한 발언이라 매우 죄송합니다. 참회합니다. 특히 희생자들을 모독했다면 두고두고 역사에 용서를 빌겠습니다. 여하튼 전두환은 보스 기질이 강했습니다. 그는 역사 바로 세우기라고 하는 자신의 동굴에 갇혀 착각한 것입니다. 너그럽게 봐주시길 빕니다. 또한 평화의댐 사건은 크게 악의를 가진 건 아니고요, 이 또한 용서를 바랍니다. 그래도 부빅부 빈익빈을 심화시키고 국토의 균형개발을 파괴해온 주범인 묻지마 개발의 대명사인 수도권 신도시 개발은 박정희의 것을 확대한 것밖에 없사오니 최소한 악마 천국행만은 면하게 해주심이 공정하다고 판단합니다."

종종 따끔한 회초리는 거짓말을 참말로 유도시키는 데 유용한가 보다. 회초리를 맞은 변호사가 말을 마친다. 그러자 한숨을 푹 내쉬던 대왕이 전두환 재판을 마무리한다.

"검사와 변호사가 하고 싶은 말들을 대부분 다 했구나. 시장원리를 존중하여 신중하게 계획하여 점진적으로 조성해야 할 주택 개발을 500만 호라는 숫자로서 정치적 목적으로 악용하였다. 주택은 당시의 수요에 알맞은 유형을 효율적으로 유지되는 시장을 통해 공급되게 하는 게 국토의 효율적 이용에 부응한다. 그럼에도 불구하고 500만 호 주택 건설은 악의와 무지가 엉켜진 계획이었다. 국토는 그 시대를 살아가는 사람들의 생활을 돕는 터이지 한 야만인의 정치 목적으로 신음해야 할 땅이 아니다. 국토를 여러 차례 개발이라는 이름으로 훼손했다. 어찌 있지도 아니한 안보를 팔아 공포 분위기를 조성하여 댐 건설 놀이를 하느냐. 참으로 개탄스러운 사건이다."

대왕은 잠시 긴 한숨을 내쉰다. 그러고는 다시 말을 잇는다.

"대통령이 기가 막히다는 말이 회자되는 건 이러한 일들이 끊임없이 발생하기 때문이다. 역사적 패륜, 역사적 과잉 개발 및 부적합 개발, 환경 부담에 대한 국민의 혈세 증가 등은 안보팔이 국토 훼손, 정의팔이 묻지마 국토 훼손으로부터 주로 야기된 것들로서 모두 다 매우 심각한 문제들이다. 국토의 효율적 관리는 낙제점이다. 또한 과잉 개발을 밀어붙여 효율성을 파괴하는 바람에 국토는 방만하게 파헤쳐졌다. 그로 인해 생명성 점수도 낙제점일 수밖에 없다. 한편 대량 신도시 개발은 다양한 개발 행위 가운데 부익부 빈익빈을 가장 크게 심화시킨다. 따라서 전두환식 개발의 결과 형평성 또한 무참하게 파괴되었다고 말할 수 있다. 그러므로 이자의 부동산 관리점수는 불량하다. 더 나아가 자신보다 훨씬 더 자신의 진짜 마음까지 들여다보고 있는 이 법정을 기망하려고까지 하였다. 그러하니 어떻게 선의를 베풀 수 있겠느냐. 가채점 결과 생명성 8점, 효율성 12점, 형평성 11점, 정성평가 1점이다. 여하튼 향후 이자가 있어야 할 천국에 관한 최종 결정을 위한 확정점수는 나중 한꺼번에 판단할 것이다."

이리하여 전두환 재판이 막을 내린다. 처음 걸어 나올 때 씩씩하던 모습은 온데간데없고 다시 방청석 피고인석으로 이동하는 걸음에선 애처로움마저 엿보였다. 아장아장 걷는 모습이 아이 같기도 했다. 머리카락을 손가락으로 넘기지도 않았다. 세상 가장 나이 많은 노파 같기도 했다. 전두환은 이동하면서 약간 쉬어 전 음성으로 "잘못했습니다. 옥황상제님, 악마 천국행만은 면하게 해주시옵소서" 하고 말했다.

옥황상제라니! 이제 회한이 밀려오는가 보구나!

언제나 대왕은 그러할 것이다. 회개하고 뉘우치는 피고의 목소리를 들으면 마음이 약해지기도 한다. 씩씩하게 등장했다가 중병 앓는 환자처럼 엉금엉금 아장아장 걷는 전두환의 걸음을 보는 법정의 분위기는 더 짙은 침묵에 빠져들게 했다. 대왕도 마음이 매우 아팠다.

친구 따라 강남 간 노태우가 전두환과 자리바꿈을 한다.

6. 노태우(盧泰愚)

'친구 받들어 강남 갔던' 노태우가 나온다. 입가에 둥근 나이테 미소 지으며 터벅터벅 나온다.

　노태우는 아직 전두환의 온기가 남아있는 집중 신문인석 의자에 두 손을 양 무릎 위에 얹고 정좌세로 앉는다. 대왕이 첫마디를 뗀다.

　"이름을 말하여라."

　"노태우입니다."

　"너의 통치 기간을 말해보라."

　"네. 1988년도 2월 25일부터 1993년 2월 24일까지 딱 5년 동안이었습니다."

　"왜 너는 그 막강한 군사 권력을 쥐고 있었는데도 불구하고 이승만은 물론 박정희나 전두환처럼 장기 집권하지 않았느냐?"

　"전두환의 공포를 싫어한 국민들의 저항이 점차 극렬한 시위로 변할 가능성이 높아 당시 집권당 대표였던 제가 1987년에 **6·29선언**을 했습니다. 그러고는 같은 해 10월 29일 5년 단임 대통령제로 헌법을 개정했습니다. 그 헌법이 지금까지 쓰고 있는 헌법입니다. 이 헌법으로 처음 대통령을 했기 때문에 5년 임기만 채우고 깨끗이 후임자에게 바통을 넘겨준 것입니다."

"이미 알고는 있었지만 향후 이 법정을 지켜보는 사람들을 위해 물은 것이다. 너의 등장과 관련하여 한 가지 궁금한 게 있다. 당시 국민 대다수가 군부를 매우 싫어했다. 그럼에도 불구하고 어찌 너는 군부 출신임에도 대통령 선거에 출마하는 모험을 걸었느냐?"

"그것은 양 김의 욕심이 하늘을 찌르는 걸 이미 파악했기 때문입니다. 양 김 모두가 대통령 병에 걸린 자들이라 절대 단일화하지 않을 것임을 확신하고 있었습니다. 사실상 3파전이 된다면 백전백승 아니겠습니까?"

"만약 그들이 단일화했다면?"

"단일화로 인해 떨어진다면 그것은 그대로 운명이라고 각오하고 있었습니다."

"그래, 그랬구나. 모험을 건 싸움에서 승리했구나. 그러나 박정희 이후 너는 노무현과 더불어 서울의 외곽에 대규모 개발을 했으므로 이 법정에서 그 행위에 대한 심판을 받게 되어있다. 각오하고 있어라."

"네, 명심하겠습니다."

그리하여 본격적인 신문이 진행되었다. 사실관계를 정확하게 파악하고 있는 땅신과 지킴이 주요 신문에 답변해가는 방식으로의 진행은 앞의 경우와 마찬가지였다. 대왕은 먼저 땅신에게 묻는다.

"이자가 통치할 동안 국제 정세와 경제 상황은 어떠했나요?"

"이미 1980년대 초반에 세계적인 냉전시대가 와해됩니다. 중국은 물론 러시아와의 자유무역이 점차 활성화됩니다. 경제는 고도성장보다 안정을 추구하는 흐름을 중요시하게 되었습니다. 박정희 때처럼 남북 대치관계는 게릴라 주고받기식의 공포 분위기 조성이 필요 없게 됩니다. 북한은 이미 견고한 세습체제가 확보되어 있었습니다. 독재를 위한 남북한의 이벤트 거래의 필요성이 남한에 비하여 상대적으로 크지 않았고요. 박정희나 전두환은 그 필요성이 컸습니다. 이러한 공포의 거래는 노태우 시대를 열면서 남한에서는 그 필요성도 시들게 됩니다. 대신 박정희 때부터 오간 남북 간 특사들의 회담은 물밑에서 꾸준하게 추진되어왔고요."

"음~ 국제 정세가 해빙무드로 변한 거로구먼. 또한 한쪽은 독재가 필요 없게 되었으니 정치적으로 깜짝 충격을 일으키는 사건의 필요성도 줄어들었을 것이고."

"그렇습니다. 다만 많은 국민은 새 헌법이 제정되고 시행되면서 평화적인 정권 교체의 시대가 드디어 온다는 걸 실감하게 됩니다. 그런데 이러한 평화무드는 전두환 말기부터 부동산값의 상승으로 나타납니다."

"유신헌법 이후 두 차례나 개헌이 있었지요. 특히 노태우의 6·29선언으로 인한 마지막 개헌에서 손실보상의 범위는 어떻게 선언하였나요?"

"법률로만 정하면 보상액이 시가에 훨씬 못 미쳐도 어찌할 방법이 없었던 유신헌법과는 판이하게 달라집니다. 유신헌법의 골격을 유지한 1980년 10월 17일의 헌법 개정에서는 공익과 관계자의 이익을 정당하게 계량하여 법률로 정한다고 선언합니다. 완전보상과는 다른 선언을 한 것입니다. 그러나 6·29선언에 의하여 개정된 헌법(현행 헌법)은 **정당보상**正當補償, 즉 **시가보상**時價補償 **플러스**(+) **위로금**慰勞金을 얹어주는 보상을 원칙으로 함을 선언(1987년 10월 29일)한 것입니다. **재산권**財産權의 **민주화**民主化를 선언한 셈이 된 것이지요."

"손실보상에 있어 보상은 일반 물건을 자유롭게 사고팔며 상대에게 건네는 보상과는 성격이 다르지요. 강제로 재산권을 인도해줘야 하므로 일반 거래 이외에 무언가 더해주어야 할 위로가 필요하지요. 물론 실질적인 보상

범위는 선언적인 제도만 가지고 이루어지는 것은 아니지 않나요?"

"그렇습니다. **보상시스템**이 훨씬 더 중요합니다. 하나 보상시스템까지는 손을 대지 못했습니다."

"1988년도 후반기에 세계 대체전인 88올림픽이 열리지 않았습니까?"

"그렇습니다. 올림픽이 열리기 이전부터 이미 주택시장은 자유로운 분위기에서 활발하게 활황을 기록합니다. 그런데 올림픽이 진행되는 동안에는 서울 집값이 더욱 폭등합니다. 마치 전두환 때 억눌렸던 시장가치를 보상 받으려는 듯, 계속적인 폭등세를 유지합니다. 부동산값, 특히 주택값이 폭등하는 걸 기회로 삼는 그룹들이 있습니다. 이들은 개발만이 살길이라고 하는 박정희 시대의 유전자를 고이 간직하고 있는 그룹입니다. 이들을 편의상 **개발마피아10)**라고 부르겠습니다. 개발마피아는 항상 묻지마식 공영신개발이나 묻지마식 공영재개발 등의 일거리를 만들기 위해 전 국토를 헤맵니다."

땅신이 개발마피아라는 꼬레아 이야기를 꺼내자 대왕은 잠시 눈을 지그시 감는다. 순간 법정 안은 다시 침묵, 적막. 대왕은 눈을 살포시 뜨며 갑자기

"잠깐, 잠깐!"

하고 소근대듯 말한다.

"땅신이 88올림픽 때 주택값 폭등 이야기를 꺼내지 않았나. 그래서 그런지 그때 그 시절의 노래들 가운데 오랜 시공을 타고 들려오는 메아리 같은 소리가 들리는군. 함 귀 기울여보세."

땅신도 잠시 지그시 눈을 감았다가 뜬다.

"네, 멀리에서 들려오다가 점차 가까이에서 들려오는 소리가 있네요."

대왕과 땅신이 들은 소리는 법정 내 스피커를 타고 울려 퍼졌다.

왔도다
우리 시대가 도래하는도다

하는 합창의 노래였다. 그 노래는 다시 이어졌다.

땅값이 폭등해야
주택값이 폭등해야
우리 세상이 되지

부동산값 폭등은 우리의 황금어장
배 띄워 노 저으라고
물이 밀려 오는구나

"그들 가운데에서도 골수 개발마피아가 콧노래로 되뇌는 노래가 있다.
한번 잠깐 귀 기울여보자."

묻지 마세요
부동산 가격 규제가 일으키는 효과를 묻지 마세요
대형 공영개발의 생산비를 묻지 마세요
국토계획에 본래부터 있었던 것이냐고 묻지 마세요
공정한 환경 영향평가를 받았느냐고 묻지 마세요
수도권 정비계획에 위반되지 않느냐고 묻지 마세요
시골 인구만 흡인하지 않느냐고 묻지 마세요
교통을 왜 폭증시키느냐고 묻지 마세요
중장기적으로 도심의 가격밀도를 높이는 게 아니냐고 묻지 마세요

부익부 빈익빈을 심화시키는 게 아니냐고 묻지 마세요

오로지 공급, 공급만을 외치세요

빨리빨리 공영개발 묻지마 개발

묻지마 개발은 우리의 꿈

88올림픽 기간 동안에 토지값에 이어 주택값이 폭등하자 꼬레아의 어느 곳에서 부르는 노랫소리였다. 이 노래는 한 개인의 소리가 아니었다. 그렇다고 해서 여러 사람의 입으로 부르는 합창도 아니었다. 인간의 육성으로 부르는 노래라기보다는 마음으로 부르는 노래가 대왕에게는 보디랭귀지로 읽히고 들리는 거였다.

"육성이 아니구나. 어느 단체에서 부르는 마음의 합창. 보디랭귀지로구나."

"그렇사옵니다. 마음의 노래인데 부동산값이 상승하면 그 노래를 부르는 사람들은 얼굴에 밝은 빛이 돌죠. 그러면서 상호 묵시적으로 그 노래를 부릅니다."

"그렇다. 인간들은 항상 수많은 언어를 사용하지만 그 언어는 진짜 마음이 아닌 경우가 많지. 가짜 마음으로 말하면서 진짜 마음은 숨기지. 숨겨진 진짜 마음은 심장의 울림을 통해 미세진동으로 밖으로 발산되지. 심장을 통해 울려 나오는 노랫소리로구나!"

"네."

"진짜 마음을 읽으려면 입술로 흘러나오는 소리보다 심장의 울림을 제대로 듣는 능력이 필요하지. 때로는 심장의 떨림도 진짜 마음을 속이기도 하지. 그러한 경우에는 논리와 추리가 혼합된 직관력으로 진짜 마음을 읽어내야 하는 거다."

"그렇습니다."

노랫소리는 모든 피고에게도 스피커를 통해 들려왔다. 듣고 있던 피고 모두 약간의 놀라움을 표한다. 자신들이 듣고 있는 노래가 지구촌 꼬레아 어느 곳에서 부른 특정한 사람들의 심장 떨림에 의해 형성되었다고 하는 설명이 신기했다. 한편 그 이야기를 듣는 순간 이 법정에서는 가짜 마음으로 말하면 저 대왕과 땅신이 금세 알아차릴 거라고 생각한 피고들은 등골이 오싹하기까지 했다. 피고들은 더욱 긴장했다. 그리고 자신들이 지구촌에서 자신의 입술로 무수하게 행한 가짜 마음의 말들이 부끄러워지기도 했다. 그들은 남과 대화하면서 무수한 가짜 마음의 말들을 내질러온 걸 잠시 회상해봤다. 지구촌에서 어른이나 원로들이 가끔 하던 말이 떠올랐다.

말은 못 믿어

하는, 입술을 통해 내뱉는 말들에는 가짜 마음이 많았을 것이다. 그래서 원로들은 사람들의 언변을 믿지 말고, 그 사람의 행동을 자세하게 관찰하라고 하였다. 그런데 역시 이곳 천국은 다르다. 입술로 말하지 않아도 진짜 마음을 언어로 경청하고 있기 때문이다.

다시 대왕은 말한다.

"진짜 마음이 진짜 말이지."

여하튼 스피커를 통해 말로 들려오는 꼬레아의 노래를 이 법정에 있는 모두가 공유할 수 있었다. 피고들은 자신들이 하는 말들이 진짜 마음이어야 하겠다는 다짐을 한다. 이때 갑자기 대왕은 모든 피고를 향해 "저 노랫소리가 들리는가?" 하고 묻는다.

왔도다

땅값 폭등

주택값 폭등

우리 세상

하는 말이 또렷하게 법정에 울려 퍼진다.

"노태우가 대답해라. 저들의 강심장에서 나오는 진짜 마음의 환호가 들리는가?"

"네, 아주 또렷하게 들립니다."

"저 소리는 인간의 입술을 통해 나오는 말이 아니다. 저들의 진짜 마음에서 우러나오는 말이다. 저들이 박정희 때는 모기처럼 말했었다. 그러나 전두환 때부터 그 소리가 더욱 커지더니 노태우 시대에 들어와서는 마치 옆에서 누군가가 입술로 말하는 것 같다."

"네, 무슨 말인지 확실하게 알아들을 수 있습니다."

대왕은 방청석 쪽에 일렬로 앉아있는 다른 피고들을 향해 큰 소리로 묻는다.

"저 소리가 들리는가?"

피고들은 여러 입술로 마치 하나의 말처럼 합창하듯, "네, 또렷하게 들립니다" 한다. 그러자 대왕은 큰 소리로 말한다.

"그래. 지금 너희가 듣고 있는 저 노래는 너희의 조국에서 특정한 그룹들이 내는 진짜 마음의 소리다. 너희는 그 소리를 영혼의 소리라고 말하기도 하지만 정확한 표현은 마음의 소리인 거다. **가짜 마음** 말고 **진짜 마음** 말이다. 이 소리를 너희가 입술로 말하는 것처럼 들을 수 있는 건 이곳은 우주법정이기 때문이다. 나와 함께 있으면 우주에 있는 모든 사물의 진짜 마음을 필요에 따라 죄다 경청할 수 있지. 알겠느냐?"

대왕이 말하자 모두 한목소리로 크게 네~ 하고 대답한다. 대왕이 말을 다시 잇는다.

　"물론 이 공간이라고 해서 언제 어디서나 진짜 마음의 소리를 들을 수 있는 건 아니다. 그 말을 들을 수 있는 건 너희가 무엇인가 진심으로 다가가고 싶은 간절한 소망이 있을 때이다."

　대답을 구하지 않았는데도 다시 네~ 하는 합창의 소리가 났다. 잠시의 침묵이 흘렀다. 땅신을 향해 노태우에 관한 본격적인 신문을 진행한다.

　"노태우 통치 때 이야기를 해보세."

　이번에는 땅신만이 네~ 하는 대답을 한다. 다시 대왕이 말한다.

　"고복순의 호소문을 읽고 땅신과 나는 이미 꼬레아 개발마피아의 소리를 다 들어봤다. 마피아의 그 노래. 그 노랫소리가 꼬레아의 역사에서 가장 크게 울린 게 노태우, 노무현, 이명박, 그리고 문재인 시대 아닌가?"

　"그렇습니다. 박정희 때는 모기만 한 소리였지요. 그러던 것이 전두환과 노태우를 거치면서 당당하고 큰 소리로 변했습니다. 그 후 노무현, 이명박을 거치면서 큰 소리가 나더니만 요즘 문재인 시대에 들어 또 증폭되어 울리고 있습니다."

　"그런데요, 임자. 이들 가운데에서도 가장 소리가 컸던 진짜 마음의 노래는 어느 때였소?"

　"그건 당연히 노무현 때였습니다. 그러다가 노무현을 추종하기라도 하듯 요즘 들어 그 노랫소리가 다시 꼬레아 땅을 크게 울리고 있습니다."

　"여기 이자가 내놓은 수도권 1기 신도시가 있는데도 왜 노무현 때는 이자보다 더 큰 소리가 났을까요?"

　"노무현은 2기 수도권 신도시를 건설하기도 했지만요, 당시 강남 집값 잡는다고 수도 이전 및 국가기관은 물론 각종 공기업 등의 지방 이전을 위한 삽질이 시작되었기 때문입니다."

　"그렇군요. 여하튼 노태우 적 신문부터 진행해봅시다."

"88올림픽 기간 동안 부동산값이 폭등하자 노태우 정부에서는 올림픽 기간 동안에도 임시적으로 여러 가지 부동산값 억제책을 내놓습니다. 그때는 집값은 물론 주요 도시의 땅값 상승 추세도 높았습니다."

"이 당시의 경제 상황은 어떠하였소?"

"전두환 부임 당시에는 국제 오일값이 폭등하는 등으로 세계경제가 침체기였던 반면에 노태우 부임 당시는 정반대였습니다."

"호황이었다는 말이오?"

"그렇습니다. 이른바 오일값 폭락, 달러가치 하락, 금리 하락으로 3저 현상의 시대였습니다. 1987년도와 1988년도에 유례없이 높은 경제의 호황기를 맞습니다. 원자잿값도 당연히 하락하였던 시기였고요. 그리하여 전두환 정권 말기부터 노태우 정권 초기까지 뜻하지 않았던 경제 호황을 누리게 됩니다."

"이러한 경우에 후속으로 따라오기 쉬운 건 부동산값 상승이 아니겠소?"

"그렇습니다. 전두환 말기 때부터 시작한 부동산값 상승은 노태우 초기에 절정에 이릅니다. 특히 88올림픽이 열리는 동안에는 상승 추세가 매우 거셌습니다. 그래서 올림픽을 치르는 동안에도 각종 규제책이 등장합니다. 그러나 여러 가지 규제책에도 불구하고 부동산값 상승은 멈추지 않습니다. 특히 아파트값 상승이 두드러집니다."

"개발마피아가 가장 즐기는 건 부동산값 폭등 아니오?"

"네, 그렇습니다."

"잠시 그때 그 마피아들의 노래를 다시 들어봅시다."

때가 왔도다
각종 묻지마 부동산 가격 규제도 하고
묻지마 빨리빨리 대형 공영 신도시도 지어야지

진짜 마음의 노래였다. 당시 이미 전두환 말기부터 정부의 일각에서는 이른바 **토지공개념연구위원회**土地公概念研究委員會를 급조한다. 토지공개념연구위원회에서는 거의 일 년 가까이 토지 소유의 편중을 지적하여 이를 부각시키는 책자까지 만든다. 이 책을 전국 곳곳에 배포한다. 방송도 거세게 타도록 유도한다. 땅값은 소수의 토지 과점으로 인해 상승한다는 논리를 만든다. 이른바 5% 정도의 국민이 65% 정도의 토지를 소유하고 있다고 하는 통계가 그것이다. 그러고는 여론몰이를 한다. 토지공개념을 도입해야 이 땅에 투기가 발을 못 붙인다고 하는 논리를 개발한 것이다. 이러한 과정을 전부 파악하고 있는 대왕은 피고 등이 제대로 부동산 문제를 알게 하기 위해 이에 관하여 최소한의 필요한 내용을 신문한다.

"어이하여 이자들은 갑자기 토지공개념이라는 신조어를 들고나온 것인가?"

하고 땅신에게 묻는다.

"네, 사회적 최면을 걸기 위해 여론몰이용 애드벌룬을 띄운 것입니다."

"당시 거의 일 년 동안 정의파의 단골 메뉴가 되어 여론을 뜨겁게 리드해간 말이었지 않았나. 원래 이 말이 박정희 정권 말기 때 등장되었던 것 아닌가?"

"그렇습니다. 부동산값이 규제로도 잘 잡히지 않자 어느 국토 관련 심의회에서 모 대학 교수가 처음 했던 말입니다."

"그 심의회에서 처음 발언한 모 대학 교수의 말을 응원한 또 다른 대학 교수가 그 용어를 회의에서 반복 사용하였지 않았나?"

"그렇습니다. 그 자리에 참석했던 정부 고위 관료가 그 용어를 기억하고 있다가 언론인들한테 '이제 우리나라도 토지공개념을 도입한다'라고 발언하자 각종 언론에서 이제 우리나라도 토지공개념을 도입한다는 기사를 톱뉴스로 다룸으로써 이른바 토지공개념 논쟁이 불붙게 된 것입니다."

"그러자 토지공개념이 무엇인데라고 하는 의문이 사회적으로 증폭되면서 그 심의회에서 발언했던 교수가 자존심을 세우기 위해 굳이 토지공개념은 이러이러한 것이라고 하는 소설을 어느 금융 관련 책자에 써대면서 이 말이 불거지게 된 것 아닌가. 이른바 그 토지공개념 논쟁 말이야."

"그렇습니다. 그 용어는 부동산값이 안정된 전두환 초기에는 잠복합니다. 그러나 노태우 시대에 접어들어 관제용어로 부활합니다. 그리고 이른바 정부에 의해 토지공개념 3법으로 급조된 법이 등장합니다. 그러다가 노무현 정부 때에는 주택공개념으로 재활하는 현상도 빚어졌고요. 문재인 정부에 들어와서는 헌법 개정 정부안에 토지공개념을 명시적으로 넣으려고 하는 시도까지 등장한 적이 있었습니다."

"꼬레아에서 1970년대 말 이후 부동산값이 상승할 적마다 관제용어로 등장한 **토지공개념의 이력서**11)에 관하여는 아무래도 지킴님이 더 자세하게 그 내막을 보고할 수 있을 것 같소."

그리하여 토지공개념에 관하여는 지킴의 증언이 이어졌다.

"그 용어는 세계에서 우리나라에서만 관제용어로 쓰고 있습니다. 처음 그 용어를 발언한 교수는 첫 발언만 하고 말았지요. 이 첫 발언을 지지한 교수가 그 말의 공식화에 대하여 책임을 집니다. 당시 건설부 장관이 그 교수의 말을 듣고 그만 '우리나라에도 토지공개념을 도입하겠다'라고 선언해 버렸기 때문이지요. 각종 중앙 일간지 등에는 이제 우리나라도 토지공개념을 도입한다는 기사가 1면 톱기사로 보도가 됩니다."

"장관이 도입하겠다는 말을 했으니 공식적인 선언이 되어버렸겠네요."

"그렇습니다. 그 보도 이후 토지공개념이 무슨 뜻이냐는 질문이 각계에서 쏟아집니다. 어디에서 도입하는 개념이며, 정확하게 무슨 뜻인가라는 의문들이 불거진 것입니다. 그러나 그 개념이 당시 회의에 참석했던 어느 학자의 즉흥적인 신조어였기 때문에 '도입하겠다'는 말이 거짓말임이 밝혀졌고요, 또 그 개념이 역사성을 지닌 개념이 아니었기 때문에 형상화되기 어려웠습니다."

"그렇다면 그냥 실수로 한 말일 뿐이므로 없던 일로 하자고 해야 할 것이 아니오?"

"그렇습니다. 그러나 그렇게 하기에는 이 개념팔이가 너무 앞서나갔습니다. 되돌리기에는 행정부는 물론 이 말을 처음 사용한 학자들 또한 엄청난 곤욕을 치르게 되는 분위기였었지요."

"그래서 그 알량한 자존심과 정의팔이를 위해 변명의 소설이 등장하는군요."

"맞습니다. 특히 처음 쓴 학자도 아니고 그 용어를 심의회에서 받아 반복적으로 사용한 교수가 모 기관지에 토지공개념이란 이러한 것이라는 글을 씁니다."

"이 재판을 위해 나도 그 글을 읽어보았소. 환경이 변하니 국가의 적극적인 계획 권한이 요구된다는 요지였소. 픽션이더군요. 그것은 현행법의 공공복리 개념으로 당연히 가능한 일 아니겠소. 그런데도 왜 특별한 신조어를 쓴단 말이오?"

"이 조어를 최초로 사용한 학자는 심의회에서 워낙 풀기 어려운 부동산 값 다스리기 문제를 어떻게 하든 해결해보자는 순수한 의도에서 가볍게 썼을 것입니다."

"그런데 행정부는 오히려 이러한 말을 여과해서 신중하게 사용해야 할 책임이 있는 것 아니오?"

"오히려 공공기관은 신중함에 더하여 더 신중하게 공식적인 언어를 써야 할 의무를 지니고 있음에도 불구하고 신중하지 못한 용어를 들고 국민여론을 호도하기 위해 적극적인 홍보에 나선 것입니다."

"특히 법률 용어 하나하나는 명확성이 생명이 아니겠소. 그런데도 오히려 더욱 신중해야 할 정부가 10년 전에 심의회에서 고육지책으로 가볍게 말한 용어를 부활시켜 공식적으로 사용한 건 무슨 일이오?"

"특별한 목적이 있는 것으로 보입니다."

"그 말을 처음 썼던 학자는 오히려 부동산값 문제를 풀 수 있는 해법을 찾아 고심하던 가운데 자신도 잘 모르는 사이에 내지른 신음 또는 절규가 아니겠소?"

"그렇습니다. 절박한 상황에서 터져 나오는 생리적인 된소리에 불과했지요. 그런데 어느 학자가 순수하게 내지른 이 신음을 행정부가 특정한 의도를 갖고 오히려 붙들고 늘어집니다."

"용어 하나하나를 신중하게 사용해야 할 정부가 오히려 신조어를 만들도록 유도하고 확대 재생산하는 이유는 누구나 그 진짜 의도를 의심할 수 있는 일 아닙니까."

"부처 이기주의가 매우 심각합니다."

"요즘에는 **공권력이 부패**한다는 건 **부처 이기주의**에 빠진다는 것과도 맞물리는 것이지요. 자신의 조직이 점차 비대해지고 또 자신들이 공권력을 행사할 현장을 최대한 늘리려고 하는 부처 이기주의가 꼬레아의 모든 공권력에 만연되어 있지요."

"그렇습니다. 과거의 부패는 공권력을 이용해 현장에서 노골적인 금원을 요구·착취하는 행위로만 나타났지요. 그러나 지금은 더 교묘해져 있습니다."

"알아요. 지금은 부패의 고리를 넓혀가는 방법을 강구하는 모습으로 나타나고 있지요. 자신들이 완장 차고 어슬렁거리는 시장을 확대하는 방식 말이오. 어떻게 하든 국민들을 상대로 **묻지마 규제**를 **강화**하는 것이 그 하나요, 또 다른 하나는 복마전의 **묻지마 사업현장을 최대한 늘려놓는** 일 아니겠소."

"규제를 늘리면 그 규제의 공권력을 휘두르는 상급 관청은 하급 관청이나 이해당사자들인 국민 앞에서 스스로의 권능이 증폭되지요. 국정이 느슨해져 행정의 효율이 형편없이 떨어져도 그러한 천문학적인 국민의 혈세로 부담하는 사회적 비용 등은 전혀 문제 삼지 않죠. 오로지 완장 차고 현장을 돌 수 있는 건수 늘리기에 혈안이 되어있는 게 잘못된 규제가 많아지는 이유입니다."

"또한 공영 개발지를 최대한 확보할수록 완장 차고 돌아다닐 수 있는 복마전 현장이 그만큼 늘어나는 것 아니겠소?"

"네. 그래서 개발마피아들은 **신개발을 선호**하지요. **최근**에 들어서는 **대형 재개발**이 이들의 **새로운 사냥터**가 되기도 하고요. 이들은 자신들의 권능 행사가 어려운 곳에는 관심을 덜 두지요. 재건축이 대표적인 사례고요. 재개발은 요즘 들어 공권력이 최면걸이의 대상으로 노리는 먹잇감으로 부상되고 있습니다. 그러나 신개발보다 마피아의 탐색의 질이 떨어진다고 봐야겠지요. 그리고 한쪽에서는 공권력이 재건축 이권에까지 침투하기 위해 여론을 조성하기까지 하고 있지요."

"그래요. 이들에게는 국토관리의 철학은 부재합니다. 더구나 주택과 관련해서는 국토계획의 수립 의무도 아는지 모르는지 잘 알 수 없는 가운데 모른 체하는 쪽을 선택하지요. 또한 국토에 관한 철학을 세우려고 하지도 않고 아마 있다고 하더라도 의도적으로 외면합니다. 생명성을 중시한다면 어찌 숨 쉬는 땅만 골라 빨리빨리 콘크리트나 플라스틱으로 포장하는 사업만 찾아 나서겠소. 효율성을 중시한다면 어찌 국토종합계획에 어긋나는 개발만을 노리겠소. 형평성을 중시한다면 어찌 사람들이 많이 사는 곳을 피해가며 전혀 엉뚱한 곳에 개발의 삽질과 콘크리트 붓기를 하겠소."

"그렇습니다. 그러한 국토의 헌법적 가치를 훼손하는 행위들을 정당화시키려면 뭔가 국민들을 현혹하는 최면걸이가 필요하지요. 일종의 사회에 거는 집단최면용 애드벌룬이 필요하지요. 마치 사교집단이 신도들을 자신의 명령에 복종하도록 하는 대의명분과도 같은 것이지요."

"알겠소. 그 집단최면을 거는 거대한 애드벌룬이 바로 토지공개념이었군요."

"맞습니다. 안보팔이는 물론 토지공개념, 주택공개념, 부동산 투기와의 전쟁은 똑같은 전략의 일환입니다. 이들의 공통점은 크게 두 가지입니다. 하나는 부동산권에 대한 묻지마 규제의 종류와 강도를 강화하는 것이고요. 또 다른 하나는 대도시 빨리빨리 공영개발 현장인 묻지마 개발현장 늘리기입니다."

"맞아요. 토지공개념을 처음 사용한 학자는 순수한 열정으로 썼을 용어였는데 이를 공권력이 교묘하게 국토를 훼손하는 도구로 악용한 셈이군요. 그 몹쓸 부처 이기주의가요."

"요즘 들어서는 대도시 주변에 신도시를 개발할 만한 땅이 부족하자 그린벨트나 도심 내의 녹지나 특수목적 용지 등까지 악의 발톱을 들이댔고, 또 재개발구역의 용적률을 인위적으로 올려가면서까지 탐욕의 손길을 뻗치고 있습니다. 더욱 놀라운 일은 신도시의 용적률까지 올렸다는 점입니다. 최근 공영방송에서는 재건축의 사업 시행을 놓고 민간사업의 부정적인 면을 크게 홍보하는 프로까지 방영된 적이 있습니다. 재건축사업에까지 공권력이 먹잇감을 확대하려고 그 의도를 노골적으로 드러낸 의심스러운 홍보였습니다. 부처 이기주의의 탐욕은 끝이 없지요. 심지어 특정한 먹잇감을 재발견하기 위한 논리 개발을 위해 관련 부처의 관리로 이루어지는 무슨 공간연구소도 신설하려 하였고요."

대왕은 잠시 숨 고르기를 한다.

"이자가 통치하는 동안 두 가지 요란한 국토 유린 사건이 발생하였지 않았었소?"

"그렇습니다. 하나는 정부식 **정치적 용어**로 묻지마 규제인 **토지공개념 3 법**의 제정이었고요, 또 다른 하나는 대표적인 묻지마 개발인 **빨리빨리 제1 기 수도권 신도시의 건설**입니다."

"우선 정부가 제목을 단 일명 '토지공개념 3법'부터 그 핵심을 볼까요."

"정부는 토지공개념 여론을 띄웁니다. 투기의 정확한 정의도 내리지 못하면서 투기가 마치 모든 불평등의 근원인 것처럼 몰아갑니다. 그러고는 토지공개념을 해야 부동산 투기도 사라지고 경제 정의가 실천된다는 홍보를 합니다. 부동산 투기의 정확한 뜻은 물론 토지공개념의 정확한 정의도 없으면서 맹목적으로 투기를 잡기 위해 토지공개념을 해야 한다고 선전합니다. 이 선전은 마치 마약처럼 국민여론을 호도하는 데 큰 효과를 발휘합니다. 국민들은 토지공개념의 뜻이 무엇이고, 3법을 입법하면 어떠한 효과가 발생하는지에 관하여 깊은 사려를 하지 않습니다. 한쪽에서는 부동산값의 상승으로 큰돈을 번 사람들을 돋보여줍니다. 그와 대칭하는 쪽에서는 집이 없어 집값이 오를 적마다 발을 동동 구르는 서민을 클로즈업시킵니다. 국민들의 정의 감정을 자극하지요. 그러고는 다음의 말로 최면을 겁니다."

모두모두 두 눈 부릅뜨고 보자
저 불로소득자들 때문에 무주택 서민들이 고통을 받고 있다
저 투기꾼이 부동산으로 엄청난 부를 쌓았다
그 옆에 서민들은 집이 없는데 집값은 뛴다
영세 서민들은 월세 낼 돈이 없어 발을 동동 구른다
투기꾼을 잡는 토지공개념
신성한 토지공개념, 정의의 토지공개념
토지공개념을 구현하는 묻지마 규제 공개념 3법
토지공개념을 구현하는 묻지마 공영개발 수도권 신도시

지킴은 말을 계속 이어갔다.

"국민들은 토지공개념 3법을 입법하느냐 마느냐 하는 택일적인 선택을 강요받게 되지요. 여론전을 주도하고 있는 정부에서는 토지공개념 3법을 밀어붙이고요. 여론의 전폭적인 지지 아래 행정 입법은 손쉽게 국회를 통과하지요. 여론은 둘 중 하나를 선택하라고 강요합니다. 불의의 투기꾼인가, 아니면 정의의 토지공개념인가 하는 것이죠. 당연히 국민 대다수는 여론에 스스로가 최면에 걸린 줄도 모르고 토지공개념 찬성 쪽으로 손을 들지요."

"그래요. 국회 또한 여론에 가장 취약한 존재들이죠. 여론조사에서 70% 이상이 지지하는 것으로 나타나면 국회의원들은 자신이 주장하려고 하는 논리가 있더라도 꼬리를 슬그머니 내리고 여론을 따라가는 성향이 있지요. 그래야 차기 선거에서 불이익을 받지 않는다는 계산을 하고 있는 것이 아니겠어요."

"그렇습니다. 압도적으로 지지하는 정의사회를 향한다고 하는 흐름을 거스를 수 없다고 하는 여론이 국회의원의 양심마저 손쉽게 지배하게 되지요."

"감성에 호소하는 여론은 즉흥적인 면이 많지 않겠소. 그리하여 감성은 가끔 이성을 지배하는 지배자로 등장하지요. 이것이 다수결주의의 허구가 아니겠소. 잠시 그때 그 시절의 여론에 따르는 일부 국회의원의 진짜 마음을 한번 들어보실까요. 피고인은 물론 참고인들 모두 지루하더라도 노태우 시절 이른바 토지공개념 3법 이야기를 들어보세요."

대왕은 그때 그 시절 일부 사려 있는 국회의원들의 진짜 마음을 법정의 확성기를 통해 뚜렷한 소리로 들려준다.

난감하네

위헌 여지가 있는 입법 발의라 하여도
반대했다가는 난 여지없이 부동산 투기의 앞잡이로 몰릴 판
다음 공천에서 시민단체에 의해 투기꾼 앞잡이로 매도될 판
반대했다가는 다음 공천을 빼앗길 위험 높아지니
난감하네
꼬리를 내리는 수밖에 없네
여론에 밀려 묻혀가는 수밖에 없네
나는 여론 따라 흘러가는 부유물이라네

대왕은 말한다.

"소신 있게 행동하는 국회의원이 거의 없었소. 꼬레아 국회의원들은 해바라기들이오. 공천권자에게 늘 잘 보이려고만 노력하지. 또한 압도적인 여론몰이에는 슬그머니 자신의 소신을 감추고 맹목적인 추종만 하지."

"당시 일본에서는 꼬레아의 토지공개념이 무엇인지에 관하여 유력한 방송국이 큰 관심을 기울이고 특집 보도를 했습니다. 그즈음 일본의 경우는 수십 년 동안 토지 신화가 사라져갈 때였습니다. 겨우 부동산값이 안정세로 돌아서 이러한 현상을 느긋한 마음으로 매우 큰 흥미 위주로 다룹니다. 일본에서는 한국에서 그동안 일본법을 퍼나르지 않고 자신이 창조했다고 자화자찬까지 하는 이른바 토지공개념 3법을 일본에서 입법하면 곧바로 위헌 결정이 날 것이라는 전문가 대다수의 결론이 내려지고, 그래서 아예 입법조차 할 수 없는 과도한 재산권 침해법이라고 평가합니다."

"그러나 꼬레아의 토지공개념법 추진 주체는 정부였잖소. 그리고 이를 적극적으로 옹호하는 곳은 주로 시민단체였고요. 많은 언론은 정부에서 던지는 정보만 뿌려댔고요. 특히 서민들을 자극하여 마치 부동산 재산권자들 때문에 무주택자나 서민들의 부가 착취당하는 것처럼 호도하기까지 하

는 방송도 꽤 많지 않았소. 그리하여 여론의 절대다수는 토지공개념법을 하루빨리 입법하자고 독촉하는 지경에까지 이르게 되었잖소."

"네. 그야말로 여론의 힘은 무소불위였습니다. 그리하여 **토지초과이득세법, 택지소유상한에 관한 법률, 개발이익환수에 관한 법률**이 손쉽게 **뚝딱 입법**됩니다. 이러한 입법에 묻혀간 법이 있지요. **지가공시 및 토지 등의 평가에 관한 법률**입니다. 지가공시 및 토지 등의 평가에 관한 법률은 그 법을 입법 추진한 그룹에서 토지공개념 3법의 실효성을 위하여 반드시 끼어서 함께 입법되어야 한다고 주장했고요. 정부의 이 주장에 집단최면에 빠져 그 누구도 반대하기 어려운 사회가 되었습니다. 반대하면 투기꾼으로 몰리거나 투기꾼 옹호자로 몰려 마녀사냥당할 것이 뻔했기 때문이었지요."

지킴이도 이때의 상황을 전하는 말에 가세한다.

"방송사에서는 거의 일 년 가까이 사회를 뜨겁게 달군 수많은 토지공개념 토론회에서 토지공개념을 지지하는 패널은 쉽게 섭외할 수 있는 데 비하여 반대하는 패널은 섭외하기가 매우 어려울 정도였다고 합니다. 왜냐하면 언제나 여론은 입법 찬성이 압도적으로 우세했기 때문입니다. 특히 교수 중에서 반대 패널을 구하기가 더 어려웠다고 해요. 자칫 제자 등으로부터 부동산 투기꾼의 앞잡이로 몰릴 수도 있는 위험이 있기 때문에 소신을 가진 반대 패널을 약삭빠른 학계에서는 더 찾기 힘들었답니다. 그래서 변호사가 교수의 기능을 담당하기도 했다고 해요. 그러나 특이하게도 반대쪽 편을 든 패널은 매우 드물었기 때문에 이쪽저쪽 방송에 겹치기 출연이 빈번해지는 일까지 생겼다고 합니다. 마치 유행병처럼 토지공개념에 찬동 발언을 하면 정의의 사도, 반대 발언을 하면 투기꾼의 앞잡이인 것처럼 매도되는 이상한 사회적 최면이 걸려있던 시절이었지요. 정의를 내걸고 큰소리를 지르고 싶은 사람들은 토지공개념 찬성 발언을 앵무새처럼 소리 냈습니다. 심지어 일부 시민단체에서는 더 강하게 규제해야 한다는 의견을 냈고 이러한 의견은 다수 여론의 지지를 받기도 했습니다."

대왕은 그 당시 사회를 이끌어가는 여론의 분위기를 일부 시민단체의
성명을 인용한 개발마피아의 마음을 통해 들려준다.

더 강하게 몰아쳐야 해
더 심하게 몰아가야 해
투기꾼이 우리 땅에 영원히 발을 못 붙이도록
토지공개념 3법과 부속입법을 무조건 입법해야 돼
토지공개념 만세
대한민국 만세
투기 없는 세상 만세
정의사회 만세
만만세세
묻지마 부동산 가격 규제 만세
묻지마 빨리빨리 공영신도시 만세

당시 여론몰이의 핵심 마음이다. 이러한 여론몰이는 주로 개발마피아들
이 포진하고 있는 정부 일부 부처의 야욕을 정당화하는 무기로 등장했다.
하나는 부동산 가격을 관리하기 위한 부동산권 규제의 강화다. 또 다른 하
나는 수도권 신도시 개발이다. 부동산권 규제의 강화 가운데 3가지 핵심
내용은 토지초과이득세, 택지소유상한제, 개발이익환수제였다. 그리고 매
년 전 국토의 시가를 파악하기 위한 지가공시제도의 도입이었다[각주 11의 토
지공개념이력서에서의 선동효과(11-4) 참조].

대왕은 지킴에게 정부가 용어를 지어내 홍보에 열을 올린 토지공개념 3
법을 간략하게 설명할 것을 주문한다.

"**토지초과이득세土地超過利得稅**는 건물이 없는 대지나 건물이 있어도 대지 규모에 비하여 건물 규모가 현저하게 작은 경우에 해당하는 나대지裸垈地를 가진 국민들에게 땅값이 올랐으면 오른 값의 절반 정도를 초과이익금이라는 이름으로 금전 부담을 씌우는 장치입니다. 어떤 땅은 5년이나 10년이 지나면 자신의 땅이 거의 남아나지 못하도록 하는 사실상 무상 몰수에 해당하는 법이지요."

"그래요. 그런데도 일부 시민단체는 몰수 비율을 더 높이라는 요구까지 할 정도였지요. 빈 대지에 무조건 주거용 건물 등을 짓게 하여 200만 호 주택 건설을 달성하려고 하는 정부의 야심까지 보태어진 제도이기도 하였지요."

"또한 기네스북에 오를 만한 규제가 **택지소유상한제宅地所有上限制**입니다. 서울과 광역시인 대도시 200평(약 660㎡), 중소도시 300평(약 990㎡), 지방 400평(약 1,320㎡)이 주택지 상한 면적이었지요. 국토가 비좁은데 한 가족이 굳이 주택지를 넓게 쓰는 것은 범죄라고 하는 논리였습니다. 또한 동시에 투기야라는 마녀사냥식의 사고가 깔려있었고요."

"기록을 보니 어떤 정의팔이 교수는 한 사람이 필요한 토지 면적은 두 팔 쫙 펴고 드러눕는 정도의 규모인 한 평(약 3.3㎡)이라고 했던 정약용의 《목민심서》나 《톨스토이의 인생론》을 인용하면서까지 맞장구를 친 기록이 있군."

"일찍이 유명한 이론가나 작가가 그러한 말을 한 것은 땅을 아껴 쓰자는 표현이었는데도, 이 말이 마치 택지소유상한제를 실시해야 하는 것처럼 비유하여 떠들어댄 자까지 있을 정도였지요. 이 법이 제정되어 발효되자, 새 주택을 구입하려면 규제 면적 이하여야 가능했습니다. 그리고 넓은 택지를 소유하고 있는 사람들은 초과하는 면적의 시가에 30% 정도를 초과소유 부담금으로 매년 부담하도록 했지요. 부자들 아니면 초과 소유자들은 택지 쪼개 팔기(분할 매도)를 해야 했습니다. 택지 쪼개기가 어려우면 주택지 이외로 전용하는 자에게 팔도록 유도되었습니다."

"그 제도 역시 지구촌의 부동산값 규제박물관에 매우 희귀한 사례로 올라있소."

"또 다른 기네스북에 오를 만한 감은 **개발이익환수제**開發利益還收制입니다. 이 제도에는 환수해야 할 개발 이익의 정의나 논리가 전혀 없지요. 그저 어떠어떠한 개발 행위를 하면 이 규제의 대상에 해당되도록 하였습니다."

"개발이익에는 사회적 환수가 필요한 개발이익이 있는 반면에 사회적 환수의 대상으로 삼으면 안 되는 개발이익이 있지 않소. 이러한 논리는 국토의 효율적인 이용과 직접 관련이 되지요. 헌법상의 평등권이나 민법상의 부당이득 등과 연결되는 가운데 구체적 사안에 따라 정밀하게 판단되어야 할 영역이 아니오. 만약 이러한 판단이 잘못되면 국토가 훼손되지요. 국토가 과잉 소비 또는 이용되거나 과소 소비 또는 이용되게 되는 것이지요. 과잉 소비나 과소 소비가 국토의 단위당 생산성을 하락시켜 조형물의 생산비를 증가시키지요. 토지공개념 3법이 죄다 그러한 법이었구려."

"또한 토지공개념 3법에 토지공개념 여론에 힘입어 교묘하게 **끼워 넣기로 자동 통과된 법**이 있습니다. **지가공시 및 토지 등의 평가에 관한 법률**입니다. 이는 일본의 지가공시법과 감정평가에 관한 법률을 주로 개발마피아들이 득세하는 행정청의 입맛에 맞게 각색하여 만든 개발독재형 감정평가에 관한 법률입니다. 당시 정부의 땅값 조사는 국세청, 재무부, 건설부, 내무부 등으로 다원화되어 있었지요. 또한 1970년대 초반기에 일본의 부동산감정평가에 관한 법률을 본떠서 만든 제도가 당시 재무부의 **공인감정사**公認鑑定士와 건설부의 **토지평가사**土地評價士로 이원화되어 있었습니다."

"아하! 부동산 시가를 공정하게 파악할 수 있는 전문가의 육성을 국가가 행하도록 한 게 특징인 자격제가 아니겠소. 그런데 성질상 똑같은 부동산

평가 전문인을 두 개의 부처가 부여해온 매우 희귀한 **부처 이기주의 사건**이 거의 15년 동안 계속되어오고 있었던 장치가 아니오. 세계적으로 그와 같은 유례를 찾기 어려운 부처 이기주의가 충돌한 사건이군요. 15년여 동안 부처끼리 충돌했었던 당시 재무부와 건설부의 마음 겨루기 노래를 들어봅시다."

　　땅값은 땅을 담보로 제공하는 금융의 대상이지
　　그래서 금융부실을 방지하기 위해서 부동산평가사는 당연히
　　재무부가 관장해야지
　　땅값은 땅을 수용하는 사업시행자가 지불하는 개발비용의 원초이지
　　수용에서 시가보상을 위해 부동산평가사는 당연히
　　건설부가 관장해야지

"네. 이와 같은 주장은 상호 굽힐 줄 몰랐습니다. 원래 이 법은 당시의 재무부가 감정평가에 관한 법률을 제정하여 공인감정사 제도로 선수를 쳤지요. 그러자 곧바로 건설부에서는 국토이용관리법에 기준지가 조사 특칙을 마련하여 또 다른 명칭의 토지평가사라는 자격제도를 마련한 것이었습니다. 일종의 부처 이기주의의 충돌사건이지요."

"미국은 공인중개사 제도는 주로 주 정부가 그 자격을 부여하지만 부동산평가사는 다양한 민간단체가 자격자를 배출하고 있지 않소."

"지구촌에 이 제도를 선도적으로 도입한 미국의 생각은 이렇습니다. 공인중개사의 업무는 주로 부동산의 권리 변동에 관계해 공익성을 높게 치기 때문에 거래 질서의 유지 차원에서 정부가 직접 자격제를 관리하는 것이고요, 감정평가는 거래 행위가 아니므로 민간에 의하도록 하는 것이 더욱 합리적이라고 본 것입니다."

"그렇지요. 부동산 감정평가는 부동산의 시가를 파악하는 장치지요. 시가를 놓고 대립하는 이해당사자는 은행이나 보험사, 매도·매수자 등이지요. 부동산 권리 변동보다는 부동산으로부터 발생하는 이해관계의 대립에 있어서 참고용 신호등 역할을 하는 게 감정평가가 아니겠소. 특히 미국은 20세기 초에 경제 대공항의 영향으로 물가는 물론 부동산값도 폭락하였지요. 그로 인해 많은 은행이 도산하지요. 이때 겨우 살아남은 은행들이 자구책 모색의 일환으로 등장한 것이 민간에 의한 부동산평가사 제도가 아니오."

"그런데 일본은 관료주의가 매우 강한 나라입니다. 일본은 미국의 이 제도를 자국의 제도나 환경에 맞게 수정·보완하여 관료의 관리 아래 부여하는 제도로 둔갑시킵니다. 물론 감정평가를 의견 기능으로 국한하기 위해 사실상의 각종 평가협의회가 최종 결정 권한을 행사하게 함으로써 개발독재식 평가를 배제한 면도 있지요."

"꼬레아는 일본 것을 거의 비슷하게 베껴 정부의 관리로 자격을 부여하도록 제도화했군요. 그리고 의견 제시라는 본질적 기능을 배제하고 부동산 의사결정 기능으로 법을 만들어 이른바 개발독재형 전문평가사 제도로 둔갑시켜놓은 것이로군요."

"그런데 꼬레아는 일본과는 달리 동일한 자격을 두 부처가 각각 시험을 실시하여 부여해왔던 것입니다. 십수 년 동안 두 부처가 서로 양보할 수 없는 부처 이기주의 싸움을 벌인 것이지요."

"원래 개발마피아나 금융마피아는 갈등의 존재라기보다는 공생의 관계가 아니겠소. 이들은 민간에 의한 재개발이나 재건축과 같은 공용 환지방법보다 수용방식의 공영신개발을 훨씬 높게 선호하지 않소. 왜냐하면 수용방식의 공영신개발이야말로 그 운용을 정부가 주도할 수 있기 때문이지요. 개발 과정 전부에 정부가 강한 입김을 불어넣을 수 있지요."

"뿐만 아니라 용적률이 크게 증대하지 않는 구도심 개발은 신규 금융이 많이 필요하지 않습니다. 물론 용적률을 크게 증대시키면 신도시 개발과 같은 복마전이 발생합니다. 신도시 개발에서는 개발비용이 온통 금융의 놀이터입니다. 수용보상금융, 건설금융, 분양에 따르는 매입금융 등 온통 새로운 돈놀이 시장이지요. 땅 짚고 헤엄치기식 금융시장 확대 놀이터지요. 그러므로 바늘과 실 가듯이 부동산 개발에는 이들 두 부처가 형님 먼저, 아우 먼저 식 공생관계가 형성되는 게 일반적인 현상입니다. 그런데도 불구하고 부동산평가사 제도만은 서로 양보하지 않았습니다. 무려 15년 동안이나."

"그런데 토지공개념의 위력이 이 문제를 손쉽게 해결해주었군요. 그 당시 건설부의 입김을 크게 받는 관제연구단체인 당시 명칭 **국토개발연구원**이 있지 않소. 이 연구원은 주로 순수한 국토개발에 관한 조사 및 분석 업무를 하지만 종종 당시 건설부의 의도를 관철하는 데 필요한 논리나 밀어붙이기식 정책연구도 하지 않소. 나쁘게 말하면 어용연구소 아니오. 이 연구소가 움직여 보고서를 발간하고 토지공개념 애드벌룬을 꼬레아에 띄웠지요."

"네. 그러고는 여론몰이를 하였으며 여론은 마치 사회적 집단최면에 빠진 것처럼 관련 부처가 의도하는 방향으로 움직였지요. 부동산평가사를 하나의 기관 아래 통합해야 토지공개념을 구현할 수 있다고 큰 소리를 냈지요."

"토지공개념 찬성 여론이 70% 전후를 오락가락하였으니 그야말로 끼워넣기 법의 입법은 손쉽게 해결되었겠네요."

"그렇습니다. 토지평가사와 공인감정사 제도를 폐지하고 그들 둘을 감정평가사로 통합하는 구상이었습니다. 이 통합 주관청은 금융마피아가 아니라 개발마피아가 주로 활동하는 토지공개념을 외친 건설부였지요. 15년 동안 풀릴 기미가 보이지 않던 자격증 통합은 토지공개념 여론에 묻혀 순조롭게 이루어졌습니다. 그만큼 토지공개념 여론의 위력은 대단했지요. 통합에 따라 당시 한국감정원(현재 한국부동산원)의 관리 권한을 이관하는 계획이 진행되었습니다. 당시 재무부 산하 은행연합으로 설립된 한국감정원을 건설부로 이관하려는 움직임에 한국감정원 노조는 이관을 반대하면서 여러 가지 요구 조건을 내걸고 요구를 들어준다면 통합과 이관을 반대하는 데모를 풀겠다는 딜을 했습니다."

"아하! 그 유명한 시험제도와 관련된 요구가 아니오. 잠시 당시 한국감정원 노조의 주장을 들어봅시다."

감정평가 경력자에 대하여 1차 시험을 면제하라!
2차 시험과목에서 물권법物權法을 없애고 1차로 돌려라!

"경력자는 실무 경력에 불과한데도 관련 지식을 갖출 필요가 없다는 주장이고요, 또 부동산 평가는 그의 본질이 부동산 권리가치의 평가인데도 불구하고 권리가치 인식의 심오한 지식은 필요 없다는 요구이기도 하였지요."

"터무니없는 요구였네요. 자격시험 과목의 폐지나 이관은 학술적인 영역이 아니겠소. 시험위원도 아닌 노조에서 특정한 자격의 시험과목을 없애라는 요구는 일종의 코미디 아니오."

"그런데도 당시 건설부는 그 요구를 흔쾌히 들어주었습니다. 그리하여 현재까지 2차 논술시험에서 논리력을 심화시키는 유일한 과목이 없어짐으로써 감정평가사 시험은 대체로 암기력 테스트가 주류인 시험으로 전락하고야 말았습니다."

우주대왕은 법정에서 모두를 향해 큰 소리로 말했다.

"자격시험 과목을 노조에서 없애라고 했다고 해서 없애는 코믹극이 벌어졌군요. 없애라고 요구하는 것도 우습지만 행정부가 되어가지고 공정성보다 부처 이기주의를 위해서 시험과목을 없앤 건 더 우스운 행위가 아니겠소?"

땅신과 지킴은 거의 동시에 웃으면서 "그렇습니다. 하찮은 것처럼 보이지만 부처 이기주의가 극한에 치달은 역사적인 사례이지요"라고 대답한다.

대왕은 땅신에게 묻는다.

"이때 건설부 장관이 누구였소?"

"학계 출신이었습니다."

"음, 학자가 전문성을 경시하였군. 들어줄 것을 들어줬어야지!"

토지공개념을 내걸고 입법한 규제법에 관한 이야기만 해도 끝이 없다. 대왕은 잠시 침묵한다. 그러고는 이른바 토지공개념 3법에 관한 헌법재판소의 결정 이야기를 꺼낸다.

"지구촌에서 매우 희귀한 법을 입법하였소. 그 법들이 시행되자마자 곧바로 이해관계자들이 헌법재판소에 **헌법소원**憲法訴願을 제기하지 않았소?"

"그렇습니다. 토지초과이득세제는 그 법의 적용을 받는 자가 갑자기 발생한 금전 부담을 감당할 수 없어 그만 극단적인 선택을 하는 불행한 일을 유발시키기도 했습니다. 이러한 불행한 일이 발생하는 가운데 이들 법들을 시행하고 규제가 가해지자마자 피해자 측에서 곧바로 헌법소원을 제기했습니다."

"그 결과 **헌법불합치 결정**을 한 헌법재판소의 판단은 알고 있소. 그러나 여기에 참석한 피고들이 제대로 알고 있다고 단정할 순 없으니 간략하게 그의 결론을 지킴이 말해보세요."

"우선 **토지초과이득세**에 관하여 헌법재판소는 공시지가의 결정을 법으로 정하지 아니하고 행정 입법으로 백지위임 한 것, 땅값 산정의 계측 수단이 열악한 것, 땅값 하락, 즉 개발 손실에 대한 고려가 없는 것, 미실현 이득에 대한 가공의 이익을 50%인 단일비례세로 정하여 조만간에 원본 잠식을 하게 한 것, 과세 대상인 나대지의 판단이 획일적이어서 구체적인 나지를 정확하게 가늠하지 못한 것, 임대 토지는 무조건 과세 대상으로 정한 것, 토지 처분 시 양도세에서의 공제를 전부 인정하지 않은 것 등이 다수 헌법재판관들에 의한 헌법불합치로 판단되었습니다."

"음, 재판관들이 다분히 자유주의 경제질서를 파괴하는 데 대하여 우려를 한 판단이었다고 보이는구나. 이러한 것은 지구상 어디에서도 보기 어려운 묻지마식 규제지."

"네. 어떤 시장주의 학자는 이를 가리켜 시장파괴라는 표현을 썼습니다."

"그래요. 정부의 부동산시장 파괴는 어디 하나 둘 뿐이겠소. 그럼 **택지소유상한에 관한 법률**에 관하여 헌법재판소의 결론을 요약해보시오."

"택지소유상한의 적용 대상에 관하여 소급 입법한 것, 택지소유 규모를 제한한 것, 초과소유 택지 가격의 상당한 비율을 매년 초과소유부담금으로 납부하게 하여 불과 몇 년만 지나면 원본을 사실상 무상으로 몰수하도록 한 것, 매수청구 이후에도 부담금을 부과하도록 한 것 등에서 다수의 헌법재판관들은 위헌으로 판단했습니다."

"그렇소. 위헌으로 본 것은 이 법의 핵심 사항들이오."

"토지초과이득세에 비하여 택지소유상한제의 시행시기가 늦었기 때문에 이들 법의 시행으로 인한 부작용은 토지초과이득세제보다는 적었습니다."

"그런데 말요, 서울의 성북동 개미마을이나 평창동 산동네에는 대저택들이 많던데 그 대저택들이 이 제도의 시행으로 대지를 쪼개는 분할 등이 많이 발생하였나요?"

"재력이 튼튼한 재벌 등은 그 제도가 나타나도 전혀 꿈쩍도 안 했습니다. 아마도 그들은 보좌진으로부터 자문을 받는 등으로 위헌을 예측한 자들도 많았을 것입니다. 그러나 어쩌다가 자신의 경제 능력에 맞지 않게 큰 대지를 소유하게 된 사람들은 발을 동동 굴러야만 했습니다. 결국 주로 서민들이 더욱 예민하게 반응하여 집을 다른 용도로 사용하고자 하는 자에게 팔아넘기거나 또는 분할 매도하는 일들이 전국 곳곳에서 발생하였습니다."

"국토의 관리를 어찌 그렇게 했단 말이오."

"**개발이익환수**에 관한 법률에 관하여는 개발자의 실제 매입가격을 배제하고 공시지가로 그 가액을 산정하도록 한 부분만 다수 재판관에 의해 위헌으로 판단되었습니다. 이른바 정부가 명명한 토지공개념 3법 가운데 결국 두 개의 법률은 그 후 폐지되었고 하나는 남아있는데 그마저도 내용을 완화하고 시행을 유보하는 등의 변화를 거쳤고 **식물법**으로 불리고 있는 솜방망이 법으로 존재하고 있을 뿐입니다."

"그래도 이른바 부동산공개념 3법 가운데 개발이익환수에 관한 법률이 그나마 토지공개념을 해야 한다고 핏대 세워 외치던 정부와 다수 여론의 알량한 자존심을 세워준 꼴이 되었구나. 환수해야 할 개발이익이나 환수해서는 안 될 개발이익에 관한 정확한 논리가 없는 가운데 묻지마식으로 제정된 법이 겨우 명맥만 유지해오고 있구나. 이른바 토지공개념 3법이 대한민국 역사에서 우리 손으로 만든 정의사회로 가기 위한 장치라고 외치던 관료들, 또한 세계에 자랑할 만한 토종 부동산 공법이라고 자화자찬하던 자들은 어디에서 무엇을 하고 있습니까."

"그들 가운데 극히 일부는 헌법재판소의 소수의견을 앵무새처럼 되뇌며 자신들의 주장이 가치 있는 것이었다는 괴변을 늘어놓기도 합니다."

"입법을 잘못하여 그 법을 시행할 동안 피해를 입은 피해자들에 대하여는 전부 구제가 되었습니까?"

"안 되었습니다. 토지초과이득세제에 의한 구제는 전혀 되지 않았고요, 택지소유상한제에 의해 희생당한 서민 거래자들은 이미 법을 지키기 위해 행해진 자신의 거래 행위의 결과에 대하여 망연자실할 수밖에 없었습니다."

"그런데 말요, 왜 헌법재판소에서는 그 제도의 시행으로 인한 경제적 효과에 대한 좀 더 사려 깊은 판단은 하지 않았소. 국토 관련 재판 아닙니까. 그러하면 국토의 헌법적 가치를 평가하는 원리를 당연히 원용해야 하지 않겠소."

"그 판단까지 정확하게 수행하기에는 재판관들이 매우 부족합니다. 꼬레아 재판관들이 너무나 과중한 업무에 쫓겨 업무를 수행하기 때문에 발생하는 불가피한 현상으로 보입니다."

"그럼 재판의 업무를 적정하게 배정하도록 하여 다양한 면에서의 합리성을 판단하는 시스템을 갖추면 되는 것 아니겠소."

"그렇습니다. 꼬레아의 사법제도는 인권 중심주의보다 공권력 중심주의 쪽으로 많이 기울어질 수밖에 없는 업무 과중의 환경에 있습니다. 그들은 법을 해석하는 게 주 업무이지 법을 만드는 기관은 아니기 때문에 항상 국회나 행정부에 비하여 부처 이기주의를 발휘하는 게 불리한 편입니다."

"재판관들을 다양하게 확보하게 하여 전문적인 영역에 대하여는 전문적인 잣대로 판단할 수 있는 시스템이 절대적으로 보완되어야 하겠구나. 입법부나 행정부는 상호 짝짜꿍만을 일삼아 그들의 업무량만 늘리려고 검은 입법들을 남용하는 경우가 많지."

잠시 한숨을 내뱉은 후 대왕은 땅신을 향해 말을 이어간다.

"그런데 말이다, 그 3법에 슬그머니 끼워 넣기 하여 무임승차하듯 입법한 **지가공시 및 토지 등의 평가에 관한 법률**은 어떻게 되었느냐?"

"그 제도는 직접적으로 국민의 재산권을 규제하는 것이 아니기 때문에 국민들이 헌법소원의 대상으로 삼지는 않았습니다."

"그렇구나. 개발독재형 감정평가제도는 그대로 온존해오고 있구나. 그러면 국토의 부동산권을 요란스럽게 뒤흔든 3법은 대체로 불타버린 것이나 다름없는데 당시 건설부만 알토란 같은 이권을 쟁취한 셈이 되었구나."

"뿐만 아니라 제1기 수도권 신도시 개발을 밀어붙입니다."

"강남보다 훨씬 멋진 신도시로 홍보하는 바람에 분당은 물론 평촌과 일산에서도 채권을 써야 1순위자들이 당첨될 정도였습니다."

"강남이나 반포 또는 과천의 아파트를 팔아 분당이나 일산으로 이사를 간 사람도 많았다면서요. 지킴이가 그 당시 정부의 수도권 1기 신도시 홍보로 인해 피해를 입은 대표적인 사례들을 말해보시죠."

지킴이가 대답한다.

"당시 토지개발공사에서는 전국에서 가장 살기 좋은 도시로 **일산 신도시**가 뽑혔다고 하는 여론조사까지 홍보할 정도였습니다. 그 후 시간이 흐르면서 특히 일산은 점점 도심과의 부동산값 격차가 열위에 빠졌습니다. 과천에서 28평 아파트 팔고도 모자라 일부 빚을 냈거나 반포에서 23평 아파트 팔아 일산의 중대형으로 이사하신 분들은 세월이 흐를수록 정부의 홍보가 과장되었음을 뼈저리게 경험합니다. 수십 년이 흐른 지금에 와서 보면 서울 중심지의 아파트를 팔아서 정부 말 믿고 이주한 사람들은 집을 되팔아 원래 살던 집으로 회귀하는 건 불가능에 가까운 일이 되었습니다."

"그것 보시오. 수도권 신도시가 서울 중심지 집값만 상대적으로 더 상승시킨 증거지요. 정부가 국민을 상대로 기망 행위를 한 셈이 되었군요."

"그나마 가장 피해를 덜 본 곳은 강남과 가까운 **분당 신도시**입니다. 그렇지만 나머지 신도시 이주자들은 이주로 인한 재산의 피해가 사실상 엄청났습니다. 평수 늘려 이사 온 사람들이라도 원래 매각했던 서울 아파트값의 반의 반 토막에 불과한 경우도 허다하지요."

"강남을 대체할 수 있는 신도시라는 정부의 거짓말에 현혹당한 사람이 많았군요."

"그렇습니다."

"잠시 그때 정부의 신도시 홍보 노래를 한번 들어볼까요."

확성기를 타고 수도권 1기 신도시를 홍보하는 정부의 노래가 흘러나온다.

꿈의 도시
강남을 뛰어넘는 신도시
우리나라에서 가장 살기 좋은 도시
분당·평촌·산본·중동·일산 신도시
모든 꿈을 이루는 신도시
빨리빨리 짓는 뚝딱 신도시

당시 정부의 홍보에 힘입어 1기 신도시는 인기가 폭발했다. 당시는 모델하우스 등을 관람하고 은행에 서류를 갖춰 청약을 하던 때였다. 분당과 평촌, 일산의 은행으로 가는 청약 행렬도 대단했다. 특히 분당 같은 곳은 청약을 하기 위해 서울 등에서 몰려드는 자가용 행렬에 몇 시간씩 도로가 극심한 정체를 빚기도 했다. 당첨되면 당시 거금의 프리미엄이 붙었다.

한편 이 당시 서울의 전세값도 폭등했다. 내 집 마련의 꿈은 아주 먼 이야기. 셋방살이를 전전해야 하는 서민들 가운데서도 열위계층 영세서민들은 셋집을 구하기 위해 중심지에서 변두리로 전전해야 하는 형편이었다. 이들은 지금도 마찬가지지만 절대적으로 돈이 없었기 때문에 중대형 위주로 만든 신도시 청약은 마치 달나라 이야기처럼 여겨졌을 뿐이다. 한쪽에서는 중산층 이상이 로또 청약으로 줄을 서고, 또 다른 한쪽은 전셋집을 구하려는 열위 서민들이 이곳저곳 중개사무소로 발품을 팔고 있었다.

　정부가 조성한 로또 대열에 낀 자와 끼고 싶어도 끼지 못한 자의 불평등
이 극명하게 갈리는 시대였다. 이때 어린 자식을 등에 업고 값싼 반지하 임
대주택이라도 구하려고 발을 동동 구르며 중개사무소를 전전하던 한 젊은
서민 새댁의 TV 인터뷰를 각색한 어느 칼럼이 눈에 띈다. 그 칼럼의 제목
은 "세단 타고 분당 가는 놈으로 맹글어야지유"였다.

> 뽑히면 로또복권 당첨과 마찬가지지유
> 당첨만 되면 이놈의 셋방살이도 끝날 텐디유
> 나는 청약조차 할 수 없어유
> 청약하고 불입금은커녕 채권마저 쓸 여유조차 없어유
> 정부는 늘 우리 같은 진짜 서민들은 제쳐둔 채
> 있는 자들만을 위한 투기게임만 불지른당게유
> 그렇지만 내 자식은 어떻게 하든지
> 저렇게 세단 타고 분당 가는 놈으로 맹글어야 할 텐디유
> 이놈만은 어떻게 해서든지유
> 세단 타고 로또 청약하러 가는 놈으로 맹글어야지유

　청약 광풍까지 불러일으킨 일부 신도시의 공급은 있는 자들을 위한 로
또 제전에 불과했다. 이러한 신도시 분양 놀이로 인해 수도권의 조형밀도는
평면적으로는 물론 입체적으로도 크게 증가하였다.

　그 후 5년의 시간이 흐르면서 본격적인 **부동산값 원뿔현상**이 나타나기
시작했다. 그런데도 주로 개발마피아나 그에 빌붙어 이권을 챙기는 관변 학
자들인 신도시 예찬론자들은 강남 신도시가 강남스럽게 완성되는 데 10년
이라는 세월이 걸렸다는 점을 강조했다. 부동산 가치도 성숙기가 필요하단

다. 10년은 기다려봐야 하지 않겠는가. 해서 10년을 기다렸더니 서울 중심지와의 가격 격차가 더 벌어졌다. 그로부터 다시 10년, 또 10년이 흘렀다. 시간이 흐를수록 신도시로 이주하기 위하여 매도하였던 서울의 아파트는 평생 다가갈 수 없는 꿈과 선망의 대상이 되었다. 그나마 최근에는 코로나19가 강남과 외곽과의 가격 격차를 좁혀주었다. 이럼에도 그때 정부의 말을 믿고 일부 빚까지 보태가며 이사한 분들 가운데 지금까지도 신도시를 끝내 떠나지 않고 사시는 분들도 계시다. 이분들에게 주택은 투자의 대상이 아니라 이용의 대상이라고 강조하는 말이 어떠한 위로가 될지 모르겠다.

대왕은 노태우 때 저지른 부동산 사건들이 워낙 커서 땅신과 지킴을 활용한 사실심리를 진행했음에도 불구하고 노태우를 향해 몇 마디 묻는다.

"임자는 왜 그 당시 위헌성이 높은 법들을 밀어붙였는가. 본인의 철학에서 나온 대책들이었는가?"

"당시 관련 부서장이 토지공개념을 들고나왔습니다. 지지여론이 매우 높았고요. 그게 정의라고 믿도록 참모가 저를 설득했고 저는 설득당했습니다."

"**토지재산권**도 인권과 마찬가지로 **기본권**인데 규제들이 너무 심하다는 생각은 못 했는가? 임자 때는 전두환 때 계획했던 종합토지세도 신설하지 않았는가?"

"당시 건설부와 주요 시민단체, 그리고 꽤 많은 학계 인사가 토지공개념은 더 강하게 내용을 고쳐서 입법해야 한다고 주장하기도 했습니다. 그런데 오늘 법정에서 자초지종 신문하는 내용을 들어보니 그건 정의팔이였음을 느끼고 또 느꼈습니다. 제가 한 일이 매우 부끄럽고 경솔했다는 생각을 합니다. 결과적으로 제가 어리석었습니다."

"그래도 그 법들이 헌법불합치나 위헌으로 결정된 걸 겸허하게 받아들인 것은 매우 성숙한 지도자의 덕목이다. 지도자는 종종 참모들을 잘못 두는 바람에 결과적으로 실수할 수도 있다. 그러나 자신이 한 일이 실수였다는 법적 판단을 받았을 때 이를 인정하고 겸허하게 받아들이는 것이야말로 매우 아름다운 또 다른 덕목인 것이다. 어떤 지도자는 그러한 법적 판단까지도 부정해가며 마치 오기 부리듯이 국정을 이끌어가는 경우도 있는데 그에 비하면 너는 신사다. 젠틀맨이다. 그러나 신도시 건설은 또 무슨 커다란 실수이더냐"

하고 말한 후 대왕은 잠시 머뭇거린다. 그러고는 왜 서울 외곽에 그 큰 신도시들을 갑자기 건설했느냐고 물었다. 수도권의 인구를 억제해야 할 가장 큰 책임을 진 자가 오히려 수도권으로 인구를 크게 유인하는 행위들을 왜 자행했느냐고 물었다. 노태우는 그것도 토지공개념의 일환으로 한 것임을 강조했다. 한편 공급, 공급 하고 외쳤던 많은 묻지마 학자나 이론가들의 이야기도 했다. 대왕은 "주택은 **국토종합계획**에 **맞춰 하위계획을 수립**해서 **천천히, 매우 신중하게 공급**되어야 하지 않았느냐" 하고 묻는다. 그에 대한 노통의 답변은 "공개념…" 하고 머뭇거린다.

"대도시의 중심지하고 소도시의 중심지하고 어느 중심지 부동산값이 더 높느냐?" 하고 대왕은 노태우에게 묻는다.

"대도시입니다."

노태우가 대답한다. 그러자 곧바로 대왕은 또 묻는다.

"왜 중심지 집값 안정을 내세워 거대 도시를 만드는 신도시 짓기에만 혈안이 되었더냐. 신도시를 지으니 약간의 시간이 흘러 오히려 위성 신도시의 중심지 집값이 더 높이 오르지 않았느냐. 노후된 곳을 적극적으로 재생 또는 개발하도록 지역계획을 세워 민간의 수요에 맞춰 재생하면 무궁무진하게 주택보급률은 물론 진정한 주택 소요에 부응하는 주택 공급을 지속적으로 늘릴 수도 있는데 박정희 때부터 민간의 도시재활 활동에는 항상 정부가 뒷전이지 않았느냐?" 한다. 노태우의 침묵에 대왕은 말을 계속 이어가며 추궁한다.

"될수록 도시재생과 민간의 자율적인 주택건축을 도왔다면 직주 근접도 유도하고 도시팽창도 최소화할 수 있었지 않았느냐?"

"……."

"토지공개념이 왜 수도권 신도시여야 했느냐. 왜 늘 행정부가 국민들의 재산권을 값싸게 수용하여 민간개발보다 사회적 비용 등이 엄청나게 많이 드는 묻지마 공영개발로 땅장사만 하려고 혈안이 되었느냐. 특히 꼬레아의 서울은 주거를 위한 조형밀도가 증가할수록 지방에 미치는 영향력이 너무 강하다. 인구비율로만 따져도 일본의 5~10배, 미국이나 중국보다 수십 배나 지방 인구를 흡인하는 견인력이 강하다. 국토 면적의 견인력까지 더하면 그 어느 나라보다도 지방을 죽이는 더 강한 블랙홀로 변한다.

강남만 살리고 외곽과 한계 부동산과 시골을 죽이는 그러한 몹쓸 짓거리에 국토는 더욱 깊게 멍들지 않았느냐. 점점 직장과 주택과의 이동거리는 늘어나 출퇴근 때의 교통전쟁을 유발시켜 또 교통시설을 늘리는 꿈을 꾸는 것이냐. 교통을 위한 천문학적인 공사비가 탐이 나서. 사회적 비용의 증가와 함께 미세먼지가 많아지면 미세먼지를 저감시키기 위해 공권력을 더욱 팽창시키려는 음모를 꿈꾸었느냐. 그러한 꿈들은 너희의 권력으로 항상 구현해왔지. 그들 비용들이 전부 국민들의 혈세가 아니더냐. 특히 이로 인해 부익부 빈익빈이 더 심화되어왔으므로 저소득층 국민들은 더 많은 고혈을 흘린 게 아니더냐."

대왕은 잠시 침묵하다가 또다시 추궁의 말을 이어간다.

"토지공개념…. 그 개념을 진짜 정의의 마음에서 읊조리신 분들도 있다. 그러나 대부분 그 말을 함으로써 자신이 마치 정의의 사도라도 된 것인 양 착각하며 말한 사람들도 있다. 이보다 더 나쁜 것은 이 개념으로 장사를 한 정의팔이 장사꾼들이다."

잠시 침묵이 흐른다. 대왕은 더 이상 노태우와의 대화를 진전시키지 않는다. 노태우의 재판을 마무리할 차례라고 판단한다. 그리하여 노태우는 최후진술 격인 말을 한다.

"88올림픽 기간에 부동산값이 폭등했습니다. 특히 서울 중심지 아파트값 상승 폭이 컸습니다. 이러한 가운데 정부 일각에서는 부동산값의 폭등을 틈타서 이미 토지공개념연구위원회를 만들었나 봅니다. 이 토지공개념 여론은 마치 블랙홀처럼 모든 이슈를 위원회가 주장하는 쪽으로 흘러가게 했습니다. 관련 부서장도 저에게 토지공개념을 밀어붙이도록 권유했고요. 저는 토지공개념이 외국에서 수입되어온 토지시장의 새 질서를 구축하는 원리로만 알고 있었습니다. 그러나 오늘 이 법정에서 사실관계에 관하여 경청해보니 제가 무엇인가의 힘에 휩쓸렸구나를 깨닫게 되었습니다. 집단최면을 거는 누군가의 음모에 저 자신도 모르게 휩쓸려왔음을 깨달았습니다. 땅을 보호하시는 우주대왕께 송구하기 그지없습니다. 어리석은 지도자였음을 깊이 반성합니다."

노태우의 최후발언이 끝났다. 그러자 뒤이어 검사의 구형이 진행되었다.

"이자는 그야말로 친구 받들어 대통령까지 한 자입니다. 지구에서 **부동산 소유권 형성의 역사**不動産 所有權 形成 歷史는 **인권사**人權史이기도 합니다. 인류가 땅 위에서 땅을 매개로 하는 오랫동안의 봉건정치의 사슬을 끊은 것이 오늘날 세계 각국에서 향유하는 부동산 소유권입니다. 왕정을 무너뜨리고 자유를 찾은 국민들이 그 자유를 계속적으로 담보할 수 있도록 한 염원이 부동산 소유권에 담겨있는 것입니다. 물론 부동산을 독점하거나 과점함으로써 부동산시장을 한 개인이 좌지우지하는 일들은 당연히 경계되어야 합니다. 그렇지만 그러한 독과점이 아닌 행위라고 한다면 될수록 부동산시장을 시장의 자율에 맞게 움직여가는 게 국토의 효율적인 이용이나 부동산값 안정에 가장 최선의 방법입니다. 그럼에도 불구하고 정체불명의 뜻을 지닌 토지공개념이라고 하는 말을 앞세워 삼척동자라도 제정신을 차리고 판단하면 그 잘잘못을 가릴 수 있는 묻지마식 규제들을 정의라는 고매한 개념을 팔아 밀어붙였습니다.

헌법재판소의 판단에 의해 그 법들의 시행이 단기에 그쳤기에 그나마 다행이었습니다. 그 단기에 발생한 폐해사례를 나열하는 것으로도 이미 백과사전이 모자랄 지경입니다. 또한 토지공개념을 구현한다고 하는 여론을 만들어 수도권 신도시를 밀어붙였습니다. 이른바 제1기 수도권 신도시를 건설하기 직전까지만 하여도 수도권 인구의 사회적 증가가 현저하게 둔화되어가고 있었습니다. 시골 인구의 수도권 진입이 포화상태에 이르고 있던 시절이었습니다. 그런데 갑자기 강남을 능가하는 대형 신도시들이라고 정부가 홍보해 신도시의 주택들이 시골 사람들의 수도권 진입을 부추기는 연쇄 이동의 진원지로 전락합니다.

꼬레아 수도권은 지구촌 대부분의 나라보다 지방 인구의 견인력이 비교할 수 없을 정도로 강합니다. 신도시의 주택들이 공급되어가는 동안 오히려 시골 사람들이 수도권으로 이주해오는 바람에 국토의 인구 균형이 다시 크게 무너지게 되었습니다. 뿐만 아니라 친구 따라 강남 간 노태우와는 달리 노태우 따라 서울 집 팔아 신도시로 이주한 가구들은 세월이 흐를수록 자신들이 옛날에 살았던 집을 되사기가 달나라나 별나라를 바라보듯 멀어져 갔습니다. 어떻게 정부가 국민들을 이렇게 기망할 수 있습니까. 중장기적으로 신도시 지어 강남 집값은 더 올리고 외곽과 시골에 사는 서민들만 더 가난해지는 대형 사업을 토지공개념 이름 아래 자행한 것입니다.

비록 이자의 판단으로 한 짓은 아니라고 해도 한 국가를 책임지는 자가 참모의 의견만을 강조하는 것은 바른 처사가 아닐 것입니다. 스스로 한 행위의 잘못을 뉘우치고 있다고 해도 그 여파가 너무나 지구 파괴적이어서 도무지 좋은 천국행은 상상할 수가 없습니다. 당연히 악마 천국으로 보내야 마땅합니다."

검사의 구형은 악마 천국이었다. 그러자 노태우는 눈을 감고 숙연한 모습으로 입술을 파르르 떤다. 다음으로 변호사의 변론이 이어졌다.

"비록 친구 받들어 강남 간 사람으로 소문이 나있지만 그래도 꼬레아에 맨 처음으로 평화적인 정권 교체가 가능하도록 노력하였습니다. 당시 기득권에서는 정권 연장을 모색한 정황도 드러나고 있지 않습니까. 정권 연장 시도세력 권력층의 정점에 있던 자입니다. 더구나 민주화 열풍 속에 스스로 민주투사를 자처하는 양 김이 단일화했을 때 거의 100% 자신이 대통령에 당선되지 않을 것이라는 여론에도 불구하고 5년 단임의 헌법 개정을 위해 자신의 몸을 던졌습니다.

물론 참모의 아이디어와 추진에 의한 것이었지만 국민의 소수가 다수의 땅을 소유하고 있는 통계의 마술을 인용하여 불평등을 해소하기 위해 토지공개념을 노래하도록 하였습니다. 또한 서울의 주택보급률이 전국에서 최하위였기에 일시적으로 주택을 대량 공급할 최선의 대안을 찾다 보니 국토계획에는 없던 빨리빨리 묻지마 신도시 개발을 하게 되었던 것입니다. 그리고 자신이 밀어붙인 토지공개념 법이 헌법불합치나 위헌으로 결정되자 이를 깨끗이 수용하도록 하였습니다.

또한 공권력을 이용하여 부정축재 한 돈을 최선을 다해 국가에 갚았습니다. 평소 민주적인 의식도 강하여 언제나 자신의 주장보다 상대방의 의견을 경청하는 성품이 강해 신도시를 자신의 통치 권력의 무기로 악용하지는 않았습니다. 최고지도자는 모든 일에 대해 해박할 수 없기 때문에 사안에 따라 필연적으로 실수할 수도 있습니다. 그런데 실수 후의 태도가 매우 중요합니다. 잘못을 인정하고 깨끗하게 **반성할 줄 아는 덕목**이야말로 모든 지도자가 본받아야 할 덕목일 것입니다. 이 점을 깊이 헤아려주시기 바랍니다. 이러한 심성의 지도자는 당연히 맑은 천국에 가도록 해야 함이 마땅하다고 봅니다."

대왕의 노태우 심리에서의 마지막 말이 이어진다.

"우선 생명성의 관점을 살펴보자. 토지공개념 3법은 국토의 효율적인 이용을 오히려 방해하였다. 아직 성숙되지도 아니한 땅에 무조건 조기에 콘크리트를 붓도록 유도하였다. 택지의 쪼개기를 강요하여 토지의 용도적 다양성을 훼손하게 하였다. 결국 토지의 낭비를 초래하게 했다. 당연히 있어야 할 편의시설들이 제때에 들어서지 못하게 함으로써 국민들의 불편비용과 에너지 낭비를 초래하게 하였다. 멀쩡히 살아 숨 쉬는 땅을 토지공개념을 구현하고 주택보급률 올리기라는 명분으로 그 숨을 죽이는 빨리빨리 묻지마 대량 건설을 강행하였다."

잠시 쉬었다가 대왕의 말은 계속 이어진다.

"토지공개념이라고 하는 **정체불명의 개념을 앞세워 국토종합계획을 무력하게 하였다.** 강남 집값 잡는다고 도시의 밀도만 무질서하게 증대시키는 개발을 함으로써 오히려 중심지 쏠림의 힘만 고조시켰다. 그 결과 강남은 오히려 더 값이 오르고 한계 지역과 열악한 주택은 물론 시골은 상대적으로 값이 불리해져 형평을 파괴시켰다. 이로 인해 국토는 더욱 비효율적인 공간으로 변하였다."

다시 잠시 쉬었다가 또 말을 이어갔다.

"부자는 규제를 견뎠고 가난한 자는 견딜 수 없도록 했다. 그렇게 함으로써 가난한 자의 박탈감을 더더욱 심화시켰다. 중심지 집값을 잡는다고 중심지 집값만 더 높게 상승시키는 개발을 하게 함으로써 빈익빈 부익부 현상을 더욱 심화시켰다. 이와 같이 생명성, 효율성, 형평성의 면에서 노태우는 낙제점이다. 다만 이자는 헌법재판소의 결정을 존중했다. 그 판단을 깨끗하게 수용하여 국토관리를 한 점은 인정된다. 자신이 한 잘못을 깨달은 순간 뉘우칠 줄 아는 행동이야말로 또 하나의 소중한 지도자의 민주의식이기 때문이다.

특히 무지몽매한 최고권력자들이 자신이 한 일은 미화만 하고 자신의 일로 잘못된 국토의 훼손은 인정하지 않고 항상 전임자의 탓으로만 돌리는 게 가장 큰 꼴불견 중의 하나였다. 그나마 자신의 잘못을 뉘우치고 재직 중에는 물론 퇴임 후에도 그 잘못을 깨끗하게 수용한 것은 두고두고 역사에 신선한 충격을 줄 것이다.

이러한 점과 여기에서 재판 내내 진지한 태도로 경청하고 자신의 과오를 진심으로 뉘우치는 것 같으니 이를 참작은 하겠노라. 생명성 9점, 효율성 10점, 형평성 10점, 정성평가 6점이다. 구체적인 결정은 단체선고 때 행할 것이다."

대왕의 마무리 말과 함께 노태우의 신문이 끝났다.

노태우는 집중 신문인이 앉는 피고석에서 일어나 다른 피고들이 줄지어 앉아있는 좌석 앞쪽으로 이동한다. 동시에 김영삼이 대기 피고석에 열지어 있다가 집중 신문을 받기 위해 노태우가 앉아있던 앞 좌석으로 이동한다.

7. 김영삼(金泳三)

호랑이를 잡기 위해서는 호랑이굴로 들어가야 한다던 김영삼이 나온다.
안내되어 나온 김영삼은 좌석에 앉기 전에 자신의 이름부터 말한다.

"**김영삼**입니데이."

대왕은 자신이 호명하기 전에 이름부터 말하는 김영삼을 미소 지으며
바라보았다. 이는 자신의 호명을 생략해주었으므로 어쩌면 대왕에게 작은
배려를 했다고도 말할 수 있다. 그래서 호명은 별도로 하지 않고 다음 절차
로 넘어갔다.

"재임 기간은?"

"1993년 2월 25일부터 1998년 2월 24일까지입니다."

"국토는 무엇이라고 생각하느냐?"

"내 살붙이보다 더 소중한 존재입니다."

"복습이다. 국토의 헌법적 가치를 알고 있느냐?"

"국토 위에 살고 있는 모든 사람에게 건강과 행복을 주는 공간입니다."

"그래. 평소 공부할 때 해찰을 좀 한다고 소문나있던데 여기에서는 그렇지 아니한 것 같구나."

"네. 제 모든 나그네의 생애에 여기에서처럼 제 머리에 확실하게 각인되는 산교육을 받아본 적이 일찍이 없었습니다."

"너는 김종필과 더불어 노태우와 함께 3당 합당을 했다. 그에 관하여 너와의 경쟁자 측에서는 변절자라고 욕을 했다. 그러자 넌 호랑이를 잡으려면 호랑이굴에 들어가야 한다고 말한 적이 있느냐?"

"있습니다."

"그 말은 지금도 유효한가?"

"당연합니다. 저는 기꺼이 호랑이굴에 들어갔습니다."

"그렇다면 호랑이를 잡았느냐?"

"호랑이굴에 들어가 보니 호랑이가 없었습니다."

"그럼 무엇이 있었느냐?"

"잡고 보니 한 마리는 여우였고 또 한 마리는 고양이였던 것으로 기억납니다. 호랑이를 잡으러 굴에 들어갔는데 호랑이가 아니었기에 그냥 야외에 방사시키도록 했습니다."

대왕은 미소를 짓는다. 잠시 침묵한다. 김영삼이 자리에 편하게 앉아있도록 한다. 그러고는 본격적으로 김영삼의 부동산 재판을 진행한다. 대왕은 말한다.

"땅신은 이자가 행한 국토관리의 실상을 보고하라. 우선 재산권 규제부터 말하게."

땅신은 당시의 상황을 말한다.

"특이하게도 김영삼 재임 초기에는 오히려 부동산값이 전반적으로 하락 또는 약세를 보였습니다. 그러므로 규제를 강화하거나 대량 공급을 한다는 등의 조치를 모색할 필요를 느끼지 못했습니다. 그리고 김영삼은 오랫동안 방치되어왔던 **금융실명제**를 전격적으로 실시합니다. 금융실명제의 파급효과는 대단했습니다. 특히 검은돈을 차명이나 가공명의로 예금해놓았던 수많은 부자의 돈이 노출되거나 동결되기에 이르렀습니다."

"그렇지. 그런 일이 있었다는 것이 기록에 나와 있군. 이때 은행에 예금해놓았던 검은돈들의 일부는 자칫 예금주가 재산 형성 과정에서 블랙머니로 발견될까 봐 자신의 신분을 밝히지 않았고. 그래서 국고로 회수된 사례가 있네."

"이 조치의 전격적인 시행으로 김영삼 재임 중 지지도가 한때 폭발적으로 높았습니다. 서민인 국민 대다수는 이미 실명으로 금융 거래를 하고 있었거든요. 비실명 금융 거래자들은 주로 특수층 사람들이었습니다. 그러하니 당연히 다수 국민의 박수갈채를 받게 되었지요. 그런데 시간이 흐르면서 경제성장이 둔화됩니다. 또한 대통령의 지지도가 조금씩 하락합니다. 그러면서 여론의 새로운 주도권을 이끌 수 있는 논리를 찾습니다. 이러는 가운데 갑자기 **부동산실명제**不動産實名制를 도입하겠다는 발표를 합니다."

"당시 부동산실명제는 이미 하고 있지 않나?"

"발표한 관련 부처에서는 그 사실을 모르고 있었던 모양입니다."

"그런데 그 발표가 있었는데도 국민 누구나 이미 실시하고 있다라는 이의 제기를 하지 않았군."

"행정부의 발표를 무조건 신뢰하는 관성 때문이겠지요."

"부동산실명제를 실시한다는 발표는 어느 부처에서 하였나?"

"개발 관련 부처입니다."

"그러니까 그 부서라는 게 늘 공부하고 연구하여 신중하게 말을 써야 하는데도 그러하지 못하여 생긴 해프닝 아니겠나?"

"그렇습니다. 부동산은 벌써부터 실명의자로 등기하도록 하는 특별법이 존재하고 있었습니다. 부동산 등기 특별조치법이 그것입니다. 그런데도 정부 부처에서는 앞으로 부동산실명제를 실시한다고 발표해버린 것입니다. 그 사실을 제대로 이해하지 못한 사람들은 지금도 김영삼 정부 때 부동산 실명제를 처음 실시한 것처럼 기록하는 경우마저 있습니다. 나중에서야 부동산실명제를 검토하는 부서 간 회의에서 이미 이 법이 실시되고 있음을 발견하게 됩니다. 그러나 향후 실시하겠다고 했으니까 그냥 지나갈 순 없었을 것입니다. 그리하여 등기 관련 특별법 1개 조문을 독립시켜서 **부동산 등기 실명의자에 관한 법률**이라고 하는 단일법을 제정합니다."

"**법률 쪼개기**를 한 것이 부동산실명제를 도입한 것으로 둔갑한 것이군."

"그렇습니다."

"세비가 아까운 공직자의 근태를 여실하게 보여준 사례군."

"그렇습니다."

"그래도 김영삼은 박정희, 전두환, 노태우와는 달리 자신의 통치를 위한 수단으로 갑자기 새로운 대단위의 땅을 빨리빨리 묻지마 개발하거나 재산권을 무조건 규제하지는 않았잖나?"

"맞습니다. 물론 실물경제가 그다지 좋지 않았고요. 특히 실명제 쇼크로 재임 초기에는 부동산값이 전반적으로 안정 또는 하락세를 유지하였습니다. 더구나 재임 말기에는 부동산값이 약간씩 상승하는데도 규제나 신도시 개발을 적극적으로 활용하려 하지 않았습니다. 특히 김영삼은 자유주의자입니다. 경제에 있어서도 자유시장경제 신봉자였습니다."

"그러나 임기 말에 이르러서는 수도권 주택값 등 부동산값이 약간씩 상승하지 않았나. 일부에서는 재건축 규제의 완화가 상승 원인 중 하나라는 주장도 있었지?"

"평형과 가구 수를 완화한 것이 일반시장에까지 파급효과를 미쳤다고 본 것은 이론의 비약으로 보입니다."

"그러다가 임기 말에는 오히려 모든 부동산값이 급랭하지 않았나?"

"그렇습니다. 외환위기가 오고 공금융 이자율이 폭등하면서 부동산값은 급격하게 하락하거나 현상유지를 하는 흐름으로 바뀝니다."

대왕은 땅신과 사실관계를 검토해가는 가운데 갑자기 김영삼을 향해 질문을 던진다.

"임자는 외환위기가 온다는 걸 예측하지 못하였소?"

"상황이 최악에 이르러서야 확실하게 알게 되었습니다. 그러한 위기가 올 줄 알았다면 미리 대비하였을 것입니다. 그 위기의 초래에는 아마도 세계 금융시장을 뒤흔드는 국제적인 금융마피아의 준동이 작용했다고 판단하고 있습니다. 마치 낚시꾼이 고기를 잡기 위해 밑밥을 던져놓고 낚싯대를 펴놓은 걸 물고기는 모르고 밑밥 주변에 어슬렁거린 꼴이 되었습니다. 어찌 되었든 제 불찰입니다."

김영삼은 외환위기가 온다는 걸 일찍부터 예측하지는 못했다는 말을 하였다. 그리고는 결국 자신의 잘못이었음을 솔직히 인정하였다. 그러자 대왕은 무언가를 더 물으려고 하다가 그만두었다. 잠시 법정은 침묵 모드. 대왕은 지킴을 향해 묻는다.

"김영삼 초기에 오히려 부동산값이 약간씩 하락하기도 했는데 그 현상은 왜 발생한 것이오?"

"단기적으로는 노태우 때 난개발의 허용 및 신도시 주택의 대량 건축 등이 영향을 미친 것으로 보입니다. 주택이 새롭게 공급되면 아무래도 주변 임대료가 가장 먼저 영향을 받습니다. 임대료가 하락하면 주택값 하락의 원인으로 작용합니다."

"그러나 하락세를 보이던 서울 주택값이 김대중 때 이르러서는 다시 큰 폭의 상승세를 보이지 않았소. 특히 강남이 말이오."

"신도시 건설과 난개발의 허용 등으로 주택 공급이 늘어날 때 반짝 인근 지역 주택값 하락의 힘으로 작용했던 물량들이 광역시장에서 흡수된 이후부터는 오히려 중심지 가격을 더 높이 끌어올리는 힘으로 작용합니다. 대도시에서 부동산값 원뿔현상이 도시의 조형밀도의 증가에 따라 더 높아지는 것이지요."

"음. 그렇군요. 이자율은요?"

"모든 부동산에 동일한 금융이자율을 적용한다면 이자율은 부동산 전반에 거의 차별 없이 작용합니다. 그러나 강남의 주택값이 유독 더 많이 상승한 점은 이자율로만 설명할 순 없을 것 같습니다. 무차별적인 신도시 짓기 여파가 가장 큰 것이라고 봅니다. 수도권 외곽에 신도시를 일시에 많이 지으면 단기적으로는 전반적인 주택값 안정에 도움이 되는 듯하다가 중장기적으로는 오히려 중심지 부동산값만 더 높이 올립니다. 신도시가 클수록 원뿔현상은 더 커지지요. 특히 직주분리형 신도시 개발이면 원뿔 크기는 더 높아지고요. 뿐만 아니라 꼬레아는 수도권의 지방 흡인력이 다른 나라들보다 매우 강한 입지적 여건에 놓여있어 도시의 주거 밀도를 맹목적으로 올려놓으면 지방이 더 빨리 쇠락에 빠지게 됩니다."

"그렇다면 노태우의 개발이 김영삼을 넘어 김대중과 노무현까지 이어졌겠네요."

"당연합니다."

"그런데도 꼬레아에선 강남 집값 잡는다고 중장기적으로는 오히려 강남 집값을 더 끌어올리는 우민대책들을 지속해온 것이네요."

"그렇습니다. 묻지마 개발로 피해를 당하는 건 강남이 아니라 열악한 주택은 물론 수도권 외곽이나 시골이지요. 오히려 강남은 이익을 누리게 되는 거지요."

"그렇다면 강남 집값을 잡는다는 수도권 신도시는 강남 집값은 올리고 엉뚱하게도 서민들이 사는 열악한 주택이나 외곽, 그리고 시골 사람들만 괴롭히는 사업이었네요."

"그렇습니다. 그동안의 지역별 유형별 부동산값의 변동 과정을 살펴보면 이러한 현상이 그대로 드러납니다."

잠시 대왕은 모든 피고에게 재삼 이 논리를 주지하기 위한 말을 강조한다.

"이해했느냐?"

하고 묻자 전·현직 대통령들은 한목소리로 "네~" 한다.

"문재인도 이해했느냐?"

그러자 김구처럼 둥근 눈을 더 크게 뜨며 문재인이 대답한다.

"이해는 됩니다. 그러나 제 참모는 계속 유동성과 가구 분리 때문이라고 반복합니다" 한다. 그러자 대왕은 말한다.

"유동성 때문이라면 초기부터 서울이나 시골이 거의 차별 없이 상승해야 하지 않겠느냐? 그런데 당신 재임 이후 수많은 부동산값 규제폭탄을 퍼부으니까 오히려 중심지 집값이 더 높이 올랐지 않느냐? 중심지 부동산값이 일정한 수준으로 치솟으니까 뒤따라 가격경쟁이 다른 곳으로 전이되지 않더냐. 외곽 부동산의 저평가의 회복현상과 코로나19는 중심 쏠림을 약화시키는 대신 가격상승을 외곽으로 확산시키기도 하고. 이러한 가운데서도 가격이 내리거나 쥐꼬리보다 더 낮게 오른 지역 또는 주택들이 있다. 영세 서민들이 몰려있는 지방은 물론 도심의 반지하 등의 열악한 주택들이다. 지금도 부익부 빈익빈이 심화되고 있는데도 이해하기 힘든 표정을 짓는구나. 허허허."

"……."

"이해가 아직도 제대로 된 것 같지 않구나."

대왕은 깊은 한숨을 푹 쉰다. 그러고는 다시 김영삼을 향해 묻는다.

"임자는 집권 후반기 강남 집값이 상승할 때 참모를 통해 신도시 개발 카드를 유도하는 유혹을 받지 않았소?"

"저는 수도권 신도시를 싫어합니다. 또한 저와 일시적으로 절친이었던 김종필이 수도권 신도시 때문에 지방이 멍든다는 말을 계속 해왔는데 그 까닭을 이제야 확실하게 이해했습니다."

"그래. 노무현이가 수도권 미니 신도시를 지으면서 서울의 주요 공공시설을 지방으로 이전할 때도 김종필은 공개적으로 그러한 말을 했지. 수도권 신도시를 확대하면서 무슨 놈의 국토의 균형개발이야 하고. 그 시각은 평범함을 넘어선 수준의 말이었다."

"저도 그 면에서는 김종필의 말에 전적으로 공감하였습니다."

대왕은 깊은 한숨을 푹 쉰다. 그러고는 지킴을 향해 묻는다.

"외환위기의 부동산값에 대한 효과는 꽤 강했지요?"

"그렇습니다. 갑자기 공금융이 고금리로 상승합니다. 반면에 전체 경제는 위축됩니다. 그로 인해 모든 부동산값이 하락하는데요, 특히 상업용 부동산은 그 하락 폭이 가장 컸고요, 주거용도 서울 중심으로 상당히 하락하였습니다. 대한민국 역사상 아직까지는 이 하락이 가장 큰 하락으로 기록되고 있지요. 물론 코로나19 영향을 받은 문재인 정부 시절 대형 업무용 빌딩이나 건물들의 하락 또한 그 폭이 상당하지요. 그러나 전반적인 부동산값 하락은 이 시절이 가장 컸습니다. 정부 통계는 보수적인 숫자이기 때문에 실제의 하락은 정부 통계보다 훨씬 더 심했습니다. 문제는 이러한 침체 현상이 얼마나 갈 것인가 하는 의문이 사회에 만연되었다는 점입니다."

"부동산값의 역주행은 팽창을 추구하는 국가 경제활동에서 볼 때 바람직스럽지 않지요. 또한 시간 흐름에 따라 시장을 통해 공급되어야 할 개량물 등이 제때에 제대로 공급되지 못하는 일들이 발생하잖소. 외환관리는 부동산 관리에서도 그 영향이 대단한 것이오. 특히 경제성장을 추구하는 국가들에서는 말이오."

"그렇습니다."

대왕은 큰 기침을 한다. 그 기침 소리가 워낙 커서 법정 분위기는 엄숙 모드로 바뀐다. 부동산 가격을 관리한다고 하는 명분으로 행해지는 규제나 수요·공급의 원리를 외치며 엉뚱한 장소에 똑같은 주택을 대량으로 짓는 빨리빨리 묻지마 신도시 짓기를 김영삼은 하지 않았기에 신문할 사항이 적다. 대왕은 이제 김영삼의 신문을 마무리해야 할 때가 되었다고 느낀다. 그래서 김영삼에게 말한다.

"이 재판이 피고 본인에게 무엇을 결정하는 재판인지는 정확하게 알고 있는가?"

"확실하게 알고 있습니다."

"본인의 마지막 증언을 할 차례이니 말하여라."

그리하여 김영삼은 본인을 위한 마지막 진술을 한다.

"저는 군사독재와 싸워 우리 땅에 민주화가 이루어지는 날을 위해 평생 투쟁해왔습니다. 비록 김재규에 의해 원조 군사독재가 종식되었습니다만, 그러나 그의 거사도 저의 투쟁으로부터의 자극이 원동력이 되었을 것입니다."

김영삼은 잠시 물 한 모금을 마신다. 그러고는 말을 이어간다.

"박통 시대가 종식됨으로써 군사독재가 함께 종식되어야 하는데도 불구하고 권력의 공백을 틈탄 신군부의 등장은 제가 투쟁해온 민주화의 길이 멀고 험하다는 것을 또다시 절감하게 했습니다. 제가 정권을 잡은 후 저는 권력형 부정축재자들을 어떻게든 단죄하려고 최선을 다했습니다. 그리고 부정축재를 자행한 전직 대통령들을 법의 심판대에 서게 했습니다. 그래서 금융실명제는 물론 부동산실명제를 시행하도록 했던 것입니다. 특히 금융실명제의 시행으로 우리나라에서 오랫동안 얼마나 많은 검은돈이 활개를 쳤는지 그 규모를 보고 저도 깜짝 놀랐을 정도였습니다.

제가 집권했을 때 일부 언론에서는 실명제를 극렬하게 반대하기도 했습니다만 오랜 세월이 흐른 지금에 와서 보면 그만큼 우리 경제가 투명해진 가운데 공정한 룰에 의해 움직여가고 있다는 점에서 자부심을 느낍니다. 임기 말 즈음에 외환관리를 소홀히 하여 IMF로부터 구제금융을 받는 국가로 전락하게 한 잘못은 제 가슴에 두고두고 회한으로 남습니다. 저는 재산권 거래에 대해서도 최대한 자유시장을 통해 경제가 굴러가야 한다는 확신이 있습니다. 주택개발도 광역계획이나 지역의 마스터플랜은 국가가 적극적으로 행하거나 지원하되 사업 시행은 철저하게 민간에 의해 이루어지는 게 최선의 방법이라는 믿음을 변함없이 유지하고 있습니다.

대도무문大道無門, 진인사대천명盡人事待天命은 제가 좋아하는 좌우명입니다. 그야말로 저는 옳은 길이라고 믿으면 당당하게 갈 길을 걸어갔고, 매사 최선을 다했습니다."

김영삼의 최후진술이 끝난다. 대왕은 검사를 향해 진술하라고 명령한다. 검사의 말이다.

"피고가 민주화를 위해 평생 동안 투쟁해온 점은 인정합니다. 그렇지만 피고는 대통령 병에 사로잡혀 늘 자신의 정치조직을 이끌고 관리하였습니다. 특히 김재규의 재판에서 일부 학자가 저항권 등을 거론했음에도 불구하고 김재규의 구명운동도 하지 않고 김재규가 속전속결로 형장의 이슬로 사라지는 걸 방관만 했습니다.

전두환 직후 새 헌법에 의해서 대통령을 뽑을 때였습니다. 제가 존경하는 세계적인 유명한 법학자가 양 김에게 친서를 보냈습니다. 그 친서를 제 지인이 직접 양 김에게 전달하였던 적이 있었습니다. 친서는 양 김 단일화에 관한 것이었습니다. 어떻게든 이 땅에 하루라도 빨리 민주화를 심어야할 것 아니요라는 권고의 친서를 직접 전달했습니다. 그러나 이 의견에 대하여 반응은 싸늘했습니다. 오히려 이러한 친서를 전달하는 제 지인을 냉

대하였습니다. 만약 그때 다수 국민의 열망에 의해 단일화가 이루어졌다면 **노태우**가 등장하지 못했을 것입니다. 그리하여 정치적 목적으로 정신이 무장된 이들이 마치 안보팔이식 쇼크요법으로 500만 호, 200만 호라는 숫자인 묻지마 개발로 국민들을 현혹하고 전 국토의 숨 쉬는 땅들을 소음과 콘크리트로 뒤덮는 반생명적인 야만을 미리 예방할 수도 있었을 것입니다.

단일화의 실패는 대다수 국민에게 커다란 좌절을 안겼습니다. 그러나 그로 인한 진정한 피해는 국토가 크게 훼손되었다는 점입니다. 만약 그때 정치적인 신개발이 억제되거나 조절되었다면 서울은 자유경쟁에 의해 도심은 도심대로 외곽은 외곽대로 지금보다 훨씬 효율적인 직주근접형 공간이 되었을 것입니다. 더불어 효율성이 높은 서울은 자연스럽게 국토의 생명성을 최대한 보장하는 공간으로 변하게 되었을 것입니다. 한편 지방은 지방대로 자신들이 다른 도시로부터 상대적으로 박탈당하는 공간으로의 쇠락이 최대한 방어되었을 것입니다. 또한 신도시 개발로 인하여 그 후유증인 부익부 빈익빈도 더 심화되지 않았을 것입니다.

또한 피고는 집권한 후 금융실명제를 실시합니다. 이를 마치 전쟁에서 적진에 게릴라를 침투하듯이 전격적으로 실시하는 바람에 우리나라는 그 충격으로 경제의 침체와 쇠락현상마저 일어납니다. 그래서 경제성장도 둔화합니다. 또한 일부 부동산값의 하락으로 금융이 부실해집니다. 자국이 국제통화위기를 맞습니다.

비록 본인이 직접 국토를 무모하게 훼손하지는 않았으나 본인의 욕심을 위해 오로지 정권에만 눈먼 자들이 통치하도록 하는 바람에 인과적으로 국토를 반생명, 반효율, 반형평으로 관리하게 한 책임에서 자유로울 수 없을 것입니다. 흐린 천국에 보내야 함이 마땅하다고 생각합니다."

검사의 진술이 끝나자 대왕은 변호사를 향해 진술하라는 고갯짓을 한다. 그리하여 변호사의 변호가 이어진다.

"평생을 민주화를 위해 헌신했습니다. 특히 박정희 군사정권에는 온몸을 다해 그의 종식을 위해 노력했습니다. 김재규가 부마사태의 현장에 다녀왔을 때였습니다. 김재규는 그곳에서 이건 민심이다, 이미 민심은 독재자를 떠났다고 생각했다지 않았습니까. 그러한 생각이 일어나게끔 분위기를 조성해온 사람 가운데 김영삼의 공적을 뛰어넘을 자 없을 것입니다. 결국 김재규가 거사를 행하도록 원인을 제공한 것입니다. 이러한 점에서 이 땅에서 독재의 사슬을 끊는 데 일등공신임을 부인하기 어려울 것입니다.

단일화에 협조하지 않았다고 항간에서 이야기합니다마는 이미 역사적으로 김대중 쪽으로 한 차례 대권 후보를 사실상 단일화하도록 양보한 적이 있었습니다. 그랬으니 기브 앤 테이크로 이번에는 김영삼에게 양보했어야 합니다. 그러나 김대중의 욕심을 알고 있는 김영삼으로서는 단일화가 자칫 또다시 김대중으로 향할 수 있는 모순을 만들 수도 있었기에 아예 협상 자체를 반기지 않은 것뿐입니다.

또한 단일화 실패와 그로 인한 패배 이후 이른바 호랑이굴로 들어가기 위한 3당 합당으로 대권을 쟁취합니다. 그러고는 신군부의 군사반란과 부패를 단죄합니다. 그 누가 대권을 쥔다고 해서 그러한 역사 바로 세우기를 할 수 있겠습니까. 김대중? 아닙니다. 절대 못 합니다. 그는 미사여구를 잘 구사하겠지만 그의 지지기반으로는 역사를 바로 세우기가 곤란했을 것입니다. 그러나 김영삼은 당당하게 그 어려운 일을 해냅니다. 이러한 것은 공정성을 회복하는 것으로서 국토관리와도 관련이 깊을 것입니다. 독재는 국토를 망가뜨리는 경우가 많았고 민주화가 국토를 평화롭고 효율적으로 이용하도록 하는 것은 어느 때 어느 곳에서나 보편적인 현상이 아니겠습니까.

직접 연결된 것은 아니지만 국토를 공정하게 관리해나갈 수 있는 원칙을 세웠다는 점에서 뜻이 있습니다. 시장원리를 존중하여 국토를 관리하였으며 새로운 묻지마 재산권 규제나 수도권에 대한 깜짝, 빨리빨리, 묻지마 개발을 배제하였습니다. 맑은 천국행이 당연하다고 생각합니다."

대왕이 마지막 말을 한다.

"김영삼은 오랫동안 눈감아주던 검은 거래를 투명한 거래로 드러나게 하기 위해 노력하였다. 전격적으로 실시했던 금융실명제로 인하여 한때 경제가 활력을 잃게 한 적도 있다. 그러나 대의를 위해 때때로 소의가 불가피하게 희생되는 걸 감수하는 경우도 있는 것이다.

또한 노태우 때 인위적이고 정치적이며 부익부 빈익빈의 주요 원인인 수도권 신도시 개발의 후유증을 김영삼은 떠안아야 했다. 그래서 그의 대책만으로 국토의 헌법적 가치를 잘 보호하였는가를 가시적으로 평가하기가 곤란한 점이 있다. 하나 그는 금융실명제를 실시했다. 이는 중장기적으로 국가경제가 예전보다 획기적으로 투명하게 굴러가도록 하는 데 이바지했다. 모든 경제활동에 있어 공정성이라는 가치를 드높인 것이다. 부동산 거래에 있어서도 이 효과가 그대로 적용된다. 비록 이미 있던 제도를 쪼개서 만든 법률이었지만 특히 부동산시장도 부동산실명제를 실시함으로써 예전보다 훨씬 투명한 부동산 거래를 도모하였다.

부동산시장이 정상화될수록 부동산 이용의 효율성, 형평성을 높이고 그 결과 생명성 또한 개선되게 한다. 물론 형식상 실명제를 실시한다고 해서 모든 금융 거래나 부동산 거래가 완전히 투명해져 공정한 사회로 나아가게 되는 건 아니다. 실질적인 실명제가 완성되어야 하는 것이다. 실질적인 실명제는 돈의 흐름, 소득과 저축, 그리고 소비 등과 부동산 개발 및 부동산 시가의 정확한 파악 등이 사회·경제적으로 투명하게 반영될 때 가능한 것이다.

다만 금융위기를 몰고 오는 걸 사전에 충분하게 눈치채지 못했다. 그리하여 외환위기에 의하여 부동산값이 하락세를 보였다. 부동산값이 하락하면 변화에 대응하는 부동산 개발이 제때에 이루어지지 못하여 중장기적으로는 국토의 효율성을 떨어뜨린다. 이 점은 김영삼이 책임에서 자유로울 수 없다. 그러나 이 효과는 과잉 개발이나 부적합 개발하는 국토의 훼손과 비교하면 국토에 대한 부정적인 효과가 미미하다. 가채점의 결과 생명성 13점, 효율성 14점, 형평성 15점, 정성점수 6점이 나오는구나. 김영삼의 국토 관리는 플러스적인 요소가 마이너스적인 요소보다 더 크다. 이 점에서 김영삼은 아주 흐린 천국에 갈지도 모른다는 두려움으로부터 벗어나는 희망을 품을 만도 하겠다."

　김영삼의 재판이 마무리되고 자연스럽게 휴정타임. 잠시 후 김대중이 앉았던 자리에 김영삼이 가서 앉고 김대중은 김영삼이 앉아있던 집중 신문을 받는 피고인석으로 나온다.

8. 김대중(金大中)

기다란 지팡이 짚고 아장아장 나온다. 두툼한 입술로 미소 머금으며 절룩절룩 나온다.

"이름은?" 하고 대왕이 묻는다.

"김대중입니다."

"재임 기간을 말하라."

"네. 1998년도 2월부터 2003년도 2월까지입니다."

"절대 불변인 30%가 넘는 콘크리트 반대층이 널 미워하는데도 어떻게 대통령으로 당선되었다고 생각하느냐?"

"기적입니다."

"세상에 기적은 없다. 모든 것은 인과다. 이회창도 훌륭한 인물이었는데 그를 이겼더구나."

"전략상 이회창이 이인제보다 저에게는 유리할 것으로 판단했습니다."

"꼬레아는 정치색에서 못난이 지역감정이 매우 심한 편이다. 그럼에도 불구하고 꼬레아 최고 인구를 자랑하는 지역민들의 장벽을 넘어선 건 어려운 일이었다."

"외환위기, 김종필, 박태준 등이 저에겐 시련을 극복하게 해준 사건이며 인물이었습니다."

"그래. 아마 이인제도 너에겐 오히려 결정적인 도움이 되었을 것이다."

"네. 저도 내심으로는 그렇게 여깁니다만 외부에는 그 사실을 굳이 말하지는 않습니다."

"여기에서는 논리만이 절대가치로 추앙받는다. 지역은 물론 숫자나 감성은 참고사항일 뿐이다. 여기에서의 신문에 따라 지금 네가 지내고 있는 천국이 바뀔 수도 있다는 것은 충분히 알고 있을 것이다."

"네."

"한 가지 더 묻겠다. 국토관리는 민주적인 토론에 의해 논리를 세우고 합리적인 계획 아래 신중하게 개발할수록 바람직하다. 해서 독재보다는 민주가 국토관리의 체제로서는 훨씬 더 바람직하다. 특히 꼬레아같이 작은 땅덩어리를 아껴 써야 하는 숙명의 땅에서는 더욱 그러한 것이다. 그런데도 독재보다 민주화를 원하는 국민이 절대다수인 시절에 왜 양 김 단일화에 나서지 않았느냐? 물론, 독재냐 민주냐 하는 것은 그 사람의 성향과 행동을 통해 판단되는 영역이긴 하지만 말이다."

"그 당시에는 저를 중심으로 단일화해야 한다는 제 참모들의 말에 이끌려갔습니다. 부끄럽습니다."

"여기는 정치적인 행동의 잘잘못을 판단하는 자리가 아니다. 그러나 국토관리도 정치적인 성향에 따라 시장이 존중되기도 하고 그렇지 못한 경우도 발생하기 때문에 한번 가볍게 질문한 것이다. 항간에서는 너희 나라를 일부 무지한 자들이 산업화 세력과 민주화 세력으로 이분법적 시대 구분을 하는 경우도 있다. 국토관리의 차원에서 이러한 구분은 매우 잘못된 이분법으로 본다. 독재냐 민주냐의 구분이면 명확하다. 다만 독재냐 민주냐 하는 구분은 어느 정권이냐 하는 것보다 지도자의 리더십을 통해 평가하는 것이니 이 말에 너무 괘념치 말거라."

대왕은 잠시 숨 고르기를 한다. 그러고는 땅신을 향해 외환위기와 부동산값과의 관계를 묻는다.

"외환위기가 부동산 환경에 몰고 온 주요 영향력에 관하여 말해보게."

땅신은 보고하듯이 대답한다.

"김영삼 정부 말기에 IMF로부터 구제금융을 받습니다. 그러나 세상에 공짜는 없습니다. IMF로부터 고금리 금융과 규제 혁파의 요구를 받습니다. 특히 외환위기를 극복할 때까지 꼬레아의 금융 및 주요 경제정책에 관하여 직접 통제를 받습니다.

우선 이자율의 통제입니다. 고율의 이자율로 국가를 운용하게 합니다. 그 전까지는 너무 방만하게 금융을 이용하여 기업을 확장하는 분위기였기에 이를 바로잡기 위한다는 명분이었습니다. 그러자 실물 재화인 부동산값이 폭락합니다. 업무용일수록 하락의 폭이 더 큽니다. 또한 주가는 3분의 1 토막이 난 경우가 많았습니다. 부채가 더 많은 부도 회사들이 갑자기 양산되었고요. 은행의 강한 구조조정이 이루어졌습니다."

"그래. 부동산값은 장기적으로는 국민총생산과 밀접한 관계에 있고 단기적으로는 이자율과 밀접한 관계를 갖지. 부동산값과 주식값은 중장기적으로 함께 변동하는데 부동산값이 폭락하니 주가는 더 폭락하는 거지."

"네. 다음으로 요구하는 것이 각종 규제나 통제를 철폐하거나 완화하는 것이었습니다. 규제나 통제는 중장기적으로 사회적 비용인 불편 비용만 증가시키므로 이러한 비효율을 제거해야 한다는 요구였습니다. 꼭 필요한 규제나 통제를 제외하고 나머지는 없애라는 요구였습니다. 이러한 요구에 가시적으로 답할 수 있는 성과는 여러 가지가 있습니다. 그 가운데서도 규제법의 철폐가 두드러집니다."

"그래서 부동산 분야에서도 많은 규제법이 철폐되었나?"

"그렇습니다. 대표적으로 이미 헌법불합치 등으로 속 빈 강정이 되어버린 토지초과이득세법과 택지소유상한에 관한 법률이 폐지됩니다. 당시 국토이용관리법에서 **토지거래신고제**와 **유휴지제도** 역시 **폐지**되었고요. 더불어 많은 국토 관련 법률이 통폐합됩니다."

"부동산시장을 통제하는 규제들은 반드시 존재해야 할 것만 제외하고는 철폐하거나 완화하는 절차를 거치도록 하지 않았나. 부동산, 특히 토지는 이용 면에서는 공공재의 성격이 있지. 그러나 가격 부문은 완전히 사유재의 성격을 지니지 않나?"

"그렇습니다. 그런데 규제를 무조건 풀라는 것은 모순된 현상을 야기합니다. 이용 면에서는 규제를 무조건 풀면 안 되지요. 공공재적인 성격을 살려야 하는 것이니까요."

"국토이용은 계획대로 가야지. 문제는 가격규제 아니겠나. 가격규제는 반드시 필요한 경우를 제외하고는 푸는 게 더욱 효율적 시장을 완성해가는 게 아니겠나?"

"그렇습니다. 그런데 이 당시 정부에는 어떤 규제를 해체해야 하는지를 제대로 판단할 수 있는 능력이 없었습니다. 그러다 보니 무엇은 살리고 무엇은 죽이냐를 가름하는 기준마저 불투명했습니다. 부동산 관련 규제가 특히 더 그랬습니다. 그러다 보니 살아있어도 이미 죽은 법들은 아예 폐지시키고 살아있는 것은 그 내용은 그대로 둔 채 두 개의 단일 법률을 한 개로 붙여놓는 눈속임 통폐합을 많이 했습니다."

"기록을 보니 특히 국토 관련 법제가 더욱 그랬구나. 법이라는 것은 전문성이 확보될수록 그의 운용에 있어 효율성과 명확성이 높아지는데, 두 개의 법을 내용은 그대로 놓아둔 채 하나로 통합하는 법률이 다수 등장했구나."

"그렇습니다. 규제는 그대로 둔 경우가 많았기 때문에 오히려 법률의 전문성은 더 떨어져 법의 해석 등에서 혼란이 가중되는 일마저 발생합니다. 국토개발 관련 법률들에서 그러한 경우가 상대적으로 더 많았습니다. 그들 통합법은 오늘날까지 그대로 쓰고 있는 경우마저 있습니다."

"숫자 줄이기 꼼수 통폐합을 한 거로구나."

"이 당시 주요 관료 등은 물론 지금도 그러하지만 무엇이 **이용규제**이고 또 무엇이 **가격규제**인가를 제대로 판단할 능력이 수준 이하였습니다."

"그렇다. 최근에 어느 코로나 의원이 주택을 공공재로 분류하는 걸 보니 무슨 말인지 이해하고도 남는다."

"IMF도 그에 관한 정확한 기준 제시를 하지 않은 걸로 압니다. 그러다 보니 부동산 법률의 **꼼수 통폐합**이 이루어졌고요. 그 꼼수가 힘을 보탰는지 의외로 IMF 통제로부터 예상보다 더 빨리 졸업합니다."

"그러나 구제금융과 그로 인한 후유증은 예상 밖으로 꼬레아를 힘들게 하지 않았나. 그 가운데서도 유수한 기업들이 외국의 투기자본에 의해 헐값으로 넘어가기도 하고 또 서울 등 중심 지역 주요 빌딩들이 마찬가지로 외국의 투기자본에 흡수되기도 했지 않았나."

"그렇습니다. 역시 엄청난 규모의 달러를 들고 공격적인 부동산 매수를 하는 세계적인 금융마피아들이 활개 치고 있는 시대이니까요. 뻔히 알고도 당하는 약소국들의 서러움이지요."

"그래도 지도자는 그러한 서러움을 최소화하려는 노력이 매우 중요하지 않겠소. 혹시 신도시는 없었나?"

"없을 리가 있습니까. 노태우의 신도시가 베드타운으로 전락하면서 지방 인구의 수도권으로의 이주를 이끌어냅니다. 서울 중심 지역으로의 가격

쏠림 현상은 더욱 두드러지고요. 특히 김대중 정부 초기에 외환위기로부터 벗어나게 되자 큰 폭으로 떨어졌던 부동산값이 회복세를 보입니다. 이러한 가운데 판교, 화성, 천안, 아산 등의 신도시 계획을 쏟아냅니다. 그러나 본격적인 개발은 이후 변형 및 확대되어 진행됩니다."

"서울의 그린벨트도 손보았다고 기록된 게 있군. 개발제한구역 말이다."

"당시 도시계획법에 의한 개발제한구역의 기존 대지에 관한 규제가 헌법불합치라는 헌법재판소의 결정이 이루어집니다. 이에 따라 개발제한구역에 대한 검토와 개발제한구역의 존치를 위한 불요불급한 조정이 이루어지고 특별법도 제정됩니다. 그 후에 위헌 소지가 큰 기존 대지 등의 조정을 위한 저밀도의 이주단지의 조성 및 개발이 이루어집니다. 그러나 이러한 단지에는 역세권에 대량의 소형 장기 임대주택을 짓는 등으로 시장의 반응은 그다지 우호적이지 않았습니다."

대왕은 지킴에게 묻는다.

"금리가 폭등하면 단기적으로 부동산값이 폭락하는 경우가 많은데요, 이 당시 부동산값의 폭락은 어느 정도였습니까?"

"김영삼 정부 말부터 부동산값은 크게 폭락합니다. 특히 김대중 정부 초기에는 해방 이후 가장 큰 폭으로 주택값이 폭락합니다. 당시 정부 발표만 보더라도 한 해에 아파트는 폭락이 15%에 육박하고요, 개별에 따라서 보면 가격이 절반 가까이 하락한 경우도 있었습니다. 다른 주택값도 그보다는 약간 낮지만 크게 폭락합니다."

"그런데 정부의 부동산 가격 통계를 믿을 수가 있나요?"

"그렇습니다. 땅값 통계나 **주택값 통계** 가운데 정부 발표는 **실제 거래가격 변동과 크게 차이**를 보입니다. 그 이유는 값을 조사하는 기관이 항상 **보수적인 평가**를 하기 때문입니다."

"보수적이라면 실거래 가격은 크게 올랐는데도 적게 오른 것으로 나타나게 하고 크게 폭락했어도 작게 하락한 것처럼 나타나게 한다는 게 아니겠소?"

"정부에 의한 시장가치 평가는 수십 년간 보수적으로 이루어져 왔습니다. 특히 공시지가 또는 공시가격은 더욱 그러했지요."

"그렇다면 시장가치는 정부 통계보다 훨씬 큰 폭락이 있었다는 이야기군요."

"그렇습니다. 정부 발표가 13%라면 실제는 그보다 몇 배 이상 폭락한 주택들도 많았지요."

"시장가치를 제대로 반영하지 못하는 부동산값 조사는 오히려 부작용만 심화시키지 않소?"

"토지시장을 왜곡하여 국토의 효율적인 이용을 방해하지요. 그 방해로 국토가 비효율적으로 이용되면 결국 국토의 낭비로 부동산값 상승의 원인이 되지요."

"그런데도 정부에서는 왜 오랫동안 비효율적인 부동산값 조사를 해오고 있나요?"

"그것은 개발의 단맛에 길든 일부 부처의 이기주의와도 관련이 있는 것 같습니다. 이들 조직이 부동산 평가기관의 독립성을 방해하기 때문으로 보입니다. 바람직한 방향은 정부가 부동산 평가기관을 육성한다고 하여도 평가 절차나 그 후 관리는 정부가 아닌 제3의 기관에서 관리하도록 해야 합니다. 특히 개발부서는 전혀 이 일에 손을 못 대게 해야 합니다."

"그렇지요. 개발부서는 민간에 의한 개발계획 수립 의무는 모른 체하고 오히려 각종 민간개발을 방해하면서 자신들은 늘 묻지마 대형 개발을 하려고 호시탐탐하는 유전인자가 있지 않습니까?"

"맞습니다. 그러하기에 사실상 보상가격 결정에서 제도적 또는 행정적으로 보이지 않는 압력을 행사하여 원천적으로 부동산값을 조절하게 됩

니다."

"토지값 조사의 경우 한때는 한국토지개발공사(대한주택공사와 통합하여 현재 LH공사로 개편)에서 가격 조사를 해오다가 지금은 한국부동산원(전신 한국감정원)에서 하고 있지 않소?"

"맞습니다. **전문 평가기관을 개발 관련 부처로부터 독립하여 운영하도록 해야** 감정평가의 객관성이 높아질 수 있는 것입니다. 평가의 잘못으로 인한 국토의 낭비가 그동안 매우 심했습니다. 이를 개선하려면 평가가 제대로 이루어지도록 전반적인 시스템을 바꿔야 합니다."

"김대중 정부 초기 임대료는 어떠했습니까?"

"업무용이나 주거용 가릴 것 없이 임대료 또한 폭락했습니다."

"당시 깡통 전세니 전세금 반환청구소송이니 하는 일들이 증가하지 않았습니까?"

"그렇습니다. 주택 같은 경우는 전세금이 폭락하는 바람에 동일한 전세금으로 새롭게 입주할 임차인을 구할 수가 없어서 제때에 전세금을 돌려주지 못하는 현상이 빈발했습니다. 물론 주택값이 너무 폭락하여 기존 전세금보다 집값이 더 하락한 경우도 드물지 않았지만요. 그러나 전체적으로 보면 전세금 하락 폭이 집값보다 더 컸습니다. 세입자의 수난도 매우 심했지요. 그래서 전세금을 세입자가 회수할 수 있는 권리를 보호하는 **주택임대차보호법의 개정**도 이루어졌습니다."

"경제성장이 플러스로 변동할 때는 대체로 부동산값도 연동하여 상승세를 보이다가 갑자기 성장이 마이너스로 곤두박질치니까 부동산값은 더 큰 폭으로 폭락하게 되는군요. 더하여 돈줄은 더욱 조이고 이자율까지 상승시키니 그 부작용이 큽니다. 과거의 관성이 새 변화에서는 통하지 않는 것이죠."

"그렇습니다. 부동산시장은 과거의 경험이 미래에도 마찬가지로 작용할 것이라고 하는 기대 아래에서 움직이는 경우가 많지요. 그런데 그러한 예측에 혼란을 주는 게 새로운 변화인 것 같습니다. 가파르게 경제가 성장하다가 갑자기 성장이 멈추거나 마이너스로 이행하는 경우일수록 부동산값의 하락 폭은 더 커집니다."

"그런데요, 외환위기 직후부터 부동산시장에 가하는 각종 규제를 완화하지 않았습니까?"

"그렇습니다."

"말하자면 금리 폭등이라고 하는 사실과 시장통제의 해제라고 하는 사실이 동시에 전개되었는데도 불구하고 왜 금리인상으로 인한 부동산값 폭락의 현상만 일어납니까?"

"분양가나 특정 주택 청약제한 및 전매제한 등은 부동산의 시장가치를 통제하는 기능이 원래부터 거의 미미하거나 오히려 중장기적으로는 생산비용만 증가시켜 부동산값을 더 높이 상승시킵니다. 그래서 그러한 것을 해제했다고 해서 부동산값이 상승세를 타는 일은 거의 없습니다. 때문에 원래부터 대부분의 묻지마 가격 규제는 부동산값 하락의 억제 원인으로 작용할 수 없었습니다. 각종 세제의 완화 역시 그 효과는 미미했을 것입니다."

"그렇지요. 정부는 부동산값이 상승하면 온갖 수단을 동원하여 묻지마식 규제의 강도를 높이는 경우가 종종 있지요. 오히려 부작용만 발생하는 것이 아니겠소?"

"그렇습니다. 효과도 없는 규제들을 시행하면 오히려 그로 인한 천문학적인 행정비용의 낭비가 발생합니다. 이는 거시적으로 각종 사회경제적 비용의 증가로 귀결됩니다. 즉 비용인상 인플레이션의 원인으로만 작용하기 때문에 오히려 부동산 생산비의 증가를 가져와 부동산값 상승의 원인이 됩니다. 또한 시장의 교란으로 정반대의 효과를 가져오기도 하지요."

대왕은 잠시 쉰다. 이번에는 땅신에게 묻는다.

"남미나 동남아 여러 나라의 경우 국제금융관리가 장기간에 걸쳐 이루어진 사례가 많은데, 그들 나라들에 비하여 어째서 김대중 정부는 이를 빨리 극복한 건가. 불과 1년 약간 넘는 기간 안에."

"금융위기를 맞았을 때 일부 부정적인 여론은 이러한 현상이 10년 정도 갈 수도 있다는 비관적인 예측마저 내놓았습니다. 그러나 그러한 예측은 빗나갔습니다. 김대중 집권 1년 반이 지났을 때 외환관리는 급격하게 안정으로 회귀하였고요. 결국 2년 반 만에 공식적으로 외환위기에서 벗어나게 됩니다. 이는 애초부터 꼬레아에서는 생산성이 급락하여 위기가 발생한 게 아니라, 환율관리를 제대로 하지 못한 데서 온 영향이 컸기 때문에 그 관리방식을 바꿔 손쉽게 탈출한 것 같습니다."

"물론 극복이 원상회복은 아니겠죠."

"외환시장을 단기간에 안정시키는 과정에서 꼬레아의 많은 기업이나 업무용 부동산 등이 외국의 투기 자본가들에게 넘어가게 됩니다. 외국 자본에 의한 한국 경제의 종속성이 더욱 심화되는 뼈아픈 대가를 치른 것입니다."

"여하튼 외환위기를 조기에 극복할 수 있다고 하는 신호는 부동산값에도 영향을 주었겠지. 지킴이가 대답해보시오."

지킴의 대답으로 바뀐다.

"외환위기의 극복이 공식으로 선언되지는 않았어도 조기 극복이 가능하다고 하는 전망은 그동안 떨어졌던 부동산값의 회복에 영향을 줍니다. 부동산값이 대폭락했던 1998년도의 다음 해에는 부동산값이 회복세를 탑니다. 주택 가운데에는 가장 많이 하락했던 아파트값이 가장 많이 상승하는 회복세를 보이고요. 매매보다 더 하락 폭이 컸었던 주택 전세시장의 회복세 또한 더욱 큰 폭의 부동산값 폭등을 경험합니다."

"공식적으로 외환위기로부터 회복을 선언한 다음 해에는 어떠하였소.

김대중 정부 초기부터 당시 정부는 건설 경기를 활성화하는 대책들을 쏟아
내지 않았소?"

"그렇습니다. 비록 외환위기에 처했지만 당시 정부는 어떻게든 일반 경
기를 최대한 끌어올리기 위해 산업 연관 효과가 큰 주택건설 경기의 회복
을 위해 지원해왔습니다. 그러나 얼어버린 주택건설 경기는 외환위기로부
터 벗어나는 게 불확실한 때에는 쉽게 해빙되지 않았습니다. 장래에 대한
불확실성이 너무 강해서 시장은 오히려 위축되고 퇴행으로 흘러갔지요."

"하나 금융위기 극복이 가시권으로 들어오면서 부동산 투자심리가 바
뀌게 된 거군요. 공식적인 극복을 선언한 때에는 이미 시장이 꽤 달아올
라 있었고요. 주택법상의 투기 지역을 신설하고 지역통제가 시작되기도
했지요."

"그렇습니다. 그러나 모든 건설시장이 생산비를 충분히 감당할 수 있을
정도로 회복된 것은 아니고요, 주택시장만 겨우 정상을 찾아가고 있었을
뿐입니다. 금리도 크게 하락했지만 지속가능한지에 대한 전망은 불투명했
습니다."

대왕은 잠시 숨을 내쉰다. 땅신과 지킴을 향해 시선을 보내며 천천히 말
을 한다.

"여하튼 김대중 정부는 IMF 환난 극복 정부였네요. 세계적인 화폐전쟁
에서 약소국들이 흔히 희생당하는 어려움을 경험한 정부 말이오."

이번에는 땅신과 지킴이 동시에 "네~" 하고 합창한다. 신문을 마무리하
는 단계로 접어든다.

대왕은 김대중을 향해 최후의 발언 기회를 준다.

"저는 독재가 싫었습니다. 평생 민주화를 위해 투쟁해왔습니다. 천우신
조로 대통령이 된 후 제가 안은 것은 외환위기로부터 하루빨리 나라를 구
하는 것이었습니다. 정신없이 IMF와의 약속 이행을 위해 애를 썼습니다.

또한 저는 근본적으로 남과 북이 적대 관계에 있어야 한다는 걸 매우 모순된 현상으로 봐왔습니다. 그래서 남북이 평화공존 하다가 상호 평화적으로 통일되는 길을 늘 모색해왔습니다.

그러나 우리의 해방이 우리 힘으로 이룩한 것이라고 보기 어렵고 남북분단 또한 우리가 염원해서 일어난 사건이 아니었기에 이를 해결하는 길도 쉽지 않다는 걸 항상 실감했습니다. 저는 자유시장경제를 신봉합니다. 정부는 국토관리에 관한 상세한 계획을 세우고 그 계획 아래 국민들이 자유시장 원리에 의해 부동산을 팔고 사는 세상이 정상인 세상이라고 굳게 믿고 있습니다. 이러한 기조 아래 국토관리를 해왔다는 것을 말씀드립니다."

김대중의 변론이다. 그렇게 장황하지도 않다. 자유, 민주, 평화통일이 그가 강조하고 있는 국토관리의 철학인 듯싶다.

김대중의 말이 끝나자 대왕은 검사석에 있는 검사를 향해 눈짓으로 다음 말을 이어가도록 명한다. 검사의 말이 이어진다.

"김대중은 박정희가 탄압했기 때문에 거인이 된 것이지, 탄압하지 않았다면 그렇게 큰 인물이 못 되었을 것입니다. 이 점에서 김대중은 박정희에게 감사해야 할 것입니다. 그러함에도 감사의 대상을 적으로 간주하고 평생 동안 독재자와 투쟁해왔습니다.

또한 이자는 김영삼이 IMF의 위기를 몰고 왔기 때문에 반사이익을 얻어 정권을 쟁취할 수 있었으므로 김영삼에게 큰절을 올려야 할 것입니다. 외환위기를 극복하기 위한 조치라 하더라도 IMF에 너무 끌려다녔습니다. 그러한 영향으로 국내의 유수기업이나 빌딩들이 환란으로 어려워진 틈을 타 국제 금융마피아들에게 헐값으로 넘어가도록 방치한 일은 용서받기 어렵습니다. 비록 이자가 대형 신도시를 건설하지는 않았지만 판교, 아산 등의 개발계획을 발표한 적이 있습니다.

한편 그린벨트 일부를 풀어 택지개발을 하게 한 점도 용서받기 어렵습니다. 집권 초기에는 규제를 완화하는 듯하였지만 집권 말기에는 규제를 강화하는 조치도 있었습니다. 비록 외환위기를 처음 맞았을 때 예상과는 달리 이를 빨리 극복한 점을 치적으로 내세우기도 하지만 이는 우리 국민들이 그만큼 열성적으로 노력한 덕이지, 최고지도자의 덕은 아닙니다.

부동산시장을 자유시장경쟁 위주로 운용하기 위하여 각종 효과도 없는 부동산값 규제 대책들을 폐지하거나 완화한 점을 강조합니다마는 이러한 것은 IMF의 구제금융 시 조건으로 내세운 약속을 이행하기 위한 불가피한 행동으로 이를 치적으로 내세우는 것은 파렴치한 일입니다.

이와 같이 이자는 철학, 행동, 관리의 모든 면에서 국토의 헌법적 가치를 존중하는 데 바람직한 행동을 한 인물이 아니었습니다. 따라서 흐린 천국으로 보내야 마땅하다고 판단합니다."

검사가 피고를 공격하는 말이 끝났다. 그러자 대왕은 김대중이 내세운 변호사를 향해 다음 차례 말을 잇도록 눈짓을 보낸다. 그러자 변호사의 말이 이어졌다.

"평생을 민주, 평화, 화해, 용서를 추구하고 실천해왔습니다. 우수한 인재가 많은 나라임에도 불구하고 외환위기 속에서도 남북평화 협력의 노력으로 아직까지는 꼬레아에서 유일하게 노벨상을 받은 자입니다. 그가 대권을 쥔 것은 최다 인구 지역 출신이 아닌 그로서 지역감정의 골이 깊은 땅에서 상상하기 힘든 역사이기도 합니다.

그는 철저한 자유시장경제의 신봉자였습니다. 국토를 자신의 인기를 위해 교란의 대상으로 삼은 적이 전혀 없습니다. 깜짝 개발이나 맹목적인 규제를 행한 적이 없습니다. 그린벨트의 일부 해제도 당시 헌법재판소의 헌법불합치 결정에 의한 불가피한 최선의 대책에 불과했습니다. 외환위기 극복을 위한 그의 노력은 파행적인 부동산시장을 하루빨리 정상화시키는 데 기여했습니다.

그는 주택정책에서 국가의 보호 대상이 되는 계층은 무주택 서민으로 판단하였습니다. 당시 공공 영구임대주택이 태부족인 때이고, 또 외환위기로 인하여 건설자금 마련이 쉽지 않은 환경임에도 불구하고 그는 매년 임대주택 10만 호 건설, 임대주택 건설자금의 지원, 전세자금 지원의 확대책 등의 주로 서민의 주거안정 지원에 중점을 두었습니다. 외환위기 극복과 함께 발생한 주택값의 상승이나 전셋값 상승 등은 사회심리의 영향을 받는 부동산시장의 단기적인 변동현상으로서 매우 자연스러운 것입니다.

혹자는 가격규제를 너무 완화해서 그렇다고 하는데 전혀 맞지 않은 논리입니다. 집권 말기에는 규제를 강화한 경우도 있습니다. 외환위기를 눈물겹도록 고통을 참아가면서 빨리 극복하게 하고 부동산 관련 국토계획을 굳건히 유지하게 하며, 토지이용을 국토계획 아래에서 자유시장의 원리에 따라 행하도록 유도하였습니다. 최선의 부동산 관리를 한 자이니 당연히 맑은 천국에 보내야 할 것입니다."

변호사의 피고를 옹호하는 말이 끝났다. 그러자 대왕이 마무리 말을 한다.

"국토관리를 잘 했는가의 여부는 업적을 보고 평가한다. 그러나 업적도 시대상황의 영향을 받는 것이므로 그가 독재자냐 아니냐를 중요한 참고로 삼는 것이다. 민주화투사였느냐 아니냐는 독재자의 판단에 참고자료일 뿐이다. 그것이 국토관리의 잠재적 성향을 판단하는 데 참고사항인 것은 옳지만 평가의 대상은 아닌 것이다.

김대중은 철학 면에서의 국토관리의 적격에서 좋은 점수를 받는다. 국토계획을 존중하면서도 국토 이용에서 자유시장주의를 원칙으로 삼았기 때문이다. 국토를 난개발로 이끄는 이른바 토지공개념 법 셋 중 둘을 폐지하였다. 그의 재임 시 생명성을 크게 훼손할 만한 대형 개발사건은 없었다. 다만 비록 위헌으로 결정 났기에 부득이한 그린벨트 훼손을 하지 않을 수밖에 없었다고 웅변하지만 훼손의 규모를 약간 크게 잡도록 방관한 책임으로부터 자유로울 순 없다.

또한 계획 단계이기는 하지만 수도권에서 기존 공간을 창의적으로 개량하여 쓰는 창조적인 토지 이용에는 커다란 관심을 보이지 않았다. 반면에 판교나 아산 등지의 신개발을 신중하지 못하게 전개하였다. 물론 판교는 다른 신도시에 비하여 그나마 직주근접의 가능성이 높게 반영된 것은 인정된다. 그러나 신도시 설계는 오랜 시간에 걸쳐 신중하게 행사되어야 함에도 불구하고 그러하지 못하였다.

난개발 방지를 위한 악법의 폐지는 효율 면에서도 약간의 바람직한 효과가 인정된다. 그러나 이는 헌법재판소의 위헌 결정이나 헌법불합치 결정에 의한 식물 법률을 폐기한 거나 다름이 없어 커다란 점수를 부여하기는 어렵다. 한편 노태우의 매우 방만한 신도시의 개발, 국토의 효율과 형평을 교란하거나 심화시키는 토지공개념 3법 입법을 양 김 단일화로 예방할 수 있었는데도 그러하지 못한 점은 김영삼과 마찬가지의 책임에서 자유로울 수 없다. 시장경제의 중시를 위한 악법의 폐지 등에서 약간의 바람직한 국토관리를 해온 것이 인정될 뿐이다.

형평성 면에서 보면 그나마 서민을 위한 대책들을 다양하게 전개한 노력이 인정된다. 영구임대주택의 대량 공급, 임차인 보호를 위한 금융과 세제의 지원 등의 노력이 있으나 그 효과는 그렇게 유효한 것이 못 되었다.

그래도 국토관리에 있어 국토종합계획을 존중한 점, 종합계획을 크게 훼손하지 않은 점, 수도권 신도시 개발계획이 필요 최소한에 그친 점과 국토 이용이 자유시장경제에 근간을 두어 관리되어야 한다고 한 점 등에서 어느 정도 긍정적인 점수를 받을 수도 있을 것이다. 한편 민주화를 위해 오랫동안 투쟁한 점, 전쟁보다 상호 평화주의를 신봉한 점도 국토의 헌법적 가치를 존중한 면에서 긍정적인 면이 있다. 가채점의 결과 생명성 11점, 효율성 15점, 형평성 15점, 정성평가 5점이 나오는구나. 더 정확한 점수는 최종 심판에서 결론 내리겠노라."

이로써 김대중 재판이 종료되었다. 휴정하고 모든 참가자가 잠시 동안 휴식을 한다. 피고들은 언제나 선한 모습의 소녀 도우미의 안내에 따라 법정 안의 여러 곳을 둘러보기도 한다. 어느 정도 시간이 흐른 후 다시 개정을 알린다. 김대중은 노무현이 앉아있던 자리로 이동하고 노무현이 집중 신문을 받는 피고인석으로 안내된다. 이에 따라 담당 검사나 변호사도 교체된다.

9. 노무현(盧武鉉)

이마에 굵은 주름살 몇 가닥 실룩이며 두꺼운 피부 얼굴, 둥근 두 눈 깜박이고 미소 지으며 노무현이 나온다.

노무현이 집중 신문인석으로 안내되어 착석한다. 이때 대왕은 잠시 어느 꼬레아의 개발 관련 부처에서 부르는 진짜 마음의 노래 한 곡조를 들려준다. 노무현 재판을 본격적으로 진행하기 전에 이 노래가 스피커를 타고 들려온다.

몽준이 형은 아무래도 껄끄러워
교육부를 없애야 대학이 산다는 말을 했잖아
관료들의 부패를 그 누구보다 훤히 꿰뚫고 있는 여우 같은 존재지
무현이 형은 순수하고 순박해
우리의 빛

서울 집값 잡기 위해 수도 이전을 하겠다는 말

생각만 해도 존경스럽고 신이 나지

국토의 균형개발

상상만 해도 가슴 설레지

수도권, 지방 모두 신도시로 도배하는 꿈

가슴 뭉클하지

대왕은 스피커에서 나오는 이 노래를 들려준 후 말한다.

"2002년 월드컵이 열리지 않았느냐. 꼬레아가 4강 먹어 축제 분위기의 여운이 아직 남아있을 때였다. 노무현과 정몽준은 후보 단일화를 위해 대선 며칠 전 포장마차에서 러브샷을 하며 맥주 한잔씩을 마셨지. 그 후 후보 단일화 인터넷 여론조사에서 노무현이 근소하게 입후보자로 결정되었을 때 나온 마피아들의 노래다."

대왕은 숨 고르기 후 말을 잇는다.

"노무현으로 단일화가 되었어도 워낙 인기가 높은 이회창인지라 대선에서 노무현이 이길 확률은 반반이었다. 그런데 노무현이 극적으로 이회창을 이기고 대통령에 당선된 후 이 노래는 다음과 같이 바뀐다."

우파와 좌파

그건 허수아비 논쟁

빨갱이야 투기꾼이야

그건 더 허수아비 외침

분단팔이도 내 편

정의팔이는 더 내 편

역사는 언제나 우리 편

단군 이래 가장 광활한 신도시들
　　생각만 해도 세상이 환해져
　　단군 이래 가장 많은 균형개발
　　생각만 해도 행복해져

대왕은 본격적인 신문을 시작하기 전
"이 노래를 들어본 적이 있느냐?"고 묻는다.
곧바로 노무현이 응답한다.
"금시초문입니다."
이리하여 본격적으로 노무현 신문이 시작된다. 형식적이긴 하지만 절차
상 노무현의 기초사항에 대하여 대왕이 묻고 노무현이 대답한다.
"이름은?"
"노무현입니다."
"대통령 재임 기간은?"
"2003년 2월 말부터 2008년 2월 말까지입니다."
"어떻게 예비 후보 초기에는 국민의 5%에도 못 미치는 지지율을 갖고서
도 항상 50% 내외의 지지율을 유지하던 이회창을 이길 수 있었느냐?"
"여론은 산불과 같아서 타오를 때는 무섭게 타오르고 꺼지면 언제 탔느
냐는 듯 변화무쌍한 것 같습니다."
"그렇다. 산불은 늘 숲을 노리지. 상대 후보 쪽은 잠재적인 숲을 다 태워
부족했는데 네 쪽에는 상대보다 더 활발하게 탈 수 있는 숲이 많이 있었나
보구나. 그런데 예비 후보 때부터 대통령 후보와 당선에 이르기까지 항상
역전의 드라마를 썼다. 무협지를 많이 읽어봤느냐?"
"조금 읽어봤습니다. 그러나 가장 최고의 무기는 선하고 순수한 마음,
약자에 대한 연민이라는 철학을 좋아했습니다."

"그래. 목전의 이익을 탐하는 사람들은 큰 인물이 되기 어렵지. 비록 큰 권력을 쥔다고 하더라도 그건 일시적이지. 역사에는 죄인으로 남거나 파렴치한으로 남게 되는 경우가 많지. 그게 인류사의 법칙이란다. 그러나 국토 관리에서는 평가 원칙이 다르단다. 알고는 있느냐?"

"네. 어떠한 심판이 나오건 간에 반성의 계기로 삼겠습니다."

대왕과 노무현과의 사이에 기초적인 대화가 오간다. 다음으로 대왕은 땅신과 지킴을 통해 사실관계를 확인한다. 먼저 땅신에게 대왕이 묻는다.

"노무현은 국토를 여기저기 새롭게 파헤쳤군. 국토개발은 국토계획의 실행으로 행해져야 하는데 사전에 면밀하게 계획된 것이었나?"

"사전에 계획된 것은 거의 없었고요, 일부는 노통의 대선 공약과 연결된 것도 있고 또 그렇지 않고 즉흥적으로 벌인 것도 있습니다."

"대선 공약과 연결된 것은 무엇이고 즉흥적으로 벌인 것은 대표적으로 무엇인가?"

"대선 공약과 연결된 것은 수도 이전이고, 즉흥적으로 벌인 것은 균형발전이란 이름 아래 지방으로 주요 시설을 옮긴 것, 수많은 수도권 미니 신도시의 개발입니다. 수도권 신도시의 경우 워낙 신도시들을 많이 지어 **제2기 수도권 신도시**라고도 부릅니다."

"우선 수도 이전 공약은 언제 하였나?"

"그 공약은 대선 주자 경쟁에 뛰어든 초기에 한 것입니다. 그때는 유력 후보의 순위에 오르지 못하는 때였습니다. 국민 선호도가 10% 이내에 해당될 때 즉흥성으로 한 발언이라 본격적인 경쟁력을 가졌을 땐 크게 부각되지 않은 이슈였습니다."

"왜 수도 이전 공약을 하였나?"

"서울 중심 지역의 주택값, 특히 강남 아파트값 폭등의 해결방법으로 제시한 것이었습니다."

"세계적으로 중심지 아파트값이 오른다고 수도를 이전하는 국가들이 있는가?"

"없는 일입니다."

대왕은 잠시 숨을 크게 내쉰다. 그러고는 노무현을 향해 묻는다.

"너는 대선 공약이 반드시 지켜야 하는 것이라고 생각하는가? 특히 국토와 관련된 공약 말이다."

노무현은 망설이다가 대답한다.

"지킬 수 있다면 지켜야 한다고 생각합니다."

"본인은 전부 지켰나?"

"그렇지는 않습니다."

"그런데 왜 **헌법재판소**가 **관습헌법**이라는 고육지책의 개념까지 거론하여 제동을 걸었음에도 불구하고 굳이 그 **제동에 저항**하여 '**신행정수도 후속대책으로 연기·공주 지역 행정중심 복합도시 건설을 위한 특별법**'까지 만들어가며 사실상 수도 이전을 밀어붙였는가?"

"모든 국민은 국토 앞에 평등해야 하지 않습니까. 그럼에도 불구하고 유독 강남 아파트값이 세월이 흐를수록 더 비싸지는 꼴이 보기 싫었습니다. 사람들이 거주하는 아파트에도 명품이 존재한다는 것이 싫었습니다. 마치 사람들이 사치품인 명품을 보면 무조건 구매하듯이 아파트에도 그러한 현상이 일어나는 것을 용납할 수 없었습니다."

대왕은 숨을 다시 크게 내쉰다. 그러고는 잠시 침묵한다. 순간 법정은 엄숙한 분위기. 대왕은 대뜸 지킴을 향해 묻는다.

"노무현 집권 시의 주택값 상승은 어떠했나요?"

"전국적으로 보면 안정세였습니다. 수도권은 대체로 오름이 있었고요. 중심지, 특히 강남의 경우는 오름 폭이 가장 높았습니다."

"대통령이 강남 주택을 미워하는데도 왜 강남이 더 올랐나요?"

"그것은 박정희와 전두환은 물론 노태우가 도시를 계속 팽창시켜왔기 때문입니다. 더구나 노태우의 제1기 신도시 등의 수도권 팽창 효과가 본격적으로 나타났기 때문인 것으로 보입니다."

"임자가 말하던 그 **대도시 중심지 부동산값의 원뿔현상** 말이오?"

"그렇습니다. 수도권의 주거밀도가 높아지면 높아질수록 수도권 중심지 집값 상승 압력은 더 커지지요."

"그런데도 왜 정부는 항상 강남 집값 잡는다고 강남 집값을 더 상승시키는 신도시 건설에 혈안이 되어왔소?"

"그것은 꼬레아에서 벌어져 온 무지한 대통령들과 몽매한 국민들을 현혹하는 묻지마 공영개발의 오랜 악습이지요."

대왕은 또 한숨을 크게 내쉰다. 그러고는 노무현에게 다시 묻는다.

"임자는 국토개발은 오랜 검토 끝에 마련한 국토계획에 의하여야 하고 신개발은 최소한의 필요에 그쳐야 국토의 생명성이 보호된다는 사실을 알고 있소?"

"알고 있습니다. 특히 이 법정에서 선배 대통령들에 대한 심리를 경청하면서 제가 저지른 일에 대하여 한없는 후회를 하고 있습니다. 그러나 그땐 집값이 올라 서민들이 고통받는 게 마음에 크게 걸렸습니다. 불로소득을 누리는 부자들이 미웠습니다."

"주거 취약계층은 특별한 대책을 세워서 지원해야 하고, 부당한 불로소득은 세금으로 환수하면 되는 것이지, 굳이 국토를 뒤흔드는 개발을 끝까지 밀어붙이는 건 아니잖나?"

"국토의 헌법적 가치를 여기에 와서야 깨달았습니다."

대왕은 큰 한숨을 내쉰다. 다시 노무현을 향해 질문한다.

"요즈음 너 때문에 만든 세종시 집값이 서울 웬만한 집값을 뺨칠 정도로 폭등하였다. 서울 집값 잡기 위해 옮긴 행정도시가 네 표현을 빌리면 투기장터가 되어있다. 네 논리대로라면 이제는 세종시 집값 잡기 위해 또 행정도시를 만들어 이전해야 하는 거 아니냐?"

노무현은 손가락으로 머리를 긁적이며 겸연쩍은 미소만 짓고 대답을 못한다. 그러자 대왕은 계속 말을 잇는다.

"노무현식 논리라면 지금 행정수도를 다시 만들어야 하지 않느냐. 그래서 경상도, 전라도, 강원도, 제주도 투기판을 거쳐서 계속 투기판 도시가 전국을 돌다가 결국 독도에까지 행정도시가 가는 상황까지 전개되지 않겠느냐."

연신 노무현은 손가락으로 머리를 긁적인다. 마찬가지로 겸연쩍어하는 미소를 보내며 굳게 입술을 다문다. 머리를 긁적이는 손 아래 팔목 부근에는 가는 포승줄이 늘어져 있다.

대왕은 대화의 상대를 노무현에서 땅신으로 옮긴다.

"이자가 집권한 동안 수도 이전 이외에 지방에 혁신도시, 기업도시, 행복도시 등 전국 곳곳에 신도시 개발을 한 이유가 무엇인가?"

"국토의 균형개발이라는 슬로건을 걸고 행한 사업입니다."

다시 대왕은 큰 한숨을 내쉰다. 그러고는 노무현을 향해 묻는다.

"임자는 꼬레아 헌법 두세 개 조문에 나오는 국토의 균형개발의 참뜻을 알고 있느냐?"

"네. 그것은 국토를 골고루 나누어서 개발하는 것이라고 생각합니다."

"너는 법을 잘 공부해서 꼬레아에서 가장 어렵다는 사법시험에 합격하였다. 그러하니 법의 해석 방법에서 쓰는 **문리해석**文理解釋**과 **학리해석**學理解釋**을 설명해봐라."

"문리해석은 글자를 좇아 그 뜻을 구하는 것이고, 학리해석은 뜻을 좇아 그 뜻을 구하는 것입니다."

"그래. 간명하게 대답을 잘 한 셈이다. 그들 두 해석이 상호 충돌할 경우가 있다. 그렇다면 법의 정신 면에서 보았을 때 어떠한 해석이 바람직한 해석이겠느냐?"

"당연히 학리해석입니다."

"그렇지. 법을 만들 때 의도한 효과와 전혀 다른 결과를 초래하지 않는다면 학리해석이 소중하다. 네가 행한 국토의 균형개발이라는 헌법의 해석은 문리해석이었느냐, 아니면 학리해석이었느냐?"

"둘 다 고려한 해석으로 이해하고 있습니다."

"그래? 그렇다면 너는 국토개발을 하는 이유가 사람을 위한 것이라고 생각하느냐, 아니면 사람을 경시하기 위한 것이라고 생각하느냐?"

"당연히 사람이 먼저입니다."

"그렇다면 노통의 임기 중에 다수당의 힘을 이용하여 특별법들을 양산하여 국토 곳곳에 만든 신도시들이 사람을 우선한 것이었느냐, 땅을 우선한 것이었느냐. **행정서비스**는 그 서비스를 이용하는 사람들이 많이 사는 곳에 있어야 하겠느냐, 아니면 이용자들이 거의 없는 허허벌판에 입지해야 하겠느냐?"

노무현은 대답을 더 이상 못 한다. 갑자기 얼굴이 붉그스레 변한다. 대왕은 잠시 큰 한숨을 쉰다. 두 차례의 질문에 대답을 잃은 노무현에게 더 이상의 질문을 하지 않고 땅신을 향해 질문한다.

"꼬레아 몇 개 헌법 조문에 나오는 국토의 균형개발은 무엇을 강조한 것인가. 사람인가, 땅인가?"

"당연히 사람입니다. 그런데도 노무현은 땅으로 이해한 것으로 보입니다. 전 국토를 두부모 자르듯이 갈라서 여기저기에 개발의 삽을 대는 걸 균형으로 이해한 것 같습니다."

대왕은 다시 이번에는 지킴을 향해 묻는다.

"국토개발에 있어 **균형均衡12)**은 땅을 골고루 개발하자는 뜻이요, 아니면 그 국토에 사는 사람들이 국토로 인해 발생하는 과실을 되도록 골고루 나누자는 뜻이오?"

"당연히 사람들의 형평을 의도한 것이지요. 해당 헌법 조문을 글자 그대로인 문리해석을 하면 땅의 균형으로 읽힙니다. 그러나 논리에 터 잡는 학리해석을 하면 형평을 뜻합니다. 그런데 헌법에서 그 조문을 만들 당시에는 국토 안의 인구 분포가 전국 골고루 산재되어 있었습니다. 그래서 그 당시에는 문리해석을 해도 학리해석의 효과를 가져왔으므로 문제가 없었습니다. 그러나 지금은 세상이 변했습니다. 수도권 신도시 개발은 지방 인구를 수도권으로 빨아들이는 블랙홀과도 같은 기능을 해왔습니다. 그 여파로 1960년대에는 전국 인구의 10%에 가까웠던 수도권에 지금은 50% 가까이 생활하고 있습니다. 이러한 상황에서 그 조문을 문리해석 하면 당연히 학리해석과 일치되지 못하지요. 노통이 사법시험 공부할 때와는 다른 국토의 커다란 상황변화가 생긴 겁니다."

"그래요. 이러한 상황 아래에서 사람들이 살고 있지 않은 땅을 개발한다면 수도 인구의 사회적 이동이 없는 한 자칫 사람들의 형평을 더 차별화시키는 사업으로 전락하게 되겠군요."

"그렇습니다."

"뿐만 아니지 않소. 수도 이전이나 혁신도시 등 개발은 거개가 신도시 개발이었지 않소. 그 결과 몇 년이 지나지 않았는데도 그 주변 구도시는 신개발로 오히려 황폐화가 가속되는 곳이 많아졌지 않았소. 특히 세 들어서 구도시에서 장사하거나 세 들어 사는 영세한 구도심 사람들이 신도시로 인해 가장 크게 피해를 당하지 아니하였소?"

"그렇습니다. 구도시 상권이 특히 타격을 크게 받은 경우가 많았는데요, 그로 인해 신도시로 이동할 능력이 없는 영세민들의 삶이 더욱 어려워졌습니다. 또한 신도시 상점에 세 들어 장사하는 사람들은 대부분 적자를 면하지 못하는 경우가 많다고 합니다. 상점 주인들의 피해는 너무나 크고요. 지방 곳곳의 신도시 개발로 크게 이익 본 건 지주들입니다. 또 지방 토호들이었습니다. 그리고 개발 사업권을 둘러싼 복마전 속에서의 이권자들입니다."

"노무현은 워낙 개발사업을 많이 벌였습니다. 도대체 얼마나 벌인 겁니까?"

"토지보상비만으로 비교한다면 김영삼과 김대중 두 정부 때의 보상비를 합한 것을 훨씬 초과합니다."

"그 돈이 모두 국민들의 혈세나 빚이 아니겠소!"

유독 노무현의 신문 때 대왕은 큰 한숨을 내쉬는 횟수가 늘어난다. 대왕은 땅신을 향해 묻는다.

"그런데 이자는 또 수도권 신도시를 그토록 많이 지었지 않소?"

"그렇습니다. 수도권에 웬만큼 집 지을 만한 빈 땅이 있으면 **우후죽순 격**으로 묻지마식 **신도시 지정**을 합니다. **서울을 빙 둘러가며 미니 신도시들**을 **지정**하여 개발하게 하는데요, 김포, 인천 검단, 화성 동탄, 평택 고덕, 수원 광교, 성남 판교, 송파 위례, 양주 옥정, 파주 교하 등 10여 개 신도시를 묻지마 개발 **제2기 신도시**로 지정합니다."

"이 당시 어떤 장관인가는 신도시 지정의 이유를 '강남 집값을 잡기 위해서'라고 했는데 여론의 호된 뭇매를 맞다가 결국 장관 자리에서 물러난 일도 있지 않았소?"

"네. 그러한 사례로 보이는 사건이 있었습니다. 수도권 신도시 건설을 외치는 자들은 항상 강남 집값을 잡는다는 말을 내세웁니다. 중장기적으로는 오히려 중심지 집값을 올리는 밀도 변화를 꾀하는데도요. 정반대의 명분을 내세워 국민들을 현혹해왔지요."

"수도권 신도시 개발이 결정되면 마치 군사작전 수행하듯이 일사천리로 택지를 묻지마 개발해왔지 않았소?"

"대부분 그러했습니다. 최근에 이루어지고 있는 3기 신도시는 더 그러합니다."

"국토의 대형 개발은 건축보다도 훨씬 더 신중해야 하는 것 아니오. 충분한 시간을 갖고 지주나 지역민, 그리고 잠재적인 개발 참여자들의 의견을 충분한 기간 동안 수렴하여 작품을 내놔도 허점이 많이 나오는데도 유독 묻지마 공영개발에는 왜 그렇게 초스피드를 내며 일사천리로 일을 해치운단 말이오. 전쟁이라도 밀려올까 봐 그런 것이오?"

"아마도 개발마피아들은 다음과 같은 노래를 불러댄 것 같습니다."

단숨에
단숨에
단숨에
여건이 무르익으면
게 눈 감추듯이 단숨에

대왕은 또다시 한숨을 내쉰다. 그러고는 말한다.

"마치 **금은방 도둑이 단숨에 금을 싹쓸이하는 모습을 연상**시키오. 뿐만 아니라 **보이스피싱도 떠올리게** 하오. 금은방 도둑이나 보이스피싱 같은 범죄행위처럼 단숨에 해치우려고 하는 것이오. 개발에는 계획에 더 많은 시간을 들여야 하는 것이 아니오. **토지 이용의 전환**轉換에는 전환 이전에 길고 긴 계획의 과정을 거치게 해야 하지요. **사람을 교육하듯**이 말이오. 오랜 교육을 통해서 성인이 되면 시집도 보내고 장가도 보내는 건데 택지로의 전환에는 긴급을 요하는 경우를 제외하고는 대부분 **보육단계인 긴 계획이 시행보다 훨씬 중요**하지요. 그런데도 택지의 공영개발을 하는 자들은 원래 계획에도 전혀 없었던 일을 어찌 단숨에 계획하여 일을 벌인단 말이오?"

"그들은 자신들의 관리 아래 슈퍼컴퓨터를 돌려 단숨에 신도시 설계도를 수만 장 뽑아낼 수 있는 기계가 있어 언제나 단숨에 일을 치를 준비가 되어있습니다."

"그러한 엉터리 설계들이 난무하여 정부가 남용하고 있으니 국토가 난개발이 더욱 심각해진 것 아니오? 신도시를 보면 항상 어린아이가 할머니 옷을 입어야 하고 할아버지가 손자의 옷을 입어야 하는 우스운 일들이 벌어지고 있지 않소. 비싸게 팔아먹은 개발용지들이 10년이 흘러도 텅텅 빈 데가 많고 건축된 상가들이 임차인이 없어 텅 비어있는 모습이 줄지어 떼 지어 있지 않소. 원래의 국토계획에 없었던 일을 빨리빨리 급조하여 개발하는 일은 윤리적으로 타락한 묻지마 관광과 다름 아니잖소. 대표적인 **묻지마 개발** 아니겠소."

"그렇습니다. 행정서비스의 소비문제는 더욱 심각합니다."

"지방으로 옮겨간 행정청이나 공기업들의 업무를 수행하는 직원들이 자신의 일을 수행하기 위하여 서울로 출장 가야 하는 횟수가 급격하게 늘어났다면서요."

"그렇습니다."

"대권을 쥐었다고 해서 헌법에 있는 균형이라는 말을 잘못 해석하면 국토의 심각한 재난災難이라고 부를 수 있는 국토國土의 엄청난 훼손毀損이 발생합니다. 이러한 시스템을 화급히 개선해야 하는 것 아니겠소."

"꼬레아에선 매우 절박한 이슈입니다."

"그런데 노무현 정부는 균형개발을 한답시고 전 국토에 콘크리트를 부어대면서 수도권 밀도를 높이는 신도시 개발로 또 콘크리트를 붓는, 국토 전반에 동시에 콘크리트를 붓는 개발을 한 것이 대의명분에서도 상호 모순되지 않소?"

"그렇습니다. 완전히 스스로가 내세운 대의명분마저도 왜곡시키는 개발들입니다."

대왕은 순간 법정 안의 모든 자가 잠시 개발마피아의 마음의 노래를 듣도록 한다. 스피커에서 노무현 재임 당시 개발마피아의 핵심이 부르는 마음의 노래가 흘러나온다.

노통은 의인
의인은 불평등을 싫어하지
불평등 해소엔 균형개발
노통은 의인
의인은 명품 강남을 싫어하지
강남 집값 잡는 신도시 개발

단군 이래 이토록 한반도의 반쪽에
순식간 개발의 삽을 댄 적이 없었지
콘크리트와 플라스틱을 부은 적이 없었어
콘크리트 나와라 뚝딱 혁신도시
콘크리트 나와라 뚝딱 세종도시
콘크리트 나와라 뚝딱 수도권 미니 신도시
뚝딱, 뚝딱, 뚝딱
얼씨구절씨구
뚝딱, 뚝딱, 뚝딱
지화자 좋네

이 노래를 들은 법정 안의 구성원들은 모두 마음이 숙연해진다. 국토가 어떻게 왜곡, 개발되어왔는지를 실감하는 현장학습이기도 했다. 그러자 대왕은 다시 마음의 노래들끼리 주고받는 여러 종류 마음의 노래 가운데 한 곡을 들려준다.

> 신도시 타령을 공개적으로 하려면 최면제가 필요하지
> 사회에 최면을 걸 짧고 뭉클한 알약 하나 또는 드링크가 무엇이 있을까
> 토지공개념이지 뭐
> 땅값은 안정되어있는데 토지공개념을 재탕하면 신선도가 떨어져
> 강남 주택값이 크게 오르는데 다른 환각제가 없을까
> 강남공개념으로 할까
> 강남공개념은 좀 이상해
> 주택공개념이 어때
> 그래 그게 무난하겠어 주택공개념
> 주택공개념 나와라 뚝딱
> 주택공개념 연구위원회 나와라 뚝딱
> 신도시 나와라 뚝딱
> 뚝딱 뚝딱
> 절씨구나 얼씨구
> 신도시가 나왔으니까
> 주택공개념 열중 쉬엇
> 지화자 좋다 절씨구
> 주택공개념 얼씨구
> 신도시 절씨구

법정 안은 더욱 숙연해진다. 대왕은 땅신에게 묻는다.
"이때 등장한 용어 가운데 **주택공개념住宅公概念13)**이라는 말이 있소. 이

말을 지구촌에서 쓴 나라가 있소?"

"없습니다. 꼬레아에서 처음 쓴 용어입니다."

"그렇다면 그것도 도입하는 개념이 아니었네요."

"그렇습니다. 다만 일례로 성경의 구약 레위기를 보면 신앙공동체에서는 수십 년 만에 한 차례씩 희년禧年행사를 한 기록이 있는데요, 이때 가족 구성원이 달라진 가족들이 자가주택을 제비뽑기로 정하는 의식과 유사합니다. 오늘날의 관점에서 보면 일부 사교邪教에서 엿볼 수 있는 주거공동체에서 이와 유사한 의식이 존재하고 있을 따름입니다."

"개인의 재산을 몽땅 팔아 교주에게 바치고 공동체로 잠적하여 가정을 파괴시키는 그 신앙공동체 말이오?"

"그렇습니다."

"꼬레아에서 **단군 이래 대다수의 주택이 공유인 적이 있었소?**"

"토지 가운데 경작지나 연료 생산지는 오랫동안 국유나 공동소유 형태로 존재해왔습니다만 대다수의 주택은 단군 이래 **사유가 원칙**이었습니다."

"그렇지요. 주택은 원래 한 가족의 생활을 담는 공간이 아니겠소. 그런데도 공개념이라니!"

"한참 과거 토지공개념에서처럼 위원회 구성을 하더니만, 10곳의 수도권 신도시를 발표한 후 단숨에 삽질을 시작한 후에는 그 위원회의 결성이 흐지부지되었습니다. 약발이 충분히 작용했으니까 군이 그 최면제를 더 쓸 필요가 없게 된 거죠. 더 쓰면 사회가 마약중독이 되지요. 그러면 마약을 퍼뜨린 자가 누군가를 찾는 운동이 발생할 수도 있을 테니까요."

"공개념이 좋은 것이라면 초지일관 그걸 개념화하고 운용해야지, 신도시 건설계획 달성 후 슬그머니 꼬리를 감춘 것은 씁쓸한 일일세. 정부가 지원한 운동이었는데 말이야."

"그렇습니다."

"그런데 노무현의 부동산 대책은 왜 이리 요란스러워요. **수도 이전, 혁신·기업·행복도시, 주택공개념, 기존 신도시 계획의 확대, 10개의 미니 신도시 등** 외에도 매우 중요한 대책을 신설했네요. 규제 대책 말이오."

"여러 가지 **규제 대책도 신설**하여 시행합니다. 그 가운데 대표적으로 눈에 띄는 규제가 재건축 규제입니다."

"재개발이 아니고 **재건축**이오? 꼬레아 관련법에 의하면 재개발과 재건축은 전혀 다르지 않소. 이론적으론 모두가 재개발인 것 같은데 말이오."

"그렇습니다. 이론적으로는 모두가 재개발입니다. 그러나 관련법에서는 이들을 구분합니다. 주택을 예로 든다면 재건축은 도로, 공원, 녹지 등 기반시설이 양호한 편에 든 주택을 재개발하는 것이고, 재건축이 아닌 주택 재개발은 기반시설이 양호하지 못한 지역 안의 주택을 재개발하는 것입니다."

"그렇다면 주택 재건축보다 주택 재개발을 더 까다롭게 규제하는 게 이치에 맞는데 왜 주택 재건축을 더 규제하는 것이오?"

"두 가지 마음이 있을 것입니다. 투기를 막는다고 하는 명분과 내심으로는 민간의 주택 공급을 어떻게 하든지 방해하려는 목적입니다. 수도권 외곽 지역으로서 택지화가 가능한 곳을 오랫동안 그린벨트 이외의 개발유보지역으로 묶는 의도와 동질적인 마피아들의 의도가 담겨있습니다. 민간개발을 방해하려고 하는 목적은 외부로 드러내지는 않지요."

"하나는 집단 최면용이고요, 하나는 부처 이기주의 관철용입니다. 정부는 우선 여론전을 펴죠. 어느 정도 여론의 호응을 얻으면 신중한 검토 없이도 다짜고짜 규제 대책을 강구합니다."

"여론은 얼마든지 조작될 수 있는 것 아니오?"

"그렇습니다. 다양한 사례가 있지만 당시 **공영방송에서 스페셜 프로로 방영**한 주택 재건축이 가시화되는 잠실 주공아파트 소형 아파트 방영 건을 한 사례로 들겠습니다. 전용면적이 불과 열서너덧 평짜리 아파트가 인근 약 삼십 평대 아파트값보다 훨씬 더 비싼 건 **부동산 투기** 때문이라는 게 보도의 줄거리였습니다. 투기라는 결정적인 증거로 소유자의 자기주택 거주 비율을 들었습니다. 또한 그 아파트를 소유하고 있는 유력 인사들도 익명으로 소개하였습니다."

"그렇군요. 비싼 집을 소유만 하고 거주하지 않으면 투기라고 단정한 프로군요. 좁고 낡은 집이 비싸지면 이를 팔고 이사하려는 행렬이 증가하는 게 아니겠소. 매우 자연스러운 경제활동이지요. 또한 비싼 집을 소유하고 있는 재력가가 좁은 주택에 거주하지 않을 가능성은 **시장경제** 아래에서 **당연**한 게 아니오?"

"네, 아주 자연스러운 현상입니다. 아마 소형으로 낡은 주택이지만 값이 싼 시골의 주공아파트는 실거주자들이 많았을 것입니다. 그런데 잠실은 실거주자들이 적으니까 이를 투기로 몰아가는 겁니다. 그리하여 투기 때문에 잠실의 낡은 소형 아파트가 인근의 중형 아파트보다 더 값이 비싸진 것이라는 게 그 방송의 주요 이야기였습니다. 그 방송이 방영되고 난 후 얼마 지나지 않아 또 다른 재건축 규제 대책이 등장합니다."

"그런데 말요, 낡은 소형 아파트값이 인근의 신축 중형 아파트값보다 더 비싸게 거래되는 건 좀 이상하지 않소?"

"전혀 이상한 현상이 아닙니다. **부동산값은 현재 이용가치가 값을 결정하는 게 아니라 장래 이용가치가 값을 결정하는 재화**이기 때문입니다. 현재의 부동산값은 과거나 현재에 의해서 지배받는 게 아니라 미래에 의해서 지배받는 재화이기 때문입니다. 매우 정상적인 현상이지요. 재건축이나 재개발에는 대지 지분이 값을 결정하는 중요한 기능을 하지요. 옛날에 지어진 아파트들은 지하주차장이 없었을 때이니까 그 당시의 주차장법에 의하여 법정 주차비율을 확보하기 위해서는 땅을 넓게 차지해야 했으니까요. 땅값이 싸 넓은 땅 구하기는 손쉬운 때였지요. 세월이 흘러 땅값이 비싸졌으므로 당연히 지분값이 비싸진 것이지요. 그것을 투기로 몰아서 규제를 하면 국토이용이 교란되어 국토의 효율적 이용을 침해당하지요."

"아마도 재건축 규제를 하고 싶은 공권력을 쥔 자들이 그러한 방영을 즉시 이용하는 경향이 있는 것으로 보입니다. 당시 어떤 종류의 재건축 규제들이 등장했나요?"

"재건축 아파트 일반분양분 매각의 후분양화, 재건축 허용요건에서 재건축 방해를 위한 안전진단 강화, 재건축 분양권의 전매금지, 수도권 과밀억제권에서의 재건축에 소형 의무비율 확대, 재건축 조합원의 명의변경 금지, 주택거래신고제도 신설이나 도입 예고 등이었습니다."

"거개가 오히려 중장기적으로 부동산값을 상승시키는 대책들 아니오?"

"네. 재건축의 지연과 재건축 절차를 까다롭게 하는 등으로 필요한 공급은 방해하여 사회적 비용을 증가시켜 오히려 **생산원가를 상승시키는 규제들**입니다."

"그러한 규제들이 등장해서 재건축 아파트값이 안정되었나요?"

"전혀 규제의 영향이 없었고요, 오히려 비재건축 아파트보다 상대적으로 더 높은 상승을 한 재건축 단지도 나타났습니다. 이 당시 **어떤 정의팔이 교수가 지방의 어느 일간지에 재건축 개발이익을 환수해야 한다는 칼럼**을 씁니다. 그러자 정부에서는 **주택공개념을 다시 들먹이다가 갑자기 재건축 초과이익 환수에 관한 법률을 뚝딱 신도시 만들기보다 더 빠르게 제정**합니다."

"재건축은 개발 행위 아니오? 그런데 개발이익이라고 하지 않고 왜 보통 개발이 아닌 토지초과이득세제에서 써먹다가 헌법불합치로 결정되었던 경우에 쓴 초과이익이라는 표현을 한 건가요?"

"묻지마 규제를 선호하는 그룹에서 개발이익 환수에 관한 법률에 열거된 개발사업으로 주택재건축사업을 넣는 것을 고려하기는 했을 것입니다.

그러면 간단하게 법 개정만으로 그쳤을 것입니다. 그러나 개발이익 환수 대상으로 재건축을 넣을 수 없었을 것입니다. 거기에 열거된 사업들은 주택건축처럼 일반적인 생활시설이라기보다는 특수시설들이었기 때문입니다. 또한 그 법은 워낙 식물법이 되어 들쭉날쭉 운용되니까 특별법을 만들게 되었나 봅니다."

"도시정비사업 관련 특별법은 원래 재건축 등 도시정비를 원활하고 신속하게 수행하도록 정부의 지원을 받게 하는 게 입법목적 아니오. 그런데 그러한 입법목적을 뒤흔드는 대책들이 법의 여기저기에 끼어든 셈이군요. 그것도 모자라 용어가 제대로 사용되었는지도 모르면서 또 다른 재건축을 방해하는 특별법까지 만들었군요."

"그렇습니다."

"재건축 특별법이 재건축을 지원하는 법이 아니라 **재건축을 방해하는 법**으로 **변질**된 셈이네요. 초과이익 환수에 관한 그 법에서 무엇이 **초과이익**이란 말이오. 초과이익이라는 표현은 아마도 정상적인 이익을 넘어선 이익이라는 표현인 듯한데 개발이익을 왜 초과이익으로 본단 말이오. 참, 최근 문재인 정부에 들어서 초과이익 환수의 위헌성에서 합헌으로 헌법재판소가 판단했던데, 헌법재판관들이 이와 관련된 기본적인 용어나 제대로 파악하고 재판했는지 궁금하오."

"헌법재판소 결정 요약문에서 그와 같은 기본적인 오류를 지적한 것을 발견하지 못했습니다."

"그렇군요. 헌법재판소도 판단을 위한 구성원의 부족, 시간 등에서 여유롭지만은 않겠지요. 그래도 그렇지 아주 기본적인 개념, 초과이익과 개발이익 정도는 명확하게 구분해야 그것이 환수 대상인지 아닌지를 제대로 판단할 수 있는 것 아니겠소?"

"그렇습니다."

"개발이익은 발생하는 이익의 원인이 개발 아니오? 초과이익은 개발과 전혀 무관한 개념이고요. 단순히 임의적으로 정해놓은 기준과 비교해서 일정한 이익을 초과하였다고 하는 애매한 개념 아니오."

"개발이익의 발생은 사업의 시기, 다양한 부동산 경기와 관련된 상황, 규모, 방법 등에 따라 천차만별로 변합니다. 개발의 계획이 수립되기 전에 발생할 수도 있고 개발 과정에 발생할 수도 있으며 개발 후에 발생할 수도 있습니다."

"개발이익을 초과이익이라고 법으로 둔갑시켜놓고, 그의 발생 시기도 경직적으로 해놓고, 감정평가에서 금기시하는 조건부 평가를 감행하게 한 그 문제조항을 합헌이라 하였으니 이 재건축 방해법을 적용하는 한 이들 땅에서 당분간 주택재건축이 위축될 수도 있지 않겠소. 장기적으로는 재건축비용 인상으로 인해 재건축아파트 가격 수준이 더 높아질 것이고요."

"그렇습니다. 특히 서울의 주택난 해소는 양의 문제가 아니라 질의 문제가 훨씬 더 강합니다. 그러므로 재개발에서 해법을 찾아야 한다는 시장의 계속적인 반응에도 불구하고 이를 자칫 위축시킬 수도 있는 결정이어서 문제입니다. 재개발을 억제하면 인근의 신규 아파트값이 상승할 것이고요."

"개발이익은 환수해야 할 것도 있고 환수해서는 안 될 것도 있지 않소. **환수해선 안 될 개발이익**을 환수하면 토지 이용에서 왜곡이 발생하지 않나요. 중장기적으로 정상적인 토지 이용을 방해하므로 국토의 헌법적 가치 가운데 효율성은 물론 형평성과 생명성에도 나쁜 영향을 미치는 게 아니오?"

"그렇습니다. 환수해야 할 개발이익은 환수함이 바람직하고요, 환수해서는 안 될 개발이익은 환수해서는 안 되지요. 평등권에 저해되거나 부당이득에 해당하는 특혜성 개발에는 환수의 대상인가를 들여다봐야 하고요. 재건축은 그것과는 전혀 관계가 없으므로 그 대상으로 삼으면 안 되지요. 이 판단을 잘못하면 국토가 그만큼 낭비되어 훼손되지요."

"왜 꼬레아 땅에서는 개념이 없는 규제들이 남용되고 있소?"

"묻지마 규제를 매우 선호하는 그룹이 있습니다."

"그래요. 그런 그룹들이 있지요. 그러한 그룹들의 준동을 양심적인 학자나 참 언론인들이 막아야 하지요. 잠시 그 그룹들이 부르는 노래 한 소절을 들어봅시다. 그 마음의 노래 말이오."

우리는 정부

우리는 국가

우리 조직이 커지면 커질수록

국가는 커지지

묻지마 규제가 많아질수록

우리 조직이 늘어나지

묻지마 공영개발이 많아질수록

현장을 배회하며 지적하고 감독하는

완장 찬 동료들이 늘어나지

우리를 키우세

묻지마 규제를 늘리세

정부 만세!

묻지마 규제 만세!

신도시 만세!

대한민국 만만세!

대왕은 법정의 스피커를 통해 흘러나오는 노래를 또 한 번 들려준다. 그러고는 모든 피고를 향해 큰 소리로 말한다.

"들리느냐?" 그러자 마치 합창하는 듯한 소리가 장내에 쩌렁 울린다.

"네~."

대왕이 말을 잇는다.

"저 노랫소리의 당당함 속에는 국민들의 고혈이 묻어있다. 국민들을 고통스럽게 한 반사이익으로 자기 조직과 자신의 권력 키우기에만 탐닉하고 있으니 제대로 된 재건축이 가당키나 하겠느냐? 모두 너희의 형식상 명령을 수행하는 관료들이 부르는 마음의 노래이다. 잘 들었느냐?" 하고 호령한다.

"옛말에 알아야 면장님도 한다고 했다. 부동산에 대하여 너무나도 무지한 너희가 정치적 수사修辭에만 탐닉하다가 대권을 쥐니 국토가 제대로 관리될 리가 있겠느냐?"

잠시 침묵이 흐른다.

"정부조직 구성원 가운데는 **애국자도 많다**. 그러나 **어떻게 하는 것이 진정 애국인지를 모르는 사람이 절대다수**다. 스스로의 조직을 키우는 걸 애국으로 착각하며 철밥통을 지키는 자들이 많은 것이다. 더욱 나쁜 일은 말이다, 스스로가 하는 행동이 잘못될 개연성이 많다는 걸 알면서도 조직의 권능과 규모를 키우기 위해 관성적으로 조직 선배들이 해오던 일들을 그대로 따라 행하는 관행들이다."

대왕은 한숨을 길게 푹 내쉰다. 그러고는 말을 다시 잇는다.

"세금 한 푼 한 푼에는 국민들의 피와 땀이 묻어있다. 물론 너희도 세금을 내왔지. 그렇지만 너희는 완장 차고 고액의 월급을 받아왔다. 그러나 너희보다 훨씬 육체적으로, 그리고 정신적으로 몇 배나 고생을 달게 삼키며 국토 여기저기에서 소중한 땀을 흘리며 노동하는 근로자들을 보라. 그들 땀의 현장에서 내뿜는 그들의 숨소리, 맥박이 빨리 뛰는 소리를 들어보라!"

잠시 스피커에서 또 어떤 소리가 흘러나온다.

둑닥, 둑닥, 둑닥, 둑닥, 둑닥, 둑닥, 둑닥!

빠르게 뛰는 맥박 소리다. 피고들이 볼 수 있는 대형 스크린을 편다. 농촌에서, 공장에서, 사무현장에서, 좁디좁은 골방에서 육체로 정신으로 일에 매진하는 구슬땀의 근로자들이 다양하게 클로즈업되어 잠시 방영된다. 맥박 소리, 구슬땀 흘리는 모습, 사무에 몰두하는 모습, 창조를 위해 좁은 공간에서 연구하는 모습 등이 짧은 순간에 스쳐 지나간다. 대왕은 유독 재건축 부문에서 많은 신문을 진행한다. 대왕은 다시 강조하듯 말한다.

"재건축이 중요한 것은 그것이 국토의 관리와 매우 밀접한 관계에 있기 때문이다. 국토는 환경이다. 너희의 뼈와 살과 같은 것이다. 여기저기에 생채기를 내면 안 된다. 생채기는 필요최소한도에 그쳐야 한다. 재건축을 잘 하도록 유도하는 것은 그러한 원리에 가장 잘 부합하기 때문에 매우 중요한 것이다. 그런데도 노무현 시대에는 너무 심했다. 너무 나갔다. 국립공원에 가봐라. 정해진 등산로가 있지 않으냐. 그런데 등산 인구가 불어났다고 해서 마구잡이로 개방하면 산의 숨통이 남아나겠느냐?"

대왕은 잠시 물 한 모금을 마신다.

"등산 인구가 많아지면 기존 등산로를 재정비하여 중간중간에 쉼터나 전망 데크 등을 만들면 등산 인구가 적정하게 분산된다. 그리하여 충분히 등산 인구를 포용할 수 있는 경우가 대부분이다. 그러한 것처럼 이미 주거지로 써오던 땅을 재활하여 쓴다는데 웬 훼방이냐. 오히려 재건축이 광역적이고 다양한 방법으로 이루어질 수 있도록 정부가 적극적으로 광역계획을 세우고 민간이 실행하도록 도와야 할 의무가 있는 것 아니냐. 멍석을 깔아주어야 할 책임을 가진 자가 멍석은커녕 훼방이나 놓아? 자식의 보육의무를 가진 자가 자식을 내팽개쳐 두었다가 자식이 성인이 되니까 묻지마 결혼이나 시켜 축의금이나 가로채려는 패륜 부모가 떠오른다."

대왕은 또다시 물 한 모금을 마신다.

"투기? 정부는 투기의 원인이 되는 **불안정적 불균형 부동산값 변동을 다스려야지** 무슨 재활을 방해하느냐. 그 방해로 주택시장은 더욱 불안정적 불균형 변동으로 이행하지 않았느냐. 시장을 **안정시장에서 불안정시장으로 효율시장에서 비효율시장으로 뒤흔드는 묻지마 규제를 하면 결국 정부가 나서서 부동산 투기를 생산**하는 게 아니겠느냐."

대왕은 이번에는 지킴을 향해 시선을 준다. 그러고는 말을 잇는다.

"재건축 규제는 심각한 국토 교란 행위요. 그래서 이들이 만든 특별법 가운데 또 물을 게 있소. 초과이익을 계산하는 규정이오. 최근 항간에서는 그 초과이익을 반포 무슨 단지는 얼마, 잠실 무슨 단지는 얼마, 목동 무슨 단지는 얼마라는 식의 예상 추계액을 발표하기도 하는데 도대체 그 액수가 정확한 평가에 의한 것이오?"

"계산 방식이 관련법에 정해져 있습니다. 그런데 시점만 정확하게 정하여져 있을 뿐, 전제되어야 할 기본적인 개념은 없습니다. 이에 의하면 재건축추진위원회의 성립 때부터 재건축 완료 시까지 상승한 가격에 따라 일정 부분을 재건축 부담금으로 확보하게 하는 규정입니다. 실질적으로는 개발이익 가운데 일정량을 초과이익 부담금이라는 이름으로 몰수하게 하는 규정입니다. 문제는 개발이익의 내용도 매우 불안정하고 개발손실에 관한 규정이 전혀 없다는 점입니다."

"개발이익만 생각하고 개발손실은 고려하지 않았다면 반쪽 이론이 아니겠소."

"그렇습니다. 원래 개발이익은 시대와 장소에 따라 개발방식과 매도 청구권 가치의 평가들이 천차만별이기 때문에 그야말로 일관되지 않고 들쭉날쭉합니다. 시점에 따라 단지에 따라 매우 불공정한 평가액들이 발생할 우려가 크지요. 더불어 감정평가에서 금기시하는 평가가 있습니다. 매도가격에 이 부담금을 반영하는 평가는 조건부 평가를 해야 하니까 사실상은 윤리적으로 금기시하는 평가를 강요하는 것이 되지요.”

이번에는 대답하다가 지킴이 물 한 모금을 마신다.

“문제는 개발 행위의 정당한 대가를 전면적으로 개발자에게 귀속시키지 않는다는 점에 있습니다. 이는 마치 환수해서는 안 될 개발이익을 환수하는 것이기 때문에 국토이용을 교란하여 궁극적으로는 국토를 낭비하게 만듭니다. 필요한 곳에 있어야 할 시설들이 들어서지 못하면 토지이용은 차선의 대체 이용을 모색하게 됩니다. 그런데 최선의 이용을 하지 못하고 차선의 이용을 하면 수요자의 요구를 100% 충족하지 못하기 때문에 수요자들에게는 빈 욕구가 남게 됩니다. 빈 욕구는 결국 변형된 토지 이용을 유발시키므로 국토 낭비, 국토 훼손, 비용 상승, 인플레의 원인이 됩니다.”

“그렇겠지요. 부동산 가격과 부동산 이용은 상호 끊임없는 교류 관계를 갖는 게 아니겠소. 정상가격이나 정상가치를 창출하는 걸 방해하면 반드시 부동산 이용의 왜곡현상이 발생하지요. 일반적인 상승분보다 더 높다고 해서 이를 초과이익으로 보고 그 일부를 누진율에 따라 사실상 소득세처럼 부과하게 되면 두 가지 현상이 발생하는 것 아니겠소. 하나는 공사의 지연으로 인한 국토이용의 왜곡이고, 또 다른 하나는 생산비에 부담금을 전가시키는 것 아니겠소. 시장이 활황이지 못할 경우에는 공사의 지연으로 인한 국토이용의 왜곡이 발생할 것이고, 시장이 활황일 경우에는 조세 전가가 발생할 것 아니겠소.”

“정확한 지적이십니다.”

“그런데 평가자들이 법에 정한 초과이익을 제대로 평가나 할 수 있겠어요? 정밀하게!”

재건축 지역에 대한 종전 가치 부동산값 평가와 사업 후 가치 부동산 평가가 이론적으로 제대로 평가되는 경우는 매우 드문 일입니다. 전문 평가사들은 공인중개사무소나 전례 평가를 참고하여 **대충 눈짐작으로 평가하는**

경우가 **대부분**입니다. 예컨대 어떤 재건축 지역에서는 2차선 폭 8m 도로변 단독 택지값과 경사지인 이면도로로서 폭 3m 도로변 단독택지의 값이 구입 원가는 거의 70% 정도의 차별화가 있는데도 이를 인정하지 않습니다. 거의 엇비슷하게 값을 매깁니다. 왜냐하면 재건축을 하게 되면 큰 도로변이나 작은 도로변이 큰 의미가 없다고 판단하여 행하는 평가이지요. 이러한 엉터리 평가가 행해지더라도 이를 소송으로 가서 뒤집기가 매우 어렵습니다. 왜냐하면 항소심 재판관이 이를 새로 평가를 한다고 해도 결국은 전문 평가사에게 의뢰하기 때문입니다. 전문 평가사들은 초록동색草綠同色 평가를 하지요. 특별한 논리가 없는 한 이미 행한 평가액과 유사하게 결론을 이끌어냅니다. 거의 관행이 되어오고 있지요."

"**잘못된 감정평가 관행**이 여기저기에서 이루어지면 그게 또 거래가격에 직접 영향을 미치고 결국 **시장가치로 둔갑**하게 되겠네요."

"그렇습니다. 손쉽게 감정평가하기 위해 법정평가를 무시하고 감정평가를 하면 그 평가관행이 재건축이나 재개발단지 안의 거래가액을 변동시켜 놓지요. 주객이 전도되는 일들이 전국 곳곳에서 벌어져도 이를 정상으로 되돌릴 수 없도록 되어있는 게 현재의 시스템입니다."

"결국 재정비를 하는 구역하고 그렇지 아니한 구역하고 유사지역인데도 가격 구조가 달라지겠네요."

"그렇습니다. 정비사업지구로 지정된다는 소문이 나면 그때부터 비정상적인 거래가격으로 동네의 거래가격이 변동하지요. 특히 단독주택 위주의 동네가 공동주택 위주의 동네로 변하는 재건축이나 재개발을 하면 평가관행이 시장가치에 결정적인 영향을 미치지요. 정상시가가 사라지고 감정평가관행이 시장가치를 만들어가는 이상스러운 현장으로 변하지요."

"부동산값이 정상시가를 반영하지 못하는 시장이 형성되면 그만큼 국토의 효율적인 이용이 방해당하는 것 아니겠소?"

"그렇습니다."

"엉터리 감정평가가 나타나면 토지 이용이 왜곡되고 토지 이용이 왜곡되면 비용인상으로 인한 국토의 훼손이 발생하는 것이고요. 결국 국토의 헌법적 가치는 심하게 침해당합니다."

"그렇습니다. 어떤 감정평가사들은 정비사업 조합장에게 줄을 대기 위해 은근히 다가가기도 합니다. 그러다가 조합원으로부터 그 사실이 발각되어 이미 선정된 감정평가사 지위를 배제당하는 경우도 종종 발생하고요. 그뿐이겠습니까. 이 개발사업에는 비리가 판을 치기도 하지요. 종전평가와 사후평가를 행하는데 어떻게 해서든지 재건축을 할 수 있도록 유도하기 위해 사업 총금액을 조합장으로부터 파악한 감정평가사들이 그 총금액과 엇비슷하게 맞추어 조합원의 지분 쪼개기를 하는 **마사지 평가**가 은밀하게 수행되는 경우도 꽤 있을 것으로 추정합니다."

"부동산값이 사람의 신체와 다르지 않소? 그런데 마치 **마사지하듯 하는 감정평가**로 무슨 놈의 초과이익을 계상한단 말이오. 마사지 평가는 각종 사업현장에서 일반적으로 공익사업이라는 이름을 걸고 행해지는 평가관행이라는 말은 여러 번 들어본 기억이 나요. 그러나 재건축에서까지 그러한 수법을 쓴단 말이오?"

"네. 초과이익의 평가야말로 현재와 같은 감정평가 시스템 속에서는 잘못된 감정평가 곱하기 또 잘못된 감정평가가 될 것입니다."

"재개발에 관한 엉터리 감정평가가 난무하는데 이에 더하여 또 다른 엉터리 감정평가가 더해지면 초과이익은 보나마나 감독자의 의도에 따라 들쑥날쑥할 수도 있겠군요."

"그러할 가능성이 매우 높아지지요."

"이러한 엉터리 감정평가가 난무하는 이유가 무엇 때문이오?"

"두 가지 요인을 들 수 있습니다. 우선 **감정평가 시스템의 문제**입니다."

"어떤 시스템?"

"감정평가가 중립성을 유지하지 못하고 정부의 감독 권한에 예속되어 움직이는 구조 때문입니다. 가장 심각한 요인이지요."

"그렇겠군요. 부동산 감정평가야말로 부동산 재산권 가치를 공정하게 매기는 장치여야 하는데 그 공정성이 기울어져 있기 때문에 발생하는 현상이로군요. 공정성을 확보하기 위해 가장 먼저 이루어져야 할 일이 무엇이라고 생각하오?"

"건설 관련 부처로부터 감정평가 기능을 독립시키는 것입니다. 예를 들면 별도의 부동산 관리 기구를 만들어 예속시키거나 하는 것입니다. 그런데 감정평가 전문인들은 그러한 기능의 중요성을 알고 있으면서도 변화에 미온적입니다."

"왜 그러하오?"

"마치 낡은 밧줄에 생명을 의존하고 있는 우물 속의 인간이 우물 위로 기어나오는 데 진력을 다해야 함에도 불구하고 우물 아래로 단꿀이 흐르니까 꿀맛에 취해, 생쥐에 의해 머잖아 동아줄 끊어지는 사실을 잊은 채 꿀물에 혓바닥 대고 날름거리는 우자愚者라 그렇지요."

"그러니까, 공권력에 의존하는 활동이 훨씬 편하니까 공권력과 공생하며 자신의 정통성이 사회적으로 부정당하는 줄도 모르고 단꿀의 전문 활동만을 즐기는 행태라는 뜻이로군요."

"그렇습니다. 인간의 가치를 평가하는 직업은 그의 전문성이 매우 중요합니다. 사람의 행위를 평가하거나 사람의 재산, 특히 부동산을 평가하는 경우는 공통점이 있지요."

"예컨대 판사나 검사, 그리고 변호사는 최선을 다해서 전문 활동을 해야 스스로가 추구하는 가시적인 성과를 얻어낼 수 있는데 그러한 **치열한 경쟁 과정이 전무한 감정평가 시스템** 때문이지요."

"감정평가는 평가 후 각 감정평가마다 잘잘못을 가리는 시스템이 전무하오?"

"법정평가를 어긴 경우 이외에는 비싸게 평가액이 나오건 싸게 평가액이 나오건 별문제 없이 지나가는 게 대부분입니다. 그리고 부동산 감정평가의 공정성을 판단하는 시스템도 매우 불합리하게 운용되고 있지요."

"전문성을 높이기 위한 치열한 자기 노력을 유도하는 장치가 없군요. 그러니까 매년 엉터리 공시지가, 엉터리 공시가격, 엉터리 보상평가는 물론 재개발 등에서 엉터리 사전평가와 사후평가액들이 그 작은 꼬레아 땅을 어지럽게 만드는 게 아니겠소?"

"그렇습니다."

"치열한 자기 검증을 도모하려면 다른 시스템 변화는 물론이고 별개의 시스템으로 배출된 전문인을 육성하여 상호 공정한 평가가 이루어지도록 감시하고 경쟁하며 검증하는 시스템 구축이 매우 중요하겠군요."

"당연합니다. 그래야 부동산 재산권이 제대로 평가받아 국토의 훼손이 최소화될 수 있습니다. 지구가 문제이고, 국토가 문제이고, 환경이 파괴되어가는 지구촌의 위기를 최소화하기 위해 당연히 구축되어야 할 시스템이지요."

"마사지 평가가 유행하는 또 다른 이유는 무엇입니까?"

"어떻게 해서든지 개발사업을 할 수 있는 환경 조성에 힘을 기울이는 점입니다."

"아하! 압니다. 일감을 확보하기 위한 경쟁의 일환이로군요. 이러한 경쟁은 어떻게 정상화시킬 수 있겠습니까?"

"등록과 제비뽑기를 활용하면 그나마 공정성을 약간 높일 수 있습니다. 감정평가를 하겠다고 자원하는 공고를 하고요. 신청자들의 자격심사를 한 후 자격자들 가운데 컴퓨터로 추첨하는 방식입니다. 아마도 법원에서는 이러한 방식을 이미 활용하고 있을 것입니다. 그러나 이것은 보완적인 수단일 뿐입니다."

대왕은 감정평가에 관한 이야기를 지킴과 길게 나누다가 다시 재건축의 이야기로 환원한다. 그만큼 재건축 사안이 국토의 헌법적 가치를 지키기 위해 매우 중요하다고 인식하고 있기 때문이다.

"재건축에서 초과이익은 개발이익이 아니겠소?"

"그렇습니다. 초과이익은 행정부가 주도한 행정 입법에서 만들어진 형식적인 용어일 뿐이고요, 이론적으로는 재건축이라고 하는 개발 행위에서 발생하는 가격의 변동을 내용으로 하므로 개발이익입니다."

"그런데 말요, 재건축을 한다고 해서 언제나 개발이익이 발생하는 것이오?"

"아닙니다. **개발손실開發損失**이 발생하는 경우도 종종 있지요."

"개발손실이 발생하면 사업이 지연되거나 더 나아가 최악의 경우에는 사업시행자가 손해를 무릅쓰고 사업을 없던 일로 하는 경우도 발생하겠네요."

"그렇습니다. 최악의 경우에는 진행하던 사업을 없던 일로 하고 그동안 소비한 비용을 조합원들이 분담하는 **매몰비용埋沒費用**마저 발생하는 경우도 꽤 많습니다."

"개발이익을 초과이익이라는 명분으로 환수해가는 법에 개발손실이 발생한 경우 이를 보전해주는 규정이 존재하오?"

"전혀 없습니다."

"국토관리의 원칙에 의하면 당연히 개발이익의 환수가 있으면 개발손실이 발생한 경우 이를 보전하는 장치가 존재해야 평등의 법칙에 맞는 일 아니오. 물론 이렇게 평등한 이해관계가 보장되어야 창조적인 토지 이용이 보장되는 게 아니겠소. 어떻게 그런 법을 만들어놓고 이를 공정성 있는 공익사업이라는 이름표를 붙일 수 있겠소. 공정성이라는 말은 상호 양측 이해를 팽팽하게 수평을 이루게 함으로써 발현되는 개념이 아니오?"

"개발손실을 순전히 개발자의 몫으로 귀속시키도록 제도가 되어있다면 당연히 개발이익을 초과이익의 이름으로 환수하도록 하는 것은 불공정한 것 아니오. 그러한 불공정한 개발법은 반드시 국토 이용의 효율성을 저해하게 되는 것 아니겠소?"

"그렇습니다."

"쯧쯧."

대왕은 혀를 찬다.

대왕은 노무현을 바라본다. 무엇인가를 노무현에게 물을 듯하다가 시선을 땅신에게 돌린다.

"이자가 한 부동산권 규제들은 재건축 규제 말고도 많지 않나?"

"노태우 때의 종합토지세제를 개편하여 **종합부동산세를 제정**합니다."

"그 부유세 말인가?"

"네. 요즘 그 세제가 다시 강화되어 사회적 물의를 일으키고 있습니다."

"정부 간 이기주의 때문에 중앙정부와 지방정부의 줄다리기 싸움에서 중앙정부의 판정승으로 끝난 세제 말인가?"

"그렇습니다."

"지킴님, 대관절 종부세가 부동산값을 안정시키는 장치요?"

"비용상승 인플레의 원인이고요, 또 자금에 여유가 있는 계층이 공급해야 할 부동산이 줄어드니까 중장기적으로는 상류층 부동산값을 상승시키는 요인도 되지요."

"비용상승 인플레와 공급부족으로 인한 가격상승을 유발하는 장치네요. 또 다른 규제들도 있지 않습니까. 국토부가 의술 행위를 하는 곳입니까. 핀셋규제라는 말도 쓰던데."

"투기지구(조정대상구역, 투기과열지구)를 지정해놓고 전국 주택지들을 두루두루 돌려가며 차별화하는 규제도 가하고 있습니다. 이 법은 애초에 만들 때부터 불온한 용어가 법률용어로 들어갑니다. 정의팔이 정치적 용어를 지역의 지정 명칭으로 둔갑시킨 후 시장이 요구하는 대책과 정반대의 대책들을 내놓습니다. 그러면서 핀셋규제라고 시장을 놀려대는 것이지요."

"아이고. 그러하니 시장이 안정되거나 균형 변동하는 시장으로 관리될 수가 있겠소. 정부가 나서서 시장을 이리저리 교란시키는 행위로군요."

"요즘 뜨겁게 이슈가 되고 있는 분양가상한제에 강제력을 부여한 것 이외에도 앞에서 잠깐 살펴봤었던 것처럼 각종 지방개발을 위한 특별법들과 공인중개사의 업무 및 부동산거래 신고에 관한 법률, 도시재정비를 위한 특별법 등 수많은 재산권 규제법들을 노무현 정부 때 양산했습니다."

"참으로 가관이었소. 일부 제도는 사회적으로 필요한 것도 있어 보이네요. 그러나 도시재생사업 관련법들의 개정은 악법 중의 악법이오."

"그렇습니다. 더욱 가관인 것은 신도시를 지을 땅이 고갈되어가니까 개발마피아들의 발톱이 도시재개발을 향하고 있다는 점입니다."

"아마도 이 땅에 아직까지는 박정희 이후에 가장 많은 개발을 한 인물로 기록될 수 있을 것이고요, 짧은 순간에 개발의 콘크리트를 많이 퍼부은 대통령으로서는 박정희가 도무지 노무현을 따라갈 수 없을 것입니다. 마치 지구촌 전쟁 중에 단기간에 많은 사람이 희생당한 6·25처럼요. 꼬레아 국토 훼손이 단시일에 그렇게 많이 이루어진 건 유례없는 일이오."

"......"

"이들 가운데 오늘날까지 국민들을 많이 불편하게 하고 있는 대표적인 법률들이 무엇이 있소?"

"딱 집어 그 경중을 따지기 어려운 게 고통의 문제입니다. 부익부 빈익빈을 큰 고통으로 친다면 당연히 수도권 신도시 개발을 포함하여 각종 지방

균형개발이고요. 입지 잘못으로 국가 경제의 장기적인 막대한 손실을 생각하면 특별한 입지적 이점이 없는데도 마치 정처 없이 이주한 **각종 공공단체**입니다. 또한 이산가족의 서러움을 가장 많이 발생시킨 건 아무래도 서울에서 주요 공공기관 본사들이 지방으로 이전한 일들이 꼽힙니다."

"**강제**로 공공기관을 **이전시킴**으로써 서울에서 둥지 틀고 평화롭게 살고 있던 가족들을 갑자기 주중 서울과 지방으로 해체시켰겠네요. 주중 이산가족, 주말 온 가족인 가구들이 굉장히 많이 늘어났다는 소문은 벌써부터 들었소."

"그렇습니다. 벌써부터 있어온 그 부조리가 지금까지 남아있습니다."

"꼬레아의 남북이 이산가족으로 설움을 경험한 지 반세기를 훨씬 넘겼지. 그 이산가족들은 이제 워낙 세월이 흘러 저승으로 가신 분들이 대부분이어서 서러운 눈물이 마를 만한 시기가 되었구나 하자 이젠 남남 주중 이산가족을 만들어?"

"신혼보다도 아이들을 키우던 중년 가족 가운데 그러한 분들이 더 많습니다. 주말만 되면 혁신도시 대부분의 상점이 유령도시처럼 변합니다."

"정부에서는 주요 지방 이전 공공단체원들에게 아예 가족 전부가 이사하도록 권장하지 않았소? 각종 인센티브도 주지 않았소? 물론 **주거를 강제하는 것이야말로 가장 사악한 행위**이지만요."

"아이들이 수도권에서 오랫동안 교육 등을 받아와서 도무지 전 가족이 이사할 형편이 안 되는 가족들이 대부분 이사를 못 하고 주중 이산가족을 꾸릴 수밖에 없는 경우가 많아졌지요. 주중 이산가족도 어렵고, 이사도 힘든 가족들 가운데는 직장을 떠나는 경우도 꽤 늘어났고요."

"그분들은 얼마나 서러워했겠소. 도대체 이산가족에 관한 인도적 배려가 전혀 없이…. 한 자연인이 최고 권력을 쥐었음을 기회로 삼아 스스로 오해한 줄도 모르는 그 **균형**이라는 말 한 마디에…."

대왕은 더 이상 말을 이어가지 못한다. 이산가족의 아픔을 공감하는가 보다.

"헌법 조문에 담긴 **균형이라는 용어 하나를 최고권력자가 잘못 해석하는 바람에 많은 선량한 가족들을 이산가족으로 만들어놓는 엉뚱한 일**이 지구촌에서 왜 벌어진단 말이오. 무언가 국토관리시스템이 크게 잘못된 것 같소."

"그렇습니다. 대통령 말 한 마디가 국토를 교란하는 빌미가 되는 구조 때문에 발생한 일이지요."

"국토와 관련된 공약은 국민적 합의를 이끄는 게 중요하지 않소. 또한 그 공약으로 인해 발생하는 직접적인 이해관계자들의 의견을 충분히 반영해야 되는 게 아니오?"

"당연합니다. 그러나 그러한 것은 거의 존재하지도 않습니다. 설혹 극히 예외적으로 존재한다고 하여도 형식에 그치는 경우가 대부분입니다."

"공천권을 쥔 대통령이 한 말을 신주단지 모시듯 하는 국회의 행태 때문에 저질러지는 국토 교란이기도 하군요. 꼬레아 역대 대통령들이 똑똑하고 잘난 사람들이오?"

"……."

"진짜 대통령 할 만한 사람들은 대부분 초야에 은둔하며 살다가 저승으로 향하지 않소. 마치 들풀처럼 말이오. 바람 불고 비와 눈보라를 맞으며 평생 자신의 일만 묵묵히 하는 분들 말이오. 이름도 없이 자신의 값을 전혀 주장함이 없이 묵묵히 일만 하시다가 가시는 나그네들 말이오."

대왕은 잠시 침묵한다. 그러다가 약간 강한 어조로 말을 잇는다.

"오히려 혁신도시로 인해 불가피하게 이주를 택하거나 주중 이산가족이 된 사람들 가운데 대통령 감의 참 능력자들이 많이 존재할 것이오. 주중 이산가족들이나 지방 이전에 따르지 못한 특별한 사정이 있어서 실직이나 이직을 한 사람들 개개인을 보면 역대 욕심이 하늘을 찌르는 대통령들보다 훨씬 똑똑하고 사리분별력이나 포용력이 뛰어난 분들이 훨씬 더 많지 않겠소?"

"그렇습니다. 참으로 훌륭하신 분들이 많았지요."

"가부장적 권위주의와 지구촌의 전통적인 대통령 선출 방식이 매우 잘 못되었다고 하는 신호이기도 하오. 또 그 권한 행사도 잘못된 것이고요."

"그렇습니다. 지구촌의 각 나라가 나라대장을 뽑는 방식을 반성하게 하기도 하지만요. 특히 꼬레아 위정자들의 국토관도 많은 변화가 요구되기도 하고요."

"참으로 우스운 일이오. **한 사람의 즉흥적인 아이디어와 말이 씨가 되어 국토를 훼손하는 일**이 말이오. 공공서비스가 공간 마찰로 인하여 효율적으로 국민들에게 제공되지 못함으로써 발생하는 **천문학적인 입지 손실**도 문제요. 이 입지 손실은 향후 발생할 손실이 훨씬 더 클 것이오. 모든 손실은 결국 국민 혈세로 전가되지요. 나아가 주중 이산가족을 양산하는 어리석은 현장을 국토 여기저기에 만들어놓았소. 국민들 사이의 형평을 심화시킨 이 일을 마치 균형인 것인 양 둔갑시키는 현장들이 매우 심각한 문제들이오. 더구나 교통마저 인위적으로 팽창시켜 전국 옥토가 미세먼지와 세균이나 바이러스로부터 취약한 땅으로 전락해가는 모습을 보면 참으로 어안이 벙벙할 뿐이오."

"그렇습니다. 앞으로가 더욱 심각한 문제입니다."

"재앙의 수준이오. 향후에는 이러한 일이 재발하지 않게 해야 할 것 아니겠소. 또 향후에는 이러한 야만적인 국토 교란을 원래의 제 위치로 회복시켜야 하는 게 아니겠소. 저질러놓은 국토 훼손을 최대한 원래대로 회복시켜야 하는데 그게 그렇게 쉬운 일이겠소. 원상회복은 일부 불가능할 수도 있어요. 하지만 앞으로는 이러한 터무니없는 일이 발생하지 않도록 해야 할 것 아니오. 그러기 위해서는 국토관리와 관련된 **대통령의 공약**이나 재임 중 **즉흥 개발**을 극도로 **제한하는 제도를 강구해야** 될 것 아니겠소?"

"맞습니다. 하루빨리 도입해야 할 가장 중요한 과업입니다."

"이제껏 그동안 대통령들의 즉흥적이고 정치적인 목적을 위해 희생된 수많은 옥토를 최대한 복원시키고 또 다른 희생을 방지하기 위해서는 대통령이나 지방단체장들이 하는 국토 공약은 반드시 전문적 평가와 이해당사자들의 의견을 반영하는 제도를 입법해야 하는 게 아니겠소?"

"옳습니다. 그 어느 것보다 화급을 다투는 꼭 필요한 장치입니다."

"그러나 땅신과 나는 그들의 터를 관장하는 입법 권한이 없지 않소. 겨우 이 화상들을 재심하는 등의 일밖에 권한 행사를 할 수 없으니 답답한 일이오."

"대왕님의 인간 설계 변경까지 심각하게 고민해볼 여지도 있을 것 같습니다."

"그 방법은 최후적인 것이니 우선 유보해둡시다. 두 가지 과업이 당장 발등에 떨어진 불이오. 하나는 무지몽매한 자들에 의해 국토가 힘없이 훼손당하고 인권이 유린당하는 걸 향후에는 없도록 하는 일이고요. 다른 하나는 그러한 야만의 개발을 원래의 정상화 상태로 복원하는 일입니다."

"옳습니다. 쉬운 일부터 해나가야 할 것 같습니다. 이미 행한 잘못된 개발행위자에 대하여는 인과응보를 가하는 장치도 반드시 있어야 할 것입니다. 그래야 대통령들이 국토를 즉흥적으로 재단하지 않지요. 국토에 대하여 존엄성과 경건성을 갖도록 하루빨리 관련 입법이 필요합니다."

"특히 꼬레아는 국토개발과 관련하여 형식적인 환경영향 평가만 이루어질 뿐, 그로 인한 사회경제적인 평가는 아직 평가원칙 하나 제대로 되어있는 게 없지 않소."

"그렇습니다. 자신들이 살고 있고 또 후손들이 그 땅 위에 계속 살아나갈 터인 줄 뻔히 알면서도 마치 자신들만 호의호식하다가 버릴 공간인 것처럼 다루는 정부들이 문제지요."

"그놈의 소비가 미덕이라는 경제총량 키우기 격언은 국토에 잘못 적용하면 재난만 불러들이는 일이 되는 게 아니겠소. 이 말을 나그네 노무현이 지금 아무리 열심히 듣고 있어 봐야 무슨 실익이 있겠소. 고작 지나간 시절 자신의 행위에 대한 반성이나 할 뿐 아니겠소. 그래도 어쩔 수 없소. 재판은 반드시 해서 결론을 얻어야 하는 것이니 이젠 노무현의 말 좀 들어봅시다."

그리하여 대왕은 **노무현**을 향해 시선을 고정한다. 그러고는 한숨을 가볍게 내쉰다. 인간사에서 지도자에게 필요한 중요한 덕목을 갖췄다고 판단되는 인물인데 어찌 국토관리는 그다지도 신중하지 못했는지에 관한 생각들이 대왕의 뇌리에 혼잡스러움으로 다가왔다. 그러나 인간사에 관한 점수는 30%이고, 국토관리에 관한 점수는 70% 아닌가. 이는 이미 선언한 평가기준 아닌가 하는 생각도 하면서 대왕은 노무현에게 명령한다.

"이제는 노무현이 최후진술을 할 차례다. 사실이나 논리는 우리가 너보다 더 정교하게 알고 있으니 이 재판정에서 그동안 깨달은 소감과 본인이 꼭 하고 싶었던 말이 있으면 해보아라!"

노무현의 최후진술이다.

"존경하는 대왕님, 여기 재판을 시종 경청해온 소감인데요, 제가 한 일에 대한 회한이 하늘 가득 쌓여있음을 먼저 부끄럽게 생각합니다. 저는 일생 특권에 사로잡힘이 없고 평등하게 사람들이 세상을 살아가는 걸 최고의 선으로 여기며 살아왔습니다. 누구나 평등하게 땅 위에 발가벗은 몸으로 태어나지 않습니까. 그러나 태어나자마자 너무나도 불평등한 세상의 구조 속에서 사람들은 누구나 불평등을 경험합니다. 더 나아가 불평등마저 대물림하고 오히려 불평등의 간격이 시간이 흐를수록 더 벌어져가는 현실에 저항하면서 살아왔습니다.

어느 날 전혀 가당치도 아니한 기회가 제게 왔습니다. 대권을 쥔 것입니다. 부동산에 대하여 일이 벌어졌습니다. 왜 유독 강남 아파트값이 다른 곳보다 더 비싼가. 비싼데도 왜 시간이 흐를수록 더 높이 상승하는가에 대하여 이 변동 구조를 바꾸고 싶었습니다. 그리하여 재건축 규제도 하고, 행정수도도 사실상 옮기고, 수도권에 있는 공기업들을 지방으로 분산시킨 것입니다.

또한 여태까지 그 누구도 단기간에 하기 힘든 주택 공급량을 늘리기 위해 수도권에 미니 신도시들을 건설하게 하였습니다. 그런데 여기에서 재판이 진행되는 과정을 시종 지켜본 저로서는 오히려 제 행위가 심각한 착오로부터 비롯되었음을 뼈저리게 반성하게 합니다. 과도한 **묻지마 개발**을 자행한 걸 뼈저리게 반성합니다. 저로 인해 부익부 빈익빈은 더욱더 심화되었고 국토의 건강은 크게 훼손되었으며 국토는 매우 비효율적으로 개발되었다는 사실에 대해 크게 반성합니다.

또한 이산가족 문제를 생각하면 피눈물이 흐릅니다. 그래서 저는 각오를 하였습니다. 아무리 선의라 하여도 많은 국민에게 영원한 피해를 입힌 저를 당연히 악마 천국으로 보내주십시오. 저는 그곳에서 9,933년 동안 아픔을 참으며 견디겠습니다. 그 후 다시 10,000년이 지나 우주 속 새 생명으로 태어난다면 다시 꼬레아의 아들로 태어나고 싶습니다. 다시 태어나서 제가 한 일을 속죄하기 위해 최선을 다하는 삶을 살겠습니다.

우리 국토는 사람들의 신체보다 더 소중한 것이므로 효율적이며 형평 있게 건강한 생명들이 살아가는 현장 만들기에 평생 동참하겠습니다. 이 순간 크게 뉘우칩니다. 저는 제가 저지른 잘못을 속죄합니다. 저를 악마 천국으로 보내주십시오."

노무현은 말을 마친다. 그러고는 굵은 눈물을 흘린다. 눈물이 콧등을 타고 흘러내린다. 그러자 노무현은 자신의 두툼한 손바닥으로 눈물을 훔쳐낸다. 그래도 또 눈물이 주르륵 흘러내린다. 대왕도 그 눈물을 보며 마음이 편하지 않다. 그렇지만 곧바로 다음 절차를 진행한다. 검사에게 노무현의 책임을 추궁할 것을 명한다. 그러자 검사가 말을 한다.

"여기에서 심판을 받는 피고들은 거의 예외 없이 자신의 억울함을 호소합니다. 어떤 피고는 거짓말탐지기가 있는 줄도 모르고 거짓말까지 하며 질 좋은 천당으로 가기 위해 혼신의 힘을 다합니다. 그러나 특이하게도 노무현은 정반대입니다. 본인 스스로 죄과를 뉘우치면서 악마 천국행을 자원했습니다. 제가 여기에서 반성이나 잘못을 추궁해야 할 실익이 없어진 것입니다. 그러므로 일일이 여기에서 그의 죄과를 추궁할 필요가 없다고 판단합니다. 스스로가 잘못을 인정하고 가장 무거운 벌을 감내하겠다고 했기 때문입니다. 그의 뜻대로 악마 천국행을 할 수 있도록 해주시길 바랍니다."

오히려 검사의 악행 추궁이 간명하다. 검사가 악행을 추궁하는 것은 인과응보의 법칙에 의해 가하는 벌 가운데 가장 무거운 벌을 가하려 하기 때문이다. 세상 법정에 가면 모든 피고는 자신이야말로 세상에서 가장 억울한 자임을 토로한다. 그리하여 조금이라도 벌을 가볍게 받으려고 안간힘을 다한다. 그러나 노무현은 달랐다. 인과응보에 의한 자신의 업보를 감내할 각오를 단단히 하고 있었다. 그러하니 악행을 주저리주저리 열거할 필요가 없었던 것이다. 대왕은 다음으로 변호사의 변호를 명한다. 변호사가 자신의 자리에서 일어나서 변론을 한다.

"죄와 벌은 반드시 인과에 따르는 게 정의에 부합할 것입니다. 죄는 미워하되 벌은 정상을 참작해야 한다는 것은 인간사의 평화의 법칙입니다. 노무현은 서울이 너무 비대해져서 중심지 집값이 비싸진다고 하는 단순한 이치를 깜빡했을 뿐입니다. 투기가 집값을 올리는 원인으로 보았고요. 또 신도시가 부족해서 중심지 집값이 오르는 것이라고 보았습니다. 그래서 많은 수도권 신도시를 지었습니다. 그러나 그 판단들이 잘못되었음을 알게 되었습니다. 많은 신도시를 지어 수도권을 더욱 비대하게 함으로써 중장기적으로 강남 집값을 상승시킨 잘못을 스스로 뉘우치고 있습니다.

또한 자신 때문에 수많은 주중 이산가족이 발생하였으면서도 그것이 수도권의 지속적인 인구 이동에는 별다른 영향을 못 미치고 오히려 세종시라는 전혀 엉뚱한 투기 도시를 만들었으며 전 국토의 교통량만 폭증시킨 점도 후회하고 있습니다. 뿐만 아니라 전국에 진짜 유령도시들을 양산하였습니다. 그는 살아있을 동안 일시적인 영달을 위해 꽃길만 선호하는 행동을 단호하게 거부했습니다. 그래서 자신이 질 줄 뻔히 점치면서도 지방선거에 출마하여 낙선을 감내했습니다.

또한 억울한 노동자들을 위해 무료 변론을 해왔으며 인권 탄압이 심한 경우에는 공권력을 향해 저항하기도 했습니다. 이러한 자는 어떠한 경우라고 하여도 당연히 맑은 천국에 보내야 한다고 생각합니다. 비록 국토관리가 매우 중요한 일이기는 하나 만약 이자를 악마 천국에 보냈다는 걸 꼬레아 사람들이 알게 된다면 꼬레아에서 의인을 기대하는 데 큰 장애가 발생할 수도 있다는 점을 참고하시어 부디 악마 천국행만은 면하도록 하여주시길 빕니다. 특히 현재 지내고 있는 천국에서 더 나쁜 곳으로 이주시키는 일만은 면하게 해주시길 앙망합니다."

의외로 변호사의 말도 간단했다. 피고 본인이 가장 중한 엄벌을 내려달라는 간언을 하니 변호사의 변론 또한 실익이 반감되었기 때문이다.

대왕이 말을 마무리한다.

"지구촌 이치는 간단하다. 자신이 권세를 더 많이 쥘수록 더 신중하게 행동해야 한다. 노통은 오랫동안 약한 사람들을 위해 희생하겠다는 각오로 변호사 생활을 해온 것은 인정한다. 또한 매사에 불우이웃을 돕는 데 솔선해왔음도 인정한다. 그러나 그와 같은 귀감적인 행동만으로 국토를 다스릴 수 있다고 판단한 건 오산이다.

극적으로 대통령이 된 이후 즉흥적으로 **행정수도 이전을 기획**했다. 그러한 기획은 원래부터 잘못된 것이었다. 서울 집값 안정이라는 목표 달성은 고사하고 국토의 콘크리트 사막화만 가속시키는 행위였을 뿐이다. 그래서 헌법재판소가 명분을 줬다. 그런데도 헌법재판소의 호의를 무시하는 노무현의 오기가 발동되었다. 그 오기로 사실상의 행정수도 이전을 밀어붙였다. 그 결과 과연 강남 집값이 안정되었는가. 이미 지난 세월이 그러하지 않았다고 답하였다. 오히려 너희의 표현을 빌린다면 서울 뺨치는 세종이라는 투기 도시만 태어났다.

특히 역대 그 누구보다 **단숨에** 많은 수도권 신도시를 짓게 하였다. 그렇게 함으로써 본인이 수도 이전까지 감행하며 추진한 사업의 효과가 상쇄를 넘어 무산의 나락으로 떨어지는 것을 경험하였다. 한편 서울에 있던 주요 공기업 본사들을 강제로 지방으로 분산시키도록 하였다. 그 결과 공공서비스의 비용은 폭증하였다. **행정도시나 공기업 이전 부지는 항상 단숨에 묻지마 신개발**이었다. 항상 구도심의 재활용을 외면하였다. 그 결과 단군 이래 가장 짧은 순간에 가장 넓은 생명의 터를 콘크리트 숲으로 도배하는 사업을 벌인 것이다. 게다가 6·25 전화로 입은 이산가족의 아픔과 유사한 아픔을 많은 **주중 이산가족들**을 발생시켜 경험하도록 하는 상처마저 주었다.

게다가 이자가 행한 **재건축 규제**는 가히 위헌적이다. 한때는 조합원의 지위양도 금지까지 감행하려 한 적이 있다. 시장은 재건축 지역에서 양질의 새 주택을 원하고 있는데도 투기라는 멍에를 씌워 재건축을 못 하도록 방해하였다. 그 결과 재건축 주택에 살고 있는 주민들은 극심한 재산권 침해를 당하였다. 더욱 심각한 것은 그 여파로 필요한 곳에 있어야 할 주택들이 제때에 공급되지 못하여 **부동산값의 연쇄적인 상승을 유발**시켰다. 나아가 재건축이라고 하는 개발로 인해 발생하는 이익을 초과이익이라는 전혀 엉뚱한 **불로소득으로 둔갑**시켰다. 그리하여 국토 이용에 있어 비용인상 인플레를 가중시켰다. 한편 수도권 주요 공공기관을 지방으로 이전시키면서도 정반대의 정책을 동시에 시행했다. 연쇄 이동으로 인해 지방 사람들을 서울로 몰려들도록 유인하는 신도시를 수도권에 폭발적으로 건설하게 하였다.

수많은 부동산 가격 규제를 가하고 국토 곳곳을 몰상식하게 파헤침으로써 발생한 국토 파괴는 가히 역사적인 **부동산시장 교란不動産市場 攪亂**이고 **국토 교란國土 攪亂**이며 **훼손毀損**이다. 부동산시장을 심각하게 교란시키고 국토 훼손을 했으면서도 휘하 참모들을 통해 국민의 혈세로 자화자찬하는 40년 어쩌고 하는 홍보물 책자까지 발간하여 전국에 뿌렸다.

이와 같이 불과 5년 동안에 그 누구도 흉내 내지 못할 만큼 **국토의 헌법적 가치를 심각하게 파괴**하였다. 꼬레아 국민들이 경험할 그 후유증의 재난은 어쩌면 이제 시작 단계다. 네가 한 국토 교란 행위의 결과 네가 꿈꾸던 나라와 정반대의 나라가 초래되고 있다. 가채점의 결과 형편없는 점수가 나왔다. 생명성 3점, 효율성 3점, 형평성 4점, 정성평가 4점이다.

다만 나도 인간사의 도덕관을 모르는 바 아니다. 인권운동가로서 처절하게 기득권의 권위와 싸운 그 용기들을 잊을 순 없다. 또한 인간사의 질서를 어지럽히는 가부장적인 권위를 무너뜨리기 위해 사회와 소통하려고 노력한 점도 모르는 바 아니다. 당연히 본인의 잘못을 시인하고 스스로 악마 천국으로 가겠노라고 속죄하는 그 모습을 참작하기는 하겠으나 여기 역시 인과응보의 법칙이 작동되어야만 지구는 물론 우주가 건강을 회복할 수 있는 계기가 되는 것이니 많은 고심이 있다. 특히 지금 노무현이 지내고 있는 자리를 바꾸어야 한다는 당위성을 생각하면 나 또한 마음이 아프다. 결과는 나중에 한꺼번에 발표하겠노라."

이로써 노무현의 심판을 위한 심리가 끝났다. 그러자 브레이크 타임을 잠시 가진 후 이명박이 앉아있던 자리에 노무현이 들어앉고, 노무현이 앉았던 앞자리에 이명박이 안내되어 앉는다.

10. 이명박(李明博)

오른손 주먹 쥐어 입 가리고 기침 한 번 한 후 또 한 번 하면서 고개를 숙인 채 종종걸음으로 나온다.

이명박이 자리에 안내되어 앉자 다시 개정을 선언한다. 대왕은 통과의례를 한다.

"이름이 뭐냐?"

"이명박입니다."

"언제부터 언제까지 대통령을 했느냐?"

"2008년도 2월 말부터 2012년 2월 말까지입니다."

"너는 원래 운하를 좋아했느냐?"

갑자기 대왕은 돌발성 질문을 한다. 그 질문에 대하여 이명박은,

"네" 하고 짧은 답변만 한다. 거짓말했다가는 따끔한 손바닥 한 대를 자초할 수도 있고, 또한 길게 말했다가는 진짜 마음을 내보일 수도 있기 때문

이다. 그러나 대왕은 왜 짧게 대답하는 것인지도 다 안다. 늘 진짜 마음을 읽으면서 대화하기 때문이다. 그렇다손 치더라도 이명박은 짧게 대답하는 것이 최선이라고 생각했다.

"너는 반값 상품을 좋아하느냐?"

또 갑자기 돌발성 질문을 한다. 그러자 이번에는 그냥 "네~"라고만 끝냈다가는 오히려 손바닥이 위험할 수도 있겠다 싶어 몇 마디를 보탠다.

"네. 저는 될수록 물건을 살 때 조금이라도 깎은 값으로 사는 걸 좋아합니다."

"알았다. 너를 보면 떠오르는 국토 관련 상징어로서 대표적인 게 **운하運河**와 **반값半價**이다. 이제 너의 그 생각이 국토의 헌법적 가치를 구현하는 데 최선이었는지를 심사하려 한다. 알겠느냐?"

"네."

이리하여 오프닝성 이야기는 마치고 대왕은 땅신을 통해 이명박의 재임 시 부동산 동향을 듣기로 한다. 우선 포괄적으로 부동산 경기에 관하여 묻는다. 땅신은 대답한다.

"이명박은 노무현의 여론 악화로 박근혜와의 당내 경선이 사실상 대선 당선이나 마찬가지였습니다. 그는 박근혜와의 경선에서 승리를 합니다. 그러자 이명박이 선호하는 강남 지역 부동산값은 선호도가 오히려 낮아지고 강북이 약간 강세를 보입니다. 더불어 지방 일부도 강세를 보입니다. 그러나 이러한 변동도 잠시일 뿐 미국발 모기지 부실사건이 터집니다. 특히 **부동산 증권화 상품**REITs의 방만한 운영으로 인한 위기 말입니다. 부동산을 증권화한 채권이 부실화되어 결국 미국의 부동산값 폭락 사태를 유발합니다. 미국의 유명한 금융회사와 투자회사 등이 파산하기도 합니다. 이 여파는 대부분의 자유주의경제체제 국가들에 영향을 미칩니다. 꼬레아는 미국 의존도가 높은 나라인지라 이 영향을 크게 받습니다. 그리하여 이명박은 재임 동안 미분양 아파트를 팔아야 하는 많은 건설업체의 관리에 애를 먹었습니다."

"신도시는 어떠했나?"

"노무현의 수도권 2기 신도시도 진행 중이었던 때인지라 수도권에 새로운 신도시를 모색해야 할 필요를 못 느낀 것 같습니다. 그런데도 불구하고 서울에 유독 챙긴 신도시가 있는데 이른바 **보금자리주택**과 **토지임대부 분양주택**을 공급한 지역들입니다."

"아하! 자신의 선거 공약을 지킨답시고 그린벨트 곳곳을 풀어서 주택을 지은 것을 말하는 거지. 반값으로 공급하였나?"

"반값이라고 할 순 없고 시장가격보다 30~40% 싼값으로 공급했습니다."

"경쟁률이 치열했겠군."

"당연합니다. 비록 일정 기간 지난 후 매각할 수 있는 아파트들이었지만 당첨되면 암거래로 수억 원의 공돈을 챙길 수 있는 현장이었으니까요."

"출산을 장려해야 할 때인지라 특히 신혼부부들의 보금자리 등으로 공급하였는데 평수가 다양했습니다. 그래서 경쟁률이 매우 높았지요."

대왕은 잠시 지킴을 향해 묻는다.

"반값아파트의 생산은 사회비용으로 충당한 거요, 아니면 다른 수법이라도 있는 것이오?"

"사회비용으로 충당한 것은 아니고요, 은폐된 공영 개발비용이 있고요, 거기에다가 우리나라 손실보상 시스템으로 인한 토지시장 가치를 교묘하게 악용한 사례입니다."

"그린벨트의 시중 거래가격은 주변 대체용지의 비그린벨트보다 현저하게 낮지 않았소?"

"그렇습니다. 그린벨트로 지정되면 토지 소유자에게 사실상 특별한 희생이 발생하는데도 불구하고 법은 참아야 할 침해, 즉 일반적인 침해로 다스려왔습니다. 이러한 손실보상 관행이 시장가치에 그대로 반영되어 거래가 이루어지지요. 주변 대체용지 시세보다 10% 이하에 불과한 가격으로 거래가 되는 경우도 많으니까요."

"원래 **반값아파트**를 공급한다고 하면 **건축공법의 개발**이나 **건축경영의 혁신 등**으로 원가를 줄여서 팔아야 혁신이 되는 것인데 그것이 아니고 공용 침해로 형성된 땅을 **강제로 싸게 매입**해서 반값을 맞춘 것이로군요. 뿐만 아니라 국민들에게 언제나 **은폐되는 공영비용**이나 **과잉과 부적합 개발로 인한 천문학적인 국민의 혈세**도 드러나지 않았을 것이고요."

"그렇습니다. 서울시민들은 그린벨트를 잃었고요. 도심 노른자 땅에 휴식공간은 물론 입지적으로 긴요한 잠재적인 제3의 첨단 산업용지를 상실한 것입니다. 뿐만 아니라 빨리빨리 뚝딱 공영개발인 **묻지마 개발**로 인한 국토의 훼손은 더욱 심각했을 것이고요."

"기술혁신 등 생산비 절감을 통한 반값이어야지 그런 식의 반값은 오히려 국토의 과잉 개발을 유발하는 것이 아니겠소. 게다가 오랫동안의 공용 제한으로 가격이 위축된 그린벨트마저 풀어썼으니 이는 가히 폭력 개발이 아니고 무엇이겠소. 그렇다면 반값아파트가 중심지 주택값을 안정시켰나요?"

"단기적으로는 약간의 안정효과를 가져왔다고 볼 수도 있습니다. 아파트가 시중에 공급될 때는 당해 상품이 **지역시장**의 성격을 지니는 경우가 많습니다. 그러나 공급이 전부 끝나면 이때부터 상품은 **광역시장**으로서의 성격을 지니게 되지요. 광역시장의 성격을 가지게 되면 이 아파트 역시 도시의 중심지의 쏠림을 자극하게 되겠고요. 오히려 서울 중심지 집값 상승을 유발하게 되지요."

"그렇군요. 상품으로 즉시 임대 가능한 경우는 단기적으로 임대료 하락

효과를 가져올 수도 있지만 그것은 그 아파트들이 시장에 나올 때에만 국한된 효과일 뿐이군요. 오히려 분양받은 아파트들을 매각할 수 있는 때에 이르러서는 주변 아파트값과 비슷하게 폭등하겠고요. **중장기적으로는 중심지 집값을 올리는 도시의 주거밀도만 증가시켜 중심지 집값을 더 높게 상승시키는 요인**으로 작용하게 되는군요. 물론 지방 인구를 흡인하는 블랙홀 같은 견인력은 주거의 연쇄 이동을 자극시켜 더 강해졌을 것이고요."

"지역상품의 성격이 광역상품의 성격으로 변신하는 데는 그렇게 긴 시간이 요구되지 않습니다. 물론 지역, 개발면적, 시기에 따라 약간씩의 차이가 있긴 하지요. 생산원가를 줄이지 아니한 생산은 진정한 반값효과가 전혀 나타나지 않지요. 시장가격을 끌어내리는 게 아니라 중장기적으로 오히려 중심지의 시장가격을 더욱 높게 올리는 원인으로 작용하지요."

"한심합니다. 생산비 절감 없이 팔아야 하는 반값 상품들은 동산이나 식료품을 파는 곳에서 흔히 볼 수 있는 용어가 아니오. 부패성 식품이나 유행 지난 옷 등과 같은 경우에."

"그렇습니다. 남대문시장 등에 가면 반값뿐만 아니라 좌판에서 떨이, 떨이 하면서 반의 반의 반의 반반 값도 등장하지요."

"부동산도 그러한 떨이판매를 하겠다는 건데 그것은 부동산생산비 가운데 사실상 특별한 희생을 당해야 하는 **땅을 값싸게 수용하고 은폐된 국민의 혈세를 보태 로또투기 현장으로 몰고 간 행위**에 다름 아니군요."

"그렇습니다. 그 밖에도 사용재私用財인 주택을 묻지마 공영개발을 하게 하면 일반적으로 나타나는 국민들의 고혈이 은폐되는 현상을 일관되게 감춰온 우리나라 정부의 태도도 큰 문제입니다."

"그렇지요. 공공의 방만한 운영비, 과잉 개발로 인한 국토의 훼손비용, 교통 등 불편을 완화하기 위한 사회간접자본의 신설 및 유지비용, 지속적인 환경훼손 방어비용 등 공영에 필수적으로 따라붙는 부적합 개발에 의한 비효율성을 대체하기 위한 사회적 불편 비용 등을 전부 생산원가에서 누락시킨 게 아니겠소. **천문학적인 국민의 고혈 비용은 누락시킨 채 반값인 양 생색내기에만 집착**하였군요. 그나저나 중심지 부동산의 가격 효과는 중장기적으로 오히려 상승압력으로 작용한 것이라고 아니하였소?"

"맞습니다. 대도시 공지를 콘크리트로 바꾸는 밀도 증가는 필연적으로 **중심쏠림 현상**을 **더 심화**시키니까요. 중심쏠림 현상은 도시의 경제 팽창 속도가 빨라질수록 더욱 가속이 붙습니다.

"그런데도 단기적 효과만 부각시켜 반값아파트가 집값 안정에 기여했다는 자화자찬 그룹들도 있지요?"

"하하, 그렇습니다."

"그 시절에 대통령을 지지하던 사람들과 또 신도시를 지으면 집값이 안정되는 것처럼 선전하는 신도시 홍보요원들이 대부분이겠지요. 뿐만 아니라 반값아파트 공급은 시장가격에 의존하는 일반 공급의 경쟁력을 떨어뜨려 경쟁관계에 있는 민간주택의 공급을 감소시키는 효과를 유발할 것이고요."

"**반값아파트**를 변칙으로 공급해놓고 마치 부동산값을 안정시킨 것처럼 홍보한 것도 매우 우스꽝스러운 **국토 교란**이네요."

"그렇습니다. 마치 폭력으로 얻은 재산을 이웃에게 값싸게 나누며 선량한 척하는 모습과도 같지요. 숨겨진 폭력 비용이 천문학적인 것이고 그 비용 부담은 고스란히 자신을 포함하는 국민의 피와 눈물이라는 사실이 정부에 의해 은폐되어 있지요."

"원가 절감을 통하지 않은 반값아파트 공급은 주변에 정상시가로 공급되어야 할 주택 공급을 방해하는 효과를 유발하는 게 아니겠소?"

"그렇습니다. 마치 재건축을 규제하는 것과 유사한 관련 효과를 유발하게 됩니다."

"어찌 원가 절감은 전혀 없는 속임으로 공급한 저가 아파트 공급을 마치 원가 절감한 것인 양 홍보한단 말이오."

"부도덕한 행위지요."

"정상적인 논리를 중요시하는 게 아니라 비정상을 정상인 것처럼 포장하는 게 문제요. 반값 이야기의 핵심은 짚은 것 같소. 토지임대부 분양주택은 인기가 있었나요?"

"**토지임대부 분양주택**은 낯설어서 큰 인기를 얻지 못했습니다."

"만약 토지를 영구 임대한다면 이 제도야말로 사회주의 국가에서 볼 수 있는 주택점유제도가 아니겠소?"

"그렇습니다. 사회주의 국가에서는 이 제도가 낯설지 않아 안착되어 있는 제도인데 토지의 사적 소유를 근간으로 하여 부동산시장이 형성된 땅에서는 시장 인식이 미성숙한 것이었기 때문에 호평을 받지 못했습니다. 특히 사회주의 국가에서는 건물 재건축권을 당연시하는 사회적 합의가 형성되어 있습니다. 그러나 토지임대부 분양주택은 건물의 수명이 다하면 오히려 재건축 권한을 인정하지 않는 걸 원칙으로 하기 때문에 어떠한 경우에는 지상권보다 불리할 수도 있고요."

"음, 사회주의 체제에 존재하는 건물 소유방식을 갑자기 내놓으니 시장 참여자들이 낯설어한 점이 있었겠네요. 사회주의 국가들은 대부분 재건축권을 건물 소유자들에게 인정하는 걸 묵시적으로 당연시하는 사회의 믿음이 있는데 토지임대부 아파트는 아예 그러한 기대나 믿음마저 차단해버린 상품이니 어떻게 인기를 끌 수가 있겠소?"

"그렇습니다. 낯섦에 대한 회피 심리에 더하여 주거 소유 사다리의 일환으로 선호하는 전세제도의 활용에 비교할 경우에도 그다지 큰 매력을 못 느끼게 하였지요."

대왕은 잠시 침묵 후 대화의 내용을 바꾼다.

"취임하자마자 이명박은 행정청의 세종시 이전을 사실상 반대하였지요. 그 대신 이미 확보한 신행정도시 부지에 각종 경제적 지원을 하는 것으로 대체하려는 운동을 취임 초기에 밀어붙인 적이 있지요? 이번엔 땅신이 대답해보게."

대왕은 일단 지킴과의 대화에서 땅신과의 대화로 넘어간다. 반값아파트와 보금자리주택 공급에 관한 이야기를 마친 후 다른 사안으로 신문 내용을 바꾼다. 세종특별자치시 이야기를 꺼낸다. 노무현이 이미 임기 말에 부지 매입을 한 후였다. 그 부지 위에 신행정도시를 건설하는 걸 이명박은 반대하였다. 이유는 그리 복잡하지 않았다. 행정서비스도 말 그대로 서비스다. 서비스 업무의 최적 입지는 수요자 곁에 있는 것이다. 수요자가 가장 밀집되어 있는 곳은 서울이다. 서울과 멀리 떨어져 공공서비스가 제공되면 입지 손실이 발생한다. 그 손실액을 계량화하면 매년 천문학적이다. 수백 개의 공공기관을 지방에 분산시키는 것도 큰 문제지만 대표적으로 중앙 행정청을 옮기는 것이 우선 발등에 떨어진 큰 불로 인식했던 것이다. 그래서 행정청 옮기는 문제는 보류하면서 대신 지역경제를 살리는 대체 개발로 전환하려고 한 것이다. 땅신은 대답한다.

"대통령 말 한 마디에 수도 기능을 이전하고 더 나아가 수백 개의 공공기관을 지방으로 분산시키는 건 그로 인해 발생하는 이익보다 향후 발생할 입지 손실이 지속적으로 훨씬 클 것으로 예상했기에 그렇게 밀어붙인 것 같습니다. 직접 이명박에게 한번 물어보시죠."

땅신의 대답에 대왕은 이명박에게 묻는다.

"취임하자마자, 세종시의 전환 이용을 왜 갑자기 밀어붙였는가?"

이명박은 약간 쉰 목소리로 대답한다.

"아파트값 때문에 중앙 행정청을 굳이 옮겨야 할 이유가 없다고 판단했기 때문입니다. 그로 인해 발생할 향후 입지 손실이 염려되었습니다. 뿐만 아니라 서울시장을 역임해본 저로서 서울의 생동감 있는 균형개발이 오히려 훼손당할 위험도 문제였고요. 그래서 연구·경제·문화도시로서 역동성을 창조하여 오히려 **새로운 생산인구를 유발시키는 신도시**를 도모하려는 **계획**으로 **대체**하려고 하였습니다."

"그런데 왜 실패하였는가?"

"**반대운동**이 너무나 강했습니다. 우선 충청도민들이 **서울역 앞 등**에서 저의 계획을 철회하라고 강력하게 요구하였습니다. 뿐만 아니라 노무현 당에서는 그러한 반대운동에 지속적으로 힘을 실어주었고요. 더구나 자당 내에서 저의 대표적인 정적인 박근혜까지 나서서 '약속은 지켜야 한다'고 선동하였습니다. 결국 저는 여론의 공격 앞에 제 아이디어를 철회하여야 했습니다. **정치인**들의 자기를 위한 계산에 집착하고 **지역 토호들이 중심이 된 사회 저항**에 굴복하고 말았습니다."

이명박은 쉰 목소리로 말을 끝내고 한두 차례 기침을 한다. 입을 오른손 주먹으로 가리면서…. 이번에는 대왕이 땅신에게 다시 질문한다.

"만약 그때 이명박의 구상대로 변경되었다고 한다면 과연 이명박의 이상대로 현실이 바뀌었을까?"

"지금보다 훨씬 국토의 균형개발에 부응했을 것입니다."

"왜 그렇게 판단하나?"

"행정청은 대국민 서비스 기능을 중시해야 하기 때문입니다. 부득이한 경우 이외에는 서비스를 받는 국민 가까이 입지하게 해야 합니다."

"그렇지. 그래야 엄청난 입지 손실을 막을 수 있겠지. 더구나 서울과 세종을 오가는 교통량이 크게 늘어날 것이고. 행정서비스 공급처를 옮기는 것만으로는 서울의 인구 분산 효과는 미미했을 것이고. 차라리 창조적인 생산·연구·문화도시로 육성했다면 그러한 활동에 따라붙는 민간의 생산활동이 늘어나 수도권 인구의 지방 분산이라는 효과도 훨씬 더 컸겠지. 취임하자마자 아주 바람직한 아이디어를 냈군. 그러나 사회적 저항을 이기지 못해 좋은 아이디어를 없던 일로 할 수밖에 없었던 건 국토의 헌법적 가치에 상처를 입힌 특이사건으로 기록될 만하다."

"그렇습니다."

"권력을 선호하는 일부 국민 때문에 모처럼 좋은 아이디어가 사장되고 말았구나. 아쉽다. 그래도 일꾼 명박통이 좋은 아이디어를 내놓기도 했구나."

"그렇습니다."

대왕은 잠시 침묵하다가 "이제 4대강 이야기를 해보자" 한다. 땅신은 4대강 사업이 이루어진 경과 보고를 한다.

"이명박이 서울시장 재직 중에 **청계천 복원 사업**을 합니다. 짧은 시일 안에 청계천은 고가다리, 고물상, 낮이면 매연으로 가득 찬 교통 체증 등 옛날의 모습은 자취를 감추고 시민들이 산책할 수 있는 휴식과 운동의 거리로 탈바꿈합니다. 매연과 교통 체증의 청계천이 불과 몇 년 사이에 맑은 냇물이 4계절 흘러가고요. 커다란 물고기가 헤엄을 치며 놉니다."

"잠시, 쉿!"

대왕은 땅신의 말을 잠시 끊는다. 그러고는 "그때 땅신이 말한 그 시절 청계천에서 조깅을 즐기기 시작하던 어느 장년이 부른 진짜 마음의 노래 한 곡조 들어볼까" 한다.

역시 명박은 제대로 일하는 일꾼
타고난 불도저
진정한 경제 부흥가
참 일꾼
최고의 건설가

하는 가삿말의 노래가 법정 안의 스피커를 타고 흘러나온다. 이 노래는 두세 차례 반복된다. 노래가 몇 차례 반복된 후 대왕은 다시 땅신에게 발언을 하게 한다.

"불과 몇 년 만에, 자신의 시장 임기가 다 가기 전에 마치 깜짝쇼를 하듯, 청계천을 바꿔놓았습니다. 이 사업으로 큰 인기를 얻게 되었지요. 반면에 노무현은 경제 실정과 대통령으로서의 품격을 떨어뜨리는 말 등으로 그 인기가 바닥을 헤매고 있었지요. 이러한 상황에서 야당의 대통령 후보가 된 이명박은 역사상 유례없이 큰 표 차이로 정동영을 누르고 대통령에 당선됩니다."

땅신은 말을 잠시 멈췄다가 물 한 모금을 마신 후 다시 말을 이어간다.

"대통령 취임 초기만 하여도 청계천 마술 대통령으로서 대단한 인기를 누렸습니다. 스스로 역사에 길이 남을 또 다른 인기를 얻는 길이 무엇이 있을까 하고 고심했을 그는 대선 때 갑자기 4대강 운하 건설 카드를 꺼냈습니다. 그러나 이 사업은 찬반 여론이 비등했기 때문에 취임하자마자 추진력을 발휘하지는 못했습니다. 그런데 김대중과 노무현이 북한에 퍼준 지원을 비난하는 여론이 **'잃어버린 10년'**이라고 하는 수사로 비판의 대상이 되었습니다. 특히 금강산 사고가 터지고요. 금강산 관광도 중단됩니다. 이러한 변화 속에 경제도 좀처럼 회복되지 않았고요. 부동산 경기도 미국의 서브프라임 모기지 사태의 영향을 받아 침체했습니다. 이러한 분위기 속에서 갑자기 속도를 내며 밀어붙인 사업이 바로 **4대강 사업**입니다."

"작은 개울 소천인 청계천으로 큰 인기를 얻었으니 넓고 큰 개울 대천으로 더 큰 인기를 부활하려는 열망이 있었겠네. 당시 명박통의 주변에는 4대강 전도사를 자청한 정객도 활개를 치며 사업의 정당성을 계속 홍보하였더군."

"그랬습니다. 어느 신하 격 참모인가는 **4대강 사업**을 성공적으로 완수해 놓으면 역사에 세종대왕보다 더 높은 인기를 누리는 성군으로 남을 것이라고 하는 용비어천가식 발언까지 할 정도였으니까요. 반대 여론이 팽팽하게 계속되자 즉시 운하를 건설하지는 않고 4대강을 거대한 인공수로로 변화시킵니다. 그러자 환경단체 등에서 4대강의 보湺를 철거하라는 외침을 계속합니다. 이러한 갈등은 지금까지 이어져 오고 있습니다."

"4대강 운하는 즉시 건설하지는 않았지만 나중에 바다와 운하를 연결하기 위해 그 입구를 건설한 뱃길도 있지 않았나요?"

"네. 인천과 김포를 연결한 아라뱃길입니다."

"요즈음 그 뱃길 잘 이용하는가요?"

"목적대로 이용하는 경우가 전무합니다. 계획보다 이용률이 현저하게 낮습니다. 나중 4대강이 개조되어 운하가 되면 빛을 볼 수 있을지 모르겠습니다."

대왕은 침묵하다. 법정 안의 모든 자가 들을 수 있도록 크게 말한다.

"자. 저 소리를 들어봅시다. 저 말을 들어봅시다. 4대강에서 들려오는 소리입니다."

잠시 후 법정 내 스피커에서는 다음과 같은 소리가 들려온다.

나는 흐르고 싶어
나도 그래
우리는 흐르고 싶어

나는 아버지가 걷던 길로 흐르고 싶어
나도 어머니가 걷던 길로 흐르고 싶어

아빠와 엄마가 걷던 땅속의 길도 구경하고
돌과 나무뿌리 모래와도 만나고 싶어
그런데 우린 왜 오랫동안 답답하게 갇혀 있어야만 하나

난 만나고 싶어
아버지가 만났던 푸른 이끼며 청개구리와 쥐치와 둔치
외눈박이 여치의 윙크와 만나고 싶어
왜 여울이 사라지는 거야.
여울을 가로지르는 흰수마자, 꾸구리, 돌상어들의
다정한 재롱도 보고 싶어
강물에 우뚝 서있는 버드나무 아래에서 다슬기를 간지럽히며
휴식도 하면서 친구들과 오순도순 얘기 나누고 싶어
한데 마냥 죽은 이끼와 딱정벌레, 사라진 물푸레
시커먼 부유물질과 커다란 웅덩이에 갇혀
숨조차 쉬기 어려울 때가 많아

난 무서워 모든 생명이 숨을 죽이고
검은 먼지를 뒤집어쓴 채 고린내 풍풍 풍기며
커다란 독 안에 갇혀 얼마나 숨을 참아야 하는지
난 무서워

대왕은 묻는다.
"저 소리들은 누가 하는 말인가?"
그러자 피고들은 합창하듯 정답을 말한다.
"물입니다."

그러자 대왕은 말한다.

"그래. 4대강에 있는 **물들**이 부르는 **노랫소리**들 가운데 일부다. 물들도 오랫동안 지구를 돌면서 그들 나름대로의 길을 닦으며 다녔다. 그 길은 땅 위로도 나있지만 땅 밑으로도 지형에 따라 수천만 갈래 길로 나있다. 그런데 4대강 사업으로 그들과 그들 선두주자들이 걷던 **물길**을 인위적으로 변화시켰다. 유속이 느려지고 유폭은 넓어졌으며 때로는 커다란 웅덩이에 갇히고 또 때로는 주변을 돌아볼 겨를 없이 블랙홀처럼 강한 유속에 휩쓸리기도 했다. 대부분 과거보다 더 견딜 수 없는 악취 속에 갇혀 몸서리쳐지는 악몽의 시간들을 요즘 물들은 견뎌야만 하였다. 그 괴로움을 물들이 아픔의 소리로 토로하는 노래다. 다시 다음으로 이어지는 물들과의 대화를 들어보기로 하자."

– 친구야. 왜 우리는 이렇게 아픈 길을 가야 해?

= 사람들이 우리 위에 유람선을 띄우고 싶어서였나 봐.

– 유람선을 왜 띄워야 해?

= 신나게 우리 위를 배 타고 달리며 또 관광수입도 올리고 싶었나 봐. 그리고 우리가 바다로 흘러가지 않도록 가둬두면 유사시 물 부족에 대비하는 효과도 노렸나 봐.

– 물의 확보는 70%가 산지인 이 나라 상류에서 작은 연못들을 만들어 얼마든지 여기보다 몇 배나 맑은 물로 융통성 높게 저장할 수 있잖아.

= 그래. 그건 그렇지.

– 그런데도 우리 선조들이 수천만 년 닦아놓은 우리의 길들을 갑자기 커다란 보들로 막아놓은 건 뭐야.

= 그래. 꼬레아의 대통령들은 힘이 매우 세다지. 국회를 장악한

대통령은 자신의 맘대로 국토에 손을 댈 수 있대.

– 그런데 환경을 사랑하는 사람들이 있잖아.

= 권력의 주변에는 늘 어용 인물들이 기생한대. 정치인은 물론 교수,
  언론인, 심지어 일부 환경운동가까지도 말이야. 그들의 탐욕을 진짜
  환경운동가들이 극복하는 게 쉽지 않은가 봐.

– 어휴. 무서워. 저 시커먼 부유물질들이 우리를 집어삼켜.

= 그래. 나도 그래, 무서워.

법정 안의 스피커에서 흘러나오는 소리는 소녀 소년의 여리디 여린 음색이었다. 법정 안 피고들은 이 소리에 모두 긴장하여 귀를 쫑긋 세웠다. 이명박의 안색은 더 하얘졌다. 하얀 얼굴의 이명박은 마치 네온사인의 불빛이 반짝이는 것처럼 불그스레해지기도 했다. 하얗다가 불그레해졌다가 했다. 대왕은 이명박에게 물었다.

"저 물들이 속삭이며 한탄하는 소리를 들었지! 하나씩 해보고 그 효과를 봐가며 좋은 점이 많아 당위성이 인정된다면 점진적으로 더 늘려가도 시간은 운하 편이 될 수 있었을 텐데 갑자기 왜 4개를 한꺼번에 물막이 공사를 했어. 하상의 모래를 인위적으로 준설도 하고 말야."

이명박은 쉬고 작은 음성으로 대답한다.

"대선 공약이기도 했고요, 저의 임기 안에 확실하게 약속을 지키고 싶어서요. 노무현이 수많은 묻지마 개발에서 수용보상을 하니까 균형 사업들이 착착 진행되더군요. 그래서 제 임기 내에 사업 시행을 서두른 것이었습니다. 또 운하를 하면 그 경제적인 이익이 훨씬 더 클 것이라고 하는 여러 학자의 조사보고도 있었고요. 특히 관련 부처에서 매우 적극적이고 긍정적인 연구보고서가 나오고 해서 추진하였습니다."

"권력 주변에는 어용학자들이 득실거리는 걸 항상 보아왔지 않나. 또

개발마피아들은 언제나 생생하게 살아 숨 쉬는 생명의 땅만 노리지 않나. 땅의 숨을 죽이고 콘크리트와 플라스틱으로 채우고."

"……."

"그런데 더 나아가 수천만 년, 아니 어쩜 수억 년 동안 공기와 바람, 구름과 비와 눈송이들에 의해 빚어진 물길이 아니던가. 특히 조그만 아름다운 금수강산이 허리를 잘려 그나마 오랫동안 내륙의 젖줄이 되어왔던 대표적인 큰 물길. 하늘에서 물이 내리면 그 물들이 자신들의 조상들이 빚은 길을 찾아 모이고 춤추고 비틀거리고 종래는 도도히 흐르다가 바다로 나아가지 않는가. 물의 저장이 필요하면 산지가 많은 나라인지라 상류에 맑은 물을 저장하는 유수지를 많이 만들어놓으면 될 것을 왜 굳이 도도히 흘러가는 물길을 거대한 콘크리트벽 안에 가두는 행위를 했나. 왜. 누굴 위해서."

"……."

"시범적으로 하나만 해본 후 그 결과를 충분히 검토한 후에 해도 될 일을 무조건 불도저처럼 밀어붙이다니!"

대왕은 혀를 찬다. 쯧쯧쯧.

대왕은 대화의 내용을 4대강으로부터 다른 소재로 바꾼다. 이번에는 땅신에게 묻는다.

"이자가 재임 동안 **혁신도시법**을 마무리하였나?"

"그렇습니다. 이미 노무현이 결정하고 부지 지정을 해놓은 상태인지라 그 일을 마무리하는 특별법을 제정하여 혁신도시의 완성을 도모하였습니다. 그러나 그것은 이자의 발상에 의한 건 아니었습니다."

"뿐만 아니라 공공주택을 묻지마 건설하기 위한 대형 택지개발을 손쉽게 하기 위해 **공공주택특별법**도 제정하였군."

"네. 공공임대주택특별법을 개정하여 주택을 매개로 하는 **더 강한 묻지마 개발법**을 만들었습니다. 개발보다 계획이 훨씬 중요한데도 계획이 없어도 묻지마 공공개발을 손쉽게 할 수 있도록 하는 법이 제정된 것입니다. 이것은 마치 패륜 부모가 어렸을 적 자식교육은 나 몰라라 하다가 갑자기 다른 선량한 분에 의해 양육된 자식을 성인식을 치르게 하여 팔아넘기는 매우 비도덕적인 일들과 비유되지요."

"이명박이 지시한 것은 아니겠지. 사회주택으로서의 기능을 하지 못하는 주택들까지 공공주택에 포함시켰군. 이명박 시대에는 수도권 부동산 값이 크게 동요하지 않았는데도 불구하고 이러한 법을 제정한 것을 보니 개발마피아들의 묻지마식 추진력은 언제 어느 곳에서나 끝이 없음을 짐작하고 남는군. 선진국들에서는 사회주택의 비중을 줄이고 있는 추세 아닌가?"

"그렇습니다. 사회주택의 비중이 한때 매우 높았던 프랑스나 독일 등 유럽 일부 국가는 사회주택이 생산비용과 관리비용이 너무 많이 소비되므로 오래전부터 사회주택을 줄이는 대신 주거 보조금 제도를 확대하고 있는 추세입니다. 주택 바우처 제도가 그것이지요."

"**묻지마 개발마피아의 탐욕은 끝이 없군.** 주택 관련법은 **민간의 주택건설을 방해하는 법**으로 **변질**이 되고, 재개발 관련법은 **민간의 재개발을 극심하게 방해하는 법으로 둔갑**되었으며, 수도권 신규 택지 개발을 위해 수도권 광역적인 넓은 토지들은 시·군 관리계획에 의한 시가화市街化 유보 등으로 거의 50년 넘게 민간의 자율적인 개발을 못 하도록 방해해왔지. 그러나 공영개발을 빨리빨리 행하는 **묻지마 개발법은 세월이 흐를수록 더욱 강화**되어 왔군. 그런데 말이야, 이자가 재임 동안 위헌적 소지가 많은 공공용지의 사전 비축을 위한 법도 제정하지 않았나?"

"맞습니다. 원래 판례는 공공용지를 확보하기 위한 토지수용은 필요최소한에 그쳐야 한다는 재산권 보호 원칙을 천명하여 지켜오고 있습니다. 그런데도 그런 원칙을 무력화시키는 법을 행정청이 추진해서 입법하게 한 거지요."

"부동산은 비싸게 거래되어도 국토의 효율적 이용에 저해가 되고, 싸게 거래되어도 결국 국토를 낭비하게 되는 것인데 공익사업이 예정되지 아니한 땅을 장래 사업이 예정될 가능성이 있을 수도 있다는 이유만으로 공용 수용할 수 있는 법을 만들었단 말인가?"

"그렇습니다. **공공토지의 비축에 관한 법률**이 제정되었지요."

"필요하면 협의하여 필요할 때 공익사업이 필요한 토지를 시가로 매입하면 될 게 아니겠나? 그런데도 **장래**의 공익사업을 **예정**하여 **강제 매입**이 가능하도록 하는 **법**까지 만들다니. 이 법은 국토교통부의 지도 아래 LH공사가 행동대원이 되는 법이지. 묻지마 개발마피아의 야욕이 도를 넘은 것 아니오. 이 법을 작동하면 전국 옥토가 더 손쉽게 개발마피아의 검은손에 관리되어 국토가 더 많이 더 손쉽게 묻지마 개발할 수 있는 게 아니겠나?"

"그렇습니다. 아직 그 조문을 본격적으로 작동하고 있지는 아니한 것으로 알고 있습니다만 일단은 그 위험스러운 법을 이자의 통치 기간에 제정해놓았습니다. 바값 장사의 유혹을 교묘하게 악용하여 국토를 더 손쉽게 묻지마 개발하려고 하는 욕심이 정부 안에 도사리고 있는 증거지요."

"생명을 보호하고 국토를 아껴 쓰고 국민들의 형평을 고려한다면 도무지 용납될 수 없는 제도일세. 오히려 불요불급한 공공용지를 쉽게 해체하여 생명이 살아 숨 쉬는 땅으로 복원하기 위한 법을 제정하도록 해야지, 그와는 정반대의 악법을 만든다는 말인가. 어찌 공복들이 생각하는 발상들이 그 모양이란 말인가. 개발마피아의 욕심은 도대체 어디까지인 것인가. 그래도 이자의 재임 동안 부동산권을 무모하게 규제하지 않은 점은 노무현 때와 다른 점이겠네."

"그렇습니다. 확실한 국토관이나 철학이 있는 게 아니니까요. 시장 상황과 여론에 따라 즉흥적인 규제만 행하는 대책을 이명박 때는 거의 구가하지 않았던 게 다행입니다. 당시의 시장 상황이 그렇기도 했고요."

"그게 노무현 때와 그나마 차별화될 수 있는 점이군."

대왕은 잠시 침묵한다. 이명박에 대한 신문의 마무리를 향한 말을 한다.

"이자가 국토와 관련하여 행한 대책들을 대강 살펴본 것 같소. 이제 이자의 마지막 진술을 들어볼 차례입니다."

대왕의 명령에 따라 이명박의 마지막 발언이 이어진다.

"존경하는 대왕님, 저는 오로지 조국이 더 나은 발전된 국가로 가기 위한 길을 모색하며 대통령직을 수행했습니다. 공약은 꼭 지켜야 한다고 생각해서 **보금자리 반값아파트**나 **4대강**을 밀어붙인 것이고요. 제 개인의 이익을 위해 한 것이 아닙니다. 또한 국토의 사랑도 남달라 청계천 개발사업의 성공 후 4대강도 단숨에 물막이를 하고 또 사이클을 즐기는 사람들의 천국으로 만들어놓았습니다. 제가 재임 동안 마누라만 빼고 다 바꾸자는 운동도 했습니다. 서울시장 재직 중에 버스 전용차선제를 만들어 대중교통 이용을 유도하였습니다. 대통령 재임 시에는 보행로의 좌측통행을 우측통행으로 바꾸어놓았으며 주소도 지번에서 도로명으로 바꿨습니다. 비록 4대강을 너무 빨리 밀어붙여 물들의 원성을 일부 받고 있으나 그건 또 다른 조정으로 개선해갈 수 있다고 생각합니다. 제가 평소 기관지가 좋지 않습니다. 최선을 다했으니 대왕님의 넓으신 혜량을 앙망하옵니다."

주요한 핵심을 자화자찬식으로 정리하여 대왕에게 간청하는 것으로 말을 맺는다. 그러자 곧바로 검사의 추궁이다.

"이명박은 서울시장에 출마하면서 청계천 복원사업을 약속했습니다. 분명히 복원사업이라고 했습니다. 그러나 지금 청계천의 모습은 원래의 실개천을 유지하는 자연 하천과는 엉뚱하게도 전혀 다른 인공 수로가 되었습니다. 매일 천문학적인 혈세를 써가며 물을 끌어다가 흘러내리게 합니다. 콘크리트와 플라스틱에 물을 담아놓고 이를 흐르게 한 것입니다. 이는 명백히 복원이 아니라 인공 놀이공원입니다.

더욱 끔찍한 것은 4대강도 그러한 방식으로 개조하려고 했다는 점입니다. 비록 환경을 염려한 많은 국민 덕에 강행하지는 못했지만 대운하를 건설했다면 그야말로 국토의 모든 물줄기, 특히 땅속으로 흐르는 물줄기들은 죽은 물이 되었을 것입니다. 보금자리는 그 당시 서브프라임 모기지 파동 여파에도 불구하고 공약이니까 지켜야 한다고 밀어붙였습니다. 그 결과 서울시민들과 경기도민들이 장래 휴식이나 여가는 물론 생산이나 문화 활동을 할 수 있는 잠재적 공간으로서 매우 소중한 그린벨트를 크게 훼손시키는 결과를 초래했습니다. 더 나아가 이것은 도시 조형밀도의 기형적인 증가로 중장기적으로 수도권 중심지 쏠림현상을 더 심화시켰습니다.

이명박의 부동산 대책은 상황 타개를 위한 고육지책도 아니었습니다. 오로지 자신만을 위한 사업을 했던 것입니다. 자신이 재임 중에 '무엇을 했네'라고 역사에 자랑거리를 남기려는 생각에만 사로잡힌 인물입니다. 국토를 관리하는 최고지도자로서 해서는 안 될 일을 저지른 자입니다. 다른 대통령들의 국토관리에 있어 악했음 현상 타개에 쫓겨 행한 것들이 대부분입니다. 그러나 이명박은 현상 타개와는 전혀 상관없이 자신의 영달만을 위해 자행한 국토 교란 행위이므로 그 죄질이 크게 불량합니다. 더구나 그가 약속한 경제부흥은 말잔치로 끝났습니다. 당연히 악마 천국에 보내야 한다고 판단합니다."

검사의 추궁이 끝났다. 그러자 변호사의 변호가 이어진다.

"이명박은 경제실무가입니다. 노무현이 워낙 시장원리를 교란시킨 후에 집권하는 바람에 의도하는 경제적 성과를 거두기에는 예열이 부족했습니다. 정상적 시장의 조건을 만들어가는 과정을 수행하기에도 상당한 시간이 필요했던 것입니다. 또한 그는 미국의 금융위기 외풍 속에서도 꿋꿋하게 자신이 약속한 길을 갔습니다. 비록 은폐되는 공영 운영비용과 값싸게 그린벨트 용지를 수용하여 건축한 것이지만 반값아파트에 근접하는 상당한 분량의 아파트 공급을 하여 잠시나마 시장 안정에 기여하게 했습니다. 4대강은 당시 야당과 환경단체 등의 저항이 워낙 거세서 운하로 건설하지 못하고 물막이 공사와 주변의 수변 경관을 정비하는 데 그쳤습니다만 만약 운하로 건설하였다면 천문학적인 관광수입을 창출하여 외국에서 세계적인 생수를 지속적으로 수입할 수 있는 재원 확보도 가능했을 것이라고 추정합니다.

비록 실패로 돌아갔지만 국토관리에 있어 헌법적 가치를 우선하기 위하여 세종시에 행정 기능을 이전하지 못하도록 반대하였습니다. 오히려 세종시를 더 활력 있는 경제도시로 육성하려고 하였습니다. 그는 자신의 가치관이 옳다고 여겼기에 확실한 철학을 가지고 국토관리에 매진해왔습니다. 그러나 정치적 목적을 가진 사람들의 반대에 부딪혀 바른길임을 알면서도 가야 할 길을 접어 못 가게 된 좌절도 경험하였습니다. 비록 단숨에 꼬레아의 대표적인 물길을 막아 가둠으로써 물들로부터 비난의 대상이 된 것은 충분히 인지하고 있습니다. 그렇지만 그는 애국자입니다. 대통령으로서 손수 독도에까지 가서 '독도는 우리 땅' 하고 태극기를 흔든 바도 있습니다.

또한 보행자의 좌측통행을 우측통행으로 바꿨습니다. 나아가 주소를 지번에서 도로명으로 바꾸게 하여 제3자도 손쉽게 위치를 파악할 수 있도록 도모하였습니다. 그가 청계천 사업을 추진할 때의 새벽부터 저녁까지 공사 현장에 직접 가서 작업을 독려한 일 등은 그의 성실함을 보여준 대표적인 사례일 것입니다. 그는 평생을 현장에서 작업 지시를 열심히 하느라 기관지가 좋은 편이 아닙니다. 인정과 존경을 한 몸으로 받으시는 대왕님, 그의 땀과 열성을 고려하시고 또 지병도 참작하시어 맑은 천국에 보내야 마땅하다고 생각합니다."

이로써 이명박에 대한 변호가 끝났다. 마지막으로 대왕의 판결이 있기 전에 그의 죄업을 정리하는 말이 이어졌다.

"이명박은 궁극적으로 효율적인 부동산시장을 자유주의 경쟁시장으로 인식하여 될수록 **시장을 교란시키는 규제를 신설하지 않은 점**이 눈에 띈다. 그러나 국토 교란에 해당하는 반값아파트 공약을 하였다. 그린벨트를 값싸게 사들여 보금자리주택을 짓는다거나 토지임대부 주택 공급을 모색한 것은 시장경제 아래에서 효율적인 국토관리를 추구해야 할 중책을 지닌 자의 모습은 아니었다. 그렇게 해서 공급된 로또아파트들은 결국 중장기적으로 서울의 주거 조형밀도를 높이고 중심지의 쏠림현상을 배가시켜 강남을 위시한 중심지 주택값을 올리는 원인으로 작용하였다. 빈익빈 부익부를 유발하는 건설을 한 것이다.

또한 아무리 대통령 공약이라고 하더라도 수십만 년 동안 천혜 자연이 빚은 꼬레아 국토의 가장 대표적인 큰 물길을 교란시킴으로써 유속을 변화시켰고 정화 능력을 저하시켰다. 또한 땅속으로 전통적으로 물들이 거닐던 길들을 크게 흩트려 놓았다. 특히 불요불급한 것이 아님에도 불구하고 마치 전쟁을 치르듯이 단숨에 전 국토의 대표적인 강들을 개조하였다. 네가 건설한 인공 청계천을 보고 선진국 사람들이 칭송하며 관광의 대상으로 어디 눈길이나 제대로 주더냐. 4대강이 성공하면 마치 인공천인 청계천에서 얻는 인기를 수백 배 능가하는 인기를 누리리라고 예측하였는지는 모르되 그건 분명 잘못된 욕심이었다. 명예나 인기에 눈먼 사람들이 분수에 없는 행동을 함으로써 초래하는 어두운 결말들이 지구촌에는 차고도 넘친다.

특히 국토를 수단 삼아 자신의 영달을 꿈꾸는 일은 상황논리에 쫓겨 행한 일들과는 비교할 수 없을 정도로 그의 죄질이 무겁다. 원래 국토계획에 존재하지 않았던 일을 갑자기 정치적 목적을 위해 추진한 것이다. 그 결과 국토의 효율적 이용을 방해하였다. 또한 이러한 무모한 사업들은 개발업자들과 개발사업의 감독 권한을 가진 자들에게는 이익을 주었을 것이나 국가의 빚으로 자행한 짓이어서 국민들의 빚은 폭증하게 되었다. 이로써 형평성의 문제는 더욱 악화되었다.

국토의 헌법적 가치를 판단하기 위해 생명성, 효율성, 형평성의 잣대를 들이댄 결과 도무지 구제의 길이 보이지 않는다. 가채점을 해보니 생명성 5점, 효율성 12점, 형평성 14점, 정성평가 3점이구나. 특히 오랫동안 앓고 있는 천식을 고려하지 않는 바는 아니나 국토관리에 있어 잘잘못을 가려 인과응보를 공정하게 집행하지 않으면 어찌 지구를 살리고 더 나아가 우주가 온전해질 수 있겠느냐.

다만 한 가지 참고할 만한 일은 기억하겠노라. 그것은 **행정수도 이전을 사실상 반대했던 점**이다. 비록 실패로 돌아갔지만 반대의 길로 진행하였다면 국토의 헌법적 가치는 지금보다 훨씬 보호되었을 것이기 때문이다. 그러므로 비록 실패했지만 그 일을 추진했던 점은 **높이** 사겠노라."

이로써 대왕의 이명박에 대한 판결 전 최종 선언이 끝났다. 대왕의 추궁이 워낙 엄격한지라 조용한 정적이 흐른다. 정적 사이로 두서너 차례 이명박이 오른손으로 입을 가린 가운데 터트리는 기침 소리가 우주법정 안을 울린다.

11. 박근혜(朴槿惠)

눈 아래 흰 주름 미소로 안으며 구부정한 허리로 군중에게 인사하듯 하는 올림머리 박근혜. 양 볼 수염처럼 두툼한 미소 나이테 그리며 아장아장 나온다.

이명박은 박근혜가 앉아있던 단체 피고인석으로 가고, 박근혜는 방금 전까지 이명박이 앉아있던 집중 신문인석으로 안내되어 앉는다. 본격적인 신문에 들어가기 전에 대왕은 뜻밖의 질문부터 먼저 한다.

"아빠한테 인사는 드렸느냐?"

"네. 휴정시간들에는 줄곧 여러 가지 인사말을 나누었고요. 제 앞줄에 계셔서 뒷모습을 향해 아빠, 항상 잘 계세요 하고 마음의 인사를 수없이 보내곤 했습니다."

"그래. 자칫하면 영원히 상봉하지도 못할 부녀간의 재회가 이 특별한 재판 때문에 이루어졌구나. 여기는 정숙을 유지해야 하는 곳이니 재판이 진행될 동안 감정이 격한 경우에도 잘 참고 견뎌야 한다."

"네."

대왕 역시 인간의 정서를 가지고 있는지라 부녀간의 재회가 남달랐을 것을 몇 마디 응답으로 먼저 확인하였다. 순간 법정 안은 고요함 속에 따뜻한 기운마저 감돈다. 본격적으로 박근혜에 대한 신문절차를 진행한다.

"이름은?"

"박근혜입니다."

"재임 기간은?"

"2013년 2월 말부터 2017년 3월 초순까지입니다. 하나 2016년 12월 초에 직무정지를 당해 사실상의 재임 기간은 3년 10개월이 채 못 되었습니다."

"그래. 요즘 다른 대통령들이 채우는 5년 임기를 2017년 7월 10일 헌법재판소로부터 파면 선고 받는 바람에 4년보다 적은 기간 대통령을 했구나. 물론 권한은 그보다 짧은 기간만 채우고 말았다. 지금도 영어의 몸으로 지내는구나. 꼬레아 사람들은 역사적으로 워낙 외침을 많이 받으며 생존해온지라 대부분 남의 아픔을 되도록 이해하려고 하는 감성들을 갖고 있다. 촛불 집회의 잘잘못을 떠나 상황을 제대로 판단하여 조기에 하야 선언을 했으면 지금처럼 부자유스럽진 않았을 수도 있었을 것이다. 기회를 놓쳐 그만 아쉬운 결과를 초래했구나."

"저는 촛불을 민주 탄압을 하는 불순운동으로 여기고 있었지요. 물론 국회의 탄핵소추 의결 이후 잠시 하야 선언도 생각해본 적이 있었지요. 그러나 제 직계 참모가 헌법재판소에서는 국회의 결정과는 다르게 결론이 날 것이라는 논리를 계속 간언하는 바람에…. 그만, 끝까지 버티다가…"

박근혜는 설움이 북받치는지 갑자기 말을 더 잇지 못한다. 그러자 대왕은 말한다.

"그래. 너무 상심 말거라. 지구에서의 삶은 우주에서의 너의 길고 긴 영혼의 삶의 찰나에 불과하다. 물론 그 찰나의 삶이 아주 오랜 삶을 결정하는 중요한 계기가 되긴 하지만…. 나는 이미 네가 행한 국토관리의 내용을 상세하게 알고 있다. 그러나 여기에서는 공개적으로 반드시 짚어야 할 사항이 있으니 이제부터 본격적인 신문을 진행하겠노라."

대왕은 땅신을 향해 박근혜가 행한 국토관리를 보고하게 한다. 상세한 내용을 보고하기 전에 땅신은 대왕에게 잠시 박근혜가 대통령에 당선되었을 때 개각과 관련한 개발마피아의 마음의 소리를 들어볼까요 라는 간언을 한다. 이제까지는 대왕이 먼저 제안하여 마음의 소리나 자연의 소리를 경청하는 경우가 많았다. 그러나 이번에는 땅신이 마음의 소리 듣기를 제안한다. 그러자 대왕은 즉시, "그리하라. 들어보자" 하고 응답한다. 그리하여 침묵이 흐르는 가운데 다음과 같은 노래가 흘러나왔다.

난감하네
난감하네
난감하네
허허 참 난감하네

난감하다는 말을 반복하는 노래였다. 그 노래가 끝나자마자 대왕은 땅신에게

"왜 반복해서 난감하다는 말을 되뇌는 것이오?" 하고 묻는다.

"박근혜의 당선을 별로 반기지 않는 개발마피아의 탄식입니다."

"왜 싫어하는 거요?"

"경제에서는 **신자유주의**를 선호하고요, **규제를 싫어합**니다. 더구나 **수도권 신도시 개발**에 대해 **부정적**인 인식이 매우 강합니다."

"규제와 신도시는 개발마피아들의 주된 먹이인데 그들 둘 다 부정적이

니 싫어할 만도 하오."

"게다가 항상 포섭의 대상인 굴러온 돌인 국토 관련 수장뿐만 아니라 힘
있는 또 다른 굴러온 돌 마피아인 차관까지도 국토의 헌법적 가치에 따른
관리 원칙을 어느 정도 이해하는 사람이 온 걸 겉으로는 환영하면서도 속
마음으로 내뱉는 넋두리지요."

"그렇구나. 규제와 묻지마 개발 둘 다 죄악시하니 고정마피아들이 적지
않게 당혹해했겠군."

"그렇습니다. 박근혜는 취임 후에도 규제 혁파를 강조하였습니다. 규제
의 근거가 되는 주택법, 국토 관련법들에서 규제의 시행을 유보하거나 삭
제하였습니다. 뿐만 아니라 부동산양도세도 상당히 완화했습니다. 더불어
주택금융은 은행의 책임 아래 자율화를 시행하였습니다. 물론 이명박 때
시행한 전세자금에 대한 공급융은 계속 유지하였습니다. 그러나 자신의 인
기를 위해 국토에 대량 콘크리트와 플라스틱을 붓거나 값싸게 사유지를 빼
앗아 반값아파트 장사를 한다는 건 전혀 꿈도 꾸지 않았습니다. 이와 같은
기조는 이명박과는 크게 다른 것입니다."

"구체적으로 어떻게 다른지 예를 들어보라."

"이명박은 미국의 서브프라임 모기지의 영향이 국내 부동산시장에 불어
닥치는 가운데서도 수도권 그린벨트를 풀어 이른바 깜짝쇼인 반값아파트
를 공급한다고 하는 명분 아래 묻지마 개발인 베드타운 개발을 밀어붙였는
데요, **박근혜는** 주택시장의 주역을 철저하게 민간에 의존한다는 기조를 유
지했습니다. 수도권 신도시의 과도한 건설과 팽창을 막기 위하여 그동안 묻
지마 공영개발의 주요 수단이 되어왔던 **택지개발촉진법을 폐지하려고도** 하
였습니다."

"자유시장경제체제 아래에서 가장 이상적인 주택시장 관리방식을 구현
하려고 한 게 아니겠는가?"

"그렇습니다. 철저하게 **묻지마 개발마피아들의 준동**을 **차단**하였습니다."

"그 당시 개발마피아를 직접 관리하는 수장들은 어떠하였나?"

"개발 쪽은 공교롭게도 박근혜의 공약을 제대로 구현하는 이론가들이 포진하여 활동하였고요, 금융 쪽은 약간 확대 쪽에 무게를 싣는 수장이 활동하였습니다. 특히 개발 쪽 수장이 매우 이상적인 이론으로 무장한 사람들이었습니다."

"그렇군요. 참모가 똑똑해야지. 이기심으로 들끓는 부하들의 잔꾀에 놀아나는 참모는 국토관리에 있어서 가장 위험스러운 관리자일 뿐이다. 생명성, 효율성, 형평성을 해치는 재앙의 근원일 뿐이지."

잠시 침묵이 흐른다. 박근혜는 대왕이 꺼리는 맹목적인 규제나 국토관리에 있어 역효과를 유발하는 **묻지마 개발**을 **최대한 억제**하였다. 그래서 신문으로 추궁해야 할 내용이 사실상 많지 않다. 그리하여 대왕은 대화의 상대방을 땅신에서 지킴으로 옮긴다.

"지킴이가 대답하세요. 박근혜 재임 시의 부동산값 동향은 전반적으로 어떠하였나요?"

"땅값은 개발이익이 많은 곳을 제외하고는 안정세를 유지했고요, 주택값은 임기 중반기 이후 그동안의 침체로부터 회복을 하는 추세를 보였습니다."

"그런데 일부 이론가는 부동산값은 무조건 규제를 많이 하면 안정된다고 하는데 타당한 주장인 것이오?"

"국토계획의 효율적인 구현을 위한 규제는 당연히 필요합니다. 그러나 부동산값을 안정시킨다는 명분을 걸고 행하는 재산권 규제는 대부분 사회적 비용을 증가시켜 중장기적으로 오히려 부동산 가격 상승의 원인이 됩니다. **부동산 가격 규제 대부분**은 역사적으로 **그 효과가 거의 없다**는 것이 **이미 선진국에서 증명되어온 사실**입니다. 더구나 부정적인 효과를 안고 있는 규제를 남발하게 되면 역효과가 생기고, 역효과를 관리하기 위한 또 다른 규제를 남발하게 되면 악성 역효과가 더욱 커져 부동산 생산비용은 기하급수적으로 높아짐으로써 중장기적으로 부동산값은 폭등하고 부동산시장은 더 크게 교란당하게 됩니다."

"부동산시장을 교란한다는 말을 하였소. 최근 정부의 부동산 관리자가 일부 국민을 향해 부동산시장을 교란한다는 표현을 하던데 그 말이 어떤 뜻이오?"

"아마도 부동산시장이 무엇인지 제대로 성찰하지 못하고 행한 말인 듯 싶습니다. 물론 모든 부동산 거래를 부동산시장이라고 말할 수도 있습니다. 그러나 부동산시장을 교란한다고 하는 표현은 추상적인 시장보다 구체적인 시장을 지칭하는 것이어야 이론적으로 논의가치가 있습니다. 구체적인 부동산시장은 분류 방법에 따라서 다양하게 이루어지는데요, 지역, 유형, 규모, 사회적인 동기 등 다양한 기준에 의해 집단적으로 동질적인 특징을 보이는 부동산시장 현상을 말합니다."

"그렇지요. 집 한 채를 사고파는 행위를 가리켜 교란의 대상인 부동산시장이라고 하지는 않지요."

"또한 부동산시장을 교란한다는 의미를 특정 지역 부동산 가격 수준을 인위적으로 변동시키는 것으로 새긴다면 수요·공급자가 아니라도 시장의 교란이 얼마든지 일어날 수도 있습니다. 예컨대 정부의 잘못된 시장의 규제나 보상제도, 잘못된 감정평가에 의한 관행 등에서 시장의 교란은 비일비재 발생합니다. 다만 그러한 교란이 일어나는 것을 제대로 인지하지 못하기 때문에 별로 문제 삼지 않고 지나가기 일쑤지요."

"**아파트시장**에서 **개인**이 부동산시장을 쉽게 **교란**시킬 수 있습니까?"

"극히 소수에 해당하는 **특수 독점지대를 발생시키는 부동산을 제외하고는 거의 불가능**한 일이지요. 특수 독점지대를 발생시키더라도 지대의 순수익이 있기 때문에 무한하게 교란시킬 수는 없습니다."

"특수 독점지대를 발생시키는 아파트로 어떠한 것이 있소?"

"법인이 특수 지역의 나홀로 아파트를 독과점하는 경우 등입니다."

"아파트가 아닌 경우는요?"

"개별적으로는 정부의 특혜에 의한 특혜성 사업이 꽤 많고요. 정부가 일정 지역에 건축 행위나 용도를 규제함으로써 기득권자가 누리는 반사적인 이득 같은 경우도 있지요."

"대부분의 아파트는 그러한 특수 독점지대를 발생시키는 재화가 아니지 않소?"

"그렇습니다. **아파트시장**이야말로 대부분이 **완전경쟁시장**입니다. 논리에 맞는 말이 아니지요."

"그런데도 정부는 일부 투기꾼이 지방에 원정 가서 다수의 아파트를 매입하여 그곳 아파트값이 일시적으로 오르면 왜 시장을 교란했다고 하는 것이오."

"그러한 경우의 정확한 표현은 거래질서를 어지럽혔다고 해야 합니다. 그러한 행위로 부동산값이 일시에 출렁일 수는 있어도 중장기적으로 가격 수준 자체를 변동시킬 수는 없습니다. 만약 사후에도 비슷한 다른 아파트보다 더 상승하였다면 그 아파트의 내재가치가 거래질서 문란으로부터 우연히 노출된 사례에 불과할 것입니다."

"또한 정부는 일부 아파트의 부녀회에서 자신이 살고 있는 아파트를 얼마 이하로 팔지 말자라는 담합을 하면 왜 시장을 교란했다고 하고 정부에 신고까지 하도록 하는 것이오. 그러한 부녀회가 간첩이오?"

"우스운 짓이지요. 그 말씀을 듣고 보니 덮어씌우기 명수인 어느 소매치기 도둑이 생각납니다. 명품 옷을 입고 넥타이까지 맨 멀쩡하게 생긴 소녀 소매치기가 혼잡한 곳에서 어느 중년 부인의 지갑을 훔칩니다. 자신의 지갑을 소매치기당한 중년 부인은 그 소매치기 소녀를 따라가며 내 물건 돌려줘 하고 외칩니다. 워낙 복잡한 번화가라 소매치기는 인파를 뚫지 못하고 주춤합니다. 그러자 갑자기 소매치기는 오히려 중년 부인 쪽으로 뒤돌아 뛰며 큰 소리로 도둑이야 하고 외쳤답니다. 그러면서 중년 부인을 밀치고 뒤돌아 달아났다는 이야기입니다.”

“진짜 도둑이 물건을 도난당한 사람한테 도둑이라고 외치면서 순간의 위기를 모면한 거로군요. 진짜 아파트시장 교란자가 거래질서 문란자나 일반 국민을 향해 투기야 하고 외치는 것, 시장을 교란시켰다고 외치는 것이 참으로 우스운 일이오.”

“국민 일개인이 아파트시장을 교란시키는 건 거의 불가능합니다.”

“그렇소. 시장을 교란시킬 수 있는 자는 독과점시장을 지배하는 자이지요. 어떻게 일개인이 완전경쟁시장을 교란시킬 수가 있겠소.”

“그렇습니다. 아파트를 사고파는 개인들이 기획부동산업자도 아니고…”

“오호라! 기획부동산도 옥외 광고에서 신고 대상으로 본 적이 있소. 옥외 광고에서 간첩신고처럼 신고 대상으로 정하고 있는 기획부동산이 무엇이오?”

“기획부동산의 정의도 없이 시중에서 유통되는 말을 정부에서 그대로 베껴 쓴 용어 같습니다.”

“아마도 땅이나 건물을 분할 판매하는 업자를 말하는 것 같소. 그런데 땅을 분할 판매하는 모든 행위를 신고 대상으로 하는 것은 이상하지 않소?”

“그렇습니다. 주거단지를 조성하여 분할하는 경우에는 정상적인 행위라고 할 수 있습니다. 그러나 그러한 계획이 가시화될 가능성이 낮은데도 마치 장래 주거단지로 조성되는 것처럼 속여서 파는 토지의 분할 판매는 강력하게 규제해야 합니다.”

"그렇소. 넓은 임야 등을 사들여 무조건 지분 쪼개기 분할만 하여 판매하는 매각 아니겠소. 그러한 분할 매각은 국토이용의 효율적인 측면에서 매우 나쁜 거지요. 토지의 다양한 용도적 잠재력을 훼손하는 게 아니겠소?"

"그렇습니다. 환경에 적합한 전원주택지를 조성한다면 다른 사안이 되겠습니다만 그렇지도 아니한 경우입니다. 아무런 계획도 없는데 마치 계획이 있고 또 그 계획이 가능한 것처럼 매수 희망자들을 설득하여 대면적의 토지를 마구잡이로 분할하여 파는 경우입니다. 이러한 경우는 국토의 효율적 이용을 유지하기 위해 당연히 강력한 규제를 해야 합니다. 그러나 그러한 지분 쪼개기만을 위한 기획매각이 아닌 한 규제는 신중해야 합니다."

"그런데 LH 직원들이 신도시 개발 예정지를 내부 정보망 지식으로 사들여서 로또보상에 맞춰 필지 쪼개기를 한 건 시장 교란이요, 아님 정상 행위요?"

"시장 교란이라고 표현하기에는 미흡한 면이 있지요. 시장 교란보다 가격 효과는 작겠지만 훨씬 죄질이 나쁜 행위지요. 거래질서를 문란케 하는 투기꾼이나 기획부동산업자와는 비교할 수 없는 묻지마 개발마피아의 행동 대원들이 저지른 부동산 범죄지요."

"보상금을 노리고 왕버들나무를 빽빽이 심어놓은 행위는 시장 교란이 아니오?"

"이 경우에도 시장 교란이라고 표현하기에는 부적합하지요. 그렇지만 시장 교란보다 훨씬 더 질이 나쁜 부동산 범죄지요."

"그런데도 왜 국토관리 수장은 그러한 행위들에 대하여 개발 지역 인근 부동산이 아니니까 투기라고 볼 수 없다는 뉘앙스를 풍기는 발언을 한 것이오?"

"그 발언을 접하고 저도 깜짝 놀랐습니다. 어찌 일개 직원보다도 개발과 보상에 관하여 **무지**한 자가 개발부서의 수장인지 어안이 벙벙했습니다. 게다가 자칭 전문가라고 불리며 더 높은 직으로 승진까지 한 사실에 더 놀라웠습니다."

"떴다방은 무엇이오. 얼마 전에 국무총리가 정부의 **LH사건 1차 조사**에서 **이 잡듯이** 부동산 범죄를 발본색원하겠다는 표현을 하며 갑자기 지칭하는 말 가운데 섞여있던데."

"묻지마 개발사업을 벌이는 곳에서 분양 당첨과 관련하여 신고나 허가도 없이 벌이는 이동식 복덕방을 가리키는 것 같습니다."

"아하! 불법 유통을 부추기는 현장의 무허가 임시 부동산중개사무소를 말하는 것이오?"

"그런 것 같습니다. 저도 그 말이 그 조사 발표에서 왜 튀어나오는지 제 귀를 의심할 정도로 의외로 들렸습니다."

"아하! 그 방이라면 나도 아오. 불법 거래자인 경우도 있고 합법 거래자인 경우도 있지 않겠소. 그런데도 그 말이 왜 **이 잡듯이 단속**하겠다고 하는 LH사건에 섞여든 것이오?"

"시장 교란과 거래질서 문란을 혼동한 발언 같습니다."

"이러한 일이 발생하는 근본 이유가 묻지마 개발 때문이 아니겠소. 무엇이든지 물어봐 개발을 해야 하는데 그러하지 아니하고 묻지마 개발을 하는 게 문제가 아니겠소?"

"그렇습니다. 묻지마 개발이야말로 가장 대표적인 시장 교란 행위 개발입니다. 민주적인 개발을 하지 아니하고 독재개발을 하는 게 시장 교란의 큰 진원입니다."

"그러하오. 동산의 개발에서는 빨리빨리 대량 생산이 중요시되는 경우가 많습니다. 그렇다고 하더라도 동산의 경우에도 요즘엔 다품종 적정 생산 시대라 묻지마 대량 생산을 하는 경우가 매우 드뭅니다. 그런데도 불구하고 애초부터 부동산은 천천히 신중하게 개발해야 하는 게 아니겠소? 특히 주택지 개발은 말이오."

"국방산업이라거나 특수한 국가 전략산업 등의 경우 이외에는 무엇이든지 물어봐 개발을 해야 하지요."

"그에 더하여 갑자기 대량 난민을 수용하기 위한 개발의 경우에도 신속하게 개발 부지를 확보하기 위해서 묻지마 개발이 용인될 수도 있겠지요. 그 이외에는 반드시 열린 개발인 물어봐 개발을 해야 하는 게 아니오?"

"그렇습니다. 천천히 충분하게 계획하여 행해지는 열린 민주적 개발을 해야 하는데 닫힌 독재형 개발인 빨리빨리 묻지마 개발을 하기 위해서는 보상 규정에 이상한 유인책들이 잔뜩 들어가게 되지요."

"보상규정 또한 묻지마 개발을 더 가속화시키기 위해 여러 가지 유인책을 쓰고 있는 것 또한 큰 문제겠네요."

"그렇습니다. LH 범죄 가운데 일부는 그 유인책인 당근을 노린 거니까요."

"오히려 시장을 교란시키는 수단으로 악용하기 위해 유인책을 다양하게 쓰면서 규제를 좋아하는 정부는 아파트를 사고파는 개인이 부동산시장을 교란시키는 것처럼 말을 해오더군요. **재건축 규제, 각종 규제 지역의 지정, 금융의 차별화, 아파트거래 허가제, 양도세 중과, 종합부동산세 등**이 그러한 발상들 아니겠소."

"묻지마 규제를 신주단지처럼 모시는 자들은 그렇게 말해야 하겠지요. 규제가 많아지면 완장 찰 일이 늘어나니까요."

"완장이 그렇게 좋은 것이오?"

"일본에 의한 강점기 때 순사나 헌병들이 우리나라 평민들을 탄압하는 걸 정당화하는 표시가 그 효시라고도 말하기도 하지요. 그 잔재가 뿌리 깊이 유전되어와서요."

"완장이 없는 나라가 좋은 나라 아니겠소?"

"그렇습니다. 부동산 관리에 있어 박근혜는 완장 없는 부동산시장을 구현하려고 한 것 같습니다."

"그럼 구체적인 **부동산시장을 교란시킬 수 있는 자**는 누구요?"

"**주로 정부입니다.**"

"주로라는 표현은 왜 하였소?"

"정부를 움직이는 특수 계층의 민간인도 존재하는 경우가 있기 때문이지요."

"그런 경우라고 하더라도 궁극적으로 재산권 규제나 대형 개발은 결국 정부에 의하여 관리되고 있지 않소. 결국 부동산시장을 교란시킬 수 있는 자는 주로 정부라는 말이 논리에 맞겠네요. 역효과만 유발시키는 묻지마식 규제, 비효율을 야기하는 묻지마 대형 공영개발 등을 할 수 있는 자는 정부뿐 아니겠소. 그렇다면 부동산값을 안정시키는 대표적인 방법은 무엇이겠소?"

"수요자의 동향에 맞추어 자연스럽게 공급이 이루어지는 구체적 시장을 도모하는 것이지요. 효율적 부동산시장을 유도하는 것이지요."

"그게 결국 박근혜식 관리가 아니겠소?"

"이상적인 최상의 모습은 아니었지요. 적극적인 민간사업을 유도하기 위한 개발계획은 아예 추진되지도 않았지요. 하기야 모든 정부가 그래왔으니까요. 비록 열린 개발의 철학이 아직은 취약하였지만 중산층 이상의 주택정책에 있어서는 역대 대통령 가운데 가장 바람직하였다고 할 수 있겠습니다. 물론 이러한 시장은 주로 중산층 이상에서 있어야 할 시장이고요. 주거에 대한 극히 열위계층에 대하여는 별개의 든든한 사회보장이 있어야 하지요. 박근혜에게서 약간 부족한 것은 주택에 대한 지역 계획이 없었다는 점이었고요, 또한 주거 열위계층에 대한 보호 부문이 미흡했습니다. 그 부문을 뺀 나머지 큰 가닥은 제대로 정책 방향을 잡았다고 봅니다."

"항상 어느 정부에서든지 정부는 주거 열위계층에 대하여는 심혈을 기울여 도와야 하지요. 그러나 대부분의 정부가 생색내기를 하다가 다음 정부에서 지지부진한 대책을 내놓음으로써 정책의 일관성이 결여되곤 하였지 않았습니까?"

"그렇습니다. 어떤 정부는 장기임대주택, 단기임대주택을 건설해놓고 그 숫자를 마치 영구임대주택을 건설한 것처럼 계산해서 자화자찬식 홍보물로 활용하기도 합니다."

"기록을 보니 거의 모든 정부가 그러한 꼼수 홍보들을 하였네요. 또한 영구임대주택을 매각주택으로 전환한 경우마저 있고요."

"**중산층 이상의 주거는 민간의 자유경쟁시장을 최대한 활용하도록 지원하거나 여건 조성**을 해야 하는 게 바람직한 **정부의 기능**으로 판단됩니다. 효율적 시장 말이오."

"네. 그런데 자신들이 정작 심혈을 기울여야 하는 영역에 대하여는 규제를 하거나 등한시하면서 안보야, 도둑이야, 투기야, 정의야 하면서 정부가 집장사나 꿈꾸고 행동하는 **묻지마 공영개발**을 하는 건 경계해야 할 일 아니겠소?"

"그렇습니다. 중산층 이상의 주택값 안정을 위해서는 우선 매일 변화하는 부동산 수요자들의 다양한 욕구를 충족할 수 있는 주택들이 적시적소에서 다종다양하게 공급되는 시스템이 구축되어야 합니다. 이러한 일은 철저하게 민간의 자유경쟁시장의 원리에 의해 공급되는 경우에나 가능할 것입니다."

"주거 취약계층은 사회보장을 받아야 하므로 값싼 주택의 지원이나 주거 보조금 지원이 필요한 부문이 아니겠소?"

"그렇습니다. 또 다른 하나는 특별히 부동산값 안정을 위한 적정가격을 원한다면 지속적으로 값싼 부동산들이 시장에 자연스럽게 출품되도록 유도하는 것이지요."

"먼저 적시적소에서 사회변화에 따라 다종다양하게 공급되는 시스템부터 말해봅시다."

"이것은 시장을 통해 알 수 있는 영역입니다. 주택보급률, 공급주택 수, 자가주택 보유비율과는 전혀 관계없는 영역입니다. 오로지 자유경쟁시장 시스템에서 만들어지고 충족되며 변화하는 것이니까요. 효율적인 민간 주도의 시장에 의존해야만 주택의 양과 질의 공급 면에서 최고·최선의 생산이 되는 것이니까요."

"그렇다면 그러한 시장을 갖추도록 정부는 시장의 성공을 위해 지원해야 할 의무를 지니네요. 이를 위해서 적극적인 계획을 수립하여 관리해야 하고, 국민들이 자주적으로 그 계획을 실행해가도록 유도해야 하지요. 그런데도 그러한 시스템을 파괴하는 정부가 그러한 시스템을 복원하려고 노력한 정부에 자신들의 허물을 덮어씌우려고 한 것은 참으로 우려스러운 행위요. 그러한 행위가 바로 국토의 헌법적 가치를 부정하는 행위 아니겠소."

"그렇습니다. 마치 불량한 자가 선량한 자를 향하여 불한당이야 하고 외치며 공세를 펴는 모습이지요."

"또 다른 중요한 영역을 봅시다. 서민들에게 **값싼 임대주택을 지속적으로 공급**하는 문제입니다."

"네. 여기에도 **민간의 영역**이 있고 **정부의 영역**이 있습니다."

"그건 두 가지 방법이 있지 않겠소. 하나는 공공 영구임대주택을 구체적인 시장에 대량으로 공급하여 지속적으로 값싸게 임대하는 시스템이고요, 또 다른 하나는 민간이 주택을 대량으로 짓도록 유도하여서 값싼 임대주택이 시장에 나오도록 하는 게 아니겠소?"

"그렇습니다. 결국 임대시장을 안정시키는 것이 핵심입니다. 더구나 독일, 프랑스 등 유럽 선진국들에선 공공 영구임대주택이 워낙 국민의 혈세가 많이 들어가니까 사업 규모를 줄이는 대신 **주택보조금인 주택바우처 제도를 확대**해오고 있는 게 최근의 현실입니다. 그만큼 공공에 의한 사회주택마저도 단위당 생산이나 관리비용이 과도하게 들어가서 생산원가가 기형적으로 증대하니까, 국민의 혈세가 비효율적으로 낭비되는 것을 경계하는 변화인 것이지요."

"임대료가 안정되면 매매가도 연동하는 것 아니겠소. 그런데도 개발마피아들은 영구임대주택은 생색내기로 지으면서 그 이름도 남우세스러운 보금자리, 행복, 청년주택 등 시장을 현혹하여 묻지마를 은폐하려고 하는 주택만 잔뜩 지어 분양이나 임대하는 데만 혈안이 되는 경우가 많았지 않았소!"

"여태까지 대부분의 대통령이 그러하였습니다. 지금은 더 심하고요. 그동안 대통령 가운데 국토관리에 관한 철학을 제대로 갖춘 자가 단 한 사람도 없었던 증거이기도 하고요. 특히 꼬레아 최고지도자들의 국토관리 철학 부재가 두드러지지요. 민간의 자율적인 주택 공급을 위한 법들은 방해법들로 변질시켜놓고 묻지마 개발은 시간이 흐를수록 더 강력하게 시행할 수 있도록 법을 신설하거나 개정하기도 해왔지요. 최근에는 공공주택의 공급 확대를 위해 주거기본법마저 손질하려 하고 있고요. 공공주택특별법은 그러한 시장 교란을 지원하는 대표적인 법으로 둔갑하여 자리하고 있습니다."

"아이고. 꼭 필요한 현장은 묶어놓고 엉뚱한 현장에 묻지마 주택을 잔뜩 늘려 감독 완장이나 차고 기웃대려고만 하니 부동산값이 안정되기나 하겠소?"

"잘못된 규제와 더불어 시장을 교란시키는 대표적인 사례지요."

"그런데 참 희한하오. 박근혜가 어떻게 부동산 관리의 이상적인 방법을 알고 이를 실행했는지 말이오."

대왕은 땅신, 지킴과 문답을 계속하다가 갑자기 박근혜를 향해 묻는다.

"박근혜는 꼬레아에서 역대 대통령 가운데 부동산값 관리 원칙을 제대로 지키려고 노력한 대표적인 대통령이었음이 인정된다. 너는 어디에서 그러한 논리를 체득했느냐?"

박근혜는 대답한다.

"독서도 하였지만, 그보다 이쪽에 해박한 지인인 정치인과의 토론을 통하여 익힌 지식과 논리였습니다."

"토론의 주된 상대가 학자인가, 아니면 정치인인가?"

"정치인이었습니다. 토론 후 얻은 결론은 그의 말이 타당성이 높다고 여겼습니다."

"그런데 그와 관련된 주요 관료는 학자를 썼지 아니한가?"

"그렇습니다. 저의 철학을 구현할 수 있는 학자를 기용하였고요, 그 정치인은 더 중요한 다른 일로 저를 보좌하도록 하였습니다."

"아빠는 묻지마를 좋아했는데 딸은 정반대였구나."

이 말에 박근혜는 엷은 미소만 지을 뿐 대답이 없다. 대왕은 잠시 미소를 짓는다. 대왕은 땅신을 향해 다시 묻는다.

"박근혜가 통치한 기간은 짧았다. 그러나 국토와 관련해서는 결정적인 잘못을 행하지 않았다. 그런데도 최근 꼬레아에서 들려오는 권력자들의 일부 주장에 의하면 박근혜가 잘못하여 문재인 시대에 집값이 올랐다고 말한다. 그 무슨 논리인고?"

"박근혜 때 돈을 많이 풀어서 그랬다, 부동산 가격 규제를 많이 풀어서 그랬다고 주장하는 자들이 있습니다. 그러나 돈은 그렇게 많이 푼 것이 아닙니다. 오히려 현 정부가 훨씬 더 많이 풀었습니다. 규제를 푼 건 국토의 생명성이나 효율성, 그리고 형평성에 도움이 되는 것들뿐인지라 오히려 부동산값의 불안정적 불균형 변동의 원인을 제거한 것입니다. 정반대의 논리입니다."

"그래. **땀 한 방울 흘리지 않고** 오로지 **재산권자를 불편하게 할 욕심**으로 **행하는 규제**를 통하여 여태까지 지구촌 어디에서도 집값을 안정시킨 나라가 과연 존재하는가?"

"**자유경제체제 국가**는 물론 **사회주의 국가**에서도 그러한 **사례는 거의 없습니다.** 오히려 남미 쪽 어느 **독재국가**에서 **초유의 자산 인플레를 유발한 사례**만이 존재합니다."

"그런데도 왜 그러한 주장을 펴느냐?"

대왕은 분노의 마음이 들면 반말조의 발언이 주류를 이룬다. 땅신은 누구보다도 순간마다 대왕의 심기를 잘 파악한다.

"면피용 발언인 셈이죠."

"박근혜는 4대강 운하를 일시에 밀어붙이는 주체가 같은 정당인임에도 불구하고 사실상 반대편에 서지 않았느냐. 불요불급하게 변해야 할 용도지역의 변화 이외에는 함부로 용적률 상향도 거론하지 않았지 않느냐. 그러나 최근 국토부에서는 무조건 공급, 공급이라고 외치는 엉터리 부동산 전문가들의 합창에 재빨리 화답하기 위하여 재개발 지역은 물론 3기 신도시의 묻지마식 용적률 상향도 공언하지 않았느냐?"

"그렇습니다. 용적률을 상향하는 경우는 주변 환경이 바뀌어 자연스럽게 용도지역의 변경을 수반해야 할 필요가 있을 경우를 제외하고는 엄격하게 다스려야 합니다. 박근혜 때에는 대체로 그 원칙을 지켰습니다."

"그래. 도시의 변화에 순응하는 경우를 제외한 인위적인 용적률 상향은 도시기반시설의 과부하는 물론 환경과 삶의 질을 파괴할 뿐 아니라 부동산값 원뿔현상을 고조시킴으로써 부익부 빈익빈을 심화시키는 게 아니겠느냐. 그런데도 자신들의 잘못은 손바닥으로 가리고 선량한 정책 수행자를 욕보이는 말들을 서슴지 않는다니, 도대체 무엇을 믿고 그렇게 억지 주장을 한단 말이냐?"

"아마도 국회의원 숫자를 믿고 무엇이든 다수결로 밀어붙이면 법률을 뚝딱 만들 수 있다고 하는 자신감 때문이 아닌가 합니다."

"허. 허. 국회의원 숫자! 개헌 추진도 가능한 3분의 2에 육박하는 숫자 말이냐. 그것은 코로나19가 가져다준 숫자가 아니더냐?"

"그렇다고 하는 설이 가장 유력합니다."

"2019년도 말에 문재인의 지지도가 계속 하락했지 않느냐?"

"그렇습니다. 특히 부동산 문제, 주변 부하들의 부정직한 문제 등으로 계속 하락의 추세를 보였었습니다."

"그러다가 2020년도에 들어와 코로나19 위기가 왔지. 특히 신천지로 상징되는 대구 지역을 중심으로 하는 바이러스의 무서운 전염 시기에 말이다. 그것을 방역당국에서 선진 외국보다 훨씬 잘 극복해서 해외로부터 칭찬을 받는 가운데 국회의원 선거를 치르지 않았느냐?"

"맞습니다. 생명을 위협하는 세균과의 전쟁터로 변해버린 현장이었습니다."

"그래. 갑자기 지구촌이 진짜 전쟁터로 변한 것이었다. 꼬레아는 오히려 중국에 이어 더 빨리 코로나19와의 전쟁을 겪어야 했다. 그러자 지구촌은 물론 자국민들은 그 전쟁과의 싸움을 잘 하느냐 그렇지 않으냐에 온 신경이 곤두서있었다. 그러한 가운데 해외로부터 이른바 K방역에 대한 칭찬이 많았지 않았더냐. 방역을 잘 한다는 해외 여론에 힘입어 문재인의 인기는 갑자기 상승하지 않았느냐?"

"그렇습니다. 수직 상승 하였지요."

"그러는 가운데 치러진 선거가 지난 총선이 아니겠느냐?"

"맞습니다. 만약 코로나19가 없었다면 현재 여당이 과반 얻기도 매우 힘들었을 것이라고 하는 유력 전문가들의 뒷이야기도 많습니다."

"그렇다. 여론이란 그런 거다. 변덕이 죽 끓듯 하는 게 여론이다. 자신들이 정책을 올바로 펴서 인기를 얻은 게 아니라 갑자기 큰 위기가 오니까 모든 이슈가 잠시 묻혀버리고 오로지 생존과 관련된 이슈만 남아 여론을 뒤흔들었지. 그러한 특수한 상황 속에서 얻은 승리를 오히려 부끄러워하며 겸손해야지. 자신들이 똑똑한 걸로 오인하여 오만해진 것 같구나. 박근혜가 잘못해서 문재인 시대에 서울 중심지의 아파트값이 올랐다고! 누가 그런 말을 많이 지껄이느냐?"

"힘 있는 관료는 물론 이른바 여당 의원들입니다. 또 그들로부터 지원받거나 줄을 대고 있는 자들도 그런 괴담에 가세하기도 합니다."

"국토 사랑에는 전혀 깊은 고민도 해본 적이 없는 자들 아니더냐. 공천자들에게 줄 대기에 바쁜 인물들, 늘 여론에만 탐닉하는 인물들, 진짜 전쟁에는 참여해본 적도 없으면서 전쟁 이야기를 헤프게 해대는 사이비 전쟁 영웅들, 민주화 열사들이 진짜 정의를 위해 자신의 목숨을 던질 때 살육의 현장에 코빼기도 비치지 않고 재빨리 숨어 지내던 상거지들이 아니더냐?"

"옳습니다."

"거지에는 두 부류가 있다. 하나는 왕거지고 또 다른 하나는 상거지다. 왕거지나 상거지의 공통점은 타인의 재물을 스스로의 정당한 노동의 대가 없이 탐하는 자라는 점이다. 그런데 왕거지는 자신의 먹이를 구걸하기 위해 옛날에는 깡통, 현재는 빈손을 들고 도회지를 배회하거나 남의 도움을 구걸한다. 그들은 구걸하고 목적을 달성하면 반드시 상대방에게 감사의 인사를 올린다. 또 설혹 자신의 깡통이나 빈손이 상대로부터 천대받는 경우라도 상대를 원망하지 않는다. 오로지 먹고살기 위해서 구걸한다. 그들은 남이 도와주지 않아도 상대를 원망하지도 않고 그냥 다른 장소로 이동한다. 옛날에는 짚으로 짠 쌀가마로 만든 거적때기가 그들이 애용하던 이불이기도 했지. 그러나 자신이 부자가 되기 위하여 자신이나 지인의 권력을 이용하여 국가의 예산을 자기 쌈짓돈 쓰듯이 교묘하게 빼먹는 자들이 있다. 상거지들이다."

갑자기 대왕은 거지론을 편다. 땅신은 언젠가 대왕의 거지론을 듣고 감동을 받은 적이 있어 그 논리를 잘 알고 있었다. 대왕의 말씀에 의하면 원래 모든 생명은 거지로 태어나도록 설계되었다고 한다. 그러나 태어난 순간부터 거지들은 다양하게 운명이 갈린다. 부모를 잘 만나서 알몸으로 왔는데도 옷이나 집, 먹을거리들을 풍족하게 쓰는 거지를 금수저 거지라고 불렀다. 태어나 스스로 억척스럽게 일해서 거지를 면하는 거지를 면거지라고 불렀다. 그리고 어찌어찌하다가 보니까 먹고살기가 어려워져 아예 남으로부터 도움 얻는 것을 일상생활의 일부로 하는 거지를 **왕거지**라고 불렀다. 그러나 권력 또는 위력이나 남을 속여 공물이나 타인의 재산을 불법으로 획득하는 거지를 **상거지**라고 불렀다. 대왕은 왕거지에게는 천국 정하기 할 때 부여하는 점수에 박하지 않다. 그러나 상거지에게는 매우 야박한 점수를 준다. 특히 금수저 거지나 면거지가 상거지 짓을 할 때는 더욱 인색하게 점수를 부여한다. 대왕은 약간 흥분한 어조로 말을 한다.

"수백 명이 희생된 민주화운동의 현장에서 발견된 주검들을 보았지 않았느냐. 그 주검 속에는 민주화운동을 한 자들이 대부분이다. 또 상관의 명령에 의해 시위대를 진압하다 희생된 군인도 있다. 그들 주검을 보라. 민간인의 경우는 대부분 왕거지들이었다. 평소 시장의 밑바닥에서 노동으로 생활하거나 반실업자들이 많았다. 학생들도 있었다. 그들 대부분 상거지들에 의해 거지 취급당하던 사람이 대다수였다. 불평등 구조 때문에 어렵게 생활하던 열위의 서민들 말이다.

그러나 고급 공무원이나 국회의원, 장관 등이 수백 명이 주검으로 발견된 민주화 현장에서 단 한 구라도 주검으로 발견된 적이 있느냐. 없다. 그것으로 왕거지와 상거지의 차이가 극명하게 갈린다. 거지라고 하여도 똑같은 거지인 줄 알고 착각하면 안 된다. 자기들이 무슨 민주열사라고 말이다. 진정한 정의단체나 정의구현사제단도 아니면서도 마치 그러한 단체로 오인하도록 유도하듯이 정의팔이 소리나 하고. 정작 정의를 구현하는 위험한 현장에서는 그들 중 어느 한 놈 코빼기 하나도 볼 수 없었다. 또한 명령에 따라 시위대를 진압하다가 저승으로 간 군인들도 사병이 대부분이었다. 그 안에 고급 장교가 단 한 명이라도 존재하였느냐?"

대왕은 잠시 흥분을 가라앉히려는지 물 한 모금을 마신다. 그러고는 다시 말을 이어간다.

"착각은 자유지. 하나 사실은 자유가 아니다. 지가 잘못해놓고 남의 탓만 하는 상거지들이 득실거릴수록 국토는 망가지게 되어있다. 국토는 신중하게 계획해서 될수록 그 계획에 따라 관리되어야 한다. 물론 계획이 시대에 부응하지 않으면 수정을 해나가야 한다. 그러나 그러한 계획 수립과 수정은 언제나 국토의 **생명 가치, 효율성, 형평성**을 심사숙고하여 관리되어야 한다. 부동산값은 그 나라 경제총량이 사회심리와 엉켜 항상 올랐다가 내렸다가 또 오르기를 반복하는 재화가 아니더냐?"

"그렇습니다."

"그런데 부동산값이 오르는 때를 기다렸다가 마치 부동산권을 코로나 다루듯이 규제나 해서 완장이나 더 차려 하고 묻지마 공영개발이나 하려고 하이에나처럼 상거지들이 호시탐탐만 한다면 꼬레아의 국토에 희망이 있겠느냐?"

"재앙이지요."

"그런데도 부동산과 전쟁을 선포하기까지 하지 않았느냐?"

"코로나 정부라서 그런지 아마도 부동산을 코로나로 착각한 듯합니다."

"멀쩡한 국토에 살균제를 뿌리듯, 규제 폭탄을 가하고 마치 금은방 도둑이 하는 행태처럼 빨리빨리 생땅에 콘크리트와 플라스틱을 부을 생각만 하는 머리로 어찌 박근혜식 신성한 국토관리 방식을 이해할 수가 있겠느냐."

대왕은 냉정하고 좀체 자신의 감정을 외부로 잘 드러내지 않기로 유명하다. 그런데도 할아버지도 아니고 할머니도 아닌 인자하고 자상하게 생긴 주름진 얼굴에 홍조를 띠며 약간 상기된 음성으로 말한다.

"코로나를 믿고 그따위 허튼소리들을 지껄일 수 있다는 말이냐? 코로나19가 허튼소리를 하는 자들의 사촌이라도 된단 말이냐? 이 시대는 국토관리를 제대로 하는 것이 가장 신성한 일 가운데 하나다. 합리적인 국토계획을 하고 자유시장원리 위주로 국토를 효율적으로 이용하게 하며, 생명을 존중하고 형평을 추구하는 국토관리야말로 그 무엇보다도 지구촌에서는 가장 신성한 인간의 덕목이다. 그런데도 신성한 국토관리 행위를 모독해?"

"모독하는 자들 가운데는 마치 이단 신앙에 빠지듯 무언가의 사술의 굴레에 갇혀 함부로 말을 하는 자도 있습니다."

"역사가 이들을 심판하리라는 책을 쓴 자도 그 안에 있느냐?"

"잘 보이지는 않습니다."

"자신들은 땀 한 방울도 보태지 않으면서 오로지 규제를 통해 구원을 하려고만 하는 오만, 제 살붙이보다 훨씬 신성한 땅을 부동산값을 잡는다고 하는 허무맹랑한 안보팔이나 정의팔이 마약을 국토 전반에 뿌려 국민들을 최면에 빠지게 선동하여 원초적인 땅의 숨을 죽이고 콘크리트와 미세먼지를 내뿜는 묻지마 개발 현장으로 변화시키려고 눈이 새빨개진 자들이 그러한 일들을 최대한 자제한 관리자를 향해 어찌 '네 탓이오' 한단 말이냐."

대왕은 흥분된 어조로 계속 말을 이어간다.

"네 탓과 내 탓은 발음이 비슷하니 이를 악용하는 사술이 아니겠느냐. 팔이, 팔이, 팔이, 분단팔이, 안보팔이, 정의팔이, 투기팔이는 전형적인 상거지들이 사용하는 마녀사냥 수법이 아니겠느냐?"

"그렇습니다."

"수많은 대통령 가운데서도 모처럼 우주의 이치와 논리에 맞게 국토관리를 해온 자를 향하여 자신에 의해 야기된 부동산 문제를 두고 그 원인의 유발자라고 덮어씌우다니!"

"……."

"전형적으로 약자를 유린하는 방법인 꼬레아에서 다툼의 상대를 가장 악랄한 수법으로 농락하는 그놈의 팔이 수법을 국정에서 물 쓰듯이 쓰다니! 그 말을 지껄인 자들을 기록해놓고 있느냐?"

"지금은 정보화시대라 그 말 한 자들이 언제 어디에서 얼마만큼 그 말을 했는지가 상세하게 기록되고 있습니다."

"그래. 역사는 이들을 제대로 심판할 뿐만 아니라 이들이 나중에 나의 심판을 받을 때 그 기록들이 빠짐없이 따라오도록 해놓아라."

"알겠습니다."

"그런데 말이다. 역대 대통령 가운데 국토관리에 가장 모범을 보인 박근혜도 여기 기록을 보니 이상한 행동을 한 적도 있구나."

대왕의 질문은 땅신에게 향하다가 다시 박근혜를 향한다.

"근혜가 대답하여라"라고 대왕이 말하자 대왕을 향한 박근혜의 시선이 더욱 긴장한다.

"혹시 이명박이 대통령직을 인수하자마자 추진했던 행정수도 이전 백지화의 노력을 기억하고 있느냐?"

"네, 기억합니다."

"그때 같은 당인데도 이명박의 의견에 반대하지 않았느냐? 약속은 지켜야 한다고 말하면서."

"그랬던 적이 있었습니다."

"네가 한 약속도 아니고, 원조 약속은 노무현이 한 것이었는데 침묵하고 있으면 될 일을 왜 굳이 나서서 이명박의 논리에 반대하였느냐?"

"이미 부지 지정과 일부 수용까지 이루어진 상태에서 한 나라의 대통령이 실행하였던 일을 뒤집는 건 정의에 어긋난다고 여겼습니다."

"지금 세종시 집값이 얼마인지나 아느냐?"

"대충 소문은 듣고 있는데 서울 강남을 뺨칠 정도로 상승 중이라는 말도 들립니다."

"서울 중심지 아파트값이 상승하니까 노무현은 부동산값을 잡기 위하여라는 명분을 걸고 사실상의 행정수도 이전을 실행하게 했다. 그 결과 행정신도시의 집값이 폭등했다. 노무현의 논리를 따른다면 세종시의 집값이 비싸졌으니까 또다시 행정신도시를 물색해야 하지 않겠느냐?"

"그렇다고 생각합니다. 세종시 집값 잡기 위해 또 다른 세종시를 물색해야 한다는 게 노무현식 논리였습니다."

"세종시의 집값 폭등으로 이익 본 자들이 누구겠느냐? 서울의 취약계층으로서 집 없는 사람들이겠느냐? 엉뚱한 신도시 개발로 이득을 본 자들 가운데 왕거지가 많겠느냐, 상거지가 많겠느냐?"

"왕거지는 거의 안 계실 것 같고요, 상거지는 득실거릴 것 같은데요."

"그래. 묻지마 개발식 국토 훼손으로 이득 챙기는 자들은 개발을 주도해가는 관료들이나 용지 소유자나 인근 지주 등이다."

"그렇다고 생각합니다. 언제나 상거지 때문에 왕거지들이 더 어려워졌습니다."

"이명박이 4대강 사업, 보금자리주택 건설, 토지임대부 주택 등으로 국토의 헌법적 가치를 심각하게 훼손했다."

"신문을 경청해서 잘 숙지했습니다."

"그런데 비록 실패는 하였지만 이명박의 주장 가운데에는 국토의 헌법적 가치에 제대로 부응한 것이 있었다. 그게 행정도시의 수정안이었다. 만약 그의 뜻대로 수정하였다면 세종은 오히려 자족 기능을 갖고 주변에 신규 근로 인력을 창출하는 경제와 문화도시로 형성되어가고 있을 것이다. 더불어 수도 인구의 분산 효과도 미약하나마 지속적으로 훨씬 높게 기대할 수 있었을 것이다. 그러나 지금은 전혀 다르다."

"네."

"서울의 많은 사람이 행정서비스를 구하기 위해 굳이 세종까지 오가는 불편 비용이 천문학적으로 늘어났다. 공간의 마찰로 인해 시간과 에너지가 도로 위에서 낭비되고 있는 중이다. 이러한 낭비는 현재에만 그치는 게 아니라 미래에도 계속된다는 게 매우 심각한 일이다. 행정도 서비스다. 서비스는 서비스를 수혜받는 자들이 많이 분포되어있는 곳과 근접할수록 국토가 효율적으로 관리되는 것이다. 게다가 행정 권력이 조그만 땅에 집중되다 보니까 오히려 새로운 부동산 투기도시로 변하지 않았느냐. 이명박이 국토관리와 관련하여 가장 잘한 일 가운데 대표적인 것이 노무현의 행정도시 수정안이었다. 그런데 넌 그것을 반대하였다. 네가 그때 이명박의 편을 들어 지역 주민들을 설득했다면 아마도 이명박의 수정안대로 그 도시는 개발되었을 수도 있다. 그렇게 수정되었더라면 지금보다 훨씬 국토의 균형과 형평을 도모하는 도시로 성숙하고 있을 것이다."

"지금 말씀을 경청하고 보니, 그때 차라리 침묵하고 있을 것을 하고 후회됩니다. 문재인과 안철수가 손잡고 단일화하는 위력이 대단했습니다. 정동영과 이명박이 싸울 때와는 환경이 전혀 다른 때였습니다."

"그래. 알겠다. 권력을 쟁취하기 위한 수단이라는 표현으로 받아들이겠다. 그러나 국토의 잘못된 개발에서 후회는 의미가 없다."

대왕은 잠시 침묵한다. 그러고는 땅신과 지킴에게 박근혜의 국토관리와 관련하여 반드시 짚어야 할 또 다른 특별한 사안이 있는지를 묻는다. 그러자 땅신과 지킴은 특별한 또 다른 것은 없다고 말한다. 그리하여 결국 다음 절차로 진행한다.

"이젠 박근혜의 최후진술 차례다" 하고 대왕은 명한다. 박근혜는 자신의 자리에서 일어나 또렷한 음성으로 말한다.

"저는 국토 전문가가 아닙니다. 해서 국토와 관련해서는 평소 제 철학을 뒷받침할 수 있는 이론가들을 물색하여 자문도 구하고 또 요직에 임명했습니다. 특히 어느 의원으로부터 국토의 관리에 관한 기본철학을 교육받은 적이 있습니다. 국토는 그 나라의 경제와 사회 및 문화에 대한 미래 비전을 담는 그릇이라고 생각합니다. 따라서 국가의 미래 비전을 담는 국토계획이 매우 중요하다고 생각합니다. 일단 계획이 정해지면 그를 토대로 현실에 맞게 수정해가면서 관리해야 한다고 생각합니다. 그래야 우리 후손들에게 가장 최상의 땅을 물려줄 수 있을 것입니다. 우리보다 우리 후손들이 더 소중하지 않겠습니까.

또한 인지가 발달하므로 우리보다 우리의 후손들이 더 똑똑합니다. 그런데도 우리가 얼마나 잘났다고 항상 오르내림을 반복하는 게 부동산값인데 일시적으로 부동산값이 올랐다고 이상한 용어로 국민들을 호도하여 원래 국토계획에도 없던 사업을 불쑥 추진하여 국토를 난도질해놓으면 우리 후손들이 꼭 활용해야 할 땅이 제대로 남아날 수 있겠습니까.

또한 그러한 호들갑이 부동산값을 안정시키기는커녕 오히려 시장을 교란하고 도시를 무질서하게 팽창시켜 구조적인 가격 불안정만 재생산하지 않았습니까. 이러한 마음에서 저는 중장기적인 국토계획을 존중하며 자유주의시장경제체제 아래에서 자연스럽게 국토 이용과 관리도 이루어져야 한다는 굳건한 믿음을 가지고 국정을 운영했을 뿐입니다.

비록 최고지도자로서 제대로 임기를 채우지는 못했지만 그 생각은 지금도 변함이 없습니다. 국토는 내 것만이 아닙니다. 오히려 후손들의 몫이 훨씬 더 큽니다. 아끼고 또 아껴 써야 하는 게 국토입니다. 집권했을 때와 지금 제 마음은 변함이 없습니다. 저는 국토 전문가가 아니었기에 관련 전문가들로부터 국토관리에 관한 바른길을 공부했고 공부한 대로 실천했을 뿐입니다" 하고 말을 맺는다. 대왕은 검사를 향해 눈길을 준다. 그러자 검사의 추궁의 말이 이어진다.

"박근혜는 국내 최초로 대통령 재임 시 탄핵을 당한 자입니다. 노무현은 국회에서 탄핵 절차를 밟았어도 헌법재판소에서 탄핵 결정을 하지 않았습니다. 그러나 박근혜는 헌법재판관의 전원 일치로 탄핵을 받은 자입니다. 이러한 사실만으로도 이자는 국토관리를 정상으로 수행할 수 있는 능력이 없다고 봅니다. 또한 박근혜는 종종 자신의 아버지를 비난하는 사람을 향하여 좌빨 비슷한 표현도 한 적이 있습니다. 또한 처녀의 몸으로서~"

"잠깐, 잠깐."

잠시 대왕이 검사의 말을 중단시킨다. 그러고는 검사를 향해 강한 어조로 말한다.

"검사는 여기가 국토관리를 평가하는 신성한 우주의 법정인 것을 제대로 이해하고 있는가?"

"……."

"만약 꼬레아에서 자기들이 만든 법을 통해 행했던 구질구질하고 지저분한 이야기를 빌려 이 재판에 영향을 미치려고 한다면 이 재판정을 모독하는 일이다. 신성한 이곳을 지저분한 오염으로 얼룩지게 하는 건 금물이다. 어이, 이 검사에게 손바닥 한 대" 한다. 손바닥 체벌의 무지하게 따끔함은 이미 간접 경험을 통해 충분히 알고 있는 검사다. 그런데 그 매질이 자신에게 닥치자 갑자기 잘못했다고 사정했지만 대왕의 명령은 법이다. 곧바로 체벌 도우미의 손바닥 펴기를 거부하려고 한다. 그러자 도우미는 자신의 두 손가락으로 검사를 들어올려 던질 듯이 한다. 도우미의 손에 들린 검사는 작은 인형에 불과했다. 도우미는 파르르 떠는 인형을 내려놓는다. 눈짓으로 검사에게 손을 펼 것을 주문한다. 검사는 쏜살같이 손바닥을 편다.

딱!
아이고!

도우미가 손바닥 한 대 때리는 소리, 세상 가장 아픈 손바닥 체벌을 받은 검사의 비명 소리가 정적을 깼다. 잠시의 시간이 지나자 대왕은 검사에게 말을 이어가도록 명한다. 이러한 의식이 끝난 후 검사의 어조는 단호함에서 다정함으로 바뀐다. 권위적인 어조가 갑자기 상냥한 어조로 변한다.

"박근혜는 무분별하게 국민의 재산권을 침해하는 규제들을 양산한 바는 없습니다. 또한 탐욕스러운 눈으로 하이에나처럼 멀쩡한 생명의 땅만 골라 신도시라는 미명 아래 콘크리트와 플라스틱을 통한 사막화로 땅을 도배할 생각조차 하지 않았습니다. 한편 재임 중 부동산 경기를 부양할 목적으로 금융을 운용했습니다. 그 결과 집값이 올랐다고 하는 비난도 있습니다. 또한 이명박이 세종시를 효율적으로 육성하고 정상적으로 활용하도록 한 제안을 반대하여 결국 행정서비스의 비용을 증폭시키는 데 일조했습니다. 이명박의 수정안을 반대하는 바람에 부동산 투기를 생산하는 도시를 만들게 하였으므로 노무현식 논리에 의하면 또다시 행정도시를 이전해야 하는 지경에 이르도록 방조하였습니다. 당연히 흐린 천국에 보내야 한다고 판단합니다" 하고 간략하게 추궁의 말을 맺는다.

변호사의 차례다. 곧바로 말을 잇는다.

"박근혜는 국가를 위해 헌신해왔습니다. 해서 평생 동안 국부 밑에서 지내다가 국부가 피습당해 희생된 후 어둠 속에서 세월을 보내기도 하였습니다. 그러나 국민들은 박근혜가 처녀의 몸으로 어머니가 안 계신 자리를 이어받아 아버지 옆을 지키며 퍼스트레이디 역할을 한 걸 기억하고 있었습니다. 그래서 음지에 있던 박근혜를 불러냈던 것입니다. 당 대표 때 선거만 했다 하면 박근혜가 지원한 사람들은 손쉽게 당선되곤 하였는데 그래서 선거의 여왕이라는 표현으로 묘사되기도 했습니다.

마침내 대권에 나섰습니다. 어떤 여성 의원이 아무개 언론에서 결혼도 안 해본 사람이 제대로 가족들의 애환을 알 수 있겠느냐고 물으니까 박근혜는 국가와 결혼했다고 표현하기도 했습니다. 대권을 쥔 후 그녀는 불필요한 규제를 철폐하거나 수정하는 데 진력을 기울였습니다. 그 이유는 그녀는 철저한 자유시장경제의 신봉자였기 때문입니다. 그녀가 다닌 대학의 N교수를 기억하십니까. 오랫동안 우리나라 경제를 책임진 관료로 봉사했습니다.

또한 그녀는 평소 공부하는 걸 게을리하지 않았는데 부동산 관리에 관하여서는 정치인 H씨의 영향도 많이 받았습니다. 그녀는 국토관리에 관해서는 전혀 독선하지 않았습니다. 그러하기 때문에 임기 중반에 수도권 주택값이 상승할 때에도 수도권 신도시 카드를 전혀 거들떠보지도 않았습니다. 그녀의 명령을 수행하는 국토관리 수장에는 그녀의 철학을 든든하게 뒷받침하는 관료가 있었기 때문입니다. 다만 그녀가 국토관리에 있어 실패로 비치는 것은 이명박의 행정도시 수정안에 동조하지 않은 점 때문입니다. 그것은 노무현을 찬양한 것이 전혀 아닙니다. 오히려 노무현의 탄핵을 국회에서 강변한 사람입니다. 오로지 국가를 책임지는 지도자들의 발언은 국민 앞에 신뢰를 가져야 한다는 점을 강조한 것인데 결과적으로는 지속적인 국력 낭비를 부추기는 사업에 힘을 보탠 게 되어 송구스럽게 여기고 있습니다.

그녀는 이명박의 대운하에도 찬성하지 않았습니다. 누구보다도 대자연을 존중하고 사랑했기 때문입니다. 여태까지의 이 법정에서의 신문들을 지켜보아왔습니다. 깨달은 점은 모든 대통령이 똑같이 국토관리 철학이 매우 박약하다는 점입니다. 그러나 오직 한 명 박근혜는 달랐습니다. 민주적으로 국토도 관리되어야 한다고 하는 철학을 몸소 실천하였습니다. 당연히 맑은 천국을 예약해야 한다고 판단합니다."

박근혜 변호인의 발언이 끝났다. 곧바로 이어지는 대왕의 말이다.

"다시 강조한다. 국토란 그 안에서 사는 사람들은 물론 모든 생명이 건강하고 행복하게 번성해야 할 땅이다. 물론 생명의 약육강식의 원리는 인정한다. 그러나 그러한 약탈은 어디까지나 땅의 근원적인 힘, 즉 건강한 순환활동을 최대한 보호하고 보존하는 범위를 존중하며 행해져야 한다. 그러함에도 불구하고 내가 너희에게 선물한 국토를 너희는 너무 소홀하게 대해왔다. 특히 막강한 권력을 휘두르는 자들이 자신들의 잘못을 인식하지 못한 채 함부로 국토를 유린하고 훼손해왔다.

완장을 차고 국토를 헤집고 다니는 걸 즐기는 자들마저 있었다. 완장 수가 늘어날수록 국민의 혈세 부담은 증폭되었다. 그리하여 사회적 비용은 턱없이 증가하였고 그 비용이 결국 부동산값을 상승시키는 데 영향을 미쳤다. 지구촌 가운데 꼬레아는 지금 어떠하냐. 당장 너희는 물론 너희 자손들의 존재 자체가 위협당하고 있다. 특히 부동산값이 일시적으로 상승한다고 이를 다스리겠다고 하는 명분으로 기회만 나면 수천, 수억 년 동안 순환의 원리에 의해 보존해오던 땅의 숨통을 끊고 그 위에 콘크리트와 플라스틱 붓기에 혈안이 되어왔다.

그래서 부동산값은 장기적으로 더 높게 오르게 하고 또 그걸 빌미 삼아 대도시를 더 확대시키는 악행을 반복해왔다. 특히 꼬레아처럼 수도권의 전 국토에 대한 동일수급권력이 매우 강한 곳에서 말이다. 더 나아가 어떤 철부지 지도자는 이러한 악행을 국토 전반에 이르기까지 확대하였다. 이러한 악행을 일삼게 된 데는 국토관리 철학 빈곤 때문이다. 엉터리 개념을 들먹이며 생명과 효율은 물론 부익부 빈익빈을 더 심화시켰다.

국토란 다종다양하게 이용할 수밖에 없는 사람들이 사는 곳이다. 수많은 사람이 언제나 스스로의 이용을 손쉽게 바꿀 수 있도록 정부가 도와주는 게 가장 국토 이용에서 효율적이다. 올바른 국토계획을 세우고 그 원칙 아래 국민들이 자유롭게 국토를 이용하게 하는 장치가 필요하다. 그러한 가장 이상적인 장치가 중장기적인 국토계획 아래 펼쳐가는 자유시장이다. 자유시장원리를 활용하는 데 반드시 필요한 경우에는 최소한도로 정부가 개입하면 된다. 그런데 최소한으로 개입하고 토지 이용의 유연성을 최고도화시키기 위해 자유시장을 유지하도록 관리해야 할 책임을 쥔 정부가 공권력을 휘두를 수 있는 완장이나 더 차려고 한다면 국토이용에서 시장의 교란이 발생하는 것은 불보듯 뻔하다.

박근혜를 보라. 국토관리에 있어 모범을 보여왔지 않느냐. 그런데도 그 지저분하기 짝이 없는 너희만의 이야기로 선입견을 갖고 박근혜가 잘못해서 부동산값이 올랐다고 하는 파렴치한 말들이 어찌 공공의 장소에서 버젓이 큰 소리로 울려퍼질 수가 있는 것이냐? 참으로 한심하기 짝이 없는 안타까운 일이다. 박근혜를 어떤 천국에 보낼 것인지는 나중에 일괄하여 발표할 것이다. 가채점 점수를 보면 생명성 16점, 효율성 15점, 형평성 14점, 정성평가 6점이다. 그러나 더 정확한 점수는 나중에 일괄하여 알릴 것이다. 이상으로 다음 심판을 위해 휴정을 선언한다. 다음 재판을 준비하여라."

대왕도 인간처럼 사리를 판단하다가 속이 상한 경우에는 화도 낸다. 그래서 그런지 박근혜의 심판에 들어와서는 말이 좀 더 길어지고 화까지 낸다. 법정은 잠시 술렁거렸지만 이내 평온을 유지한다. 문재인 차례다. 여기저기 브레이크 타임으로 부스럭거리는 소리도 나고 했지만 다시 금세 조용해진다.

12. 문재인(文在寅)

큰 눈 둥글게 뜨고 입가 엷은 미소 띠며 입술 굳게 물고 집중 신문인석으로 문재인이 나온다.

"이름은?"

대왕이 묻는다.

"문재인입니다."

"재임 기간은?"

"2017년 5월 중순부터 현재에 이르기까지 업무를 수행하고 있습니다."

문통에게 질문을 이어가다가 갑자기 대왕은 대화의 상대를 바꿔 땅신에게 묻는다.

"박근혜가 파면된 건 3월 초였는데 5월까지는 공백이 2개월간이나 있었군?"

그러자 땅신은, "갑자기 대통령 선거와 인수인계도 해야 했기에~" 하고 대답한다.

"그래서 황교안이 반년 동안이나 대통령 대행을 했군. 음" 하고 대왕이 말하자 땅신이 대답한다.

"그렇습니다. 5년 단임도 중간에 파면되면 어쩔 수 없이 임기를 다 마치지 못하고 물러나야 합니다. 아버지 박정희는 19년 가까이 최고 권력을 누렸는데 민주화 대선으로 선출된 딸 박근혜는 사실상 4년이 채 못 되는 기간 동안만 권좌에 있은 셈입니다."

대왕은 다시 문재인을 향해 질문을 계속한다.

"이 재판이 왜 열리게 되었는지는 잘 알고 있는가?"

"잘 알고 있습니다."

"지금 네가 통치하고 있는 꼬레아에 살고 있는 고복순 때문이다. 자신이 부동산 투기꾼으로 몰린 게 너무 억울해서 우울증을 앓고 있다고 했다. 그러한 개인적 사정은 얼마든지 있을 수 있는 일이다. 그러나 그 사안이 매우 우주 파괴적인 내용을 담고 있어서 부득이 이 법정을 열게 된 것이다. 네 책임도 크다. 알고 있는가?"

"잘 알고 있습니다."

"네가 여기에서 재판을 받고 있다고 해서 이승에서의 네 잔여생활에 영향을 미치는 일은 없다. 여기에서의 일은 이승에서 기억할 수 없기 때문에 네가 꼬레아를 통치하는 데 어떠한 힘도 가할 수 없다. 다만 네가 나중에 저승에 왔을 때 머무를 천국의 종류를 결정하는 심판일 뿐이다."

"압니다. 대왕님은 항상 우주의 존속을 위하여 노력하시는 분이십니다. 우주의 모든 생명은 물론 반생명, 무생물에 이르기까지 원래 있어야 할 자리에서 평화롭게 존재하도록 다스리시는 최고의 존엄이십니다."

"존엄이라는 표현은 가부장적인 사회에서나 쓰는 용어다. 나에게는 전혀 어울릴 수 없는 용어다. 나는 존재를 위한 존재일 뿐이다. 여기에서의 너는 이승에서의 너를 기억하지만 이승에서의 너는 여기에서의 너를 기억할 수 없게 설계되었다는 사실도 알고 있느냐?"

"네, 알고 있습니다."

"사법시험에 합격했을 정도이니 세상사엔 이치나 논리가 가장 중요하다는 건 아마 매우 잘 이해하고 있을 것이다. 여기에서는 네가 행한 일들에 대하여 일일이 너의 답변을 듣기 위해 신문하지 않는다."

"압니다. 사실관계와 논리를 정확하게 알고 계신 대왕님과 땅신, 그리고 보조자이신 지킴님의 분석에 의존해 결론을 내는 심판인 걸 잘 알고 있습니다."

"아무리 나와 땅신, 그리고 지킴이 신문을 이어간다고 하더라도 매우 짧은 순간에 워낙 많은 묻지마 규제와 묻지마 공영개발 계획들을 남발하였는지라 가끔은 네 심정을 읽기 위해 중간중간에 돌발질문도 있을 터이니 그리 알고 있어라."

"네, 알겠습니다. 진심으로 말씀 올리겠습니다."

이제 본격적으로 부동산 재판을 위한 문재인을 향한 신문을 행한다. 대왕과 땅신은 문재인이 노무현의 후광을 받고 있으며 부동산 정책에 관해서는 노무현이 걷던 길을 답습할 뿐만 아니라 훨씬 더 규제의 양을 증대시켰다는 간략한 이야기를 주고받는다. 또한 국토에 대한 마스터플랜을 갖고 그에 의한 중위와 하위계획 세우기를 항상 유보하여 민간에 의한 창의적인 토지이용을 방해만 해온 이야기를 한다. 나아가 개발을 수십 년 동안 억눌렀던 땅들을 값싸게 전격적으로 수용하여 묻지마 개발을 하는 대량 개발도 모자라 서울 웬만한 대형 공지를 먹이의 대상으로 확대했을 뿐만 아니라 최근에는 용적률로 장난을 하여 서울 도심의 공영재개발을 대폭 확대하는 계획까지 나왔다는 보고를 한다. 문재인의 짧은 재직 기간 동안 있은 묻지마 개발 역시 가히 다른 대통령이 흉내 내기 어려울 지경이라는 말도 한다. 특히 개발마피아들의 완장 차기는 인류사에 있어 수량과 방법에서 유례를 찾기 어려울 만큼 독보적이라는 말도 주고받는다.

"문재인이 등장했을 때 부동산값 변동 동향을 개략적으로 말해보라"

하고 대왕은 땅신에게 묻는다. 그러자 땅신은 대답한다.

"전국의 땅값은 계속 안정세를 유지해왔습니다. 그러나 박근혜 말기부터 상승해온 서울 중심지 아파트값은 문재인 정부에 들어서도 그 상승 추세를 멈추지 않고 계속되었습니다. 그러자 취임 얼마 지나지 않아서 갑자기 국토부라는 데서 **부동산 투기와의 전쟁14)**이라는 선언을 합니다. 묻지마 개발마피아가 자신들의 야욕을 드러내기 시작한 거죠."

"토지공개념이라는 말도 써먹고 또 주택공개념이라는 말도 만지작거리도록 유도했던 그 안보팔이와 정의팔이 부서에서 투기와의 전쟁이라는 신조어를 만들어 전 국토에 뿌렸단 말인가. 땅값이 안정되어있으니 토지공개념이라는 말이 현실에 부응하지 못하고 또 주택공개념은 가부장적인 씨족 사회에서는 태생적으로 모순된 표현이었기에 또 새로운 조어를 만들어 정의팔이 했구나."

"그렇습니다. 당시 꼬레아는 지구촌에서 가장 위험한 화약고로 여겨지던 때였습니다. 미국의 대통령 오바마는 북쪽의 김정은을 정상적인 지도자로 취급하지 않았습니다. 미국과 북한이 은근히 전쟁 분위기가 불거지는 적대관계를 드러내던 때 미국 대통령은 트럼프로 바뀝니다. 그런데 트럼프의 등장 직후 김정은과 트럼프가 상호 전쟁을 할 수도 있다는 표현을 하는 정세였습니다."

"핵단추 이야기를 주고받은 걸 말하는가?"

"그렇습니다. 김정은이 단추만 누르면 핵무기가 미국을 향할 수도 있다고 말했습니다. 그러자 트럼프는 그보다 훨씬 더 큰 단추가 있다고 응답합니다. 서로 핵전쟁을 불사할 것 같은 험악한 분위기가 전개된 것입니다. 당시 세계 모든 나라에서는 어쩌면 꼬레아에서 핵전쟁이 터질 수도 있겠구나 하는 우려를 많이 했습니다. 다만 꼬레아 사람들은 그와 비슷한 일들을 수없이 경험해온지라 약간은 경계가 느슨해져 있는 상태였습니다. 그래서 세계의 사람들은 꼬레아 사람들을 인간 살육의 전쟁인 6·25를 겪은 나라임에도 오히려 위기를 못 느끼는 이상한 사람들이라는 시선으로 바라보기도 하던 때였습니다."

"그래. 마치 어린애들이 전쟁놀이 하는 것처럼 매우 유치한 신경전을 펼쳤지. 그때 문재인은 어떠한 경우이건 자신의 국토에서 전쟁이 일어나선 안 된다고 강조하였지. 또 자국에서의 전쟁은 자국 주권에 의해서만 좌우할 수 있는 사안이라고도 했지. 전쟁은 그 자체가 땅은 물론 우주에도 재앙이지. 특히 맹주를 노리기 위한 인간들의 경쟁이 지금 지구가 절체절명의 위기에 빠져들게 한 가장 큰 원인이지."

대왕의 약간 흥분된 어조는 계속된다.

"누가 일시에 남을 더 파괴할 수 있는 능력을 가졌는가에 따라 선진국이나 강대국을 정하는 지구촌 나라들의 게임은 매우 우주 혐오적이면서 동시에 자기 가학적인 경쟁이지."

"그렇습니다."

"꼬레아에서 남북이 전쟁을 일으키면 안 된다는 건 대부분 남북의 모든 국민의 공통된 정서가 아니더냐. 다만 반사회성 인물들은 전쟁을 환영한다고도 하지."

"그렇습니다. 또한 일부의 전쟁 옹호론자는 더 큰 전쟁을 막기 위해 작은 전쟁을 불사한다는 궤변을 곧잘 지껄이기도 합니다. 더 나아가 반사회성이 매우 강한 자들은 어떤 전쟁이건 전쟁을 무조건 옹호하고 지지하기까지 합니다."

"지구촌 사람들의 가치관은 워낙 다양하지. 그러나 어떠한 경우이건 전쟁은 막아야 하고 또 일어나게 해서는 안 되는 게 대원칙이지. 꼬레아의 헌법 전문에도 그러한 것을 선언하였지 않았소?"

"그렇습니다. 전쟁을 지양하고 평화를 옹호한다는 대원칙을 선언하고 있습니다."

"그런데도 왜 현 정부는 **갑자기 전쟁을 선포**한 거요?"

"국가끼리 또는 단체끼리 전쟁한다는 건 아니고요, **부동산 투기와 전쟁**한다고 선언했습니다."

"아무리 그래도 그렇지 그렇게 우주 파괴적이고 비인도적인 용어를 어찌 국민을 상대로 쓸 수 있단 말이오."

"꼬레아를 둘러싼 국제 정세를 국내용으로 악용한 선언입니다. 토지공개념과 유사한 사회적 최면걸이용 환각제를 발명한 것입니다. 당시의 미북 말싸움 단추전쟁이 씨앗이 되어 과거 토지공개념이라는 정의팔이 애드벌룬처럼 사회심리를 마취시키는 부동산 투기와의 전쟁이라는 사회를 향한 환각제를 고안해냈지요."

"허. 허. 부동산 투기가 전쟁까지 할 대상이오?"

"전혀 아닙니다."

"그 말을 선포한 자가 부동산 투기를 무어라고 정의하였소?"

"**토지공개념의 정의가 없고, 주택공개념의 정의가 없듯이 부동산 투기의 정의도 내리지 않은 채 무조건 전쟁 대상이 부동산 투기라고 선언한 것입니다.**"

"또 그 몹쓸 야욕이 발동되었나 보구만. 묻지마 규제를 늘려 국민들이나 지방정부에 완장 차고 호령할 거리를 늘릴 생각이나 하고 국토계획에는 전혀 없던, 땅의 숨을 단숨에 죽이는 대량 묻지마 개발을 꿈꾸며 한 말이겠지. 그들이 부동산 투기를 정의하지 않고 아무런 논리도 없이 일정한 대상을 지정하기만 하면 투기꾼으로 내몰리는 게 요즘 꼬레아 부동산시장의 분위기더구나."

"그렇습니다. 그야말로 부동산에 관한 기본 개념마저 아수라장이 되어 버린 것이지요."

"여러 차례 반복 질문하여 지루해할 수도 있는 질문이지만 도대체 부동산 투기의 정확한 뜻이 무엇인가?"

"그 대답은 저보다 지킴님이 더 잘할 수 있을 듯합니다."

"그럼 지킴님이 부동산 투기의 정확한 뜻부터 다시 정리해보시오."

그리하여 재판장인 대왕의 아래쪽 양옆 한쪽에 앉아있는 지킴이가 대답한다. 지킴은 이제 대왕과의 대화에 어느덧 익숙해져 있었다.

"부동산 투기는 워낙 다양하게 사용하기 때문에 지구촌에서 쓰는 다종 다양한 뜻을 여기에서 전부 열거하기에는 시간과 공간이 부족합니다. 다만 우리 정부에서 최근 쓰고 있는 부동산 투기는 빚을 내서 집을 사들이거나 고가의 주택을 구입하거나 주택을 여러 채 소유하는 것을 가리키는 말처럼 읽힙니다."

"돈이 부족한 사람들은 당연히 빚을 내서 집을 살 수도 있지 않겠소. 고가의 주택이 필요하면 사들일 수 있고요. 또 한 가구가 생존이나 생활을 위해 여러 주택을 소유하거나 이용할 수 있는 게 아니오. 어떤 가구는 생계를 위해 주택을 여러 채 소유할 수도 있으며, 또 어떤 가구는 주택을 임대하여 소득을 올리려고 할 수도 있는 것이 아니겠소. 모두가 자유경쟁 아래에서 이루어지는 정상적인 경제행위인데 왜 이러한 행위들을 투기로 몬단 말이오. 그러한 행위들이 자유롭게 허용되어야 자연스럽게 필요한 곳에 맞는 주택들이 지속적으로 공급될 수 있는 것 아니오. 때로는 과잉 공급으로 집값이 하락하기도 하고요."

"그렇습니다. 정상이 비정상이 되고 비정상은 정상으로 둔갑시키는 게 안보팔이와 정의팔이들입니다. 현 정부는 정의팔이와 동시에 안보팔이까지 하고 있지요. 그런데 최근에는 투기와의 전쟁을 선포했던 개발마피아의 행동대원 격인 LH공사에서 악성 투기를 대대적으로 벌여온 사실이 알려져 사회가 시끄럽습니다."

"LH공사 사건은 **선량한 투기를 모욕하고 모독하는 부동산 범죄**에 해당하오. 묻지마 개발마피아들이 관행적으로 행해온 국민들의 혈세를 빨아먹는 행위 가운데 빙산의 일각이 발견된 게 아니겠소. 투기와의 전쟁이라고 외치던 자가 결국 자중지란에 빠져들더구먼!"

대왕은 몇 차례 LH사건을 반복적으로 말하며 투기를 모욕하고 모독한 범죄라는 말을 강조한다. 그리고 그동안 주택 관련법들이나 재개발 관련법들을 통해 민간의 자율적이고 창의적인 주택개발과 도시재개발을 방해해온 개발마피아들의 행태를 다시 비판하고 추궁한다. 그러면서도 투자와 투기라고 하는 매우 난해한 개념에 대하여 논의한다.

"민간 위주로 임대주택이 공급되는 시장에서 다주택을 부동산 범죄와 동격으로 놓는 건 제2의 부동산 범죄요. 선량한 부동산 투자가 왜 죄악시된단 말이오? 다주택이 허용되는 시장이래야 신규 주택 공급을 확대하고 신규 주택 공급이 확대되어야 임대료가 안정되며 그 여파로 부동산값이 안정되는 게 아니겠소. 물론 임대사업자 제도 같은 경우는 차별화 혜택을 많이 주기 때문에 부동산값이 고율 상승형 불안정 시장 아래에서는 매우 불합리한 면이 있지만 대다수 선량한 다주택자들을 왜 투기로 몬단 말이오. 투기의 뜻도 제대로 모르고 있지만 부동산 투자의 순기능을 그들은 전혀 이해하지 못하고 있네요. 투자는 물론 특히 선량한 투기는 자유경쟁주의 시장에서 어쩌면 필수적인 것 아니오?"

"그렇습니다. **투자와 투기는 경제행위로서는 동일한 것**입니다. 다만 상황에 따라 그 둘을 분리하는 걸 즐기는 자들이 있지요. 둘 다 경쟁사회에서는 반드시 필요한 존재입니다."

"그런데도 사회경제적으로 필요한 행위를 전쟁의 상대로 선포하다니, 무슨 흑심이 있는지는 역사가 말해주는데 흑역사를 모르는 선량한 국민들이 또 농락당하기 시작했군요."

"옳습니다. 그들은 일방적으로 전쟁의 상대방을 정하고 밀어댑니다. 정부의 그 어느 누구도 자신들이 마치 사냥 몰이하듯 밀어붙이는 상대방이 어찌어찌해서 집값을 올렸다고 하는 논리를 제시한 적도 없습니다. 더구나 그 어느 누구도 부동산 투기와의 전쟁을 정확하게 정의한 적이 없습니다."

"어차피 논리를 명확하게 짚기 위하여 부동산 투기의 뜻부터 간단히 살펴봅시다. 부동산 투자와 부동산 투기는 어떻게 구분합니까?"

"행위의 동기 면에서는 둘 다 똑같은 말입니다. 모두가 투자라고 일컬을 수도 있지요. 그런데 아주 오래전에 어느 유명한 경제학자는 투기를 혁신으로 설명합니다. 어느 부모가 아들 둘을 두었는데 한 아들은 투자적인 행동으로 성장하고 다른 한 아들은 투기적인 아들로 성장합니다. 투자적인 아들은 부모님이 짜놓은 시간표대로 생활합니다. 초등학생이라면 학교 가기 전에 아침 학습하고, 학교 다녀와서 학원에 다녀오고 저녁에는 자율학습을 하는 등의 생활을 다람쥐 쳇바퀴 돌 듯 반복합니다. 마치 모범생의 롤모델인 양 성장합니다."

"맞아요. 꼬레아 대부분의 부모님은 그러한 양육의 길을 선호합디다. 무슨 학원 무슨 학원 등 학원비 대느라고 부모님들이 허리가 휠 정도로 고생하는 집들이 많습디다. 그놈의 학군 때문에 거금의 전세금을 아까워하지 않고 지불하기도 하고요."

"그러나 투기적인 아들로 양육하는 부모님은 아들이 자기 맘대로 놀면서 지내도록 방관합니다. 안전이나 익혀야 할 중요한 사회적 규율 등과 관련된 꼭 필요한 일에 한해서만 부모가 간섭합니다."

"자율성과 자유를 부여하여 자기 스스로 놀이하는 방법을 찾아 행동하도록 하는군요."

"그렇습니다. 합리성에 기초한 투자적 아이들은 모범생으로 학교도 졸업하여 곧바로 유력한 회사에 취업도 하여 초기에는 잘나갑니다. 그러나 투기적인 아들은 사회 진출 초기에는 별로 잘나가지 못합니다. 그런데 세월이 흐르면 흐를수록 투기적인 아들은 자기의 앞일을 개척도 하고 또 창조적인 일에 매달려 인생이라는 긴 레이스에서 거북이가 토끼를 이기듯이 결국 성공의 역전 드라마를 쓰는 경우가 많습니다. 그러므로 투자나 투기나 사회에서는 반드시 둘 다 필요한 거라는 거지요. 특히 혁신이나 창조를 지향하는 가치관이 존중되는 곳이라면 투기적인 행동이 오히려 투자보다 보호의 대상이 될 수도 있다는 요지의 말입니다."

"물론 그 말은 혁신과 창조를 강조한 이야기지요. 하지만 부동산 투기는 조금 다르지 않소?"

"물론이지요. 다만 부동산 투기도 그것이 불법이 아닌 한 때로는 방임되는 게 사회경제적으로 크게 유익할 수 있음을 시사하는 말이고요, 무조건 죄악시하면 오히려 역효과가 더 커진다는 것을 강조한 것입니다. 특히 부동산에서는 **창조적 이용**創造的 利用·creative use이 매우 중요합니다. 창조적인 이용을 전개할 때 생산비의 절감이 일어나거나 또는 단위당 공간가치가 증대하기 때문에 대부분의 창조적 이용은 자신의 몸값은 상승시키면서 다른 부동산값은 하락하게 합니다. 창조적 이용을 하면 선진사회에서는 박수를 칩니다. 창조적 이용으로 그 부동산값은 상승했다고 하더라도 도시 전체 부동산값의 면을 보면 오히려 중장기적으로 창조적 이용이 존재함으로써 부동산값이 안정되게 됩니다. **창조적 이용**은 공간이용을 절약시키거나 조형물의 생산비를 절감시키므로 오히려 부동산값 안정에 기여하게 되지요. 일종의 혁신에 의한 생산비 절감 효과가 나타납니다."

"창조적 이용을 통한 부동산 가치의 증진은 국토의 효율적인 이용을 위해 매우 중요한 덕목이지요. 그런데 그것을 단순히 특정 부동산의 값을 올렸다고 하면서 마녀사냥 하듯이 투기라는 말로 호도하면 국토의 효율적 이용이 손상당하게 되는 게 아니겠습니까."

"그렇습니다. 창조적 이용을 유발하는 투기는 오히려 사회적으로 보호되고 존중되어야 하지요."

"투기란 단순히 값을 올리기 위한 행위가 아니잖아요?"

"그렇습니다. **값이 오를 것 같으니까 행하는 투자**지요."

"투자했다가 가격이 오르지 않거나 내리는 경우도 있지 않습니까?"

"그렇습니다. 투자나 투기가 과열되어 동질적인 부동산 공급이 늘어나게 되면 종종 과열경쟁의 후유증으로 값이 폭락하기도 합니다."

"결국 투자나 투기가 값을 올리기도 하지만 내리기도 하네요."

"그렇습니다. **극히 예외적인 경우를 제외하고는 매우 정상적인 경제행위들**이지요. 다만 너무 과도한 투자를 한다거나 국토이용을 교란시킬 정도로 사회적으로 비난 가능성이 높은 투자는 투자자나 사회를 보호하기 위하여 극히 예외적으로 규제하기도 합니다. 그러나 그러한 **규제**는 시장의 정상화를 방해하는 경우에 한해서 개입해야지, 극히 정상적인 행위까지 규제하면 오히려 시장을 왜곡하고 창조적 이용을 방해함으로써 부동산값의 생산비용을 증가시킵니다. 결과적으로 부동산값을 상승시키므로 정부의 실패로 귀착되게 합니다. 오히려 투자를 투기로 몰아가는 비정상적인 시장을 유발하지요."

"어떤 이는 단기 소유는 투기, 다주택도 투기, 대면적 토지 소유도 투기, 재건축도 투기, 실거주하지 않아도 투기라고 몰아붙이는 경우도 있던데요."

"아마 현 정부의 투기를 대하는 대표적인 상징 사례들인 듯합니다. 그러나 그러한 시각은 부동산시장을 매우 왜곡된 눈으로 본 것입니다. 부동산을 단기 소유해서 자본이득을 얻는 사람들보다 장기 보유해서 자본이득을 더 크게 누리는 자들이 훨씬 더 많습니다. 그러므로 단기 소유를 투기로 보는 건 매우 잘못된 것입니다. 또한 어떤 사회에 다주택자들이 많아진다는 것은 그만큼 그 사회에 임대주택이 많아진다는 뜻이기도 합니다. 또한 장기적으로는 소유주택도 증가하는 요인이 됩니다. 주택을 배급제로 하는 나라는 오늘날 사회주의 나라들에도 거의 없습니다. 주택 대부분을 민간이 공급하는 시장 아래에서는 다주택을 허용하고 장려하는 것이 오히려 임대료 안정에 도움이 됩니다. 다만 특수지대를 발생시키는 독과점 주택인 경우에는 정부의 개입이 정당화될 수 있는 경우가 발생할 수도 있겠지요.

그러나 아파트시장을 독과점 시장으로 바라보는 건 매우 잘못된 시각입니다. 때때로 선량한 투기는 주택 공급의 원천으로 작용합니다. 선량한 투기가 없어지면 중장기적으로 주택 공급이 줄어들어 주택값이 더 높이 상승하는 원인이 됩니다. 그러므로 다주택을 투기라고 한 것 또한 잘못된 정의입니다. 또한 대면적 토지를 소유하는 것은 투기라고 보는 것도 잘못된 것입니다. 아마도 이에 관하여는 노태우 시절의 이른바 토지공개념 3법이라고 정부가 홍보했던 택지소유상한제에서 충분히 이야기된 것 같습니다."

"그러니까 현 정부는 투자를 투기로 몰고 투기를 투자로 보호하는 이상한 놀이를 하고 있는 셈이네요."

"그렇습니다. 어떤 학자는 투기란 시장에서 일반적으로 발견되는 현상과는 구별되는 특이한 현상이라고 말하기도 합니다. 또 어떤 학자는 투기의 온상을 말합니다. 투기의 온상은 부동산값의 불안정적 불균형 변동이라는 것입니다. 부동산값 변동이 투기를 불러들이는 것이지 선량한 투기가 부동산값의 불안정 변동을 야기하는 게 아니라는 이야기입니다. 이 이야기는 매우 **객관적으로 투기를 관찰할 수 있는 대표적인 부동산 투기 관련 이론**입니다. 그래서 설득력이 가장 높은 부동산 투기와 관련된 정의이기도 합

니다."

"그러니까 자유경쟁시장에서의 자연스러운 가격 변동을 인위적으로 교란시키는 것이 오히려 투기를 조장하는 게 되겠네요."

"그렇습니다. **정부가 할 일**은 투기와의 전쟁이 아니지요. **투기적 시장환경을 최소화시키도록 관리**하는 것입니다. 말하자면 투자시장을 투기시장보다 더 장기간 유도되도록 관리하는 일이 정부가 해야 할 원래의 기능입니다. 그것은 부동산값을 불안정, 불균형으로 몰아가지 않도록 다스리는 것입니다."

"그렇지요. 선량한 투기가 일어나면 공급이 자연히 늘어나지 않소. 공급이 늘어나면 값이 안정될 것이고요. 투기가 과열되면 공급 과잉이 일어나 부동산값이 폭락하기도 하고요."

"그렇습니다. 그래서 잘못 투자한 사람들은 거액의 손실을 입기도 하지요. 그러므로 정부는 투기보다는 투자시장이 더 많이 유지되도록 애써야 하지요."

"그러니까 부동산시장이 될수록 정상적인 투자시장으로 성장하고 유지되도록 정부는 부동산시장 구조를 살려야 하는 것이 아니겠소. 정부가 쓸데없이 묻지마식 간섭을 하게 되면 그 투자 메커니즘의 교란이 일어나고 투기 메커니즘이 활보하여 오히려 악성 투기를 생산하는 부작용이 발생하는 것이 아니겠소. 묻지마 개발에서 그러한 혐오스러운 투기를 오랫동안 경험하지 않았소! **중심지 주택 재건축** 이야기를 예로 들어봅시다. 과연 중심지 재건축이 투기입니까?"

"전혀 아닙니다."

"그럼 투자요?"

"투자도 투기도 아닌 그냥 매우 **정상적인 생활일 뿐**입니다. 건축을 우리가 투자나 투기로 표현한다는 게 이상하듯이 재건축은 재건축일 뿐입

니다."

"그런데 왜 정부는 재건축을 투기로 몰고 있소?"

"일시적으로 값이 상승하기도 하는 경우를 무조건 투기라고 몰아치는 이상한 사고 때문으로 보입니다. 어쩌면 숨겨진 의도가 있을 수도 있고요. 민간에 의한 건축을 방해하려는 의도가 더 크게 담겨있지요. 뿐만 아니라 아마 내심으로는 집값이 더욱 폭등해야 한다는 숨겨진 계산도 있는 것 같고요."

"재건축도 개발 행위이지요?"

"그렇습니다. 부동산 개발 행위입니다."

"부동산 개발 행위에는 위험이 크게 따르지 않소?"

"그렇습니다. 물리적인 위험, 재무적인 위험, 시장 위험, 제도적 위험, 드물기는 하지만 사회적 위험까지 도사리고 있는 게 재건축입니다."

"그러한 위험들에 대하여 정부가 책임을 집니까?"

"단 한 푼도 책임을 지지 않습니다."

"그런데도 왜 그렇게 많은 간섭을 합니까?"

"모든 정부가 그랬던 건 아닙니다. 국토관리에 있어 모범사례인 박근혜 때에는 재건축방해법들을 발효시키지 않았습니다. 문재인 시대에 들어와서 노무현 때 입법한 방해를 위한 규제를 다시 시행한 것입니다. 투기와의 전쟁을 치른다는 명분 아래에서요."

"위험이 많은 개발사업에는 당연히 그 위험을 보상하는 수익이 확보되어야 그 일을 활발하게 할 수 있는 게 아니겠어요?"

"당연합니다. 개발 위험을 무릅쓰고 개발을 하려면 반드시 개발이익이 기대되어야 합니다."

"그런데도 왜 정부는 이웃 아파트보다 재건축으로 값이 오른 경우에는 이를 **초과부담금**이라는 명목으로 환수하는 법을 만든단 말이오?"

"재건축을 못 하게 방해하려는 목적이 있어 보입니다."

"주택의 수요는 마치 사람들마다 필요한 옷을 소요하는 것과 유사하지 않소. 그래서 주택을 생활을 담는 그릇이라고 표현한 학자도 있지 않겠소. 사람마다 선호하는 옷이 다 다르듯이 가구마다 필요로 하는 주택 또한 다 다릅니다. 그런데도 불구하고 필요로 하는 곳에 요구하는 주택을 제때에 제공하지 못하면 어린아이가 어른 옷을 입어야 하고, 할머니가 손자 옷을 입어야 하는 이상한 일들처럼 미스매치 주거생활이 많아지는 희한한 사회가 형성될 것 아니겠소?"

"당연합니다. 부동산값 변동은 시장의 신호입니다. 중심지 부동산값이 더 많이 상승한다는 것은 중심지에 필요한 재건축 주택이 부족하다는 신호입니다."

"그 신호를 무시하여 집을 못 짓게 하면 엉뚱한 곳의 엉뚱한 주택값을 상승시키는 시장 교란이 발생하지 않겠소. 재건축을 방해하는 건 오히려 중심지 집값은 물론 차선의 대체주택의 집값마저 상승시키는 행위 아니겠소?"

"그렇습니다. 전형적인 부동산시장 교란 행위입니다. 아마도 다른 노림수를 위해 의도적으로 시장 교란을 하는 것같이 보입니다."

"점잖은 정부가 의도적으로 시장 교란을 할 리가 있겠습니까. 하하하. 역시 개발마피아들은 어떤 정부가 들어서든지 의도하는 방향으로 부동산시장을 교란시키는 수법만은 세계 어느 곳에 내놓아도 결코 뒤지지 않는다는 소문이 꼬레아 양식인들 사이에선 파다합디다."

"그렇습니다. 언제나 그들이 노리는 건 가격을 매개로 하는 부동산 재산권에 대한 각종 묻지마식 규제들입니다. 민간에 의한 자율적인 개발은 언제나 방해하고 개발마피아에 의한 신도시나 도심 공영개발 등 묻지마 개발에 혈안이 되어 행동합니다. 최근 수도권에서는 신도시를 건설할 만한 부지가 거의 고갈되어가니까 도심의 묻지마 공영재개발을 선언하여 속도전으로 밀어붙이고 있습니다."

"공급을 막으면 값이 오른다는 건 삼척동자도 다 아는 법칙인데 투기와의 전쟁이라는 시커먼 커튼으로 국민들의 눈을 가리고는 버젓이 공급을 방해하는 일을 마치 반드시 핵단추를 눌러야 하는 전쟁인 것처럼 호도해왔습니다. 아니, 이미 핵단추를 수십 차례 눌렀습니다. 그래서 요즘 꼬레아 특히 수도권 주택시장은 수십 차례의 시장 교란으로 쑥대밭이 된 것 같습니다. 서울의 도심이 점점 마치 벌레 먹은 과일처럼 멍들고 있습니다. 그런데 국토관리의 수장은 최근에 들어 벌레 먹은 공간을 오로지 즉흥적으로 조밀한 공영개발 주거지 또는 주상복합 용지로 변신시키려고 혈안이 되어 있습다."

"그렇습니다. 국토를 보호해야 할 조직이 오히려 국토를 훼손하는 일거리를 찾아 헤매는 건 꼬레아 국토에서 오랫동안 자행된 매우 불행한 일이지요."

"재건축 연한은 왜 강화시키는 것이오? 개발투자에 있어 가장 이상적인 재건축 연한은 어떻게 되는 것이오?"

"연한을 강화시키는 건 재건축을 방해하려는 의도 때문입니다. 건물에는 수명이 있습니다. 원가회계에서는 이를 내용연수耐用年數라고 불러왔습니다. 회계처리에서는 일반적으로 물리적 내용연수를 주로 사용합니다. 건물이 낡아서 물리적으로 수명을 더 이상 유지하기가 곤란한 때까지 존속할 수 있는 건물의 나이지요. 그러나 부동산학에서는 이를 개발투자와 관련하여 국토의 효율적인 이용을 위하고 시장의 안정을 위해 재건축 연한에 있어 일찍이 새로운 개념을 창출한 적이 있습니다. 그래서 생겨난 개념이 건물의 **경제적 내용연수**經濟的 耐用年數 개념입니다."

"경제적 내용연수라고 하였소?"

"그렇습니다. 국토란 그 위에서 살고 있는 국민들이 필요에 따라 토지 위의 개량물들을 언제나 유연하게 변화시켜갈 수 있을 때 가장 국토의 효율 이용에 부합합니다. 효율적 이용에 부합하는 대부분의 이용이 생명성의 원리에도 부응하는 것이고요. 그러하기 위해서는 문화나 예술적 가치 등이 있는 특수한 경우를 제외한 모든 조형물은 경제적 내용연수에 따라 재개발이나 재건축을 할 수 있는 시장이 국토를 낭비시키지 않고 시장을 안정시키는 효율적인 시장의 형성에 기여하게 됩니다."

"경제적 내용연수는 건물마다 다릅니까?"

"지역이나 위치와 건물마다 전부 다릅니다. 또한 시간이 흐를 적마다 변하기도 합니다."

"물리적 내용연수는 종류마다 엇비슷하지 않소? 또 회계에서처럼 규칙에 일정한 햇수로 정해진 것도 있지 않소?"

"그렇습니다."

"그런데 왜 정부에서는 20년을 30년으로 늘리더니 40년으로 늘릴 수도 있다는 엄포를 놓는단 말이오?"

"그 행위가 시장의 안정을 방해하는 행위인 줄을 모르고 있거나 아니면 무조건 재건축을 못 하게 최대한 방해하자는 목적이 있는 것 같습니다."

"오히려 그 행위가 투기를 조장한다는 걸 모르고 있거나 아니면 부동산 값을 올려야 하겠다는 검은 마음이 있다거나 한다는 말씀으로 이해해도 되겠소?"

"맞습니다. 논리 해석을 하면 그렇게 추정됩니다."

"경제적 내용연수는 누가 결정하는 것이 사회경제적으로 가장 이상적이오?"

"당연히 소유자입니다."

"그럼 어떤 소유자는 신축 건물이 경제적으로 크게 잘못된 것을 발견하고는 즉시 재건축을 하려고 할 수도 있는 경우도 있지 않겠소?"

"극히 예외적인 경우이겠지만 경제적 내용연수의 판단을 그렇게 했다면 그 판단대로 재개발이나 재건축을 하는 것이 본인은 물론 사회경제적으로 이상적일 뿐만 아니라 시장의 안정은 물론 더 나아가 국토의 보호에도 최선의 길이 됩니다."

"한마디로 정부가 재건축을 방해하면 안 되겠군요. 오히려 재건축을 장려하고 지원해야 하겠군요. 그것을 방해함으로써 정부는 정상적인 투자시장을 투기시장으로 몰아가는 셈이군요. 더구나 당해 지역뿐만 아니라 광역적인 투기시장을 형성하는 불씨를 퍼트리는 일이 되겠고요."

"그렇습니다. 내용연수에 제한을 두지 않는 곳일수록 변화의 유연적인 대응에 더 유리한 곳이 됩니다. 말하자면 조형 공간의 유효이용도를 최고로 발휘하도록 허용되고 있는 효율적인 시장이 됩니다."

"그러나 신축 건물을 즉시 재개발하면 자원낭비라고 하는 비난도 있지 않겠소?"

"그렇게 주장할 수도 있겠지요. 그러나 그 비용은 소유자가 지는 것입니다. 만약 그것을 허용하지 아니하면 오히려 시장의 수요에 부응하기 위하여 또 다른 대체 토지가 개발되지요. 과잉 개발이 발생하는 것입니다. 부동산의 과잉 개발의 영향은 동산의 낭비보다 훨씬 더 많이 국토의 생명성, 효율성, 형평성에 더 큰 손실을 가하게 되지요. 그러므로 소유자는 원래부터 심사숙고하여 스스로가 손해를 보는 일이 없도록 신중하게 적정한 개발을 해야 합니다."

"그렇겠군요. 과거 정부가 투기와의 전쟁을 선언할 때 방송에 자주 출연하는 이른바 부동산 전문가라는 사람 대부분은 왜 그 당시 한결같이 이젠 부동산시장이 크게 얼어붙을 것이라는 전망들을 한 것이오?"

"양도세, 재건축 규제, 금융 규제 등에서 다종다양한 규제들을 백화점

식으로 한꺼번에 쏟아냅니다. 부동산시장을 제대로 이해하지 못하고 있는 대부분의 사람이 여러 가지 폭탄을 부동산시장에 투하하니까 아마도 핵단추 여러 개를 한꺼번에 눌러댔다는 착각으로 겁이 나서 한 말들이었을 것입니다. 또 전쟁이라는 말이 무섭기도 했을 것이고요. 그러나 그 무자비한 묻지마 규제책들을 비판하는 말을 권위 있는 전문가가 하니까 그 많던 겁먹은 패널들은 얼마 지나지 않아 재빨리 자신의 말 바꾸기를 하였습니다."

"그 장면을 나도 본 적이 있소. 눈치 9단들인지라 슬그머니 말 바꾸는 모습들을 보니까 절로 웃음이 나옵디다. 재건축 규제 이야기는 어느 정도 짚은 것 같은데 이제 양도세 규제 이야기를 조금 해볼까요?"

대왕은 잠시 숨 고르기를 하다가 "이번에는 땅신이 대답해보라. 양도세로 집값을 안정시킨 나라들이 지구촌에 있는가?" 하고 묻는다. 땅신이 대답한다.

"그러한 나라는 없고요, 중장기적으로는 공급 동결 효과로 부동산값을 오히려 상승시키는 원인으로 작용한다는 가설이 우세합니다. 오히려 규제로 부동산값이 폭등한 사례는 많지요."

"1가구 1주택 양도세 부과 면제 대상에서 박근혜 시절에는 보유 기간만으로 결정했는데 왜 문재인 정부에서는 2년 거주를 새로운 요건으로 넣은 거지요?"

"면제 대상을 실거주자 위주로 정하겠다는 의도인 것 같은데요."

"1가구 1주택자가 자신의 소유주택을 세놓고 다른 곳에서 세 들어 사는 경우가 얼마든지 있을 수 있는 것 아니겠소. 어깨걸이 임대주택들 말이오."

"그러한 일들이 실제로 많습니다."

"그러면 1주택자라도 양도세 물기 싫으면 먼 거리에 와서 오랫동안 살든가, 아니면 가족에 맞지 않는 주택을 사용하도록 강요하는 것 아니겠소?"

"그렇습니다. 주택의 소유 동기는 매우 다양한데도 실제 거주해야 된다고 못 박는 사고로부터 비롯되는 **무지**지요. 당연히 이 조치 또한 부동산시장을 교란하는 규제이고요."

"실거주 2년을 강제하는 게 부동산값 안정에 무슨 도움이 되겠소? 이에 대한 답은 지킴님이 하시오."

"아무런 도움이 안 되지요. 오히려 사회경제적인 불편 비용을 증가시켜 물가상승의 원인만 제공하므로 비용 증가로 인한 집값 상승의 요인으로만 작용하지요."

"정부 말에 충실하게 따라야 한다면 집 없는 사람은 실거주할 집이 아니면 집을 사지 말고 세 살라고 하는 메시지인 셈이네요. 그리고 작은 집부터 주택을 소유하려는 서민들의 주거 사다리를 걷어차는 셈이 되겠고요. 사실상 헌법상 행복추구권은 물론 거주 이전의 자유를 간접적으로 침해하는 것도 될 것이고요. 또 이 제도를 지키기 위해 직장과 주택이 분리職住分離되어 교통거리가 증가하는 바람에 발생하는 환경 악화도 작지 않겠네요. 얻는 것은 거의 없고 잃는 불편은 하늘 가득인 이 장치를 만들고는 투기와의 전쟁이라고 외친 거요?"

"그렇습니다. 무조건 일정한 기준을 정해놓고는 마구잡이로 그물을 던져 국토를 어지럽히는 묻지마족들의 규제 행위들이지요."

"참으로 이상한 사람들이오. 그러면 전셋값이라도 안정을 시켜놔야 할 것 아니겠소?"

"그렇습니다."

"다주택자의 양도세율은 왜 그렇게 많이 부과하도록 정한 것이오? 앞으로는 보유세도 왕창 올린다는 거 아니오? 이번에는 땅신이 대답하게."

"아마도 투기소득이니 전부 국가에 내놓으라는 의도 아니겠습니까."

"집값이 오를 때는 국가가 가져가고 그럼 내릴 땐 국가에서 그 손해를 보전해주나?"

"보전은 없고 환수만 있습니다."

"그래. 다주택자에 대한 환수를 감면한다고 하면서 임대주택자를 양산시키지 않나? 그건 또 무슨 논리인가?"

"글쎄요. 임대사업자로 등록하면 투기꾼으로 보지 않겠다는 것 같습니다. 이 규정은 규제에 있어 금기시해야 할 차별화를 행한 잘못된 조치로 판단됩니다."

"지금이 엿판 끌고 다니면서 엿 파는 시대인가. 맘대로 투자다, 투기다 하게."

"그렇습니다. 즉흥적인 엿판이 부동산시장에 등장한 것으로 보입니다."

"옛날에는 엿 파시는 분들이 엿가위로 엿을 맘대로 떼어줬고 그게 지불한 엿값 대신 얻는 엿의 양이었다. 똑같은 고물을 엿값으로 지불한 경우에도 양은 제각기 다른 경우도 있었다. 그래서 속담에 엿장수 맘대로라는 말마저 생겨났고."

"아닙니다. 그러한 시대는 꼬레아에서 아주 옛날입니다."

"그런데도 불구하고 왜 꼬레아 정부는 제 맘 가는 대로 투기네 투기 아니네를 재단하는 것인가?"

"권력을 쥐니까 자꾸 이리 휘두르고 저리 휘두르고 싶은가 봅니다."

"그 권력이라는 게 국민이 준 것 아닌가. 머슴이 주인을 엿을 다루듯이 취급하면 되겠나. 잠깐, 임자. 그 말을 들으니 갑자기 떠오르는 꼬레아 어느 친구들의 마음의 노래가 생각나는군. 함, 들어보세."

갑자기 스피커에서 민요가락 같기도 하고 판소리 같기도 하며 트로트 같기도 한 음률을 타고 다음과 같은 노래가 흘러나온다.

　　완장 차니 신나네
　　엿판 매니 신나네

완장 차고 엿판 매고 얼씨구절씨구 외치며
팔도 유람하니 신나네

경기도는 묻지마 신도시 엿
강원도는 원주혁신도시 엿
충청도는 세종· 제천 행정· 혁신도시 엿
경상도는 대구· 진주 혁신도시 엿
전라도는 전주· 나주 혁신도시 엿
서울은?

엿 엿 엿
밀가루엿, 쌀엿, 옥수수엿, 개엿
엿 사시오 엿들 사
서울은 유령도시 엿

엿장수 맘대로 국토가 엿판처럼 변하니
완장 차고 국토 여기저기
엿판 때림질 하는 재미 솔 솔
꼬레아 국토는 엿판
나는 완장 찬 엿장수
엿 사시오, 엿들 사
나는 행복한 엿장수

　　스피커에서 이 노래가 들려오자 피고인석 일부에서는 긴 한숨 소리가 흘러나온다. 그러자 대왕은 단호하게 말한다.

"지금, 긴 한숨 소리를 낸 자 손 들어라."

참관 피고인석에 일렬로 앉아있던 피고 **김영삼**이 손을 번쩍 든다.

"원칙적으로는 법정의 엄숙함을 흐트러뜨릴 우려가 있으므로 손바닥 한 대이나, 유예하겠다. 대신 임자가 손들면서 마음의 소리를 낸 걸 다 들었다. 그러나 다른 피고들은 그 마음의 소리를 못 들었으므로 작은 스피커를 대령할 터이니 말해보거라" 하고 대왕은 명령한다.

참관 피고인석 앞 열에 앉아있던 김영삼에게 도우미가 이동식 작은 스피커를 가져다가 말을 하게 한다.

"참으로 국토가 매우 심각합니데이. 매번 쓸데없는 짓을 자행하는 국토부는 국토관리에서 당장 손을 떼고 해체시켜야 하겠네예. 이들한테 국토를 맡기면 멀쩡했던 국토가 불 앞에 엿처럼 금세 녹아버리고 말겠습니데이" 한다. 그 말을 받아 곧바로 대왕은 "그래. 자신들이 이 땅을 위해 가장 먼저 제거되어야 할 계륵인 줄도 모르고 있지. 요즘에는 한 술 더 떠 국민을 자신이 감시하는 빅브라더 기구를 만든다는 막장 드라마까지 연출하고 있다" 한다.

순간 법정은 잠시 술렁인다. 그러자 김대중이 손을 든다. 무언가 한마디 거들고 싶은가보다. 그렇지만 이 통 저 통 손드는 대로 말을 시키다 보면 분위기가 산만해져 논리가 흐려질 수 있겠다 싶어 대왕은 말한다.

"그래. 무슨 말 하려는지 다 안다. 김영삼의 말에 모든 것이 함축되어 있다. 너희 조국의 국토가 최근 어떻게 유린당하고 있는지를 생생하게 보여주는 공간이다. 그러하니 이 재판을 정상적으로 진행하기 위해 김대중의 생각은 기회가 있으면 나중에 듣기로 하겠다."

그러자 금세 양순해지는 김대중은 네~ 하고 얌전하게 자기의 자리를 지킨다. 김대중이 얌전해지자 김영삼 역시 다시 침묵하며 바른 자세로 방청객처럼 앉아있다. 대왕은 중단되었던 양도세 이야기를 계속한다.

"다주택이 부동산값을 상승시키는 주요 원인이라면 주택값을 합산하여 주택가격 합산에 따른 누진적인 보유세를 강화하면 되는 것이지 무슨 양도세를 강화하느냐?"

그러자 땅신이 대답한다.

"보유주택 수에 따라 어떠한 경우는 양도차익의 70~80%까지 과세하도록 하였습니다."

"그렇게 하면 다주택자가 신규주택 공급에 참여하지 않게 되어 중장기적으로는 임대차 대란이 일어날 수도 있지 않겠느냐. 그렇다면 세입자는 어떻게 보호하는 것이냐?"

"전혀 대책이 없습니다. 무조건 묻지마 공영개발만 외칩니다."

"다른 한편 전세금보다 훨씬 많은 양도차익 부담금 주택들이 조만간 크게 증가할 수도 있을 텐데 집주인은 전세금 부담 때문에 집을 팔지 못하는 이상한 일들이 발생할 것 아니겠느냐? 그렇게 되면 변칙적인 매각이 증가할 게 아니겠느냐?"

"그러한 것 또한 고려할 능력도 없습니다."

"더불어 양도세 부담이 수억을 넘어가면 다주택자들 가운데는 1주택자로 할까 말까 망설이는 부부들이 많이 늘어날 것 아니겠느냐?"

"그렇습니다. 가뜩이나 부부가 오래 살다 보면 지루해지고 또 어떤 때는 미워지기도 하는데 새로운 양도세 제도는 이러한 부부들에게 웬만하면 이혼하라는 메시지를 지속적으로 보낼 것 같습니다."

"요즈음 황혼이혼이 증가하였는데 거기에 더하여 **양도세 이혼**이 **증가**하겠구나."

"그렇습니다. 절세를 위한 반윤리적 행동들도 증가할 것 같습니다. 향후에는 **보유세 이혼**도 증가할 듯합니다. 문재인 정부 들어 갑자기 가구 수가 늘어났는데 휴전선이 무너지지 않았는데도 그러한 일이 발생한 것을 보면 다주택자 규제, 양도세 규제, 주택청약 규제 등이 가구 쪼개기에 많은 영향을 미친 것 같습니다. 이러한 현상은 수도권에서 특히 두드러졌습니다."

"부부간의 연을 더 악화시키는 제도가 결국 전쟁을 의미한 것인가. 부자들이야 양도세 이혼의 유혹으로부터 여유롭겠지. 그러나 서민 가운데는 수억씩 희생하면서까지 부부생활을 이어갈 끈끈한 가정이 얼마나 많겠느냐. 특히 나이가 많이 들면 혼인으로부터 졸업하는 **졸혼**이 사실상 유행하는 시대이고 우주시대라 다시 모계사회로 향하여 전통적인 부부애가 쇠퇴해 가는 시대인데 양도세 이혼까지 신설하도록 해서 되겠느냐. 지킴에게 묻습니다. 과연 이와 같은 양도세 제도가 집값 안정에 도움이 되겠소?"

"정반대입니다. 양도세는 어느 경우이든 간에 **공급 동결 효과**를 가져오므로 가격상승을 유발합니다. 또한 양도세는 필요 제비용이 되기도 합니다. 주식과 같은 대체 투자의 기회비용보다 더 큰 부담이 되는 양도액은 반드시 주택이 존재하기 위한 필요비용이 되어 주택값 상승의 원인이 됩니다. 뿐만 아니라 **집값 안정을 위해서는 될수록 이혼을 막아야** 합니다. **가족의 화목을 유도하는 것은 집값 안정에 도움**이 됩니다. 왜냐하면 가구원의 수가 변하기 때문입니다. 집 하나에 한 가구로 생활하던 가구가 이혼하면 두 집이 필요하게 됩니다. 그런데 최근의 제도처럼 이혼할수록 커다란 이익을 보는 제도를 만들면 가구 분리가 더 심하게 발생합니다. 가구 분리가 늘어나는 만큼 잠재적인 주택의 신규 수요 증가로 이어집니다. 공급은 줄이고 수요는 늘리는 셈이 되지요. 이미 시장에 출품된 주택의 양은 고정되어있는데 사실상 값을 움직이는 수요의 양만 늘리니 장기적으로 **집값을 불안정하게 하는 원인**이 되지요" 하고 지킴이 설명한다.

"주택보급률과 집값과의 관계는 어떠하오."

"세계적으로 보면 주택보급률이 높은 나라들이 집값이 가장 높은 편이고요, 주택보급률이 낮은 나라일수록 집값이 저렴한 편입니다. 그와 같은 현상이 일어나는 이유는 대체로 주택보급률이 높은 나라들이 국내총생산 GDP이 높고요, 국민소득NI도 높은 편이기 때문입니다. 집값은 보급률보다 오히려 경제 규모에 의해 더 큰 영향을 받지요. 뿐만 아니라 인구밀도도 많은 영향을 미치고요. 그러나 장기적으로 보면 주택보급률을 높이는 건 모든 나라의 공통된 주택정책의 지향점이기는 하지요."

"그런데 집값에 대하여 말 좀 하는 사람들은 왜 보급률만 강조하는 것이오."

"보급률이 장기적인 전망을 고려할 때 쓰는 지표이기는 합니다. 조바심을 자극하여 주택의 질의 문제를 가볍게 넘기고 무조건 양적 공급 확대를 주장하려고 그렇게 강조하는 경우가 많지요."

"결국 집값이라는 것은 그 나라 또는 지역의 경제총량과 인구밀도의 영향을 많이 받고 장기적으로는 주택보급률도 고려해야 하는 것이므로 그것은 장기계획의 신호등이라는 말로 요약할 수 있겠네요."

"그렇습니다. 특수주택 이외의 일반 주택시장에 있어 단기적으로 보급률보다 훨씬 중요한 것은 민간에 의해 필요한 주택들이 시장을 통해 생겨나고 변하며 소멸하고 또 생겨나는 효율적인 주택시장을 형성하는 일이지요. 일반 주택시장은 효율적인 시장을 통해 평화롭게 물이 흐르듯이 흘러가는 것이어야지 인위적으로 가두고 통제하는 대상이 아니거든요."

"투기 이야기 하다가 옆으로 흘렀소. 부동산 투기가 집값을 올리는 원인이오? 범죄형 투기가 아닌 일반의 투자 말이오?"

"정상적인 선량한 투기는 집값 변동의 과정에서 발견되는 증상일 뿐입니다."

"장기적으로 부동산 투기는 부동산값 변동 과정에서 흔히 나타나는 결과적인 증상이라고 말할 수 있겠네요."

"부동산 투기는 부동산시장에서 흔히 발견되는 증상, 즉 자유시장경제에서 필연적으로 나타나는 현상입니다. 일찍이 자유시장경제를 표방하여 실천하고 있는 소련이나 중국은 물론 심지어 북한에서도 부동산, 특히 주택 투기는 빈번하게 나타나는 현상들입니다."

"언제나 흔히 나타나는 현상인데도 불구하고 투기와 전쟁을 하면 어떻게 되겠소?"

"현재와 같은 전략으로 전쟁을 수행하면 투기가 사라지는 게 아니라 중장기적으로 악성 투기가 더 심화됩니다."

"투기와 전쟁하면 피해보는 건 서민들 아니겠소. 꼬레아에서 그동안 안보팔이나 정의팔이 부동산 정책들 대부분은 부익부 빈익빈을 더욱 심화시켜왔지 않았소."

"가격변동을 유도하려고 행하는 재산권 규제는 반드시 그 후유증으로 시장을 왜곡시켜 부동산값을 상승시킵니다. 또한 우리나라처럼 투기를 조장해놓은 정부가 대표적인 묻지마 개발인 빨리빨리 신도시나 도심의 용적률 높이기에 집착하게 되면 부동산값 윔뿔현상의 심화 및 부적합 주택들이 양산됨으로써 국토의 비효율이 높아짐은 물론 부익부 빈익빈도 더욱 심화됩니다."

"나도 이젠 알고 있어요. 묻지마 수도권 신도시를 지으면 지을수록 수도권 중심지 집값만 높이 상승하고 변두리나 시골은 오히려 침체에 빠진다는 사실을요. 다만 경제성장이 역주행하거나 코로나의 계절에는 이러한 패턴에 약간의 변화를 몰고 올 수 있을 듯도 하네요. 최근 뉴욕이나 시카고 중심지에서 교외로 이탈하려는 사람들이 늘어나 중심지 집값은 약세를 보이고 교외주택은 반사적으로 강세를 보이고 있지 않소?"

"그렇습니다. 하나 미국의 토지 사용 패턴을 우리나라에 그대로 적용할수는 없습니다. 미국은 땅이 넓은 나라이기 때문에 대도시 중심지는 공동주택 등으로 대부분 고밀도화되어있지만 외곽은 거의 단독주택 위주로 전원화되어있기 때문입니다. 우리나라는 전국 모든 곳이 고밀도화를 지향하고 있는 추세니까요. 물론 코로나19가 우리나라 수도권에서도 어느 정도는 자연자원의 분포에 따라 약간의 영향을 미치고 있을 것으로 추정합니다. 예를 들면 강북이 강남보다 일시적으로 더 강세를 보인다든가 하는 것들이죠."

"결국 선량한 투기는 전쟁의 대상이 아니라 관리의 대상일 뿐이겠네요. 그런데도 국민들 앞에 가장 점잖아야 할 정부가 직접 나서서 갑자기 투기야~ 전쟁이야 하고 정의팔이에 더하여 안보팔이의 소리치는 행위는 참으로 우려스러운 일이오. 잠시 들어봅시다."

대왕은 실내 스피커의 볼륨을 잠시 올린다.

불이야
투기야
도둑이야
투기야
정의를 훔치는 투기야
김정은과 트럼프의
작은 단추와 큰 단추
단추전쟁이야
부동산 투기와의 전쟁이야

"다음으로 이야기 나눌 건 **금융**에 관해섭니다. 우선 땅신이 대답하게. 금융을 조여 주택값을 잡겠다고 하는 대책들을 발표했다. 흔히 엘티브이LTV로 발음하는 **담보가치 인정비율**Loan To Value Ratio, 디티아이DTI로 발음하는 **총부채 상환비율**Debt To Income Ratio, 디에스알DSR이라고 발음하는 **총**

부채 원리금 상환비율 Debt Service Ratio 등의 활용비율을 계속 조정했다. 투기과열 지역과 그렇지 않은 지역을 차별화하고 거래금액 등을 차별화했다. 그런 것들이 부동산값을 안정시키는 조치들인가?"

"부동산값을 안정시키는 조치가 아니라 은행들이 여신의 안전성을 위해 적용하는 비율들입니다."

"채권 확보의 안전성이란 부동산값이 하락할 때 주로 적용하는 게 아니겠나?"

"그렇습니다. 부동산값이 상승할 땐 오히려 그러한 조치들을 완화하는 게 선진 은행들의 경향이지요."

"그런데 그러한 것이 왜 부동산값을 안정시키는 수단으로 등장하는 것이지?"

"아마도 공금융에 의한 돈줄을 죄면 수요 억제 효과가 있을 것이라고 판단한 듯합니다."

"그렇다면 부동산값이 상향할 때 이 조치를 쓰면 시장의 원리에 따라 공금융이 필요 없는 현금부자들만 틈새시장을 치고 들어올 것 아닌가."

"당연하지요."

"현금 없는 사람들은 부동산 투자에 끼어들지 말라는 신호로군. 자칫 더 심하게 부익부 빈익빈의 시장으로 몰아가는 경우가 발생되겠네."

"꼬레아는 미국과 달리 오래전부터 주택담보비율을 보수적으로 운용해 왔습니다. 물론 최근에는 금융자율화의 분위기를 타고 미국처럼 담보가치와 거의 맞먹는 여신을 하는 은행 등도 생겨났지요. 우선 LTV 등은 어느 나라 은행이든지 오래전부터 활용해오고 있는 장치입니다. 주로 부동산값이 하락할 조짐이 보이면 그 비율을 강화해서 돈을 덜 빌려주도록 하죠. 부동산값이 불안정 변동으로 등락을 거듭하면 그 비율을 낮추는 것도 여신의 안전성 확보를 위해 필요합니다. 그러나 부동산값이 상승하고 있는 시장에서 부동산값을 조정하는 장치로 둔갑하여 활용하는 것은 정책수단으로서 난센스죠. 자칫 웃음거리가 될 수도 있지요."

"그래. 여신은 은행의 자율로 하는 게 원칙인데 그동안 변화해온 추세를 보면 정부가 주문하면 은행은 타율로 움직이더군. 이러는 금융시장이 어떻게 경쟁력을 가질 수 있겠나. 완전히 타율로 움직이는 시장이지. 그동안 변화추세를 보면 소득이 작은 사람들은 공금융으로부터 더 푸대접을 받게 하는 구조였고."

"점점 주택값에 따라 여신 차별화를 하기도 했고요. 비싼 주택은 공금융에서 멀리하게 하고 싼 주택은 상대적으로 덜 멀리하게 해왔습니다. 그래도 집값이 안정되지 않으니까 최근에는 건설자금을 제외하고 1가구 1주택 이외의 주택담보 대출을 아예 전면적으로 금지하도록 하고 있는 형편입니다."

"지킴이 대답해보세요. 금융차별화의 부동산 가격 효과가 장기적으로 바람직합니까?"

"금융 자체가 부동산값 불안정 변동을 조정하는 중요한 힘을 가지고 있습니다. 장기적으로는 경제총생산이 부동산 가격 수준을 결정하는 주된 요인이고요. 단기적으로는 돈의 양과 금리가 많은 영향을 미치지요. 물론 그보다는 통화 속도가 훨씬 더 큰 영향을 미치겠고요. 그러나 부동산값의 상승시장에서는 돈을 빌려서 투자하는 사람들을 향한 수요 억제를 하면 돈이 많은 사람들에게는 오히려 반사적인 효과로 매수의 기회를 더 넓혀줍니다. 투자자의 투자게임의 주체만 변동할 뿐 중장기적으로는 금융차별화로 가격을 안정시키는 게 어렵습니다.

더구나 원래 이 조치가 투기지구라고 하는 정치적 용어로 만들어진 모순으로 가득 찬 법을 적용하는 것이기 때문에 차별화를 끊임없이 반복하는 것은 시장을 더 심하게 교란시키는 행위입니다. 더구나 국토의 바람직한 이용에 있어 매우 잘못된 조치입니다. 중장기적으로 차별당하는 주택 공급은 줄어듭니다. 그래서 오히려 차별을 더 받는 주택일수록 시장에서 더 귀한 주택으로 남게 하는 원리와도 같습니다. 수십 년 동안 명품으로 만들어온 강남을 위시한 중심지 주택들을 향후 금융차별화를 통해서 상품의 가치성을 더 귀한 보배로 육성하겠다고 하는 조치에 다름 아닙니다. 정부가 의도하는 정반대의 방향으로 시장은 반응하지요."

"그렇군요. 마치 수도권에 인구가 불어나서 그동안 수도권에 대학 증설 허가를 억제하고 지방은 확대해주니까 세월이 흐를수록 수도권 소재 대학의 입시 경쟁이 높아지면서 지방 대학들은 쇠퇴하고 수도권 대학이 명문이라는 말이 생기는 원리와도 같은 현상이로군요."

"그렇습니다. 부동산값을 조정하기 위해 **여신與信**을 비롯한 각종 차별화를 가하면 오히려 시장은 정부가 의도한 **정반대의 효과**로 나타나는 게 중장기적인 추세입니다."

"그렇군요. 그런데도 여러 차례 왜 여신의 위기도 전혀 없는데 집값 잡는다고 큰소리치면서 여신차별화를 반복해오는 것이오. 무지는 역시 용감하군요. 허허. 그럼 투기지구(조정대상구역)나 투기과열지구 차별화도 그러한 효과를 유발하겠네요."

"그렇습니다. 정책에서 차별화는 매우 신중해야 합니다. 기회만 닿으면 그러한 지역이나 아파트들을 편 가르기를 해놓고 차별화를 합니다. 우스운 표현은 핀셋규제라는 말입니다. 매우 잘못된 표현입니다. 원조 격인 주택법이 원래 잘못된 법입니다. 대부분의 핀셋규제는 대책이 의도한 방향과 정반대로 전개되는 요인이 됩니다. 그런데 결과는 그러한 차별화가 단기적으로는 효과를 발휘하는 듯하여도 중장기적으로는 오히려 역차별을 불러들인다는 점입니다. 또한 투기는 증상 아닙니까. 정부가 차별화하면 마치 산불이 이쪽저쪽으로 옮아붙도록 하는 기능을 합니다. 규제에 의해 시장 교란이 심해지고 비정상적인 부동산 투기가 확산되는 것이요. 규제가 산불을 더 강하게 확산시키는 셈이랄까요. 그래서 과열지구는 과소지구로 변하고 과소지구는 과열지구로 변하니 정부는 기진맥진하여 나중에는 조자룡 헌 칼 휘두르듯 마구잡이 차별화를 감행하기에 이릅니다."

"차별화가 결국 투기를 부추기는 것이로군요."

"그렇습니다. 가격효과가 의도한 것과 정반대로 나타나는 묻지마 규제는 부동산값의 불안정·불균형 변동을 야기합니다. 그래서 투기를 불러들입니다. 투기는 부동산값 변동 추세를 어떻게 예측하느냐에 따라 많아지고 적어지는 것이니까요. 그러므로 만약 여신을 줄이고 싶으면 모든 지역이나 모든 아파트에 동일하게 적용되는 LTV 하나로 충분하지요. 집값에 따라 평등하게 금융규제를 해야 명품을 육성하는 모순된 대책에서 벗어날 수 있지요."

"유치원생들도 아닌데 한 나라의 정책을 대표하는 수장들이 왜 저러지요?"

지킴은 대답 대신 어이없는 웃음을 짓는다. 그러고는 말을 덧붙인다.

"원래 그 말의 탄생부터 잘못된 용어를 붙였기 때문에 일어난 현상입니다. 다른 데보다 주택값이 더 오른다거나 청약 과열이 일어난다면 그 지역은 주택부족 의심지역이 아니겠습니까. 그렇다면 그 지역시장을 가리킬 때 **주택부족 의심지역**住宅不足 疑心地域이라든가 또는 심한 주택부족 의심지역이라는 말을 붙여야 정확하게 시장을 상징하는 뜻을 갖는 것이지요. 그런데 그 이름을 정치적인 용어 붙이기를 하여 **투기지역**(조정대상구역)이나 **투기과열지역**이라고 명명한단 말입니다. 그 결과 시장에서 있어야 할 대책과는 정반대의 대책들이 쏟아져 나옵니다."

잠시 침묵이 흐른다.

"용어가 매우 중요하지요. 특히 **법률에 쓰는 용어는 명확성이 생명**이지요."

"용어 잘못 쓰기가 한두 군데가 아닙니다. 심지어는 용어를 잘못 쓰는 바람에 헌법재판소까지 깜빡 속아 넘어갔다고 의심되는 일도 발생합니다" 하고 말하고는 지킴이 다시 웃는다.

"웃기만 할 일이 아닌 듯싶습니다. 결국 수많은 대책이 전부 국토의 효율적인 이용을 방해하거나 훼손하는 것들이네요. 그래서 국토를 낭비하게 되고요. 우주의 법칙에 어긋나는 일들이오. 매우 심각한데도 정책 입안자들은 그 심각성을 전혀 모르고 있는 듯하오. 오히려 잘못된 규제들을 죄다 끌어모아 정책에 반영하고 있지 않소. 규제박물관에나 있어야 할 것들을 말이오. 분양가상한제는 또 어떻습니까? 이에 관하여는 우선 땅신이 대답하라."

"**분양가상한제**分讓價上限制는 분양가격을 낮춰서 시장을 조정하겠다고 하는 대책인데요, 그 역사가 꽤 오래된 대책이었는데 정부에 따라 시행한 경우도 있고 그렇지 아니한 경우도 있었습니다. 옛날 선진국 일부에서 제한적으로 시행한 적이 있었는데 그 효과는 실패로 돌아왔습니다. 왜냐하면 생산비를 절감시킨 상한제가 아니었기 때문이지요. 즉 창조적인 부동산 이용을 창출하지 못하는 이용을 유발하였기 때문입니다."

"박근혜 때에는 어떠하였소?"

"당연히 시행을 유보하였습니다."

"그것이 원래는 주로 수도권 특별한 지역, 예를 들면 투기과열지역이라든가 하는 곳에서 시행을 한 것 아니오?"

"그렇습니다. 과거 한동안 차별화해서 시행해온 적이 있습니다. 과거에는 권고 수준인 행정지도에 의하였는데 노무현 정부 때에는 아예 이 장치를 명령 수준인 행정처분으로 시행할 수 있도록 변화시킵니다."

"반강제에서 강제로 바뀐 거로군요. 잠깐 분양가상한제 이야기를 나누니까 이상한 놀이노래가 들리오. 잠깐 들려오는 이 노래를 들어봅시다."

얼씨구절씨구

절씨구얼씨구

지화자 좋네

얼씨구나절씨구나 지화자가 좋네

"이 노래는 가을 수확이나 농사지으신 꼬레아 조상님들께서 즐겨 부르
시던 풍년가 아니겠소."

"그렇습니다."

"그런데 왜 정부 일각에서 이 노래를 부르는 거요?"

"현상을 제대로 이해하지 못한 시민단체 등에서 줄곧 이 제도의 시행을
얼씨구로 주창해왔고 완장 차기를 즐기는 부처에서는 절씨구나 하고 밀당
하다가 밀어붙인 장치입니다."

"무지로 인해 마치 정의야, 투기야 하고 외치면 그걸 재빨리 완장 차기로
둔갑시키는 둔갑술의 명장들이 부르는 밀당의 노래였군요."

"그렇습니다. 순수한 의도로 행한 정의팔이를 둔갑시켜 결국 의기투합
으로 탄생한 묻지마 규제이지요."

"지금 세계적으로 코로나 때문에 힘들어하는데 이런 노래를 정부가 불
러대면 되겠습니까? 잠깐만요. 국토관리에 있어 왜 이렇게 이상한 나라로
몰아가는지를 요즈음 가장 힘센 국토의 관리에 관한 최고권력자인 문재인
에게 간단한 질문 하나 합니다. 문통, 앞으로도 얼씨구절씨구 노래가 여러
차례 반복될 것 같소. 그럴수록 수도권 중심지는 물론 변방으로까지 부동
산값 상승이 산불 번지듯 더 거세어질 것 같은데 개발마피아들에게 조종
당한 것으로 보이는 과거의 국토관리 수장은 왜 최장수로 두었던 것이오?"

대왕이 흥분하였나 보다. 국정의 세세한 것까지 질문의 소재로 삼는다.

"네. 저에 대한 여론에 의한 국정지지도가 버틸 만했고요, 또 그녀는 부

동산값이 오르면 눈물을 흘린다고 합니다. 부동산값이 오를 때 눈물을 흘릴 정도면 얼마나 부동산값 오르는 걸 안타까워했겠습니까. 눈물을 그치게 하기 위해 혼신의 힘을 쏟을 것이라고 믿고 오랫동안 신임했습니다. 그러나 최근에는 지지율 하락이 위험수위에 달하여…. 어쩔 수 없이 눈물을 머금고 교체…" 하곤 눈물을 글썽인다.

문통은 굳센 의지의 표정을 지으며 머리를 약간 긁적인다.

"그래. 문통은 눈물에 약하군" 하고 문통과 잠깐 짧은 말 몇 마디를 주고받은 대왕은 쓴웃음을 허허 하고 짓는다.

"분양가상한제의 구조와 그 효과에 관하여 짚어봅시다. 분양가상한제에 의해 분양되는 가격은 정상시가입니까? 이에 관해서는 지킴께서 대답하시오."

"분양가상한제에 의한 가격은 시장가격보다 저가인 경우가 대부분입니다. 그러므로 정상시가라는 말을 붙이기 어렵습니다. 일종의 정책가격인 셈이지요. 통제가격이라고도 불리고요."

"정책가격은 보통 세금 매길 때 선진국들에서 이른바 공정가치를 매긴다는 명분으로 활용하는 사례들 아니겠소. 시가로 매기면 담세 능력에 부응하지 못하니까 국민의 부담 능력에 맞춰 가격을 조정하는 것 말이오."

"그렇습니다. 민간의 거래에서는 시장가격에 맡기는 게 가격을 왜곡시키지 않지요. 그러나 세금 등과 같이 민간거래가 아닌 경우에는 정책가격을 강제하는 게 오히려 공정성을 갖습니다."

"원래 가격을 낮추려면 생산원가를 절감해야 하는 게 아니겠소?"

"이 상한제는 생산원가 절감과는 아무런 관계가 없이 무조건 강행하는 것이지요. 생산원가는 직접 공사비와 간접 공사비를 전부 포함해야 하고 부동산과 같은 재화는 환경가치까지도 포함해야 하는 재화입니다. 보통 민간개발은 이 생산비용이 거의 전부 계량됩니다. 그러나 공영개발의 경우는 많은 경우 간접 공사비나 환경 훼손 비용이 누락되는 경우가 많지요. 그 누락 부분은 국민의 혈세로 보이지 않게 메워주니까요."

"그런데 왜 민간에 의한 분양의 일부에까지 이 장치를 사용하도록 강제하는 것이오! 지화자 노래로군요."

"그렇습니다. 이 조치는 그동안 아파트 생산원가를 공개하라고 하는 순수한 정의단체에서의 주장들을 일부 받아들이는 정부의 조치였습니다."

"얼씨구나 절씨구로군요. 그런데 분양가상한제를 실시하면 아파트값이 0.1에서 1% 정도 하락하는 효과가 있다고 어느 연구소에서 이 대책을 밀어붙일 때 발표를 하던데 도대체 그 연구발표가 논리에 맞는 것이오?"

"하하. 저가 분양가격을 시장가격에 넣고 계산기를 돌려 단순 계산한 것이겠지요."

"소비자나 공급자의 행동을 분석한 게 아니라 그냥 값을 계산기에 넣고 돌린 것 같다는 말 아니오?"

"논리로 봐서 그렇게 보입니다. 이 제도에 의한 가격 효과를 무시한 수치로 보입니다. 그냥 컴퓨터에 시장가격 대비 분양가격을 넣고 돌린 숫자로 보입니다."

"국민의 혈세로 많은 월급을 받고 있는 연구단체가 신중하지 못한 결과물을 낸 것 아니겠소?"

"대부분 국토와 관련하여 바람직한 연구들을 합니다만 종종 일감을 주는 감독기관의 눈치를 보는 어용연구도 하지요."

"마치 애완견처럼 감독기관이 미소 짓게 하는 변칙연구들도 할 수 있겠군요. 토지공개념 연구, 주택공개념의 모색, 균형개발, 수도권 신도시 개발, 공영재개발의 확대, 부동산 투기와의 전쟁 등과 관련된 연구들에 그러한 의심이 가는 연구들이 산재할 것으로 추정되오."

"그렇습니다. 국토의 헌법가치를 보호하기 위해서는 반드시 개선해야 할 일이기도 하지요."

"아파트 분양원가라는 게 도대체 어떻게 구성되는 것이오?"

"택지비와 건설비, 그리고 시행자의 이윤이 합쳐진 것입니다."

"택지비는요?"

"조성 전 토지의 취득비용과 조성비용으로 구성됩니다."

"모든 아파트 건설을 위한 대지 조성이 땅을 강제로 취득하는 공용수용 방식으로 이루어지는 건 아니지 않습니까?"

"그렇습니다. 정부가 행하는 사업은 대체로 수용에 의존하는 경우가 대부분이고요, 민간이 행하는 개발은 보통 일반매입으로 조성되는 경우가 대부분입니다."

"꼬레아처럼 시스템에 의해 수용 보상가격을 사실상 통제하는 곳에서는 수용 보상방식에 의해 아파트를 개발한다면 시장가격보다 저가 분양을 한다는 게 어느 정도 이해가 됩니다. 그러나 일반매입을 하는 민간아파트 같은 경우에는 조성비용이 시장가격보다 저가로 해야 한다는 강제가 이상하지 않습니까?"

"그렇습니다. 수용보상의 경우에 저가보상이 엄청난 국민의 혈세를 쏟아붓게 되는 국토의 교란과 훼손에 관한 영향은 별개의 문제로 친다고 하더라도 건설사나 시행사가 기업으로서 사업의 계속성을 유지하려면 계속적으로 부지 매입을 해야 하는데요, 부지는 분양가상한제를 고려하여 가격이 형성되는 게 아니거든요. 값이 안 맞으면 용도전환이 이루어지는 게 시장원리에 따르는 부지의 운명이지요. 중장기적으로는 시가보다 저가 분양을 강요하게 되면 아파트 부지의 매입 자체가 어려워지는 지경에 이르게 되지요. 결국 부지 매입에 의한 아파트 공급을 포기하는 업체들이 늘어날 것이고요. 꼬레아 국토 훼손과 은폐되는 천문학적인 생산비를 소비하는 가장 큰 주범인 공영개발로 조성되는 택지나 받아서 사업하려고 하는 회사들로 전락하게 되지요.

상한제 실시로 정상 시장원리에 의한 부동산 공급은 줄어듭니다. 공급이 줄면 당연히 아파트의 정상시가가 상승하게 되는 것이지요. 민간건설업의 육성에도 아주 나쁜 영향을 미칠 것은 뻔하죠. 민간건설업자들은 결국 공영개발택지를 받아서 건설하게 되는 양육기관으로 전락하게 되지요. 양계장의 닭과 비슷한 신세로 변해가지요. 효율적 시장을 도모하여 시장가치를 안정시켜야 하는데, 행해서는 안 될 규제를 하여 부동산의 시장가격을 더 상승시키는 게 가격 상한규제지요."

"결국 분양가를 내리려다가 생산원가의 상승을 유발시켜 정상시가만 올려놓는 대책이 된 것이네요. 특히 민간이 공급하는 경우는 더 심하고요. 공공이 개발하는 경우 수지 타산에 맞춰 이 대책을 시행하면 수용보상비를 줄여야 할 것이고요. 수용보상비가 정상시가보다 낮으면 과잉 개발이 유도되고 높으면 과소 개발이 유도되는데 참으로 이 또한 또 하나의 국토 훼손의 주요 원인이오. 국토가 훼손되면 천문학적인 비용 인플레가 발생하는 건 예외가 없겠고요."

"그렇습니다. 분양가상한제가 중장기적으로는 오히려 시장가격을 끌어올리게 하는 원인으로 작용합니다."

"이번에는 **토지거래허가제**土地去來許可制로 들어가 볼까요. 자유주의경제 체제 아래에서 토지거래허가제를 시행하는 나라들이 많나요? 이에 관하여는 땅신이 답하는 게 적당하겠군."

"거의 없습니다. 일본에서 본래 토지값은 오르기만 하지 내리는 일은 없다고 하는 믿음인 토지신화土地神話가 골치 아픈 대상으로 되기 시작할 때 일본의 국토이용관리법에 한 구절 근거를 만들어놓은 적이 있었는데요, 위헌론이 우세해 시행을 유보했습니다. 물론 잃어버린 30년의 세월에서는 그 제도를 시행할 꿈도 못 꾸었고요. 꼬레아에서는 박정희 시대에 일본 것을 베껴 도입했는데요, 박정희 시대 이후 다른 대통령 시절에 땅값이 들썩일 때 종종 일정면적 이상의 토지에 시행해온 적이 있습니다."

"과거 종종 시행해온 이 대책들이 위헌 심판대에 오른 적이 있지 않소?"

"그렇습니다. 대법원에서 합헌을 얻어낸 적이 있었습니다. 그 결과 국토부에서는 필요하다 싶으면 이 장치를 손쉽게 꺼내 들곤 하였습니다. 그러나 2000년대 이후 대체로 꼬레아의 땅값은 안정되었습니다. 그래서 특별한 개발이익을 발생시키는 경우 이외에는 현실적으로 활용할 필요가 거의 없는 장치가 된 것입니다."

"그런데 이번에 강남 일부에서 아파트 거래를 타깃으로 이 제도를 시행하지 않았소?"

"그렇습니다. 참으로 해괴망측한 시행입니다. 토지거래허가제의 시행 자체도 문제지만 더 나아가 그 이상한 규제를 남용하여 사실상 **아파트거래허가제로 둔갑**시킨 것입니다."

"허가받아야 하는 건 토지거래인데 어찌 아파트를 대상으로 이걸 작동한다는 말이오?"

"아파트도 보통은 땅과 건물의 집합으로 되어있습니다. 특히 건물의 대지권이 소유권이나 지상권인 경우에는 아파트 거래를 한다고 해도 법률상으로는 건물 따로 토지 따로 거래하는 셈입니다. 그래서 허가받아야 할 대지면적을 낮춰놓으면 아파트도 허가 대상으로 다루어지게 됩니다."

"원래 일본에서 이 제도를 입법할 때 건축물이 있는 땅인 건부지建付地도 대상으로 하도록 했습니까?"

"그건 아닙니다. 원래는 건축물이 없는 나지裸地를 대상으로 한 것입니다. 그러니까 허가기준이 어떻게 이용할 건지와 이용규모를 따지게 되는 것입니다."

"그러니까 꼼수 허가제를 시행하고 있군요. 말하자면 면적을 작게 해놓은 것이 제일의 꼼수요, 이용이 정해져 있는데도 불구하고 이용 심사를 하도록 한 것이 두 번째 꼼수네요."

"그렇습니다. 최근에는 강남 지역의 허가 관청에서 문제가 된 적도 있다는 보도까지 있었습니다. 어느 가족의 가장이 아이들이 성장하여 작은 아파트를 팔고 좀 더 넓은 아파트로 옮기기 위해 아파트 거래 허가신청서를 내니까 구청 직원이 즉시 허가서를 내주지 않고 굳이 왜 넓은 집으로 이사할 필요가 있느냐고 물었다는 기사까지 떴답니다."

"나도 그 기사를 읽었소. 현재의 법제로서는 아파트 거래 시 허가제를 그렇게 활용할 수밖에 없는 게 아니겠소?"

"한 편의 코미디 극을 보는 것 같습니다. 만약 그런 식으로 운용한다면 큰 집 살던 사람이 규모를 줄여 작은 집으로 이사 가기 위해 허가를 신청하면 '왜 굳이 작은 집으로 이사를 가려 합니까, 그냥 사시던 집에 사시지'라는 허가권자의 질문도 나올 수 있을 것이 아닙니까?"

"토지거래허가제가 이용과 규모를 보고 심사하는 거니까 어쩔 수 없이 그렇게 운용할 수밖에 없겠습니다. 가장 큰 완장은 국토부가, 중간 완장은 도지사 등이, 작은 완장은 하위 지자체들이 차고서 행세하는 장치이지요. 지자체가 할 일은 그 정도의 질문들 아니겠습니까? 참으로 한심하기 짝이 없는 일이오. 지킴에게 묻겠소. 토지거래허가제를 억지로 아파트에 적용하면 아파트값 안정에 도움이 됩니까?"

"전혀 도움이 안 되지요. 이미 토지거래허가제는 땅값 안정에 도움이 되지 않는다고 하는 연구들이 일찍부터 다수 있어왔습니다. 오히려 행정비용과 사회적 비용만 증가시켜 땅값만 상승시키는 것이고요. 또한 토지 공급의 동결 효과나 민간에 의한 자연스러운 토지 비축 기능을 방해하는 기능도 땅값 불안정을 부추기는 일이 될 것이고요."

"참으로 지구촌 꼬레아 부동산 정책에서는 희한한 일들마저 벌어지고 있군요. 토지거래허가제를 사실상 아파트거래허가제로 둔갑시켜 악용하다니. 몽매한 행정으로 인해 부동산시장 교란의 정도가 우주를 찌를 기세군요. 부동산값 불안정 변동이나 불균형 변동의 유발을 방지하려면 오히려 묻지마 부동산값 규제 통제나 묻지마 공영개발 통제를 신설하여 국가가 잘 못하는 행위를 방지할 수 있게 국민이 국가의 행위를 감시·승인하는 장치를 신설해서 운용해야 하는 시절이 아니겠습니까. 그와 정반대의 대책들이 나오고 있으니 적반하장이 도를 넘어서고 있네요."

"전혀 부동산값 안정에 도움이 되지 않을 뿐만 아니라 부동산 거래에서 불편 비용만 증가시켜 결국 부동산값 상승 요인만 만들어놓는 꼴이지요."

"결국 부동산값 상승 요인으로만 작용하는 허가제는 대상구역 아파트들을 유형문화재처럼 진귀한 보물로 만들려는 모양이군요. 그런데 최근 서울의 보궐선거에서 당선된 야당 시장이 재건축 지역에 이 허가제를 실시한 건 어찌 된 일이오?"

"재건축의 활성화를 도모하려고 하자 재건축아파트들의 가격이 오르니까 앗 뜨거워 하면서 내놓은 여론 눈치 보기용 조치로 보입니다. 이론이 취약한 조치지요."

"허가제가 문제입니다."

"그렇습니다. 문화재도 아닌데 문화재로 만들겠다고 하는 대책처럼 이상한 묻지마 규제지요."

"**주택임대차보호법** 이야기를 해봅시다. 주택임대차보호법의 주요 내용을 전격적으로 바꿔 1년 살다가 1년 더 연장하게 강제하는 원 플러스 원을 코로나 국회가 갑자기 2년 살다가 집주인이 들어오지 않는다면 자동 2년 연장하는 투 플러스 투로 바꿔놓았소. 그동안 주택임대차보호법의 탄생과 경과의 이야기를 이번에도 땅신이 간단하게 설명해보게나."

"주택은 원래 계약자유의 원칙에 맞춰 임대차 기간이나 임대료 등에서 자유롭게 임대인과 임차인이 합의하여 정하도록 돼있었습니다. 그런데 전두환 시절에 임차인 보호를 위해 특별법을 제정합니다. 원 플러스 원 제도를 도입하였고요. 그 기간 안에는 매년 임대료를 5% 이내에서만 올릴 수 있도록 정하였습니다. 이러한 장치는 일부 임차인 보호를 위해 필요한 점이 있습니다. 그 후 **소액보증금 최우선 보호 제도**를 신설하였습니다. 임대주택에서 발생하는 그 어떠한 채권이나 물권도 소액보증금한테는 우선적 효력이 뒤지게 하는 법을 신설합니다. 소액보증금의 범위는 시행령으로 결정하게 되어있는데요, 지역에 따라 차등을 하도록 되어있습니다. 이번 코로나 국회에서 이 가운데 임대주택 계약기간을 원 플러스 원에서 투 플러스 투로 전격적으로 바꿔 시행하게 하였고요, 또 임대료 상승은 계약갱신 시 기존 임대료의 5% 이내로 한정하도록 하였습니다."

"임차인을 보호해야 한다는 원칙은 사회보장 장치로서 바람직해 보이는군. 그러나 국민생활에 막대한 영향을 미치는 제도 개혁은 점진적으로 진행해야 시장이 덜 충격을 받는 게 아니겠나. 그런데 국민생활에 미치는 파장이 큰 그러한 장치를 마치 군사작전 하듯이 해치운단 말인가?"

"아쉬운 대목입니다. 유예기간을 두어서 임대인 연합과 임차인 연합이 상호 충분한 토론을 거치게 하여 시장의 현실을 고려하여 점진적으로 시행해야 할 일을 갑자기 시행하는 바람에 지금 꼬레아는 임대인과 임차인이 마치 전쟁을 치르는 듯한 사례들이 갑자기 늘어나고 있습니다. 또한 이 제도의 갑작스러운 시행으로 상당히 많은 주거 이동의 마찰이 일어나고 있습니다. 특히 집주인들의 주거 이동을 임차인들의 주거 이동보다 훨씬 더 까다롭게 하여 연쇄적 주거 이동의 마찰이 증가함으로써 주택 감소 효과까지 나타나고 있습니다."

"꼬레아의 주택시장에서 전통적인 미덕 가운데 하나로 임대인과 임차인이 상호 평화롭게 관계하여 자연스럽게 임대료를 책정해가는 게 대세였지 않나?”

“그렇습니다. 과거에는 대체로 임대인과 임차인이 상호 양보하는 평화로운 시장이 대세였지요. 그런데 오랫동안 유지해온 묵시적인 평화협력이 군사작전 하듯 처리한 법의 개정에 의하여 갑자기 와해됩니다. 정부에서 임대차시장에 전쟁의 불씨를 끼얹은 것이지요.”

“투기와의 전쟁이 아니라 임대차시장을 전쟁터로 만든 거로군.”

“그렇습니다.”

“우선 원 플러스 원을 투 플러스 투로 바꾼 건 내가 봐도 공감 가는 면이 있소. 그러나 그러한 변화를 평화로운 시장을 유지하게 하면서 천천히 점진적으로 개선되도록 해야지 시장을 교란시켜가면서 전격적으로 시행할 필요까지는 없었던 게 아닌가?”

“그렇습니다.”

“국가가 할 일이 없이 심심하면 억지로라도 할 일을 만들려는 것은 굳이 일자리 창출을 위한다고 하는 명분으로 어쩌면 코믹한 뜻으로 이해되는 면도 있소. 그러나 평화를 구하는 일거리를 만들어야지, 전쟁을 유발하는 일거리를 만들면 되겠나?”

“주택임대차보호법을 조금만 개정해도 그것이 미치는 여파가 너무나 커서 임대차분쟁과 관련된 일이 엄청나게 늘어납니다. 그래서 과거 정부에서는 주택임대차분쟁조정위원회라는 장치를 만들어 운용해오고 있었습니다. 이번의 변화로 인하여 아마도 그 위원회의 기능을 대폭 확대해야 할 듯합니다.”

“그 비용은 누가 부담하는 것이오?”

“국민의 혈세입니다.”

“혈세가 늘어나면 부동산값 상승의 원인 가운데 하나인 비용상승cost push inflation을 야기하는 것 아니겠소. 묻지마 개발로 부익부 빈익빈이 더욱 심화되어왔는지라 이 장치로 인해 궁극적으로 더 피해를 입는 자는 경제적 약자가 아니겠소. 어쩌면 생산 과정이 너무나 복잡해져서 생산비가 과다해지는 게 아니겠소. 지킴님 그렇지 않소?"

지킴이 대답한다.

"옳습니다. 국토의 과잉 개발, 부적합 부동산들의 양산과 함께 원래 없어도 되었을 사회간접자본의 신설비용, 분쟁 조정비용 증가 등으로 인한 사회적 비용의 증가는 결국 부동산값의 생산원가로 고스란히 반영되게 되지요."

"지킴께 묻겠소. 과연 투 플러스 투가 임대료를 안정시키는 장치입니까?"

"임대료를 안정시키는 장치라기보다는 임대차 기간을 연장시키는 장치입니다. 중장기적으로 단계적으로 시행한다면 그다지 나쁜 장치는 아닐 것입니다."

"그렇다면 5%는 임대료를 안정시키는 장치가 아니겠소?"

"5%를 적용한 임대료를 정상 임대료라고 부르지 않습니다. 통제 임대료라고 부릅니다. 통제 임대료를 강행하게 되면 시장 상황에 따라 두 가지 반응으로 나타나는 걸 예상할 수 있습니다. 우선 임대료 시장이 5% 이내로 상승하는 등으로 변동하는 시장인 경우입니다. 이 경우에는 통제 임대료가 시장 임대료에 그다지 큰 영향을 미치지 않을 것입니다. 문제는 시장 임대료가 5% 이상으로 상승하는 경우입니다. 이러한 경우에는 중장기적으로 오히려 임대료 상승으로 귀결됩니다. 왜냐하면 주택 임대차시장에서 임대인이 다른 대체 투자시장으로 이동하는 일이 늘어나기 때문입니다. 임대주택을 매각해버린다든가 임대서비스의 질이 떨어진다거나 새로운 임대주택을 짓지 않는다든가 하는 일들이 발생합니다. 이러한 일은 결국 임대주택의 공급 부족으로 나타납니다. 그리하여 결국은 시장 임대료가 상승하는 원인으로 작용하게 됩니다."

"복잡한 메커니즘이오. 그러나 논리는 분명한 것 같소. 시장상황을 고려하지 않는 임대료 통제는 임대료가 과도하게 상승하는 곳에서 중장기적으로 오히려 시장 임대료만 상승시킨다는 법칙을 말한 거 같소. 그런데요, 왜 그 법을 시행하자마자 임대료가 폭등하는 것이오. 그 원인에 대하여 당시 부서장은 최근에 갑자기 꼬레아에 가구 수가 늘어나서라고 말합디다. 가구 수의 증가는 주로 어떠한 때 많이 발생합니까?"

"도시화가 가파르게 진행되면서 겪는 일반적인 추세입니다. 또한 고도산업화하면서 전통적인 가족 구성에 변화를 겪으면서 생기는 일반적인 현상이기도 하고요."

"그런데 이상하지 않소. GDP가 급격하게 상승한 때도 아니고, 전쟁이 발발하여 인구의 대이동이 발생했다거나 해외로부터 난민이 갑자기 몰려들어온 것도 아닌데 임차 가구가 갑자기 늘어나서 그랬다는 변명이 온당합니까. 더구나 코로나 계절이라 오히려 국민총생산은 다른 해보다 현저하게 후퇴하지 않았소. 지킴님, 어떻게 생각하오?"

"임차 가구가 갑자기 늘어나서 임대료가 상승한 것이지 정책이 잘못되어 일어난 정책 실패는 아니라는 메시지를 보내려고 했던 것 같습니다. 문재인 정부 들어 갑자기 수도권에 1인 가구 수가 더욱 늘어난 것은 문재인 정부의 부동산 대책이 빚은 인위적인 가구 쪼개기 유발도 큰 영향을 미쳤다고 봅니다."

"**정책에 대한 잘잘못을 가리는 평가**는 공신력 있고 중립적인 위치에 있는 순수한 연구자들이 내놓아야 **신뢰성**이 높은 것이지 매번 정책 입안자가 자기의 행위에 대하여 셀프 정책평가를 하는 건 좀 이상하지 않습니까?"

"그렇습니다. 임차 가구 수가 늘어났다는 건 좀 구차한 변명으로 보입니다. 다주택자를 불리하게 몰아가는 게 문제입니다. 오히려 정부에서 가족을 해체할수록 이익을 주는 세법이나 우선분양권 등을 만드니까 생겨난 사례 아니겠습니까. 그것을 마치 경제가 급성장했다거나 난민이 갑자기 생긴 경우에나 발생할 수 있는 가구 분리처럼 이야기한다는 것은 사실을 제대로 파악하지 못한 해석으로 보입니다."

"평화스러운 자연적인 변화의 환경에서는 가구 수가 갑자기 불어나지는 않겠지요. 특히 임차 가구는 더욱 그러할 것이고요. 통계상 가구 수가 단기간에 갑자기 늘었다면 무엇인가 인위적인 변화를 유도하는 사회적인 힘이 작용한 게 아니겠소?"

"그렇습니다. 예컨대 다주택자를 불리하게 몰아가는 세제 변화는 충분히 그러한 변화를 유도할 만한 유인이 됩니다."

"내가 봐도 갑작스러운 가구 수의 변화는 부동산 정책의 잘못으로 인한 영향이 실제보다 상당히 컸을 것으로 판단됩니다. 또한 문재인 정부 들어와서 부자일수록 가구 쪼개기가 많아졌을 것이고요. 가난한 분들은 가구 쪼개기를 거의 못 했을 것입니다."

"그렇다면 왜 갑자기 최근에 실제 임차인이 크게 늘어난 게 아닐 텐데도 불구하고 전셋값이 유례없이 폭등하고 있는 것이오?"

"임대차보호법만의 문제는 아닌 것으로 보입니다. 모든 다주택을 투기로 몰아붙인 것도 임대차시장에 영향을 미치는 것으로 보입니다. 생존형이나 생활형 다주택자들은 주택값을 안정시키는 개미공급자들로서 주택 공급의 첨병이기도 합니다. 그런데도 불구하고 이들을 공격하는 대책들을 펴고 있으니 임대주택 공급이 갑자기 줄어드는 경우가 많았을 것입니다."

"갭투자를 막는다고 별스러운 금융규제들을 그렇게도 여러 차례 행하고, 종합부동산세를 강화하고, 징벌적인 보유세나 취득세까지 건드렸는데, 왜 갑자기 부동산값은 약간 소강상태인데 임대료는 폭등하는 것이오. 오히려 갭투자를 부추긴 것 아니겠소?"

"임대료 폭등도 빈익빈 부익부가 그대로 작용하고 있습니다. 부자아파트

임대료 상승폭은 더 높고요, 서민주택 임대료 상승폭은 그다지 높지 않습니다. 그것은 잘나가는 주택은 살리고 못나가는 주택은 버리라고 하는 정부의 가격대책에 의한 영향이 곧바로 시장에 반영된 것이기도 하겠고요."

"그렇다면 상대적으로 부자들의 갭투자만 더 유리해지도록 시장이 변하고 있는 게 아니오. 갭투자 잡겠다고 수많은 호들갑을 떨던 관련 부처들은 무슨 말들을 하고 있소. 이 말에 대한 답은 땅신이 해보라."

"참으로 희한한 말들이 최근 부동산 관리 책임자에게서 전해져 보도되고 있습니다. 보도에 의하면 국토 관련 수장이 서울 중심지 집값이 상승하자 부동산 투기와의 전쟁을 선포합니다. 그러고는 주택이 부족해서 집값이 오르는 게 아니라 투기 때문에 집값이 오른다고 선언합니다. 그리하여 관련 부처가 완장을 여러 겹으로 찰 수 있는 각종 규제책들을 쏟아냅니다.

그래도 집값이 오르니까 시중에서 '공급' '공급'이라는 말들이 많이 돌아다닙니다. 그러니까 집이 부족해서 그러는 게 아니라고 하는 말꼬리를 슬그머니 감춥니다. 오히려 이때를 기다렸다는 듯이 갑자기 제3기 신도시를 발표합니다. 그래도 집값이 오르니까 묻지마 공영개발인 경우 용적률을 서울, 신도시 가릴 것 없이 상승시키겠다고 합니다. 그러한데도 집값이 너무 오릅니다. 그러자 돈이 너무 풀려 집값이 오른다는 발언을 합니다. 또 과거 정부에서 돈을 너무 풀고 규제를 풀어서 집값이 올랐다는 말들을 합니다. 이에 대하여 응원군을 자처한 어느 국회의원은 꼬레아가 경기변동에서 중기순환기인 쥐글라파동기Juglar cycle 가운데 호황기에 있기 때문에 집값이 오른다고 하는 희한한 발언마저 합니다. 그러한 가운데 갑자기 전격적으로 전세제도를 바꿉니다.

전세제도는 자기 부처 소속이 아닌데도 불구하고 부동산은 국토의 일부라고 생각해서 그런지 국토부가 앞서나가 법을 바꾸는 선도를 합니다. 제도 변화 후에도 전셋값이 폭등하니까 새 법을 시행하면 초기에는 다 그런 거니까 조금만 기다려보면 된다고 말합니다. 많이 기다렸는데도 전셋값이 안정될 기미를 보이지 않으니까 최근에는 갑자기 가구들이 많이 분리가 되어서 그렇다고 하는 말을 한 것입니다.

새로운 수장으로 바뀝니다. 그 수장은 묻지마 개발의 극치를 이루는 공영개발의 발톱을 강하게 드러냅니다. 개발마피아들의 특별 행동단체인 LH 사건이 터집니다. 그러자 또 수장을 바꿉니다. 새로운 수장은 전통적인 개발마피아족은 아닙니다. 금융마피아 쪽 사람입니다. 묻지마 개발은 차질없이 수행하겠다고 합니다. 이와 같이 관리의 수장들이 자신은 물론 상호일관되지 아니한 비논리적인 말들을 계속해오고 있습니다."

"그 수장이라는 자들 말이오. 무엇을 하다가 그 일을 하게 된 것인가. 부동산값 전문가입니까. 투기라고 했다가 갑자기 공급 부족이라는 물결을 탔다가 갭투자를 방지한다고 했다가 오히려 부자들의 갭투자만 유리한 시장으로 만들고, 가구 분리는 일종의 문화현상이고 경제현상이기도 한데 갑자기 임대료 상승과 관련해서는 가구 분리라고 하는 등 여러 차례 항상 임기응변식 괴변을 늘어놓고 있는 게 아닌가요. 그 사람들이 본래 궤변학원 코미디언 출신들이오? 그래도 코미디언은 고도로 훈련된 논리의 반전을 꾀하는 지성인들 아닌가?"

"아마도 자신들의 이론은 아닌 듯합니다. 이론이 명확하다면 일관된 주장을 해야 하는데 말들의 행보를 앞뒤로 검토해보니 일관성이 없습니다. 원인을 투기라고 하다가 공급 부족이라는 소문에 슬그머니 동조를 보이더니 통화량이나 새로운 법 개정의 후유증이라고 했다가 가구 수를 들먹이기도 합니다. 그가 관리하는 부처에서의 질의 회신에 의한 보도를 보면 더욱 우려스러운 일들이 속출하였습니다. 새 임대차법에 의하면 전세보증금 대출에서 집주인의 동의서를 받을 필요가 없다고 하는 말도 들리고, 또 주택임대차보호법의 적용을 받는 집을 팔려면 임차인의 동의가 있어야 유효하다는 등, 도무지 기존의 법질서마저 크게 교란시키는 해석들마저 보도되고 있습니다. 이러한 비일관된 발언들로 보아 본인의 논리가 없이 아마도 여러 참모의 말을 공개적으로 앵무새처럼 말해온 게 아니었는가 하는 의구심마저 듭니다. 그래도 전임 장관은 잘못된 확신을 뚝심으로 밀어붙이는 일관성을 보였는데 신임 장관들의 궤적은 너무나도 비일관된 행동을 해온 사람들로 판단됩니다."

"신임들 가운데 LH의 수장을 지냈던 묻지마 개발에 속도를 붙인 자가 구관보다 더욱 일관되지 못하다는 말을 좀 더 자세히 설명해보라."

"그는 코드 맞추기로 의심되는 글들을 쓴 적이 있었는데요, 토지공개념에 찬동하는 글을 쓰기도 하고 국토의 균형개발을 강조하기도 하였으며 도심에서 철거재개발을 되도록 지양하고 개량재개발을 강조하였다가 환경보존을 강력하게 외치기도 했지요. 그런데 그가 담당 관료의 수장으로 진입한 뒤 그의 행보를 보면 전혀 앞뒤가 맞지 않습니다. 국토의 균형을 무너뜨리는 묻지마 개발에 총력을 기울이고 있고요. 발언들을 보면 통화량의 과잉과 가구 수의 갑작스러운 증가 등이 주택값 상승의 원인이라고 하면서 그 참된 원인을 개선하지는 아니하고 과거 그린벨트로 묶였다가 풀린 지역을 대형으로 개발하고, 용적률을 올려 자신이 주창한 개량재개발은 버리고 철거재개발을 지향하는 등, 단군 이래 대량 묻지마 공영개발을 빨리빨리 할 수 있을 것이라고 하는 자랑마저 한 적이 있습니다."

"국토관리의 원칙에 대하여 무지하기 때문이 아니겠나. 원인을 제대로 파악할 수 없으니 논리가 우왕좌왕하는 거지. 일관된 확실한 논리가 없이 어찌 잠깐 높은 자리에 앉아있는 정치인이 부처 이기주의가 팽배한 붙박이 마피아들을 다스릴 수 있다는 말인가. 철학도 논리도 없으니까 늘 앞뒤 말이 바뀌는 말들을 나열하고 있지 않겠나. 그러다 보니 대책 불안정의 정도가 매우 심각단계를 계속 유지하고 있군. 국토 관련 제도가 불안정하면 자연히 시장불안정으로 인하여 국토 훼손이 자행되는데 어떻게 이 일을 오랫동안 그대로 방치한단 말인가."

대왕은 잠시 침묵했다가 다시 개발마피아들의 노래를 들려준다.

전임 굴림은 씨를 뿌렸고
신임 굴림은 수확을 하네
묻지마 규제세상 만세
묻지마 공영개발 만만세
문통 만만세
빨리빨리
빨리빨리

"문통이 전임 장관을 오랫동안 신임하는 바람에 수많은 묻지마 규제와 묻지마 수도권 신도시 등의 전리품들을 챙길 수 있는 개발 부서는 잔칫집이다. 국민에게 부동산시장을 교란시켜 주택값을 폭등하게 한 주범들이 오히려 꽃길로 간다. 거기에다가 평소 자신의 철학과는 상관없이 오로지 공영개발만이 살길이라고 외치는 부서의 수장을 전전 역임한 둔갑술의 명인이 와서 도심 공영재개발을 빨리빨리 몰아붙이겠다 하니 잔치 중의 잔치요, 은혜 중의 은혜며, 수혜 중의 수혜라고 하는 마피아들의 노래이다."

"그렇습니다. LH사건에서 보았듯이 부동산값 대책에 대하여 자숙하고 올바른 길을 모색해야 할 부서가 적반하장을 넘어 마치 폭군이 선량한 국민 위에 군림하여 국토를 빨리빨리 난도질하겠다는 기류에 신나서 웃고 있습니다. 두 번째로 등장한 장관은 아파트값 상승 원인을 통화량과 값싼 이자율로 평가합니다. 또한 문통이 자신을 새 굴림 장관으로 지명하면서 수도권 3기 신도시를 최대한 빨리 공급하라고 지시했다고 말하는 걸 간접적으로 자랑하듯이 말하였고요. LH사건에도 불구하고 묻지마 개발은 차질 없이 밀고 나가라고 하는 문통의 말에 개발마피아들은 고무되어 있지요."

"그러니까 더 문제다. 어떻게 멀쩡한 국토에 생채기를 내어 콘크리트와 플라스틱 사막화 공사를 하는데 빨리빨리 하라고 할 수 있는가. 그러한 일을 하려면 이미 오래전부터 민주적으로 상세계획부터 수립해야 하는 게 아니겠나. 국토에 국민의 꿈과 이상을 불어넣으려면 신중하고 충분한 계획이 선행되어야 하는 게 아닌가 말이다. 그런데 계획도 없다면 최대한 심사숙고해서 충분한 검토 후에 천천히 진행해야 한다고 말해야 국토사랑의 정신에 부합할 터인데."

대왕은 국토 훼손이라는 말에 힘을 싣는다. 그래서 우주법정 안은 대왕의 화난 음성으로 외치는 "국토 훼손"이라는 언어가 쩌렁하게 실내를 상당 시간 울렸다. 그러고는 마주앉은 피고석 문재인을 향해 묻는다.

"문통이 밀어붙인 임대차법 개정에 앞장섰던 과거 장관이 논리가 탄탄한 부동산 전문가인가?"

문통이 대답한다.

"네, 약간의 경험이 있고요, 수장은 참모를 잘 다룰 수 있는 능력만 있으면 된다고 생각합니다. 더구나 그녀는 부동산값이 올라갈 때마다 눈물을 흘린다고 합니다."

"그래? 부동산값이 오를 때마다 눈물을 흘린다면 임대료가 오르면 피눈물을 흘려야 하는 것 아니오?"

"아마도 피눈물을 흘렸을 것입니다."

대왕은 갑자기 땅신에게 지난번 꼬레아 국회 청문회에서 야당 의원이 국토부 수장에게 임대료 상승의 책임을 비판하며 추궁하니까 오히려 수장이 웃는 모습이 담긴 비디오를 방영하도록 한다. 어느 유명 가수 이야기를 곁들이며 오간 이야기 가운데 우는 모습은 없고 일관되게 웃는 모습이 비친다.

"보았나? 부동산값이 상승하면 눈물을 흘리고 임대료가 상승하는 이야기가 나오면 눈물보다 웃음이 앞서는 건 앞뒤가 맞지 아니하지 않은가!"

"……."

"그리고 눈물을 보이느냐 웃음을 보이느냐가 관리인을 관리하는 능력의 기준이 될 수 있나?"

"……."

대왕은 대화 상대방을 땅신으로 돌린다.

"아직도 이들이 임대시장의 구조를 제대로 이해하고 있지 못한 것 같으니 임대시장 이야기를 더 해볼 필요가 있겠네. 임대 기간 통제가 바람직한 건 아니다. 그래도 사회보장의 측면에서 이해 가는 점이 있지만 임대료 통제는 신중해야 되는 게 아니겠나. 또한 임대 기간의 통제도 그렇지, 그게 임차인에게만 유리하고 임대인에게는 불리한 장치라면 국가가 그에 따라서 임대인에게 그만큼의 보상을 해줘야 하는 것 아니겠는가?"

"그렇습니다. 그러하기에 선진 외국 일부에서는 임차인에게 유익함을 제공하는 임대인에게는 보유세 등을 감액해주는 등의 상계장치를 둠으로써 시장에 임대주택이 계속 공급되게 유도합니다."

"그런데 다주택자에게 오히려 보유세를 강화하는 일은 무엇인가? 특히 다주택자가 대부분의 주택을 임대 공급하고 있는 경우에 말이야."

"임대사업자 등록에 의한 경우에는 세제에 있어 특혜를 부여함으로써 심각한 차별화의 문제가 있다고 판단합니다. 그러나 생존형 다주택자나 생활형 선량한 다주택자를 임대사업자보다 더 불리하게 취급하는 것은 논리보다 항상 감성을 앞세우는 조치로 판단됩니다. 특히 정의팔이 꾼들의 전형적인 마녀사냥을 보게 됩니다."

"그래, 도대체 투 플러스 투는 그렇다손 치더라도 5%는 어떠한 근거에서 마련된 숫자인가? 여기에 관하여는 지킴이 대답하는 게 적절하겠소. 지킴님, 5%는 무슨 뜻이오. 그리고 국토 수장이 전세금의 임대료 전환율을 은행이자율로만 비교하여 말한 적이 있는데 올바른 이론인 것이오?"

"모두가 정확하게 시장조사를 하지 않고 행한 숫자로 보입니다. 우리나라 주택 임대료는 주택값과 비교할 때 선진국에 비하여 많이 낮은 편입니다. 그것은 전통적으로 임대인과 임차인이 평화롭게 상호 조정해가며 임대차 관계를 유지해온 경우가 절대다수를 차지하고 있기 때문입니다. 특히 전세제도가 존재해왔기 때문입니다."

"꼬레아 임대시장은 그동안 대부분 착한 임대인과 착한 임차인들이 대다수의 임대시장을 지배하여왔다고 이해하면 되겠소?"

"그렇습니다. 종종 악덕 임대인이나 임차인들도 존재하지만요. 대세는 착한 관계였습니다. 임대시장도 다양하게 구분되는데요, 자본이득에 대한 기대에 따른 임대시장을 보겠습니다. 자본이득에 대한 기대가 높으면 임대료를 낮게 받아도 어느 정도의 임대주택의 공급 효과가 나타납니다. 그러나 자본이득에 대한 기대가 낮아질수록 시장 임대료가 높아지지 않으면 임대주택이 존재하기 어려워집니다. 그러한 시장은 마이너스 임대주택으로 나타납니다. 그리하여 임대료가 상승합니다. 또 한 가지 임대주택 시장의 임대료를 움직이는 건 감가상각비를 포함하는 **필요제경비**必要諸經費입니다. 주택은 두말할 나위 없이 토지와 건물의 결합체입니다. 그런데 토지는 수명이 영구적이지만 건물은 반영구적입니다. 건물은 경제적 내용연수가 지나면 재건축하는 게 사회경제적으로 이상적입니다. 물론 국토관리에 있어서도 이상적인 관리가 되는 것이고요."

지킴은 나이가 들어서인지 잠시 이야기하다 쉬면서 물 한 모금을 마신다. 그러자 대왕은 말한다.

"천천히 말씀하세요. 서두르면 서두를수록 자칫 매사가 부실해져요. 심리 또한 부실해질 수도 있고요. 천천히, 서두르지 말고 천천히가 공정성을 확보하는 지름길입니다. 필요제경비까지 말하였소."

지킴은 잔기침을 한 차례 더 한 후 다시 말을 이어간다.

"임대인은 **기대순임료**期待純賃料가 보장되지 않으면 임대시장을 떠납니다. 임대시장에서 떠난다는 뜻은 임대주택 공급이 줄어든다는 뜻과 같습니다. 기대순임료를 계상하기 위해서는 실제로 받는 임대료 가운데 순임료를 산출해내기 위해 필요한 필요제경비를 알아야 합니다. 임대인이 받는 모든 임대료에서 당해 주택을 임대하기 위하여 반드시 지불해야 하는 경비가 있습니다. 이를 필요제경비라고 부르지요. 필요제경비란 당해 주택을 계속적으로 임대하기 위해 소비해야 할 제반 경비입니다. 임대인의 소득도 아니고 임차인의 소득도 아닌 임대물건의 존속을 위해 반드시 지불해야 하는 비용입니다."

"존속을 위한 경비라…."

"그렇습니다. 사용을 위한 경비와는 구별됩니다. 예를 들면 감가상각비, 보유세, 장기자금에 대한 이자, 장기 수선충당금, 소멸성 화재보험료 등은 필요경비입니다. 그러나 건물에서 쓰는 전기료, 수도료, 가스료 등은 사용료입니다. 필요제경비는 당연히 임차인이 부담해야 시장원리에 부합합니다. 그래야 당해 주택이 지속적으로 공급될 수 있습니다. 그러므로 전체 실제 실질임대료에서 필요제경비를 공제한 나머지가 임대인에게 귀속되는 순임료가 되는데요, 순임료가 임대인의 자본이득과 경영이윤을 커버할 수 있어야 임대주택이 존재할 수 있습니다. 특히 감가상각비는 부동산의 시장가격에 따라 변동하기 때문에 5%라는 수치는 생뚱맞은 논리 불명의 것으로서 자산가치의 증가를 제대로 반영하지 못하는 경우가 많을 것입니다."

"그럼 보유세를 올리면 실질임대료가 올라가든지 아니면 임대주택이 줄어들든지 하겠네요?"

"그렇습니다. 보유세는 필요경비지요."

"임대소득세는요?"

"원칙적으로는 필요제경비로 포함시키지 않는데요, 소득세도 대체 투자 수익에 대한 기회비용機會費用의 성격을 가지기 때문에 과도한 수익세 부담분은 당연히 필요제경비에 포함됩니다."

"양도소득세는요?"

"양도소득세 부과가 공급 동결 효과를 가져오는 건 널리 알려져 있지요. 이러한 작용과는 별개로 그것이 필요제경비와 같은 성격을 지니는 경우가 많습니다. 부동산 양도소득세 부과액이 많으면 많을수록 기회비용을 초과하는 부분은 대체투자 기회비용을 과도하게 상실시키므로 필요제경비가 됩니다."

"필요제경비가 많아질수록 결론은 임차인의 임대료가 더 상승하는 거로군요."

"맞습니다. 그러므로 임대차시장에서 임대료 통제를 위해 정부가 세금을 멋대로 고쳐놓으면 그 결과 조세부담의 최종 귀착은 대체로 임차인에게 임대료 상승으로 떨어지는 것입니다. 아니면 임대주택이 줄어들어 임대료 상승으로 나타나기도 하고요."

"그런데 말요. **장기수선충당금**長期修繕充當金에 대하여 일찍이 대법원 판례는 언제나 임대인이 부담하는 것이어야 한다는 결론을 내렸는데, 그게 필요제경비에 포함되는 것이라면 그 판결은 이상하지 않소?"

"대법원은 그것을 부동산 자산가치의 유익비로 보아서 집주인에게 귀속되는 소득으로 봤는데요, 필요제경비 이론을 제대로 이해하지 못하고 내린 판결로 보입니다. 이러한 잘못된 판결이 오랜 기간 시장을 지배하면 시장은 이상한 반응을 합니다."

"그럼 그것은 임대인의 손실로만 귀속되는 것이오?"

"결국은 비용인상 임대료 상승으로 귀착됩니다."

"잘못된 판결이군요."

"그렇습니다. 당연히 그 판례는 누군가가 재검토하도록 해야 할 것입니다."

"그런데 말요, 동일한 아파트값이라고 한다면 감가상각비 역시 같아야 할 것으로 보이는데 지역이나 물건에 따라 차이가 나는 이유는 무엇이오?"

"그것은 물건마다 부동산값이 다르고 경제적 내용연수 또한 다르기 때문입니다. 토지 이용 변화가 가파른 지역은 보통 그 내용연수가 짧을 것이고요, 토지 이용 변화가 더딘 곳은 그 내용연수가 깁니다."

"토지 이용 변화란 환경변화를 말하는 것이오?"

"그렇습니다. 아파트값도 지역이나 위치에 따라 다양할 뿐만 아니라 내용연수 또한 다르므로 획일적인 잣대를 들이대는 건 잘못입니다."

"그런데 재건축에서 과거 노무현 때 20년을 30년으로 또 최근에는 40년으로 내용연수를 전국을 통일하여 늘리려고 시도하기까지 했는데 이는 온당한 일이오?"

"이 또한 무지의 소치입니다. 국토의 헌법적 가치를 심각하게 훼손하는 결정 또는 시도이지요."

"땅마다, 시대마다, 상황에 따라 건물의 내용연수가 유연하게 운용되도록 해야 하는데도 불구하고 물리적 내용연수만 알고 있는 무지한 공권력이 내린 독선이군요."

"그렇습니다. 내용연수를 시장의 자유로부터 억압하는 것이야말로 국토의 유연적인 활용을 심각하게 방해하는 행위입니다. 당연히 효율적인 주택 시장을 교란시키는 행위이기도 하고요."

"결국 획일적인 5%의 적용 또한 경제적 내용연수가 짧은 곳에서는 임대 주택의 유연적인 공급을 방해하는 제도가 되는 셈이군요."

"그렇습니다. 서울이 재건축을 포함하는 재개발로 더욱 역동적이고 아름답게 끊임없이 재탄생되어가는 길목을 차단·방해하여 무작정 널브러지거나 위로 솟게 만들어 점점 교통과 미세먼지 지옥으로 변화해가도록 유도되고 있는 원인으로도 작용하게 되지요."

"서울에서 동서남북 어디를 가보아도 숨 막히는 콘크리트 숲들이오. 똑같은 형태의 아파트들이 사방에서 줄지어 떼 지어 있소. 국토를 무자비하게 콘크리트 사막화해가고 있소. 이와 같은 행렬로 경기도는 이미 대부분 잠식되었고 충청도 역시 상당한 부분까지 잠식해가고 있는 형국이오."

"국토사랑이 바닥에 떨어졌어도 너무 밑바닥으로 떨어진 현상들이지요."

"미세먼지 또한 수도권이 가장 심하고 충청권이 그 뒤를 잇고 있는 것 같소. 이 이야기를 전개하다 보니 유독 노래를 좋아하여 요즘 K-팝으로 세계적인 인기를 얻고 있는 꼬레아 사람들 가운데 일부의 사람이 즐긴 노래이기는 하지만 아주 오래전에 불렀던 어느 노래가 생각이 나오. 어질기로 소문난 양명문 시인이 쓴 '명태'라는 그 시 말이오. 그 시를 변훈이 곡을 만들어 굵직한 바리톤의 오현명이 멋들어지게 노래로 불렀지 않소. 비록 우주에 있지만 일찍이 꼬레아의 그 노래를 뭉클한 맘으로 들어본 적이 있소. 명태의 일생 말이오. 동해안의 명태가 멋진 시인의 시로 탄생하는 그 노래 말이오. 그 모습을 떠올리면서 최근 꼬레아 수도권 아파트들이 부르는 노래 한 수를 들려드리겠소"

라고 말하고는 대왕은 다음과 같은 아파트 시 한 수를 소개한다. 아파트의 넋두리, 푸념이기도 하다. 이 시는 법정 안 구석구석에 노래가 되어 흘러든다.

지구촌 중앙 태평·대서양 한쪽에
허리 잘린 아기 호랑이 아래쪽

줄지어 떼 지어
춘하추동 견디는 수백 천만 쌍둥이 아파트
똑같이 탄생해서 똑같이 죽어야 한다네

우리는 할아버지 할머니
아버지 어머니를 인정하지 않는
이상한 나라 관료들 때문에 늘 실험실에서 급조해 묻지마로 만들어져
고아로 살도록 태어났다가
같은 날 모두 함께 죽어야 한다네

언제 뉴욕 맨해튼이 될까
언제 시카고 마천루가 될까
언제 홍콩과 마카오 될까
언제 파리나 런던이 될까
상하이 푸둥 카타르 두바이 될까 꿈만 꾸다가
수백만 쌍둥이였다가 한날한시에 죽어야 하는 기구한 고아
우리는 묻지마 개발마피아의 희생양 그 이름은
맨땅을 죽이고 콘크리트와 플라스틱 사막을 만드는 미세먼지의 주범인
아파트라네

우리는 녹색 땅의 사막화를 싫어하는데
적군의 포탄으로부터의 보호,
토지공개념, 주택공개념, 부동산 투기와의 전쟁으로
빨리빨리 묻지마 공영개발로 탄생한
콘크리트 사막화의 주범

창조는 가고 파괴는 오라
사랑은 가고 먼지만 오라
형평은 가고 균형만 오라
사람은 가고 땅만 오라
수도는 가고 투기만 오라
화합은 가고 분쟁만 오라
평화는 가고 전쟁만 오라

나는 투기가 되고 싶지 않은데
투기 돼라 한다네

명태는 죽어서 즉흥시라도 되지
난 무엇이 될까
죽어서 재활을 꿈꿔도 늘 방해당하고
오로지 생명의 땅만 파괴하는 천덕꾸러기
비효율과 반 형평의 주범 돼라 한다네
나는 꼬레아의 슬픈 아파트라네

　"원래 꼬레아 아파트들은 멋지게 노래했는데 이를 번역한 소인이 초등생 수준이라 그만 유치한 글이 되었소. 꼬레아의 그 훌륭한 수많은 시인과 나의 번역 솜씨를 비교한다면 부끄러워 쥐구멍이라도 들 마음이오. 그러나 당신들이 국토에 내질러놓은 아파트들이 오죽 답답했으면 이러한 노래를 불러대겠소! 그들이 매일 부르는 마음의 소리를 어설픈 가사로 옮겨 들려드린 것일 뿐이니 애교로 받아들여주길 바라오."
　대왕의 이 말에 땅신은 물론 지킴, 꽤 되는 도우미와 모든 검사, 변호사들을 포함한 피고들은 숙연해 한다.

"지구촌은 물론 우주의 모든 생명은 서로 대화를 하오. 사람들만 언어가 있는 게 아니오. 아프리카에서 들판을 달리는 야생동물, 아메리카 고원지대를 나는 콘도르, 북극곰, 벵골호랑이, 꼬레아 숲을 배회하는 멧돼지, 숲속 소쩍새, 참새와 멧새, 지구촌 수많은 나무, 코타키나바루의 거석, 킬리만자로의 화산재, 엘브러즈 하얀 빙설의 젖가슴, 히말라야의 흰 구름, 모스크바의 거대한 성당, 중국의 만리장성, 심지어 당신들이 태운 구공탄인 연탄재들도 모두 자기들끼리는 물론 타인들과 소통하는 훌륭한 언어들을 쓰고 있소. 당신들 언어들은 끝없이 검은 마음의 색깔이지만 그들 언어들은 순백 투명 마음의 한결같은 수정빛깔이오. 당신들은 주로 음파나 심장의 진동으로 노래를 부르지만 그들은 음파는 물론 표정이나 무색·무취·무성의 참선으로 노래를 부르오. 당신들은 주로 당신들끼리만 언어를 교환하지만 지구촌 다른 생명들과 무생물들은 그들끼리는 물론 당신들과 다른 생명들이나 무생물들에게 이르기까지 상호의 존재를 인정하는 수많은 언어들을 교환하오. 지구만 해도 그러할진대 우주에는 지구보다 훨씬 더 많은 언어가 시공을 타고 교류되고 있소."

대왕은 갑자기 **언어言語**에 대하여 말을 이어간다.

"언어는 상호존중을 위한 소통의 수단인데 자신만의 탐욕을 위한 수단으로 전락시키면 죄악이 되오. 지구촌에는 그 죄를 이상한 장치로 찾아내고 추궁하기 때문에 수많은 경우 죄가 선으로 둔갑하고 선이 죄로 몰리는 혼돈이 발생하는 경우도 많지만 여기는 있는 그대로 드러내놓기 때문에 그러한 혼돈이 있을 수 없소"

하고 말하는 대왕은 약간 화가 난 상태다. 대왕은 문재인의 국토관리에 관한 실정을 말하다가 화를 참지 못하고 갑자기 시詩·poem며 언어는 물론 노래 이야기까지 한다. 이러한 숙연한 분위기를 깨고 갑자기 문재인은 오른

손을 번쩍 들어 좌중의 시선을 끈다. 그러고는 대왕님~ 하고 부른다. 대왕은 문재인에게 말해보라 한다. 그러자 **문재인**은 들었던 손을 내린다. 그러고는 잠시 일어서서 말한다.

"제 잘못이 우리 국토를 아프게 하고 있습니다. 여기에서의 일은 제가 지구촌에 살아있을 동안은 기억할 수 없도록 대왕님께서 이미 설계해놓으셨다고 말씀하지 않으셨습니까?"

"그래. 너희가 이승에서 잠시 저승에 다녀간다고 해도 이승에 돌아가면 잠시 머물다 간 저승의 경험을 기억할 수 없게 되어있지. 물론 저승에 있는 자들은 그렇지 않지만 말이다."

"비록 건방진 건의가 될지 모르겠지만요, 이 재판의 초기에 매서운 우주법정의 회초리로 손바닥 한 대를 맞았는데요, 언젠가 제가 공수부대에 근무할 때 술에 취하면 막무가내가 되는 어느 골치 아픈 고참이 곡괭이자루로 제 엉덩이를 종종 내리치던 그 아픔보다 백배는 더 아팠다고 느꼈습니다. 매서운 회초리 아픔을 기억해서인지 이 법정에서 계속되는 피고들의 신문들을 한마디도 빠뜨리지 않고 경청하고 있습니다. 그래서 말씀 올리는 건데요, 혹시 그 손바닥 회초리 체벌 세 대만 저에게 가하도록 해주실 수 있겠습니까?"

"자진해서 매를 맞겠다고?"

"네. 그렇게 자기 가학적인 경험이라도 하면 혹여 그 따끔한 아픈 기억 때문에 제가 이 법정에서 들은 신문을 이승에서 기억해내서 국정에 반영할 수도 있지 않겠나 싶어서 올리는 건의입니다."

"내가 재판할 동안 모든 피고는 한결같이 손바닥 회초리를 피하려고 하는 모습들만 봤었다. 자진해서 체벌을 받겠다고 자원한 피고는 네가 처음이다. 좋다. 이성보다 감성, 논리보다 눈물에 약한 너의 여린 심성에 대한 회초리를 들이대겠다. 다만 명심하여라. 그 회초리를 가했다고 해서 그 아픈 기억 때문에 네가 이승에 있을 동안 여기에서의 일을 기억할 리는 만무하다. 또한 체벌이 중간에 가해졌다고 해서 너의 신문이 중단되지도 않는다. 더불어 너에 대한 천국의 종류가 바뀔 가능성은 눈곱만큼도 기대해선 안 된다."

"네."

그리하여 법정은 갑자기 체벌을 가하는 타임을 갖는다. 150cm 정도 되어 보이는 선하게 생긴 소녀였다. 예쁜 도우미였지만 갑자기 엄숙한 표정을 하며 약 50㎝ 되어 보이는 대나무처럼 생긴 낭창낭창 단단한 작은 회초리를 들고 문재인 앞으로 다가간다. 문재인을 일으켜 세우고 손바닥을 바르게 펴도록 한다. 그러고 회초리를 가한다. 법정은 갑자기 문재인이 아픔을 참으며 내지르는 신음으로 진동한다. 다른 피고들과 참고인은 이 장면을 생생하게 바라보며 마치 자신이 그 회초리를 맞는 당사자인 것처럼 몸을 움찔한다.

딱! 으음! 딱! 아이고! 딱! 으음, 아이고!

맨 앞 피고인석의 모습이다. 동시에 '움찔, 오싹! 움찔, 오싹! 움찔, 오싹!' 하고 똑같이 반응하는 나머지 피고인과 검사, 변호인의 모습이다. **문재인**은 아픔을 참으려 노력한다. 될수록 흐트러진 모습을 보이지 않으려고 애쓰며 다시 집중 신문 피고인석에 앉는다. 그러나 아무리 강인한 듯해도 회초리 체벌의 후유증인 아픔은 금세 지워지지 않는다.

대왕은 문재인의 체벌 직후 스스로도 아픔을 경험한다. 이러한 아픔의 현장이 발생하는 것도 그 근원을 따지고 보면 자기에게도 책임이 있기 때문이다. 태초 인간에 대한 설계 실수 책임 말이다. 그렇지만 이미 엎질러진 일 아닌가. 대왕은 다시 문재인에게 말한다.

"권력자들은 자신들이 국민들에게 행한 일들을 항상 정당화시키려고 애쓰지. 심지어 자신이 공권력을 휘두르면서 매우 잘못된 것이었음을 깨달은 경우에도 발견 즉시 자신의 정책을 바꿀 생각은 하지 않고 거짓말을 지어내 궤변을 하며 자신이 한 일에 대한 정당화를 밀고 나가는 경우가 흔하지. 그러다 보면 또 다른 거짓말을 하게 되지. 이해하는가?"

문재인은 아픔을 억누르며 겨우 "네~" 하고 대답한다. 그러자 대왕은 말을 계속 이어간다.

"잘못을 정당화하려면 거짓말을 지어내야 하지. 그래서 거짓말은 또 거짓말을 낳지. 또 거짓말은 거짓말을 낳고 또 거짓말은 거짓말을 낳지. 그러다가 보면 어느 세월에 거대한 **거짓말 산**이 만들어지지. 국민의 선택으로 뽑힌 자가 자신의 임기를 다 소비한 후반부에 그 거짓말 산을 스스로 발견한 경우 보통 더 큰 거짓말로 밀고 나가는 경우가 대부분이지. 왜냐하면 어차피 번복하기 힘든 시기라고 생각하게 되는 게 권력자들의 흔한 자존심이기 때문이지. 그러나 재인아. 혹시 그 말을 기억하고 있느냐? 비록 내일 지구에 종말이 올지라도 나는 한 그루의 사과나무를 심겠노라는 격언 말이다."

"네. 제가 좋아하는 금과옥조의 말입니다."

"비록 네 임기가 하루밖에 남지 아니했을 때 그 거짓말 산을 발견했다고 하더라도 네가 좋아하는 사과나무를 심는 마음으로 임기 하루 전에 거짓말 산을 허물어내고 참말 산을 세우도록 최선을 다해야 한다. 때로는 국민들에게는 물론 특히 국토에 무릎을 꿇고 자책하며 새로운 청사진을 모색할 수 있는 용기가 필요하다. 그 용기에 의해 잘못을 수정하는 것은 어느 경우보다 더 위대한 모습일 수도 있다. 무덤에 갈 때까지 자신의 악행을 뉘우치지 아니하고 궤변만 토하는 썩은 생명의 대열에서 벗어나는 건 임기의 전·후반 등의 시점을 따지지 않는다. 오히려 임기 후반부가 더 사과나무의 금언을 되뇌게 하는 교훈을 많은 후손에게 선물할 수도 있다. 그러한 용기 있는 행동이 곧 참 자식 사랑이고 국토 사랑인 거다. 하나 네가 이러한 말들을 이승에서 행동으로 잘 해낼 수 있을지 의문이다. 이승의 네 주변에는 그 거대한 거짓말 산을 만드는 데 참여한 권력자들이 워낙 많이 득실거리고 있기 때문이다."

신문 도중에 갑자기 주 피고인과 대왕이 대화를 나누는 의식을 갖는 것은 흔하지 않은 일이다. 그러나 고복순 할머니의 상소문이 문재인 시절에 올라온 거라 신문 도중에 대왕 스스로도 감성에 젖는 모습을 보인다. 그러나 더 이상 감성의 교감을 하기에는 아직 신문해야 할 것이 많이 남아있다. 그래서 분위기를 추스른다. 수백억 년이 넘는 나이에도 아직 온몸에 윤기가 흐를 정도로 활력이 넘친다. 대왕은 깊은 한숨을 두세 차례 내쉰다. 그 숨소리가 모든 피고에게 들릴 정도이다. 정숙한 법정. 다시 대왕이 침묵을 깬다. 대왕은 바로 앞 열 옆에 좌청룡 우백호의 한쪽을 호위하듯 앉아있는 땅신을 향해 묻는다.

"우리가 주택임대차보호법 이야기를 하다가 갑자기 숙연한 분위기에 돌입했다. 임대료는 부동산값보다 서민들에게 더 충격적인 대상이지. 민간 임대료 통제는 중장기적으로 민간 임대주택 공급을 감소시킨다. 임대주택이 적어지면 그 결과는 너희가 잘 알지 않느냐. 물론 어용 연구단체는 또 이상한 연구를 하겠지. 통제로 인한 효과가 아니라 당장 통제 임대료가 낮아지므로 낮아진 임대료를 시장 기존 임대료 분자로 넣어 계산하면 악어의 눈물만큼 임대료가 하락하는 효과가 발생한다고 말이야. 참으로 엉터리들이더구나. 국민의 혈세로 국토를 훼손하는 일에 거짓말 논리를 제공하고 있으니. 무엇이라고? 갑자기 자연스럽게 가구가 늘어나서 임대료가 오르고 있다고? 고양이가 웃을 일이다."

땅신은 다시 말을 이어간다.

"그러나 대왕님, 진짜 막장 드라마로 그보다 훨씬 더 심각한 게 있습니다."

"대중교통의 혼잡 지역에 커다랗게 전시하고 있는 광고입니다."

"무슨 내용의 광고인데?"

"부동산 거래질서 사범 신고에 관한 광고입니다."

"음, 그거로구나. 집값 담합 행위, 기획부동산, 각종 부동산 거래 질서 문란행위자에 대한 신고와 고발을 독려하는 광고이구나."

"그렇습니다."

"미쳤구나. 오랫동안 국토부가 부동산값을 잘못 운영할 적마다 국토부에 있는 부동산 거래와 평가 기능 등을 별개로 독립시키든가 아니면 국무총리실 직속으로 하는 별개 관청을 만들자고 하는 학계의 건의들이 종종 있어왔지 않았느냐?"

"네. 그러나 워낙 막강한 부처 이기주의 때문에 적극적으로 추진되지 못했지요."

"그렇다. 땅만 파헤치려는 부서가 국토 거래를 관리하는 주무부처로 되니 부동산 거래 질서가 문란해지지 않았더냐. 국토에 콘크리트 붓기만 궁리하는 부서가 토지의 가치를 평가하는 기능을 행사하니 수십 년 동안 공시지가는 물론 주택공시가격 또한 엉터리로 평가해오고 있지 않았느냐. 국토 연구가 온통, 이북으로부터의 유사시 대포 공격 피하기, 토지공개념과 수도권 신도시 개발, 균형 걸고 전국 이곳저곳 파헤치기, 행정수도 이전, 주택공개념 운운하다가 수도권 2기 신도시 건설, 4대강 운하와 보금자리 개발, 부동산 투기와의 전쟁을 위한 3기 신도시 개발, 용적률 대폭 상향 공영 도심 주택 재개발 등 따위를 지원하는 부서로 전락하니 국토는 더욱더 황폐해지고 지구 재앙은 더 깊어지지 않았더냐."

"그렇습니다. 그들은 늘 하이에나처럼 새로운 묻지마 공영개발만 탐닉하여왔습니다. 그들은 늘 부동산 재산권을 이중 삼중 십중으로 겹겹이 묻지마 규제를 하여 그들 팔목에 완장들을 쌓아 아무렇게나 부동산시장을 뒤흔들고 휘저으며 전 국토의 시장을 교란해왔습니다. 워낙 완장을 이리 차고 저리 차서 완장의 무게 때문에 국토와 부동산시장은 바야흐로 혼돈의 소용돌이에 빠져들고 있는 현실입니다."

"자신들의 잘못으로 국토가 훼손되고 부동산시장이 교란되었지 않았느냐. 국민들의 빈부 차이를 더욱 심화시켜놓고는 반성함이 없이 무슨 담합 행위 등으로 부동산값을 상승시킨 국민들을 신고하라고? 간첩몰이 수법이 꼬레아에서 사라진 줄 알았는데 이제는 더 악랄하게 변형되어 이상한 마녀사냥 광고까지 옥외 광고에 버젓이 등장하고 있다고? 정의팔이에 더하여 안보팔이 수법까지 혼합된 정의·안보팔이 마녀사냥까지 등장하고 있구나."

대왕은 잠시 더 깊은 한숨을 쉰다. 그러고는 지킴에게 묻는다.

"아파트부녀회에서 자기 아파트 싸게 팔기 없기 운동을 하면 아파트 가격이 상승하는 것이오?"

지킴은 웃는다.

"그러한 일은 윤리적으로는 바람직스럽지 못한 무모한 행동이기는 합니다. 가격 수준을 변화시키는 경우는 독과점 시장에서나 구경할 수 있는 현상이고요. 전국 대부분의 아파트는 기본이 완전 자유경쟁시장 아래에서 거래되기 때문에 그러한 현상은 일어날 수 없는 일입니다."

"그런데도 정부에서는 아파트값의 상승 주범이 부녀회의 담합인 것처럼 홍보하며 간첩이라도 되는 양 신고하라는 광고까지 하니 어찌 된 일이오. 그리고 적반하장도 유분수지, 자신들의 구성원으로 부동산값 감시기구까지 만든다니 뭐가 잘못된 것이오. 꼬레아에서 옛날에 종종 있어왔던 간첩 조작사건이 요즘에는 신종 부동산 투기 조작사건으로 둔갑한 듯하오. 간첩 조작사건은 1980년대에 이미 사라진 것으로 알고 있는데 2020년대 들어와 그와 같은 수법이 다른 모습으로 등장하고 있으니 너무나도 우려되오."

"역사를 거꾸로 되돌리려는 거나 다름 아닙니다. 만약 부녀회의 담합이 아파트값을 올리는 원인이라고 한다면 우리나라 모든 부녀회는 물론 세계 모든 공동주택의 부녀회들은 24시간 휴식 없이 릴레이식으로 담합행위를 하고 있을 것입니다. 아파트부녀회의 담합행위가 부동산값을 올리는 주범이라는 이론을 가설로써 증명한다면 어쩌면 노벨경제학상 후보에까지도 오를 수 있는 새로운 이론이 될 것입니다."

"그래. 꼬레아에는 국력에 비하여 노벨상 수상자가 너무 없지. 새로운 부동산 가격 변동이 부녀회의 담합행위로부터 비롯된다는 이론을 정교하게 구성하여 세계 유수한 경제등재지에 발표하여 학계로부터 지지를 얻어냈나 보구나. 그러지 않고서 어떻게 국민의 혈세로 운영되는 정부가 검증되지 아니한 이론으로 옥외 광고까지 한단 말이오."

"그렇습니다. 오히려 담합행위는 그들의 관리 부실로부터 발생하는 부동산값을 감정하는 업계에서 오랫동안 쉬쉬하며 자행되어온 악습입니다."

"부동산 감정평가를 말씀하시는 것 같군요. 최근의 모든 부동산 감정평가는 대부분 묵시적 담합에 의하여 이루어지고 있다는 것이 논리적으로 드러나고 있습니다. 공시지가나 공시가격은 물론 보상평가, 재건축이나 재개발평가에서 복수의 평가를 할 경우 특히 시간적으로 뒤늦게 평가하는 경우 스스로의 양심과 이론으로 평가하지 아니하고 선행 평가자의 평가액을 훔쳐보면서 감정평가액을 엇비슷하게 매기는 묵시적 담합평가가 만연되어 있는 것은 실무자 대부분이 다 아는 비밀 아니오?"

"오래된 묵시적 담합평가입니다."

"담합은 지들이 관리하는 부동산값 공시나 보상가격 결정, 재건축 지역에 대한 평가에서 매우 흔하게 묵시적으로 자행되고 있는 감정평가 업계의 고질병이 아니겠습니까?"

"심각한 문제지요. 이러한 담합을 믿는 구석이 있어서인지 이미 현 정부에서는 재건축에서 소유자라고 하더라도 조합원으로서 재건축에 의한 새

집을 소유하려면 재건축주택에 2년 이상 거주해야 한다는 규제까지 등장시
키려고 시도한 적이 있었습니다."

"자기 집을 허물고 새집을 짓겠다는데 2년 거주해야 한다는 규제를 신설
하겠다는 것을 말하는 것이지요?"

"그렇습니다. 재건축에 대한 막장 드라마식 묻지마 규제입니다. 그것을
규제라고 신설하겠다는 것은 그 자체가 부동산 감정평가가 규제자의 손 안
에서 관리되고 있다는 방증이기도 합니다."

"왜 그러한 것이지요?"

"새집이 싫은 조합원이 새집 대신 대체할 수 있는 장치가 조합원의 조합
에 대한 종전 주택인 재건축주택에 대한 매도청구제도입니다. 재건축이 예
정된 주택 등의 소유자가 재건축 후 새집에 입주하지 않을 것이니 현재의
재건축 대상인 주택을 조합에서 매수하게 하는 청구권을 행사하는 것입니
다. 이 경우 매도가격은 감정평가에 의해서 정상시가로 정하도록 하고 있습
니다. 조합 측과 재건축 예정 주택 소유자가 흥정하여 값을 정해야 함에도
불구하고 보통 복수의 감정평가에 의하여 값이 매겨집니다. 그 평가가 공
정하다고 한다면 2년 거주요건이 전혀 규제 수단이 될 수 없을 것입니다. 그
러나 그것을 규제의 방법으로 신설하겠다고 한다면 그것은 감정평가를 어
느 정도 관리할 수 있다고 하는 전제가 아니면 규제의 의미가 없게 되는 것
입니다."

"그렇겠군요. 물건과 물건 가치가 동등하다고 한다면 돈보다 물건으로
공급하는 게 정책적으로 더 선호되는 행위가 될 것 아니겠소. 세종시를 개
발할 때 이야기요. 가뜩이나 빨리빨리 묻지마 신도시를 개발하면서 보상금
으로 풀린 돈이 수도권 중심지 아파트 구입비용으로 쏠리는 현상을 차단하
기 위한 목적으로 노무현 정부 때에는 보상 방법에서 실무에서는 잘 지켜
지지 않지만 돈 대신 토지로 보상하는 대토보상代土補償까지 신설하지 않았

소. 그리고 다른 특수한 보상을 노린 부동산 범죄를 LH사건에서 보아왔지 않았소. 그런데도 재건축에서는 정반대의 대책을 시도하고자 했었던 거로 군요. 2년 거주하지 않으면 주택으로 가져가지 말고 돈으로 가져가라고 하는 규제를 하려는 게 아니겠소?"

"그렇습니다. 선행 평가자와의 묵시적 담합이 만연되도록 방치되고 있는 엉터리 감정평가에서 행하는 규제이니 어떻게 보면 감정평가는 내 손 안에서 관리되고 있다고 하는 완장 차기와 완장 흔들기가 되는 규제인 것입니다."

"원래 부동산 감정평가는 전문평가자의 의견意見 아니겠소?"

"그렇습니다. 전문가의 의견인 것이지 그것이 최종적인 시가 판정으로 보도록 되어있는 건 매우 잘못된 개발독재법 때문입니다."

"그러므로 동일한 부동산을 동시에 감정평가 하는 경우라고 하더라도 이를 복수평가 하게 되면 상호 다른 가격이 매겨져야 하는 것이 아니겠소?"

"당연합니다. 상품의 동질성이 높은 경우에는 복수 평가액의 격차가 좁아지겠지만 토지나 단독주택 등에서 전환용 부동산들의 경우는 평가자들 간의 평가액에 있어 큰 격차를 보여야 하는 것이 오히려 정상입니다. 그러한 격차는 정부나 민간의 입김을 받지 않는 보상평가심의기구나 부동산 거래를 담당하는 관련 지역 변호사, 공인중개사 등이 모인 합의체를 구성하도록 해서 그 합의체 회의에서 조정과 결정을 하도록 시스템이 되어있어야 합니다. 그러나 그러한 공정한 가치 조정 기능이 없는 개발독재식 우리나라 감정평가제도 아래에서는 선행 평가액과 엇비슷하게 산정해야 하는 묵시적 담합평가가 일반화되어온 것이지요."

"꼬레아는 그렇군요. 매우 경색되고 비민주적인 평가시스템에 의해 운용되고 있는 부동산 감정평가 제도 아래에서 등장시키려 했었다가 유보했던 재건축 2년 거주 규제의 시도는 어떻게 보면 정부 스스로 담합행위를 관장하고 있음을 자인하는 것이기도 하군요. 토지, 단독주택, 아파트 가릴 것 없이 대부분 10% 이내에서 복수 평가액이 산정되는 이유가 이러한 시스템에 있었네요."

"감정평가액은 전문가의 의견인 것이지 정상가격이 아닙니다. 그런데도 정상가격인 것처럼 둔갑시키는 잘못된 보상시스템을 악용하여 완장을 찬 자가 재건축 사업 주체를 규제하기 위한 2년 거주라는 조치를 시도했었던 사건은 황당함을 넘어 슬픈 웃음마저 짓게 합니다."

"잘못된 제도와 관리, 그리고 다중 완장으로 혼란해진 부동산시장의 교란자들이 국민을 상대로 마치 간첩 색출하듯 과거 독재정권에서 하던 마녀사냥을 하고 있음이 매우 염려되는 일이오."

"문제는 국토를 가장 심각하게 훼손해온 주범들이 수많은 완장을 차고 자신들이 자행하는 국토의 헌법가치 파괴라고 하는 폭력에 국민 누구든지 토를 달지 말라고 하는 이상한 괴물로 등장하고 있는 것 같아 대왕님의 마음이 몹시 불편하겠습니다."

"나뿐만이겠소. 꼬레아에 계시는 모든 국민의 고통이지요. 그 고통은 부자들에게는 아주 작고 가난한 서민들에게 더 크게 가해진다는 점이 매우 신경 쓰이는 점이지요."

"그런데 문재인이 국토 수장을 두 차례나 바꾼 적이 있습니다. 자신의 지지율이 곤두박질치니까 어쩔 수 없이 바꿨는데 처음 바꾼 자는 지난번에 공영재개발에 협력하면 인센티브로 용적률을 높여준다는 결정을 하는 데 힘을 실은 정부 관리부처의 수장이었습니다. 전형적인 폴리페서라는 소문이 파다합니다. 잠시 이때 묻지마 개발 고정마피아의 마음의 노래를 들려드릴까요?"

대왕은 그렇게 하도록 한다.

묻지마 규제와 묻지마 개발의 확대는

우리의 일관된 목표

민간의 공급을 죽이는 투기와의 전쟁으로

수많은 묻지마 규제를 양산해내 주택값이 오르니까

3기 수도권 신도시까지 창조하신 위대하신 최장수 굴림 동지는

아쉽게 떠나갔지만

세상 말꾼들이 양과 질을 구분 못 하고 무조건 공급, 공급 하고 외치니까

묻지마 공영개발의 행동대원들을 그동안 진두지휘해온 수장이

굴림으로 오시니

이게 무슨 축복, 얼씨구나 절씨구

지화자 좋네

신도시 용적률 확대 만세

구도시 재개발 용적률 높여 공영재개발 만세

LH 위기를 극복하여 부동산 거래분석원 신설 만세

만만세세

"그랬구나. 자신에게는 지지율이 서민들의 눈물보다 더 소중하겠지. 그런데 정책기조를 바꾸지 않고 인물만 바꾼다고 해서 부동산 민심이 좋아지겠나. 두 번째 수장은 마녀사냥꾼은 아닌가?"

"과거 토지공개념이나 국토의 균형개발의 참뜻도 모르고 찬양하는 글을 쓰는 등 행태로 보아서 안보팔이는 아니고 정의팔이로 분류되는 자입니다."

"그런데 이자는 새로운 수장으로 등장하여 신도시 개발 물론 서울의 도심재개발과 재건축을 갑자기 공영개발 위주로 확대하는 정책을 내놓았습니다. 여론의 다수 패널이 최근 집값이 오르는 현상을 타개하기 위해 공급을 강조하는 말들을 해대니까, 이때다 싶어 또 갑자기 신도시와 용적률

상향에 이어 한 수 더 나아가 도심 재개발을 단숨에 하겠다는 청사진을 발표하였습니다. 뿐만 아니라 제3기 신도시로 새롭게 편입시킨 대규모 단지를 묻지마 개발예정지로 확대하였고요."

"또다시 빨리빨리 개발, 공영 대형 개발, 재산권에 대한 규제 강화 조치 등 막장의 묻지마 규제와 개발이 신설되었군요."

"맞습니다. 뿐만 아니라 묻지마 개발지로 추가 지정한 경기도 시흥 일원 추가 신도시 정보의 사전 유출사건이 터집니다."

"아하! 정부 산하기관 직원들의 정보 사전감지에 의한 사전 범죄사건 아니오?"

"그렇습니다. 참으로 막장 드라마는 땅을 사놓고 특혜용 보상을 노려 특용 어린 나무를 잔뜩 심어놓은 것입니다. 또한 로또보상을 노린 필지 쪼개기 범죄도 있었고요. 그 뉴스가 나간 후 자신이 재직 중에 그 일이 벌어진 것을 알고 어느 언론인과 매우 우매한 면피성 대화를 한 게 높은 구설에 오르기도 하였지요."

"잠시, 임자. 그 어린 나무들의 처연한 노랫소리가 들리오. 함 들어봅시다."

－ 친구야, 친구야, 우리는 왜 이 땅으로 끌려와 있어.

＝ 보상을 노리고 우리의 일생을 조기에 마감시키려는 범죄자들의
  욕심 때문인가 봐.

－ 우리는 왜 수십 년 동안 꽃피고 열매 맺는 평화의 동산에서 살지
  못하고 조기에 생을 마감해야 해.

＝ 묻지마 개발 현장에서 보상을 노린 범죄자들에 의해 희생당해야
  하나 봐.

－ 난 싫어, 난 싫어, 이곳에서 유아로 마감하는 생은 난 싫어.

내 생을 제대로 영위할 수 있는 평화로운 농촌으로 가서
시냇물의 간지럽힘과 사계절 변화하는 바람 소리를 마주하며
진짜 농부의 굳은살 박인 손 곁에서 매년 예쁜 꽃을 피우고 싶어.

대왕은 한숨을 길게 내쉰다.

"저 나무들의 소리가 들리느냐. 그런데도 개발 정보를 제대로 모르고 투자한 것 같다는 지난번 국토 수장의 변명은 그 면피성의 정도가 하늘을 찌르지 않았는가. 자기 부하들에게 미리 변명의 논리나 제공하려고 하는 듯한 마피아의 전형적인 수법 아닌가. 거기다가 노무현 때 갑자기 급조된 대토보상이나 아파트 특혜 입주를 노린 것도 어물쩍 희석시키면서까지 말이다. 또한 묻지마, 빨리빨리 수용을 위하여 보상으로 피수용자를 유인하기 위해 만든 다양한 로또보상까지 노린 걸 수년간 그 기관의 책임자로 있었던 자가 모른다면 무슨 생각을 하면서 근무했단 말이냐?"

대왕은 또다시 큰 한숨을 쉰 후 말을 잇는다.

"국토관리의 책임자가 투기를 했다면 수용되는 곳을 살 리가 없지 않으냐는 식으로 지껄인단 말이오."

"그렇습니다. 거기다가 큰 필지를 사서 분할하는 쪼개기 투기까지 벌어진 것도 가관이었지요. 보상규칙에서 유리한 지위를 부여받기 위해 미리 손을 쓴 범죄행위이지요."

"이미 오래전부터 공영개발에 적폐가 관행처럼 있어왔는데 단지 그 가운데 극히 일부만 발견된 게 아니겠소. 그런데도 그러한 면피성 발언을 하는 걸 보니 이자의 전문성은 너무 한심한 수준이 아니겠소."

"그러한 면피성 발언은 또 이어집니다. 시세의 70% 정도 값으로 보상되면 30% 손해를 볼 텐데 그 누가 사업 시행지 안에서 땅을 사겠느냐고 하였지요. 사전 정보 유출에 의한 구매로는 보이지 않는다는 발언입니다."

"어찌 그렇게 말할 수 있단 말이오. 그 말은 현재 보상은 시가보상이 아니라 저가보상을 한다는 표현 아니겠소. 저가보상은 필연적으로 국토의 과잉 개발을 유도하니 국토 훼손 개발의 주요 원인 아니오. 뿐만 아니라 그것은 위헌 보상을 한다는 것을 정부가 선언하는 이야기 아니겠소. 그런데도 한 나라의 국토관리 수장이 그러한 말을 한다면 국토관리에 있어 아주 기초지식인 ABC도 모른다는 것을 자인하는 게 아니겠소. 그렇게 무지한 자가 어떻게 국토관리의 수장을 했었단 말이오."

"무지도 무지지만 보상금에 영업보상과 대토보상 등을 노린 점을 간과한 발언이므로 매우 면피성 발언으로 보입니다. 이 발언 때문에 요즈음 현역 개발마피아들이 초조해하고 있습니다. 그래서 그런지 세 번째로 부임한 국토의 수장은 아예 개발마피아 그룹에서 배제하였습니다."

"두 번째 수장의 철학은 처음 수장에 비교하면 어떤 특징이 있습니까?"

"둘 다 무지하다는 점에 있어서는 공통점이 있지요. 그런데 과거 수장은 자신의 무지를 스스로 깨닫지는 못하였지만 그릇된 확신이나마 일관되게 밀고 나간 면이 있었는데요, 두 번째 수장은 자신의 잘못을 인식하지 못하면서도 상황에 따라 개발마피아의 뜻을 관철하는 데 논리를 둔갑시키는 카멜레온의 행태를 보여왔습니다. 더구나 면피성 발언이 오히려 더 큰 파장을 불러왔었고요."

"그래요. 기록들을 살펴보니 비일관된 말들을 해온 기록이 있네요. 또한 지난번에는 위헌적인 발언까지 하는 행태를 보니 국토관리에 대한 철학이 불투명한 자였네요."

"논리라는 것은 타당한 이유가 있을 때 바뀔 수 있는 건 이해되기도 하지요. 참으로 우스운 일은 민간이 개발하면 20년 걸릴 것을 자신들이 하면 5년 걸린다고 하는 묻지마, 빨리빨리 발언입니다. 민간에 의한 자발적 개발을 그동안 공공이 방임하고 방해해왔으니까 시간이 오래 걸린 것이지요.

또한 개발에 시간이 걸리는 건 개발의 신중함 때문이 아니겠어요. 선진국에서 명품의 재개발이 오랜 시간을 소요하는 것은 그들이 순식간에 콘크리트를 붓는 기술이 부족해서인 것은 아니지요."

"그러나 오로지 금은방 털이나 보이스피싱으로 의심받을 위험스럽고 경원시해야 할 신속한 개발을 마치 자랑스러운 군사작전을 수행하듯이 발표하는 것을 보니 둘째 수장의 전문성이 매우 의심이 되오. 역시 부처 이기주의에 빠진 논객들은 경력이 전문성과는 전혀 무관함을 증명하였소."

"그렇습니다. 전문성이라는 것은 논리적인 사고를 일관되게 자신의 과제에 투영하여 가장 합리적인 해답을 구하려고 하는 노력 속에서 생성되고 성장하는 영역인 듯합니다. 단순히 관련 공무원이나 공기업 사장을 오래 했다는 것은 전문성과는 전혀 무관한 것 같습니다."

"이 사건 이후로 전 국토 여기저기 묻지마 공영개발 현장에서 공직자, 국회의원 등의 수많은 비리가 마치 칡넝쿨 캐듯이 드러나고 있네요."

"정신을 똑바로 차려야 하는데 걱정이 크오. 문재인의 국토관리 내용은 현재 진행형 아니겠소. 더구나 LH사건을 반성의 계기로 삼아야 하는데도 불구하고 엉뚱하게도 국민들을 동물농장의 동물로 취급하려는 건지 빅브라더스나 꿈꾸는 감시기구를 별개로 만들고요. 대부분이 토지개발과는 전혀 상관없는 하위직 공무원에 이르기까지 재산등록이나 강화하고 있지 않소. 참으로 우려가 크오."

"더군다나 지난 서울시장 선거를 앞두고는 여론이 불리하니까 여당 지휘부가 부동산 정책의 잘못을 사과한다는 말을 여러 차례 내놓았습니다. 뿐만 아니라 선거에서 압도적으로 야당 후보가 당선되니까 여당 지휘부는 물론 청와대 또한 고개를 숙이며 부동산 대책을 잘못했다고 하였습니다. 그런데 문제는 무엇을 어떻게 잘못했는지에 관하여 제대로 알지 못하고 있다는 점입니다. 물론 국토 수장을 세 번째로 바꾸기는 했지만 아직도 무엇을 잘못했는지를 제대로 인식하지 못하고 있습니다."

"그렇소. 문제의 본질을 아직도 전혀 모르고 있네요. 그동안 정부가 적극적으로 국민들이 자주적으로 개발할 수 있는 국토계획을 전혀 수립하지 않아 국토의 양육을 방기하여왔소. 자신들이 국토계획 수립 의무를 이행하지 아니하고 방해한 잘못은 마치 부모가 아이를 낳고 육아를 방기한 사건이나 다름이 없지요. 또한 자신이 버린 양육이나 교육받지 못한 자식이 야생에서 성인이 되니까 무조건 결혼식을 치르게 하여 축의금이나 탐내는 막장 부모의 모습이 연상되지 않겠소. 국민의 혈세를 받아 국토계획을 수립해야 할 의무를 가진 자가 국토계획 수립은 외면하고 민간의 공급은 방해하면서 묻지마 규제와 묻지마 공영개발을 자행한 게 문제의 본질이 아니겠소. 아직은 이승 소속이니 시간 여유가 있소. 여태까지 행한 관리의 주요 내용들은 대부분 짚어본 것 같소. 다른 것이 추가되면 그 건은 여태까지의 심의를 토대로 하여 참고하면 될 듯하오."

대왕의 말에 땅신은 고개를 끄덕임으로써 긍정한다는 사인을 보낸다. 대왕은 문재인을 향하여 말을 하려 한다. 그때 피고인석에서 다시 손들고 대왕님, 하고 발언 기회를 얻으려고 하는 움직임이 있다. 김영삼이다. 대왕은 김영삼에게 또다시 발언 기회를 준다. 그러자 김영삼은 단체로 앉아있는 피고석에서 일어나, "묻지마 규제와 묻지마 개발의 주범인 국토부와 그 산하 개발 관련 기관들을 해체해야 하겠네요" 한다. 그러자 대왕은 곧바로 답한다.

"그 말은 방금 전에도 했던 말이다."

그러자 김영삼은 "네~" 하곤 자신의 자리에 착석한다. 분위기가 조용해졌다. 대왕은 다시 말을 한다.

"문재인은 마지막으로 최후진술을 하라."

문재인이 말한다.

"이 법정에서 지금까지의 신문을 지켜본 결과 부동산값을 안정시킨다는 명분으로 행한 재산권에 대한 규제 대부분이 오히려 부동산값을 불안정하게 뒤흔든다는 것을 깨달았습니다. 뿐만 아니라 균형을 내걸고 신도시를 짓는 것은 그동안 지방 토호들이나 공영개발 관련자들의 이익만을 위한 것이었음도 깨달았습니다. 오히려 지방 구도심의 주민이나 구시가지 영세 상인들에게는 가혹한 핍박을 가한 것이라는 점도 깨달았습니다. 더구나 제 참모들이 행한 수도권 3기 신도시와 서울 및 신도시 용적률의 상향 등은 중장기적으로 수도권 고급 아파트값만 인위적으로 더 높이 상승시키는 원인이 됨을 알게 되었습니다.

생존형이나 생활형 다주택자들을 핍박하는 것은 임대주택을 감소시켜 임대료를 상승시키는 것이며 똘똘한 한 채를 선호하게 하여 부익부 빈익빈을 더 심화시키는 원인이 됨을 알았습니다. 또한 최근 진행형인 급격한 대량 철거재개발 역시 국토의 작은 희망들을 말살하고 국민들의 혈세만 더 축내는 행위라는 것도 알 수 있었습니다. 저는 지금도 한편으로는 부동산 투기만 없으면 부동산값이 하락하고 안정되는 것으로 믿어왔습니다. 그러나 자유경쟁시장에서는 때때로 투기에 의해 주택이 공급되기도 하고 또 과열투기에 의해 주택값이 폭락하기도 한다는 시스템이 결코 좌빨이라고 외치며 안보팔이 하는 것처럼 마녀사냥의 대상이 되어서는 안 된다는 것도 배웠습니다.

저는 정직하고 부정한 짓을 하지 않으며 눈물이 많은 사람들이 권세를 누리는 나라가 참 좋은 나라라고 굳게 믿어왔습니다. 그러나 권력이 커질수록 그 권력을 휘두르는 자는 깨어있어야 하고 저 자신은 물론 참모를 항상 호되게 감시해야 한다는 것도 새삼 느꼈습니다. 온갖 예의를 깍듯이 갖추며 달변으로 국정을 브리핑하는 참모들을 경계하고 그들 속마음의 소리를 들을 줄 알아야 한다는 것도 알았습니다.

제가 여기에서 배운 지식이나 논리를 이승에 가서도 기억할 수 있다면 좋겠습니다. 그러할 가능성을 1%라도 갖고 싶어 우주에서 가장 아픈 회초리 맞기를 자원했던 것입니다. 제 영혼이 장래 머무를 천국이 맑은 천국이었으면 하고 바라고 있지만, 제가 국토에 한 생명의 파괴, 효율의 와해, 불평등의 심화의 관리 행위를 생각하니 염치없는 염원이라고 판단됩니다.

해서 저도 노무현 대통령을 따라서 악마 천국행도 감내하겠습니다. 노무현 형이 있는 곳이라면 그런대로 오랜 세월 동안 각종 매연과 악취와 소음, 그리고 세균이나 바이러스와 전쟁하며 견뎌볼 용기가 생깁니다. 물론 대왕님의 넓으신 용서를 바랍니다. 원하옵건대 저는 종말을 앞두고 있더라도 사과나무 한 그루 심는 자가 되고 싶습니다. 우주 부동산 법정에서의 이야기를 이승에서 기억할 수 있게 대왕님의 선처를 원하옵니다."

검사의 추궁의 말이 곧바로 이어진다.

"문재인은 자신이 반드시 대통령이 되어야 한다고 끝까지 버티다가 대통령을 놓치었던 이력의 소유자입니다. 박근혜와 경쟁하기 전 안철수와 단일화를 위해 머리를 맞대었을 때 오죽하면 안철수가 양보하였겠습니까. 그는 잠재적 대권 주자였던 반기문보다 항상 심각하게 열세였으나 최순실 게이트라는 전임자 박근혜의 실정으로 일어난 촛불집회를 계기로 갑자기 반사이익을 얻어 대통령 자리에 오른 자입니다.

집권 후 그는 자신을 따르던 정치 해바라기들을 주요 요직에 앉히고 자신의 철옹성만 쌓고 통치를 해갔습니다. 자신의 정치적 참모들 가운데 한 명을 국토 부서에 앉혀놓고 투기와의 전쟁을 한답시고 이상한 수많은 부동산시장 교란 대책들인 묻지마 규제들을 남발하였습니다. 그 결과 점차 부동산값이 불안정해지자 묻지마 개발의 수장을 그 자리에 앉혀 묻지마 부동산 가격 규제에 이어 묻지마 공영개발의 장터를 수도권에 확장시켜놓았습니다.

뿐만 아니라 개발마피아들이 항상 옹호하는 LH에서 사건이 드러났습니다. 그러한 범죄를 방임해온 결과 안타까운 죽음마저 발생했습니다. 국토부서에는 이미 오랫동안 규제와 신도시, 그리고 용적률 무조건 대폭 올리기, 묻지마 공영개발을 탐닉하는 하이에나들로 들끓고 있습니다. 이들 하이에나들은 언제나 수많은 완장을 차고 국토를 투기판으로 만들어놓고 어슬렁거리는 걸 추구합니다. 이를 위해 북한의 대포공격이네, 토지공개념이네, 주택공개념이네, 부동산 투기와의 전쟁이네를 큰 소리로 외쳐 이들이 마치 거룩한 하느님의 교시인 것처럼 여론을 조성합니다. 국민들을 사이비 집단의 구성원으로 몰아가는 솜씨가 하늘을 찌릅니다.

어느덧 반백년을 훌쩍 넘기고 있는데도 이들의 농간에 앵무새처럼 말하는 사람을 당해 부처의 최장수 참모로 기용해왔습니다. 그것도 모자라 그 다음 후임으로 정통적인 정의팔이로 출세가도를 달리는 자를 앉혔습니다. 이자의 뚝심을 모르는 바는 아니나 자신의 잘못을 인정하지 않으려 하고 오로지 남의 잘못 때문에 자신이 수난을 당하는 것이라는 궤변만 늘어놓는 파렴치함은 하늘을 찌릅니다.

궂은일은 스스로가 설거지하지 않고 부하들만 부리려고 해왔습니다. 물론 최근에는 개발마피아족이 아닌 자를 수장으로 앉혔지만 그 역시 부처 이기주의가 뿌리 깊은 공직생활에 인이 오랫동안 박인 자여서 염려됩니다. 지금 꼬레아 국토는 단군 이래 노노라고 불리는 노태우와 노무현 이래 가장 큰 수난을 당하고 있습니다. 그래도 노태우는 토지공개념에 대하여 반성할 줄을 알았습니다. 자신이 엉성한 철학을 제조하거나 내세우지는 않았습니다. 그렇지만 노무현은 스스로가 법조인이면서도 국토의 균형개발이라는 말이 갖는 참뜻을 제대로 이해하지 못하면서 국토 곳곳을 훼손하였으며 헌법재판소의 반대에도 불구하고 사실상 행정 기능을 세종으로 옮기어 새로운 투기판을 개장하도록 했습니다. 그 악행은 현재 진행형입니다.

이자는 그 노무현을 사랑하는 모임이라는 노사모의 대표 격입니다. 어찌 철학과 하는 일이 노무현을 똑같이 모방하는지 놀라울 정도입니다. 오히려 그보다 더 나아가고 있습니다. 이자가 집권한 지 단기간임에도 불구하고 꼬레아 국토의 헌법적 가치는 그 어느 정권 때보다도 커다란 수난을 당해왔습니다. 그 결과 꼬레아는 골동품 박물관에 있어야 할 낡은 규제들과 스스로 창조했다고 하는 정의팔이에 안보팔이까지 더해진 규제들까지 동원하여 현재 지구의 역사상 가장 큰 묻지마 부동산값 규제 백화점을 개장하였습니다.

그리하여 국토는 더욱 콘크리트와 플라스틱 사막화가 가속되고 있고 생명이 없는 고아처럼 왔다가 고아처럼 사라져야 하는 아파트들이 자신들의 운명을 자조하는 원성까지 들려올 정도입니다. 더 나아가 이자의 고집은 도가 너무 지나쳐서 이자를 섬겨서 역사에 충신으로 기록되고자 꿈꾸었을 많은 신하가 주택 한 채만 가져야 한다고 하는 말에 세뇌되어 남에게 임대한 주택까지 매각하는 운동과 그를 뒤따르는 국민들까지 갑자기 늘어나고 있으니 전통적 주택시장이 혼돈에 빠지고 민간에 의한 주택 공급이 줄어들고 있습니다.

국토를 파괴하여 생명들이 신음하는 현장을 가속적으로 확대했습니다. 국토계획을 내팽개치고 묻지마 공영개발로 대도시만 더 거대하게 키움으로써 중심지 집값을 더 높이 상승시켜 빈익빈 부익부를 가파르게 심화시켜 왔습니다. 묻지마 규제와 묻지마 도시개발의 책임을 반드시 추궁해야 꼬레아의 국토회복이 그나마 사과나무 심듯이 희망을 걸어볼 수도 있을 것입니다. 남은 이승에서의 시간을 관찰할 필요도 없이 마땅히 악마 천국으로 보내야 할 것입니다."

검사의 추궁이 끝나자 변호사가 변호인석에서 일어난다. 그러고는 변론을 한다.

"문재인은 인권변호사 출신입니다. 그래서 인권을 매우 중요시합니다. 언제나 사람이 먼저라는 말을 금과옥조처럼 섬기며 살아온 사람입니다. 그는 대권에의 욕심이 전혀 없었습니다. 그러나 노무현과의 인연을 계기로 숙명처럼 다가온 대권을 자기의 본래 뜻과는 다르게 쥔 자입니다.

그는 엘리트이면서도 매우 소박하고 검소합니다. 그는 부패하지 않고 정직한 사람을 좋아합니다. 해서 그의 마음에 들어 신뢰를 주면 끝까지 신뢰를 주는 성품의 소유자입니다. 꼬레아를 가지고 미국과 북한이 전쟁놀음으로 흥정하고 있을 때 이자는 어떻게 해서든지 한반도에서 전쟁만은 막아야 한다는 굳은 신념 아래 최선을 다해오고 있습니다.

김정은과 트럼프의 전쟁 말장난이 오갈 때 우리나라는 숨을 죽여가며 외세를 지켜보고만 있었지 않았습니까. 그래서 부하가 부동산 투기와의 전쟁이라는 표현을 썼어도 이를 달게 받아들이도록 한 것입니다. 투기하는 사람을 보면 전쟁하고 싶어지는 건 이자의 약자에 대한 보호의식이 밑바탕에 깔려있기 때문입니다.

비록 이 재판정에 와서야 변호인인 저도 국토의 헌법적 가치나 그 가치를 평가하는 기준을 깨달았습니다. 한편 부동산값을 목적으로 하는 부동산권 규제가 부동산시장을 어떻게 교란시키는지도 알았습니다. 이자는 지금도 투기가 부동산값 상승의 원인이라고 믿고 있을 것입니다.

또한 다주택은 투기이고, 실거주나 1주택이나 무주택은 투자라고 믿고 있을지도 모릅니다. 그러나 그러한 믿음이 논리적으로는 비록 허점이 많다고 하더라도 이자가 희구하는 것은 투기 없는 세상, 반칙 없는 세상입니다. 그러므로 비록 우매한 참모들이 개발마피아들로부터 정책적인 농락을 당했다고 하더라도 이자의 검은 탐욕 때문에 그러한 것은 아니오니 이자의 철학과 매사 일처리하는 목적이나 동기를 헤아려서 심판해주시기를 앙망합니다. 당연히 맑은 천국행으로 결정하여주십시오."

변호인의 변호가 끝났다. 단기간임에도 불구하고 수십 차례나 조치들을 내놓고 있고 또 다른 대책들까지 모색하고 있는 정권인지라 신문 내용도 길어진 것 같다. 대왕은 문재인에 대한 신문 평을 마무리하는 발언을 한다.

"문재인이 노무현에 대한 의리가 돈독하다는 건 이미 우주에까지 소문이 나있다. 그래도 노무현은 노무현이고 너는 너다. 너의 철학을 갖고 국정을 이끌었어야 했다. 그런데 노사모나 문빠들을 모아 국정을 운영하니 그 대책이 그 대책일 뿐, 마치 지구촌에 묻지마 부동산 가격 규제박물관이라도 차릴 듯이 수십 차례에 걸쳐 부동산 규제 대책들을 쏟아놓았다. 그 규제들 대부분 공급동결이나 비용인상 인플레이션만 야기할 뿐 가격안정 효과는 거의 없는 것들이었다.

또한 묻지마 수도권 신도시 개발 카드를 호시탐탐 노리던 개발마피아에게 놀아나 국토 이용의 효율성을 훼손하였다. 이러한 일련의 대책들도 모자라 갑자기 국토의 균형개발을 들고나왔다. 한편 다주택자가 임대사업을 하면 세금을 감면해주고 선량한 다주택자들에게는 세금을 중과하는 모순된 일마저 벌였다. 선량한 다주택자까지 주택을 팔도록 유도하는 바람에 이른바 똑똑한 한 채를 추구하는 활동으로 인하여 부자동네는 더 부자가 되고 상대적으로 가난해진 서민들은 소득 격차를 따라가기가 더 어려워지게 하였다.

한편 마피아에게 놀아난 심복이 무슨 잘못을 하고 있는지조차 모르고 있다. 논리가 일관되지 않은 말들을 계속 쏟아냈다. 항상 순간을 모면하기 위한 임기응변에만 집착하였다. 특히 국토 관련 수장은 자신이 과거에 한 말을 뒤집는 모순된 말들을 대책이라고 남발하였다. 또 언제나 강남 집값을 올리는 대책들을 남발하면서도 반대로 이야기하는 거짓말을 일삼았다. 그 결과 지금 꼬레아 국토에는 묻지마 부동산 대책으로 인한 거대한 거짓말 산이 만들어져 있다. 이 부동산에 대한 거짓말 산들은 지금 이 순간에도 꼬레아 국토의 헌법적 가치를 심각하게 훼손해가고 있는 중이다. 더 나아가 네가 비호하는 장관이 관장하는 개발마피아들이 이제는 선량한 아파트 부녀회들을 마치 간첩 다루듯 국번 없이 신고하라고 하는, 도무지 유치원생들마저 유치하다고 말할 대책들을 내놓고 있다.

또한 LH사건으로 자숙해도 모자랄 조직에서 국민의 혈세를 더 쏟아붓는 신설 조직마저 만들었다. 국토부가 어떠한 곳이냐. 과거 건설부와 교통부가 통합한 곳 아니더냐. 그런데 국토라는 말을 사용하는 부서라는 것을 기회로 삼아 국토를 거래하는 기관이나 평가하는 기관은 물론 관리나 그와 관련된 진흥원과 연구하는 단체에 이르기까지 개발마피아가 힘을 행사할 수 있는 낙하산 낙하장소로 만들어놓았다. 과거 내무부 소속 공인중개사의 감독 권한을 빼앗아가고, 또 과거 재무부 소속 한국감정원(현재 한국부동산원)도 이관해갔다. 엉터리 공시가격을 매년 발표하는 한국감정원을 마피아들의 재개발 탐닉의 수단으로 활용하기 위해 부동산원이라고 하는 개명까지 해놓았다. 그 결과 어떠한 일들이 벌어졌느냐. 비전문가가 전문가인 척 나서는 바람에 무수한 완장이 늘어나고 낙하산들이 늘어나 국민의 혈세 부담만 높였다. 요즈음에는 아파트도 국토의 일부라는 이유에서인지 주택임대차보호법까지 주도적으로 빨리빨리 손질함으로써 바야흐로 주택 임대차 분쟁이 폭발적으로 증가하여 국민들을 불편의 구렁텅이에 빠뜨렸다. 그러고는 서투른 법률지식으로 전세금보증금이나 주택 매매 시 소유자가 임차인의 허가를 요하는 등의 무리수 해석까지 하였다.

뿐만 아니다. 너의 인기가 급락하니까 참모를 바꿨다. 그런데 두 번째 참모는 개발마피아가 새로운 먹이의 사냥터로 삼고 있는 묻지마 공영재개발의 당위성을 외치는 둔갑술의 명인이라는 비난마저 받는 정의팔이였다. 그러하니 어찌 잘못된 부동산 대책이 수정될 수가 있겠느냐. 국토관리에 의한 생명성, 효율성, 형평성을 모두 훼손하거나 침해한 정도가 워낙 커서 어찌 너의 청렴함만으로 천국을 꿈꿀 수 있겠느냐. 너의 사랑으로 최장수 참모를 했던 정의와 안보 동시팔이가 내세운 부동산 투기와의 전쟁은 대상을 잘못 골랐음이 명백해졌다. 그 전쟁의 상대는 생존이나 생활형 부동산 투자가 아니라 묻지마 부동산 가격 규제이며 묻지마 공영개발이다. 그러함에도 아직도 정신을 제대로 차리지 못하고 고집스럽게 대상으로 해서는 안 될 생존이나 생활형 부동산 투자를 향해 집중 포화를 쏘아대고 있다. 참으로 매우 한심한 일이다.

뿐만 아니라 LH사건 등으로 반성해야 할 자신의 잘못을 선량한 국민들을 향해 감시를 강화하는 일로 둔갑시키는 결정마저 자행하였다. 잘못을 했다고 사죄는 했지만 무엇을 어떻게 잘못했는지를 몰라서 네가 행한 잘못을 스스로 뉘우치지도 못하고 있으니 문제 중의 문제다. 최근에는 세 번째 새 국토관리 수장을 개발마피아 쪽이 아닌 다른 마피아로 의심되는 사람을 임명하였다. 이자 또한 국토관리의 철학이나 수법을 정교하게 이해하는 자라고 신뢰하는 데 매우 의심이 간다. 오히려 묻지마 공영개발만 강조한다. 나는 인간의 대왕이 아니며 우주의 건강을 다스리는 대왕이니 인간세계의 소소한 감성 따위로 땅의 질서나 우주의 질서를 파괴할 수는 없다. 노무현의 실패를 반성하지 않고 국토의 헌법적 가치를 심각하게 훼손하였다. 가채점의 결과를 보면 생명성 5점, 효율성 4점, 형평성 2점, 정성평가 2점이다. 네가 저승에 왔을 때 머무를 구체적인 행선지는 여기에서의 최종 재판절차 때 일괄해서 발표할 것이다."

이로써 역대에서 현역에 이르기까지 대통령들에 대한 신문이 전부 끝났다. 그리하여 땅신은 대왕에게 건의 드린다.

"대왕님께서 누누이 이 신문들이 전부 끝나면 일괄해서 각자 10,000년 가까이 머무를 천국의 종류를 결정하겠다고 하셨습니다."

"그랬지."

"그럼 지금이 그때인가요?"

땅신이 묻는다.

"아직 신문할 영혼들이 있다."

"아하! 문재인의 지지자나 무조건 경멸자들인 문빠들과 반문빠들은 물론 주요 전·현직 의원들과 교수 및 정치인들, 개발마피아들에 대한 신문까지 마친 후 마지막 선고를 하실 건가요?"

이 물음에 대왕은 즉시 긍정하는 신호로 고개를 끄덕인다.

"그럼 재판정을 다시 정리해야 하겠네요."

"당연하지. 피고인 대통령들은 이제 참관인석 후미 쪽에 두세 줄로 열지어 앉아있도록 하게 하라. 그들을 담당했던 검사나 변호사 중 대다수는 퇴정시켜라. 새로 입정시킬 참고인들은 맨 앞 열 쪽으로 데리고 오너라. 다만 국토 교란 행위가 도가 지나칠 정도로 의도적인 악행을 자행했다고 판단되는 참고인들은 선별하여 그들에 대한 천국 정하기에 주요 영향력을 발휘하도록 할 터이니 그리 알거라."

"알겠습니다. 그렇게 준비해놓겠습니다."

그리하여 한동안 꼬레아 부동산 재판을 하는 우주법정을 재정돈한다. 검사나 변호사들은 대부분 퇴정시킨다. 피고 대통령들에게는 충분한 브레이크 타임을 갖게 하고 또 참고나 피고인 신분으로 있을 인물들을 새로 초치하도록 한다. 그리하여 참고인 신문이 전개된다.

4장

참고인 신문

우주 부동산 법정에 새로운 인물들을 들어앉혔다. 참고인들이다. 피고들과는 달리 일대 일로 안내원이 따라붙지는 않고 팀별로 두 명씩의 도우미가 따라붙어 있다. 새로운 인원이 앞 열에 도열하니 비록 대부분의 검사나 변호사가 퇴정했지만 우주법정은 피고들만의 신문 때보다 밀집도가 훨씬 높아진다. 그러나 대법정이고 각종 음향시설이 잘 갖추어져 있어 법정 구석구석 신문의 소리가 어느 곳에서나 아주 훤하게 들릴 수 있게 해놓았다. 그래선지 혼잡스러운 분위기는 전혀 없다. 신문 내용을 법정 안의 모든 자가 공유하는 데 전혀 부족함도 없다. 대왕이 등장하기 전에 피고들은 모두 대왕과 좀 더 먼 거리 쪽으로 이동했다. 그리고 원래 피고들과 그들 담당 검사 및 변호사들이 앉아있던 자리에는 새로운 인물들로 채워졌다. 새로운 인물은 주로 참고인들이다. 그러나 대통령들이 국토 교란을 하도록 악질적으로 유도한 참고인들은 참고인을 넘어 피고인 수준에 이르는 신문도 한다.

본격적인 신문에 들어가기 전에 대왕은 법정을 총괄하는 땅신에게 묻는다.

"법정이 소란스럽지 않도록 잘 준비하였는가?"

"신문의 정숙을 유지시키기 위해 관계자들을 극도로 제한하였습니다. 신문 대상 참고인들이 대부분 그룹이어서 그룹에 있는 전원을 모두 데려올 순 없었고요. 여러 가지를 고려하여 대표성이 있는 자들 몇 명씩만을 데려왔습니다."

"왜. 축신법을 활용하면 될 일 아니었나?"

"그러할 수도 있지만 그렇게 하면 새로운 법정으로 옮겨야 하고, 또 피고들이 신중하지 못한 행동을 하여 우발적인 신체발작을 일으킬 수도 있을 것 같아 축신법 쓰는 건 지양하였습니다."

"알겠네. 땅신의 판단이 합리적일 것 같군. 잘했어. 물론 지킴은 보조 신문인으로 계속 활동하게 했지?"

"그렇습니다. 모든 형식은 피고들 심판의 경우와 똑같습니다. 다만 최후 진술이나 검사의 추궁, 변호사의 변호는 특별한 경우만 허용하게 하였습니다. 검사와 변호사는 이 법정에서 선정한 자로 코드별로 오로지 두 명씩만 이 자리에 남게 하였습니다."

"특별한 경우가 어떠한 때인가."

"신문 도중 대왕님이 이자들을 참고인으로만 분류시키기에 너무나 불공정하다고 판단하여 피고인으로 즉시 전환한 경우입니다."

"잘하였네. 그러나 참고인 신문에서 검사나 변호사들이 활약할 일이 거의 없을 것이다. 물론 신문 도중에 국토 훼손의 정도가 지나치다고 판단되는 경우에는 당연히 참고인도 즉시 피고인으로 전환하여 신문하도록 해야지. 그렇다고 해서 원 피고들과 같은 공격과 방어를 해야 할 경우는 거의 없을 듯하다."

본격적으로 참고인 등의 재판을 열기 전에 법정의 정리가 마무리된 상황에서 대왕과 땅신이 신문의 진행을 암시하는 대화를 나눈다. 맨 먼저 빠들이 등장한다.

1. 빠

대표 빠들이 나온다. 문빠 남녀 두 명, 반문빠 남녀 두 명이 나온다. 빠들을 대표할 남녀 한 명씩 모두 네 명의 참고인이다. 전부 지구촌 나이로는 젊은 중년들이다. 빠들은 젊은이들이 주류를 이루지만 연령 분포는 청소년부터 노인들에 이르기까지 다양하다. 슈퍼컴퓨터로 선정한 대표성 있는 자들은 아주 젊은 중년들이었다. 남녀 각각 반반이다. 이들의 등장에 갑자기 법정은 젊어진 듯하다. 이들 빠들을 집중 신문인석 쪽에 나란히 앉힌다.

대왕이 말한다.

"너희 이름은 이미 너희 등 뒤에 각각 붙어있는 표지만으로도 누구나 충분하게 알 수 있기 때문에 일일이 호명하지는 않겠다. 너희가 여기에 안내되어 오기 전에 우주법정의 도우미들이 충분하게 설명한 것으로 알고 있다. 그래도 우선 물을 게 있다. 너희가 왜 여기에 와 있는지에 관하여 충분하게 이해하고 있느냐?"

맨 앞쪽 피고인석에 앉아있는 네 명의 참고인은 마치 잘 훈련된 병사들처럼, "네" 하고 합창한다.

대왕은 땅신에게, "왜 이들 한 쌍은 문빠이고 다른 한 쌍은 반문빠인가?" 하고 묻는다. 그러자 땅신이 대답한다.

"이들이 각종 매체 등을 통하여 문재인이 하는 일에 대하여 문빠1과 2는 무조건 찬양 댓글 다는 걸 밥 먹는 것보다 더 중요시해왔습니다. 반대로 반문빠1과 2는 문재인이 하는 일은 무조건 반대하는 그룹 일원입니다. 이들의 활동경력은 꽤 오래되었습니다. 문빠들은 거의 노사모 출신이고요, 반문빠는 대다수가 박사모 출신들입니다. 이들의 논리는 누구의 빠인가에 따라서 무조건입니다. 앵무새처럼 무조건 자신들의 소리를 반복해서 낼 뿐만 아니라 더 나아가 자기들이 지원하는 대책들에 대하여 더 강력한 대책들을 내놓도록 부추기기까지 하는 댓글 등을 써댑니다."

"이들이 편애하는 대상에 대한 충성도가 지구촌에 소문이 나있다는 말이 자자하더군. 밥 먹는 것보다 중요하다면 사랑에 빠진 것인가?"

"사랑도 그런 사랑이 없습니다. 사랑에는 무조건 주는 것, 상호 간 주고받는 것, 받기만 하는 유형이 있지 않습니까. 그런데 이들은 무조건 주는 것을 선호합니다. 물론 때로는 받기도 하지만요. 눈 비비고 일어났다가 눈이 침침해져 잠에 들 때까지 이들이 주로 하는 대표적인 활동이 무조건이야입니다."

"이들도 묻지마 규제나 묻지마 공영개발처럼 무조건 묻지마에 빠진 사람들이군. 문에 대한 아가페 사랑과 반문에 대한 아가페 증오에 빠진 거로군."

"그보다 더 깊은 사랑과 증오들입니다. 어떻게 보면 사랑이나 증오의 수준이 스토커를 넘어 찰거머리 수준에 이를 정도라는 표현까지 있을 정도입니다."

대왕의 시선이 문빠1로 향한다.

"우선 빠1에게 묻겠다. 무엇이 그렇게 좋아 매일매일 문통 찬양에 목숨을 걸듯 하느냐?"

"문만 보거나 상상만 해도 행복 바이러스가 제 온몸을 휘감습니다. 그래서 문이 하는 말이나 행동은 잘잘못을 따질 필요가 없습니다. 무조건 오케이입니다. 댓글 또한 화끈하게 달고 다른 이름으로 또 달 수 있으면 또 답니다. 심지어 일시에 다종 댓글 수를 늘릴 수가 있다면 그러한 길도 마다하지 않습니다."

대왕은 행복 바이러스가 온몸을 휘감는다는 말에 주의를 기울인다. 그래. 사람들은 행복함을 느끼면 무조건이 되지라고 마음으로 되뇐다.

빠2에게도 물었다. 빠1과 마찬가지의 대답이었다. 대왕은 이번에는 반문 빠1과 2에게 동시에 묻는다.

"문재인이 그렇게 밉소?"

"두말하면 잔소리입니다. 제가 가장 사랑하는 분을 혐오하고 곤경에 빠뜨렸습니다. 저희도 되갚을 것입니다. 더욱 혐오하고 더 심한 곤경에 빠뜨릴 것입니다."

"그다지도 문이 싫더냐?"

"그렇습니다. 항상 정의로운 자처럼 위장하며 진정한 자유주의자를 탄압합니다. 그만 떠올리면 미움을 넘어 증오의 마음이 대양 가득 넘실댑니다."

"사랑과 미움은 동전의 양면이란다. 무조건 맹종하는 사랑이나 무조건 반목하는 미움은 모두 부질없는 집착이지."

대왕은 땅신을 향해 질문을 한다.

"노무현 때는 노사모라는 말을 많이 하고, 박근혜 때는 박사모라는 말도 많이 들리던데 왜 요즘에는 문사모보다 문빠라는 말이 훨씬 많이 회자되는 것인가?"

"사모는 사모한다는 말의 줄임말이고요, 빠는 빠졌다는 말의 줄임말입니다. 사모는 어느 정도 대칭성을 갖는 사랑인 거 같고, 빠는 비대칭성이 있는 감성으로 보입니다. 사모보다 빠가 훨씬 무조건 사랑인 것 같습니다."

그러자 대왕은, "노사모와 박사모는 연령층이 조금 다른 느낌이오"라고 말한다.

"예전에는 확연히 차이가 났습니다. 노사모는 젊은 층이 많았고 박사모는 노년층이 많았습니다. 성향도 달랐습니다. 노사모는 정의를 많이 내세우는 편입니다만, 박사모는 유교적 양반들로서 충효를 신주단지 받들 듯하는 분이 꽤 많았습니다. 박정희의 안보팔이를 앵무새처럼 되뇌기도 하였습니다. 그러나 세월이 흐르면서 이제는 무조건 진영논리처럼 변질되었습니다. 예전 이들이 사모하던 노래 한 곡조 들려드릴까요?"

"그리하라."

그리하여 법정 안에는 갑자기 노사모 대표와 박사모 대표의 노래자랑 경연이 한 곡조씩 펼쳐진다. 먼저 노사모 노래다.

정의가 어둠 속에 방황할 적에
설운 임들의 갈 길을 인도하는 님
님의 황소 같은 뚬벙 눈물이
산과 들과 바다와 강에 떨어지면
산새와 들짐승, 어패류들이 자유를 찾아 노래 부르네
자유, 정의, 균형
자유, 정의, 균형
균형, 균형, 균형

노무현이 꿈꾸던 나라에서 볼 수 있는 상징적인 언어들이다. **노사모 대표의 노래**가 끝나자 곧바로 이어 **박사모 대표**가 **노래**를 부른다.

세상이 온통 혼돈의 소용돌이 속으로 빠져들 때
온몸으로 수많은 권위를 구해내신
그댄 영원한 구원투수
주객이 바뀐 독재와 싸워 아침이슬을 부르며
민주, 자유, 형평을 보듬기 위해
온몸 바쳤다네
뜨거운 눈물 흘렸다네
그대 이름은 잔 다르크 박
그대는 우리의 영원한 향수

대표자들의 노래가 끝났다. 그런데도 불구하고 사모의 여운이 남았는지 문빠와 반문빠, 즉 노사모와 박사모들은 법정 안이 약간 소란스러울 정도로 그들만이 무조건 떠받드는 대상을 찬양하는 노래를 부르며 박자를 맞추기 위해 발도 둥둥 구른다. 갑자기 법정 안이 소란스러워졌다.

"이제, 노래 그만" 하고 대왕이 말했는데도 가장 대표적인 친문빠와 반문빠인 노사모와 박사모들은 무릎을 들썩인다. 그러자 대왕은 회초리 체벌 도우미를 부른다.

"이들에게 손바닥 회초리 각각 두 대씩" 하고 명령한다. 그 명령이 떨어지기가 무섭게 순하고 착하게 생긴 소녀 도우미가 미소를 감추고 굳은 표정으로 낭창낭창하는 회초리를 들고 빠들에게 다가간다. 다가가 각각 손바닥을 펴게 하고 한 사람당 두 대씩을 체벌하는데 한 대를 맞자마자 예외 없이 '아이고' 하는 비명이 법정 안에 크게 울린다.

아이고, 아이고

아이고, 아이고

아이고, 아이고

아이고, 아이고

빠와 반문빠들의 눈에서는 닭의 똥 같은 짙고 커다란 눈물방울이 어느새 눈을 적시고 볼을 타고 내려와 목 아래로 흐른다. 갑자기 법정은 조용해진다. 마치 옛 초가집에서 밤새 루루루루루 서까래를 타고 뜀박질하던 쥐들이 고양이 한 마리가 나타나자 일시에 죽은 듯 조용한 그 모습이다. 역시 고양이가 나타나니 쥐들이 합창을 멈추는 것 같다. 어쩌면 이때 도우미는 마치 들쥐 앞에 고양이였을 터이다.

"아프면 울어라. 그러나 소리 내어 울면 또 회초리 한 대다. 그 회초리는 아프지만 상처나 체벌의 자국을 남기지는 않는다."

이제 빠들은 무조건 침묵이다.

'정숙'이라는 말을 법정 벽 단 한 군데 붙이지 않았어도 역시 세상 가장 따끔한 회초리는 피고들은 물론 참고인들의 뇌리에 정숙을 각인시킨다.

대왕은 말한다.

"내가 너희에게 빠를 하지 말라는 게 아니다. 또 노래 부르기를 하지 말라는 건 더더욱 아니다. 다만 빠도 향후에는 가려서 하라는 메시지를 전하기 위하여 매선 회초리를 의도적으로 들도록 시킨 것이다. 부동산 관리, 국토관리에 대해서까지 너희가 쉴 새 없이 빠나 반빠 노래로 각종 매체에 반응하면 무지한 꼬레아의 정승들이 빠의 노래를 듣고 오해하는 대책들을 남발하는 경향이 있어 이러한 비정상적인 일들이 일어나지 않도록 방지하려는 목적이다. 부동산 관리나 국토관리는 단순한 셈법만으로 대책을 강구하는 영역이 아니다. 올바른 대책을 강구하려면 부동산이 지니고 있는 대표적인 세 가지 측면인 제도, 경제, 물리적인 측면들을 사안에 따라 정교하게 융복합하는 판단 과정을 거쳐야 한다. 융복합 학문 영역이 학문의 분화 못지않게 매우 소중해진 세상 아니더냐. 너희가 늘 부동산에서 생활하고 있으니까 스스로 부동산 문제들을 잘 이해하고 있는 것처럼 착각하기가 쉽다. 그러나 이들 영역은 즉흥적인 빠들의 노래에 좌우되는 단순한 영역이 아니다."

대왕은 말을 계속하다가 갑자기 들릴락 말락 하는 소리의 한숨을 내쉰다. 법정 안은 계속 정숙이다. 모두 대왕의 다음 메시지에 온 신경을 집중한다. 대왕은 다시 말을 잇는다.

"부동산 문제는 대부분 우주의 문제다. 단순히 생명들 사이에 오가는 사랑 차원의 문제와는 다르다. 문제를 바르게 인식하고 그 대책을 올바로 행하지 못하면 문제는 더욱 심각해질 뿐만 아니라 생명 파괴, 국토 파괴, 지구 파괴, 우주 파괴를 확대시키고 앞당기게 된다. 무지하기 그지없는 대통령들과 그의 참모들이 빠들의 노래에 놀아나 용기를 얻거나 상심을 하는 모습들을 보면서 난파선에 타고 있는 사람들이 우왕좌왕하며 나침판 없이, 향도가 없이 높은 파도에 운명을 맡기는 처연한 모습을 본다."

모두 대왕의 말 한 마디 한 마디를 빼놓지 않고 긴장하며 경청한다. 다시 대왕은 말한다.

"사랑에는 국경도 인종도 나이도 성별도 없다. 꼬레아 사람들이 쉽게 명품에 빠지듯이 누구를 맹목적으로 좋아하는 건 자유다."

대왕은 잠시 숨을 죽였다가 말을 이어간다.

"그래. 사랑하라. 사랑은 자유다. 그렇지만 사랑에도 법도라는 게 있다. 많은 선량한 사람의 희생을 통해 또 수많은 연약하고 취약한 사람들의 눈물을 통해 구하는 사랑은 참사랑이 아니다. 너희가 부동산 문제나 그 대책들에 대하여 빠든, 반문빠든 함부로 인위적인 여론 조성하기에 빠지면 그 결과는 대부분이 언제나 처참했다. 국토는 점점 콘크리트 사막화가 가속되고, 국토에 관한 장기적인 청사진은 내팽개쳐졌으며 땅은 낭비되고 숨을 죽였으며 부자만 신나고 가난한 자들은 더욱 가난의 나락으로 떨어졌다. 그러하니 빠나 반문빠도 부동산 문제에선 늘 자숙하고 겸손해야 한다. 알겠느냐" 하고 법정 안이 쩌렁할 정도로 대왕의 소리가 울린다. 그런데 아직 손바닥이 너무 아파 "네" 하는 소리를 내면 손바닥이 음성의 진동으로 더 아프기 때문에 빠들은 큰 소리로 대답하지 못한다. 그 대신 법정 뒤편에 앉아있는 피고들이 동시에 큰 소리로 "네" 하고 합창하듯 대답한다. 문빠1, 2와 반문빠1, 2는 그들이 사모하는 노무현과 박근혜가 합창의 대열에 섞여 "네" 하는 소리를 감지했다. 그때에 이르러서야 손바닥의 아픔을 무릅쓰고 사모하는 열정의 힘으로 모기만 한 소리로 "네~" 한다. 비록 이 법정에 참고인으로 참석하기 위해 사전 교육을 받기는 했지만 이들은 법정에서 참관하지 않았기 때문에 자초지종의 부동산 문제들과 그들 스스로가 한 행위들의 구체적인 여파들에 대하여 제대로 숙지하고 있을 리 만무하다. 다만 분위기로 보아서 자기들의 행위의 결과가 꼬레아 국토는 물론 국민들에게 나쁜 영향을 미쳤다고 하는 점을 충분히 감성적으로 깨닫는다. 더구나 대왕의 추궁에 대하여 문재인은 물론 박근혜도 큰 목소리로 "네~" 하고 대답하지 않았더냐. 친문이나 반문이 한 몸으로 통합되어가는 과정이기도 했다.

사모하는 임께서 네에~ 하시네!
아픔을 딛고 나도 님 따라 네에 하였으나
손바닥 아픔 울림이 너무 커
겨우 모기 소리만 한 소리를 냈다네.
네에~

네에엥~

대왕은 지킴에게 묻는다.

"이들이 **빠빠빠** 하고 열을 많이 올려 부동산 댓글을 무조건 많이 달수록 부동산값이 상승하거나 하락하는 것이오?"

지킴이 대답한다.

"부동산값을 올리고 내리는 건 사회경제적인 여러 요인에 의한 것이고요, 댓글 자체가 수요나 공급을 구성하는 것은 아닙니다. 문제는 댓글에 따라 일희일비하는 무지한 관료들이지요. 댓글이 많으면 논리는 상관없이 관료들이 생각하는 대로 밀어붙이는 게 큰 문제입니다."

대왕은 허허 웃는다. 그러고는 말한다.

"그렇다. 사랑한 게 무슨 죄가 되겠느냐. 사랑을 악용해서 귀걸이나 코걸이식으로 여론을 조작하는 정치인들이나 관료들의 검은 마음이 문제지."

대왕은 다시 한숨을 쉰다. 그러고는 빠들은 참고인임을 알린다. 그러므로 최후진술이라거나 검사 또는 변호사의 추궁이나 변론도 없음을 알린다. 대왕은 빠들에게 마지막으로 당부한다.

"빠들아. 너희의 사랑을 방해할 목적은 추호도 없다. 마음대로 사랑하라. 사랑은 자유다. 그러나 부동산 문제와 관련해서 너희가 사모하는 임께서 무슨 말을 할 때에는 잠시 사랑하기를 쉬어라. 너희를 통해 검은 마음을 가진 무리에 의하여 너희가 도구로 악용되기 때문이다. 참된 사랑이나 미움은 쉴 때 쉴 줄도 아는 사랑이나 미움이란다. 알겠느냐."

손바닥 아픔이 풀렸나. 법정 안에는 문빠 원 투, 반문빠 원 투의 목소리가 힘차게 울려 퍼진다.

"네~."

"이들은 참고인이지만 무조건 사랑이 너무 심하게 계속된다 싶으면 이들 또한 피고로 다스려 천국의 행선지에 관한 심판을 할 것이오. 그러나 저승에서의 기억을 이승에서 기억해낼 수 없으니 인간 설계의 변경 등에 대하여 고민이 생기오. 이들을 퇴장시키고 다음 참고인들을 데려오세요."

대왕의 명령이 떨어지자 다시 브레이크 타임. 대왕은 빠들이 부동산 문제에서만큼은 빠 짓거리를 접고 침묵하며 자숙하라는 메시지를 주는 것으로 신문이 충분하다고 느꼈다. 그래서 빠들은 법정에서 밖으로 아예 퇴정시킨다. 빠의 참고인 신문은 역시 대통령들에 비하여 많은 에너지가 필요하지 않았다.

2. 언론인·교수·정치인

언론사 대표 셋, 교수 대표 둘, 정치계 대표 셋, 모두 여덟. 마치 소풍 나온 것처럼 입가에 미소들을 지으며, 건들거리며 나온다.

땅신은 빠들이 빠진 집중 신문인석에 언론인 셋과 교수 출신 둘, 정치인 셋을 나란히 착석시켰다.

이들은 법정의 외벽이 투명체로 되어있고 대왕이나 땅신, 그리고 지킴의 차림새로 보아 매우 민주적인 토론회의 장처럼 느껴졌는지 대왕은 물론 피고인들이 앉아있는 곳을 향하여 건들거리는 자세로 가벼운 눈인사들을 보낸다.

"모두가 이승에서 활동하는 현역들이구나."

여덟 명의 참고인을 보며 대왕은 말했다.

"그렇습니다. 현역들입니다" 하고 땅신이 대답한다. 대왕은 "이전 빠들을 보니까 피고인 대통령들을 심판하는 법정인 것은 알고 있었네. 하나 부동산에 대한 다양한 문제들을 인식하는 능력은 깜깜이였다. 해서 말을 해도 곧바로 통하지 않고 오로지 지들이 선망하는 자들만 바라보는 데 혼이 팔려있더군. 그래서 이들에게는 기본적인 사전 교육을 더욱 보충하여 충분하게 시킨 거지" 하고 묻는다. 그러자 땅신은 대답한다.

"이자들에 대하여는 이 법정에 들어서기 전에 재판정 입구 외딴 공간에서 도우미가 사전 교육을 더욱 충분하게 하였습니다."

"교육 내용은 어떤 것이었나?"

"이 법정에 참고인으로 출석시킨 이유를 주지하였습니다. 그런데 이들은 언론과 교수 및 정계에서 가장 대표적인 위치에서 활동하고 있어 항상 의문 나는 것에 대하여서는 질문을 하였습니다. 많은 질문에 대하여 도우미가 사전 충분한 설명을 해서 이 재판정에서 심리하는 판단 기준들에 대하여 많은 이해를 하고 있습니다."

그리하여 대표 언론인과 대표 정치인에 대한 신문이 본격적으로 시작되었다.

대왕은 먼저 특정 언론인을 지명하며 묻는다.

"항상 스페셜 프로그램을 만들어 마치 부동산값의 상승은 투기에 의해 일어나는 듯한 뉘앙스로 계속적으로 방영하고 또 특별한 경우에는 직접 출연하여 똑같은 논리를 추구한 자가 누구인가? 예를 들어 0000년 0월 00일 방영한 ○○ 프로 등의 제작자 말이오" 하고 질문하자 방송계의 유명한 피디 언론인1이 대답한다.

"접니다."

"최근에는 재건축이나 재개발의 시행 주체를 공영으로 유도하는 프로까지 만들어 방영했던데. 그래서 서울 도심은 또다시 수십 곳이 빨리빨리 묻지마 공영재개발로 지정되지 않았더냐."

"네, 그랬습니다."

"지금도 그 생각이 변함없는가?"

"여기에 와서 사전 교육을 충분히 받은 덕에 이제 제대로 부동산시장이 무엇인지에 관하여 겨우 걸음마식으로 이해하게 되었습니다. 제가 행한 일들이 매우 부적절한 것이었음을 반성합니다. 선량한 부동산 투기는 가격 상승의 원인이라기보다는 불안정한 가격변동 과정에서 나타나는 특이한 수요나 공급 현상일 뿐임을 알게 되었습니다. 자유주의시장경제에서 투기는 소비자 행동의 한 증상이거나 시장에서 종종 발견되는 매우 흔하고 일반적인 현상이라는 것도 이해하게 되었습니다."

"생각이 바뀌게 되었다는 말이로구나. 다음은 항상 문재인이 발표하는 모든 것에 대하여 찬양의 논리를 강조하던 칼럼 등을 써온 대표적인 언론인2가 대답하라. 부동산 투기란 부동산시장에서 흔히 발견할 수 있는 증상인가, 아니면 부동산값을 중장기적으로 상승시키거나 하락시키는 원인인가?"

"수요를 야기하는 원인은 국민총생산이나 개인소득일 것이고요, 투기는 수요를 자극하는 힘이라기보다는 시장에서 흔히 볼 수 있는 특이한 현상입니다. 투기를 원인으로 분석한 건 제 무지의 소치였습니다."

"생각이 바뀌게 되었다는 말이구나."

"네."

"문재인이 투기와의 전쟁을 해오는 동안 꼬레아 수도권의 부동산값은 다른 나라들보다 훨씬 더 높게 상승했다. 오히려 부동산 투기가 이전보다 더 과열된 것인가? 이번에는 언론인3이 대답하여라."

"투기과열이 아니라 공급 동결로 시장 교란이 일어난 것입니다. 결국 선량한 투자는 위축되고 불량한 범죄만 양산시킨 규제들이었습니다."

"그런데도 문재인 정부는 그동안 부동산값 상승의 원인을 투기라고 강변해왔지 아니한가. 최근에 들어서는 아파트는 팔아서도 안 되고 매입해서도 안 되며 보유해서도 안 되는 대책들까지 등장하지 않았는가?"

"한심한 생각들입니다. 그래놓고는 자신들이 주도하여 짓는 아파트는 국민의 고혈을 천문학적으로 퍼붓는 생산원가는 철저하게 은폐하고 시세보다 싸게 공급하여 청약 자격을 극도로 제한했음에도 불구하고 수백대 일의 경쟁을 보인 분양도 있었습니다. LH사건이 터졌음에도 불구하고 부동산값이 오르면 가장 슬퍼해야 할 부처가 요즘에는 오히려 신바람으로 깨가 쏟아지는 분위기입니다. 조직 불리기에 나서고 있습니다. 그들이 갈구하는 묻지마 규제와 묻지마 개발이 오히려 더 넘치고 넘쳐 축제의 분위기를 애써 감추는 모습이 느껴집니다.

"언론인1이 내 물음에 다시 대답하여라. 선량한 다주택자의 부동산 투자가 부동산값 상승의 원인인가?"

"정반대입니다. 부동산값 하락의 원인입니다."

"왜 그러한가?"

"생존과 생활형의 선량한 부동산 투자가 일어나면 일시적으로 가격이 상승합니다. 그러나 그것은 부동산 공급으로 이어지므로 중장기적으로는 가격을 하락시키는 원인으로 작용합니다."

"요즘 특정한 주택이나 상한제 적용 주택에 몰려드는 수백대 일, 더 나아가 수십만대 일까지 간 분양 열기는 투기인가 아닌가? 언론인2가 다시 대답하여보라."

"투기라고 생각할 수도 있고 정상적인 투자라고 생각할 수도 있어 생각하기 나름입니다."

"다시 언론인3에게 묻겠다. 쌀값이 오르니까 논값이 오르나, 아니면 논값이 오르니까 쌀값이 오르나?"

"둘 다 일리가 있는 논리로 보입니다."

잠시 대왕은 언론인들에 대한 질문을 멈춘다. 그러고는 긴 숨을 한두 차례 내쉰다. 대왕은 언론인들에 대한 신문을 마무리한다.

"그동안 너희 가운데 친문은 늘 문빠처럼 행동하고 반문은 반문빠처럼 행동했다. 너희는 방금 전 신문받고 귀가시킨 빠들과 큰 차이가 없다. 다행히 문빠도 아니고 반문빠도 아닌 언론인들이 있어 그나마 언론이 살아있음을 보여주었다. 특히 문빠들이 뉘우치는 모습을 보니 약간은 위안을 받는 느낌이다. 부동산 관리는 너희가 편 가르기 하는 진영논리로 접근해서는 절대 안 되는 대상이다. 왜냐하면 땅의 이용과 직결되는 영향 관계이기 때문이다. 앞으로 절대 부동산시장 이야기는 진영논리로 덤비면 안 된다. 그 정도가 지나칠 경우에는 너희도 저 뒤편에 허리를 세우고 줄지어 자신의 심판을 기다리고 있는 피고들처럼 언제든지 우주 재판정에 끌려나올 수도 있다" 하고 대왕이 말하자 문빠, 반문빠, 중도로서 방송과 신문에서 끌려온 언론인들이 동시에 "네" 하고 대답한다.

대왕은 양옆 아래 배석하고 있는 땅신과 지킴을 향해 "사전 교육을 충분하게 시킨 것이 법정의 소란을 누그러뜨린 면이 있는 것 같소" 한다.

땅신이 대답한다.

"말 많던 친구들의 말수가 적어졌습니다."

지킴도 대답한다.

"특히 문빠 비슷한 진영논리만 펴던 언론인의 회개가 더 감동을 줍니다."

대왕은 언론인 신문을 마무리하는 간단한 말을 한다.

"원래 왜곡이 심하면 심할수록 정상화되었을 때 감동이 두 배가 되지요. 언론인 신문은 이것으로 마무리합니다. 다음으로 부동산 토론에 의도적으로 끼어들기를 좋아하는 교수 둘 차례."

그리하여 교수 둘이 앞으로 이동한다. 한 명은 현직 폴리페서이고 또 한 명은 폴리페서를 꿈꾸는 자였다. 대왕은 먼저 땅신에게 현직 폴리페서와 폴리페서를 꿈꾸는 자가 과거에 했던 국토관리 관련 주요 행적을 보고하게 하였다. 땅신은 말했다.

"이들은 모두 안보팔이와 동격인 정의팔이 인물들입니다. 집값 상승의 원인을 투기로 주장하는 자들입니다. 분단팔이 전직 교수들은 현직에는 거의 없고 다수가 황천에 와있어서 이 재판의 효율성을 위해 정의팔이들만 데려왔습니다."

"그렇군. 잘했네. 다른 이슈에서는 분단팔이들이 지금도 꾸준하게 활동하고 있던데 요즘은 국토관리, 부동산 관리에 있어서는 분단팔이들이 모습을 감추고 보수든 진보든 정의팔이들이 득세하는 세상이니 매우 잘 선택했어."

"우선 현재 문통의 수하에 있는 현직 폴리페서를 보면 그가 토지공개념을 찬동하는 글을 여러 차례 잡지 등에 쓴 적이 있습니다. 뿐만 아니라 부동산값의 상승 원인이 투기라고 한 경우도 많았습니다. 해서 그의 글을 읽어보았습니다. 내용이 논리적이지 못하고 매우 선동적인 것이었습니다. 자신이 옹호하는 토지공개념의 정확한 뜻도 모르면서 토지공개념을 구현해야 한다는 주장을 펼쳤고요. 또 투기의 정의를 내린 적도 없으면서 투기를 잡아야 한다는 주장도 했습니다. 뿐만 아니라 국토의 균형개발의 참뜻도 모르면서 균형개발에 무조건 찬동하는 글을 쓰기도 했습니다."

대왕은 혼잣말로 "이성을 자극하기 위해 감성을 동원하는 수법을 교묘하게 악용하는 글들을 썼었던 자이군" 한다. 현직 폴리페서에게 묻는다.

"여기에 와서 사전 교육을 받았는가?"

"네, 받았습니다."

"토지공개념의 정확한 뜻을 알고 있는가?"

"네."

"부동산값은 수요·공급에 의해 변하지 아니하고 투기에 의해 변하는가?"

"아닙니다."

"토지공개념이나 부동산 투기와의 전쟁이라는 말을 지금도 신봉하는가?"

그는 "신… 봉… 합… 니… 다아" 하고 얼버무린다.

갑자기 실내 스피커가 현직 폴리페서의 진짜 마음을 들려준다.

진영에 서고 싶었습니다.

출세하고 싶었습니다.

지금은 현역이나 예비역 장성들에게 줄을 서거나

문고리 권력에 기대기보다는

코드를 맞춰야 하는 시대니까요.

우리나라는 진영에 서야 폴리를 할 수 있는 기회가 오니까요.

또 저를 임용하신 위대하신 문통이 저를 지켜보고 계십니다.

그래서 어쩔 수 없이 시인보용하압니이이다아 한 것입니다.

스피커로 흘러나오는 자신의 진짜 마음의 소리에 현직 폴리페서는 마치 경련을 일으키듯이 깜짝 놀란다. 도둑이 결백하다고 주장하다가 증거를 내놓았을 때 물증을 보고는 놀라는 기색이다.

그렇다. 군사정권 시절에는 폴리페서들이 어떡해서든지 실세 장군들을 만나기 위해 줄을 섰다. 또 얼마 전까지만 해도 문고리 권력에 줄을 서기도 하였다. 지금은 코드 맞추기가 유행한다. 줄을 설 수 없으면 코드를 맞춰가다 보면 최고 권력에 가까이 다가갈 수 있다는 것을 충분히 알고 있는 자들이다. 대왕은 말한다.

"네가 그 알량한 논리로 정의팔이 한 덕분에 최고권력자 주변에 기웃댈 수 있었구나. 사욕을 위한 정의팔이들 때문에 진짜 정의 구현을 위한 순수한 운동권들이 상처를 받고 있다. 게다가 최근 사전 정보 유출에 의한 개발 부서 종사자들의 부동산 범죄를 정당화하는 해괴한 말까지 지껄이지 않았느냐."

대왕은 첫 번째 폴리페서한테 진실을 구할 수 없다는 걸 알고 더 이상의 대화를 하지 않는다. 다음으로 두 번째 폴리페서를 신문한다. 땅신에게 대왕은 묻는다.

"이자는 어떻게 여기에 데려온 것인가?"

"최근에 공영방송의 기획방송에서 재건축조합장에 대한 비리가 방영될 때 묻지마 개발마피아들의 먹잇감 구하기에 힘을 보탠 교수입니다. 그뿐 아닙니다. 항상 논리에 맞지 않는 말로 잘못하는 정부의 개입에 대해 잘 가고 있다는 인터뷰나 신문 시사평론들을 발표해오고 있습니다. 뿐만 아니라 최근에는 토지공개념연구위원에 참여할 교수를 모집한다는 광고까지 할 정도지요. 선배 교수가 개발마피아와 한통속이 되어 권력을 구사하는 생활을 하니까 그 길을 걷고 싶어 하는 사람 가운데 가장 적극적입니다. 가장 대표적인 폴리페서를 꿈꾸는 자지요."

대왕은 그에게 묻는다.

"재건축은 공영개발로 해야 하는가?"

"재건축조합장이 비리를 저지르는 수가 많습니다. 그러므로 조합장을 개인에게 맡기면 안 됩니다."

"개인이 아닌 조합장은 비리를 저지르지 않는가?"

"개인은 사욕이 있지만 공공은 개인이 아니기 때문에 사욕이 없습니다."

"LH 부동산 범죄는 개인이 권한을 쥐었기 때문에 벌어진 일인가."

"……"

"오히려 개인이 아닌 곳은 무주물이니까 묻지마 범죄가 극심하게 일어나는 건 사욕 때문이 아니고 공익을 위한 행위인가? 특히 묻지마 개발 정보를 악용한 범죄투기 말일세!"

"······."

대왕은 그와 더 이상 말을 주고받는 게 의미가 없다고 생각했다. 그러고는 갑자기 체벌 도우미를 부른다. 그러고는 외친다.

"현직이나 꿈꾸는 자나 모두 한 대씩" 하고는 곧바로 "지들이 줄 대려는 최고의 존엄이 여기에 있다는 걸 알고 코드에 맞는 말을 골라서 한 게지. 지난번 심의 때 지들 존엄이 회개한 걸 모르고 있나 보지" 한다. 체벌 도우미가 손바닥 때리기를 한다. 아이고, 비명 소리가 두 차례 이어진다. 대왕은 땅신에게 묻는다.

"이들 가운데 개발마피아 증언 때 다시 붙들려오는 자가 있나?"

"한 명 있습니다."

"지금 당장 두 명 다 퇴정시켜라. 다시 왔을 때 볼망정 지금은 아니다."

진실과 논리를 숭상하는 대왕인지라 심기가 단단히 불편한가 보다.

폴리페서들이 퇴정한다. 곧바로 정치인이 집중 신문인석에 나온다.

"대표 정치인 세 명 차례입니다."

정치인1, 2, 3이 언론인과 교수 다음으로 신문 대상이다. 앞의 긴 좌석에 언론인과 나란하게 앉아있는 대표 정치인은 세 명이었다. 정치인1은 여당의 총 살림살이를 관리하는 국회의원이다. 정치인2는 야당의 살림살이를 총괄하는 국회의원이다. 정치인3은 무소속 의원이었다. 이들은 정치색이 뚜렷했다. 한 명은 문빠, 다른 한 명은 반문빠, 나머지 한 명은 친문도 반문도 아닌 국회의원이었는데 여당이 아니어서 야당으로 카운트되는 일이 많았다. 대왕이 먼저 정치인1에게 물었다.

"이 법정에 참고인으로 불려오게 된 과정을 알고 있는가?"

"네. 사전 교육을 통해 충분하게 알고 있습니다."

"국토관리에는 여와 야가 없이 올바른 철학과 기준을 갖고 임해야 하는

데 국토의 헌법적 가치가 무엇인지 아느냐?"

"네, 교육을 받았습니다. 헌법적 가치를 심사하는 평가 기준인 생명성, 효율성, 형평성까지 배웠습니다."

"최근 너의 나라 부동산 문제의 소재와 문제 발생의 원인도 이해하고 있느냐?"

"네, 사전 교육에서 도우미님으로부터 충분한 교육을 받아 제대로 이해하게 되었습니다."

"네가 무조건 문빠처럼 행정부에서 발표하는 것에 대하여 옹호하던 일들이 국토관리에 어떠한 영향을 미쳤는지 알고나 있느냐?"

"회개합니다. 특히 부동산에 대한 규제는 그 효과를 충분히 이론적으로 검토하여 제대로 된 대책을 내놓아야 한다는 것도 깨달았습니다. 동산에 대한 대책은 정부의 실패가 있어도 그 충격이 완충될 수 있는 충격완화 장치가 풍부하지만 부동산 정책은 정부의 실패가 국토는 물론 국민에게 가혹한 피해를 입힌다는 것도 알았습니다."

"네가 언젠가 일관된 부동산 가격 규제 대책을 흔들림 없이 펼쳐야 한다고 강조했던 일이 어떠한 결과를 초래하였는지에 대하여 알고나 있느냐?"

"진심으로 참회합니다. 부동산 가격 규제 대책은 크게 두 가지로 나누어 수립해야 한다는 것을 배웠습니다. 값을 내리는 대책과 올리는 대책이 있습니다. 그러나 저희는 그동안 값을 내리는 대책을 강구해야 하는 상황에서 값을 올리는 대책을 펼쳐옴으로써 오히려 국민들은 물론 국토에 씻지 못할 상처를 줬다는 점에 대하여 깊은 반성을 하며 사죄드립니다."

"이번 사태의 주된 책임은 문재인 정부에 있다. 그래서 여당 의원 중에서 대표 그룹에 속하는 너에게 하나 둘 기본적인 질문들을 던져본 것이다. 사전 교육을 통해 신문할 내용에 대하여 충분하게 인지하고 있으니 더 이상의 신문은 생략하기로 한다."

대왕은 몇 가지 사항에 대하여 정치인1이 충분하게 알고 있는지를 더 확인한 후 신문의 대상을 정치인2로 바꾼다. 정치인2가 최근 문재인 정부에서 경험한 많은 일 가운데 부동산 관리와 관련하여 경험한 특이사항에 관하여 간략하게 대답할 것을 말한다. 그래서 땅신의 음성이 법정 안의 모든 자가 들을 수 있게 된 음향 장치를 타고 다음과 같은 말로 퍼져나간다.

"이 야당 의원은 지역구에 아파트 한 채와 서울 강남 반포 쪽에 다른 한 채를 소유하고 있었습니다. 지역 주민들과 소통하기 위해 지역에 머무를 때는 지역 아파트에서 생활을 했고, 의정생활은 서울에서 했습니다. 최근 문재인 정부의 비서실장 사건에 즈음하여 이자에게까지도 집단최면에 빠지게 한 결과 사회적 비난이 쏟아졌습니다."

"아하! 그 투기꾼 하는 정의팔이 마녀사냥 말이오?"

"그렇습니다. 주로 정부나 여당, 그리고 문빠 언론인과 문빠들의 융단폭격을 받았는데요, 그래서 처음에는 자신이 정상적인 생활을 한 것인데 왜 감 놔라 배 놔라 또는 콩 놔라 팥 놔라 간섭하느냐고 문빠들과 싸우기도 했습니다. 그러나 워낙 거센 마녀사냥질에 자신의 지역구 집을 팔았습니다. 그래서 강남 아파트 한 채만 소유하게 되었습니다. 그러자 문빠들은 왜 강남 것을 팔지 않고 지역구 것을 팔았냐고 역시 강남 투기꾼이라는 말로 공격을 했습니다."

"아이고. 주택도 경제재 아니오. 매우 정상적인 경제행위를 사회가 왜곡된 시선으로 바라보는 집단최면에 빠지게 하여 호된 여론공격을 받았구먼!"

대왕은 땅신과 이야기하다가 갑자기 대화의 상대를 정치인2로 바꾼다.

"처음엔 자유주의경제체제 안에서 왜 남의 재산권에 대하여 윤리적인 잣대를 들이대느냐 하고 항의하더니, 그 당당함이 매우 정당하였는데 왜 시간이 얼마 지나지 않아서 입장을 변경하여 지역구의 아파트를 처분하였느냐?"

정치인2가 대답한다.

"저희가 가장 두려워하는 건 여론입니다. 여론이 나쁘면 선출직 의원들은 다음 공천에서 탈락은 물론 설혹 공천되더라도 낙선될 확률이 높기 때문입니다. 여론에 따라 입장을 바꾸는 게 저희의 일관된 행동수칙입니다. 저 또한 워낙 거세고 험악한 여론을 이길 수 없어 당당함에서 꼬리 내리기로 바꾼 것입니다."

"알았다. 솔직히 말해서 좋다. 그러나 너희의 진영 챙기기는 항상 정도를 넘어 지나쳤다. 다행히 이번에는 상대편이 똥볼을 차는 바람에 너희가 진영논리로 무조건이야 했어도 정상 논리에 가까이 다가갈 수 있었다. 그런데 말이야, 얼마 전에는 또 공영방송에서 네가 가지고 있는 1주택에 대하여 시비를 걸더라. 왜 불과 몇 년 사이에 수십억 원이나 오른 강남 아파트를 소유하고 있느냐고 말이다. 너보고 투기꾼이라고 공격하고. 수십억 원이나 오른 주택을 갖고 있으니 집을 투기의 대상으로 여기는 자로 몰아가더라. 왜 지방 아파트를 갖고 있어야지 강남의 고가아파트를 갖고 있느냐고 말이야."

"그 일 때문에 얼마 전에 속이 몹시 상한 적이 있습니다. 제가 괜히 이 직업을 했는가 하는 자괴감에 빠지기도 했습니다. 향후 제 가족들의 주된 생활 근거지는 물론 투자 가치로서도 강남이 훨씬 선호되는데 어떻게 시골 아파트를 남겨두고 강남 아파트를 팔 수가 있습니까. 솔직히 저는 지방 아파트를 판 것도 제 의정생활에 불편함을 초래할 것이라는 걸 예감하고 눈물을 찔끔 쏟은 적도 있습니다. 자칫하면 저 또한 청와대 최고 비서실장처럼 슬픈 무주택자가 될 뻔했습니다. 어디에 있는 주택을 소유하고 있든 간에 주택을 갖고 있는 게 죕니까. 문빠들과 그를 옹호하는 인물들은 저를 향하여 여기저기에서 강남 투기꾼이라고 공격합니다. 강남 집값을 올린 게 접니까?"

정치인2는 눈시울이 붉어졌다. 억울함의 표정이다. 대왕은 잠시 눈을 감는다. 그러고는 지킴을 향해 묻는다.

"정치인2가 투기꾼이오?"

지킴은 대답 대신 문빠들의 공격이 어이없어 헛웃음을 짓는다. 그러고는 대답한다.

"생존이나 생활을 위해 주택을 여러 채 보유하려고 하면 주택 공급이 늘어나게 되지요. 이것은 꼬레아의 임대주택 사업자에 대한 특혜와는 전혀 다른 차원의 보유지요. 의정활동을 위해 지방의 주택을 갖고 있는 것은 매우 정상적인 행위이고요. 오히려 그것은 주택 공급의 동력을 증진시키는 것이므로 주택값 안정에 기여하게 되지요. 오히려 1주택을 강요하는 것이 장기적으로 주택 공급 감소 효과가 두드러지게 하지요. 또한 선호 지역을 보유하는 것도 시장원리에 맞아 오히려 상대적으로 강남 아파트값을 안정시키는 조치이고요."

대왕은 다시 지킴에게 묻는다.

"강남 아파트값이 다른 곳보다 세월이 흐를수록 더 비싸진 이유가 무엇이오? 대표적인 세 가지만 들어보시오."

"맨 먼저 들 수 있는 게 대도시를 외곽으로 팽창시킨 점입니다. 여러 차례 말씀드렸듯이 대도시가 팽창하면 할수록 중심지 집값 상승 압력은 더 높아집니다. 두 번째로 들 수 있는 건 업무용 시설들과 근접도가 높고 기반시설이 풍부하고 대면적 토지 등이 많습니다. 특히 반듯하면서 큰 대지가 많습니다. 대면적 대지는 그만큼 토지이용의 용도를 다양화시키는 강한 힘을 갖습니다. 더구나 강북에서 이주해온 명품 학군이 집결되어 있습니다. 자녀교육이라면 무슨 희생이라도 하는 우리나라 학부모들의 교육열은 맹모삼천지교를 훨씬 뛰어넘습니다. 새 학기만 되면 맹모삼천지교의 대표적인 현장으로 변합니다. 세 번째로 들 수 있는 것은 강남이라는 브랜드 가치입니다."

"그렇다면 이자가 신도시들을 지어댔거나 강남 가까운 곳에 기업체 본사를 입지하도록 유도했거나 명문학교들을 강남에 옮긴 후 학군을 평준화했거나 각종 인프라를 만들었거나 했어야 강남 아파트 가격상승을 유도한 자라고 할 수 있을 것인데 왜 그렇게 무자비한 공격을 하는 거요? 특히 공영방송에서 특집까지 만들고 일부 문빠신문이 기획기사까지 만들어가면서요."

"정의팔이 마녀사냥을 즐기는 거지요. 시청률 상승이나 구독률 확대에도 도움을 얻을 것이고요."

대왕은 한숨을 깊이 쉰다. 그러고는 정치인2에게 말한다.

"너무 억울해하지 말아라. 강남에서 그 일 때문에 행여 이사할 생각은 전혀 마라. 이사하는 게 국토의 효율적 이용에 배치되는 것이다. 또 네가 판 지역구의 아파트를 필요하면 다시 사들여 사용해도 된다. 생존이나 생활형 보유는 물론 투자용 주택 보유는 오히려 주택 공급에 도움이 된다. 과도한 주택을 보유하는 것이 문제다 싶으면 총 주택을 가액비례로 하여 누진율로 계산한 보유세를 많이 물을 각오만 되어있으면 그만이다. 네가 한 행동은 매우 정상적인 것이며 오히려 주택 공급에 도움 되는 일이다."

"요즘은 전셋값이 올라 지방 아파트가 필요할 때 임차하기도 점점 어려워졌습니다. 이러한 변화는 정부를 믿고 전세살이를 해왔던 서민들에게 더욱 가혹한 설움으로 다가왔습니다. 저도 마찬가지지만 특히 서민들은 더 아파했을 것입니다."

대왕은 동정의 눈길을 정치인2에게 보낸 후 말한다.

"아마 무지한 정책으로 너보다 훨씬 더 억울한 자들이 많을 것이다. 착하기 그지없는 청와대 비서실장을 보지 않았느냐. 지역구와 강남에 두 채의 서민 아파트를 소유하고 있다가 지방 아파트를 파니까 문빠뿐만 아니라 반문빠까지 나서서 강남 것을 팔지 않고 지방 것을 팔았다고 성화인 그 마녀사냥질 말이다. 그 당시 꼬레아 다수 국민은 마치 사이비 종교에 빠진 신도들 같더구나. 결국 강남의 조그만 아파트까지 팔아서 지금은 무주택자로서 아마도 전세난민의 설움을 혹독하게 경험하고 있을 것이다. 논리가 잘못된 상관을 섬기다 보면 그런 수난도 감내해야 하는 때가 있다. 그 친구보다 네 사정이 몇백 배 나으니 그것으로 위안을 삼거라."

대왕의 이 말에 **정치인2**는 금세 굵은 눈물방울을 주르륵 흘린다. 눈물방울은 그가 쓴 아래쪽 안경테를 적시더니 이내 볼을 타고 목덜미로 흘러내린다.

집을 여러 채 소유하면 범죄가 되나요
강남 아파트를 팔지 않으면 투기꾼인가요

하는 메시지가 법정의 허공을 맴돌았다. 이어 모든 피고는 물론 법정에서 앞으로 증언할 참고인들과 진행요원들 귀에 또 다른 메시지가 들려온다. 지구촌 많은 나라 사람들이 꼬레아에서 일고 있는 국민들의 마녀사냥 행위를 보고는 고개를 절레절레 저으며,

참 이상한 나라네
매우 골치 아픈 나라네

하는 메시지다. 대왕은 이제 **정치인3**을 향해 질문을 한다.
"당신은 왜 언제나 중립만 지키는 태도를 보여왔는가?"
"저는 중용이 언제나 최고의 미덕이라고 하는 사회철학을 금처럼 여기며 살아왔습니다."

"매사에 중용이 미덕이 되는 경우가 많은 건 보신주의와 평정주의로서 모두가 아는 법칙이기 때문이다. 그러나 논리나 상식에 어긋난 행위에 대해서는 논리와 상식에 따라야지 무조건 중용지덕만 외쳐서야 되겠느냐?"

"여기에 와서 사전 교육을 받음으로써 제가 무조건 중용을 따른 것도 때로는 죄가 된다는 걸 깨달았습니다. 부동산 문제가 지구의 문제이고 곧 우주 문제이기도 한데 경솔한 중용은 회개합니다."

의외로 정치인3에 대한 신문은 간단했다. 언제 어느 경우나 중용지덕만 무조건 따른다는 건 죄가 될 수도 있다는 걸 대왕은 정치인3에게 전할 계획이었다. 그런데 스스로가 깨달아서 그 말을 하니 쓸데없이 에너지를 낭비할 필요가 없다고 판단한 것이다. 대왕은 말한다.

"언론인과 폴리페서, 그리고 정치인 대표들에 대한 신문을 마치오. 이들을 계속 여기에 둘 필요가 없겠소. 당장 퇴정시키시오."

이어 법정 뒤편 참고인 대기석에 앉아있던 헌법재판관 세 명이 집중 신문인석으로 나온다. 헌법재판관의 부동산 관련 재판은 우주의 보호에 매우 중요하다. 빠들과 언론인 및 교수와 정치인들은 이승의 인물들만으로도 가능했는데 헌법재판관은 이미 저승에 와있는 한 명까지 불러들여 합계 세 명이 되었다.

3. 헌법재판관

정장 노인 나온다. 검은 법복 겉에 입고 얌전한 걸음으로 엷은 미소 지으며 나온다. 대왕은 이들 세 명의 재판관에 대한 소개를 땅신에게 부탁한다. 땅신은 말한다.

"한 사람은 토지공개념 관련 법률들에 대한 위헌 또는 헌법불합치 결정 등을 한 자이고요, 다른 한 사람은 수도 이전을 위한 법률을 위헌으로 결론 나도록 한 자입니다. 나머지 한 사람은 재건축 초과이익 환수에 관한 법률이 합헌이라고 결정한 자입니다. 여기에는 결론이 난 사안에 대하여 그렇게 결론이 나도록 주도한 대표적인 자들을 데려온 것입니다. 이들 가운데 한 명은 ○○ 천국에서 지내고 있고요, 나머지는 이승에 있는 자들입니다."

대표 피고인석에 나란히 앉아있는 세 명의 헌법재판관을 향해 대왕은 선언한다.

"이 자리에 나오기 전에 참고인에 대한 사전 교육을 충분하게 받았는가?"

"네~."

"이승에서는 너희가 중요한 사건을 판단하는 기준을 정하는 재판들을 했다. 그러나 여기는 너희가 이승에서 하직한 후 머물 세 천국 가운데 한 곳을 정하는 법정이다. 물론 한 명은 이미 정해진 심판에 의해 긴긴 새 생활을 하고 있다. 이곳에서 내가 하는 결정의 성격은 심판이라 할 수 있지만 형식은 재판 형식을 띠고 있다. 그러나 이승에서 재판을 했다고 해서 여기에서 받는 재판을 피해갈 수 없다. 물론 너희는 너희 나라 대통령들의 심판을 위한 재판을 위해 참고인으로 부른 것이다. 그러므로 크게 긴장하지 않아도 된다. 다만 너희가 거짓을 말하거나 너희가 행한 과거의 일들이 국토의 헌법적 가치를 너무나 훼손하였을 경우에는 예외적이긴 하지만 여기에서의 참고인 진술이 너희의 심판에 중요한 자료가 될 수도 있다. 더 나아가 그 자료가 너희의 심판에 결정적인 영향을 미칠 수도 있다. 알겠느냐?"

"네~."

합창하는 듯한 응답이다. 역시 꼬레아에서 가장 최고의 재판관을 지낸 자들이라 재판장인 대왕의 심리를 잘 꿰뚫고 대왕의 마음을 어지럽게 하지 않으려는 의도인지 대답은 의외로 짧다.

"우선 **토지공개념 3법**이라고 밀어붙여 입법한 토지초과이득세와 택지소유상한제에 관하여 토지초과이득세는 결정한 때부터 효력을 정지시키는 헌법불합치 결정을 했고 택지소유상한제는 애초부터 법을 무효로 삼는 위헌이라고 판단했다. 그런데 그대들의 판단이 발효되기 전에 얼마 동안은 이들 법을 시행함으로써 극단적인 불행을 택한 분들도 있고, 또 생활에서 가장 중요한 주거 불안에 내몰린 사람들도 있었다. 택지소유상한제는 그나마 위헌이라고 판단함으로써 최소한의 원상회복을 지원하는 효과를 가져왔다. 쓸데없이 유도한 국토 쪼개기가 멈추었고 주거 불안에 내몰린 사람들의 주거 불안이 해소되었다. 뿐만 아니라 금전적인 부담을 염려했던 자들의 걱정을 사라지게 하였다. 그러나 토지초과이득세의 판단은 약간 미흡한 면이 있었다. 불합치 결정을 함으로써 이미 금전으로 납부한 사람들의 원상회복에 미흡했다. 물론 전 국토를 과잉 개발로 몰아넣는 현장을 멈추게 한 점은 국토의 헌법적 가치에 부합한다. 이 사안에 대하여 재판에 참여했던 재판관1에게 묻겠다. 그때 토초세도 위헌으로 판단하지 왜 불합치로 하였느냐?"

"이미 행해진 정부의 행위들에 대하여 무효를 선언하면 원상회복의 과정에서 정부의 부담이 너무 커지는 점을 크게 고려하였습니다."

"그래도 그 제도가 얼마나 국토의 헌법적 가치를 많이, 그리고 지속적으로 훼손하는지를 알고 있지 않으냐?"

"네. 여기에 와서 사전 교육을 통해 **국토의 헌법적 가치**가 매우 중요한 것임을 알았습니다. 뿐만 아니라 국토의 합리적인 이용을 위한 수많은 규제의 정당성은 인정합니다만 부동산 가격을 조절하려는 목적으로 행하는 토지 재산권의 규제 대부분은 순기능보다 역기능이 매우 크다는 것도 알게되었습니다. 신리를 미리 깨달았더라면 대왕님의 마음에 더 가까이 다가가는 결정을 했을 것입니다."

"그러나 넌 이미 ○○ 천국에 있다. 그러므로 그러한 기회를 갖는 건 10,000년 가까운 세월이 흐른 후에나 가능한 이야기이다."

"그러한 줄 압니다."

대왕은 다음으로 재판관2에게 묻는다.

"당신은 **행정수도 이전**을 헌법에 없는 **관습헌법**이라는 말까지 만들어가며 노무현식 밀어붙이기를 반대했다. 그렇게 논리를 구성한 원동력을 하나만 들면 무엇이냐?"

"당시 다수의 재판관의 의견 가운데 하나는 대통령 후보자가 가볍게 툭 던진 말을 대통령에 당선된 후 밀어붙이는 게 과연 정당한 일인가 하는 회의감이 공유되었고요, 특히 서울이라는 말 자체가 역사적으로 갖는 서울, 즉 수도인데 그런 것이 한 개인의 생각과 대권을 쥐었다고 해서 마음대로 바꿀 수 있는가에 대한 부정적인 인식도 있었습니다. 그러한 가운데 관습헌법이라는 개념이 창조되었던 것입니다."

"그래. 행정수도 이전 판단은 서울 중심지 주택값의 안정과 국토의 균형을 강조한 노통의 전형적인 개념 착각에서 비롯된 논리였다. 잘못된 논리를 바로잡아준 지구촌의 명 판결로 우주에 기록될 것이다. 그러나 법조인 출신인 노통은 너희의 결정을 무시하고 위헌 소지를 최대한 피해나가면서 자신의 공약을 마치 오기를 부리듯이 밀어붙였다. 그 결과 행정서비스의 공급비용이 크게 증가하였다. 뿐만 아니라 중부권 일부의 땅은 요즈음 신생 투기장으로 변했다. 요즘에 들어서는 그쪽 주택값이 서울 중산층 주택값을 능가할 정도이다. 노통식 논리라면 또다시 행정도시를 물색하여 이전을 추진해야 할 시점이 된 것이다. 몽니 부리듯 너희가 판단한 서울 이전 반대를 사실상 무력화시킨 노통의 결정에 대하여 감회가 없나?"

"노통의 공약 이행을 반대한 면도 있지만 그 이면에는 노통의 공약이 너무 즉흥적이고 상식을 훨씬 벗어난 발상이라고 판단되어 그의 공약을 스스로 부담 없이 철회할 수 있는 퇴로를 만들어준 면도 있었습니다. 어떻게 보면 노통의 비정상적인 판단을 스스로 번복하기가 어려울 것이니까 마지못해 번복하여도 이상할 것이 없는 꽃길을 깔아준 것입니다. 그러나 노통은 자신의 퇴로보다 공약 이행을 반대한 결정으로 새기고 오기로 변칙적인 법을 급조하여 지금 보듯이 지속적으로 국토를 어지럽히고 낭비하는 도시가 형성되기에 이르고 있다고 봅니다. 매우 불행한 일이지요."

"그렇다. 사람들 사이의 감정에 있어 때로는 오기를 부릴 수도 있을 것이다. 사람은 감정의 동물이니까. 하나 땅에 대하여, 국토에 대하여 오기를 부리는 것은 매우 불행한 결과를 초래할 수도 있다. 더구나 한 나라의 대통령이 아니었더냐. 참으로 안타까운 일이다."

"그때 헌법재판관 가운데 일부는 사실상 대통령이 저렇게 몽니를 부리면 모처럼 지혜를 짜내어 올바른 결정이나 방향을 제시했다고 하더라도 저희가 결정한 도움의 빛이 퇴색되는 데 대하여 무력감을 토로한 적도 있었습니다."

"그렇다. 수도 이전의 무리한 공약을 수정할 수 있는 명분을 주었으면 정정당당하게 공약을 철회했어야지 다수당이라고 하는 이점을 활용해서 **특별법**을 밀어붙여 헌법재판소의 결정을 사실상 무시하고 **희대의 묻지마 행정신도시를 급조**하였다. 이러한 몽니 개발은 꼬레아 국민들에게 향후 입지 잘못으로 인한 국토 이용 비용의 폭증, 환경파괴, 새로운 부동산 투기로 인한 부익부 빈익빈을 심화시키는 결과를 가져올 것은 밤불을 보듯 뻔한 일 아니겠느냐."

"옳습니다."

"그것을 우리는 국토에 대한 폭력 개발이라고 부른다. 묻지마 공공개발인 폭력 개발을 막아야 한다는 커다란 명제가 지금 이 법정이 열리는 주요 이유다."

"사전 교육에서 충분하게 인지하였습니다."

"그래서 항상 우리가 국토의 헌법적 가치를 위해서 생각한 게 있다. 하나는 대통령의 공약 가운데 국토와 직접 관련된 경우에는 굳이 그 공약을 이행해야 하는지를 평가하여 실행을 검토해보는 장치를 두어야 한다는 점이다. 또 다른 하나는 공약을 이행하기 위해 실행한 국토건설 관련 중요 사업은 반드시 사후 평가하여 잘잘못을 가리게 해야 한다는 것이다."

"그렇습니다. 그러나 그러한 일은 저희의 철학이나 노력만으로는 달성할 수 없는 영역일 것 같습니다."

"그래서 법을 만드는 것이다."

"법률로서는 그러한 일들을 관리하기에는 역부족일 것 같습니다. 특히 여당이 다수 의원을 점하고 있을 때는 난감한 일이 일어날 가능성이 매우 큽니다. 왜냐하면 공천에 목을 매는 국회의원들이 다수당에 소속하면서 사실상 공천권을 행사하는 대통령의 말을 거부하고 그러한 입법에 편들 위인이 거의 없기 때문입니다."

"그래. 그 국회의원 한 번 하면 마약처럼 중독된다는 말은 일찍부터 들어 알고 있다. 자신의 공천이 중요하지 국토가 더 중요하다고 생각하는 정당 국회의원들은 거의 없겠지."

"최선은 그러한 조항을 헌법에 명시하는 것입니다."

"그게 쉽겠소?"

"쉬운 일은 아닙니다. 그래도 다수당이 법률을 밥 먹듯이 뜯어고치는 일은 어느 정도 막는 효과를 발휘할 수는 있습니다."

"향후에는 대통령의 국토 교란에 대한 형성을 감시하고 그 효과에 대하여 책임을 묻고 응징하는 장치가 반드시 필요하다. 혹시 차선으로라도 법률로 제정하여 그 기능을 수행하게 하는 방법이 없겠는가?"

"길이 아주 없는 건 아닙니다."

"어떤 길인가?"

"**정부나 정당의 입김을 받지 않는 국토관리위원회**를 두어 운용하는 것입니다. 특히 대통령의 공약에 의한 국토개발이나 부동산값 안정을 명분으로 하는 국토개발은 엄격한 개발 심의회를 거쳐야만 개발사업을 시행할 수 있도록 헌법에 선언적인 명문화를 하고 법률로 구체적인 규정을 두는 것입니다. 더불어 만에 하나 있어서는 안 될 일이 자행되었다고 하더라도 사후에 그 일을 추진한 주요 인물들을 찾아내어 엄벌하게 하는 장치를 두는 것입니다."

"물론 법에 의한 정책 형성과 수행을 무기력하게 하는 독선의 입법이라고 하는 주장으로 열을 올리는 부처 이기주의도 존재할 것이다.”

“맞습니다. 저희의 역할만으로는 법을 무력하게 만들고 자행하는 폭력 개발을 막기에는 매우 역부족이라는 것을 노통 시대에 뼈저리게 경험했습니다.”

“역시 헌법재판관의 경륜이 밴 좋은 제안이오. 지난 반세기가 훨씬 넘는 긴 세월 동안 꼬레아의 국토를 가장 크게 훼손시킨 주범과 원인을 들면 주범에는 대통령과 개발마피아들이 꼽히고, 원인에는 부동산 가격 안정을 명분으로 내걸고 자행한 각종 묻지마식 부동산 가격 규제와 반국토계획적인 묻지마 공공개발이었소. 꼬레아는 산지를 빼면 개발 가능 용지가 극히 적은 나라가 아니오. 그런데도 기회만 생기면 묻지마 대형 개발에 목을 매는 그룹들이 공권력을 교묘하게 이용해왔소. 그 결과 이미 꼬레아의 땅은 돌이키기 매우 어려운 고비용의 조형공간으로 변하였고 자연 훼손을 경험하였소. 비록 회복 불능의 경지에 다다랐을 정도로 훼손된 땅이지만 마치 사과나무 한 그루 심는 마음으로 이제부터는 국토를 보호해야 할 것 아니겠소!”

“지당하신 말씀입니다. 여기에 와서 사전 교육을 통해 국토란 오로지 하나라고 하는 사실을 실감했습니다. 또한 그 소중한 하나를 제 몸보다 백배는 더 신중하게 다뤄야 하는 소이를 깨달았습니다. 특히 우리 국토의 헌법적 가치가 그동안 심하게 훼손되어온 게 큰 문제라고 생각합니다. 박정희, 전두환, 노태우, 노무현, 이명박, 그리고 문재인이라는 대통령들이 그 중심에 있다고 생각합니다.”

“비록 저승 법정에서 경험한 일들을 이승에서 기억할 수 없게 설계되어 있으나 어떻게 해서든지 당신들 같은 재판관들이 앞장서서 대통령과 개발마피아들이 국토를 훼손하는 일을 방지하는 헌법 개정을 위한 노력이 행해지고 그 노력이 조만간 결실을 맺을 수 있도록 강구해보자.”

"한 가지 좋은 아이디어가 생각납니다."

"무엇인가?"

"향후 꼬레아에서 참정권을 획득하는 성인들은 빠짐없이 우주 부동산 재판에서 사전 교육을 받게 하는 것입니다. 그리고 그 교육을 받아 형성된 논리를 이승에서 기억하게 만드는 것입니다."

"그 또한 좋은 아이디어다. 저승의 일을 이승에서 기억하지 못하도록 하는 설계는 이승 사람들의 상상의 자유를 빼앗지 않기 위해 둔 것이다. 저승의 일을 선연하게 기억한다면 이승에서의 사람들의 생활은 매우 팍팍해질 것이다. 또한 상상력이 퇴화되어 창의적인 아이디어가 매우 축소될 것이다. 또한 뿌리 깊은 사대주의자들이 지구촌을 지배하는 강도가 더욱 극심해질 것이다. 그러나 이러한 부작용이 과연 대통령과 그에 보이지 않게 빌붙어 국토를 파괴하는 자들의 준동을 방지할 수 있는 것과 비교하여 어느 것이 더 가치 있는 길일 것인가에 대하여 깊이 고민해볼 것이다."

의외로 대왕은 재판관2와 많은 이야기를 나눴다. 부동산값을 잡기 위해 수도 이전이라고 하는 아이디어를 낸 허황된 사태를 막아보려고 고심한 노력을 높이 샀기 때문이다. 그러함에도 불구하고 그러한 결정을 사실상 무력화시킨 폭정을 다시는 꼬레아에서 되풀이되지 않도록 심각하게 고민하고 있는 것이다.

"반드시, 그리고 가장 시급하게 꼬레아에서 국토관리에 필요한 사회비용의 폭증과 부동산값을 상승시키기만 하는 묻지마 가격 규제들과 묻지마 공영개발을 막는 일이 매우 중요하오. 계속 고민할 것이오."

재판관2에 대한 참고인 문답을 마친 후 대왕은 재판관3을 향해 질문을 던진다.

"최근 문재인 정부에 들어와서 재건축 초과이익환수제도에 관하여 합헌 결정을 하였다. 그 논리를 동의하는가?"

"네."

"재판기록을 읽어보았다. 합법성의 정당화를 옹호하기 위해 평등의 원칙, 비례의 원칙, 법률 명확성의 원칙, 재산권의 본질적인 침해 여부 등을 거론해가며 한남연립의 헌법소원이 이유 없다고 결론 내렸다. 이 재판의 결과 지금 꼬레아에서는 어떤 일이 벌어지고 있는지 제대로 분석하고 있는가?"

"여기에 와서 사전 교육을 받고 보니 제 결정이 매우 좁은 소견이었음을 깨달았습니다. 특히 평등의 원칙에 있어 평등하지 못한 판단을 했다는 것을 느꼈습니다."

"그 법률 명칭부터가 잘못된 것이다. 개발이익을 초과이익이라고 한 명칭부터 교묘하게 둔갑술을 부렸다는 것을 판단하지 못했는가?"

"약간 의심을 한 적도 있지만 정상적인 이익보다 더 많이 가격이 상승한다는 것으로 새기고 그냥 별 의문을 품지 않고 지나갔습니다."

"그래. **초과이익은 정상적인 이익을 넘어선다는 뜻**이다. 언제나 불로소득적인 이익이 내포되었다는 뜻을 갖고 있다. 그러나 개발이익은 개발로 인해 발생하는 이익이다. 개발이익은 불로소득과는 전혀 다른 이익이다."

"개발 기간 동안 현저하게 가격이 상승한 경우에만 인정하는 것이었기에 별 무리가 없다고 판단하였습니다."

대왕은 갑자기 지킴을 향하여 묻는다.

"재건축을 하면 이자가 말하는 초과이익이 특정한 개발 기간에만 발생하는 겁니까?"

"그것은 본질적으로 초과이익이 아니고요, 정확한 표현은 개발이익입니다. 그 법을 보면 개발이익은 개발사업이 본격적으로 일어나서 완료되는 시점까지 발생하는 것으로 되어있는데요, 개발이익의 발생 시기는 시대마다 장소마다 단지마다 천차만별이어서 일정한 기간 동안 카운트하여 그 이익을 계량하도록 한 것부터가 매우 모순된 논리입니다. 경우에 따라서는 개발손실도 빈번하게 발생합니다. 판결문에는 충분하게 개발비용을 반영하였다고는 하나 유사시 발생하는 매몰비용埋沒費用이나 재무적, 법적, 사회적 위험을 두루 상징하는 개발위험비용開發危險費用을 고려하지 않았습니다."

"그러니까 이 법은 마치 초과이익을 운수소관의 이익으로 논리를 구성한 셈이군요. 참으로 해괴하오."

"그렇습니다. 초과이익을 산정하는 것 자체도 감정평가에서 조건부 평가를 금지하고 있는 원칙에 위배될 수도 있는 경우를 고려하지 못하였습니다."

"가뜩이나 가장 취약한 게 재개발이나 재건축의 감정평가가 아니겠소?"

"그렇습니다. 취약한 활동을 매우 들쑥날쑥한 가격변동의 과정을 계량하는 데 투입시킨다면 과연 **올바른 개발이익이 계량**될 수나 있을지 **의문입**니다. 더구나 **부동산감정평가시스템**이 **개발독재** 방식이어서 더 문제입니다. 부동산값은 시대와 지역, 단지나 유형에 따라 상호 다르게 변동합니다. 그런데 획일적인 잣대를 들이대어 개발이익을 계산하게 하고 그 결과를 초과이익이라는 이름으로 둔갑시켜 부담금으로 환수하게 한 것입니다. 경기가 상향인 곳에서는 개발이익이 커질 것이고 하향인 곳에서는 작아질 것입니다. 경기가 좋을 때 개발사업을 하면 초과이익금으로 뜯긴다는 메시지를 시장에 주는 것입니다."

"사업을 방해하려는 의도가 분명하군요. 이렇게 환수해서 공공 임대아파트 등을 짓는 데 재원으로 쓰겠다는 건데 조금 이상하지 않소. 또 자발적으로 공공임대 끼워 넣기를 확대하면 부담금의 부과를 감면해주는 것도 국토 이용 관리에서의 차별화 금지 원칙에 위배되는 웃기는 일이 아니겠소?"

"개발이익을 환수하여 발생하는 이익금을 어디에다 쓰는가 하는 것은 별개의 문제일 것입니다. 문제는 환수해서는 안 되는 개발이익을 환수했을 경우에 발생하는 국토의 교란 효과이지요."

"개발이익을 환수해야 한다, 아니다라는 논란이 있는데 도대체 어떠한 경우에 환수가 정당화될 수 있는 것이오?"

"개발이익은 국토의 효율적 이용의 측면에서 평등권의 잣대를 활용하여 **환수해야 할 개발이익과 환수해서는 안 될 개발이익15)**을 구분할 수 있습니다."

"그것을 판단하는 논리라도 존재하는 것이오?"

"가설이기는 하지만 분명히 존재합니다. 간단히 말씀드리면 부당이득의 성격을 가진 개발이익은 환수의 정당성이 있는 것이고요, **부당이득이 아닌 개발이익은 환수해서는 안 됩니다.** 만약 이 원칙이 무너지면 국토의 생명성이 파괴되고 효율성과 형평성 또한 훼손됩니다. 부당이득이냐 아니냐 하는 것은 평등권의 잣대로 판단하는 영역입니다."

"재건축에 의한 개발이익은 부당이득이오?"

"전혀 그렇지 않습니다. 극히 예외적인 경우를 제외하고는 거개가 정상적인 개발이익입니다."

"그런데 말요, 꼬레아 부동산 법률은 종종 헷갈리게 하는 게 있소. **재개발**도 초과이익 환수 장치를 두고 있소?"

"없습니다."

"왜 그러오?"

"입법자의 임의대로 차별화한 것입니다."

"내가 알고 있기로는 재건축은 재개발에 비하여 애초부터 도시기반시설이 양호한 곳을 대상으로 벌이는 사업이 아니오?"

"그렇습니다. 재건축은 도시기반시설이 재개발에 비하여 양호한 곳입니다. 자기 스스로 도로나 공원부지 등을 상대적으로 양호하게 확보하고 있는 지역입니다."

"그렇다면 재개발이 재건축보다 더 국민의 혈세가 많이 퍼부어질 터인데 국민의 혈세 지원이 거의 없는 재건축에서는 초과이익을 환수하고 혈세 지원을 많이 받는 재개발에서는 환수하지 않는다면 역차별의 이상한 법 아니오?"

"그렇습니다. 극히 비상식적인 입법의 사례지요."

"이 법은 언제 입법된 것입니까?"

"노통 때입니다."

"노가 둘 아니오?"

"노무현 때입니다. 어느 정의팔이 교수가 지방신문에 쓴 칼럼이 씨가 되어 곧바로 입법으로 둔갑한 제도입니다."

"그 당시 행정 입법을 주도한 관료들과 국회의원들의 면면을 보고 싶소. 이들도 황천객이 될 때 참고자료 감이오."

"이러한 이상한 법들이 만들어져 적용되면 효율적인 국토 이용의 측면에서 어떠한 일이 파생됩니까?"

"제때에 공급되어야 할 주택 등이 제때에 공급되지 못함으로써 대체 용지가 남용되는 개발이 일어납니다. 도시 규모를 비효율적으로 팽창시키는 원인이 되고요. 그 결과 환경이 심각하게 훼손되고요. 오히려 도시 팽창으로 중심지 부동산값은 더 폭등하게 됩니다. 파급 효과로 주택의 생산비용은 천문학적으로 증가하여 정책 목표와 정반대로 흐르게 되지요."

"마치 요즘 꼬레아의 부동산값 변동 과정을 보는 것 같소."

대왕은 다시 재판관3에게 묻는다.

"당신의 재판이 잘 된 것인가?"

"원고가 이 우주법정에서 인지한 사실들을 토대로 하여 헌법소원을 구했다면 결과가 달라졌을 수도 있을 것이라는 생각이 듭니다. 아쉽습니다."

"이 재판이 나온 뒤 국토부가 하는 행위를 보아라. 재건축의 사업성을 떨어뜨리기 위해 별 간섭을 다하고 있지 않으냐?"

"우리는 원고와 피고의 주고받는 공방을 보고 판단했을 뿐입니다. 그리고 우리가 한 판단을 정부가 재건축을 방해하는 데 악용하리라고는 상상조차 못 했습니다. 방해를 위한 안전진단 등으로 재건축 심사 기준을 강화하고 심지어 조합원의 지위를 까다롭게 하는 등까지의 조치 등이 전개되는 것을 예상하지 않고 내린 결정입니다. 가장 핵심적인 용어인 개발이익과 초과이익을 분명하게 구분하지 못한 가운데 투기소득은 일정 부분 사회로 환수해야 한다고 하는 논리에 원론적으로 손을 들어준 것뿐입니다. 여기에서 교육을 받은 후로는 저희 판단에 일부 오류가 있었음을 인정합니다. 특히 용어상의 명확성은 물론 환수해야 할 개발이익과 환수해서는 안 될 개발이익을 정확하게 구분하여 구체적인 결정을 내려야 한다는 것도 깨달았습니다."

"이미 엎질러진 물이오."

대왕은 표정이 약간 굳어진다. 그는 다시 지킴에게 묻는다.

"이 제도가 부동산값을 안정시킵니까?"

"종전에 말씀드렸듯이 정반대 효과를 유발할 뿐입니다. 특정 지역의 재건축 아파트값이 다른 곳보다 더 높게 상승한다는 것은 당해 지역에서 재축을 통한 신축 아파트가 절박하게 요구된다고 하는 시장의 소리입니다. 그러나 그 소리를 무시하고 정반대의 대책을 남발함으로써 오히려 주변 지역의 신축 아파트값을 더욱 상승시키는 요인이 된 것입니다. 또한 다른 쪽이 오르면 지역적으로 우위에 있는 재건축 지역의 잠재가치는 더 폭등하게 됩니다."

"묻지마 규제는 경제성장이나 통화량 등과는 별개로 부동산값을 상승시켜 때로는 가격의 거품마저 양산할 수도 있는 것 아니겠소."

대왕은 이번에는 땅신을 향해 묻는다.

"이자가 신문할 마지막 헌법재판관인가?"

"그렇습니다."

"이들의 재판이 매우 중요하다. 이들에 대한 신문은 여기에서 마무리하겠다."

그리하여 다음을 준비하도록 한다.

"다음은 누구인가?"

대왕이 땅신에게 묻는다.

"개발마피아입니다."

"아하! 학술적인 용어는 아닌 듯하군. 원래 마피아들은 얼굴 팔리는 걸 극도로 자제하지 않나?"

"범죄조직을 이끄는 마피아들은 그렇습니다. 이들은 그들과는 다른 유형의 마피아들입니다. 개발만이 살길이라는 말을 금과옥조로 섬기면서 자신들의 권력을 악용하여 국토 곳곳에 하루라도 빨리 묻지마 개발의 콘크리트와 플라스틱을 붓는 꿈을 달성하려고 하는 국토개발 관련 최고권력자의 조종자들입니다."

"그래. 마피아라는 말은 이미 세계적인 공용어가 된 보통명사처럼 자주 활용되고 있지. 마약, 무기, 건설, 정보산업 등지에서 암약하는 자들이 지구촌에는 꽤 많이 분포되어 있지. 이들 가운데 일부가 꼬레아에도 있다는 게 아니겠나?"

"그렇습니다. 국토관리와 관련해서 이들은 막강한 권력을 행사하면서도 좀체로 자신의 모습을 공개적으로 드러내지를 않습니다."

"하하. 꼬레아 다수 관료 이야기를 하려 하는군. 교육계, 금융계, 건설계, 조세계, 검·경 등에 마피아들이 있다는 소문은 일찍이 들어왔네만 이들 가운데 누구를 데려온 것인가?"

"개발계입니다."

"국토개발 말이군."

"그렇습니다."

"잠시 브레이크 타임을 가진 뒤에 진행하세."

"네."

이렇게 해서 헌법재판관들은 법정에서 퇴정시킨다. 그러고는 헌법재판관들이 신문받던 자리에 개발마피아들이 등장한다.

4. 개발마피아

개발마피아가 나온다. 얼굴에 복면 쓴 마피아, 양팔에 수십 개씩 완장 찬 마피아. 복면마피아는 고개 갸웃갸웃, 완장마피아는 등이 휘청휘청, 뒤뚱 뒤뚱 모두 잰걸음으로 나온다.

개발마피아는 열 명이었다. 이 가운데 다섯 명은 복면을 쓰고 있었고 다른 다섯 명은 완장을 양팔에 차고 있었는데 복면 쓴 다섯 명 가운데 한 명은 커다란 우승트로피를 들고 있었다. 대왕은 땅신에게 묻는다.

"다섯 명은 복면을 쓰고 있고 다른 다섯 명은 족히 스무 개가 넘는 완장을 양팔에 차고 있는데 어인 일인가?"

땅신은 대답한다.

"원래 마피아들은 외부에 자신의 모습을 드러내는 걸 싫어합니다. 해서 이들을 강제로 데려올 수밖에 없었는데 모두 현장에서 직송하는 바람에 그만 이러한 차림이 되고 말았습니다."

"그런데 몰골이 두 편으로 극명하게 갈리고 있지 않나?"

"복면 쓴 녀석들은 저승에 있는 자들입니다. 완장 찬 녀석들은 이승에 있는 자들입니다."

"우선 저승에 있는 자들부터 설명해보게. 왜 복면을 쓰고 있고 또 한 친구는 어째서 커다란 금빛 트로피까지 들고 있나?"

"네. 복면마피아들은 공교롭게도 꼬레아 전직 개발마피아 가운데 ○○ 천국에 와있는 자들입니다. ○○ 천국에서는 최근 지구촌 출신 마피아들이 전부 모여 최고 마피아 경연대회가 열렸다고 합니다. 누가 가장 마피아스러운 마피아인가를 가리는 대회였습니다. 그곳 경연대회 마지막 날 최우수 대상을 받는 마피아로 뽑힌 자가 꼬레아 개발마피아라고 합니다."

"그것 꽤나 흥미로웠을 것 같은데~ 그런데 왜 그러한 허무맹랑한 대회가 열리는 것인가?"

"지구촌에서 마피아라고 스스로 자처하는 자들을 상대로 하는 경연대회입니다."

"모든 마피아가 전부 참석할 수 있는 대회인 것인가?"

"자격제한이 있습니다. 살인이나 폭력 등 사람에 대한 신체적 위해를 가한 경우에는 참가할 수 없습니다. 오로지 공권력을 이용하여 얼마나 교묘하게 많은 사람을 기망하여 자신이 원하는 목적을 달성하였는가를 판단하는 경연입니다."

"자신의 이권을 위해 공권력을 얼마나 능수능란하게 이용했는가를 따지는 대회군. 그리고 자신은 물론 자신의 뜻을 이어받은 후배들의 행위에 이르기까지 심사 대상으로 삼는 대회라."

"그렇습니다. 천국에서는 지구촌에서 무슨 일을 얼마나 잘했는가를 따지는 별난 경연들이 다종다양하게 열립니다. 떳떳한 일들을 얼마나 잘했는가를 따지는 경연대회에서는 민낯으로 경연을 하지만 떳떳하지 못한 일들을 얼마나 잘했는가를 따지는 경연에서는 가면이나 복면을 쓰고 경연을 합니다."

"천국에서도 부끄러움을 감추려는 행동은 지구촌과 비슷할 터이니 당연히 복면을 쓰는 것 같구나. 전형적인 마피아들의 수법을 얼마나 감동적으로 구사했는가를 보여주는 경연이군."

"그렇습니다. 자기들의 행위는 물론 자신의 수법을 이어받은 후배들의 활동을 대상으로 최고 마피아를 평가하는 세 가지 분야의 점수를 매기는 기준이 있다고 합니다. 이들 세 가지 기준에서 모두 1위를 기록했다고 합니다."

"모든 기준에서 1위라니?"

"우선 어느 마피아가 얼마나 오랫동안 합법을 가장하여 보이지 않게 자신의 목적을 관철하였는가라는 점수와 자신의 목적을 달성하기 위하여 얼마나 많은 최고권력자들을 움직여왔는가, 그리고 마피아스러움의 사이클링의 달성도는 과연 구조적인가라는 점수에서 모두 압도적인 1위를 차지했기 때문이라고 하였습니다."

"첫째는 합법성, 둘째는 최고권력 활용성, 셋째는 범죄적 조직성이군. 마피아 축제가 바람직하지 아니한 것이기는 하지만 인간이 얼마나 음흉할 수 있는가를 반성하는 계기로 삼는 제전이기도 하니 그 대회가 일정한 기간마다 열리는가 보군. 좀 더 자세히 들어보세."

"2등을 한 유럽 쪽 어느 마피아는 합법성을 가장하는 데 종종 실패한 경우가 있었다고 합니다. 그러나 꼬레아 개발마피아들의 경우에는 단 한 건도 불법성으로 단속당한 경우가 없었다고 합니다."

"그렇지. 있는 법률을 악용하거나 없는 법을 만들어서 의도하는 목적을 달성했으니까."

"두 번째 권력 활용성입니다. 아메리카대륙 쪽 어느 마피아들은 권력을 쟁취하는 수단으로 중간보스들이 권력기관에 진출하기 위해 검은돈을 뿌리는 경우가 종종 스캔들로 터지는 경우가 있고 또 최고권력자를 움직이는 데 실패하는 경우가 있었다고 합니다. 그러나 꼬레아 마피아들은 언제나 국민들의 혈세를 이용하여 자신들의 묻지마식 일판을 만들어왔다고 합니다. 더불어 능숙한 논리로 좌파나 우파를 가리지 않고 최고권력자들을 자연스럽게 들었다가 놓았다 할 정도로 활용했다고 합니다. 그런데 세계 마피아들을 감동시킨 마지막 경연은요, 세 번째의 사이클링 히트입니다."

"사이클링 히트라니?"

"오륜기처럼, 마피아가 땀 한 방울 흘리지 않아도 향후 마피아의 마술이 자동으로 통할 수 있도록 목적하는 사업이 일취월장할 수 있는 순환구조를 완성했다는 것입니다."

"그게 무엇인가. 궁금하군."

"개발마피아가 꿈꾸는 자동 사이클링이 완성되려면 다섯 개의 순환 고리를 이뤄내야 하는데요, 예전에는 세 개 또는 네 개의 순환 고리 완성에 그쳐왔는데요, 이번에는 까다로운 네 개째는 물론 다섯 개째까지 완성하는 쾌거를 이루었다고 합니다. 무려 반세기에 걸쳐 그 완성을 이루었다는 것입니다."

"그게 무엇인가?"

"우선 사이클링의 그림을 보실까요?"

"그러세."

그리하여 법정 안에 있는 자들 모두가 훤히 볼 수 있는 큰 스크린에 영상을 쏜다. 영상은 다음과 같은 다섯 단계를 그림으로 표시하고 있었다.

① 부동산값 상승 시 분단 위기 활용, 투기억제 토지공개념이나
주택공개념, 그리고 투기와의 전쟁으로 국민의 바른 판단 능력을

마비시켜 묻지마 부동산 가격 규제 법제의 확대

② 묻지마 가격 규제로 인한 부동산시장 교란으로 투기 확산 및 가격 폭등 유도

③ 신도시 및 재개발 등 묻지마 공영개발로 중심지 집값 등 앙등 유도

④ 다주택자 벌주기와 임대주택 투기로 몰기 위한 임대료 상승 및 갭 투자 여건 성숙화로 부동산 투기 유도

⑤ 마피아가 하는 부동산 투기 감시기구(부동산거래분석원) 신설

위 ① ② ③ ④ ⑤를 요약하여 사이클링으로 그려보면

투기야 → 규제 투기 집값 상승 → 묻지마 공영개발로 부익부 빈익빈 집값 변동 → 선량한 다주택자 벌주기로 임대와 매매 값 상승 유도 → 부동산 투기 감시기구 마피아 접수 ↺ 투기야

땅신은 스크린에 표기된 다섯 가지 유형의 단계를 법정에 있는 모든 자와 공유하였다. 그러고는 말한다.

"꼬레아의 개발마피아들은 ③ ④단계까지는 식은 죽 먹기처럼 해치웠고요, 항상 ⑤단계를 완성하려 해왔으나 여론의 장벽에 부딪혀 실패했습니다."

"왜 번번이 실패를 거듭해왔던 것인가."

"그건 다음과 같은 국민들의 분노 때문이었습니다"

라고 땅신은 말하며 스크린에 다음의 글을 올린다.

- 강남 집값 잡겠다고 항상 강남 집값을 더 높게 상승시킨 책임자를 응징하라
- 개발 관련 부처는 부동산값 정책에서 손 떼라

－ 정부의 어떤 부처로부터도 간섭받지 않고 바른 부동산값 대책을
　　강구할 수 있는 독립기구를 만들라
　－ LH사건을 방조한 개발마피아를 해체하라

　땅신은 스크린에 있는 글을 공유하며 "악화된 여론 때문에 늘 마지막 순환 마피아 구조를 완성하지 못한 채 미완의 과제로 남기고 있었습니다. 특히 초임 개발 관련 수장을 장기로 임용하는 바람에 ⑤가 LH사건이라는 복병을 만났음에도 불구하고 오히려 이 사건을 교묘하게 악용하여 극적으로 주로 민간을 향한 부동산 투기 감시기구까지 만든 것입니다" 말한다.

　"그래왔구나. LH사건이 터졌음에도 불구하고 어찌 ⑤가 완성된 것인가."

　"그건 최고권력자의 굴림마피아인 부서장에 대한 무한 신뢰와 한시적 사표 수리를 받은 부서장의 조직원들에 대한 의리를 고정마피아들이 이용한 것으로 보입니다. 뿐만 아니라 얼마 전부터 준비해온 토지공개념도 다시 부활시키려고 혈안이 되어있다는 소문도 들립니다. 토지공개념은 아마도 둔갑술의 명인 직전 수장인 굴림마피아가 주도한 것으로 의심됩니다."

　"최고권력자가 눈물에 약한 관계로 들쑥날쑥 마피아인 부서장을 최장기간 동안 신뢰하는 틈을 십분 활용하고 LH사건을 오히려 전화위복으로 둔갑시키는 둔갑술의 명장을 고정마피아들은 절호의 기회로 삼아 재빨리 악용한 거로군. 앞서 이야기했던 옥외 광고에서 본 것처럼 투기 감시기구를 마피아들의 휘하에 새로운 조직으로 신설한 것이 마치 용을 그리는 데 마지막 점을 찍은 거로군."

　"그렇습니다. 여태까지는 마지막 시스템을 구축하기 전에 여론의 등쌀에 부서장을 교체하였기에 실패로 돌아갔지요. 그러나 최고권력자가 자신의 지지율이 급격하게 악화될 때까지 부서장을 최장기 장관으로 신임하는 틈을 십분 이용하고 또한 LH 범죄가 위기로 다가오자 위기를 기회로 악용

하는 둔갑술의 명인을 활용한 것이지요."

"대단하군. 이제 이 시스템이 완성되었으니 시스템을 공고히 하여 마피아들이 가만히 있어도 시스템이 돌도록 힘만 주면 묻지마 규제 현장을 돌며 완장 차고 전국 각지를 호령하겠군. 신도시나 재개발 등의 묻지마 공영개발 현장에서 기회를 봐가며 사전 투기나 하고 보상금을 노린 범죄도 하며 헛기침만 해도 공기업은 물론 민간 기업들까지 긴장할 터이니 말이네. 또 다른 둔갑술의 명인인 굴림을 활용하여 묻지마 공영재개발을 확대하였겠지."

"이미 노무현 시대 때 특별법으로 만들어놓은 게 있었습니다. 뿐만 아니라 이명박 시대에는 역세권의 용적률 조정법과 공공주택개발특별법까지 만들어놓은 게 있었고요. 이들 특별법들을 공영으로 본격적으로 운용할 수 있는 마지막 장치가 운전대를 누가 잡느냐의 문제였는데 LH사건을 악용하여 그 일마저 완성형으로 만들어놓은 것입니다. 산하기관의 조직 명칭도 바꾸고 공영 역세권 개발을 이론적으로 뒷받침해줄 연구기관까지 만들려 했으며 더불어 투기감시기구까지 두었으니까요. 이러한 행위로 천국 경연대회에 나가 최고상을 받았으니 그 교묘한 둔갑술은 꼬레아는 물론 지구를 넘어 우주까지 감동시킨 것입니다."

"감동이라고 했겠다? 우주의 천국에서 감동을 받았다는 땅신의 표현이 여기에 배석한 저 뒤편 피고들과 참고인들에게 잘못된 신호를 보낼 수도 있네."

"역설적인 표현이었습니다."

"그래. 같은 용어라고 하더라도 말의 강약에 따라 의미가 크게 달라지지. 옛말에 어 다르고 아 다르다고 했잖나. 천국이니까 그러한 경연대회가 열린 것이지 지구촌 같으면 그러한 경연이 꿈이나 꿀 수 있겠나. 천국에서도 부끄러운 경연임을 주최 측이나 참가자가 공감하니까 복면을 씌운 게 아니겠나."

"그렇습니다."

"물론 복면이나 가면을 쓴다고 해서 모두 부끄러움을 감추려는 의도는 아닐 것이다. 떳떳한 사람들이 축제의 극적인 효과를 공유하기 위해 복면을 의도적으로 활용하는 축제들도 있지 않나. 그러나 마피아대회는 처음부터 끝까지 자신의 본모습을 감추며 행하는 블랙축제가 아닌가. 축제가 끝나 참가자들이 자신의 주 거주지로 되돌아갈 때까지 복면을 써야 하는 것 아니겠어?"

"그렇습니다. 이들의 축제가 끝난 후 귀갓길에서 이 법정으로 데려올 때 이들은 한사코 복면 벗기를 거절하였습니다."

"귀가 전에 데려와 그러한 것이겠지. 자, 본격적으로 이들에 대한 참고인 신문을 진행하세. 이들을 복면 팀과 완장 팀으로 나누어 진행하자고."

그리하여 대표적인 개발마피아들에 대한 참고인 신문이 전개된다. **복면 팀** 다섯 명에게 대왕이 물었다.

"개발마피아 일이삼사오!" 하는 말에 이미 ○○ 천국에 와있는 개발마피아들은 똑같이 "네" 하고 대답한다.

"너희가 최우수상을 받는데 왜 너희의 행위가 아닌 후배들의 행위까지 업적으로 내세웠느냐?"

"어차피 마피아 대회는 선후배를 가리지 않고 업적을 평가하는 경연입니다. 마지막 단계, 부동산 투기감시기구는 저희가 만들지 못한 기구였는데 저희 후배들이 최장수 장관과 둔갑술의 명인을 옹립한 덕에 이러한 행운을 얻은 것입니다."

이 대답을 한 마피아는 금빛 찬란하게 빛나는 트로피를 들고 있었다. 트로피는 한 개였다. 대답을 하며 그 트로피를 마치 월드컵 축구제전에서 우승팀 대표에게 수여하는 트로피처럼 영광스럽게 즐기듯 허공에 대고 들었다가 내렸다가 했다. 그러자 대왕의 안색이 갑자기 굳어졌다. 그러고는 가면을 쓴 마피아들에게 외쳤다.

"이놈들아, 복면을 벗어라!"

복면을 벗으라고 하는 명령이 떨어지자 트로피를 들고 있는 개발마피아가 말했다.

"귀가 시까지 복면을 쓰고 있어야 하는 규칙이 있는데요."

그러자 대왕은 말한다.

"천국에서의 모든 규칙은 내 관리 아래 적용된다. 벗어." 그러자 복면마피아는 망설인다. 그러자 대왕은 도우미를 향해 이들에게 사랑의 회초리 두 대씩이라는 명을 내린다.

'딱, 아이고, 딱, 아이고, 딱, 아이고, 딱, 아이고, 딱 아이고~' 하는 매서운 회초리를 가하는 소리와 비명이 연달아서 열 차례 법정 안을 울렸다. 회초리를 맞은 마피아들은 스스로 자진해서 복면을 벗는다. 그리고 그 복면과 최우수상 트로피를 일시에 한 도우미가 한 손으로 거두어들인다. 각종 완장을 양팔에 두르고 있는 후배 마피아 앞에서 선배 마피아들은 갑자기 안색이 하얘진다. 대왕은 말한다.

"모두가 멀쩡하게 생긴 놈들이구나."

복면을 벗자 우주 마피아 경연대회에서 최우수상을 수상한 영광된 모습은 사라지고 모두 얼굴이 약간 홍조를 띠며 부끄러움이 밴 모습들로 변해 있었다. 얼굴에는 모두 윤기가 자르르 흐르고 있었다.

"모두 사전 교육들은 받았느냐?"

대왕의 물음에 이구동성으로 "네".

"너희의 행동으로 인해 꼬레아 국토가 엄청난 수난을 당하고 있다는 걸 인정하느냐?"

"충분하게 이해합니다."

복면1이 대답했다.

"너희는 개발만이 살길이라고 외친 구시대적인 유품을 오늘날 환경 재 앙이 지구의 종말을 예고하고 있는 현장에서도 고수하며 너희의 이권을 위 해 묻지마 규제와 묻지마 개발을 끝까지 밀어붙였다. 그 행위가 너희 나라 국토를 점점 더 재난에 빠뜨리고 부익부 빈익빈을 더욱 심화시킨 주범으로 서 국민들께 얼마나 나쁜 행동이었는지를 충분히 알고 있느냐?"

"네, 많은 반성을 하고 있습니다."

복면2가 대답했다.

"너는 학벌도 좋구나. 또 그 어렵다는 고시까지 합격하여 개발부서에 임 용되어 국민의 혈세로 미국 유학까지 가서 최고의 학위까지 받았는데 그 지 식을 악용하여 오히려 규제를 남발하게 유도하고 묻지마 수도권 신도시를 밀어붙였으니 그 죄업을 이제 충분히 인지하였느냐? 또 최근에는 웬만큼 쓸 만한 수도권 부지가 고갈되어가니 갑자기 도심재개발에 악마의 발톱을 강하게 들이대지 않았느냐?"

"참회합니다" 하고 복면3이 대답했다.

"잘못했다, 참회한다, 용서를 바란다는 말은 상투성이 큰 말인 경우가 많다. 비록 너희는 이미 심판에 의해 생활하고 있는 천국이 정해져 있지만 우주 부동산 법정에서의 판단 결론에 따라 너희를 재심할 수도 있음을 각 오하라!"

대왕의 말에 모두가 모기만 한 음성으로 "네~" 하고 대답한다.

"너희가 그동안 꼬레아에서 대통령들을 교묘하게 설득하여 너희가 관철 하려고 하는 묻지마 규제와 개발이라는 목적을 달성했다. 그런데 내가 궁 금한 게 하나 있다. 어떤 대통령을 설득하는 게 가장 쉬웠느냐?"

"특정한 대통령을 지명하는 것이옵니까, 아니면 성향을 물으신 것입 니까?"

복면4가 되묻는다.

"당연히 성향을 물은 것이다. 부류 말이다."

"대통령들을 산업화 대통령과 민주화 대통령으로 나눈다면 거의 엇비슷했습니다."

"이놈아, 산업화와 민주화는 이분법적인 대칭 용어가 될 수 없다. 그런데도 꼬레아의 많은 얼치기 지식인과 언론인이 그렇게 대통령을 이분하는 용어를 쓰는 경우가 있는데, 무지의 소치다. 그런 식으로는 성향을 양분하기 어렵다. 독재나 민주, 공업화나 정보화 등의 대칭으로 말해야 제대로 성향을 양분하는 것이다. 독재나 민주로 양분하여 대답해보거라."

"여기에서의 독재는 통치 기간이 긴 것을 말씀하신 것입니까, 아니면 통치 스타일을 말씀하신 것입니까?"

"당연히 통치 스타일이다."

"네, 독재자가 훨씬 설득하기가 쉬웠습니다."

"나도 이미 그 사실을 알고 있었지만 확인 차원에서 물은 것이다."

"또 하나 묻겠다. 네가 여기에서 교육받은 국토관리의 원칙을 제대로 이해한 대통령들을 보았느냐?"

"전혀 볼 수 없었습니다."

복면4는 피고들이 앉아있는 법정 뒤편을 향해 고개를 힐끗 돌렸다가 머리를 긁적인 후 다시 자세를 가다듬었다.

"전혀?"

"네, 전혀!"

"그 말이 거짓말이 아닌 건 이미 이 법정의 신문을 통해 간접적으로 증명되었다. **박정희**는 늘 자신의 장기 집권을 위해 안보를 팔아 호시탐탐 국민을 깜짝쇼로 몰아넣을 수 있는 묻지마 신도시를 개발했고 묻지마 수도 이전까지 계획하였다. **전두환**은 자신의 통치 기간에 기존 주택 수량만큼의 주택 공급을 하면 성군으로 장기 집권을 꿈꿀 수도 있는 묻지마 깜짝 대책과 안보팔이 댐의 건설마저 강구했다. **노태우**는 지구상에 그 예를 찾기 어려운 묻지마 부동산권 규제를 밀어붙이고 수도권 등에 묻지마 200만 호의 주택을 대량으로 공급하려 하였다.

노무현은 네 발이나 더 나아갔다. 첫 번째, 수도권 집값을 잡는다고 하는 명분을 걸고 재건축을 방해하였다. 두 번째, 수도에 있던 주요 공공기관 본사들을 전국으로 묻지마 개발 방법으로 흩어지게 하였다. 셋째로 더 나아가 헌법재판소의 결정은 법과 동일한 것인데도 그의 결정을 사실상 무력화시키는 묻지마 행정도시 이전을 감행하였다. 더 나아가 수도권에 수많은 묻지마 미니 신도시들을 건설하도록 유도하였다. **이명박**은 청계천 복원으로 얻은 인기를 더 확대할 욕심으로 묻지마 4대강 운하사업을 추진하다가 한 걸음 물러선 4대강 물막이 공사를 밀어붙였다. 더 나아가 알토란 같은 서울 그린벨트를 싸게 사들여 반값아파트네, 토지임대부네 하면서 묻지마 깜짝 개발을 감행하였다. 또한 묻지마 공영개발을 활발하게 하는 데 악용될 입법들까지 하게 하였다.

문재인은 현재진행형이다. 특히 문재인은 박정희와 전두환의 안보팔이, 노태우와 노무현의 정의팔이를 합성한, '부동산 투기와의 전쟁'이라는 신조어로 국민들의 정상적인 판단을 흐리게 뒤흔들었다. 노무현이 꿈꾼 나라를 완성하기 위한 것이라고 하는 추측을 불러일으키듯, 잠시 유보했던 재건축을 다시 방해하고, 지구촌의 부동산값 규제 골통품상에서나 발견할 수 있을 법한 각종 묻지마 규제들을 부활시켰으며, 2기 신도시가 미완인데도 불구하고 묻지마 수도권 3기 신도시 개발을 번갯불에 콩 튀겨 먹듯 해치우려 하고 있다. 자신들의 피땀은 한 방울도 흘리지 않고 갑자기 주택임대차법을 경과 규정도 없이 코로나 국회의원들을 통해 입법시켰다. 또한 주택 공급의 첨병인 생존과 생활형 다주택을 투기로 몰고, 주택은 마치 사며, 팔며,

보유해도 안 되는 재화인 것처럼 각종 묻지마 세제를 감행하였다. 더 나아가 최근에는 신도시 먹잇감이 고갈되어가자, 먹잇감을 다른 곳으로 확대하기에 이르렀다."

"네, 사실관계들을 올바르게 말씀하셨습니다."

"이러한 일로 인하여 강남 집값이 하락하였느냐, 아니면 옛날보다 상대적으로 더 비싸졌느냐. 이러한 일들을 감행했던 박정희, 전두환, 노태우, 노무현, 이명박, 문재인 가운데 누가 가장 심한 국토관리에서 독재자라고 생각하느냐? 여기에 대하여는 복면5가 대답하라!"

"짧은 순간에 저지른 규제나 신도시 개발 등으로 보면 당연 노무현이 돋보입니다. 그러나 규제의 강도로 보면 노태우도 돋보입니다. 그리고 규제백화점의 규모와 묻지마 공영개발의 확장성을 보면 문재인도 두 노에 결코 뒤지지 않습니다."

"노노와 문재가 문제였구나. 우선 노노는 성이 같아서 구분하기가 쉽지 않은데 노노끼리의 뚜렷한 차이가 있을 것인데 말해보거라."

"네. 노태우는 헌법재판소의 결정을 겸허하게 수용할 줄 아는 자였습니다. 그러나 노무현은 헌법재판소를 사실상 비웃는 결정을 했습니다. 행정도시를 만들고 균형 발전이라는 명분을 내걸고 국토 곳곳에 콘크리트를 새로 붓는 개발을 했습니다."

"그래. 같은 노씨라고 하더라도 독재의 성향은 천지 차이구나. 한 사람은 헌법재판소의 결정을 겸허하게 수용하였고, 다른 한 사람은 헌법재판소의 결정을 사실상 무력화시켰다. 법을 공부했다는 자가 법을 더 가볍게 여긴 점이 무척 아쉬운 대목이다."

"노태우 때 제가 재임했습니다만 그 노통은 민주의식이 강했습니다. 장기 집권의 자물쇠를 푼 6·29선언도 했고요. 현재 쓰고 있는 헌법을 만들도록 주도한 사람입니다. 더 놀라운 사실은 양 김 단일화 가능성 속에서도 자유주의에 의한 선출직 대통령 후보로 나선 것이었습니다. 당시 지구상에서 찾아보기 힘든 토지 재산권을 규제하기 위한 사회적 집단최면제인 토지공개념을 재탕해서 쓴 것도 저희가 짠 각본에 의한 것이었고요. 제1기 수도권 신도시 건설 역시 당시 노통도 국토 수장의 발상도 아니었고요. 우리가 추진해서 권력자의 동의를 얻어내 감행한 사업입니다. 그 당시 집값이 오르니까 이른바 전문가라는 사람들이 여기저기에서 무조건 공급, 공급하는 말들을 외쳤거든요. 때가 무르익어 저희의 작품이 손쉽게 탄생한 것이지요."

"그래, 안다. 그러나 몽매한 국민들은 이 사실들을 잘 모르고 있지. 또한 정치에만 몰빵할 줄만 아는 국토관리의 원칙에 무지한 대통령들은 늘 자신의 인기에만 급급하여 묻지마 깜짝 개발에만 온 신경을 쓰지. 대단위 묻지마 깜짝개발이 낳은 국토의 훼손으로 인해 짜낸 국민들의 고혈은 천문학적인데도 말이야. 무지한 독재자들이 에헴 하며 꼬레아 국토를 누비었으니 니들 같은 부처 이기주의가 크게 날뛸 만도 하다."

"제 손자·손녀들이 지금 활동하고 있는 국토의 현장을 보면 눈물이 날 정도로 후회가 많습니다."

"그래. 부처 이기주의가 국토를 멍들게 한 것이다. 그 결과 너희의 직계 후손들이 더 나빠진 환경 속에서 고군분투하며 살아가야 할 꼬레아 국토 현장이 되었다. 반생명 대책들의 남용으로 건강은 점점 핍박해졌으며, 효율성을 저해하여 국토 낭비가 커졌으며, 빈부의 격차가 더욱 심화되어 한번 주거 취약계층으로 전락하게 되면 아무리 노력하여도 좀처럼 더 나은 중산층의 주거계층으로 올라가기가 더욱 힘들어졌다. 이명박과 문재인은 어떠하냐? 같은 독재자 그룹 반열에 든 것 같은데."

"국토관리에 있어서는 둘 다 독재자입니다. 그런데 성질은 좀 다르게 보입니다. 이명박은 자신의 인기관리를 위해 속임수 반값아파트와 4대강 운하를 본인 주도형으로 밀어붙인 것 같고요. 문재인은 노무현을 따르는 대열의 선봉에서 노통이 했던 일을 답습하려 했다는 점이 확연하게 다르다고 봅니다. 물론 문재인은 그 외에 무언가 플러스가 있는 것 같습니다."

"그 플러스는 무엇인가?"

"눈물에 약한 면이 있는 것 같습니다. 꼬레아 개발마피아들이 천국의 마피아 경연에서 결정적으로 대상인 최우수상을 수상할 수 있었던 것은 마피아시스템의 구축 때문이었습니다."

"허허. 가만히 있어도 마피아가 원하는 대로 완장 차고 전국 곳곳을 주름잡으며 다닐 수 있도록 자동화된 시스템이 작동하는 걸 말하는가?"

"그렇습니다. 최근에는 감시기구에 이어 개발부서 주도로 국토공간을 어떻게 개발할 것인가를 연구하는 연구소까지 만들려고 추진 중이라고 합니다."

"그런 것이라면 이미 건축을 사업으로 하는 수많은 민간연구소들이 있지 아니한가."

대왕은 땅신에게 이 일에 관하여 묻는다.

"도대체 정반대로 대책을 펴서 시간이 지날수록 부작용만 양산시키는 부처에서 국민의 혈세로 부처의 애완견을 만들기 위해 예산을 썼다고 하는데 어인 일인가?"

"개발마피아5가 말하는 대로입니다. 감시기구도 모자라 연구소까지 신설하려고 모색했습니다."

"국토연구원이 있는데 왜 굳이 묻지마를 위한 공간연구원까지 만들려고 하느냐?"

"그러니까요. 공간은 주로 건축학에서 쓰는 개념으로 세계 각국에는 수많은 공간연구원이 있고 꼬레아 역시 마찬가지입니다."

"개발마피아들의 새로운 야욕이 엿보인다. 오죽하면 천국의 마피아대회에서 최고의 상을 수상했겠느냐. 수도권은 물론 꼬레아의 좁은 땅에서 대형 신도시를 지을 만한 곳으로 쓸 만한 생명의 땅은 바닥이 난 상태다. 특히 수도권이 그렇다. 그러한 가운데 이제는 탐욕의 눈길을 **재개발**로 돌리고 있구나."

"민간의 재건축을 포함한 재개발에 대하여 오랫동안 미온적인 입장을 유지해오다가 이제는 신도시를 지을 만한 **빨리빨리 묻지마 공영개발 신도시로 사용할 만한 나대지**가 바닥나자 **먹잇감을 새로운 공간으로 전환**하고 있습니다. **빨리빨리 묻지마 공영재개발**이 등장하였습니다. 더구나 LH사건이 터지자 문통은 묻지마 공영재개발을 차질 없이 실행하도록 하라는 명령까지 하여 묻지마 개발들이 실행·추진되고 있습니다. 최근 어느 공영방송에서는 재건축조합장의 비리를 몇 개 집중 보도하면서 은근히 재건축사업 시행을 공영으로 해야 한다는 점을 강조하기 위해 어용학자로 의심되는 사람과 인터뷰하는 등의 프로까지 방영한 적이 있었습니다. 전부 꼼수 방영으로 의심되는 프로였습니다."

"다른 나라는 어떠하오. 특히 토지의 사유화를 인정하는 나라들 말일세."

"당연히 소유자가 주도하여 개발을 합니다. 자유롭고 투명하게 지주와 공공이 충분한 기간을 두고 협의를 거쳐 사업계획을 짜냅니다. 도시나 지역이 갖는 꿈과 이상을 최고최선으로 구현하기 위한 계획을 세우는 데 오랫동안 열성을 쏟지요. 묻지마 개발은 금기시하고요. 무엇이든지 물어 봐 개발을 합니다. 물론 개발과 판매는 민간기업에 외주를 주기도 합니다. 극히 예외적이기는 하지만 공공이 재개발 부동산을 직접 매입하여 리모델링하여 임대주택 등으로 제공하는 경우도 있습니다. 그렇지만 이러한 경우에도 성공한 사업 사례가 거의 없습니다. 오히려 국민의 혈세만 축내므로 자유주의 경제체제에서 사유지를 대상으로 하는 공영재개발은 꿈도 꾸지 않는 나라들이 대부분입니다. 미주나 유럽 또한 더욱 그러하고요. 공영개발로 중산층 이상의 주택을 공급하는 것은 그 비용이 민간에 의한 경우보다 막대하게 많이 소비되고요. 효과는 턱없이 낮기 때문에 민간이 주도하게 되는 것이지요."

"그래요. 국방과 극도의 보안을 요하는 사업이나 특수한 교통과 통신 및 필수생활품 등의 운용이나 유통에 공공이 개입하는 건 사회보장의 측면에서 어느 정도 이해가 가네. 그러나 민간에 의해 이루어져야 할 주택 공급에까지 오랜 기간 적극적으로 개입하여 개발마피아들이 사후 천국에서 마피아 최고상을 수상할 정도로 된 건 매우 잘못된 것 같네. 정부는 최저 주거 취약계층의 보호를 위해 노력하고 영세한 주거자가 좀 더 주거의 질적 수혜를 입을 수 있도록 민간에 의한 주택시장의 원활한 활성화를 도모해야지, 갑자기 투기야, 불이야, 전쟁이야 하는 소리를 지르고 난 후 민간 활동을 위축시키고 방해하는 해괴한 규제들을 양산해서 주택시장을 교란하는 걸 일삼고 있으니 한심함을 넘어선 지가 오래되었다. 또한 그와 같은 국토의 헌법가치를 해치는 일들을 지속적이고 자동적으로 수행하기 위해 시스템을 갖추고 있는 모습은 국토관리 측면에서 마치 막장 드라마를 보는 듯하다."

"어쩌다가 이렇게 단숨에 망가질 수 있는 것인지 우려스럽습니다. 개발마피아의 야욕은 한도 끝도 없나 봅니다."

"이제 완장마피아 쪽 참고인 진술을 들어보세."

대왕은 계속 땅신에게 물었다.

"이들은 모두 현역인가?"

"그렇습니다."

"낙하산 인사로 일을 하는 굴러온 돌과 애초부터 그 일을 직업으로 하는 박힌 돌들이 혼재되어 있는 것인가?"

"대왕님, 복면마피아에도 굴러온 돌이 둘 포함되어 있었습니다. 그런데 이들에게는 오히려 셋이 굴러온 돌, 둘은 박힌 돌입니다."

"그렇지. 복면에도 포함되어 있었지. 그런데 이들은 왜 굴러온 돌이 둘이 아니고 셋이오?"

"하나는 청기와 쪽에서 꽤 오랫동안 지냈고 또 하나는 눈물에 약한 대통령의 신임을 유도하여 최장수로 부처 수장을 역임했던 자이고 또 한 명은 코드 맞추기를 오랫동안 해오면서 정치권 주변을 기웃거리다가 공영개발 행동대장으로 경력을 쌓은 후 대통령의 지지율 급락에 갑자기 부서장이 되었다가 LH사건으로 퇴임한 인물입니다. 어쩔 수 없이 반수 이상을 박힌 돌 외 인물들인 굴러온 돌 마피아로 채울 수밖에 없었습니다."

"두 번째 수장 폴리페서는 방금 전에 퇴정시킨 자가 아닌가. 그래도 그렇지, 본거지를 과반수로 두어야지 그렇지 아니하면 굴러다니는 돌이 박힌 돌을 쳐내는 현상도 생길 수 있지 않겠소. 적어도 박힌 돌이 반은 되어야지. 한 명은 퇴장시켜라. 방금 전에 보았던 현역 폴리페서는 더 볼 필요가 없다. 다시 퇴정시켜라" 하고 대왕이 명한다. 현역 폴리페서는 두 차례나 퇴정을 당한다. 그리하여 완장 찬 네 명이 신문 대상이 되었다. 이들은 양팔에 찬 열 개가 족히 넘어 보이는 완장의 무게를 의식해서 될수록 손을 아래쪽 의자 손잡이에 의지하고 있었다. 대왕은 이들을 향해 물었다.

"사전 교육은 충분하게 받았느냐?"

네 명의 입이 같은 음성으로 "네~" 한다.

"이 가운데 정의팔이에 이어 안보팔이까지 보탠 부동산 투기와의 전쟁이라는 말을 최초로 고안해낸 자가 누구냐?"

이러한 대왕의 물음에 대하여 네 명 모두 서로의 얼굴들을 번갈아 바라본다. 그 보디랭귀지의 공통된 표현은 내가 아니고, 저어기요 하는 표정들이다.

"이것들이 아직 정신이 제대로 박히지 않았구나. 어이 도우미, 이들에게 각각 회초리 세 대씩" 하고 명령한다. 갑자기 참고인 신문을 하던 중에 회초리다. 착한 소녀처럼 생긴 도우미가 작고 낭창한 회초리를 들고 네 명 모두를 손가락 하나로 강제로 들어 일으켜 세운다. 그러나 모두 완장이 너무 많아 몸이 굼떠 보인다. 굴러온 돌1, 2와 박힌 돌1, 2 순서로 회초리 세 대씩을 가하는데 한 대를 맞고 '아이고' 하는 비명과 함께 팔에 찬 완장이 손목쪽으로 우르르 쏠리는 바람에 두 대째를 맞을 땐 모두 마치 무거운 역기를 들어올리기 위한 처음 동작처럼 손목을 들어 손바닥을 편다.

'아이고~ 주르륵, 아이고~' 하는 소리가 네 차례 어김없이 법정을 울린다. 네 명 모두 닭똥 같은 눈물을 주르륵 흘린다. 그러고는 다시 제자리에 앉는다.

"이 회초리는 지구사랑, 우주사랑의 회초리다. 다른 법정에서는 좀체로 사용하지 않는 회초리다. 그러나 부동산재판은 워낙 우주에서도 큰 사건이어서 그 엄중성을 경각시키고 신속한 재판이 필요해 부득이 사용하고 있다. 다시 묻겠다. 너희 가운데 누가 가장 먼저 부동산 투기와의 전쟁이라는 말을 고안해냈느냐?"

그러자 박힌 돌1이 겨우 오른손을 쳐들며 자리에서 일어선다.

"청기와 쪽 사람과 방금 전에 퇴정한 자 같습니다."

그러자 굴러온 돌1이 나섰다.

"합의에 의한 것이었습니다."

그 말을 받아 굴러온 돌2가 말을 이어간다.

"그 당시 지구촌에 존재했으나 주로 골동품 상점에 진열되어 있던 묻지마 부동산값 규제책들을 모두 끌어모아 일시에 국민들에게 충격을 주기로 합의된 상태였습니다. 그러한 규제폭탄들을 부동산시장에 한꺼번에 투하하려면 기존에 썼던 토지공개념이나 주택공개념보다 이 말이 가장 적합하다고 합의를 본 것입니다. 당시에는 김정은과 트럼프가 핵전쟁을 벌일 것처럼 일촉즉발의 핵단추 전쟁놀이를 해 분위기가 무르익기도 했었습니다. 그래서…. 국제 정세에 맞게…."

"그래도 그렇지, 니들 나라 국민들이 지구의 역사상 가장 짧은 순간에 가장 많은 사람이 희생되었던 그 전쟁, 몸서리쳐지지도 않았더냐. 민족의 자주의식이 눈곱만큼이라도 있었다면 어찌 남북한 경색된 전쟁 분위기를 신성해야 할 국토관리 대책에 원용할 수 있겠느냐? 또한 부작용들이 무수하게 많은데도 불구하고 일시에 수많은 묻지마 규제들을 쏟아놓다니…" 하고는 방금 전에 퇴정시킨 현직 폴리페서도 다시 재판정에 데려오도록 명령한다. 그 명령이 끝나기가 무섭게 불과 몇 분도 되지 않아 한 도우미의 안내로 퇴정시켰던 완장마피아가 다시 앞자리 피고인들이 주로 앉았던 참고인석으로 이동해서 앉았다. 잠시 법정 분위기는 침묵 모드다.

끊겼던 대화가 다시 이어진다. 대왕은 이자에게도 평등하게 회초리 세대를 명령한다. 또다시 아이고~ 주르륵 소리가 세 차례 법정을 울린다. 잠시 침묵이 흐른다. 대기석에 열 지어 앉아있는 피고들은 정자세로 등을 꼿꼿이 펴고 대왕의 한마디 한마디를 놓치지 않으려고 주의를 기울인다. 완장마피아 굴러온 돌1이 말한다.

"여기에 와서 진심으로 후회하고 있습니다."

"너희는 부동산값에 관하여 거짓말 선수들이 아니었더냐. 너희는 국민의 혈세를 많이 받아왔다. 그 혈세에는 주택에 관한 지역계획을 적극적으로 수립해야 할 의무를 부여한 대가가 포함되어 있다. 그러나 그 의무를 아는 듯 모르는 듯 하면서 외면해왔다. 조형물을 세우기 위해서는 국토이용계획이 먼저 수립되어야 한다. 그러한 가운데 토지 등의 소유자와 오랜 기간의 협의를 거쳐 최고최선의 토지개발계획을 수립해야 한다. 그런데도 불구하고 그러한 민주적인 계획수립을 단 한 건이라도 제대로 세워본 적이 있느냐? 있으면 사례를 들어보아라."

"죄송… 합니다아…."

"국토개발의 실행계획은 사람의 보육이나 교육과도 같은 것이다. 제대로 가르친 다음에 사람이 사회활동을 하게 해야 하는 것 아니냐. 그런데 전혀 국토에 관해서 보육이나 교육의 과정을 거치지 아니하고 갑자기 묻지마 개발이나 하려고 혈안이 되어왔지 않았느냐. 오히려 민간의 자율개발은 항상 방해만 해왔지 않느냐. 그러하니 국토는 과잉 개발과 부적합 개발로 인해 생명성과 효율성은 물론 형평성까지 훼손당해오지 않았더냐."

"잘못했습니다."

"인권을 유린하는 범죄 집단이 인신매매를 하는 모습이 너희를 보면 떠오른다. 전혀 보육도 시키지 아니한 국토를 강제로 묻지마 시집·장가를 보내서 축의금이나 가로채려는 패륜 부모가 떠오른단 말이다. 타인의 재산을 틈만 나면 빨리빨리 묻지마 공영개발이나 해왔으니 꼬레아의 국토가 문제다."

"죄송합니다."

"너희의 악행으로 가난한 많은 꼬레아 국민들이 수난을 당하고 있다. 요즘에는 세금폭탄으로 인하여 많은 중산층 유주택자들도 생활의 시름을 경험하고 있고, 주로 중산층 이상의 집값과 전셋값이 폭등하는 바람에 집을 구매할 꿈도 못 꾸는 열위의 서민계층은 더욱 커다란 상처를 입고 있다. 온전한 국민은 한 사람도 없다. 뿐만 아니라 시골의 저가주택 소유자들은 상대적 박탈감에 피로도가 극도로 높아졌다. 집단최면에 걸려 집을 판 관료들이나 서울 후미진 동네들의 반지하방에 사는 사람들이나 집이 없어 봄날부터 가을에 이르기까지 거적때기로 매일 밤을 아무 데서나 겨우 눈 붙이던 사람들에 이르기까지 심한 박탈감을 느꼈다. 전쟁? 투기와의 전쟁이라고! 그게 아니었다. 6·25는 너희에게 매우 불행한 전쟁이었다. 비록 성격은 다르지만 전쟁 못지않게 독재자에게 희생당한 사람이 많은 사건들이 있다. 4·3사건, 여순사건, 부마항쟁, 5·18 등. 희생된 선량한 국민들의 자손과 이웃이 너희가 내건 그 전쟁의 희생자들이었다. 그런데도 너희 선배들은 복면 쓰고 마피아 경연대회에 나가 최우수상이나 수상하고, 또 너희는 수많은 완장이나 차고 지자체나 공기업 또는 신도시 개발 현장을 들락거리면서 목에 힘을 주고 어깨를 들썩거리며 활보를 했다."

대왕은 이들이 저지른 만행으로 인하여 향후 벌어질 꼬레아에서 목숨을 부지하고 있는 마피아들과 그들 직계 후손들의 일상생활을 가상한 사건들을 스크린을 통해 보여준다. 굴러온 돌1의 후손 한 명은 유아 때부터 청년이 지나서도 천식으로 매일 병원을 들락거리며 고통의 나날을 지내고 있었다. 굴러온 돌2의 후손 한 명은 기형의 얼굴이었는데 오장육부가 미세먼지로 인해 심각하게 손상되어 평생 수술을 거듭해야 하는 삶을 살고 있었다. 굴러온 돌3의 후손 한 명 역시 병든 부위만 다를 뿐 굴러온 돌2의 손녀처럼 일생을 병원 신세로 연명하고 있었다. 박힌 돌1의 후손 한 명은 10초마다 참을 수 없는 폐질환 때문에 청년인데도 불구하고 마치 고령의 할아버지처럼 심한 기침을 연거푸 쏟아내고 있었다. 박힌 돌2의 후손 한 명은 전신이 알 수 없는 열병으로 인해 아예 병원의 병상에 누워 젊은 날을 지내고 있었다. 또한 이들의 일부 후손은 이상 기후로 폭우가 쏟아져 주택이 무너지는 바람에 생을 조기에 마감하는 불행을 경험하기도 하였다.

"너희의 직계 자손들이 너희가 저지른 만행으로 인해 겪는 미래의 고통들이다."

대왕의 추궁에 개발마피아들은 모두 고개를 숙인다. 특히 이들 가운데 박힌 돌2는 갑자기 좌석에서 일어나 자신이 앉고 있던 의자 바로 앞 맨바닥에 무릎을 꿇는다. 그리고는 엎드린다. 양팔의 수많은 완장이 마치 바닥에 쏟아질 듯 아래쪽으로 쏠리면서 좌르르륵 소리를 낸다. 그는 통곡을 한다.

"아이고, 잘못했습니다. 잘못했습니다."

대왕은 잠시 마음의 동요를 느낀다. 대왕의 눈에도 눈물이 글썽인다. 대왕은 잠시 숙연함에 빠졌다가 말을 한다.

"너희가 검은돈과 알량한 권력에 눈이 어두워 저지른 일만은 아닐 것이다. 그보다 전통이 문제지. 부처 이기주의가 더 문제지. 너희 부처만 그러하겠느냐. 교육, 재정, 안보, 검경 등 많은 부처를 캐고 캐면 블랙 스토리가 얼마나 많겠느냐. 그동안의 대통령들이 정권과 자신의 인기에만 눈이 멀어 제대로 국토를 관리하지 못한 책임이 가장 문제다. 이 문제를 방치했다가는 조만간 꼬레아는 회복불능의 죽음의 땅으로 추락하고야 만다. 그게 발등에 떨어진 큰 불이다."

"잘못했습니다. 아이고, 잘못했습니다. 아이고."

이번에는 박힌 돌1까지 좌석 앞 맨바닥에 무릎을 꿇고 엎드려 박힌 돌2가 했던 사죄처럼 넙죽 엎드려 통곡한다. 잠시 장내는 통곡의 합창에 잠긴다. 어느 정도 두 마피아의 통곡이 가라앉을 즈음 대왕은 명한다.

"일어나 너희 자리에 앉거라."

쏟아질 듯 무거운 완장들을 겨우 추스른 채 두 현역 마피아는 간신히 몸을 일으켜 자신의 좌석에 앉는다. 대왕은 땅신과 지킴에게 명한다.

"이승에서는 잘 볼 수 없었던 거짓말 산을 보여주세요. 스크린을 켜서 이들이 저지른 만행 때문에 그동안 쌓인 거대한 거짓말 산을 보여주세요."

대왕의 명령에 따라 법정 어디에서든지 훤히 볼 수 있는 거벽에 스크린을 만들었다. 그러고는 이승만에서 문재인에 이르기까지 이들이 저지른 국토의 교란 행위들과 그 여파로 교란된 국토와 그 위에 살고 있는 생명들이 겪는 몸과 마음의 고통과 상처 이야기들이 사진으로 태어나 입체적으로 묘사되어 스크린을 타고 흐른다. 그뿐만 아니다. 향후 그 거짓말 산을 무너뜨리지 않을 경우 전개될 고통의 사연까지 담아보니 국민과 국토의 고통 이야기는 끝이 없을 정도다. 국토 곳곳에서 자행되었고 국민 개개의 생활에 영향을 미친 사례들이 끝없이 펼쳐지고 계속 이어지는 사연들이 되어 책으로 엮어낸 수많은 도서, 묻지마 부동산 가격 규제와 묻지마 공영개발 수도권 신도시는 물론, 행정도시나 국토의 균형을 걸고 전 국토를 콘크리트와 플라스틱 사막화하는 데 앞장서게 한 거짓말 채록집, 그리고 여타의 이야기들, 묻지마 공영재개발들과 그 여파로 인한 피해사례들을 담은 책들을 무너지지 않는 공간에 꽤 넓게 쌓아올렸더니 산이 되었다. **거짓말 산**이었다. 산의 크기는 지구를 삼킬 듯 거대했다. 그 넓이는 히말라야보다 스무 배는 되어 보였고 높이는 에베레스트보다 열 배는 넘어 보였다. 만약 이 산이 화강암이나 화산재 또는 플라스틱 등의 물질로 되어 있었다면 아마도 지구촌은 이 거산에 막혀 지구 전체가 교통 불능에 빠졌을 것이다. 스크린을 한참 동안 보게 한 후 대왕은 말한다.

"부처 이기주의를 신주처럼 받드는 게 얼마나 무서운 지구촌의 재앙을 초래하는 건지를 알겠느냐?"

열 명에서 아홉 명으로, 아홉 명에서 다시 열 명으로 채워진 개발마피아들은 이구동성으로 "네~" 한다.

"만약 이 산을 허물어뜨리지 않는다면 너희 손자들과 그들 후손들이 겪을 고통들만 보라" 하고 말하자 스크린 도우미가 리모컨을 눌러 교통 유발로 발생되는 대기오염이며 이들 거짓말로 벌어진 전 국토의 콘크리트 사막화 등과 부동산시장 교란으로 생긴 과잉 개발과 부적합 개발의 피해로 발생되는 이들 직계 후손들을 포함한 전 국민의 신체적인 질병은 물론 생활의 고통들을 방영하였다. 또한 부익부 빈익빈의 심화로 인해 발생하는 사회적 위화감과 계층 간의 반목으로 인한 범죄의 증가, 어린이들의 마녀사냥식 왕따 놀이 증가 등으로 모든 국민이 극한의 스트레스에 휩싸이고 있었다. 우주 도우미의 가상 인터뷰에 등장하는 재앙을 피해 대부분 이민을 떠나고 그나마 남아있는 꼬레아 국민들의 질병으로 피폐해진 육체와 표정, 그리고 음성은 처량했다. 열악한 지역에서 부동산 투기와의 전쟁의 포화 속에 살아남은 난민들이 연명하기 위하여 고통을 겪고 있는 모습은 처참했다. 불과 마피아들은 물론 꼬레아 국민들의 5대 후손들의 고통이니, 더 계속된다면 7대의 고통은 불을 보듯 뻔했다. 이러한 모습을 시청한 이들은 그 어느 한 명도 예외 없이 자신이 앉아있던 의자에서 내려와 앞쪽 바닥에 머리를 댄 채 엎드려, '아이고오오오, 잘못했습니다' 하고 대답한다. 모두가 눈물과 콧물까지 두 볼에 범벅이다. 격렬하게 흐느끼는 자도 있었다. 그러자 대왕은 다시 외친다.

"야 이놈들아. 거짓말 산이 너희 후손들에게 무서운 재앙의 원인이 될 것이라는 걸 이제야 깨달았느냐?" 하고 대왕이 외치자 마피아들은 물론 이번에는 대기 참고인석 뒤쪽에 앉아있던 주 피고인들인 대통령들까지 의자에서 내려와 '잘못했습니다. 잘못했습니다' 하고 흐느낀다.

법정 뒤편에서 마치 남의 재판을 방청하듯 하며 개발마피아들을 보고 있던 11명의 대통령까지 자신들이 국토관리의 원칙에 대하여 얼마나 무지했던가를 생각하니 모두 정신이 번쩍 든 것이다.

대통령들의 눈물의 합창이 마피아들의 참회의 합창과 더해지는 가운데 다시 박힌 돌들이 자기 좌석 앞 맨바닥에 무릎을 꿇고 굵은 눈물을 줄줄 흘린다. 굴러온 돌1, 2, 3은 고개만 푹 숙이고 있다. 이러는 가운데 대왕은 말한다.

"향후 꼬레아 국토에서 일어나는 재앙을 최소화하는 올바른 길은 저 거대한 거짓말 산을 무너뜨려 없애는 일이다" 하자 피고들과 마피아들은 "네, 아이고, 네, 아이고 잘못했습니다"를 연신 반복한다.

"거짓말 산을 무너뜨리는 것도 만만한 작업이 아니다. 그것을 무너뜨리는 데에도 엄청난 국민들의 혈세가 소진되어야 한다. 그러니까 거짓말을 하지 말고 항상 참말을 했어야지" 한다.

대왕의 숙연한 말이 이어진다.

"거짓말 산을 무너뜨리는 일이 거짓말 산을 만드는 것보다 훨씬 많은 에너지가 소요된다. 그 에너지는 한 방울도 예외 없이 국민의 혈세다. 너희가 저지른 악행으로 너희 후손들은 그 후유증으로부터 벗어나기 위해 육신의 고통과 정신의 고통은 물론 천문학적인 빚더미를 감당해야 한다."

마피아들은 물론 대통령 피고들의 '아이고'와 '잘못했습니다'라는 통곡이 대왕의 말이 멈출 때면 더 크게 합창되어 반복된다.

"공직자는 항상 참말을 찾기 위해 땀을 쏟아야 한다. 국민의 혈세로 생활하기 때문이다. 자~ 너희가 했었던 대표적인 거짓말들을 참말로 바꾸어 본 사례들이다. 스크린을 보거라." 갑자기 스크린에는 다음과 같은 말들이 뚜렷하게 표시되어 있었다.

- 국토에 관한 꿈을 좌절시키기 위해 정상적인 택지개발계획의 수립을
  방해하겠습니다.
- 묻지마 규제들과 묻지마 공영개발을 양산하기 위해 토지공개념을
  외치겠습니다.
- 민간의 주택 공급을 막기 위해 주택에 관한 지역계획 수립을
  외면하겠습니다.
- 투기를 조장하기 위해 투기야 하고 외치겠습니다.
- 땅의 숨을 죽이고 부익부 빈익빈을 심화하는 사업을 물색하기 위해
  주택공개념을 도입하겠습니다.
- 새 투기도시 생산을 위해 서울의 행정 기능을 지방으로
  이전하겠습니다.
- 국토의 마찰 비용 폭증을 유도하기 위해 균형개발을 하겠습니다.

- 중심지 주택값을 올리기 위해 재건축을 방해하겠습니다.
- 종부세로 부동산 생산 활동을 방해시켜 부자들이 자율적으로 행하는 부동산 공급을 줄이도록 유도하겠습니다.
- 국토의 물 대부분을 오염시키기 위해 운하를 하겠습니다.
- 값이 싸진 토지를 수용하여 반값아파트로 국토의 효율 이용을 방해하여 부동산값을 상승시키겠습니다.
- 주택 공급을 억제하기 위해 양도소득세를 강화하겠습니다.
- 강남 집값을 더욱 상승시키고 미세먼지를 증폭시키기 위해 서울 및 수도권 신도시를 짓겠습니다.
- 비투기 지역의 투기를 조장하기 위해 투기 지역을 지정하겠습니다.
- 정상 시장가격을 상승시키기 위해 분양가상한제를 시행하겠습니다.
- 부자가 아닌 자들의 부동산시장 진입을 막기 위해 금융규제를 하겠습니다.
- 특혜성 주택임대사업자들을 보호하기 위해 생존·생활형 다주택자들을 괴롭히겠습니다.
- 민간에 의한 주택 공급을 방해하기 위해 다주택자들을 괴롭히겠습니다.
- 서민들이 부자동네로 진입하는 것을 방해하기 위해 똘똘한 한 채 선호를 유도하겠습니다.
- 서민들의 내 집 마련을 더 어렵게 하기 위해 공금융 차별화를 하겠습니다.
- 고가주택의 명품화를 진작시키기 위해 고가주택에 대한 공금융을 차단하겠습니다.
- 특정 지역 아파트를 문화재처럼 고귀하게 만들어드리기 위해 아파트거래허가제를 시행하겠습니다.

– 열악한 빌라촌의 인기를 더 하락시키기 위해 빌라형 임대주택을 대량 공급하겠습니다.

– 전세주택의 씨를 점차 말리기 위해 다주택자를 투기로 몰아가겠습니다.

– 열악한 주택을 더 열악하게 만들기 위해 변형 소액보증금 보호제도를 운용하겠습니다.

– 전 국민을 전쟁의 상흔으로 빠뜨리기 위해 안보팔이와 정의팔이까지 합하여 부동산 투기와의 전쟁을 선언하였습니다.

– 국민 생채기의 지속과 마피아의 새로운 먹잇감 착취를 위해 투기감시기구를 두겠습니다.

– 수도권 신도시 개발용지가 바닥나서 마피아들의 먹잇감을 재개발로 돌리기 위한 명분을 만들기 위해 부동산감독기관을 개편하겠습니다.

– 빨리빨리 공영재개발을 하기 위해 용적률을 올리겠습니다.

대왕은 스크린에 표시된 말들을 법정 아나운서에게 읽히며 스크린을 보게 한다. 그러고는 말한다.

"이들 참말들을 숨기고 위장하고 논리를 왜곡하여 거짓말한 결과 하나하나의 파생 효과가 얼마나 큰지 아느냐. 너희가 재산권자를 괴롭히기 위해 가볍게 던진 규제 하나가 수천, 수만의 서민에게 엄청난 고통과 수난을 안겨준다. 또한 이러한 너희의 잘못의 여파가 거짓말 산을 헐어낸다고 해서 완전히 원상 복귀되는 것도 아니다. 이미 잘못된 대책들에 의해 반세기 이상의 세월이 흘러가도 치유하기 힘든 국토 교란이 산재하기 때문이다. 사람 한 명에게 잘못된 시술이나 수술을 한 경우 그 악영향은 한 사람의 문제로 끝날 수도 있다. 하나 국토 교란의 여파는 너희의 손자의 손자의 손자들에 가서도 해결되지 못한 채 오히려 후손들이 혈세 부담 폭증에 시달리게 하고 미세먼지 속에 신음하게 하며 경제성장의 발목까지 잡게 한다. 그러니 그 잘못의 책임이 엄청나게 크다. 누군가가 책임을 져야 할 게 아니냐?"

재판정에는 긴장감이 엄습한다. 거짓말 산을 만든 자들 가운데 누군가가 책임을 져야 한다는 말을 대왕은 강조한다.

"개발마피아들아, 너희는 다른 참고인들과는 많이 다르다. 거짓말 산들을 만드는 묻지마 규제와 묻지마 개발을 양산하기 위해 검은 담 뒤에 숨어서 항상 준동했다. 그러하니 너희에 대해서는 피고의 지위를 부여할까 한다. 해서 이미 배속받은 저승객들도 새로운 심판을 할 것이다. 그래서 피고 대통령들에 대한 최종 심판과 함께 **너희에 대한 심판도 7대 3**으로 내릴 것이다. 뿐만 아니라 너희의 심판은 별도의 심의를 요하지도 않는다. 지금까지의 자료만으로도 너희의 최종 심판을 가릴 기반 자료가 차고 넘치기 때문이다. 해서 저 무지몽매한 대통령들처럼 최후진술이나 검사와 변호사의 의견 듣기도 생략한다. 사실관계의 정확한 확인이 중요한 사회에서는 절차가 중요하지만 여기에서는 너희의 거짓말과 잘못한 파생 효과의 스토리만 하더라도 히말라야보다 훨씬 더 넓고 에베레스트보다 몇 배나 더 높은 거짓말 산들을 뚜렷하게 바라볼 수 있으니 굳이 절차를 강조하는 건 사치에 지나지 않기 때문이다. 이들은 퇴정시키지 말고 저 피고 대통령들 뒷좌석에 피고로 앉혀라" 한다. 그러자 복면마피아들과 완장마피아들은 모두 제자리 앞에 무릎을 꿇고 엎드린다. 여태까지 눈물을 흘리는 척만 하고 무릎 꿇기를 교묘히 피하던 굴러온 마피아1, 2, 3까지도 바짝 엎드린다. 그러고는 다음과 같이 합창한다.

아이고, 잘못했습니다
아이고, 잘못했습니다
대왕님

대왕님

　　부디

　　악마 천국만은

　　면하게 해주시옵소서!

　　대왕님

　　대왕님

　　이들은 눈물만 흘리는 게 아니었다. 콧물까지 흘리니 부녀자들이 한가한 시간에 마치 투명크림 팩 마사지하듯 얼굴이 온통 반짝이는 끈적한 투명 스킨으로 분칠해 있었다. 가짜 눈물이 아니고 진짜 눈물을 흘리는 것이었다. 대왕은 땅신에게 말한다.

　　"이제 이들 피고들을 심판하여 각각의 행선지를 판단할 때가 왔다. 다른 절차가 또 남아 있는가?"

　　그 말에 땅신은 대답한다.

　　"최종선고 전에 이 법정을 열게 한 꼬레아 고복순 할머니에 대한 간단한 답변 의식이 남아있습니다. 그런데 또~."

　　"그런데 또는 무엇이냐?"

　　"스스로 이 법정에 와서 참고인을 하고 싶다고 하는 황천 나그네가 있습니다."

　　"누구냐?"

　　"최근에 저승에 와서 ○○ 천국에서 지내고 있는 박 아무개입니다."

　　천국에서는 천국의 종류를 불문하고 모니터를 통하여 황천 나그네들의 재판들을 엿볼 수 있다. 워낙 많은 재판이 진행되는지라 황천 나그네들은 자신과 이해관계가 없기 때문에 별 관심을 두지 않는다. 특히 이해관계인을 보기 위하여 시청을 할 경우에는 이해관계인은 물론 이미 배속되어 있는 본인에 이르기까지 불이익이 가해질 수도 있다. 왜냐하면 공정한 심판에 방해가 될 만한 자그만 건도 재판정에는 전부 차단하는 것을 원칙으로 삼고 있기 때문이다. 그래서 시청률이 낮은 프로다. 또한 악마 천국에서는 숨 쉬기조차 매우 버겁기 때문에 아예 그러한 모니터는 거들떠보지도 않는다. 시청률이 거의 제로다. 다만 맑은 천국이 흐린 천국보다 시청률이 약간 높은 편이나 다른 프로에 비하면 매우 낮다. 그런데도 우주에서 처음 열린 꼬레아 부동산 재판이라 관심을 둔 이가 있었다.

"그는 스스로 지구와 하직하여 자신의 재직 시 잘못까지 더하여 황천재판을 받은 자가 아니냐?"

"그렇습니다. 자신이 꼬레아 국토와 관련하여 반드시 전하고 싶은 의견이 있다고 하면서 여러 차례 이 재판에 참여하고 싶다는 의사를 담은 쪽지를 전달했습니다."

"알았다. 참고인으로 들여보내라!"

그리하여 갑자기 원래의 계획에는 없었던 참고인에 대한 진술을 한 차례 더 연다.

5. 우발적 황천 나그네

황천 나그네들은 이미 자신이 생활하는 곳이 정해졌기 때문에 무수하게 열리는 우주재판에 대해 관심이 거의 없다. 물론 이승에 있는 자신들의 가족이나 친지에 대한 재판에 대해 관심이 갈 만도 한데 그에 대한 관심을 두는걸 재판정에서 대왕이 알면 오히려 피고들에게 마이너스 점수를 줄 수도있다. 자칫 자신이 배속된 심판까지 재심으로 악화될 수도 있다. 그래서 의도적으로 관심을 멀리한다. 그런데도 불구하고 이 황천객은 꼬레아 부동산재판 법정에 반드시 자신의 이야기를 전하고 싶다는 말을 관계경로를 통해여러 차례 간청하였고 그 간청을 받아들여 법정에 서게 되었다.

　황천 나그네 나온다. 간청하여 예외로 얻은 진술 마당에 반 대머리 나그네 나온다. 머리카락 없는 번들 이마 쪽을 손가락으로 쓸며 미소 띠며 나온다.

　도우미에 의해 법정 출입문으로 들어온 참고인을 향하여 대통령 피고들과 마피아들은 시선을 집중한다. 피고인들은 긴장감으로 약간 술렁인다.

법정의 긴 복도를 통해 대왕의 바로 앞 집중 신문인석에 그를 앉힌다.

대왕은 법정의 절차에 따라 말한다.

"이름은?"

"박 원자 순자입니다" 한다.

"제 이름에 자자를 붙이는 놈이 어디 있나, 무식하기는…. 그놈의 자자 빼고 이름 석 자만 말하여라."

"네, 박원순입니다."

뒷좌석 피고들은 거개가 아는 인물이라 약간의 술렁임을 보인다. 그러나 법정 안의 정숙함을 깨면 또 도우미의 회초리 세례가 가해질 수도 있기에 피고인들은 애써 숨죽이며 박원순을 주시한다.

"이미 황천 나그네가 되어 있는 네가 이 꼬레아 우주 부동산 법정에서 꼭 할 말이 있었던 게냐?"

"네, 서울시장을 여러 차례 재임하는 동안 제가 가진 서울의 꿈을 펼치지 못한 회한이 있어서입니다."

"그게 무엇이더냐."

"민간의 자율을 최대한 활용하게 하여 세계에서 가장 멋지고 생동감이 넘치는 도시로 가꾸는 꿈이 있었습니다."

"그래. 서울처럼 세계에서 아름다운 자연환경을 가진 대도시가 또 어디에 있느냐. 그 아름다운 서울을 정부가 간섭하고 묻지마 규제와 묻지마 개발을 해왔기 때문에 도시 전체가 콘크리트 사막화가 되고 좀벌레 먹은 누더기처럼 변해왔다. 네가 서울시장을 해오는 동안이라고 예외이지 않았다. 뭘 잘했다고 여기까지 와서 꼭 말을 하려 하느냐?"

"제 꿈을 펴기가 쉽지 않았습니다."

"꿈을 펴기가 쉽지 않았다고?"

"너 또한 참뜻도 제대로 이해하지 못하는 그놈의 정의팔이식 투기라는 말을 종종 활용하지 않았느냐. 재건축의 완화에는 인색하면서 더 나아가 녹색도시를 꿈꾼다는 명분을 내걸고 재개발점수제까지 도입하여 민간의 재개발을 더 못 하도록 방해까지 하지 않았느냐?"

"때로는 분위기 때문에 어찌할 수 없었습니다."

"네 마음이 여렸던 것이다. 분위기 탓을 하다니 대인의 태도가 아니다."

"저는 녹색 서울을 꿈꾸었습니다."

"녹색도시란 녹색 일색으로 담벼락에 페인트를 발라 분칠하는 도시를 말하는 게 아니다. 조형물을 자연과 조화롭게 살려 오히려 밀도를 더 높일 수 있는 곳은 더 높이고 빈 공간을 확보해야 하는 곳은 최대한 확보시킴으로써 조성되는 것이다."

"저는 사실 재건축 규제를 내심으로는 반대하는 편이었습니다. 그러나 중앙정부의 의지를 꺾기에는 역부족이었습니다."

"그걸 변명이라고 하고 있느냐. 여의도를 뉴욕의 맨해튼보다 더 아름다운 조형 공간으로 만들겠다고 발표한 후 그곳 부동산값이 들썩이고 투기야 하고 외치는 소리가 들리니까 곧바로 슬그머니 없던 일로 되돌렸지 않았느냐. 강북의 재개발은 강북의 르네상스를 고려해야 하는데도 전혀 계획을 모색하지도 않았지 않느냐. 좀 더 강북의 여러 곳의 재개발 지역들이 상호 시너지 효과를 낼 수 있도록 광역적으로 재개발하는 **스와핑재개발** 등까지 **계획**했어야 하지 않았느냐?"

대왕의 추궁에 박원순은 눈물을 글썽인다.

"그때 제가 왜 너무 여린 마음으로 금세 물러났는지 황천에 와서도 잊히지 않습니다. 자꾸 회한으로 되살아납니다. 참으로 가장 후회되는 일입니다."

"그것은 네 욕심 때문에 그러한 것이겠지. 대권 욕심 말이다. 나중에 문빠 등의 도움을 받아야 그나마 실낱같은 대권 후보라도 될 수 있을 것이라고 하는 사심 말이다. 그렇게 뒷심이 부족해가지고 무슨 놈의 대권이냐."

"투기야라고 외치는 그 외침과 중앙정부의 질책을 오래 견딜 수 없었습니다."

"어리석기는! 선량한 투기 없이 창조적인 부동산 개발을 성공시킬 수 있겠느냐?"

"저를 투기꾼들의 앞잡이로 몰아가는 정의팔이 마피아 놀이가 무서웠습니다."

"선진국 같았으면 그러한 발표와 청사진만으로도 부동산값이 오르면 오히려 그 개발을 칭찬하고 북돋우는 분위기가 연출되었을 것이다. 그런데 투기를 잘못 정의한 문 정부가 부동산값이 오르면 무조건 투기야, 투기야 하고 외쳐 앞뒤 가릴 것 없이 마치 화재가 발생했거나 전쟁이라도 벌어진 것처럼 사회 분위기를 조성해서 그러한 창조 행위 자체를 아예 차단해온 걸 잘 알고 있지 않으냐?"

"그렇습니다. 지금 생각해도 제가 왜 그때 정면 승부를 걸지 못했는지 후회스럽습니다."

"네가 비워놓은 자리를 놓고 벌이는 후보들의 선거 공약들 역시 여야 가릴 것 없이 빨리빨리 개발에 혈안이 된 공약들을 들고나왔더라. 다만 네 후임으로 당선된 야당의 후임 시장은 그래도 너와는 다른 방향을 계획하였더라. 네가 구상했던 여의도 구상은 반드시 인위적으로 용적률을 올리는 사업인 것만도 아니지 않으냐?"

"그렇습니다. 민간기업 협력 중심으로 광역적인 밀도 조정을 할 계획이었을 뿐입니다."

"그러한 사업을 벌이면 잠시 그곳의 아파트값이 더 높이 상승할 수도 있다. 그러나 그러한 경쟁들이 서울 부도심에서도 자율적으로 연쇄적으로 일어나도록 서울시가 광역적인 마스터플랜을 짜서 서울 전역에서 민간 중심으로 사업을 전개하도록 유도하고 지원한다면 서울시민들 가운데 많은 사람이 원하는 공간들이 자동적으로 생산·공급되어 중장기적으로는 서울 아파트값의 지속적인 안정에도 큰 도움을 주지 않겠느냐?"

"그게 저승에 와서도 큰 회한으로 남아 이곳에 와서 마침 우주 부동산 재판이 열리는 걸 알고, 그 말씀을 올리려고 굳게 마음먹었던 것입니다."

"최근 새로 당선되어 부임한 새 시장은 곧바로 재건축 규제를 완화하겠다고 했다. 그러나 당선 후 재건축 아파트값이 상승하자 오히려 재건축 지역 가운데 여러 곳을 토지거래허가제로 묶었다. 네가 제안했다가 금세 없었던 일로 했던 여의도 사건을 보는 듯하다."

대왕은 투기의 정의도 잘 모르는 발언들을 많이 해왔지 않았느냐고 추궁한다. 그러자 박원순은 갑자기 다음과 같은 시를 읊조린다.

분단팔이도 마녀사냥 팔이요
정의팔이도 마녀사냥 팔이요
가격규제와 수도권 신도시, 행정 신도시 팔이
좌빨도 투기도 전부 마녀사냥 팔이요
투기와의 전쟁은 안보와 정의 둘 다 팔이요
이들 팔이들을 반의 반의 반의 반의 반값으로 팔아요

한다. 그러자 대왕은 말한다.

"부동산 정책의 회한을 떠나 지도자는 남의 인격을 모독하는 범죄를 해서는 더더욱 안 된다. 네가 이미 지도자로서 자격을 상실한 행위를 한 것도 고려되어 천국심판을 받지 않았느냐?"

그 말에 박원순은 굵은 눈물을 주르륵 흘린다. 그의 안경테 역시 눈물이

고여 적시더니 이내 안경 밑 볼을 타고 흘러내린다.

"그 일은 두고두고 부끄럽습니다. 부끄럽고 또 부끄럽습니다. 귀신에 홀린 것 같습니다. 참회합니다."

"엎질러진 물이다. 인간사에 있어 가장 조심해야 할 짓들 가운데 하나가 인권을 모독하는 짓이다. 네가 아무리 정의를 외치고 청렴하게 살아왔다고 하여도 원초적으로 가장 조심해야 할 범죄행위를 했으니 네 수많은 공덕은 한순간의 잘못으로 인하여 바닷가 모래탑처럼 한 줄기 파도에 맥없이 날아간다는 것을 모르지 않았더냐. 아이고. 똑똑한 척하면서도 매우 어리석기는!"

잠시 침묵 후 이 자리에 와서 꼭 전하고 싶은 말은 부동산 문제에 관하여라는 말을 박원순은 다시 강조한다.

"제 충심은 착한 투기와의 전쟁이 아니었습니다."

"안다. 네가 행한 행동의 중간중간의 표정을 통해서 네 마음을 읽어내어 알고 있다. 그러나 안다는 것하고 실천한다는 것하고는 효과에 있어 천지차이다. 바른길이 왜곡되고 있으면 그것을 정상으로 돌려놓기 위해 당당하게 바른길로 걸어갔어야지. 비록 역풍을 맞더라도 말이야."

"후회하고 참회합니다."

"요즈음 꼬레아 일부 분양주택 판매에서 로또 청약이 광풍처럼 거세게 불고 있더라. 그 투기가 나쁜 투기지. 또한 LH 부동산 범죄는 파면 팔수록 이쪽저쪽 끝도 없는 범죄가 드러나고 있지 않으냐. 지방공사들까지 말이다. 그렇게 오랜 기간 서울 시정을 책임졌으면 서울 전역에 대한 주택정책의 마스터플랜을 진즉에 모색했어야지. 하기야 국가도 그러한 국토계획에 늘 뒷짐 져오다가 묻지마 개발만 하려고 혈안이 되어왔으니 너의 권능만으로 제대로 된 서울을 만드는 길을 걸어갈 수 있었겠느냐. 그리하여 네 조국의 국토가 신음하고 있지 않으냐."

대왕은 오히려 박원순을 향해 서울의 장기적인 공간 계획의 수립 의무를 다하지 않은 책임을 추궁한다. 법정 앞에서 박원순은 눈물을 계속 흘린다.

"착한 투기는 죽이고 나쁜 투기만 양산하는 시스템을 붕괴시킬 책임을 다하지 못한 회한의 눈물이더냐. 그 회한이나 호소하려고 여기에 왔다면 오히려 가만히 숨죽이고 있는 게 더 편하지 않았겠느냐."

"워낙 제가 지은 죄가 스스로 밉기도 하고요, 죄송하기도 하고요."

"선출직 시장은 정치인 아니냐. 특히 서울과 그 주변에는 꼬레아 사람들의 거의 절반이 살고 있다. 이들에게 희망을 주는 창조적인 공간을 만드는 길로 걸어갔어야지. 때로는 당당하고 과감했어야 했지 않더냐? 국토에 관하여는 한 치의 실수도 용납되어서는 안 된다. 여린 너의 마음으로 국토 관리를 해왔다는 것은 서울시민들에게 결코 행복을 주는 일이 아니었다."

"그 잘못을 회개하고 혹여 여기에서의 저의 진술이 향후 꼬레아 서울 공간을 아름답고 건강하게 개조하는 데 도움이 될 수도 있을까 싶어서…."

"너는 이미 저승의 나그네가 아니냐. 네가 이승의 일은 기억할 수 있지만 이승 사람들이 저승의 일은 기억할 수 없다는 걸 잘 알고 있지 않으냐?"

"제가 이승에서 할 수 있었던 일을 하지 못해 죄송합니다."

"결국 후회하며 죄송하단 말 한마디 하려 여기에 참고인 신청을 한 것이로구나."

"죄송합니다."

대왕은 더 이상 박원순과 대화를 이어가지 않았다. 땅신을 향해 묻는다.

"어떻게 하면 좋겠나?"

"이자를 재심 피고인으로 할까요, 아님 그냥 자기 자리로 되돌려놓을까요?" 하고 땅신은 되묻는다. 그러자 대왕은 망설임이 전혀 없이 "추행의 죄까지 반영하여 이미 천국의 종류가 정해진 것이니 그냥 퇴정시켜 본래의 자기 자리로 가게 하라" 한다.

유일하게 여기에서의 참고인을 자원하여 진술했던 박원순은 도우미의 안내에 따라 법정 안의 좌석 가운데에 나있는 중앙 통로를 따라 빠져나간다. 박원순은 자신이 아는 대통령들을 향해 말은 차마 건네지 못하고 가벼운 눈인사를 한다. 눈인사를 받은 대통령들 역시 차마 말은 건네지 못하고 안타까움의 눈인사만을 주고받는다. 박원순이 퇴정하자마자 대왕은 말한다.

"피고인들과 참고인들에 대한 심판이나 신문 절차를 모두 마쳤다. 마지막 선고만 남았다. 선고 전에 우주법정에서 이 부동산법정을 최초로 열게 한 꼬레아의 고복순 할머니를 잠시 모셔오너라."

그러자 땅신은 대왕에게 말한다.

"대왕님, 피고들에 대한 가채점의 결과가 너무 처참합니다. 전부가 학점 미달입니다. 이들 점수를 가지고는 맑은 천국에 갈 대통령들은 전무할 것 같고요, 대부분 흐린 천국이나 악마 천국행이 예상됩니다. 그래도 한 나라의 최고지도자들이었는데 조금은 정상참작을 해야 할 것 같습니다."

"그러한가. 여러 가지를 고려하겠지만 우선 모두에게 10점씩 동정 점수를 부여하거라."

"네, 점수 비율에 따라 가중치를 둔 가산점이 아니라 일괄 가산점으로군요. 그렇게 동정 점수를 부여해보니 딱 한 명이 겨우 학점 미달은 면할 수 있을 것 같습니다. 재수강할 수 있는 것도 아니니 조금 측은하기까지 합니다."

"당연하지. 재수강은 있을 수 없지!"

법정 안은 무거운 침묵이 흐른다. 피고들은 모두 스스로가 대통령을 한 걸 오히려 후회하기도 한다. 회한이 밀려온다. 개발마피아 또한 마찬가지다. 그러나 엎질러진 물이다. 대통령들의 모습이 똑같이 후회막급한 분위기다. 이러한 분위기를 타고 모든 대통령의 마음에 다음과 같은 말이 동시에 무겁게 흐르고 있었다.

내가 뭣 하려고 대통령을 했는가
대통령이 뭐 좋다고 욕심을 부렸나
대통령 만드는 공장에서
누가 날 대통령으로 만들어줬는가

이들 가운데 두세 명 대통령은 다음과 같은 탄식까지 덧붙인다.

웬수가 따로 있나
욕심이 웬수지
내가 웬수여

침묵으로 휩싸인 법정은 숙연해진다.
고복순 할머니를 데려올 동안 잠시 브레이크 타임을 갖는다.

5장

최
종
심
판

작은 키, 이마에 주름살 깊게 팬 할머니가 나온다. 한복 색동옷 곱게 차려입고 억척박이 굳은살 박인 손가락으로 옷고름 매만지며 아장아장 나온다.

대왕은 법정을 관리하는 작은 체구의 어여쁜 도우미에게 명령한다.

"안락하게 앉을 수 있는 좌석을 마련해드리시오."

그리하여 집중 신문인석보다 대왕과 훨씬 가까운 앞쪽으로 좌석을 마련한다. 피고인들이 앉아있는 곳보다 높은 장소다. 안락의자보다 업무용에 가까운 의자에 약간 비스듬하게 앉아 법정 안의 모든 자가 얼굴을 뚜렷하게 볼 수 있는 곳이다. 피고가 아니므로 잠깐 오갈 고복순 할머니와의 대화를 누구나 환히 경청하는 시간을 갖게 하기 위한 배려다.

대왕은 땅신에게 묻는다.

"편하게 모셔왔는가?"

"네. 대왕의 777호 전용 우주선으로 순식간에 오시도록 하였습니다. 이승 강남에 계시는 고복순 할머니는 자신의 영혼이 복제되어 우주 부동산법정으로 향하였다는 사실조차 모르고 계십니다."

"여기에서의 그동안 진행된 심판 기록들을 충분하게 알려드렸는가?"

"네. 여기에서 진행된 그동안의 이야기들을 여과 없이 보여드리고 중간에 질문을 하실 때는 설명도 해드렸습니다. 자신이 대왕님께 보낸 편지로 인해 우주 최초로 부동산 재판이 열렸다는 사실에 매우 감격스러워하셨습니다."

"그렇다면 이제 간단히 고복순의 말을 듣는 시간을 갖도록 합시다. 형식상 기본 절차는 밟고 행합시다."

대왕은 고복순 할머니께 묻는다.

"이름은?"

"고복순입니다."

"하느님과 예수님, 부처님, 그리고 염라대왕께 편지를 보냈지요?"

"네."

대화 상대방을 바꿔 땅신에게 대왕이 묻는다.

"고복순의 종이 편지는 어떻게 입수하게 된 것인가?"

"네. 꼬레아의 간절한 희망의 산에서 지구의 어느 새가 물어온 것을 우주 새를 거쳐 저에게 전달된 것입니다."

"희망의 꿈을 피우는 산들은 꼬레아에 많지 않나?"

"그렇습니다. 수많은 산 가운데 서울 서북쪽 남단 은평 삼각산 끄트머리에 독바위로 된 수리봉이 있습니다. 족두리봉이라고도 부르지요. 그 산기슭에서 편지를 물어온 수리부엉이가 우주 새한테 전달한 것을 제가 받은 것입니다."

"그러한 편지는 요즘 잘 쓰지 않는데 연필로 꾹꾹 눌러서 썼기에 묘한 향수 감정이 되살아나는 것 같더군."

이번에는 대왕이 고복순 할머니에게 묻는다.

"강남 사는 분이 어떻게 강북에 있는 삼각산에까지 가서 편지를 쓴 것이오?"

"편지는 강남의 제 집에서 썼고요, 소원은 강북 은평 삼각산에 가서 빌었습니다."

"영묘한 산이 많은 강북에까지 간 것이로군요."

"둘째 아들 가족이 은평 독바위역 근처에서 살고 있지요. 저는 등산을 좋아합니다. 그래서 제가 한 달에 하루나 이틀은 둘째 아들 집에도 들를 겸 해서 그 부근에 있는 서울 삼각산 줄기에 있는 자그만 족두리봉으로 등산을 하기도 합니다. 운이 좋은 휴일에는 아들 내외와 손자들을 데리고 정상 부근에까지 오르기도 하지요. 맑은 날이면 서울 강남과 강북이 한눈에 다 들어오는 곳입니다. 그러면 손자는 강남의 할머니집이 있는 동네가 훤히 보인다고 손가락으로 가리키면서 즐거워하곤 하지요.

저 혼자 등산했던 그날도 그랬지요. 이 편지를 쓰고는 어떻게 하느님과 염라대왕께 전달하나 고심하던 끝에 예부터 제 어머니께서 물 한 그릇 떠놓고 커다란 나무 밑에서 소원을 비시던 일이 떠올라 제 어머님께서 하시던 방식대로 소원을 빌었습니다. 그 산기슭에는 서울 시내를 내려다보며 쉴 수 있는 쉼터가 꽤 많이 있습니다. 바람이 거셌던 어느 늦은 가을이었습니다. 그날은 저 홀로 산행을 하고 하산할 때 어느 소나무 옆이었지요. 제가 종종 쉬곤 하던 커다란 소나무 옆 탁자바위에다가 제 편지와 그 주변 약수터에서 뜬 약수 한 컵을 놓고 절을 두 번 올렸습니다. 그런데 세 번째 절을 올리는 순간 갑자기 돌풍이 불어 편지는 산기슭 거대한 절벽 아래쪽으로 날아가 버렸습니다."

"저런!"

"이걸 어쩌나, 이걸 어쩌나 했지만 편지는 공중을 한 바퀴 빙그르 돌더니 제 시야에서 절벽 밑으로 사라져버렸습니다."

"저런, 그렇구나. 지구촌은 요즘 아무 때나 돌풍이 부는 일이 부쩍 늘어났지."

"그래도 저는 마무리 큰절을 하느님과 예수님, 부처님, 그리고 황천대왕님께 드렸습니다. '더 이상 마녀사냥을 당하지 않도록 해주십시오' 하고요."

"제대로 소원을 빈 것이오. 누구한테 절을 하느냐가 중요한 게 아니라 얼마나 간절하게 무엇을 그리느냐가 훨씬 더 소중한 것이오. 요즘에는 편지보다 문자나 메일 또는 영상통화로 자신의 말을 상대에게 전하는 게 유행인데 어찌 육필로 직접 써서 종이편지를 보낸 것이오?"

"저는 지금도 긴 글은 연필로 씁니다. 연필로 써야 제 마음의 속도와 보조를 맞춰 글의 운율을 잡을 수 있습니다."

"이승 사람들은 편지를 보낼 때 우체통에 넣는데 이곳 주소를 알 수 없으니 어머니께서 하시던 방식으로 소원을 비신 거로군요. 잘하신 것입니다."

"그 편지가 바람에 날려 절벽 어느 계곡에 묻혀 있을 것이라고 여겼는데…. 그날 밤 거센 비바람도 몰아쳤는데 그만… 여기에 와서 볼 수 있을 줄은… 꿈에도…" 하고 고복순 할머니는 신기함으로 가득 찬 표정을 지으며 말을 더 잇지 못한다.

"현실이오."

"제 볼을 꼬집어보니 현실임을 알았습니다."

"워낙 간절한 마음으로 그 편지를 하느님, 예수님, 부처님이나 황천대왕이 봤으면 하고 염원했군요. 거듭 말하지만 염원하는 상대가 누구인가는 중요한 게 아니오. 간절히 구원하는 게 훨씬 더 중요하지요. 특히 억울하게 왕따당하는 그 설운 마음을 풀 길이 없을 땐 가장 최선의 행동이 기도하는 게 아니겠소. 다행히 땅신에게 그 편지가 전달되었소. 아마 이치나 논리를 좋아하는 하늘의 법칙을 그리워하는 마음이 간절했기 때문에 꼬레아 삼각산에서 수리부엉이가 우주 새한테 이 편지를 전달했을 것이오. 그 편지를 내가 본 후 곧바로 이 심판을 위한 재판정을 꾸렸으니 어떻게 보면 고복순은 이 재판에서 원고와도 같은 분입니다."

대왕은 그 편지를 고복순 할머니가 확인하도록 했다. 그래서 고복순 할머니는 그 편지를 자세히 들여다보았다. 언젠가 귀여운 손자가 동네 문방구에서 사다준 연분홍색 민들레꽃 그림이 희미하게 새겨진 예쁜 편지지 그대로였다. 11장의 편지지에 고복순 할머니가 꾹꾹 연필로 눌러쓴 글들이 보였다. 또 그 편지를 한 묶음으로 묶은 철심도 그대로였다. 쓰다가 잘못되면 지우개로 지우고 다시 쓴 흔적도 그대로 남아있었다. 그동안 거센 비바람과 강설이 몰아쳤는데도 전혀 물에 젖은 흔적은 한 점도 없었다.

고복순 할머니는 "네, 감사합니다" 하고 말했다.

그러자 대왕은 "본인이 직접 쓴 편지가 맞지요?" 하고 물었다.

"맞습니다. 족두리봉 기슭에서 돌풍에 날아가 버린 그 편지가 맞아요. 그날 밤에는 늦가을인데도 무척 강한 집중호우가 내렸지요. 갑자기 쏟아진 빗물에 완전히 떠내려갔을 거라고 생각했는데…" 하고 말하면서도 고복순 할머니는 우주 새가 이 편지를 전달한 게 너무나 신기했다. 이곳과 꼬레아가 얼마나 먼 거리인지도 궁금했다. 이 편지를 여기에서 볼 수 있다는 게 무척 놀라웠다. 이번에는 고복순 할머니가 대왕에게 물었다.

"우리나라에서 이 법정까지의 거리가 얼마나 되나요?"

대왕은 미소를 지으면서 말했다.

"지구촌 사람들이 쓰는 잣대로 아마 50억 광년쯤 걸리는 거리일 것이오. 나는 우주를 떠돌며 수많은 재판정을 열어 심판하지요. 될수록 황천 나그네들이 있는 곳은 비켜서 활동하지요."

"그렇게 먼 거리를 우주 새가 어떻게…. 제가 이 편지를 잃어버린 지가 불과 반년도 채 지나지 않았는데 50억 광년이나 걸리는 먼 거리를 어떻게…."

"그건 우주 새가 그렇게 설계된 새이기 때문이오."

우주 새

고복순 할머니는 처음 들어보는 새의 이름에 신기해했다. 대왕은 **우주 새**에 관한 설계의 이야기를 들려주었다.

"우주 새는 당신들이 가진 능력보다 다섯 가지나 더 많은 능력을 가질 수 있게 설계되었소. 첫째는 공간을 자신이 원하는 대로 확대했다가 축소시킬 수 있는 능력이오. 그래서 아무리 물리적으로 먼 거리에 있어도 금세 다가갈 수 있어요. 물론 아주 가까이 있어도 공간을 확대해서 영원히 다가갈 수 없게 할 수도 있지요.

둘째는 시간을 늘렸다가 줄일 수 있는 능력이오. 그래서 스스로 필요하면 언제나 현재는 물론 과거와 미래를 오갈 수 있어요. 필요하면 당신들이 시조라고 믿는 단군도 만날 수도 있고, 또 지금으로부터 오천 년이 지난 뒤 있을 세계연방국의 하나인 꼬레아 지역 최고지도자도 만날 수도 있어요.

셋째는 스스로가 어느 환경에서나 정체성을 유지할 수 있는 능력이오. 아무리 뜨거운 태양의 중심에 있거나 또 차가운 빙하 속에 있어도 타거나 얼지 않는 능력이오. 또 아무리 쏜살같이 달려도, 그리고 나무늘보처럼 느려도 넘어지거나 추락하는 일이 없소.

넷째는 자신의 정체성을 유지하면서도 스스로가 다양하게 변신할 수 있는 능력이오. 능굴능신能屈能伸의 명수요. 이와 함께 우주 새는 스스로 증식하거나 감소시키는 능력도 탁월하오. 자신들의 업무량이 늘어나면 그에 따라 자신들의 숫자를 늘리지요. 반면에 일이 없다 싶으면 금세 스스로의 개체수를 줄이지요.

다섯째 능력은 무형적인 것이오. 첫째에서 넷째까지는 유형적인 능력인데 반하여 다섯 번째 능력은 형태가 없는 영혼의 능력이오."

"무형적인 능력, 영혼의 능력이란 무엇인지요?"

"그건 사랑의 능력이오. 우주나 자연은 모두 하나뿐 아니오. 그래서 타인을 모두 하느님 또는 하나님으로 섬기는 능력이오. 우주 새는 어느 때 어느 곳에서나 상대방을 사랑하고 존중하는 마음이 탁월하오. 자신이 아무리 불편한 상황에 놓여있더라도 상대를 존중하고 사랑하도록 설계되어있어요."

"사랑의 상대방에는 생명체만 있나요?"

"주로 생명체가 많지만 반생명체는 물론 무생물까지 포함되오. 모두가 우주에서 단 하나뿐인 존재들이지요. 그래서 삼라만상 차별 없이 항상 깊은 애정을 갖고 하나뿐인 님인 하나님으로 받드는 능력이오."

우리 사람들도 대왕의 설계대로 움직인다. 그런데 우주 새는 우리보다 탁월한 능력을 대왕이 부여했기 때문에 서울 삼각산 은평 부근 족두리봉 기슭에서 돌풍에 날아가 버린 이 편지를 우주 재판정에 고스란히 전달했다. 결국 자신이 쓴 편지를 지금 만질 수 있다는 사실이 끝없이 신비로웠다. 고복순 할머니는 우주 새에게 감사해했다.

"그 편지는 주인을 만났으니 나중에 가져가도 괜찮아요."

대왕의 말에 일생 동안 부지런하게 살아오느라 여기저기 굳은살이 박인 두툼한 손가락으로 우주 새가 고이 전달해서 보관해온 편지를 옷고름이 있는 가슴에 반갑게 안아본다. 그 모습을 본 대왕의 입가에는 미소가 감돈다.

"꼬레아에 살면서 두 가지 마녀사냥으로 괴로움을 당하고 있다고요."

"네. 하나는 분단팔이들의 좌빨이고 또 다른 하나는 정의팔이들의 투기꾼입니다."

"그렇소. 지금은 그 두 가지가 합성된 마녀사냥에 시달리고 있군요. 둘

다 형식은 다른 것 같지만 내용은 똑같은 것이지요."

"아~ 네."

"꼬레아에서 존재하는 안보팔이나 정의팔이는 똑같이 꼬레아 국토를 가장 심각하게 훼손하는 주범이오. 꼬레아의 독재자들은 안보를 위한다고 외치거나 국민 생활의 안위를 개선하기 위한다고 외치면서 원래 계획에도 없던 묻지마 규제와 개발들을 남발하였소. 안보나 투기는 위정자에겐 명분에 불과하오. 특히 하이에나처럼 먹잇감에 대한 후각이 매우 발달한 개발마피아에겐 그들 두 개념은 항상 동일한 뜻으로 간주되지요. 문재인의 정부처럼 말이오."

"여기에 와서 최근 우리나라 부동산 이야기를 손녀처럼 예쁜 도우미님으로부터 들었습니다. 그 이야기를 전부 들어보니 검은 마음들은 명분은 달라도 추구하는 것은 언제나 똑같다는 것을 깨달았습니다."

"허허. 손녀와도 같은 도우미님이라고 하셨소! 보기에는 어려도 지구 나이로는 5,000년이 넘었습니다. 도우미 역할을 열심히 하다 보니 아마도 세월이 비켜가나 봅니다. 꼬레아의 역사만큼 나이가 드신 분들이오."

대왕의 이 말에 고복순 할머니는 놀라움의 미소를 지었다. 하나하나 사실을 알아가니 신비로움의 연속이었다. 그러면서 자신을 이 법정으로 초대하여준 대왕께 한없는 감사함이 느껴졌다. 이제 좌빨이나 투기꾼이라는 말에도 마음 크게 흔들리지 않고 너그럽게 대처할 수도 있을 것 같았다.

"이곳에 초대해주시어 감사드립니다" 하고 대왕에게 감사해했다.

"오히려 내가 할 말입니다. 그 편지가 없었다면 꼬레아와 지구촌이 더욱 황폐해져도 방관만 했을지도 모릅니다. 이참에 그러한 국토 교란의 원인과 해결책을 모색할 수 있었으니 오히려 우주를 지키는 나로서 감사함을 표합니다. 고맙습니다."

"그래도요. 제가 겪는 아픔에 대하여 공감해주시고 그 원인과 해결책을 모색하기 위해 이 어려운 재판정까지 열어주셨습니다. 제가 몇백 배 더 감사드려야 할 일이지요."

"내가 할 일을 한 것뿐이오. 원래 내가 하는 일이 황천 나그네들이 오랜 시간 동안 머무를 천국을 결정해주는 일입니다. 우주에는 꼬레아가 있는 위성보다 수조 배 더 많은 큰 별들과 그 별들을 도는 작은 위성들, 그리고 그 위성의 위성들이 많습니다. 그래서 저는 항상 바쁘지요. 바쁘다는 핑계로 자칫 지나칠 뻔한 중대한 우주의 문제를 알게 된 것은 오롯이 고복순의 편지 때문이오. 당신의 편지로부터 꼬레아 국토 문제인 우주의 문제를 알고 황급히 부동산법정을 열게 된 것이오. 이왕 이 재판정에 오셨으니 이 부동산법정의 최후 심판인 선고를 내리기 전에 얼마 동안은 천국 곳곳을 우리 도우미의 안내를 받아 구경하고 가시지요. 천국 곳곳 명소를 구경하는데 내가 아끼는 애마위성을 타고 말이오. 애마위성은 운행 중에 언제 어디서든지 크기와 내부의 설계를 자유자재로 변화시켜 운용할 수 있답니다."

"몸 둘 바를 모르겠사옵니다. 감사합니다."

"도우미들이 우주 가운데 몇 개 명소들을 안내할 것이오. 사계절을 한곳에서 체험하는 녹색의 언덕이며, 온갖 우주 새들이 모여 합창하는 무지개 동산, 히말라야보다 더 길고 큰 흰 뱀들이 곡예사가 되어 구름 타고 도열하면서 깍듯이 나그네들에게 정중하게 인사를 하는 구름광장, 초원 위를 달리는 홍학, 얼룩말, 야생 양 떼, 사슴들의 윙크들도 마주할 것이오. 우주선에서 쏘아올린 화살을 타고 북극성과 북두칠성은 물론 카시오페이아 한 바퀴 돌기, 별이 탄생하고 사라지는 여명의 동산과 특히 별들의 무덤인 블랙홀 속에서도 가장 많은 별이 사라지는 악마의 목구멍인 소용돌이 속으로 우주선을 타고 들어갔다 나올 때는 놀라지 마시오. 얼음공주들이 장구와 부채춤을 추는 얼음궁전에서는 기념사진 한 컷도 좋을 것이오. 그러나 추천할 만한 값어치는 없지만 이승에서 선량한 사람들에게 잔인한 방법으로 폭력 등을 행사한 자들을 속죄시키는 쇠사슬감옥, 그리고 역대 꼬레아 무지한 대통령들과 개발마피아들이 선량한 국민들을 향해 자행한 국토관리에 있어 행한 거짓말들이 얼마나 큰 거짓말 산을 만들었는지를 보고는 깜짝 놀랄 경우도 있을 것이오. 여행 내내 불편함이 없도록 도우미 세명과 우주 새가 동행할 것이오. 전용 우주선 속에서 선생님이 원하는 노래를 듣고 싶을 경우에는 우주 새들이 분신하여 거대한 오케스트라를 구성하여 어떠한 곡이든지 천상에서 가장 아름답고 감동적인 연주와 노래를 들을 수 있게 해줄 것이오. 우주 새들의 오케스트라 연주에 맞춰 노래를 직접 부를 수도 있고요. 아마도 지금 우주 새 두 마리가 선생님을 맞으려 우주선에서 대기하고 있을 것이오."

"너무나 감사합니다."

"혹여 이승에서 저승으로 일찍이 떠나보내어 이승에서 평소 때 간절하게 보고 싶었던 천국 나그네님들이 있다면 어떠한 천국에 있는가를 불문하고 도우미나 우주 새한테 부탁하여 여행 중간중간에 만나볼 수 있도록 안내도 할 것이오. 또한 이승에서 동행하고 싶은 분들이 있어 부탁하면 금세 곁에서 동행할 수 있도록 초대해놓을 것이오."

"너무너무 감사합니다."

"아마 한 달은 족히 걸릴 것이오. 보자 하니 머잖아 어차피 나와 대면하게 될 터인데 그땐 오늘처럼 화기애애하지 않을 것이니 이해를 바라오."

"황송합니다. 열심히 노력하겠습니다. 거짓말하며 살지 않겠습니다. 제가 저지른 대로 결과를 받아들이겠습니다."

대왕이 가벼운 미소를 짓는다. 그러자 고복순 할머니는 자신이 제일 궁금한 점을 대왕에게 묻는다.

"그런데 대왕님, 여기에서 알게 된 논리나 지식을 황천에서는 기억으로 무한 재생해낼 수 있지만 이승에서는 재생이 안 된다는데 어떻게 이승으로 이 일을 알릴 수 있는 방법은 없는 것일까요" 한다.

대왕은 무언가를 골몰히 생각하다가 말한다.

"인간 설계 변경 등 여러 가지 방법 가운데 가장 합리적인 방법을 강구할 것이오."

할머니는 "이 법정에 와서 그동안 제가 마음 아파했던 좌빨이나 투기로 마녀사냥당해온 설움의 시름을 위안받을 수 있어 감사합니다"고 고마움을 표한다. 대왕은 그 말에 '별말을'이라는 짤막한 말로 화답한다.

대왕은 마지막 선고를 남기고는 개발마피아들을 포함한 피고들을 모두 그들이 앉아있는 자리에서 일으켜 세웠다. 그러고는 우주여행을 앞둔 고복순 할머니에게 보여주기라도 하듯이 최종 심판 전 당부의 말을 한다.

"국토는 일개의 생명보다 훨씬 더 소중하다. 또한 부동산 재산권은 하나뿐인 자연을 품은 재산이어서 주식 등의 권리와 비교할 수 없는 신성함이 있다. 부동산 재산권은 봉건사회로부터의 노예생활을 단호하게 거부하는 너희 흙수저 선조들의 피와 땀, 그리고 눈물이 밴 인권이기 때문이다. 그러한 신성한 인권을 부동산값이 약간 오른다고 하여 또다시 소유권에 봉건의 사슬을 채우려고 묻지마 가격 규제나 남발하고, 또 복마전인 묻지마 개발의 터를 확대하기 위해 분단팔이나 정의팔이의 사냥감으로 삼음으로써 꼬레아 국토의 헌법적 가치는 심각하게 훼손되어왔다. 그러나 향후에는 그 안에서 생활하는 사람들은 국토의 헌법적 가치를 철저히 지키면서 생활하도록 관리되어야 한다. 최선을 다해 국토계획을 수립하고 때로는 합리적으로 변경하여 이에 의지하여 자유경쟁시장의 원칙에 따라 국민들이 생활하도록 돕는 시스템이 매우 중요하다. 특히 사회주택이 아닌 일반주택을 공유재산 다루듯이 취급하는 건 큰 범죄다. 그래서 야기되는 지구의 콘크리트 사막화는 너희의 삶은 물론 후손들의 삶을 송두리째 짓밟는 중범죄다. 그런데도 권력자의 집권을 위해, 또 인기를 위해, 또 잘못된 교조주의에 의해 국토가 여지없이 짓밟혀졌다. 더불어 권력자들의 권력욕을 악용한 개발 마피아들이 저지른 만행이 어떠한 결과를 가져왔는지는 충분하게 인식했을 것이다. 앞으로는 천국의 종류를 정하는 우주재판에서 이러한 국토의 관리에 관한 권력자의 행동은 물론 이를 악용하는 행위들에 대하여 엄정한 심판을 가할 것이다."

대왕은 잠시 쉰 후 다시 말을 잇는다. 그러고는 갑자기 호명한다.

"박정희, 전두환, 노태우, 노무현, 이명박, 문재인!"

이름을 호명하자 이들은 법정 안에 진동이 느껴질 정도로 "네에엡" 하고 순차적으로 대답한다.

"그리고 개발마피아인 **복면마피아, 완장마피아**들!" 하고 외치자 또다시 "네에엡" 하는 합창의 대답이 한꺼번에 울려 퍼졌다.

"장기 집권의 수단으로, 교조주의의 교주로, 개인의 인기에 집착해온 무지몽매로 개발마피아들이 손쉽게 묻지마 잔치를 벌이도록 하였다. 노노는 특히 너무 심했다. 다만 헌법재판관의 판단을 존중한 앞의 노는 그래도 국토관리에 있어 반성의 길을 걸었다. 그러나 교주 활동을 꿈꾸듯 통치한 또 다른 노는 어떠하였는가. 헌법재판관의 충심을 오히려 비웃고 거역했다. 문재인은 무조건 후자 노통의 교조주의를 뺨칠 정도로 정의팔이에 더하여 안보팔이 마녀사냥질까지 하였다. 그리하여 무엇이든지 물어보세요 라고 하는 민주주의를 농락하고 독재를 찬양하는 **묻지마 규제와 묻지마 개발16)**을 확대시키기만 하였다. 그 결과 국토의 반생명, 비효율, 빈부격차 가하기가 하늘을 넘어 우주를 찌를 기세다. 이들의 죄업을 그냥 지나칠 수 없다. 황천재판의 새로운 기준에 따라 엄히 심판할 것이다."

대왕은 잠시 침묵 후 또 입을 연다.

"이승만, 윤보선, 김영삼, 김대중!"

이들의 호명에 이들 또한 순차적으로 "네에엡" 하는 큰 소리로 대답한다.

"너희라고 해서 죄업이 없는 게 아니다. 다만 시기를 운 좋게 넘겼을 뿐이다. 너희는 개인적인 성향에 따라 국토 교란의 미수범처럼 판단하여 현실을 가상한 시뮬레이션을 돌려 그 결과에 따라 70% 비중 점수를 매겨 심판할 것이다."

잠시 쉬었다가 다시 대왕은 "**박근혜**" 하고 호명한다.

법정 안 대통령 피고로서 유일하게 여성인 그녀의 음성이 "네에" 하고 울려 퍼진다.

"너는 비록 어찌어찌한 일로 통치 기간은 짧았으나 신선한 메시지를 남겼다. 혹여 네 스스로 체득한 철학이었는지 여부는 크게 중요한 일이 아니다. 부동산값이 약간 오른다고 해서 묻지마 규제나 묻지마 개발을 모색하지도 않았다. 오히려 묻지마 개발을 남발한 법을 폐지하려고도 하였다. 다만 형평을 균형으로 오해하여 국토를 유린한 자의 만행을 일시적이나마 옹호한 죄업에 대한 응징만은 피할 수 없다."

대왕은 또 잠시 침묵하다가 말을 잇는다.

"때로는 인간을 노예의 사슬로 묶는 그 가부장적 권위주의에 편승하여 칭송받았던 대표적인 자들, 어찌 모두가 똑같이 국토의 관리에 있어서 그다지도 무지몽매하였느냐. 개발마피아들! 어찌 코에 걸면 코걸이, 귀에 걸면 귀걸이 식으로 이들의 무지몽매를 손쉽게 자신들의 이해타산에 맞춰 묻지마 규제와 개발을 자행하여 국토를 훼손하는 범죄에 능숙하였느냐. 너희를 엄히 심판하지 않는다면 꼬레아는 물론 지구는 조만간 생명이 살기 힘든 회색의 무덤으로 변할 것이다. 그러하니 정상참작을 할 여유가 없다. 각자 향해야 할 천국의 종류는 아마도 스스로 점치고 있는 대로일 것이다. 그렇더라도 심판은 명확성이 생명이니만큼 구체적인 심판 결과는 이 법정을 열게 한 고복순이 약 한 달간의 우주여행에서 돌아온 후 너희를 재소집하여 발표할 것이다. 그동안 피고들은 임시수용소에서 생활하고 있도록 한다" 하고 마친다.

법정이 잠시 폐정한다. 피고들은 임시수용소로 안내되고 고복순 할머니는 우주 캡슐에 오르기 위해 어느 작고 예쁜 도우미의 안내를 받는다.

고복순 할머니를 태울 캡슐 우주선이 법정 밖에서 전혀 소음도 내지 않고 공중부양해 있었다. 그 안에는 이미 와 있는 우주 새 두 마리가 대기하고 있으면서 작은 소리로 우주에서 가장 아름다운 환영의 노래를 부르고 있었다.

지지구구
지지지구구구

1) 어느 진짜 산대장론

산에는 산대장들이 있다.

무릇, 생명이 무리 지어 살아가는 곳에
드물게 눈에 띄는 게 있으니
그 이름 하여 우두머리, 대장이라
줄지어 나는 새들, 새 대장 있고
어느 평원 야생 얼룩 무리 얼룩말 대장 있으며
땅 위 기는 개미 대장 있고
벌들 떼 짓는 곳 여왕벌 대장 있도다.

흔히, 대자연생명님들 대장은 오직 한 분이거늘
그들 생존방식에 가장 적합한 수법으로 자기 대장을 뽑더라
하물며 사람 사는 곳에 대장인들 없을 수 없으리니
요즘 부쩍 늘어난 수많은 대장님 모시고도

태평성대를 구가하는 듯한 사람 대장 세상이더라.

사람 세상엔 대장들이 워낙 많아 대장 애기만 하려 해도
끝없어 긴 애긴 다른 기회로 미루고
오늘은 산악국가에서 우연한 기회에 마주친
드물게 뵈는 어느 진짜 참된 산대장 애기나 조금 올릴까 한다.

인류사 대부분을 차지하고 있는 수렵사회에선 어머님 대장이
최근 수천, 수만 년 농경사회에선 아버님 대장이
정보며 인공지능사회에서 우주로 내달리는 공간에선
다시 어머님 대장이 득세하더라.

대장 이야기 대부분 농경사회 때 기록들이라
누구나 가부장적 대장론에 길들어
스스로 충효라는 올가미에 묶여 사는지도 모르면서 살아가더라.

가족 모여 부족 되고
부족 모여 국가 되니
모이는 족족마다 대장 있더라
대장은 국가나 종교같이 꽤 견고한 단체에도 있고
금세 모였다가 흩어지고, 또 모였다가 흩어지는, 연약한 듯 보이는 임의단체에도
있더라.

대장이 대장에 취하면 그를 떠받드는 대원들을 자신의 소유로 착각하여
'짐이 곧 국가다'라는 망상에 빠졌다가 민초들에 붙들려
형장의 이슬로 사라지기도 하더라.

어느 땅 하나를 지켜냈다는 명분만으로
이름 없이 죽어간 수많은 부하 무덤 위에서
애국무공훈장 달고 평생 호의호식하다가 호화 묘로 간 짝퉁 대장들이 있는가 하면
스스로 결사항전하며 민초들의 생명을 지키다가

산화하였으되 주검 한 자리 제대로 점지 못하고 들풀과 함께 누웠으나
하느님이 보우하사 민중의 역사에 크게 기리는 영웅 대장도 있더라.
깊이 파헤쳐 들어갈수록 제도권 영웅 대장들은 짝퉁이 대부분이고
비제도권 대장들에게 진품 대장들이 많더라.
그런데도 세상은 가부장적 문화로 흐린 눈이 되어
짝퉁 대장들을 섬기는 단체들만 우후죽순처럼 활동하더라.
물론 그렇지 않은 경우도 드물게 눈에 띠긴 하더라.

잃어버린 조국 되찾는 게 무모한 땅에서 독립군 게릴라 중 한 팀장으로 설운님들 눈물
닦아주는 운동하다가
점령군에 붙들려 산화하신 예수 대장 있고
명예, 부귀영화 다 버리고 번민과 시름에 고통받는 많은 이웃 구하려
스스로 깨달음의 지평 열기 위해
고행을 달게 견딘 부처 대장 있으며
미신, 다신, 무당질 등 편견의 돌팔매를 맞으면서도
억울하고 한 맺힌 영혼 위로하고 구제하려 외롭게 당골에 촛불 밝히는
어느 참 무속 대장도 있더라.
지구 위에는 이들 이외에도 많은 사람이 섬기는
또 다른 수많은 종교 대장들 있더라.

살아 수십 년 많은 남성을 유혹하거나, 많은 여성을 탐닉하다가
한 번 왔다 가는 인생 마약 같은 연애로만 허송하는 연애 대장들 있고
이 세상을 자신의 지능으로 제압할 수 있다는 과신으로
매일 남만 속이다가 외딴방으로 향하는 거짓말 대장도 있지만
동네 뒷골목에서 악당 건달로부터 연약님 보호하려
세고 매선 주먹 제대로 날린 어쩌다 골목대장도 있더라.

우주의 기운은 항상 돌고 도는데, 모처럼 운 좋아 세계 기운 받아 그 기가 한때 하늘을
찔렀지만 점차 쇠락 조짐마저 보이는 곳에 드럼통 아닌 트럼프 대장 말고 바이든 대장
있고
한때의 부흥을 잘못된 제도로 망쳐 민생고에 허덕이다 다시 제도 바꿔 요즘 기지개 켤

듯 일어서는 곳에 풋고추도 진피도 아닌 푸틴 대장과 시진핑 대장 있더라.

세계 기운 동북아로 오는데, 그 중심 국토가 반 토막으로 잘려
북쪽엔 구시대 아바이 이름을 금수강산 유명 바위마다 새겨놓은 곳, 대를 이어 대장
하는 왕조 대장 있고
더 많은 민족이 사는 남쪽엔 통치 기간 들쑥날쑥 대장과 요즘엔 고정했수 몇 년마다 새
대장으로 뽑힌 바뀜 대장 있더라.

지구촌 최강국들의 이해가 갈려 호랑이 모양인 한반도에
철조망 허리띠를 치고 한 세기 가까워지는데도 동족들이 서로 오도 가도 못 하는
기이한 신세로 매일 매시 기네스북에 신고하는 설움 많은 민족
남쪽 대장 뽑는 날 되면 싸움질로 시끄러우니
이름하여 꼴에 대장 나라더라.
이 나라 대장님들, 싸움질 속에 대장 오르고, 시간이 흐르면 대장에서 내려오는데
오를 때보다 내려오는 길이 늘 치욕과 수난의 연속이라
강제 퇴진당하고, 축출되고, 암살당하고, 자신이 감옥 가고 친구 따라 또 감옥 가고, 제
아들 감옥 가고 또 제 아들들 감옥 가고, 자살하고, 직접 감옥 가고, 연이어 감옥 가니
또다시 감옥이 기다리고 있다는 말까지 들리는 욕 침 퉤퉤 받는 대장들이 전부더라.
사사오입 대장, 임기 초반에 축출된 대장, 장기 집권 유신 대장, 총을 악용한 번들
대장, 친구 받들어 강남 간 대장, 자기 아들 국회 보내려는 대장, 자기 아들 거금
쥐어주고 국회까지 보낸 대장
위로 오를수록 말을 아껴야 함에도 그러하지 못하고, 전국 명산옥토 균형 걸고 계획
없이 파헤치고 콘크리트 붓다가 끝난 대장
전임자의 실정과 청계천 복원으로 얻은 인기를 4대강 물길을 일시에 바꿔놓으면 단군
이래 세종보다 더 섬김 받는 대장 되겠지 라고 꿈꿨을지도 모를 운하 추종 대장
4전5기가 무엇이더냐. 내 일생에 불가능은 없다는 뚝심의 마거릿 대처처럼 밀어붙여
대장에 오른 후 코로나19 계절을 미리 예견하며 생활한 듯, 참모의 대면 보고를 극히
제한한 순실 바보 대장
전임자의 실정으로 정해진 임기 채우지 못하고 얻은 반사이득 촛불정권을 운명처럼
잡아 재임 동안 엉터리 수도권 집값 잡는 정책으로 부익부 빈익빈을 극한으로
심화시키고 있는 국과 현미 바보 대장

이들 대장들의 공통점은 모두 욕심 많고 고집 세다는 말 들리더라.

권력 탐하려, 명예 탐하려, 욕심내는 만인에 의한 만인의 투쟁을 선봉에서 탐하는
대장들이 아니냐고 의심하는 말들이 많더라.
이들은 권력을 잡으면 자기 수하에서 오랫동안 아부로 인이 박인 건달형 부하들을
요직에 앉히니 자연히 나라가 제대로 굴러가는 일 단 한 번도 없더라. 대권 잡으면
추종자 챙기기 파티로 허송세월 보내며 임기를 때우더라.
그래도 워낙 세계 최강국들에 오랜 세월 동안 침략을 받았으나 미약하나마 국체
보존해온 악착같은 국민들이 살고 있는 나라라 그럭저럭 굴러가더라.

사막의 나라에선 모래폭풍 대장이 소중하고
섬나라에선 바다 대장이 소중하듯,
국토 삼분지 이가 아름다운 산으로 뒤덮인 곳에선
산대장이 소중하더라.

웰빙 시대에 접어드니 이 산악국가에 산대장들도 많고 다양하더라.
세계 고산 등반을 섭렵하여 매스컴의 초점을 받는 고산 대장
건강 산객의 가려움을 긁어주며 산 관광업의 꿈을 꾸는 지라시 산대장
동네 한 바퀴가 부족해 전국과 세계 명산 두루두루 원정 다니는 원정 산대장
명산으로 둘러싸인 수도 서울 구석구석을 안내하는
삼각·도봉·수락·불암·아차·대모·청계·관악·응봉·남·백악·인왕·
용봉·노고산대장
인터넷이 널리 보급되니 온라인 산방도 수없이 늘어나
방마다 별의별 산대장들이 많기도 하더라.

이들 산대장들의 공통점은 그저 산을 안내하는 것일 뿐
나라 대장 되면 수천만 년 대자연과 생명이 빚은 전국 명산이나 옥토를 단숨에
요리하듯 정치적 목적으로 삽질하고 콘크리트 손쉽게 붓는데
산대장들은 땅 한 뼘에 대못 하나 박지 않더라.

진짜 산대장들은 자신의 명예를 높이기 위해 후배를 사지에 먼저 보내지도 않더라. 또

지라시 뿌리며 산기슭에서 돈을 세지도 않더라.

드물게 보이는 진짜 참 산대장은 술, 이성, 돈놀이를 선호하는 주색잡기酒色雜技를 멀리하더라.

오로지 산을 섬기고 또한 자신의 산행에 참여한 대원들을 하늘처럼 섬기더라.

남을 나처럼 서로 섬기는 사람 사는 나라가 앞으로의 선진 모델인데

진짜 참 산대장 발걸음에서 미래 선진국 지도자의 모델을 보더라

이들은 산행봉사를 해도 아무런 보수도 받지 않더라

연봉은 물론 월급도 없더라.

자손에게 유자녀 혜택도 없더라.

어느 세상 대장들은 살아 수십 년 호의호식하다가 죽어 수백, 수천 년 비싸디 비싼 땅 깔고 드러누워 호화분묘 속에서 호사하고

특히 왕조 대장 대다수는 국민의 혈세로 호의호식하고 호화분묘에 지내고

심지어 왕조의 동생이나 자식들까지 살아 패악질을 했어도 호의호식하고 죽으면 전 국토 요지의 호화분묘에서 지내는데

참 산대장들은 대원 섬기다가 사망해도 주검 태워 한 줌 재 뿌릴 손바닥만 한 땅도 제공되지 않더라.

그래도 항상 이를 달게 여기고 산을 찾는 분들을 위해 시간 날 때마다 산행 공지를 올리더라.

모년 모월 모시 어느 산방 동호회에서 세속의 오염은 멀리하고 오로지 산만 섬기는 진짜 참 산대장이 자신의 산방에서 회원 내외, 두 분을 모시고

삼각산에 올랐더라

산은 어디서나 항상 위험이 도사리고 있어

늘 조심해야 하는 법

특히 삼각산처럼 암릉이 많은 곳은 더욱 그러하더라

회원 내외 가운데 부인이 발을 잘못 디뎌 절벽으로 미끄러지다가 중간 소나무에 걸쳐 다행히 어느 작은 소나무 붙들고 있더라

목숨은 백척간두, 풍전등화더라

산행 초보 남편은 암릉 위에서 발만 동동 구르고 있더라

로프나 비상 스링 줄에 의존할 만한 여유도 없더라

순간 참 산대장은 암릉 아래로 겨우 내려가 작은 소나무에 걸려있는 대원을 유일하게

소지한 짧은 슬링 줄 두 개를 얽어 가까스로 무탈하게 내려보내고
자신은 절벽을 맨손으로 내려가다가 그만 추락하였더라.
갈비뼈, 다리, 팔 등이 부러지고 쪼개지어 온몸이 만신창이가 되었으나
퉁퉁 부은 오장육부와 뇌, 주요 신경이 그나마 살아있어
떨리는 입술 가는 소리로 말하더라.
"○○님 무사해서 다행이에요. 제가 주의력이 부족했어요"
하곤 곧이어 "저~ 순간 죽는 줄 알았어요. 죽는 줄요~"
하고 쉬어 전 작은 음성으로 또다시
"대원이 무사해서 다행이에요. 대원이~"
하더라
나라 대장처럼 자신의 잘못에 의한 정부의 실패를 항상 정적인 전임 대장한테
덮어씌우려고 하는 꼴과는 전혀 다른 모습이더라
만신창이 몸, 의상자 보호도 없고 자비로 치료받아야 하는, 아직은 살아있는 입술로
"내가 부주의해서~ 그만" 하고 온몸 깁스한 모습 속에 겨우 꼼지락거리는 손목으로
퉁퉁 부은 얼굴 위 자신의 머리를 긁적이면서
모두가 내 잘못이요 하더라.

2) 국토의 헌법적 가치

국토는 우리가 살아가는 땅이다. 해서 우리 삶에 가장 적합한 국토이념과 철학이
헌법에 선언되어야 한다. 그러나 우리 헌법에는 국토의 헌법적 가치를 독립적으로
선언하고 있지는 않다. 국토와 관련된 조문들을 여기저기에 분산해서 정하고 있을
뿐이다. 국토, 특히 부동산과 관련하여 헌법적 가치를 살피는 것은 국토관리에서 맨
먼저 짚어야 할 논의다.
헌법은 평등권, 행복추구권, 국토의 효율적 관리 등에 대하여 정하고 있다. 이러한
것들을 집합해보면 국토에 관한 헌법적 가치를 다음과 같은 짤막한 말로 함축할 수
있다.

"모든 생명이 항상 건강하고 평화롭게 공존하며 행복을 누리는 땅."

모든 생명은 생명권과 환경권의 보호를 받는다. 그리고 자연자원 보존의 혜택을

누려야 한다. 국토는 더 이상 전쟁놀음의 장소가 되어선 안 된다. 분단국에서의 통일은 평화적 방법에 의하여야 한다. 동족끼리 적대적 싸움은 최대한 막아야 한다.

모든 생명은 법 앞에 평등하며 각자의 행복을 존중하고 도와야 한다.

이와 같은 내용은 헌법 전문은 물론 수많은 조문에 분산 선언되고 있다. 국토는 이러한 가치를 구현하는 땅과 마당이 되어야 하는 것이다. 이러한 가치를 잘 구현해낼 때 우리 국토의 헌법적 가치는 빛을 발할 것이다.

3) 국토관리의 평가 기준

국토관리는 헌법, 국토종합계획에 맞게 이루어져야 한다. 현장에서 행하는 국토관리는 그러한 기본법의 정신과 합치하는 경우도 있고, 반하는 경우도 있다. 합치하는 경우는 별문제가 되지 않는다. 그러나 반하는 경우는 문제다. 만약 개인이 반하는 행위를 하는 경우에는 엄격한 처벌규정에 의해 다스려지도록 되어있다. 하지만 정부나 그의 비호를 받는 공공기관이 잘못한 경우에는 이를 평가하여 그의 잘잘못을 가려 상벌하는 절차가 거의 없었다. 최근 LH사건이 터지면서 임기응변적인 규제 조치는 부동산 개발 범죄를 추궁한 것일 뿐이다. 당해 개발의 당위성을 따진 것은 아니다.

개인이 국토계획을 위반하는 경우 그 효과가 국토 전반에 미치는 영향은 대부분 미약하다. 왜냐하면 위반한 땅의 규모가 작고 훼손의 내용 또한 거대한 국토에 비하면 작기 때문이다. 그렇지만 법은 이를 엄격하게 다스려오고 있다. 물론 냇물이 강물 되고 바다가 되므로 개인의 국토 훼손도 엄격하게 다스려야 함은 마땅하다.

반대로 공공이 잘못한 경우에는 그 효과가 막대한 경우가 많다. 왜냐하면 공공이 주도하는 공공사업 대부분은 개인과 비교할 때 면적이나 규모와 내용에서 크게 국토 곳곳을 변화시키기 때문이다. 공공에 의한 공공사업의 많은 부문은 국토종합계획과 상충되어도 사업을 행한다. 공공이 추진하는 국토개발들은 사회적인 강력한 저항이 있을 경우를 제외하고는 환경 평가나 타당성 평가에서 낙제되는 경우가 거의 없다. 왜냐하면 공권력이 사업절차를 진행해나가기 때문이다. 개인이 행하면 까다롭기 그지없는 사업이라도 공공이 행하면 일사천리로 진행되는 경우가 많다. 최근 서울 재개발의 용적률 상향을 통한 묻지마 개발 사업계획만 보아도 이를 알 수 있다. 개인은 꿈도 꿀 수 없는 공간 훼손을 공공이 참여하여 정당화하려고 한다.

각종 타당성 평가나 환경영향 평가가 공권력의 입맛대로 진행되는 경우가 대부분이다. 공공이 행한 국토관리에 관한 어떠한 잘못도 이를 평가하고 응징하는 법이 없기에 전 국토는 공공에 의해 무자비할 정도로 훼손되는 경우가 흔하다. 그런데 그 누구도 이러한 만행에 대하여 응징하지 못한다. 만행이라는 사실을 증명하고 이를 응징하는 장치가 없기 때문이다.

그러므로 특히 공공이 행한 대규모 사업에 관하여는 사전적으로 그러한 만행을 자행하지 못하게 해야 한다. 이를 막으려면 국토에 관한 모든 공공사업을 평가하는 감시장치를 만들어야 한다. 감시장치는 정부의 입김이 1%도 작용하지 못하는 조직에 의해야 한다. 이러한 감시기구에 의해 그야말로 공정하고 객관적인 공공개발에 대한 사전검증이 이루어져야 한다.

뿐만 아니라 사후적으로도 그의 타당성을 검증하고 추궁해야 한다. 그래야 국토의 헌법적 가치를 훼손하는 공공의 야만을 누그러뜨릴 수 있다. 사후적으로라도 그러한 평가가 진행된다면 향후 새롭게 계획되고 시행되는 공익사업에서 많은 야만이 예방적으로 누그러질 수 있다. 해서 여기에서는 사전적인 구제는 물론 사후적 구제의 한 방법으로서 야만적인 공공의 국토 훼손 행위를 추궁하기 위한 평가 기준을 보기로 한다.

국토의 헌법적 가치를 구현하기 위해서는 국토사업의 타당성을 평가하는 명확한 기준이 있어야 한다. 이러한 기준들은 이미 헌법에 흩어져 있다. 이렇게 흩어져 정하고 있는 원리들을 한데 모아 부동산 개발을 평가하는 기준으로서 **생명성生命性**, **효율성效率性**, **형평성衡平性**을 들 수 있다(김용민 외 3인, 《부동산정책론》, 형설출판사).

3-1) 생명성

생명은 일정한 존재가 그 존재를 유지시켜가기 위한 핵심적인 원동력이다. 국토관리는 국토에서 살고 있는 생명의 보호행위를 우선시해야 한다. 생명성은 건강권과 환경권 등을 보호하는 원리다. 우리 헌법에는 전문(불의 타파, 인류공영, 우리 자손의 안전과 자유와 행복의 영원한 확보), 행복추구(10조), 재산권(23조), 인간다운 생활 보호(34조), 건강한 환경 보호(35~36조), 본질적인 권리 침해금지(37조), 천연자원의 보호(120조), 국토보전 및 보호(120~123조) 등 전문과 수많은 조문에 걸쳐 생명성의 중요함을 직간접적으로 선언하고 있다.

국토에는 무수한 동식물 등이 살아가고 있다. 그러한 동식물 등은 상호작용을 통하여 적정하게 존재관계를 유지해왔다. 지구의 지속적인 건강은 그 위 존재자들의 적정한 상호작용이 있어야 유지된다. 그러나 지구촌의 무수한 종 가운데 인간의 탐욕은 유별나다. 특히 지난 수백 년은 물론 최근 수십 년 동안 인간 위주의 개발을

남용해옴으로써 급기야 오늘날 환경재앙은 물론 생명의 위기가 절체절명으로
가중되어오고 있다. 이러한 위기를 최소화하고 개선해가는 게 국토관리의 최우선이
되어야 함은 물론이다. 이를 평가하는 원리가 곧 생명성의 원리다.

생명성의 원리는 생명들의 상호작용을 왕성하게 유지하도록 하는 데서 바람직스러운
결과를 만들어나갈 수 있다.

3-2) 효율성

쏟은 노력으로 가장 좋은 결실을 이루어야 한다는 원리다. 국토관리는 낭비나 과잉過剩
또는 과소過少가 없이 효율적으로 행해져야 한다. 효율적인 이용이 될 때 국토는
낭비되지 않는다. 그래야 그 위에 살고 있는 생명들이 최선의 건강을 누릴 수 있다.
흔히 효율을 설명할 때 최소의 노력으로 최대의 효과를 내야 한다는 경제법칙을
말한다. 이것은 국토관리에서도 타당하다. 그런데 인류의 토지에 대한 효율성의
원리는 인류가 경제학이라는 학문을 세우기 훨씬 이전부터 자연발생적으로 있어온
원리다. 인간이 도구를 만들고 개량해온 역사는 대부분 효율과 관련되어 있다.

부동산으로서의 국토의 효율성은 최유효이용最有效利用의 원리, 적합適合의 원리,
비례比例의 원리 등과 밀접한 관련이 있다. 효율성은 가치판단이 전제되기 때문에 어느
쪽에 더 높은 가치를 매기느냐에 따라 효율의 저울질이 달라진다.

헌법의 전문(자율과 조화를 바탕, 능력의 최고도 발휘, 자유의 영원한 확보), 재산권(23조),
본질침해금지(37조), 경제상의 자유와 창의의 존중(119조①), 국토계획수립(120조),
국토관리(120~123조) 등에 근거를 두고 있다. 특히 국가는 효율적인 국토관리를 위해
국토계획 수립 의무를 진다. 이에 따른 대표적인 기본법으로 국토기본법國土基本法이
있다.

효율성의 형식적인 판단은 헌법, 국토기본법, 국토관리에 관한 일반법 및 특별법 등을
기초로 이루어지는 영역이다.

그러나 실질적인 판단은 두 가지 면에서 판단한다.

첫째는 국토관리계획 수립과 그의 수행에 충실했느냐이다. 국토종합계획을 통해서
특별지역계획, 특정사업계획, 지역계획이 나온다. 이러한 계획을 합목적적으로
수립했고 얼마나 그에 맞게 수행했느냐에 관한 판단이다. 예컨대 수도권 신도시를
건설한다고 가정했을 때 그 사업은 원래 계획한 국토계획에 부합하는가와 단위계획을
얼마나 신중하게 민주적 절차로 수립하였고 이에 의거하여 얼마나 계획에 따른 사업
시행을 했는가를 따지는 것은 효율성 판단의 핵심이다. 자유주의경제체제에서는 사업

시행의 전제가 되는 민간 중심의 시장을 얼마나 효율적으로 육성하였는가가 매우 중요하다.

둘째는 사업의 정책목표가 최선을 다해 달성했느냐이다. 예컨대 강남 집값을 안정시키기 위해 신도시를 지었다면 그 신도시가 공급됨으로써 과연 강남 집값이 얼마나 안정되었느냐를 따지는 것이다.

실질적인 것은 이와 같은 두 가지 평가를 해서 효율성을 따진다. 이 두 가지 실질적 판단 기준 가운데 가장 우선시되어야 하는 것은 장기계획인 국토종합계획과 지역에 따른 지역계획이다. 국토종합계획은 물론 지역계획은 국방·보안상의 특별한 일부를 제외하고 정부가 국민들의 의견을 반영하여 수립되어야 함은 물론이다.

물론 때때로 효율성은 생명성과 형평성을 포괄하는 뜻으로 쓰기도 한다. 이 경우에는 결국 당면한 현안의 효율성은 물론 생명성 및 형평성 부문에 가중치를 둬가며 최종으로 효율적인가를 따진다. 이러한 경우라고 하여도 앞에서 효율성 판단 기준으로 제시한 바른 국토계획의 수립, 국토계획과의 어울림, 특별한 정책목표의 달성이 평가 기준으로 작용하는 것이다. 이들 둘 또는 세 가지 실질 기준은 상황에 따라 어느 정도 비중을 유연하게 할 수는 있다.

3-3) 형평성

형평성이란 균형이 잡힌 상태를 말한다. 정의正義 면에서 평등한 권리를 뜻한다. 공정公正과도 연결된다. 국토관리에서 형평성은 사람 간의 평등을 말한다. 이는 땅의 균형이 아니라 사람 간의 균형이다. 국토로부터 발생하는 이익은 사람들 간에 차별 없이 최대한 골고루 나누어져야 한다는 원리다.

효율성은 보통 배타적 이기심排他的 利己心을 전제하는 경우가 많으므로 시장원리를 중시하는 편이다. 반면에 형평성은 애타적 협동심愛他的 協同心에 뿌리를 둔 경우가 많으므로 정부의 시장개입을 위한 정당성으로 활용되는 수가 많다.

헌법의 전문(기회의 균등, 균등한 향상), 행복추구(10조), 평등권(11조), 재산권(23조), 인간다운 생활(34조), 본질침해금지(37조), 농지소작금지(121조), 국토의 균형개발(122~123조)이 근거 규정들이다.

형평성과 관련된 대표적 사례로 헌법에서 강조하는 국토의 균형개발을 들 수 있다. 이때의 균형을 상징하는 뿌리는 형평이다. 그것은 땅의 균형처럼 문장이 써졌지만(문리해석) 그 실질은 사람 간의 형평(학리해석)이다.

그런데 형평성 문제를 개선한다고 하는 명분 아래 행해지는 개발이 중장기적으로는 오히려 형평성 문제를 더욱 악화시키는 경우가 많다. 예컨대 부익부 빈익빈을 완화하기 위해 행한 규제가 실제로는 그를 심각하게 훼손하는 경우도 있다. 대표적인 사례가 주택임대차보호법에 의한 소액보증금 보호제도이다. 또한 대도시의 중심지값을 안정시키기 위해 묻지마식 외곽 신도시의 개발이나 원래 토지이용계획에도 없던 도심공간을 급조하기 위해 묻지마식 용적률 상향 도시공영재개발 등은 오히려 중장기적으로 당해 대도시 중심지 부동산값만 더 높게 상승시키는 경우처럼 형평성의 탈을 쓴 개발이 오히려 형평성을 더 악화시키기도 한다.

앞서 말했듯이 헌법이 정하고 있는 국토 균형개발의 참뜻은 땅의 균형을 말하는 게 아니라 사람의 형평을 뜻한다. 따라서 국토의 균형개발이라는 명분 아래 행해지는 개발이 사람의 형평 문제를 고려하지 못했다면 당해 개발은 균형과는 상관없는 국토의 훼손이 될 뿐이다.

4) 주물과 종물

민법 제100조는 주물主物과 종물從物에 관하여 정하였다.

물건의 소유자가 그 물건의 상용常用·일반적 이용에 공供·이바지하기 위하여 자기 소유의 다른 물건을 이에 부속하게 한 때에는 그 부속물은 종물이다(100조②). 동일 소유자가 토지와 건물을 함께 활용하여 가옥을 만들었을 경우 토지와 건물이 별개의 물건으로 취급되는 제도 아래에서는 토지가 주물인지, 건물이 주물인지를 따질 필요가 없다. 우리 현행법은 토지와 건물을 각각 독립된 별개의 물건으로 보고 있기 때문에 현행법상 토지와 건물은 별개의 주물이다. 지구촌 대부분의 나라가 토지와 건물과의 관계에 있어 토지를 주물로 여겨온 오랜 전통과 비교하면 우리의 법의식은 매우 이색적이다.

조선조 말까지 우리나라 부동산 거래 관행에 있어 법의식은 가옥에 있어 오히려 토지를 종물로 보았다. 그러므로 "종물은 주물의 처분에 따른다(100조 ②)"는 현재의 원칙에 의하면 일제 강점기 이전에는 가옥 거래의 핵심이 건물에 있었다. 건물소유권만 취득하면 그에 부속한 토지는 당연히 따라왔다. 또한 박정희 정권 초기까지 경제적으로는 대부분의 주택이 건물이 주된 재산이고 땅은 그에 자동으로 따라붙는 딤 재산으로 여겼다. 그러나 오늘날 경제적 관념으로는 대부분의 오래된 단독주택들에 있어 땅이 주물이고 건물은 오히려 따라붙는 재산으로 여기는 경우가 많다.

조선조까지, 더 나아가 경제적으로는 박정희 초기까지의 주택 거래 관행에서 왜 땅은 건물에 따라붙는 종속물인 것처럼 여겨 거래되었을까. 그만큼 당시에는 건물값에 비하여 토지값이 현저하게 낮았기 때문에 이러한 거래 관행이 통용되었던 것이다. 대도시에서 단독주택의 경우 건물값보다 토지값이 훨씬 높은 오늘날의 관점에서는 우리의 옛 주택 거래 관행은 매우 특이했다. 뿐만 아니라 영·미와 유럽 등 세계 대부분의 나라와 비교할 경우에도 이색적이다. 어쩌면 우리의 부동산에 대한 전통의식은 세계 대부분의 나라와 비교할 때 매우 경제에 밝은 실용주의적인 관점에서 사물을 대하는 생활을 오랫동안 해왔다고 말할 수도 있을 것이다. 이러한 차이는 땅보다 사람을 더 중요시하는 전통, 봉건적인 정신을 거부하고 자유주의를 지향하는 정신과도 상당한 관련이 있을 것으로 보인다. 그러나 제도가 바뀌고 세월이 변하면서 토지의 용도가 다양화되었다. 그리하여 오늘날에는 토지와 건물이 각각 독립된 물건으로 취급되어 거래되는 것이 원칙이다. 이와 같이 우리의 전통은 경제적인 환경이 바뀌면 기준도 그에 맞춰 변해왔다. 이름이 세상을 바꾸는 게 아니라 세상이 변하면 이름값도 변했던 것이 우리의 독특한 역사이기도 하다.

5) 토지공개념

토지공개념土地公概念·Land Kong-Conception은 지구촌에서 우리나라에서만 종종 쓰고 있는 용어다. 1978년도 당시 건설부의 국토계획 관련 모 심의회에서 어느 교수가 가볍게 던진 말이 씨가 되었다. 항간에서는 이 말의 원조를 헨리 조지Henry George·미·1839~1897라고 한다. 전혀 근거가 없는 말이다. 헨리 조지의 토지가치세는 오늘날의 현실과 동떨어져 있는 이론이다. 그의 《진보와 빈곤(Progress and Poverty)》에서 쓴 글은 그의 주옥같은 글솜씨로 세계적인 고전이 되었다. 그는 지대地代·rent의 사회화를 주장하기는 했지만 토지공개념을 정의하거나 말한 적이 전혀 없다.

우리나라에서 쓰는 이 말은 일종의 관제용어官製用語다. 그동안 개발마피아가 특정 규제나 특정 개발을 하는 데 도구 개념으로 악용함으로써 이 개념의 의도적인 악용의 결과 언제나 오히려 빈익빈 부익부를 현저하게 심화시켜왔다.

토지와 관련하여 유명한 저술가인 헨리 조지가 환생하여 우리나라에서 벌어지고 있는 이 토지공개념 논쟁과 그 아래 숨겨진 부처 이기주의의 이기심을 본다면 그는 자신이 이 현장에서 들먹여지고 있다는 사실에 대하여 매우 언짢아할 것이다. 왜냐하면 그가 벌인 운동은 빈곤한 사람들에게 따뜻한 손길을 주는 것이다. 그러나 우리나라

토지공개념은 관제운동으로 일관되어왔고 어용학자 등이 이를 떠받쳐온 조작적
개념이기 때문이다. 그리고 그 운동의 결과 부자는 더 부자로, 가난한 분들은 더
가난뱅이로 몰아가는 묻지마 규제와 묻지마 개발로 점철해왔기 때문이다.

이 토지공개념은 문재인 정부 출범 초기에 정부에서 제안했던 헌법개정안에까지
등장하였다. 이 말이 정부의 헌법개정안에까지 등장하자 과거 정부에서 유명관료를
역임했었던 이른바 세간에서 학식과 덕망 높은 교수 출신의 한 학자의 말이 퍽이나
인상적이었다.

"과거 토지공개념 법을 입법할 때 제가 당시 대통령께 꼭 토지공개념을 해야 한다고
강권드렸지요. 그래서 토지공개념 법이 입법이 되었던 것이었어요"라는 신문 인터뷰
기사를 보았다. 순간 나에게 그 발언은 매우 충격으로 다가왔다.

"세상에 이런 일이!"

그 기사를 접한 필자의 가슴은 안타까움으로 콩닥거렸다. 이 말을 숭배하는 사람들이
지금까지도 적지 않음에 놀라웠다. 또 이 말이 헌법에까지 등장하도록 추진하는
그룹이 있음에 더 의아스러웠다. 뿐만 아니라 이러한 사회적 여론을 타고 이 말의
왜곡이 이렇게까지 번지기도 한다는 것을 놀라움으로 바라보았던 것이다. 토지공개념
이력에 관한 자세한 설명은 노태우 심판 때 있을 예정이다.

6) 거품가격과 응축가격

모든 상품의 가격은 거품 또는 엑기스가 있다. 거품이 낀 가격을 **거품가격bubble
price**이라고 부른다. 엑기스로 된 가격을 **응축가격**凝縮價格·extract price 또는
농축가격이라 한다.

거품가격은 현재의 가격이 정상가격보다 더 높아진 상태의 가격이다. 정상보다 높아진
만큼이 거품이다. 맥주를 마시기 위해 맥주병에 든 술을 잔에 따르면 거품이 생긴다.
잔 속 거품은 시간이 흐르면 가라앉는다. 그래서 맥주잔에 따른 술은 거품을 뺀
나머지가 실제 마시는 양이다.

부동산값도 거품이 꼈다면 언젠가는 거품만큼 값이 하락하는 게 원칙일 것처럼
생각하기 쉽다. 부동산값을 비교해보면 분명히 거품이 낀 값들이 상존한다. 그럼에도
불구하고 맥주 거품과는 달리 부동산값 거품들을 정확하게 계량하는 건 매우
어려운 일이다. 또한 부동산값 거품은 맥주 거품처럼 언제나 꺼지는 것은 아니다.
부동산값은 환경가치를 포함하고 있기 때문에 내부성은 물론 외부성으로부터 많은

영향을 받기 때문이다. 따라서 부동산값 거품은 꺼지기 전에 다시 오를 수도 있고, 또 거품이 없었던 것처럼 속이 꽉 들어찰 수도 있다. 특별한 경우에는 거품이 농축으로 바뀌는 경우마저 있다. 다만 부동산값 수준 비교감각이 탁월한 사람들은 일정한 조건 아래에서 거품의 존재와 거품의 크기를 추계하기도 한다. 그렇지만 이 거품추계는 일정한 때 특정 부동산값의 다른 부동산과 비교한 상대적인 가격일 뿐이다.

한편 정상가격보다 낮게 형성되어있는 부동산값은 무엇이라고 부를까. 이는 응축가격이라고 부를 수 있다. 우리가 홍삼농축액을 홍삼차로 마시기 위해서는 아주 적은 홍삼농축액을 티스푼으로 떠낸다. 작은 주둥이의 티스푼으로 떠낸 엑기스를 잔에 따르고 뜨거운 물을 붓는다. 그러고는 티스푼으로 농축액이 뜨거운 물에 잘 녹도록 젓는다. 녹으면 이를 홍삼차로 마시는 것이다. 그 마시는 차의 부피가 정상가격인 것이다. 응축가격도 농밀도가 다종다양하기 때문에 정상가격화 되는 데 걸리는 시간 또한 다양하다. 이 응축가격은 시대에 따라 물건에 따라 다양하게 존재한다. 그러나 그 값을 정확하게 계량하는 것은 거품가격의 계량에서처럼 어려운 일이다. 또한 응축가격도 카멜레온처럼 변하여 극히 예외적인 경우에는 오히려 거품가격으로 추락하는 경우마저 있다.

국토를 거시적으로 보았을 때 현대에 들어와 우리나라 땅값은 응축가격의 정상가격화의 역사가 거품가격의 정상가격화의 역사보다 압도적으로 길다. 지금으로부터 100년 전이면 1920년대다. 한창 한일합방이 진행되고 있을 당시다. 그때부터 현재까지의 100년 동안을 10년 단위로 쪼개면 10개 단위가 된다. 만약 100년 전까지 거슬러 올라간다면 옛날 땅값일수록 농밀도가 높다. 논 이외의 땅들이 더욱 그랬다. 특히 과거 주택 거래에 있어 토지는 가옥의 종물로 취급되어왔을 정도로 땅값은 쌌다. 오늘날의 땅값은 흔히 비싸다고 말한다. 그런데 비싸다고 생각되는 현재의 땅값이 정상가격, 즉 시장가격인 것이다.

땅값 변동의 기록이 어느 정도 계량화되었던 1950년대 이후 우리나라 땅값 변동을 보면 70년 전이 가장 농밀도가 높았다. 그리고 그 농밀도는 60년 전, 50년 전, 40년 전으로 현재와 가까워질수록 밀도가 옅어져 갔다. 극히 최근에 들어서는 전국 땅값 상승률이 국민총생산, 물가상승률, 이자율을 밑도는 해도 꽤 늘어났다. 국토를 평균적으로 보면 거품도 농밀도도 거의 사라져 있는 상태가 오늘날의 부동산값처럼 보인다. 물론 이러한 현상이 앞으로는 어떻게 변해갈 것인가를 예측하는 건 쉬운 일이 아니다.

땅값의 농밀도 역시 토지의 용도에 따라 차이를 보였다. 과거에는 땅값 중에 가장 비싼 땅은 논이었고, 그다음은 밭, 임야 순이었다. 집터가 논값보다 훨씬 싼 세월이 있었는데 이러한 동향은 1960년대 초기까지 계속되었다. 그러다가 집터값이 점차 비싸지게 된 건 1960년대 이후다. 이러한 경향은 1970년대 이후 큰 변화 없이 그 추세가 계속 이어져 오고 있다. 오늘날 논값과 도시의 집터값은 그 키 재기가 안 될 정도로 큰 격차가 벌어졌다. 그만큼 1960년대부터 농촌 토지값과 도시 토지값은 상호 역전현상을 보였다.

농축가격은 시대별로만 그의 존재를 발견할 수 있는 것만은 아니다. 시대는 물론 지역이나 부동산 개별물건에도 이 가격이 드물지 않게 발견된다. 그리고 현재도 지역이나 필지 또는 건물에 따라 농밀도는 상호 차별화가 존재한다.

7) 부동산값의 불균형 변동과 불안정 변동

부동산값은 항상 변동한다. 때문에 그 변동과 관련하여 과거에는 주로 경기변동이론을 빌려서 변동타성을 설명하기도 했었다. 하지만 부동산값 변동에 작용하는 정부의 직접적 또는 간접적인 시장 개입이 많아질수록 부동산 가격은 비정상적으로 변동한다. 그래서 자유시장을 전제로 하여 구축해왔던 경기변동의 이론으로 부동산 가격 변동의 타성을 설명하는 게 최근에 들어서는 유의적인 의미를 갖지 못하게 되었다.

정부의 규제는 부동산값에 많은 영향을 미친다. 토지를 중심으로 본다면 정부의 직접적인 토지규제는 이용규제와 가격규제로 나누어 볼 수 있다. 이용규제가 미치는 부동산값 변동에 대한 영향력은 매우 크다. 한편 가격규제의 영향력은 대부분 매우 작거나 부작용만 발생시키는 경우가 많다. 오히려 간접적인 규제인 금리 등과 같은 금융규제가 단기적으로는 큰 영향을 미치기도 한다.

부동산의 효율적인 사용을 위한 이용규제는 효율적인 국토계획의 구현 수단으로 행해지므로 거의 있어야 할 규제로 받아들여진다. 부동산의 특성인 상린관계相隣關係를 유발하는 재화인 인접성隣接性으로 인하여 부득이 시장에 대한 정부의 개입이 정당화되어야 하는 경우가 많기 때문이다.

그러나 가격규제는 어느 나라에서든지 흔하게 행사되는 규제라고 보기 어렵다. 문제는 있어서는 안 될 부동산 가격 규제가 손쉽게 발생하기도 한다는 점이다. 왜냐하면 동산과는 달리 부동산 규제는 동산처럼 규제를 피해 다닐 수 있는 재화가 아니기 때문이다. 그러므로 부동산 문제가 불거지면 정부는 손쉽게 규제의 유혹에 빠진다.

그래서 대부분 잘못된 가격규제를 남발하여 정부가 부동산시장을 교란시키는 일이 흔하다. 이러한 상황 아래에서는 부동산값 변동을 경기변동의 타성으로 설명하는 게 설득력이 떨어진다. 이미 효율적인 시장이 정부에 의해 많이 교란되어있기 때문이다. 따라서 부동산값 변동타성을 단기나 중기나 장기와 관계없이 값 변동 그 자체만을 중심으로 관찰하는 이론이 있다. 이러한 이론 가운데 하나가 부동산값의 균형 변동 또는 불균형 변동, 그리고 안정 또는 불안정 변동 이론이다. 이 이론에 의하면 정부의 시장개입이 많건 적건 관계없이 부동산시장의 동향을 있는 그대로 설명할 수 있다. 이를 여기에서 간략히 알아보자.

7-1) 부동산값 균형 변동과 불균형 변동

부동산값이 균형 변동한다거나 불균형 변동한다는 말은 일정한 추세 곡선trend curve과 비교할 때 부동산값이 그 추세 곡선을 수렴하는 변동을 하느냐 그러지 않느냐 하는 것을 나타낸다. 수렴할 때에는 균형 변동을 한다고 말한다. 반대로 추세에서 벗어날수록 불균형 변동을 한다고 말한다.

예컨대 특정 부동산값이 장기적으로 연평균 5%씩 상승한다는 것을 가정하자. 그렇다면 평균상승률이 5%가 되고 이것이 추세선trend line이다. 그런데 비교 부동산값은 시계열상 5%를 크게 벗어나 상승한다든가 하락한다든가 하는 경우 이는 추세선과 멀어지는 널뛰기 변동을 했으므로 불균형 변동을 보였다. 반면에 또 다른 부동산값은 시계열상 5%에서 크게 벗어나지 않고 상승과 하락을 반복했다면 이는 균형 변동을 해왔다고 말한다.

장시간이 흐른 뒤에 각각 다른 지역에 있는 부동산값이 동일한 가격 수준을 보였다고 하더라도 균형 변동을 해온 지역과 불균형 변동을 해온 지역의 토지 이용은 상당히 다른 양상을 나타낸다. 균형 변동을 보인 지역은 일반적으로 토지 이용이 매우 합리적으로 진행된다. 따라서 국토를 효율적으로 이용하는 데 기여한다.

반면에 불균형 변동을 해온 지역의 토지 이용은 매우 불합리하게 진행된다. 따라서 국토의 효율적 이용을 저해하게 되어 국토의 낭비가 심해진다. 국토의 낭비가 심해짐으로써 궁극적으로는 비용인상 인플레에 의한 부동산값 상승을 유발한다. 이와 같이 동일한 부동산값에서 출발하여 장시간이 흐른 후 동일한 부동산값을 유지하고 있는 두 지역이 각각 다른 부동산값 변동을 했다면 상호 다른 토지 이용이 전개되는 것이다. 효율적인 토지 이용을 위해서는 균형 변동이 사회경제적으로 훨씬 합리적이다.

그러므로 정부는 부동산값의 균형 변동을 위해 노력해야 한다. 정부의
부동산시장에의 개입들 가운데 가격규제의 대부분은 불균형 변동을 야기하는
원인으로 작용하는 경우가 많다. 균형 변동을 위해 노력해야 할 의무를 가진 정부가
오히려 불균형 변동을 부채질한다면 이것이야말로 정부에 의한 시장의 교란이며
국토의 낭비와 훼손의 원인을 제공하는 또 다른 정부의 실패이다. 이로 인해
국토는 낭비되고 부동산값은 적정가격을 훨씬 초월하는 폭등이 유발되는 원인으로
작용하기도 한다.

7-2) 부동산값의 안정 변동과 불안정 변동

부동산값이 안정 변동한다는 것을 사회에서는 부동산값이 정지되어있다는 뜻으로
새기는 경우가 있다. 원래 물리적으로 안정은 고정되어 있는 개념으로 쓰는 경우가
많기 때문에 기계적으로 그렇게 생각하기 쉽다.

그러나 경제적으로 안정은 일종의 가치개념價値槪念이다. 부동산은 소비재인 동시에
생산재의 성격을 갖는다. 따라서 경제 변동에 따라 변동하는 것이 부동산값의
속성이다. 만약 GDP가 계속 상승한다거나 건축비용은 물론 다른 물가가 상승하고
있는데 부동산값 변동이 없다면 이를 부동산값 안정이라고 말할 수 없다. 그렇게
된다면 부동산의 실질가치는 하락하기 때문이다. 부동산값은 실질가치를 유지할 때
필요한 부동산 생산이 원활하게 지속될 수 있다. 때문에 부동산값 변동에서 안정
변동은 부동산값의 실질가치를 유지하는 변동을 뜻한다.

반면에 부동산값 불안정 변동은 부동산값이 안정 변동을 이탈하는 변동을
말한다. 안정 변동을 이탈하는 변동은 크게 두 유형이 있다. 하나는 폭등형
불안정 변동暴騰型不安定變動·많이오름형 불안정 변동이며 또 다른 하나는 폭락형 불안정
변동暴落型不安定變動·많이내림형 불안정 변동이다. 국민총생산이 플러스를 지속해가는
사회에서 흔히 더 많이 목격될 수 있는 불안정 변동은 많이오름형 불안정 변동이다.
왜냐하면 동산과는 달리 부동산은 값이 변동하면 토지 이용이 달라지기 때문이다.
부동산값과 토지 이용은 상호 끊임없는 영향을 미치면서 변동한다는 점이 동산과는
전혀 다른 현상이다.

많이오름형 불안정 변동 시장에서는 부동산값고등不動産價高騰의 문제들을 야기한다.
주로 비용인상, 형평문제의 발생 등이 있다. 부동산을 소유한 자가 이익을 보고
소유하지 못한 자가 손해를 보는 일이 발생한다.

많이내림형 불안정 변동 시장에서는 부동산값폭락不動産價暴落의 문제를 야기한다. 이

경우에는 형평의 문제에서 불안정으로 인해 발생하는 이해당사자가 바뀐다. 부동산을 생산이나 소비재로 하는 활동에서 비용하락이 발생한다. 한편 오히려 부동산을 소유하지 않은 자가 소유한 자보다 상대적으로 이익을 본다. 물론 이 경우에도 토지 이용에 있어 합리적인 이용이 저해되는 등의 파생문제를 발생시킨다.

정부는 부동산값 안정을 유도하려고 노력할 필요가 있는데 그것은 부동산값 불균형 변동을 유발하지 않으면서 추구되는 것이어야 한다. 만약 불균형을 초래하면서까지 안정을 인위적으로 추구하게 되면 오히려 부동산의 효율적인 이용을 저해함으로써 야기되는 파생문제만 더 깊게 심화시킬 수도 있다.

7-3) 부동산 투기는 부동산값의 불균형 변동이나 불안정 변동이 예견되는 시장에서 흔히 발견할 수 있는 행동이다

부동산 투기는 부동산값의 변동이 불균형이나 불안정한 경우에 그렇지 아니한 시장에서보다 더 많이 발현된다. 특히 고등형 불안정시장高騰型 不安定市場인 경우에는 투기가 과열되기도 한다.

그런데 종종 투기의 과열은 이러한 시장에서 어떠한 변화를 가져올까. 그 해답은 명백하다. 시장을 통제하지 않는다면 투기는 오히려 고등형 불안정시장을 저등형 안정시장低騰型 安定市場으로 변화하게 하거나 폭락형 불안정시장暴落型 不安定市場으로의 변화를 이끈다. 투기가 과열될수록 이러한 변화는 더욱 빨라진다. 따라서 투기는 불균형을 균형으로 불안정을 안정으로 회귀시켜가는 운동이기도 한 것이다. 이러한 회귀운동의 결과 시장에 늦게 참여한 투자자들은 오히려 큰 손실을 입을 수도 있다. 이러한 손실이 예견되는 시장에서는 투기를 하도록 명석을 깔아줘도 투기하지 않는다. 이와 같이 투기시장은 오히려 투기가 상존함으로써 부동산값이 안정되는 것이다. 그러므로 정부는 투기적 행위가 불법이나 탈법에 해당되지 않는 경우에는 무조건 규제하려고 해서는 안 된다. 자칫 투기규제가 부동산시장을 더욱 불안정 변동으로 더 큰 거품가격을 양산하게 하여 과열투기를 불러들이는 어리석은 행동이 될 수 있기 때문이다. 어느 경우에나 정부는 부동산값의 균형 변동이나 안정 변동을 위하여 노력해야 한다. 균형 변동이나 안정 변동을 이끌어갈 수 있을 때 가장 효율적인 부동산시장이 유도되기 때문이다.

자유경쟁시장의 원리를 이용한 재산권에 대한 통제, 예컨대 공개시장조작을 통한 부동산값안정대책은 그 대책을 위해 소비하는 공급비용이 과잉이 아니라면 부동산값의 균형 변동이나 안정 변동에 도움이 되는 경우가 많다. 그러나 재산권에 대한 규제, 즉 부동산권에 내재되어 있는 사용권능이나 수익권능, 그리고 처분권능을 규제하는 것은 대부분 부동산값의 불균형 변동과 불안정 변동을 심화시킨다. 그러므로 대부분의 부동산권 규제는 시장을 불안정이나 불균형으로 몰아간다. 그리하여 결국 투기를 억제한다고 하는 대책들이 오히려 더 큰 투기나 새로운 투기를 양산시키는 시장의 교란 작용으로 나타나는 경우가 많다.

8) 부동산값 원뿔현상

부동산값 원추현상不動産價 圓錐現象·real estate value cone phenomena, 不動産價 牛角現象·real estate value bulkcone phenomena은 도시의 부동산값은 중심지가 가장 높고 변두리로 갈수록 낮아지는 현상이다. 부동산값 쇠뿔현상이라고도 부른다. 이러한 현상은 도시가 동서남북으로 자유롭게 펼쳐져 가는 곳에서 더 확연하게 정형화된 쇠뿔로 나타난다. 하나 항구도시나 광산을 중심으로 하는 광업도시처럼 그 도시의 주된 경제활동 지향점이 달라지면 쇠뿔의 모습은 정형화의 변형으로 나타난다. 정형화의 변형은 지형이나 지세와 토지 이용의 규제에 의해서도 발생한다.

쇠뿔현상은 도시 규모가 더 커질수록 보통은 기하급수적으로 가중된다. 또한 도시의 경제총생산이 높게 상승할수록 더 가파르게 진행된다.

부동산값 쇠뿔현상은 왜 발생하는 것일까. 그것은 도시의 향심向深과 이심離心이라는 끊임없는 도시민들 생활공간의 변화작용 활동으로부터 비롯된다. 도시란 원래 농촌이나 더 작은 도시 등에서 사람들이 모여들어서 형성된 생활공간이다. 이 경우 모여드는 이유는 경제, 소비, 문화, 집단적인 레저 등에서 여러 가지 이점이 있기 때문이다.

흔히 도시로 사람들이 몰리는 것은 집적이익集積利益·agglomeration profit이 있기 때문이라고 한다. 모여들수록 이익이 커지는 현상을 집적이익현상이라고 부른다. 물론 오히려 모여들수록 이익보다 손실이 커지는 현상도 있다. 이는 집적손실集積損失·agglomeration loss이라고 부른다. 외부로부터의 인구유입이 가능한 경우 집적이익이 집적손실보다 더 큰 도시는 더욱 집적이 진행된다.

그리고 도시에서 중심지 부동산값이 높은 이유는 중심지가 사람들을 모으는 힘이 변두리에 비하여 더욱 강하기 때문이다. 이러한 이유는 외곽에 비하여 중심지는 그 도시 사람들이 쉽게 접근할 수 있기 때문이다. 주로 일자리나 교육, 보건, 교통 등에서 유리한 곳이 집중도가 높다. 도시민들의 다양한 욕구들을 소비하게 하는

선호공간이기 때문이다. 특히 중심지의 획지가 넓고 그 획지 용도의 다양성이
보장된다면 모여드는 사람들의 밀도가 더 강해진다. 이렇게 강해지는 힘을 향심이라
한다. 향심은 경제성장의 속도가 높을수록 더 탄력을 받는다.

반면에 교통체증이나 매연, 세균이나 바이러스 감염 등이 더 많아진다면 사람들은
도심을 기피하게 된다. 사람들이 도심을 멀리하게 하는 힘을 이심이라 부른다.
중심지로 모여들게 하는 힘이 이탈하게 하는 힘보다 커지면 부동산값의 쇠뿔현상은
더욱 현저해진다. 도심과 외곽과의 교통망의 다양화는 쇠뿔의 집적을 더 배가시킨다.
왜냐하면 동서남북 한계 지역들에 있는 외곽 지역은 도심으로의 이동시간을
단축하는 걸 원하기 때문이다. 이러한 요구를 구현하기 위해 도농, 대도시와 소도시,
도시 중심과 외곽을 거미줄처럼 연결하면 도심과 외곽 모두 교통거리 단축에 따른
이익이 발생한다. 그러나 부동산값의 변화에 있어서는 대도시 중심지일수록 더 높게
상승한다. 특히 일부 상권의 경우 오히려 도심쏠림이 더 배가된다. 모여드는 현상으로
중심지의 원뿔은 더 높이 솟는다. 물론 이러한 부동산값 원뿔현상은 대도시일수록
훨씬 더 높고 크다. 한편 대도시의 중심지 모임현상은 대도시 곳곳에 미니현상으로
나타나기도 한다. 이러한 현상은 부도심의 발현으로 설명된다.

물론 코로나19 같은 바이러스의 인간에 대한 공격은 전통적인 대도시 쇠뿔현상을
상당히 와해시킬 수도 있다. 인구의 밀집, 밀폐, 밀접을 공격하는 바이러스가 사람들의
공간 활동 패턴을 뒤흔드는 경우에는 이로 인하여 오히려 이심을 부추기게 한다. 만약
지구촌 곳곳이 오랜 기간 코로나19 같은 바이러스의 공격을 받게 되고, 또 그러한
공격으로부터의 피해가 상시적으로 일어난다면 부동산 쇠뿔현상은 그 모습이 크게
변화할 것이다. 모임보다 흩어짐이 더 이익이 되는 세상으로 도시가 변화할 것이기
때문이다.

9) 중심지 부동산값에서 부동산값과 가격 수준

부동산값은 시장에서 결정되는 게 원칙이다. 그러나 어떤 부동산은 시장이 아닌
곳에서 결정되기도 한다. 앞의 가격은 시장가격市場價格이라고 부르고 뒤의 가격은
시장외가격市場外價格이라고 부른다. 시장외가격은 시장이 형성되지는 않았지만
형성되었다고 가정하였을 때 매겨지는 추산가격이다.

그런데 때때로 이론가들 사이에선 가격을 가치로 바꿔 말하기도 한다. 시장가격을
시장가치, 시장외가격을 시장외가치라고도 부른다.

물론 가격을 설명할 때 가치는 중요한 용어다. 그래서 경제학자 대부분은 시장가격은 무슨 가치가 움직이는가를 주요 연구 대상으로 삼아왔다. 이른바 가치론이다. 원래 가치와 가격은 그 뜻이 다르다.

가격價格·price은 어떤 재화가 시장에서 결정된 거래대가去來代價다. 가격은 현실에서 수수되는 금원金員으로 발현된다. 따라서 가격은 구체화되거나 계량화된 가치인 셈이다.

반면에 가치價値·value란 어떤 재화 또는 존재에 대한 호불호의 본질本質이다. 가격이 구체적인 계량화로 의제되는 것인 데 비하여 가치는 추상적인 관념으로 의제되는 것이라 할 수 있다. 구체화할 수는 없으나 그 본질의 무게를 추정할 수 있는 건 가치의 특성이다.

분명한 점은 가격을 매길 수 있는 것들은 가치가 있다. 그러나 가치가 있는 모든 것이 가격을 매길 수 있는 건 아니다. 가치에는 가격으로 구체화할 수 있는 것도 있지만 구체화할 수 없는 것도 많기 때문이다. 가치를 권리의 대상으로 할 수 있는 것은 가격이 매겨질 수 있다. 그러나 권리의 대상으로 할 수 없는 것은 가치가 아무리 높아도 가격을 매길 수 없다. 이와 같이 용어상의 가격과 가치는 일반적으로 동의어로 쓰지 않고 상호 구분하여 쓰는 경우가 많다.

그럼에도 불구하고 미국의 부동산 평가 이론에서는 가격 대신 가치를 사용하는 경우가 많다. 그 까닭은 미국에서 부동산 평가 이론을 맨 처음 주도한 학자들에는 경제학자보다 경영학자가 다수였기 때문이다. 또한 미국의 부동산 권리는 우리처럼 물권物權이 아니다. 채권債權과 유사하다. 해서 한 개의 부동산에는 하나의 소유권만 존재한다는 일물일권주의一物一權主義보다 한 개의 부동산에는 병렬적인 여러 가지의 권리가 존재한다는 일물다권주의一物多權主義가 통용된다. 주식평가에서 기업가치 평가하듯, 부동산을 바라본 경영학자 일부는 부동산의 시장가격을 시장가치로 쓴다. 그러고는 가격은 현장에서 이루어진 계약가격인 거래가격이고 가치는 경제이론에서 수요·공급의 곡선이 서로 만나 성립된 시장가격인 것처럼 전제하고는 아전인수식 평가이론을 편다.

하지만 선진국을 비롯한 세계 모든 나라는 물론 미국마저도 거래가격을 시장가격으로 인식한다. 우리나라에서도 실거래가격이 공시되고 있다. 이러한 관계를 일찍이 깨달은 일본의 감정평가이론에서는 시장가치라는 말 대신 시장가격이라는 표현을 써왔다. 또한 시장가격이 이론적인 가격과 일치하는 경우 이를 정상가격이라는 말로 바꿔 사용하기도 했다. 물론 정상가격과 별개의 뜻을 상징하는 공정가치fair market value를 사용하는 경우에는 시장가격을 공정화한다 라고 하는 뜻을 지닌다. 예컨대 조세부담에 앞서 납세자들의 구체적인 담세 능력을 고려한다는 뜻도 담겨있다.

우리나라에서는 이러한 별칭이 왜 있는지 크게 고민하지 않고 자국의 부동산권이나 그로부터 파생되는 권리가치에 관한 고민도 없이 그냥 외국 것을 무조건 혼란스럽게 베껴 쓰고 있는 현실이다. 용어의 정확한 정의가 반드시 필요하다.

여하튼 땅값이든, 주택값이든 값을 결정하는 건 시장이다. 시장에서 정상적으로 성립한 가격이 곧 부동산값인 것이다.

그런데 부동산값과 달리 쓰는 용어로서 부동산가격수준不動産價格水準이라는 말이 있다. 이 말은 단순하게 부동산값이 얼마라는 인식과는 다른 개념으로 쓴다. 보통 두 가지 뜻으로 사용한다. 하나는 가격대價格隊를 하나의 가격으로 지칭할 때 이 말을 쓴다. 어떤 지역의 30평형대 아파트 가격은 10억 원 정도라고 하는 경우는 가격대를 말한다. 이 가격대는 상위가격군일 수도 있고 중위가격군일 수도 있으며 하위가격군일 수도 있다.

또한 당해 아파트 가격을 다른 지역의 동종 아파트값과 비교하기도 할 때 가격 수준이라는 말을 곧잘 쓴다. 일종의 가격 비교 개념이 포함된 말이다. 예컨대 서울 강남의 일정한 규모의 아파트값이 얼마 정도 하는데 같은 종류와 규모로서 부산 해운대의 아파트값은 얼마라는 식이다. 뉴욕 맨해튼 소재 50평대 콘도가 얼마 하는데 서울에서 가장 비싼 공동주택 지역의 50평대 가격이 얼마 한다는 식으로 말할 때 가격 수준 비교를 행한다고 말한다. 이와 같이 가격 수준은 상호 비교를 통해서 가격의 우열을 가릴 경우 흔히 쓰는 용어다.

가격 수준은 잘 비교하면 단기적으로 시가가 싼지 비싼지를 손쉽게 판단할 수 있다. 이에 따라 부동산 가격의 거품의 크기나 농밀도의 정도까지 유추하는 데 활용되는 가격 감각이기도 하다. 상호 가격 수준 비교감각을 통해서 특정 지역 부동산값의 상대적인 우열을 판단할 수 있다. 그러므로 가격 수준 비교감각이야말로 부동산 투자에 있어 성패를 가름하는 중요 능력 가운데 하나이다.

10) 개발마피아

한때 지구촌에 개발만이 살길이라는 철학이 유행처럼 번졌던 때가 있었다. 환경문제가 크게 불거지지 않았을 적 이 개발의 개념은 마치 착한 뜻을 가진 것으로 인식되기까지 했었다. 그러나 1950년대 말부터 이미 선진국들에서는 환경문제를 크게 의식하였다.

이후 개발은 착한 것이 아니라는 공식이 보편화되었다. 뿐만 아니라 지구촌에
환경재앙이 서서히 나타났다. 그 결과 오히려 개발은 착한 게 아니라 대부분은
악한 것으로 간주되기 시작했다. 그러나 과거는 물론 심지어 오늘날에 이르러서도
한국은 환경문제를 거론할 만큼 한가한 곳이 아니라고 하는 위정자들의 인식이
높았다. 그래서 세계적인 개발의 반성 기류와는 반대로 개발드라이브를 건다. 세상이
변했는데도 불구하고 이러한 물결, 즉 개발의 물결을 항상 반기는 그룹이 있다. 필자는
논의의 필요에 의해 이들을 개발마피아라고 부른다. 우리나라에서 개발마피아는
정부 안에 있다. 특히 대형 개발, 국가나 지방자치단체에서 관리 권한을 행사하는
택지개발은 이들이 가장 선호하는 먹이다. 왜 필자는 이들을 향해 마피아라는 용어를
쓰는가.

마피아.
자신의 모습을 외부에 좀체로 드러내지 않는다.
자신의 이익을 위해 공익의 희생은 당연시한다.
공권력을 교묘하게 악용한다.

위와 같은 사람 또는 그룹들에게 흔히 붙일 수 있는 지구촌의 적합한 보통명사 가운데
하나가 마피아다. 무기, 마약, 금융, 건설, 교육, 검경 등 특수상품과 특수이익 등이
검은 활동과 얽혀 공권력을 뒤흔드는 지구촌 수많은 흥정 뒤에 마피아들의 입김이
서린 경우가 많다.
마피아들 가운데 개발마피아는 어떠한 상황이건 기회만 오면 개발을 하려고
밀어붙인다. 이들이 노리는 개발은 자신들이 개발사업의 이권자가 되어 개발현장을
누비고 다니는 권능을 가지는 것이다. 그러므로 이들 개발마피아들은 개인이
사업시행자가 되어 자발적으로 행하는 개발에는 관심이 없다. 오히려 방해까지
한다(우리나라 부동산 개발 관련법의 변천사를 살펴보면 이러한 현상이 고스란히 화석처럼 남아있다).
오로지 대형 공영개발에 집착한다. 자유경제 위주의 사회에서는 공영개발이
민간개발보다 비용 면에서 현저하게 고비용을 소비하기 때문에 극히 일부만을
제외하고는 공영개발을 권장하는 나라들이 거의 없다. 그런데도 우리나라에서는
부동산의 공영개발이 득세해왔다. 개발마피아들이 준동해왔기 때문이다.
최고지도자가 안보를 강조하면 안보를 위하여, 형평을 강조하면 형평을 위해
개발을 해야 한다고 하는 논리를 만든다. 그 논리의 끝은 공영개발이다. 또 국가의

최고지도자가 효율을 강조하면 효율을 위하여 공영개발 장터를 개장하도록 논리를 만든다. 또 어떤 지도자가 균형을 강조하면 균형을 위해서 전국 곳곳에 삽질과 콘크리트 붓기를 행하도록 논리를 만든다. 이러한 논리를 만드는 건 쉽다. 돈으로 논리를 제조할 수 있는 게 자본주의 세상이니까 말이다. 특히 연구비라는 명분을 걸면 돈맛을 알고 덤벼드는 어용학자들이 득실거리는 게 학계니까.

그런데 민간에 의한 개발보다 공영개발이 훨씬 비용이 많이 드는 경우는 부동산이 사용재私用財인 경우이다. 예컨대 주택은 도로, 공원 등과는 구별되는 전형적인 사적 재화다. 때문에 주택을 공공이 공급하게 되면 주택소요住宅所要에 부응하는 공급과 멀어지기 때문에 반드시 비효율적인 공급이 된다. 흔히 공영개발택지에서 공급되는 분양 아파트값이 시장가격보다 싼 경우에 공영개발은 가격을 싸게 해주는 기능이 있는 것처럼 착각하기 쉽다. 그러나 이 분양가격에는 천문학적인 사회적 비용 등이 은폐되어 있다. 공공을 운영하는 비용과 흔히 발견되는 저가보상으로 인한 국토의 과잉 개발 손실 비용, 부적합 개발로 인한 국토의 훼손 비용, 직주분리로 인한 사회간접자본의 신설 비용, 혼잡을 야기하는 비용과 환경정화 비용 등이다. 이 다섯 가지의 비용은 분양가격에 노출되지 않고 국민의 혈세로 메우는 것이다. 그러나 민간에 의한 개발의 경우는 공용조직의 운영 비용과 행정 비용, 국토의 비효율적 이용으로 인한 훼손 비용이 공공개발과 비교할 때 거의 제로다. 따라서 사용재는 민간개발이 훨씬 값싼 비용을 써서 상품을 국민들에게 제공하는 것이다. 민간개발은 국민들의 천문학적인 혈세가 매몰되어 있지 않다. 이 비용은 결국 부동산 생산의 비용인상으로 귀착된다. 그러므로 총 원가 면에서 보면 사용재를 공영개발 하는 건 특별히 국방 등의 보안을 요하는 경우 이외에는 금지되어야 한다. 다만 임대료가 시장보다 싼 공공영구임대주택과 같은 사회주택社會住宅은 비용이 많이 드는 공영개발이라고 하더라도 정책적인 측면에서 공영이 운용하게 하는 게 선택된다. 왜냐하면 이는 효율效率의 문제가 아니라 형평衡平의 영역이다. 비록 생산 및 관리 비용이 훨씬 많이 든다고 하더라도 이는 사회보장대책의 일환으로 간주되기 때문이다. 한때 유럽에서는 사회주택에 의한 서민의 주택보조를 선호했다. 그러나 그것이 너무 많은 국민의 혈세가 들어가니까 아예 주거비 지원으로 전환하는 것이 재정 면에서 더 유리한 것으로 평가되었다. 그래서 주택바우처제도 등이 사회주택 공급의 대체 주거비 지원으로 확대되었다.

금융마피아는 돈으로 세상을 지배하는 걸 항상 꿈꾸고 구현한다. 주로 유대인계의 세계적인 금융마피아가 한 나라의 경제를 쥐락펴락해온 이야기들은 다수의 책에 널리 소개된 적 있다. 이들 마피아는 한 나라를 금융위기로 몰아가기도 하고 또 구원자 역할을 하기도 한다. 병 주고 약을 팔기도 하는 것이다. 이들 돈은 천문학적이다. 한 나라를 금융위기로 몰아넣고 부동산값을 폭락시킨다. 그리고 값싸게 폭락한 부동산을 매입하기도 한다. 그리하여 세계적인 금융마피아들은 세계적으로 유수한 부동산들을 소유하기도 한다.

그런데 한 나라 안에서 국토의 개발과 더불어 항상 자신의 영역을 확대하려고 하는 조직 가운데 국내형 금융마피아도 있다. 이들이 하는 행위는 국제금융시장을 뒤흔드는 것이 아니다. 그러할 힘도 없다. 대신에 국내에서 서민들을 대상으로 대부업을 한다. 대형 신도시 하나가 생길 때마다 국내의 금융마피아들은 땅 짚고 헤엄치듯 건설자금 금융으로 모기지mortgage 한다. 개발마피아가 공사판을 벌이면 건설금융을 확대하고, 건설된 주택을 분양하면 매입금융을 확대한다. 이들이 꿈꾸는 나라는 전 국민이 자기들의 조직으로부터 조종받는 채무자가 되는 것이다. 금융마피아 또한 개발마피아의 이익과 비례하여 자신들의 돈놀이가 안전하게 증식되는 길을 본능적으로 선호한다. 모든 국민이 자신의 돈놀이의 노예가 되는 날까지.

이와 같이 국내에서 기회만 있으면 무슨 수를 쓰더라도 공영개발을 강구하는 그룹을 편의상 여기에서는 개발마피아라고 부른다. 그리하여 개발마피아는 늘 묻지마식 공영개발 현장을 확대할 궁리만 한다. 국토의 헌법적 가치는 이들에게 웃기는 세상일 뿐이다. 그 헌법적 가치를 평가하는 원리, 즉 국토의 생명성, 이용의 효율성, 과실의 형평성은 이들에게 매우 낯선 이념일 뿐이다. 만약 그 원리를 알았다고 하더라도 한쪽 귀로 듣고 다른 쪽 귀로 흘려보내는 게 마피아놀이에 훨씬 유리하다. 모른다고 책임 추궁하는 일이 발생하지 않으므로 전혀 관심이 없다. 안보팔이는 물론 토지공개념, 주택공개념, 부동산 투기와의 전쟁이 이들에겐 국토의 헌법가치요, 그 헌법가치를 평가하는 원리가 된다고 우길 뿐이다.

여론 만들기는 쉽다. 왜냐하면 돈맛을 아는 이론가들이 정부지원금이나 보조금 옆에 항상 하이에나처럼 들락날락거리기 때문이다. 인력시장에는 이곳도 만만치 않은 경쟁들이 일어난다. 이처럼 국민으로부터 거둬들인 천문학적인 혈세만 있으면 혈세를 주무르는 권력자가 만들어내는 논리는 언제나 식은 죽 먹기이다. 그래서 개발마피아는 어떠한 명분이든지 자기들이 탐닉하는 묻지마 개발을 위해 손쉽게 논리를 개발하여 생명의 땅을 콘크리트와 플라스틱 사막화해가는 사업을 확대하려고 한다.

[여기에 있었던 서언의 글은 이 책의 맨 앞 프롤로그(p. 3-4)로 옮김.]

11-1) 토지공개념의 등장

우리나라 땅값은 1960년대 중반부터 높은 상승을 해왔다. 1970년대에는
1960년대보다는 상승 폭이 높지는 않았지만 당시 국민총생산의 증가나 물가상승률을
상회하였다. 특히 농촌 토지보다도 도시 토지의 상승률이 현저하게 높았다.
1960년대 말에는 개인의 부동산 자산가치 증가에 대하여 양도소득세제와 비슷한
투기억제세제까지 등장했다. 처음으로 우리 땅에 '투기'라고 하는 정치적 용어가 법에
버젓이 등장하기 시작한다. 당시 강남 등 대단위 신도시 개발도 했다. 그 여파로
1970년대 말에는 대도시의 주택값 상승이 두드러졌다. 특히 신도시가 부동산값 상승의
리더로 둔갑해버렸다. 값을 잡자고 개발한 강남이 값을 올리는 불쏘시개 역할을
하면서 강남을 위시한 중심지의 주택값 상승이 더 두드러진 것이다. 정부는 이러한
부동산값 상승기류를 무슨 수단을 써서라도 바꿔놓고 싶어 했다.

1978년 모월 모일. 당시 건설부에서 국토종합계획 관련 심의회의가 열렸다. 이때
사회경제적인 이슈 중에 가장 큰 것은 땅값과 주택값 안정이었다. 따라서 땅값을
어떻게 하면 효율적으로 안정시킬 수 있는가에 대한 자유 토론회가 열렸다. 거의
매주 열리는 끝장토론회였다. 투기억제세제 등을 시행했지만 부동산값은 잡히지
않고 고율상승을 했다. 당시는 우리나라 부동산값 대부분이 농축가격인 시대여서
생겨난 현상이었다. 이러한 농축가격에서의 농밀도는 주로 보존 목적의 농지가 아닌
개발이 쉬운 도시 토지가 훨씬 높았다. 그러한 사실을 모르는 당시 회의에 참석한
심의위원들은 어떻게 하면 땅값을 안정시킬 수 있을까에 관한 심각한 고민에 빠졌다.
뾰족한 수가 나올 수가 없었다. 회의는 자주 열렸지만 백약무효식의 백가쟁명의
토론장이기도 했고 또 어느 때는 고통이며 침묵의 현장이기도 했다. 이 침묵을 깨고
K교수가 갑자기, "이제 우리나라도 토지공개념을 할 때입니다"라고 말하였다. 그러자
평소 때 K교수와 의기투합하던 S교수가 "맞습니다. 우리도 이제는 토지공개념을
도입해야 합니다"라고 거들었다. 더 나아가 이 개념을 우리나라에 도입해야 한다는
말을 강조하였다. 이 말을 들은 주무부 장관은 그 심의회가 있은 다음 날 언론을 통해
"이제 우리나라에 토지공개념을 도입한다"라고 발표하였다. 그리하여 방송은 물론
각종 일간지 1면 톱기사로 이 말이 보도되었다(1978.2.2). 우리나라에서 처음 등장한 이

말은 토지시장에 큰 충격을 주었다.

토지공개념土地公槪念·Land Kong-Conception

분명히 짧으면서도 뭉클함이 있을 것 같은 말이다. 용어 가운데 공公이라는 글자
하나가 들어있다. 분명히 '공'이지만 공포의 공恐자, 공격할 공攻자, 바치게 할
공貢자로도 발음될 수 있는 애매한 말이었기 때문이다(물론 나중에 토지공개념 논쟁이 끝날 때
즈음 이 말은 새로울 것도 없고 아무 내용도 없는 빈 공空자로 표현한 학자도 있었다). 그래서 우리나라에
도입하겠다는 토지공개념이 무슨 뜻인가 하는 사회적 의문이 증폭되었다. 장관은
수많은 기자로부터 질문을 받는다. 토지공개념이 무슨 뜻이며 어디에서 도입되는
개념입니까 하는 질문이다.
그런데 장관은 그 질문에 대하여 침묵으로 답할 수밖에 없었다. 자신이 만든 말이
아니었다. 국토 관련 유명한 교수가 한 말을 그대로 전달한 것이었다. 그래서 그 발언을
하고 의기투합했던 교수에게 장관은 되묻는다.

토지공개념은 무슨 뜻이오?
어느 나라에서 도입하는 것이오?

이 두 질문에 대하여 그 교수는 대답을 할 수 없었다. 이 말은 기성개념이 아닐
뿐만 아니라 다른 나라에서 전혀 사용한 적이 없는 말이었다. 뜻도 도입도 전부
거짓말이었기 때문이다. 단지 투기를 어떻게 하면 억제할 수 있을까 라고 하는
상황인식 속에서 무언가 상황 탈출을 위한 염원에서 토로한 말, 강박관념에서 내뱉은,
즉 넋두리였다. 그러나 그 말이 이미 공개적으로 장관의 입을 통해 공표되었으니
'그건 넋두리였을 뿐이오!'라고 말한다면 완전 망신이었다. 하나 이미 엎질러진
물이었다. 그리하여 S교수는 토지공개념의 개념 정의에 팔을 걷어붙이고 모 기관
홍보용 잡지에 장문의 글을 쓴다. 그러자 법학자 가운데 다른 분들이 이 글은 완전히
픽션일 뿐이라고 생각하여 반박의 글을 대중잡지에 발표한다. 이것이 그 유명한
토지공개념논쟁土地公槪念論爭이다.

11-2) 토지공개념의 개념화 논의
망신을 당하면 안 된다고 하는 절박감에 사로잡힌 S교수는 토지공개념을 다음과 같이

정의한다.

"토지공개념이란 일반 재산권에 비하여 토지가 지니고 있는 원초적인 공공성으로
인하여 좀 더 공공의 이익을 위해 내재적 제약은 물론 사회적 제약을 가할 수 있다.
이러한 재산권 규제의 정당화를 확보시켜주는 원리가 바로 토지공개념이다."
이러한 주장에 대응하여 이를 비판하는 K, H교수 등은 "그러한 개념이라면 이미
우리 헌법에 명시된 재산권의 제약에 관한 공공복리원리에 명문화되어 있다. 따라서
애매모호한 법 원리를 신설하여 재산권의 규제에 관하여 혼동을 야기할 필요가
없다"라고 S교수의 토지공개념의 불명료한 조작적 정의를 강하게 비판했다.
또 토지공개념을 옹호하는 다른 교수 등은 점차 토지 이용이 다양화하고
계획화되므로 정부가 국민의 토지재산권에 규제를 가해야 할 건수가 많아질 수밖에
없는 사회를 향하기 때문에 기존의 공공복리보다 더 강한 공공복리를 구현하는
원리로서 토지공개념의 존재의의가 있다 라고 말한다. 그러나 이러한 주장 또한 현행
헌법의 부동산권 규제 근거로서 충분하고도 넘치는 내용이라는 반론에 더 이상
대응할 수 없게 된다.
그러나 이러한 논쟁을 일부 여론은 호도하여 사회적으로 마치 정의와 불의가 논쟁하는
것처럼 비치게까지 이끌어가기도 하였다. 그래서 스스로를 정의의 편이라고 자애하는
학자 가운데는 그의 뜻도 정확하게 정의하지 못하면서도 토지공개념을 옹호하였다.
이른바 정의팔이꾼들이 많아진 것이다. 그러나 정의팔이들의 공통점은 토지공개념을
정확하게 정의하지 못하는 점이다.
그러자 이를 비판하는 학자들이 많아졌다. 이러한 비판에 토지공개념의 뜻을
현존하는 공공복리와 동의어로 새기는 글들도 등장한다. 이른바 토지공개념논쟁 직후
법학계에서 보면 사법학자나 헌법학자 대다수는 이 개념을 사용하는 것에 대하여 매우
부정적인 인식이 강했다. 그래서 이 개념이 사회에서 사라진 듯했다. 그 후 뜬금없이
정부가 이 용어를 갑자기 들고나왔다.
 토지공개념이라는 넋두리가 우리 땅에 처음 등장한 지 거의 10년이 지났을 때였다.
이 용어를 갑자기 정부가 나서서 사회를 요란스럽게 뒤흔드는 소리로 재등장시켰다.
앞에서 본 것처럼 위와 같은 매우 위험스러운 용어이고 그 뜻조차 정확하게 정의되지
아니하였는데도 불구하고 이를 정부, 특히 당시 건설부가 앞장서서 국민들을
선동하는 용어로 사용한 것이 노태우 정권 때의 토지공개념연구위원회와 이른바
토지공개념 3법이었던 것이다. 정부가 불확정적인 개념을 마치 확정 개념인 것처럼
사용하고 전파한 것은 극단적인 교조주의 국가에서나 구경할 수 있을 법한 현상이다.

이러한 방식의 국민 현혹은 집단최면을 통하여 신도들의 이상행동을 유도하는
사교집단에서나 흔히 볼 수 있는 모습이었다. 그런데도 일개 사교집단과는 전혀 다른,
국민의 혈세로 운영되는 공공기관인 정부가 이 말을 여론에 띄워 자신들이 원하는
다양한 사업들을 추진하였다. 물론 정부의 관계기관은 그의 사용을 통해 여론에
불을 붙여 부처 이기주의의 달성에 요긴하게 쓸 수 있다고 계산했을 것이다. 여론은
정부의 선동에 속수무책으로 놀아났다. 뿐만 아니라 영문을 정확하게 모르는 일부
시민단체는 정부와 같은 합창을 했다. 많은 국민은 여론에 편승하여 우레와 같은
박수를 보냈다.

'토지공개념을 찬동하면 정의파, 반대하면 투기파'라는 여론이 집단최면의 효과였다.
물론 이론가 가운데 일부는 이 개념을 부처 이기주의를 관철시키기 위한
도구개념으로만 사용한 것은 아니었다. 이 말을 선의로 해석해서 공공의 이익을 위해
활용할 것으로 기대하면서 쓴 경우도 많았다. 일종의 선의로 '그랬으면 좋겠네'라는
노래를 부른 사람들도 많았다. 한편 이 말을 애초부터 불온한 뜻이 담겼다고 판단하고
경계한 학자들도 있었다. 해방 이후 여태까지 가장 많은 국민이 애독愛讀한 대표적인
법학교과서에까지 이 개념논쟁에 대한 한 학자의 우려가 피력되기도 한다.

이와 같은 논쟁에 우려를 표하는 곽윤직 교수의 글은 이 논쟁에 대해 최종적인 정리를
한 듯 보였다. 곽 교수의 글을 길게 풀이하면 "공공복리의 개념은 시대나 사안에 따라
신축적인 뜻을 지니고 있다. 그러므로 토지공개념 주창자들이 주장하는 이유들이라면
현행 공공복리개념으로도 충분하게 그러한 법 원리를 얼마든지 커버하고도 남는다.
토지재산권 규제원리로서 토지공개념을 새롭게 설정해야 할 아무런 이유나 필요도
없는 것이다. 그러함에도 불구하고 이러한 주장을 하는 자가 있다면 이는 히틀러나
무솔리니가 꿈꾸었던 강한 공공복리를 주장하는 것과 다름이 없으며 이는 마치
나치를 추종하는 것과 같다(곽윤직,《물권법》, 박영사, 1992. pp. 293-294 참조. 곽교수의 이 개념에
대한 비판은 토지공개념 거론 초기부터 줄곧 이어왔음)"라는 식으로 이 말을 함부로 사용하는
사람들을 싸잡아 비판하였다. 따라서 토지공개념의 선동적인 사용이나 전파활동
자체가 매우 위험스럽기 그지없는, 반헌법적인 문제만 불러일으킬 뿐이므로 그의
사용을 아예 하지 않음이 법을 지켜야 하는 사람의 도리라는 주장이다. 이로써
학술적인 공방이 대체로 정리되는 듯했다. 그러나 이미 이 용어를 악용한 정부의
묻지마 규제와 묻지마 개발은 합리적인 국토 이용을 크게 훼손하고 있었다.

11-3) 토지공개념의 사용 유형

이와 같이 우리 사회에서 이 용어는 오래 전부터 특히 부동산 가격과 관련된 묻지마식 규제와 묻지마식 공영개발을 의도하려는 개발마피아들의 욕구를 구현하는 도구인 선동개념으로 악용되었다. 이 불확실한 개념을 악용하려고 한 그룹 가운데는 희한한 논리나 유명인사의 글을 인용함으로써 이 용어를 정당화하려고도 하였다.

흔히 자신의 논리를 상대에게 주장하고 설득하기 위하여 논리가 박약할 때 쓰는 수법 가운데 하나가 권위 있는 사람의 이름을 빌려 밀어붙이는 방법이다. 물론 헨리 조지도 예외는 아니다. 아무튼 지대공수론을 주장한 수려한 문장가인 헨리 조지는 이 용어를 쓴 적이 전혀 없다. 그러함에도 불구하고 이 용어 쓰기를 선호하는 사람들은 헨리 조지가 이 말을 처음 쓴 양 호도하기도 한다. 이 용어는 우리나라의 관제적 용어이며 정치적 용어다. 우리 사회에서 그동안 토지공개념을 거론한 그룹들을 발언의 동기動機, 즉 의도 면에서 다음과 같이 두 가지 부류로 나누어볼 수 있다.

11-3-1) 순수한 정의 지향형

이 개념을 사용함에 우리 국토관리에 있어 형평성의 문제를 개선해야 한다는 순박함에서 이를 사용하는 사람이 많다. 순수純粹하게 스스로가 정의파正義派라고 여기면서 정의로운 행동에 동참한다는 자긍심이 밑바탕에 깔린 자들이다. 학자, 언론인, 시민단체 등등에 널리 분포해 있다. 이들은 자신이 이 말을 사용함으로써 그 파생효과가 어떻게 전개될지에 관해서는 깊이 생각하지 않는다. 그러한 것을 정확하게 판단할 능력도 없다. 대부분 이 말을 사용하면서도 그의 정확한 뜻이나 파생효과에 관하여는 진지한 성찰이 없다. 이 말을 사용하는 것만으로 사회에서 선량한 일을 한 것처럼 스스로가 자위하기도 한다. 그렇기 때문에 이 말의 뜻을 잘 모르면서도 이 말을 애용할 것을 선동하는 경우마저 있다. 최근의 헌법개정안에 이 말을 넣자고 한 사람들 중에도 이러한 유형에 속하는 자가 있을 것이다.

11-3-2) 작위적 의도 지향형

이 말을 순수하게 사용하는 게 아니라 다분히 불온하게 사용한다. 부동산값 상승시기를 기다렸다가 이 말을 의도적으로 재생·전파하는 그룹이다. 이 그룹은 토지공개념이 무슨 뜻을 지녔는지 정확하게 정의하지 못한다. 그런데도 토지공개념을 도입하거나 구현해야 한다고 선동한다. 1988년도 토지공개념연구위원회의 발표가 여기에 해당하는 대표적인 사례다. 이는 극명하게 작위적作爲的이고, 의도意圖하는

바가 뚜렷했다. 그들은 토지공개념을 구현하기 위해서 재산권財産權에 대한
묻지마식 규제規制를 해야 한다는 걸 지향指向하였다. 토지공개념의 이름을 걸고
부동산재산권을 사용하고, 처분하며 관리하는 전 과정에 걸쳐 다양한 규제를
가하자고 주장한다. 이에 더하여 부동산 감정평가와 관련하여 부처 이기주의의
싸움에서 획기적인 승리의 전리품을 챙기는 데 요긴하게 악용하기도 했다. 또한
이들이 언제나 지향하는 사업은 묻지마 공영개발이다. 이들은 막강한 공권력을
바탕으로 자신들이 의도하는 사업을 확장하기 위하여 이 개념을 도구로 이용한다. 그
후 심지어 민간 연구단체의 지원을 받아 책도 발행한다(《토지공개념과 신도시》, 1999.5, 이규황
지음, 삼성경제연구소 참고). 또 문재인 정부 들어서는 아마도 도시재개발에 공영개발의
정당성을 확보하기 위하여 일부 부동산학회에서 토지공개념연구회의 위원을
모집한다고 광고하는 경우마저 발생하고 있을 정도다.
문제는 작위적 의도지향형 그룹들이 움직이면 대부분의 순수한 정의지향형도
기계적으로 따라서 움직여왔다는 데에 있다. 이 그룹의 선동이 수십 년 동안 부동산값
대책에서 악용되어왔어도 사회적으로 아주 잘 먹힌 게 여태까지의 추세였다는 점이다.

11-4) 토지공개념 선동의 효과

11-4-1) 지향한 의도의 관철

11-4-1-1) 묻지마식 재산권의 규제

88올림픽 이전부터 이후에 이르기까지 서울 전역 주택값은 폭등하였다. 물론
택지값도 그즈음에 꾸준하게 불안정 변동형 상승을 했다. 그러자 당시 건설부가
중심이 되어 회심의 부동산권 규제 카드를 내놨다. 이전에 잠시 그 명칭이 소개된
토지초과이득세제, 택지소유상한에 관한 법률, 개발이익환수에 관한 법률이
그것이다. 정부는 이를 토지공개념 3법이라고 불렀다.
토지초과이득세법土地超過利得稅法의 주요 대상은 나대지裸垈地·빈 땅·나지에 일정규모 이하의
건물만 있거나 또는 아예 건물이 없는 대지였다. 빈 땅을 건물도 없이 소유하는 행위는 투기로
몰았다. 해서 해마다 땅값이 오른 경우 그것을 평가해서 초과이득세금을 물린다.
땅값 상승분의 50%를 세금조로 물리는 제도이다. 예컨대 1억 원짜리 땅이 다음 해에
2억 원으로 상승했다고 가정하자. 그러면 초과이익이 1억 원이다. 그러므로 5,000만
원의 세금을 물린다. 보유세와는 별개의 절차로 말이다. 세금 낼 돈이 없으면 물납도

가능하도록 하였다. 이 법을 시행한 첫해에 투기하지도 않았는데 투기꾼으로 몰린 선량한 시민이 그만 불행하게도 이 일로 스스로 이승을 떠나셨다. 이 법에 의하여 매년 50%씩 땅값이 오르는 경우를 가정한다면 약 5년이 지나면 개인이 소유하고 있는 땅의 대부분을 국가에 헌납당하는 꼴이 되고 만다. 100평(330m²)의 나대지를 가진 사람들이 매년 땅값이 50%씩 상승하여 5년 동안 물납한다고 가정한다면 20~30평의 땅만 남는다. 10년이 지나면 거의 땅이 없어진다. 사실상 무상몰수에 가까운 법이다. 세계적으로 그 유례를 찾기 힘든 규제다.

다음으로 택지소유상한에 관한 법률宅地所有上限法律이다. 이 법은 대도시는 200평(660m²), 중도시는 300평, 읍면 등은 400평으로 소유할 수 있는 택지를 제한하는 규정이다. 집터로 획일적으로 일정한 면적 이상의 택지를 갖고 있는 것은 투기로 몬 것이다. 투기로 보기 때문에 그 이상을 소유한 경우에는 초과소유부담금을 내야 한다는 거였다. 신규 소유는 그 규모 이하여야만 등기가 가능해진다. 이미 초과된 택지를 보유하고 있는 사람은 하루빨리 택지 쪼개 팔기 등을 해야 한다. 초과소유부담금은 해가 지날수록 과중해진다. 이 제도에 의하면 재벌 등을 제외한, 토지를 소비재로 사용해야만 하는 직업군들에는 매우 부담스러운 게 아닐 수 없다. 이 역시 세계적으로 그 유례를 보기 힘든 규제다.

개발이익의 환수에 관한 법률開發利益還收法律에 의하면 택지개발사업을 하는 시행자는 그 개발로 인한 이익의 일정비중(처음엔 50%로 했다가, 25%로 내렸다가, 유예하는 등의 변화가 있어옴)을 환수 대상으로 하였다. 과거 도시계획법상 수익자부담금은 폐지되는 대신에 이 규정이 신설되었다. 여기에서 나열되는 사업을 하는 시행자는 개발부담금이라는 개발이익금 납부를 각오해야 했다. 이 규정 역시 세계적으로 그 유례를 보기 어려운 규제였다.

거의 토지재산권에 대한 폭력이라고 표현되어도 지나침이 없을 이른바 토지공개념 3법은 더 강하게 규제해야 한다고 하는 일부 시민단체의 주장에도 불구하고 그나마 이 정도에서 마무리되었다.

이 법을 입법한 정부 일각에서는 토지공개념 3법이야말로 역사적인 입법임을 강조하였다. 부동산공법은 그동안 일본 것을 거의 베껴 쓰다시피 해왔다. 그러나 이 법은 남의 것을 베끼지 않은 독자적인 토종 한국의 입법이었음을 자화자찬하기도 했다.

그리고 진짜 부처 이기주의가 이들 소위 토지공개념 3법과 한데 얽히도록 하였다. 토지공개념을 애드벌룬으로 띄운 당시 건설부는 이들 법의 실효성 확보를 위하여

땅값의 시가조사를 행할 수 있도록 감정평가를 하나의 부처로 통일해야 함을
강조하였다. 전 국토 가운데 사용재私用財 등 토지의 매년 시장가격을 파악하는
지가공시제도 역시 도입해야 한다고 주장했다. 그리하여 지가공시 및 토지 등의
평가에 관한 법률地價公示 및 土地 等 評價 法律(그 후 여러 차례 개정을 거쳐 현재는 부동산 가격 공시에
관한 법률로 바뀌었다)이 토지공개념법에 슬그머니 끼워 넣기 식으로 제정되었다. 이러한
당시 건설부의 공격에 재무부는 힘없이 부처 이기주의 싸움에서 완패해야 했다.
토지공개념을 해야 한다는 열화와 같은 여론 때문이었다. 지가공시제도의 신설에
의해 과거 재무부 관리를 받던 당시 한국감정원(최근에는 명칭이 '한국부동산원'으로 바뀌었다.
'부동산'이라는 용어를 매우 싫어하던 단체가 갑자기 '부동산'이라는 용어를 자신의 이름으로 하는 미스터리한
개명)은 건설부의 감독을 받는 기업으로 바뀌었다. 재무부는 토지공개념 여론의 거센
물살에 휩쓸려 자신이 신설, 지원하고 관리해온 공기업인 당시 한국감정원을 고스란히
건설부한테 빼앗기는 수모를 당해야만 했다. 이후 한국부동산원장은 대부분 재무부
퇴직공무원에서 건설부(현 국토부) 퇴직공무원의 낙하산 인사들로 채워져 왔다. 이때
한국감정원 노조에서는 건설부로 이관되는 것을 극렬하게 반대하는 데모를 했다. 여러
가지 요구를 했다. 그 가운데 감정평가사시험제도에 관한 요구도 내걸었다. 경력자는
1차 시험을 면제하라고 했고, 2차 시험과목에서 물권법物權法을 제외하라는 요구도
했다. 당시 토지공개념을 해야 한다고 하여 사회를 집단최면에 빠지게 했던 건설부는
말도 되지 않는 이러한 요구들을 죄다 들어주었다. 목적은 오로지 부동산평가업계의
자기 부처에 의한 장악에 있었기 때문이다.

11-4-1-2) 수도권 1기 신도시 건설

토지공개념 선동의 효과로서 가장 큰 또 다른 변화는 제1기 수도권 신도시 건설이다.
일산, 분당, 평촌, 중동 등의 신도시 건설이 그것이다. 중심지 주택값이 오르면 늘
동산경제이론에 입각하여 부동산가격변동 메커니즘을 제대로 이해하지 못하는
사람들 중심으로 공급, 공급 확대를 여기저기에서 외친다. 여론은 주택보급률을
획기적으로 더 높여라, 신도시를 개발하라는 쪽으로 몰아가기도 한다. 이때다.
개발마피아들이 그리는 환경이며 여건이다. 수도권 여기저기 빈 땅들을 물색한다. 빈
땅 위에 수많은 신도시 설계 시뮬레이션을 돌려본다. 몇 가지 기초조사만 끝나면 불과
몇 시간 만에 뚝딱 설계도면 윤곽이 수없이 그려진다. 그들 가운데 하나를 선택하여
금을 긋고, 설계를 조율하고, 보안만 하면 끝이다. 수용개발 방식이므로 소리 소문을
최소화하여 하루빨리 개발독재의 유산인 부동산 감정평가만 시키면 값싸게 땅을

매수하여 손쉽게 공영개발할 수 있다. 이른바 전형적인 묻지마 공영개발이다. 이러한
방식으로 신도시 개발을 성공시키면 금싸라기 개발 위에서 관련 부처는 완장 차고
행차할 수 있다. 그러하니 이 어찌 아니할 사업인가. 분양가격이 아무리 싸다고 하여도
사용재인 주택지를 공영개발하면 그의 생산비용이 민간에 의한 경우보다 훨씬 많이
든다는 것은 앞에서 짚은 대로다. 그런데도 대부분의 주요 생산비용은 국민의 혈세로
충당하면 되니까 이는 드러낼 필요가 없이 마치 값싸게 공급하는 것처럼 속여 손쉽게
개발사업을 뚝딱 해치우는 사업에 매달린다.

역시 토지공개념 선동의 위력이 대단했다. 토지재산권을 이리저리 침해하는 법들을
손쉽게 양산했다. 뿐만 아니라 대도시 조형물들을 재개발하여 효율적인 조형이
이루어지는 것을 무관심하거나 방해하는 대신 수천 년 이어져 온 생명들이 순환하는
땅들, 수십 년간 민간개발을 여러 가지 규제로 방해해온 땅을 상대로 장기적인
종합계획은 모른 체하고 콘크리트와 플라스틱으로 덮어가는 변신을 꾀하게 하는
묻지마 개발을 순식간에 벌인다. 이에 그 누구도 이를 정의의 길인 양 착각하게 만드는
금방망이처럼 작용했다.

11-4-2) 효과의 평가

그렇다면 토지공개념을 노래하며 이루어진 각종 재산권 규제와 제1기 신도시 개발이
국토의 헌법적 가치를 증진시켰는가 하는 의문에 대한 답을 구할 차례다. 전혀
그러하지 못했다는 점이 큰 문제다.

11-4-2-1) 친생명적이었는가

토지초과이득세를 피하기 위해서는 환경여건이 아직 성숙하지 않은
미성숙지未成熟地에서 건축 행위를 감행해야 한다. 과세 대상이 되는 나대지를 피하기
위한 고육지책이다. 이러한 건축 행위는 부적응 건축물을 양산시키는 원인이다. 즉
사회경제적으로 불필요한 조형물을 양산하게 함으로써 국토는 낭비되고 지구온난화의
원인을 증대시킨다. 더불어 미세먼지를 다량으로 배출시키게 하여 생명의 몸살 앓이를
더욱 심화시킨다.

택지소유상한제는 획지와 필지 쪼개기(분할)를 부추긴다. 되도록 최대한 넓은 면적의
토지가 필지로 남아있도록 유도되어야 미래에 국토의 효율과 생명의 보호에 부응한다.
필지 쪼개기를 유도하는 것이야말로 소유의 역습으로 토지의 효율적인 이용을
방해하는 훼방꾼을 양산시키는 일이다. 미국에서 자손을 많이 둔 대지주가 몇 대에

걸쳐 자손들이 더 늘어나면 넓은 필지가 상속으로 분할되고 또 분할되어 시간이 흐를수록 필지가 쪼개져 버리는 바람에 소유의 역습으로 인하여 창조적인 토지 이용이 방해당함으로써 국토의 부가 침해당한다는 현상을 우려하는 글을 본 일이 있는가. 그런데 이 규제는 정부가 앞장서서 필지 쪼개기를 유도하고 있으니 엄청난 국토 낭비가 됨으로써 반효율성으로 인해 결국은 정부가 저지르는 반생명적 사건이 되는 것이다. 악덕 기획부동산업자도 심각한 국토의 훼손자이지만 이들보다 훨씬 심각한 국토의 효율적인 이용에 대한 훼손 행위다. 후손들의 건강을 위해서는 대면적 필지들이 고스란히 보존되는 땅들을 될수록 많이 물려주어야 한다. 그래야 후손들이 땅을 다양하게 활용하고 창의적으로 활용함에 있어 더 넓은 선택의 폭을 가진다. 또한 택지소유상한제는 택지 쪼개기를 강제로 유도하여 반생명성을 심화시킬 뿐만 아니라 반문화적 조치이기도 하다. 대부분의 토지 위 유형문화재들은 토지의 자유로운 사용이 허용되는 가운데에서 형성된다. 우리가 살고 있는 어떤 조형물은 역사적 평가에 따라 문화재로 지정되기도 한다. 문화유산은 엄청난 가치를 창출하기도 한다. 필요에 따라서는 넓은 땅을 깔고 집을 지음으로써 그것이 후대에 훌륭한 문화재로 남는 수도 있다. 그런데 택지소유상한제는 이러한 가능성을 원천적으로 봉쇄해버리는 폭거이다.

개발이익환수에 관한 법률을 보면 기본적인 논의가 없다. 개발이익의 정확한 정의가 없다. 더 나아가 무엇이 환수해야 할 개발이익이고, 반면에 무엇이 환수해서는 안 될 개발이익인지에 관한 눈꼽만큼의 논리도 존재하지 않는다. 무조건 법령에서 열거해놓은 특정 사업들에 해당하면 개발부담금을 물리도록 정해져 있는 우스꽝스러운 법일 뿐이다. 항간에서 돈 되는 사업으로 소문나 있다면 그것이 공익을 위한 것이건 그렇지 아니한 사업이건 여부에 관계없이 무조건 일정비율의 개발부담금을 부과할 수 있도록 되어있다. 이렇게 함으로써 결국 오히려 대부분의 개발비용을 증대시키고 환수해서는 안 될 개발이익까지 환수하는 일이 벌어지게 된다. 환수해야 할 개발이익은 환수하지 않으면서 환수해서는 안 될 개발이익을 환수한다면 국토 이용은 어떠한 왜곡이 발생할까. 사회경제적으로 필요한 시설이 적기적소에 존재하지 못함으로써 사회비용의 증가와 에너지의 낭비 등 반생명적인 국토 이용이 늘어나게 된다.

묻지마식 제1기 수도권 건설은 본문에서 여러 차례 말해온 것처럼 과잉 개발과 부적합 개발로 결국 사회적 비용과 생산비용을 더욱 증대시켜 국토의 숨을 죽이는 역할을 한다. 서울은 강남북 균형발전을 유도하는 도심재개발만 장기적이며 제대로 된 마스터플랜을 짜서 효율적인 시장원리를 통해 전개하면 대부분의 필요한 개량물들을 지속가능하게 공급할 수 있다. 그런데도 불구하고 이미 사용하고 있는 땅 개발은 억제하고 과잉이나 부적합 개발은 확대함으로써 국토의 생명성은 심각하게 파괴되어갔다.

11-4-2-2) 효율적이었는가

이 규제들이 국토종합계획에 부응하는가. 반생명성에서 이미 살펴보았듯이 국토종합계획에 저해되는 규제가 대부분이었음을 알 수 있다.

법률별로 하나의 대표적인 비효율 사례들을 열거해보자.

토지개발은 적기건설適期建設이 중요하다. 그럼에도 불구하고 토지초과이득세로 인하여 나대지의 소유자는 조기건설早期建設을 행하도록 강요당하였다. 조기건설은 적기건설과 대칭되는 개념이다. 아직 성숙도가 낮아 필요도 없는 건물을 땅 위에 건축하는 것을 조기건설이라고 한다. 토지시장에 맞지 않으므로 국토가 비효율적으로 이용되어 국토 낭비가 증가하는 원인이 된다. 이 낭비는 나지의 다양한 잠재적 가치를 말살하고 불필요한 조형공간을 제공함으로써 범죄의 온상이 되기도 하는 퇴행적인 국토이용까지 초래할 수도 있다. 한편 이 제도를 수개 년간 시행하였다면 전국의 규모 있는 나대지들은 거의 남아있지 못하게 되었을 것이다. 그렇게 됨으로써 후손들이 선택적으로 활용할 수 있는 비축 토지는 그만큼 줄어들게 된다.

택지소유상한제는 필지의 분할을 유도한다. 장기적으로는 큰 면적의 필지가 많을수록 후손들의 국토 이용에 많은 도움을 준다. 그런데 이러한 황당한 규제가 생기면 인위적으로 필지 쪼개기가 많이 발생함으로써 국토의 단위당 이용에 있어 생산 잠재력은 현저하게 낮아지게 된다. 양과 질, 모든 면에서 악덕 기획부동산업자들의 국토 훼손보다 더 심각한 국토 훼손을 유발한다.

개발이익환수에 관한 법률은 환수해야 할 개발이익의 정의조차 없는 혼란법이다. 따라서 일률적, 무작위적으로 특정 사업에 해당하는 사업시행자에게 개발부담금을 물게 함으로써 그 부담으로 인하여 사업 추진을 방해하는 기능을 한다. 뿐만 아니라 일정한 개량물들의 공급비용을 증대시킨다. 그리하여 부적합한 용지에 차선의 대체이용 현상이 증가하여 국토의 비효율을 증대시킨다.

제1기 수도권 신도시 건설은 국토종합계획에 없던 개발이다. 더구나 수도권 인구 억제를 위한 특별법인 수도권정비계획법이 작동하고 있는 때다. 이 특별법에도 심각하게 역행한다. 수도권의 평면적 개량밀도를 상승시키는 이 개발은 결국

수도권의 과밀화를 몰고 온다. 그리하여 강남 집값을 잡는 게 아니라 중장기적으로
강남을 비롯한 중심지 집값을 상승시키는 주범으로 자리매김하게 된다. 또한 대도시
낙후주택들이나 자생력이 약한 지방도시들의 인구를 강력하게 흡인하는 블랙홀
기능을 한다.

국토종합계획의 파괴, 정책목표인 서울 집값의 중장기적인 상승압력의 증대로 인하여
효율성은 그야말로 마이너스다.

뿐만 아니다. 사용재를 공영개발하면 천문학적인 사실상의 사회적 비용 등이 든다.
말하자면 은폐되는 비용이 증가한다. 은폐되는 비용이란 행정비용과 공영조직의
막대한 운영비용의 증가, 공급 상품이 최유효 이용에서 이탈함으로써 발생하는
부적합 개발로 인한 국토의 훼손비용, 값싼 수용보상을 통한 과잉 개발로 인한 국토의
훼손비용과 사회간접자본의 신설이나 혼잡창출 비용 및 지속적인 환경정화를 위한
비용 등까지 더하면 숨기는 비용의 크기는 천문학적이다. 뿐만 아니라 이 비용은
이미 지불된 손실과 더불어 미래에도 오랫동안 국부의 손실로 나타난다고 하는 데
더 큰 심각성이 있다. 그런데 이들 비용을 공공은 원가에서 숨긴다. 이 비용을 숨기지
않고 노출하면 공급가격이 시장가격보다 훨씬 크기 때문이다. 결국 이 은폐비용은
광역적으로 부동산값 상승의 원인인 비용인상 인플레를 야기한다. 이와 같이
발생하는 천문학적인 사회적 비용 등은 100% 국민의 혈세다. 이와 같이 실질적인
개발비용은 은폐되어왔다. 이러함에도 불구하고 더 나아가 공영택지개발사업지에서
얻는 개발이익으로 인한 공기업의 폭리가 천문학적이라는 시민단체의 발표들마저 있을
정도이다.

공기관의 폭리 행위를 위하여 국민이 희생당하는 현상. 그 희생의 진실은 오히려
은폐되어있는 현실이 더 큰 문제다.

그러므로 사용재의 개발은 효율적인 시장을 통해 철저하게 민간에 맡기는 것이 국부의
유출을 최소화한다. 또한 부동산의 생산비용을 낮춰 부동산값 안정에도 기여한다.

11-4-2-3) 형평적이었는가

이들 법들을 제정함으로써 국토로 인한 부익부 빈익빈은 개선되었는가.

한마디로 전혀 반대다.

토지초과이득세법은 나대지의 소유자를 대상으로 한 것이었다. 따라서 이 법에 의한
피해를 최소화하기 위해서는 차선의 건축 행위를 해야 한다. 이러한 건축 행위를 할 수
있는 부자들은 이 규제를 두려워하지 않는다. 땅을 규제의 검을 피하기 적당한 용도로

전환시키면 되기 때문이다. 그러나 다른 용도로 재빨리 전환할 능력이 없는 사람들은 이 규제의 철퇴를 맞아야 한다. 그리하여 부자는 큰 문제없이 이 규제를 피해갈 수 있고, 상대적으로 가난한 자는 규제로 인해 자신의 재산을 거의 반강제로 사회에 헌납해야 한다. 부익부 빈익빈을 심화시켜가는 대책인 것이다.

택지소유상한에 관한 법률 또한 마찬가지다. 초과소유부담금이 부담스러운 서민들은 택지를 매도해야 했다. 매도된 택지는 주택 이외의 용도로 전환되거나 또는 필지 쪼개기에 들어갔다. 그러나 이 법의 부당성을 알고 있는 부자들은 초과소유부담금을 물어주면서 넓은 대지에 그냥 눌러앉았다. 눌러앉은 부자들은 곧바로 구제되었고, 팔거나 쪼갤 수밖에 없는 사람들은 정든 곳을 떠나 유랑해야 했다. 부익부 빈익빈을 더욱 심화시킨 일들이 벌어진 것이다.

개발이익환수에 관한 법률에 의해 행하는 사업 대부분은 일반 서민들의 편익에 도움이 되는 교통시설이나 유통시설 등이다. 원칙 없이 행해지는 개발부담금을 피하기 위해 필요한 때 필요한 곳에 대중이용시설이 공급되지 못함으로써 국민들의 불편비용은 더 늘어난다. 골프장 등을 제외한다면 특히 공공시설에 더 많이 의존해야 하는 서민들일수록 이러한 피해에 더 많이 노출된다.

제1기 수도권 신도시는 중장기적으로 서울 중심지 집값을 더 높게 상승시킴으로써 부익부 빈익빈을 더욱 심화시켰다. 부자동네와 서민동네의 부동산값으로 인한 격차를 심화시켰을 뿐 아니라 부자주택과 서민주택들과의 가격차별화도 심화시켰다. 뿐만 아니라 우리나라처럼 주택시장에서 수도권이 갖는 블랙홀적인 힘이 극도로 센 곳에서는 지방 사람들의 수도권으로의 유입을 강하게 견인하게 함으로써 수도권은 더욱 비대하게 하고 지방은 황폐화시켰다.

11-4-3) 대표적인 사실관계들

– 나는 나대지로 더 남아있어야 국토의 효율적 이용에 부합한다. 그러나 정부는 아직 장가나 시집을 갈 만큼 성숙하지 않았는데도 불구하고 나를 강제로 시집이나 장가를 가도록 유도하였다. 그러는 바람에 택지와 건물의 잘못된 결합, 즉 파혼이 예비된 결혼처럼 언믹스된 건부지가 증가하였다.

– 나는 합할수록 국토의 미래가치가 더 높아진다. 그런데도 정부는 반강제로 나를 쪼개 분할을 유도하였다. 그러는 바람에 나는 단위당 용도의 다양성을 훼손당하고 미래세대에게 물려줄 잠재적 가치가 불태워졌다.

- 나는 늘 시장을 통해 모두가 골고루 혜택을 누리는 걸 희망한다. 그럼에도 정부는 나의 열망을 방해하였다. 이러한 방해에 대하여 부자는 견뎠고, 가난한 분들은 급매하였다. 정부가 초래한 빈익빈 부익부를 심화시킨 현상은 원래 시장경제의 희망과는 너무나 동떨어진 것이다.

- 나는 될수록 오랫동안 많은 분이 찾아와 문화적 가치를 느끼는 존재가 되는 것을 영광스럽게 생각하므로 그러한 존재가 되는 걸 은근히 기대한다. 그러나 정부는 나의 이러한 열망을 원천적으로 차단하고 파괴하였다. 지구촌에 있는 많은 문화재를 보라. 택지소유상한제 속에 탄생한 경우는 거의 없다.

- 나는 될수록 많은 사람이 이웃과 잘 소통하는 공간이 되길 염원한다. 그래서 전통주택에 마루가 있는 것이고 마당이 있던 것이다. 나를 갈기갈기 갈라놓는 법은 마루와 마당문화라는 사회적 단결력을 쇠락시키고 훼손시켰다.

- 나는 도심에 있으나 외곽에 있으나 관계없이 사람들이 평등하게 나로 인한 과실을 나누어 가지게 하는 것을 꿈꾼다. 그럼에도 불구하고 정부는 하이에나가 먹이를 찾아 배회하듯 빈 땅, 생명이 살아 숨 쉬는 땅만 탐닉했다. 신도시는 늘 도시의 덩치만 키워갔다. 그리하여 시간이 흐를수록 대도시의 도심 쏠림 현상을 더욱 가중시켰다. 그 결과 신도시 건설 후 시간이 흐를수록 항상 중심지 부동산값 수준은 더 높이 상승했다. 반면에 열악한 주택은 물론 도시 외곽은 상대적으로 푸대접의 차별을 받아야만 했다. 더불어 자생력이 부족한 지방 주민들은 수도권 신도시로 인해 상대적 차별을 받아왔다. 대도시 도심의 변방 또는 외곽의 열악한 주택 등으로 연쇄 이동하는 사람들이 늘어나는 바람에 시간이 흐를수록 서민들의 주거는 상대적으로 황폐화되어갔다. 물리적 균형발전과 배치되는 수도권 신도시 개발은 언제나 지방을 황폐화시킴으로써 균형, 즉 형평을 폐기물 처리장에 내동댕이치도록 했다.

- 나는 사용재다. 그러함에도 불구하고 도로, 공원, 특수한 교통이나 통신 등과 같은 공용재公用財처럼 취급하여 개발마피아가 주도하는 묻지마 공영개발의 먹이가 되는 경우가 있다. 나를 시가보다 약간 싼값으로 건설업자들에게 분양하기도 했으나 사실은 그보다 몇 배 더 비싼 국민의 혈세로 나를 생산한 것을 알면 국민들의 분노가

하늘에 닿을 것이다. 우리나라에서 공영개발을 외치는 자들은 엄청난 행정비용과 과잉 개발로 인한 국토의 훼손비용 및 신도시나 빨리빨리 묻지마 공영개발로 인하여 발생하는 사회간접자본 건설비용 및 부적합 개발로 인한 국토의 낭비비용은 물론 환경개선을 위한 비용 등을 항상 숨기고 값을 매기기 때문이다. 그 결과 중장기적으로는 사실상의 사회적 비용 등은 엄청나게 늘어나 이는 부동산값 상승 원인의 하나인 비용인상 인플레이션으로 작용하였다. 국민들이 낸 천문학적인 숨겨진 혈세를 생각하면 눈물이 난다.

– 만약 개인 기업이 생산원가를 숨기거나 감추어 외부에 노출시키지 않고 은폐한다면 세금공제원의 누락이 되므로 은폐자는 회사에서 즉시 퇴출당할 것이다. 그러나 세금을 물지 않는 정부나 공영이 생산비용을 적나라하게 노출하면 그 직원은 오히려 노출했다고 하는 건으로 불이익을 받을 수도 있다. 공영과 민영은 이와 같이 극단적인 운영상의 대칭관계에 있는 존재다. 공공재가 아닌 사용재를 공영이 개발하는 회사들은 대부분 엄청난 빚을 안고 있다. 특히 택지를 대상으로 하는 경우가 가장 심각하다. 물론 공업단지보다는 주거단지가 훨씬 땅장사의 수익이 높은 편이므로 개발마피아들의 먹이로서 최우선적으로 선호되는 대상이 주거지 중심의 택지개발일 것이다. 이러한 사업 과정에서 숨겨진 비용은 모두가 국민들의 빚이고 혈세다.

– 나는 늘 국민들의 생활환경 변화에 최대로 부응하는 공간이 되길 염원한다. 그러므로 나는 언제나 환경변화에 기민하게 부응하는 존재이기를 바란다. 그래서 나는 마치 카멜레온처럼 시장경제법칙에 의해 제때에 건축되고 사라지며 재건축되는 존재여야 한다. 그럼에도 불구하고 정부는 나에게 조기건축을 강요하였다. 또한 어떤 경우에는 재건축을 방해당하였다. 그 결과 나는 환경변화에 제대로 부응하지 못하고 낭비와 왜곡의 공간으로 전락하여 생명성, 효율성, 형평성 면에서 국민들에게 엄청난 손해를 끼쳤다. 그 손해의 궁극적인 전가轉嫁로 가장 피해를 당하는 분들은 언제나 소득 열위계층이었다. 이들 서민들을 생각하면 눈물이 난다.

– 나는 늘 효율적인 시장원리에 의하여 국민들이 필요로 하는 공간에 필요한 편의시설로 태어나길 원한다. 공동으로 이용하는 버스정류장이 필요할 땐 공용터미널로 태어나고 공동으로 이용하는 체육시설이 필요할 땐 체육시설로

태어나길 바란다. 또한 집합이 필요한 곳에서는 집합시설로 변신하길 바란다. 그러다가 내가 사람들에 의해 외면당하면 나는 또 다른 사람들의 선호공간으로 재빨리 변신한다면 영광이다. 그러함에도 나의 탄생과 변신을 방해하는 그룹이 있다. 그 그룹에 의해 나는 필요한 곳에 제대로 공급되지 못해 많은 분에게 불편을 끼쳤다.

– 나는 나로 인해 사람들의 빈부의 격차가 더 벌어지는 걸 싫어한다. 나는 원래 누구에게나 평등하게 이익을 가져다주는 산타와 같은 자이기를 염원하기 때문이다. 그런데 일부 권력자의 지속적인 탐욕은 나를 부익부 빈익빈을 심화시키는 도구로 전락하게 하였다. 나는 권력자에 의해 신개발이라는 이름으로 손쉽게 파괴되고 난도질당했으며 그 결과 부자들에게는 오히려 더 부자 되게 하고 가난한 사람들에게는 더욱 가난에 이르게 하는 나쁜 존재로 전락하는 경우가 비일비재하여 매우 서글퍼 남몰래 눈물을 흘리는 경우가 많다. 이제는 개발마피아의 악마의 발톱이 묻지마 공영 도시재개발에까지 끼어들고 있다.

11-4-4) 헌법재판소

헌법재판소는 종종 잘못된 행정우월주의를 조정하는 기능을 한다. 행정청은 법에 의한 행정을 한다. 그러나 그들이 다루는 대부분의 법은 행정입법으로 만들어진 것들이다. 따라서 부처 이기주의를 발휘하기에 좋은 법들이 대부분이다. 국민들의 권익보다 자기 부처 조직원들의 이익에 치우치는 행정을 해도 이를 막아낼 충분한 절차를 거치지 못하는 게 현실이다. 행정절차가 존재하지만 그것마저도 운용하는 권한행사는 행정입법을 발의하거나 운용하는 행정청인 경우가 대부분이어서 사실상 있어야 할 절차를 형식적으로 치러서 행정청의 의도대로 절차를 이끈다.
헌법재판소는 오로지 헌법과 법률에 의해서 모든 것을 판단한다. 법률 자체가 원천적으로 잘못된 경우에 피해를 입는 국민들은 헌법소원으로 이를 바로잡으려고 한다. 그러나 절차나 실체에 있어 불합리한 일들을 헌법소원에 의해 전부 바로 잡아가리라는 기대는 오산이다. 국민들이 위헌 요소를 일일이 밝혀내기가 쉽지 않을 뿐만 아니라 설혹, 발견했을지라도 이를 위헌이나 헌법불합치로 이끌어내는 게 만만하지 않기 때문이다. 또한 헌법재판소의 능력에 한계가 있다. 뿐만 아니라 법관들의 성향이 문제가 되기도 한다.
아무리 재판 경험이 많은 사람들이 헌법소원을 다루더라도 충분하게 자료를 수집하고 분석하며 합목적적으로 정확한 판단을 한다는 것은 쉬운 일만은 아니다. 그래서 헌법재판소에는 다수의 보좌관이 존재하지만 아직은 인력과 능력이 태부족하여 종종 잘못된 보좌와 판단을 내놓을 수도 있다. 특히 국토 관련 재판에서는 더욱 그렇다. 우선 국토의 관리 철학에 관한 연구가 부족하다. 또한 국토이용과 부동산값의 규제 대책이 상호 맞물려서 다양한 효과를 발생시키는데 이 상호작용을 제대로 파악할 수 있는 전문성도 매우 부족하다. 더구나 국토관리에 관한 깜깜이 철학과 국토이용과 부동산권 규제가 상호작용하는 시스템이 은폐되는 가운데 독버섯처럼 작동되는 부처 이기주의를 헌법재판소가 다스리기에는 물리적으로도 한계가 있다. 이리하여 항상 국토는 낭비되고 멍들고 불평등의 나락으로 떨어져도 헌법재판소를 통해 이를 개선하기에는 언제나 미약했다.

더구나 헌법재판소마저 코드맞춤 개발마피아가 쏘아 올린 부처 이기주의를 확대시키기 위한 교조주의에 세뇌당하게 되면 그야말로 국토는 더욱 우울한 땅으로 변하고야 만다.

특히 원천적으로 법적 용어를 잘못 사용한 경우에는 헌법재판소가 그릇된 판단을 내릴 가능성이 더 높아진다. 헌법재판소는 오로지 법에 의하여 판단을 내리기 때문이다. 또한 판단을 내리는 재판관의 가치관과 불명확한 국토관 등이 헌법재판소의 올바른 판단을 흐리게 할 수도 있다.

11-5) 토지공개념의 부활(재사용)

답답한 상황에서 벗어나기 위해 큰 뜻 없이 가볍게 뱉어냈던 말이 씨가 되어 특수한 목적을 가진 그룹이 재탕으로 들먹이고 있는 불명확한 정의를 지닌 용어가 토지공개념이다. 그런데 이러한 토지공개념을 사회여론으로 확대하여 재미를 본 관련 부처에서는 토지공개념을 재사용할 수 있는 때가 성숙될 날만 기다린다. 그러한 때는 다름 아닌 부동산값이 상승하는 때이다. 그들은 부동산값이 상승하는 때만 기다린다. 필요에 따라서는 상승을 방조하는 규제들을 남발하기도 한다. 부동산값이 상승하는 때는 토지공개념을 쏘아 올려 사회에 집단최면을 거는 매우 유용한 시기임을 잘 알고 있다. 묻지마 규제를 어떻게 해서든지 늘려 상승을 더욱 부채질하고 묻지마 공영개발을 위한 명분 쌓기에 몰두한다. 그러나 노무현 정부 때 수도권 주택값은 꽤 높게 상승했어도 전국의 토지값은 많이 안정된 상태였다. 그러하니 땅값이 안정된 상태에서 토지공개념을 다시 쏘아 올리면 대의명분의 논리가 약하다. 그래서 변형된 토지공개념을 물색하는 과정에서 손쉽게 등장한 것이 주택공개념이다. 그 후 세월이 흘러 나타난 부동산 투기와의 전쟁도 이러한 흐름의 일환이다.

이와 같이 국토의 헌법적 가치를 심각하게 훼손해온 교조주의적인 개념들을 창조하려고 개발마피아들은 집착해왔다. 그 결과 북한의 포격으로부터의 안전, 토지공개념, 주택공개념, 부동산 투기와의 전쟁 등이 만들어졌다. 그리고는 이 교조주의적인 개념으로 그들이 항상 원하는 묻지마 규제나 묻지마 개발계획을 수립하도록 유도되었다. 그들은 목적 달성 후에는 대의명분을 위해 사회에 내걸었던 집단최면용 개념은 크게 활용실익이 없기 때문에 언제 이러한 말을 사용했는가 할 정도로 그 말들의 사용은 결국은 묻지마 규제나 묻지마 개발현장에서 슬그머니 꼬리를 감춘다. 맹수가 먹잇감을 사냥하여 배를 채우면 발톱을 감추듯이 말이다.

11-6) 바람직한 방향

향후 부동산값이 상승할 때 토지공개념을 작위적으로 다시 들먹이는 자가 있다면 그동안 우리나라에서 토지공개념을 걸고 실행했던 국토의 헌법적 가치 훼손을 재발시키지 않도록 자제되고 감시되어야 한다. 또다시 이 용어나 유사용어를 악용하는 경우는 응징되어야 한다. 특히 헌법개정안에 토지공개념이라고 하는 매우 불온한 용어를 집어넣으려고 하는 자가 있다면 그 의도에 있어 순수성이 있다고 하더라도 이는 경계되고 저지되어야 한다. 여태까지 토지공개념을 걸고 시도했던 규제나 사업들이 전부 우리 국토의 헌법적 가치를 현저하게 훼손해왔기 때문이다. 재산권의 규제가 사회경제적으로 필요한 경우에는 어떠한 경우이건 공공복리라는 개념으로도 얼마든지 가능하다. 그러므로 향후에는 국토이용이나 소유 및 거래질서를 규제하는 데 있어 국토이용을 저해하고 거래나 보유질서를 파괴할 우려가 높은 반 헌법적인 토지공개념은 쓰지 않아야 한다. 더구나 재산권에 대하여 엄정한 중립과 공정의 잣대를 지녀야 할 정부가 주도하여 사용한다는 것은 앞에서 본 것과 같이 국토의 헌법적 가치의 엄청난 훼손만 불러올 뿐이다.

12) 국토개발에 있어 균형과 형평

12-1) 국토개발에 있어 균형과 형평

노무현 정부에서는 국토의 균형개발均衡開發을 유독 강조했다. 그때 대표적인 국토 관련 법률인 국토기본법이나 국토의 계획 및 이용에 관한 법률들의 입법목적에도 균형이라는 용어를 갑자기 삽입하는 등의 개정이 있었다.

우선 서울 집값을 안정시키기 위해 행정수도를 이전하려고 하였다. 집값 안정이라는 명분도 내걸었지만 국토의 균형개발도 함께 강조했다. 그러나 헌법재판소의 위헌 결정에 의해 수도 이전이 본래의 계획대로 추진하기가 어렵게 되자 이에 굴복하지 않고 신행정수도의 이전 효과를 가져오기 위해 공주·연기 지역 행정도시 건설을 위한 특별법까지 만들어 이른바 세종시를 건설하였다.

물론 그 이전에 이미 노무현 정부는 2003년 12월 29일 국가균형발전특별법을 제정, 다음 해 4월 1일부터 시행하도록 하였다. 이미 정부의 주요 기관들을 전국 곳곳에 이전시키기로 하는 계획을 세웠다. 전국 곳곳에 혁신도시, 기업도시, 우주도시, 기타 신도시 등을 우후죽순처럼 건설하는 것을 추진하였다. 뿐만 아니라 지역 혁신체제의 구축, 지방대학의 육성, 지역과학기술의 진흥, 지역문화관광업의 육성, 농어촌 개발, 수도권 소재 주요 공공기관들의 지방 이전 등을 추진하거나 실행에 옮겼다. 이로써 국토에 있어 균형均衡·balance이라는 용어가 어떠한 뜻을 갖는 것인가를 제대로 이해해야 할 중요성이 매우 높아졌다. 특히 국토개발에 있어서 종종 균형과 형평을 동일시하여 사용하는 경우가 흔하다. 국토개발에 있어서는 엄격한 의미에 있어 균형보다 형평衡平·equity이 더 중요시된다. 사실상 형평을 의도하는 용어를 지향하면서도 균형이라는 용어를 쓴 경우는 헌법, 법률들에 널리 산재한다. 헌법을 위시한 수많은 법률에서 사용한 용어들이 원래의 뜻을 잃어갔기 때문에 발생하는 오류다.

균형과 형평을 명확하게 구분해야 할 필요성이 높은데도 불구하고 이를 동일시하여 국정을 추진하는 경우에는 국토의 낭비와 훼손은 물론, 국토로 인한 국민들의 형평의 심화문제 등이 불거진다. 그러므로 여기에서는 국토의 균형개발이라는 말이 갖는 참된 뜻을 먼저 짚어보기로 한다.

12-2) 국토개발에 있어 균형과 형평의 참된 뜻

국토개발에서 균형과 형평의 뜻을 정확하게 이해하기 위해서는 먼저 학술적으로 쓰이는 국토개발이나 토지개발, 균형, 형평의 뜻을 명확하게 해야 한다. 이러한 뜻은 일반적으로 활용되는 사례들을 통하여 관찰할 수도 있고 특정한 논리를 전개하기 위한 전제로서 조작적 개념操作的 槪念 등을 활용할 수도 있다.

국토개발이라는 용어를 쓰기도 하는 토지개발은 다양한 것을 상징하는 개념으로 활용된다. 그러나 말 그대로 그 뜻을 풀이하면 땅을 개발한다는 뜻이다. 땅은 물질로서 자연적 요소를 지니고 있다. 동시에 제도로서 인위적 가치라고 하는 성격을 지니고 있다. 흔히 개발을 진보나 개량과 함께 발전적인 뜻으로 쓰는 경우가 많다. 인간 스스로 땅으로부터 유용성이나 편리성을 추구하기 위해 의도하는 변화에 개발이라는 말을 붙인다. 보통 개발을 상징하는 인간의 변화의지를 유용성有用性·usefulness의 추구라고도 한다.

유용성은 그를 향유하는 주체가 누구냐에 따라서 부동산시장에서 더하기陽·plus 값을 지니는 경우가 많다. 그러나 제로섬 게임이나 엔트로피 법칙에서처럼 유용성이 갖는 이면의 가치를 보면 부동산시장에서 빼기陰·minus 값을 지니는데도 유용성을 추구하는 명분으로 개발이라는 이름을 걸고 변화를 추구할 수도 있다.

토지개량의 측면에서 보면 토지개발은 고체나 액체 또는 기체로 구성되어있는 토지공간을 대상으로 전개하는 조형물 등의 형성행위 또는 비조형성을 지닌 제도나 문화변화를 추구하는 행위를 가리킨다고 할 수 있다.

어떤 개발이 양의 값을 갖는가, 아니면 음의 값을 갖느냐 하는 것은 가치를 판단하는 시점에 있어 기준을 어떻게 두느냐에 의해 달라진다. 추구하는 목표에 의할 때 유용성을 충족한다면 시장에서 특정 부동산의 가치는 양의 값을 갖는다. 그러나 목표로 하는 유용성을 충족하지 못하고 시장에서 양의 값만 커지는 경우는 사회경제적으로는 시장의 실패가 될 수도 있다. 이와 같이 동일한 개발이라도 공적가치나 사적가치에 따라 일정한 변화의 가치를 전혀 다르게 내릴 수 있다.

흔히 국토를 균형개발 하자고 하는 말들을 강조하는 경우가 많다. 헌법이나 법률에서는 아예 이 말을 조문 속에 핵심 용어로 사용하기도 한다. 그에 비하여 국토개발로 인한 이익은 국민 모두에게 균형 있게 나누자는 뜻을 강조하는 경우도 있다. 이 경우도 균형을 쓴 것이지만 어느 경우에 있어서든지 그 뜻의 본질은 형평을 강조한 것이다. 예부터 어느 나라에서나 국토개발에 있어 균형을 강조하는 것은 궁극적으로 인치人治로서의 형평을 말한 것이지 물치物治로서의 균형을 말한 게 아니다. 그것은 인간에게 유용성을 강조한 것이기 때문이다.

국토개발에 있어 균형과 형평은 사안에 따라 같은 뜻으로 쓰이기도 하고 다른 뜻으로 쓰이기도 한다. 보통 균형은 물리적으로 동등한 가치로 매겨지는 개념으로 많이 쓰며 형평은 사회경제적 가치가 고려되는 가운데에서 쓰이는 균형이다. 동등하다고 하는 뜻으로서의 쓰임均衡, 衡平, 平衡, balance, equity, equilibrium, equipoise은 다양하다. 단일의 뜻을 지닐 수도 있고 복수의 뜻을 지닐 수도 있다.

의도적인 균형으로서 가장 흔하게 쓰는 균형은 동등한 대칭對稱이다. 이 균형을 강조하는 경우는 사물의 안정적인 존립, 미학적인 가치, 중심을 유지하려고 하는 사물의 속성 등과 밀접하게 관련되어 있기 때문이다.

의도적인 형평으로서 균형과 구분되는 형평은 사회경제적 가치 기준에 의해 공정하게
나누는 것이다. 물리적으로 똑같이 나누는 균형과는 달리 형평은 언제나 사람과
사람 사이의 관계에서 발생하는 나눔의 개념이다. 그러므로 사람들이 많이 있는
곳에 개발이익을 더 많이 쏟아붓는 것이 균형의 참뜻을 구현한다. 그래야 비로소
사람들에게 골고루 나누는 균형이 구현되기 때문이다.

국토개발에서 균형 또는 형평이 지니는 외부성으로는 가치창조, 최유효 이용, 토지의
균배 등이 중요시된다.

국토개발에서 균형이 지니는 내부성으로는 위치 또는 밀도의 균형과 형평, 용도의
균형과 형평, 사회적 이익을 배려하는 균형과 형평 등이 중요시된다.

국토개발과 관련하여 사용하는 균형이나 형평의 개념은 개발목적에 초점이 맞춰진다.
균형이 땅을 대상으로 하든 또는 사람을 대상으로 하든지의 여하를 불문하고
궁극적으로 균형개발은 사람을 지향하는 개념이다. 국토의 균형개발은 국토의 개발로
인한 수혜가 사람들에게 골고루 귀속되어야 그의 참뜻을 구현할 수 있다.

12-3) 국토개발에서 균형과 형평의 문제

12-3-1) 법의 해석에서의 문제

12-3-1-1) 헌법

헌법 제119조 제①항은 "대한민국의 경제질서는 개인과 기업의 경제상의 자유와
창의를 존중함을 기본으로 한다"고 하였다. 같은 조 제②항은 "국가는 균형 있는
국민경제의 성장 및 안정과 적정한 소득의 분배를 유지하고, 시장의 지배와 경제력의
남용을 방지하며, 경제주체 간의 조화를 통한 경제의 민주화를 위하여 경제에 관한
규제와 조정을 할 수 있다"고 했다. 이는 경제활동에 있어 자유와 창의의 존중과
동시에 이를 바탕으로 하는 국민들 사이에 경제활동의 열매는 자유경제활동의 바탕
아래 조화롭게 분배되어야 함을 선언한 것이다. 즉 국민들 사이의 형평을 강조한
것이다. 균형이라는 말의 궁극적인 지향점이 형평에 있음을 선언하고 있다.

헌법 제120조 제②항은 "국토와 자원은 국가의 보호를 받으며, 국가는 그 균형 있는
개발과 이용을 위하여 필요한 계획을 수립한다"고 하였다. 이 규정은 유신헌법을
그대로 답습한 것이다. 유신헌법 제117조는 "국토와 자원은 국가의 보호를 받으며

국가는 그 균형 있는 개발과 이용을 위한 계획을 수립해야 한다"고 정하였다. 국가의 국토계획수립의무를 선언하면서 '균형 있는 개발'을 끼워 넣은 것이다. 즉 국토개발계획은 국토의 균형개발과 이용을 목표로 함을 선언한 것이기도 하다. 그리고 헌법 제122조는 "국가는 국민 모두의 생산 및 생활의 기반이 되는 국토의 효율적이고 균형 있는 이용·개발과 보전을 위하여 법률이 정하는 바에 의하여 그에 관한 필요한 제한과 의무를 과할 수 있다"라고 하였다. 이 규정은 사실상 헌법 제120조 제3항과 법기술적으로 보면 중복규정이다. 유독 유신헌법에서부터 균형개발이 강조되고 6·29선언에 의한 현행 헌법에서는 균형이 중복적으로 강조되었다. 물론 국토이용의 현실이 갑작스러운 거대 도시화로 수도 서울이 급격하게 팽창한 점을 조정하려고 하는 의도가 어느 정도는 담겨있다고 본다.

또한 헌법에 균형이라는 말은 지역개발에 관한 제123조에도 나타난다. 제②항에 "국가는 지역 간의 균형 있는 발전을 위하여 지역경제를 육성할 의무를 진다"고 하였다. 이 규정 역시 다른 조문과의 중복된 의미를 내포하고 있다.

여하튼 이들 헌법의 여러 개 조문에서 균형을 강조한 것은 궁극적으로 땅을 위한 것인가, 아니면 사람을 위한 것인가의 기본적 의문에 맞닿는다. 무엇이 우선되어야 할까. 당연히 사람이 먼저다. 이들 뜻은 국토를 물리적으로 똑같이 토막 내어 콘크리트와 플라스틱 사막화를 만들자는 뜻이 아니다. 국토의 개발로 형성된 개발이익을 국민들에게 최대한 골고루 나누도록 하자는 뜻이다. 1970년대 이전만 해도 우리 국토에는 국민들이 전국 곳곳에 골고루 분포되어 거주하고 있었다. 그래서 이때는 땅을 적당히 균분개발하면 형평이라는 목적을 구현하는 데 자동적으로 이바지하였다. 그러나 이후 위정자들이 계속적으로 서울을 비롯한 수도권 신도시들을 건설하여 수도권을 키웠다. 그 결과 2000년대에 이르러서는 수도권에 전국 인구의 절반이 모여 살게 되었다. 이러한 상황에서 사람을 먼저로 삼지 않고 땅이 먼저인 사업을 전개하면 어떻게 될까. 당연히 형평이 깨진다. 즉 균형의 참뜻이 훼손되는 것이다. 비록 위정자들의 국토관리 철학이 열악하여 수도권이 과밀화되었지만 전국 인구의 절반이 수도권에 모여 사는 사실을 인정하고 형평을 위한 균형개발을 이룩해야 참된 균형의 뜻을 구현하는 것이다. 오히려 행정 기능은 서울로 다시 회복시키고 지방의 빈 땅 위에 자리 잡은 행정도시는 수도권 인구를 실질적으로 견인해갈 수 있는 생산시설로 전용하게 하는 것이 헌법에서 말하는 국토의 균형개발의 정신에 더욱 부합한다.

12-3-1-2) 법률

12-3-1-2-1) 균형을 내건 주요 법률들

국토기본법, 수도권정비계획법, 국토의 계획 및 이용에 관한 법률 등과 각종
지역개발특별법들에도 균형을 강조하는 조문들이 있다. 주요 국토계획에 관한
기본법에서의 입법목적에서 균형이라는 용어가 더욱 강조되거나 신설까지 하면서
중복 강조된 것은 노무현 정부 때였다. 국토기본법, 국토의 계획 및 이용에 관한
법률에서 당시 대통령의 정신에 맞춰 입법목적에 관한 개정이 있었다. 노무현 정부
때 유독 이 말을 더욱 강조하여 각종 법률 속에 균형을 삽입하였다. 이 일은 당시
국토해양부에서 주도하였다. 헌법은 1987년도에 균형이라는 말을 중복 강조했는데 이
말이 법률에서 땅의 균형인 것처럼 강조된 것 또한 노무현 정부 들어서다. 왜 그랬을까.
노무현 정부가 내건 국토관리의 최우선주의적인 철학이 균형이었기 때문이다. 노무현
전 대통령은 헌법에서의 국토의 균형을 오랜 세월 동안 용어의 국어적 의미에만
집착하여 해석하는 문리해석에 의존해온 것으로 보인다. 던져진 말이란 세월이 지나면
변화한 환경에 따라 원래 그 말을 던졌을 때의 의도를 고려하여 재해석하여야 본래의
뜻을 제대로 알 수 있다. 그런데도 불구하고 이러한 매우 기초적인 고려가 없었던
것이다.

12-3-1-2-2) '사람이 먼저다'를 무시하고 '땅이 먼저다'를 밀어붙인 법률들

노무현 정부 때에 균형이라는 말을 오해하여 사람보다 땅을 우선하는 법률이
대량으로 만들어진다. 우선 대표적인 것이 국가균형발전특별법(2003년도 제정)이다.
이 법은 서울의 많은 공공기관을 지방으로 이전시키는 것을 주요 내용으로 하고
있다(김용민, "토지개발에 있어 균형과 형평", 《부동산학보 제27집》, 한국부동산학회, 2006.8, PP. 231~235.
참고). 또한 신행정수도 건설을 위한 특별조치법(2004.1 제정. 동년 10.1. 헌법재판소에 의해
위헌결정), 신행정수도 후속 대책을 위한 연기·공주 지역 행정중심 복합도시 건설을
위한 특별조치법(2005.3), 지역균형개발 및 지방 중소기업 육성에 관한 법률(2007),
기업도시개발특별법(2007) 등도 있다. 이 법률들은 사람이 먼저라는 뜻과는 배치되는
땅 우선주의를 채택한 법들이다.
뿐만 아니라 노무현 정부의 행정 기능의 이전을 극렬하게 반대했던 이명박 정부에서도
'사람이 먼저'를 무시하고 '땅이 먼저'라는 법률을 제정하였다. 공공기관 지방 이전에
따른 혁신도시 건설 및 지원에 관한 특별법(2009)이 그것이다(김용민, "역대 대통령시대의

부동산법의 특징", 《부동산학보 제47집》, 한국부동산학회, 2011. 12. PP. 172-192 참조). 이 법은 이명박 정부의 의도가 구현된 법으로 보기는 어렵다. 이미 사업 부지들을 노무현 정부가 재빨리 수용하여 '땅이 먼저다' 공사가 진행되고 있는 가운데서 나온 후속입법이라고 보아야 한다.

12-3-2) 개발과 규제 관련 몇 가지 문제

12-3-2-1) 개발 관련 문제 사례들
행정수도 이전, 혁신도시, 기업도시, 행복도시 등과 수도권 신도시 건설이 국토의 헌법적 가치를 심각하게 훼손해왔음은 《부동산면》 본문에서 부동산의 소리로 여러 차례 강조해왔다.

서울을 비롯한 경기도나 인천 등지에 신도시들을 건설하는 것은 중심지 주택값을 안정시키는 방법으로서 매우 부정적이었다. 공급 주택이 시장에 출품되는 지역시장화가 강한 시간에는 주택값 안정에 어느 정도 영향을 미치는 것처럼 보이나 이는 단기적인 반응일 뿐이다. 당해 주택이 공급되어 광역시장화된 경우에는 오히려 이 주택들이 서울 중심지 집값들을 지속적으로 상승시키는 힘으로 작용해왔다. 열악한 주택과 지방의 소도시 등은 크건 작건 간에 상대적으로 부익부 빈익빈의 희생을 당했다. 더구나 대량 신도시 건설은 환경파괴는 물론 교통시설의 증가, 광역적인 교통체증으로 국토의 헌법적 가치를 크게 훼손시켰다. 더구나 우리나라처럼 전국에서 수도권이 갖는 택지시장의 흡인력이 강한 나라에서는 더욱 그러하였다. 특히 수도권 신도시 건설은 이를 밀어붙이던 정부들이 언제나 똑같이 주장해오던 '강남 집값을 잡기 위하여'라는 중심지 집값을 안정시킨다는 명분과 정반대의 효과를 유발하였다. 이 신도시 건설들은 당해 공급 물건이 시장에 쏟아져 나올 때를 제외하고는 오히려 중장기적으로는 중심지 집값을 더 높은 수준으로 상승시키는 주범이 돼왔던 것이다. 이 원리는 부동산값 쇠뿔현상을 설명하는 부동산의 소리에서 여러 차례 반복하면서 피력한 바 있다. 균형을 위한다고 하는 명분을 걸고 벌인 사업들은 오히려 형평을 파괴하는 개발을 하였다.

12-3-2-2) 규제 관련 문제 사례들
양도소득세 및 다주택자에 대한 보유세의 강화, 취득세의 강화는 물론 주택임대차보호법과 재건축 관련 규제들이 주택 건축을 위축시켜 주택값 상승과 임대료 상승을 유발하는 이야기는 본문의 부동산의 소리에서 여러 번 강조되었다.
동일한 주제와 관련하여 중복 이야기되는 면도 있지만 좀 더 자세한 이해를 위해
형평을 내건 규제가 오히려 형평을 심각하게 파괴하는 현장의 소리를 보자.
먼저 주택임대차보호법에서의 소액보증금의 최우선보호제도가 가져오는 국토 이용의
문제를 보자. 임차인을 위한 소액보증금 최우선보호제도少額保證金 最優先保護制度의
주택임대차보호법은 제정된 지가 35년이 된다. 중간에 이 제도가 도입되었다. 이
제도는 임차권의 대항력을 인정하고 일정 조건 아래 전세금의 우선적 효력의 확보,
최단 임대차 기간, 계약 갱신 시 임대료 통제 등을 주요 내용으로 담고 있다. 최근에는
임대차 기간을 늘렸다. 대부분 임차인의 보호 면에서 사회적 요구에 부응하는
것이라고 할 수 있다.

소액보증금 최우선보호제도에서 최우선 보호 대상에 해당되는 보증금은 다른 어떤
채권이나 물권보다도 최우선으로 보호하는 장치다. 보증금액 기준 매우 영세한
세입자가 자신이 살고 있던 주택이 경매 등으로 소유권이나 지상권 등이 변동되더라도
일정한 보증금은 우선하여 되돌려받도록 한 장치다. 이 보증금은 주택가격 대비
일정비율로 정함이 좋겠지만, 그렇게 하면 주택마다 일일이 보증금을 계산하는 일이
너무 복잡하다. 그래서 지역에 따라 최우선 보호를 받는 보증금을 정한다. 물론 세월이
흐르면 보증금도 변하므로 보호받는 정액제 보증금도 개정한다. 이와 같이 지역에
따라 보호받는 보증금을 정액제로 정할 수밖에 없기 때문에 이 제도의 시행으로
저가低價주택은 금융의 담보력이 급격하게 악화되었다. 반면에 고가高價주택은 큰
영향을 받지 않았다. 이 제도는 원래 사회보장 장치로 존재해야 할 영역이다. 그런데
임대인의 책임으로 둔갑시키는 바람에 그로 인한 파급효과는 간단하지 않다.
파급효과를 셋만 들어보기로 한다.

첫째, 세를 내놓든지 내놓지 않든지를 가리지 않고 모든 서민 이하의 주택들의 담보
능력이 현저하게 저하되었다. 예를 들어보자. 방의 숫자가 셋인 값이 싼 주택과 값이
비싼 주택이 있다고 가정하자. 서민주택은 1억짜리다. 고가주택은 10억 원이다.
서민주택은 유사시 우선시되는 부담비율이 집값의 50%다. 고가주택은 10%도 채 되지
않는다. 이 규정 때문에 전국에 있는 서민 이하의 대부분의 선량한 주택 소유자들은
가만히 앉아서 차별을 받는다. 고가주택은 10%의 차별에 불과한 데 비하여
저가주택은 50% 차별을 받는다. 또 더 고가인 주택의 차별은 10%에서 5%, 3%로 계속
낮아지는 구조이다.

둘째, 집값 변동에 있어 부익부 빈익빈을 더욱 심화시킨다. 담보 능력이 변화하여 그

유불리가 큰 격차가 나는 만큼 이 차등화가 당연히 집값에 반영된다. 도심에 있는
반지하 빌라나 농촌의 고가古家 등이 이 제도의 탄생과 함께 수십 년 동안 피해를
당해왔다. 고가주택의 소유자에 관한 불이익은 경미한 데 비하여 저가주택 한 채만
보유한 소유자에 대한 불이익은 자기 재산의 절반 가까운 재산가치를 상실한다.
이러한 상실은 무형적으로 오는 것이어서 서민 대부분은 스스로가 정부에 의해서
침해당했다는 사실마저 모르고 지내는 경우가 태반이다(문재인 정부의 다주택자 벌주기가
서민용 주택을 생존 및 생업용으로 소유한 다주택자들에게까지 미친다면 이것은 또 다른 서민을 향한 폭거일 수
있다). 물론 상가의 경우에도 상가 건물 임대차보호법 때문에 이러한 현상이 나타나고
있다.

셋째, 주택 갈아타기 운동을 비정상적으로 전개하게 한다. 저가주택은 고가주택으로
향하기 위한 사다리가 될 수 있다. 그러나 저가주택 소유자는 기회만 생기면
고가주택으로 빨리 갈아타려고 한다. 이러한 규제가 없었으면 주거사다리운동이 크게
과열되지 않았을 것이다. 그러나 이러한 규제가 존재하는 경우 기회가 있으면 하루라도
빨리 저가주택에서 고가주택으로 탈출하려고 하는 사회운동이 활발해진다. 그 결과
고가주택은 더욱 귀하신 몸으로 변화하고, 저가주택은 천덕꾸러기로 전락한다.
시골에 가면 버려진 주택이 많은데 이러한 영향도 그 현상을 심화시켰을 것이다.
그렇다면 원래 이러한 부작용을 예방하는 사회보장의 장치는 없었던 것인가. 이것은
임대차 거래 시 사회보험제도를 이용하게 한다거나 또는 정부에서 부동산 거래나
각종 세금을 재원으로 하여 소액보증금의 문제를 보호하게 하는 장치를 두어야 할
것이다. 이 책임을 영세주택들의 모든 임대인에게 지운 게 문제. 임대주택은 물론
임대주택이 아닌 절대다수의 선량한 영세주택 소유자 부담으로 가격효과가 귀속되는
것은 이 제도로 인해 보호하는 법익보다 피해를 입는 손실이 훨씬 크다. 과도한 형평의
파괴법률이다. 과잉침해 규제인 것이다. 이는 마치 균형을 문리해석하는 바람에 형평을
파괴한 사례와 성격이 유사하기도 하다.

주택재건축에서 연한, 방해용 안전진단의 강화, 규모와 끼어 짓기 강요, 초과이익
환수는 과도한 주택재개발 규제임은 본문 여러 곳에서 밝혔다. 특히 재건축이
일어나야 할 지역에서 수요계층의 주택에 대한 요구는 질 좋은 다양한 중산층 이상의
주택들이 많다. 그런데 이러한 주택 소요를 무시하고 강요된 주택을 건축하도록
유도하게 되면 소요에 부응하지 못하는 건축으로 인하여 대체용지가 과잉 개발됨은
물론 당해 지역에서 중산층 이상의 주택 품귀로 기성 중산층 이상 신축주택의
고가화高價化가 유발된다. 이러한 고가화는 궁극적으로 지역시장끼리 상호 견인하면서

재건축주택의 가치를 다시 견인 상승시킨다. 뿐만 아니라 이것은 상대적으로
저가주택은 열악한 지위로 전락하는 가격효과로 인해 상대적인 반형평의 효과를
유발하게 되는 것이다.

균형을 건 묻지마 공영개발들의 형평 파괴는 이 글 본문에서 본 것처럼 매우 심각하다.
특히 노무현 정부에서는 수도 기능을 지방으로 분산시킨다고 전 국토 이곳저곳을
콘크리트 사막화했다. 그래놓고 지방 인구를 수도권으로 유인하는 미니 수도권
신도시들을 우후죽순처럼 수도권에 순환 건설하도록 하였다. 전국은 물론 수도권에서
자행된 모든 묻지마 개발 등은 균형을 걸고 부익부 빈익빈을 심화시킴으로써 형평을
심각하게 파괴하였다. 한편 이것은 자연스럽게 주거의 연쇄이동시스템을 교란시킴과
더불어 정상적인 재개발을 방해함으로써 국토의 낭비를 심화시켜 궁극적으로는
비용인상 요인을 양산해냈다. 이 외에도 수많은 형평성을 파괴해온 규제가 많다.

13) 주택공개념

13-1) 이 말의 사용 배경

이 말이 우리나라에서 처음 등장한 것은 노무현 정부 때다. 토지공개념의 등장과는
전혀 다른 탄생이다. 토지공개념이라는 말은 박정희 정부 때 국토종합심의회에 참석한
어느 대학교수가 처음 던진 우연한 질규의 말이 씨가 되어 이를 10년의 세월이 흘러간
훗날 행정청이 악용하여 묻지마 규제와 묻지마 수도권 신도시 개발을 밀어붙이는
도구개념으로 악용되었다.

주택공개념은 심의회에서 나온 말이 아니다. 관련 부처의 사주를 받았다고 추정되는
국토연구원이나 주택산업연구원 등을 중심으로 하여 급조되었다. 그런데 주택은
토지와는 달리 전국 곳곳에 대부분의 국민이 분산 소유하고 있기 때문에 공개념
여론보고서를 채택하기가 쉽지 않았을 것이다. 토지공개념 연구보고서의 경우처럼
주택에서는 상위 5% 국민이 65%를 소유하고 있다고 하는 마술을 부리기가 어려웠을
것이기 때문이다. 그리하여 급조해야 하는 묻지마 규제와 묻지마 개발을 위한
대의명분으로서 토지공개념 대신 반짝 등장하였다가 목적을 달성한 후에 신속하게
언제 거론했었는가 하듯이 감춰버린 개념이 주택공개념이다. 제2기 신도시 건설이
사실상 번갯불에 콩 튀겨 먹듯 확정되자 주택공개념연구위원회의 결성이 흐지부지된
적이 있었다. 항상 묻지마 개발이 목표였기 때문에 개발마피아들에게 이 연구위원회의
존속은 묻지마를 달성하는 즉시 더 이상 불필요하게 여겨졌을 것으로 보인다. 만약 이

개념이 반드시 국토관리에 있어 필요한 개념이라고 한다면 수도권 신도시가 건설되는 것과는 아무런 관계없이 연구회가 유지되고 발전되었어야 했을 것이다. 그러나 반짝 활용하다가 흐지부지되었다. 과거 토지공개념연구위원회도 그랬다. 일종의 특정한 사업을 위한 도구개념이었음이 증명된 것이다. 일종의 맹수의 발톱이었던 셈이다. 최근 일부에서는 재건축을 포함하는 재개발사업이 공익사업으로서 공영개발의 대상이어야 함을 강조하기 위해 또다시 토지공개념연구위원회를 결성하려는 움직임도 있었다. 한편 최근 국토교통부 관련 어느 국회의원은 주택을 공공재라고 말하는가 하면 1가구1주택법을 주택기본법으로 만들자고 하는 말까지 들려오고 있으며, 또 노무현재단 쪽에서는 토지공개념을 두둔하는 듯한 발언의 맥락을 강조하기 위해 헨리 조지를 다시 들먹인다.

우선 주택이 공공재인가부터 보자. 공공재란 용도적 관점에서 쓰는 재화의 구분이다. 누가 소유하는가에 기준을 놓으면 공유재公有財라고 부른다. 공공재에 드는 대표적인 것으로는 공유도로, 공원, 공공철도, 운동장 등이 있다. 이들 재화는 시장에 맡기면 그의 합리적인 생산을 기대할 수 없기 때문에 공공재로 분류되어 국민들의 세금으로 하여 정부가 주도하여 생산에 나서는 게 효율적이라고 판단하여 공공재시스템에 의해 공급되고 있다.

주택은 공공재인가. 이는 사교집단邪教集團에서 보는 주택관이다. 사교집단에서 교주는 주택은 사유물이 아니며 하느님의 것이라고 강조한다. 하느님께서 배급하는 물품이라는 기본적 인식 아래 형성되는 주택 이용 및 소유관념이다. 현재 지구촌 어느 나라에서나 사교집단이 아닌 한 주택을 공공재로 삼는 경우는 없다. 심지어 사회주의 국가에서도 일찍부터 주택의 사유재 성격을 골격으로 하는 제도를 시행해왔다.

우리나라에서도 역시 주택은 공공재가 아닌 사유재다. 기업이 보유하는 기숙사는 물론 각종 단체에서 활용하는 단체원을 위한 주택 역시 사유재이다. 부동산 가운데 주택이 공공재가 아닌 사유재로 형성된 것은 역사적으로 경작지의 사유화보다 훨씬 앞선 소유관념이었다. 우리나라에서도 주택의 사유재적인 성격은 단군檀君을 거론할 수 있을 정도로 오랜 역사를 지니고 있다. 주택이 공공재가 아니라 사유재일 수밖에 없는 이유는 주택은 한 가족이나 한 사람의 생활과 프라이버시를 담는 그릇이기 때문이다. 만약 이를 공공재로 묶으면 가족 중심 사회의 기본조직을 와해시키는 힘으로 작용하기 때문에 사회평화가 깨진다. 그러기 때문에 경작지보다 훨씬 오래 전부터 주택은 공공재가 아니라 사유재였고 이러한 소유관념은 당연시되어왔다. 토지소유권의 역사를 말할 때 근대에 들어 비로소 사유화가 완성되었다고 하는 것은 주택을 제외한 경작지 중심의 기술이다. 물론 오늘날의 공공영구임대주택과 같은 사회주택은 어느 정도의 공유재적인 성격을 갖는다. 그러므로 이러한 사회주택을 형성하는 데 있어 국민들은 기꺼이 세금을 지불한다. 그것은 형평성의 문제를 개선하기 위해 존재하는 것이므로 효율의 영역으로 판단되는 영역이 아니다. 그렇다고 하더라도 사회주택을 공공재라고 하지 않는다. 보통 순수한 공공재는 이용에 있어 배타성이 인정되지 않는 재화이기 때문이다. 그러나 사회주택은 철저하게 배타성 아래 이용된다. 그러므로 순수한 공공재와는 구분된다. 사회주택은 보통 사유화보다 공유화가 더 합리적이기 때문에 공공재가 아닌 공유재가 원칙이다.

일본에서는 토지값 문제가 심각할 때 토지기본법을 만든 적이 있었다. 국토의 헌법적 가치를 구현하는 원리가 일본법에 역시 명시되고 있지는 않다. 그러나 내용 면을 보면 결국 국토가 생존의 기본이고 생활의 터전이므로 조화롭게 관리하는 재화가 되게 하자는 것이 골자다. 여기에 비친 선언들은 우리나라 헌법은 물론 국토기본법 등에 그 내용이 산재한다. 이 법에서의 선언 내용은 구속력을 갖지는 않으나 모든 국토계획과 관리에 있어서 기본철학으로 삼도록 하는 일종의 행정지도로서의 성격을 표방한다. 최근 제정된 우리나라의 주거기본법은 일본의 토지기본법의 골격을 모방하여 만든 것이다. 그러나 내용은 크게 다르다. 공영개발을 뜬금없이 강조한다. 뿐만 아니라 일본의 이 법에는 1가구1주택을 지향하는 말이 전혀 없다. 우리나라 헌법에는 모든 국민이 쾌적한 주택에서 생활할 수 있도록 국가는 도와야 한다고 하는 선언적인 규정이 있을 뿐이다. 향후 주택기본법을 1가구1주택을 구현하는 법으로 하자는 주장은 국민들의 주택에 대한 요구를 무시하는 발상이다.

총 가구 중에 소유 가구수가 차지하는 비율을 자기주택 보유비율이라고 한다. 줄여서 지가율이라고 부른다. 지가율이 주택값 안정의 보증비율은 아니다. 선진국의 경우 지가율은 보통 50~60% 정도가 많다. 우리나라도 2020년도 기준 56% 정도 된다. 최근에는 조세대책의 영향으로 부유층의 가구 쪼개기로 주택 소유가 좀 더 증가했을 것으로 추정된다. 그런데 싱가포르 등은 90% 전후 될 정도로 지가율이 높다. 그럼에도 불구하고 주택값은 물론 임대료가 세계에서 가장 비싼 편이다. 이 사실은 지가율을 증진시키는 것이 이상적인 주택정책일 수만은 없다는 것이다. 또한 지가율 높이기를 인위적으로 갑자기 유도하면 그에 따른 순기능보다 역기능들이 훨씬 크게 폭증한다. 역기능의 상징은 임대료의 지속적인 폭등이다. 이 폭등은 필연적으로 부익부 빈익빈을 심화시킨다. 부동산시장의 교란으로 인한 부동산값의 불균형 및 불안정 변동만 심화시킨다.

국민들은 주택을 이용의 대상으로 여기면서 중요자산으로도 여긴다. 그런데 주택을 1가구1주택을 구현하도록 선언하고 이를 무리하게 밀어붙이는 순간 주택은 오로지 자산의 대상으로만 귀착되는 재화로 인식시키게 되는 동굴의 오류를 발생시킨다. 근본적으로 주택은 이용의 대상이지 소유의 대상이 아니기 때문이다.

헨리 조지는 농경시대를 주요 배경으로 하는 지대地代의 공유화共有化를 그의 《진보와 빈곤》이라는 책에서 강조하였다. 그는 글솜씨가 뛰어나 그가 쓴 책은 세계적인 고전으로 평가받고 있다. 그는 국가에서 거둬들이는 다양한 세목을 없애고 토지가치세만으로 국가를 운영하자는 제안마저 했다. 그리하여 토지로부터 나오는 지대는 모든 국민이 형평에 맞게 공유하자는 것이다. 그런데 이러한 주장은 이상주의적인 구상으로는 참고할 만한데 정책으로 채택하기에는 크게 다음과 같은 세 가지 면에서 문제가 있다.

첫째, 오늘날의 지구촌 국가들은 적극 국가들이다. 야경국가를 지향하는 나라가 거의 없다. 그러므로 국가를 운영하는 데는 천문학적인 예산이 소요된다. 토지단일세만으로 이러한 예산을 확보한다는 것은 불가능하다. 비록 야경국가를 구현한다고 하더라도 국가운영의 충분한 재원이 되기에는 턱없이 부족하다.

둘째, 토지의 효율적인 이용을 방해한다는 점이다. 토지의 효율적인 이용은 합리적인 국토계획에 부응하는 이용이다. 효율적인 시장에서 자연스럽게 수요와 공급이 이루어지는 것을 방해당한다. 방해의 원인은 조세회피나 절세로부터 온다. 국가 재정수입 확보를 위해서 정부는 부동산에 대하여 세금을 무겁게 물리려고 할 것이다. 그러나 납세자들은 그러한 부담을 최소화하려고 노력할 것이다. 그 결과 국토는 효율적인 이용이나 합리적인 이용을 유도하는 이용으로부터는 멀어지고 세금회피 이용 쪽으로 발전될 것이다. 이것은 결국 비용인상의 원인이 된다.

셋째, 토지이용이 비효율적으로 이루어지고 조세전가는 물론 조세회피나 소유자의 시장이탈이 많아짐으로써 사회경제적으로 필요성이 높은 부동산일수록 가격은 더 폭등한다. 폭등의 원인은 공급부족 및 국토의 비효율적 이용이다.

지구상에 헨리 조지의 말을 실천한 나라는 단 한 나라도 없다. 이와 같이 헨리 조지의 이론은 실현 가능성이 매우 낮은데도 불구하고 많은 독자가 그의 말에 귀를 기울였던 것은 그의 이론이 매우 비논리적인 부분이 많았음에도 불구하고 순수하게 빈부문제를 파고들어 빈곤한 사람에 대한 애정을 표했기 때문이다. 또한 지대를 전형적인 불로소득으로 여겨왔던 오랜 봉건주의적인 소작小作으로부터의 탈출을 염원하는 농업경제시대에서 산업화로 넘어가는 과정에서 토지로부터의 정의正義를 지향하는 사회감정에 호소하였기 때문이다. 그러나 지금은 시대가 달라졌다. 우선 산업은 다양화되었다. 토지이용 또한 과거 농업시대와 공업화시대에서는 상상을 못 했을 정도로 다종다양화되었다. 주택 또한 그 이용이 다양화되었다. 농업과 공업경제시대에 있어서 단순한 토지이용이 이루어지던 때에 있어 토지 정의의 주장은 더욱 설 자리를 잃어버린 환경으로 변한 것이다. 다만 그의 주장이 오늘날에 있어서도 여전히 음미되고 있는 까닭은 정의관正義觀에 부응하기 때문이다. 불우하고 없는 분들에게 더 따뜻한 사회의 도움을 청하는 운동의 일환으로 새길 수 있기 때문이다. 오늘날은 부동산을 효율적으로 이용하고 친생명적으로 이용하도록 애쓰며 그로부터 거둬들이는 세금을 낭비하지 않고 영세서민들을 위하여 효율적으로 배분함으로써 그의 정신을 구현할 수 있는 것이다. 묻지마 규제와 묻지마 공영개발을 위한 부동산공개념의 정신과는 매우 거리가 먼 것이다. 그의 주장을 부동산 정책에 반영해야 한다고 하는 정의팔이식의 주장은 일종의 무지의 극치다.

13-2) 작위적인 이 용어의 사용과 제도화된 장치들

여하튼 주택공개념 또한 그 정의를 제대로 규명하지 못한 채 노무현 정부는 이 말을 들먹이면서 대표적으로 다음과 같은 일들을 벌였다.

13-2-1) 재건축 규제

노무현 정부 때 잠실주공아파트, 반포주공아파트, 대치동 지역 아파트, 개포동 주공아파트, 과천 주공아파트 등의 상승폭이 두드러졌다. 노태우 정부 때의 신도시 건설의 중장기적인 여파가 중심지의 부동산값 상승으로 나타나는 시기였다. 대도시 인기 지역에서 재건축 아파트값이 신축 아파트값보다 더 높이 상승하자 이를 투기의 결과라고 몰고 간 세력이 있다. 당시 국토해양부다. 한편 이 현상은 우리가 시청료를 자동납부 하는 어느 공영방송에서 일요 스페셜 프로로 다루기도 한다. 주로 잠실 소형 주공아파트가 자가 거주비율이 매우 낮기 때문에 투기로 몬 방송이다. 고가의 재건축 예정 소형 중고주택일수록 자가 거주비율이 낮을 수밖에 없는 것은 시장경제 아래에서 매우 자연스러운 현상이다. 왜냐하면 고가화되는 동안 소유자 바뀜 현상이 발생하기 때문이다. 미래의 재건축아파트에서 살고 싶거나 자산 보유의 목적으로 좋은 위치에 있는 구형 아파트를 구매하는 사람들이 늘어나는 건 당연한 이치다. 이러한 가운데에서 이 당시 중심지 재건축아파트값의 상승 폭은 다른 아파트의 상승 폭에 비하여 더 높았다. 그 까닭은 시장에서 재건축을 원하는 수요가 늘어나고 있다는 신호다. 재건축에 대한 신축주택의 부족을 알리는 신호인 것이다.
그런데도 이를 투기과열로 지정해놓으면 오히려 정반대의 대책을 정부에서 강구하여도
국민들은 정부의 대책을 정상적인 양 받아들이기도 한다.

재건축아파트값이 신축주택아파트보다 상승률이 더 높자 어떤 정의팔이 교수는
지방신문에 재건축으로 인한 개발이익은 환수해야 한다는 칼럼을 쓴다. 이 칼럼을 쓴
지 며칠 되지 않아 재건축초과이익환수에 관한 법률이 뚝딱 제정된다. 그런데 법률의
핵심적인 명칭이 개발이익이 아니고 초과이익으로 둔갑된다. 제정신인 자라고 한다면
재건축을 오히려 효율적으로 할 수 있도록 독려해야 할 정부가 반대로 방해하는 데
앞장서는 기상천외한 일이 발생한다.

또한 어떤 교수는 국정 매체에 재건축에 충분한 인센티브를 주고 그와 함께 사회주택
공급을 늘리는 수단으로 재건축 허가를 활용하자는 칼럼을 쓴다. 그 칼럼의 잉크가
채 마르기도 전에 재건축을 포함한 재개발아파트에 임대주택을 의무적으로 끼워
넣게 하는 규제가 강화된다. 이러한 규제의 강화는 충분한 인센티브를 제공하지 않고
이루어진다. 뿐만 아니다. 재건축조합원의 지위를 일정기간 동안 자유롭게 양도할
수 없고, 분양분 아파트는 후분양제의 적용을 받으며, 용적률이 사용용적률과
법정용적률의 차이가 많을수록 임대주택 의무비율을 늘리는 등의 규제를 제안하거나
신설하기도 한다.

재건축 지역 아파트의 신규 공급이 절실하게 요구된다고 보이는 시장의 신호를 투기로
둔갑시켜 있어야 할 정책과 정반대의 정책을 양산함으로써 시장의 교란은 더욱
심해졌다.

13-2-2) 주택가격 공시제와 종합부동산세

지가공시법을 부동산가격공시법으로 개편하고 그 공시제도 속에 주택가격 공시장치를
신설해 넣었다. 주택가격공시제住宅價格公示制를 추가하면서 관련 행정청에서는 또
다시 사회적 집단최면용인 맹수의 발톱 수법을 활용했다. 주택공개념을 구현하기 위한
것이란다.

종합부동산세제綜合不動産稅制가 신설되었다. 이 신설은 과거 전두환 정부 때부터
입안되어 노태우 정부 시절에 제정한 종합토지세제를 개편한 것이다. 주택의
보유비중을 높였다. 이 세제는 보유과세다. 보유과세인 재산세와 중복된다. 해서
지방정부와 중앙정부의 밥그릇 싸움의 대상이 된다. 이를 조정해가며 신설된 일종의
부유세다. 이 제도 역시 투기를 억제한다는 명분으로 밀어붙였다. 이 제도는 나중

헌법재판소가 일부 규정이 헌법불합치에 해당한다고 하여 제도의 개정과 보완을 거친 가운데 현재까지 운용되어오고 있다. 그런데 종합부동산세야말로 조세행정의 혼란으로 국민의 혈세를 낭비하고 있는 대표적인 부동산 보유세다. 부동산 자산을 많이 가진 자에게 더 많은 세금을 부과해야 한다면 부동산 보유 총 가액에 따라 누진적인 재산세를 부과하면 된다. 굳이 중앙정부와 지방정부의 밥그릇 싸움 때문에 국민이 더 많은 혈세를 물어야 한다는 건 매우 잘못된 일이다. 이 혈세는 궁극적으로 부동산 생산비용을 상승시키는 비용으로 귀착됨은 물론이다.

13-3-3) 수도권 미니 신도시들의 개발

공개념의 단골메뉴는 신도시다. 노무현 정부에서도 예외일 수 없었다. 신도시를 기획하고 있다가 단숨에 신도시 설계가 등장한다. 그리고 묻지마식으로 밀어붙인다. 노무현의 신도시는 10곳이 넘는다. 서울을 중심으로 빙 둘러가며 신도시 띠를 형성하게 하였다. 신도시들을 발표할 적마다 정부가 단골로 하는 말은 '강남을 대체할 수 있는'이라는 말이었다. 이 말은 서울 중심지를 대체할 수 있는 곳이라는 뜻의 말일 것이다. 어떠한 경우에는 주변 집값이 오르지 않는데도 신도시를 발표한 경우도 있다. 뿐만 아니다. 신도시를 발표하니까 오히려 중심지 집값이 즉시 상승하는 경우마저 있었다.

모순되는 현상은 이 당시 이미 국토의 균형개발이라는 미명 아래 전 국토를 여기저기 파헤치는 사업이 진행되고 있었다는 점이다. 서울의 업무 기능을 지방으로 분산시키는 조형물들을 지방 곳곳에 건설한다. 그러면서 동시에 지방 사람들을 서울로 끌어들이는 수도권 신도시 개발을 추진했다. 밀어내는 동시에 끌어당기는 사업을 행한 매우 비논리적이며 자기모순의 묻지마 개발을 전국 곳곳에서 시행한 때였다.

14) 부동산 투기와의 전쟁

14-1) 부동산공개념 대신 쏘아 올린 부동산 투기와의 전쟁

문재인 정부 들어 초기 서울 중심지 주택값 상승이 두드러졌다. 상승의 리딩 지역은 강남이었다. 이러한 상승은 풍부해진 유동성, 노무현 정부와 이명박 정부에서 수도권을 광역적으로 확대함으로써 필연적으로 발현되는 중심쏠림현상 등이 주요 원인이 되었을 것이다. 그러자 당시 부동산값 상승을 투기의 탓으로 돌리고 싶은 정부는 국토부 장관을 앞세워 이른바 트럼프와 김정은의 핵무기 전쟁을 상징하는

핵단추 말싸움을 이용하여 '부동산 투기와의 전쟁'을 선언하였다. 묻지마식
부동산 가격규제들과 묻지마 개발사업을 벌이기 위해서는 사회최면용 대의명분이
필요했을 것이다. 미국 대표 트럼프와 북한 대표 김정은이 핵단추 논쟁을 벌이며
마치 일촉즉발의 핵전쟁을 불사할 것처럼 무력충돌의 공포감이 조성되던 시기였다.
이러한 공포감을 십분 활용하려는 뜻이었다고 본다. 부동산 투기와의 전쟁이라는
표현이야말로 안보팔이와 정의팔이가 혼합된 사회최면제다.

주택법의 투기지역 카드를 꺼내 들었다. 조정대상구역(과거 투기지역)과 투기과열지역을
지정하여 수요를 옥죄고 공급을 줄이는 대책들을 쏟아냈다. 주택법 제63조에는
주택가격상승률이 물가상승보다 현저하게 높은 지역으로서 청약과열 등이
나타나는 지역을 지정요건指定要件으로 정하였다. 이러한 지정요건은 한마디로
주택부족住宅不足이 의심되는 곳에서 나타나는 현상이다. 가파르게 집값이 오르는
현상은 집이 수요보다 공급이 부족하거나 개발이익 등이 현저하게 많이 발생한다거나
또는 경기변동이나 통화량 및 금리변동 등에 의해서 발생한다. 투기를 과열경쟁으로
이해한다면 주택부족이 의심되는 지역에서 투기가 발생하는 것이다. 그런데도 이를
불명예스러운 지역으로 포장하는 정치적 용어를 씌워 법을 만든다. 경제적 용어가
아닌 정치적 용어로 법을 만들어놓으니 정반대의 대책을 하위입법하도록 한다. 시장의
신호는 수요도 늘리고 공급도 늘리라는데 수요를 억제하고 공급을 방해하는 대책들이
등장한다. 주택부족의심지역이라고 한다면 공급을 늘리기 위해 수요를 더 자극하고
공급을 위한 금융 등을 확대해야 할 것이다. 이렇게 엉터리 입법을 해놓고 전국에
이 법을 이곳저곳 적용하다 보니 주택시장은 당연히 더욱더 교란에 빠진다. 웬만큼
주택들이 모여있는 곳은 돌아가면서 이 해괴망측한 지역 지정의 대상으로 하여 금융은
엉터리 춤을 추고 과세 또한 그렇다. 더욱 웃기는 것은 엉터리 처방전을 이리저리
내놓는 것을 '핀셋규제'라고 표현하는 개그 중의 개그(일반 개그맨들께서 방송에서 하는 개그는
공익성이 강한 경우가 많다. 그러나 이 개그는 공익성을 현저하게 훼손하는 개그인 점에서 개그 중의 개그로
표현함)다. 이 외에도 한꺼번에 여러 가지 규제 대책을 쏟아놓았다. 원래 부동산값은
동산값의 변동에 비하여 오름이나 내림의 변동 폭이 크다. 그것은 부동산이 지닌
특성 때문이다. 부동산은 값이 내릴 때 공급이 줄지 않는다. 오를 때는 공급이 늘지만
공급증가의 기간이 수요에 재빨리 대응하지 못한다. 그러므로 부동산값이 오른다고
일반물가 상승속도와 비교하는 것부터가 매우 난센스다.

이러함에도 정반대로 시장을 묘사한 법을 들이대며 투기와의 전쟁을 하겠다고 나선
것이다.

투기는 원인이 아니라 증상이다. 투기를 통해 시장상황을 정확하게 읽어내고 필요한 정부의 지원을 해야 함에도 불구하고 정반대의 규제를 함으로써 시장을 교란시킨다. 투기를 원인으로 오해한 것이다. 투기가 있어야 시장의 상황을 제대로 읽어낼 수 있다. 그럼에도 불구하고 시장의 상황을 제대로 읽어낼 수 있게 해주는 것과의 전쟁을 선포한 것이다.

14-2) 투기와의 전쟁에서 나타난 현상

14-2-1) 규제와 신도시, 그리고 재개발을 향한 공공의 집착
우리나라가 생긴 이래 가장 다종다양한 부동산 가격 규제들이 한꺼번에 등장했다. 부동산 투기와의 전쟁이라 주장하는 문 정부의 묻지마식 규제가 그것이다. 재건축규제, 금융규제, 과세 차별화, 투자자에 대한 세무감시 등과 그 후 스무 차례가 넘는 일명 보강조치들이다.

관련 부서장은 주택이 부족한 게 아니라 투기가 문제라고 하면서 정반대의 묻지마식 처방들을 우후죽순식으로 쏟아낸다. 시장은 갈수록 교란된다. 값은 더 가파르게 상승한다. 그러자 동산경제학을 주로 공부한 사람들이나 여론을 형성하는 많은 논객이 공급, 공급 하는 말들을 외친다. 그러자 갑자기 정부에서는 수도권 3기 신도시 카드를 꺼내 든다. 국토를 대량으로 콘크리트 사막화하는데도 계획이나 주민, 그리고 전문가들의 공청회 한 번 제대로 거치지 않고 갑자기 수도권 여기저기를 공용수용하여 뚝딱 묻지마 공영개발하는 병이 도진 것이다. 국토관리에 있어 가장 경계해야 하는 빨리빨리 개발 병이 도져도 여론은 더 빨리빨리라고 외친다. 우리 국토가 진짜로 수난을 경험한다. 이러한 수난을 누가 교정해주랴. 그야말로 묻지마 신도시 나와라 뚝딱식으로 제3기 수도권 신도시가 발표된다. 그래도 정부의 주택시장 교란 행위가 계속되자 신도시 발표에도 불구하고 서울 집값이 또 오른다. 여론 일부에서는 서울에 공급, 서울에 공급, 공급 속도를 당기고 용적률도 손보라는 말이 나온다. 그러자 갑자기 그린벨트며 서울의 공공용지를 아파트 부지로 지정하려고 정부는 묻지마가 된다. 만약 생산비용이 훨씬 적게 드는 민간이 그러하겠다고 한다면 당연히 정부가 강하게 통제를 가할 것이다. 그런데 정부가 나서서 모든 천혜의 공지를 공영개발을 통해서 아파트 부지로 활용하려고 혈안이 된다. 주택이 부족한 게 아니라 투기만 잡으면 된다고 해서 '부동산 투기와의 전쟁'을 선포했던 정부가 자기모순을 생성하는 난장판 놀이를 벌인다. 연이은 규제와 신도시 및 공공용지와 정부 보유 골프장 부지 등, 그리고 역세권 개발을 통해 그야말로 수도권의 빈 땅은 죄다 아파트 부지나 근린시설로 활용하는 계획을 단숨에 확정 짓는다. 게다가 개발수장이 바뀐다. 그러자 공급, 공급 하고 몽매하게 외치는 여론을 등에 업고 거기에서 한걸음 더 나아가 재개발에 이르기까지 악마의 발톱을 뻗친다. 정부에서 지정하는 공사와 손잡고 재개발하는 경우에는 용적률을 대폭 올려주겠다는 것이다. 뿐만 아니라 제3기 신도시 주택 건축에 있어서도 용적률을 증대하겠다고 하는 발표를 한다. 서울 도심 전역을 빨리빨리 공영재개발하겠다고 각종 행정력을 최대한 동원하고 있다. 이른바 묻지마 공영개발이 극한에 달하고 있는 현실이다.

14-2-2) 주택값 폭등

아마도 역대 정부 가운데 문재인 정부의 수도권 주택값 상승이 가장 높을 것이다. 노무현 정부 때는 주로 수도권의 중심지 집값 상승이 두드러졌다. 그런데 문재인 정부는 강남북 가릴 것 없이 주택값이 크게 상승했다. 지방의 주택값도 꽤 많이 오른 곳이 많다. 한데 이러한 상승에서 상대적으로 크게 소외된 지역과 주택들이 있다. 인기 없는 소도시의 지방이나 당해 지역의 열악한 주택들이다. 이를테면 한적한 시골의 주택, 도회지라고 하더라도 영세서민들이 주로 생활하는 주택 등이 이에 해당한다. 말하자면 문재인 정부가 주택시장에서 벌여놓은 부익부 빈익빈 현상은 그 어느 정부보다도 가장 심각하다고 말할 수 있다.

14-3-3) 진짜 전쟁해야 할 대상의 등장

그런데 매우 안타깝게도 투기와의 전쟁을 선언한 정부에서 스스로 심각하게 우려해야 할 사건이 터진다. LH(한국토지주택공사)사건이다. 묻지마 개발을 시행하는 대표적인 행동부대에서 국민들이 깜짝 놀랄 정도의 묻지마 개발 정보를 악용한 부동산 범죄들을 자행했던 사건들이 노출된다. 마치 양파껍질을 벗겨도 계속 껍질이 나오듯이 범죄의 영역이 확대되고 악마의 발톱들이 여기저기에서 드러난다. 수많은 지방공사들에서도 내부 정보를 악용한 것으로 의심되는 부동산 범죄들이 캐면 캘수록 칡넝쿨의 뿌리가 여기저기로 얽혀있듯이 드러난다.

매우 우스운 것은 이 사건을 바라보는 여론의 시선이다. 어설픈 이론가들은 각종 언론매체에 나와서 묻지마 개발이 혹시 지연되어 주택 공급이 줄어들면 가뜩이나 오르고 있는 주택값이 더 오르지 않을까 하는 말들을 쏟아낸다. 묻지마 규제와 묻지마 개발이 최근 주택값 상승의 주범임에도 불구하고 그 잘못된 메커니즘을 모르는 이른바 부동산 전문가라고 불리는 사람들이 쏟아내는 말들이다.

이러한 여론 속에서 문재인 대통령은 묻지마 개발 범죄는 철저히 수사하고 묻지마 개발은 차질없이 수행하라고 하는 매우 자기모순적인 명령을 내린다. 참으로 우려스러운 것은 적폐청산 외치면서 그동안 전쟁의 대상으로 잘못 지정해왔던 생존과 생활형 부동산 투자에 대하여 투기라는 말을 씌워 이 또한 강력하게 다스리라고 명령한 것이다.

전쟁해야 할 대상이 묻지마 규제와 묻지마 개발임이 명백하게 드러났음에도 불구하고 전쟁의 대상으로 삼으면 안 될 대상인 생존형과 생활형 국민들을 향하여 계속 전쟁의 대상으로 삼으라고 명령마저 내린 것이다. 게다가 대부분 선량한 투자에 대한 감시기구까지 신설한다. 이러한 가운데 중요한 지방 보궐선거에서 참패한 정부는 새로운 관련 수장을 옹립한다. 워낙 여론이 험악해서인지 이번에는 붙박이 개발마피아가 아닌 금융·세금 쪽 마피아로 의심되는 수장이 개발부서 수장을 꿰찬다.

15) 환수해야 할 개발이익과 환수해서는 안 될 개발이익

개발이익開發利益은 다양하게 정의된다. 그러나 일반적으로는 개발이익은 개발로 인하여 부동산값이 양+·陽·plus의 값을 가졌을 때를 말한다. 반대로 개발손실開發損失도 있다. 이는 개발로 인하여 부동산값이 음--·隐·minus의 값을 가졌을 때를 말한다. 개발이익을 어떻게 측정하여 환수의 대상으로 할 것인가에 관하여는 구체적인 사안에 따라 사회적인 합의가 있어야 한다. 기계적으로 부동산감정평가사에 의해 개발독재 방식으로 산정하는 것은 오류가 발생할 가능성이 매우 높다. 오류의 발생은 국토의 훼손으로 발현된다. 때문에 변호사, 공인중개사, 소유자 기타 당해 지역 부동산 전문가들이 참여하는 환수를 위한 평가위원회를 구성하여 이 운영위원회가 최종 결정권을 갖도록 해야 한다. 특히 언제나 국토를 묻지마식 콘크리트와 플라스틱 사막화하려고만 탐닉하는 국토부는 이 역할에서 전혀 권력을 행사할 수 없도록 법을 개정해야 한다.

부동산에 있어 개발에는 부동산의 유형적인 개발은 물론 무형적인 개발을 포함한다. 유형적인 개발은 각종 토지자본의 투입을 들 수 있다. 무형적인 개발은 용도변경 등을 들 수 있다.

개발이익을 사회적으로 환수한다고 할 때의 환수란 거두어드린다는 뜻이다. 마치 세금을 거두듯이 말이다. 환수방법은 직접적인 방법, 간접적인 방법 등 다양하다.

그런데 개발이익의 사회적 환수와 관련하여 환수해야 할 이익과 환수해서는 안 될 이익이 있는데 이는 토지의 효율적 이용과 관련된다. 환수해서는 안 될 개발이익을 환수하면 토지이용의 효율이 훼손된다. 왜냐하면 정상 시장가격을 교란시키는 행위가 되기 때문이다. 반대로 환수해야 할 개발이익을 환수하지 않는 경우도 마찬가지다. 환수의 대상으로 할 것인가 아닌가 하는 것은 당해 개발이익이 부당이득不當利得 성격을 가지고 있는가의 여부, 부당이득이라고 하더라도 환수가 공정성公正性에 합치하는가의 여부를 판단하여 결정해야 한다. 예컨대 용적률을 증가시키는 경우에도 용도지역의 자연스러운 변화에 의한 것이냐, 아니면 우발성 특혜에 해당되느냐에 따라서 차별화되어야 한다. 환수 대상이 된다고 하더라도 어떠한 방법으로 얼마만큼 환수할 것인가에 대하여 정해야 한다. 그래야 공정성을 유지할 수 있다. 이러한 판단은 사회적 합의와 재산권 보호에 대하여 충분한 설득력을 가져야 정당성은 물론 실현 가능성을 갖기 때문에 국토부가 전혀 권한행사를 할 수 없는 관련 분야 전문집단의 충분한 합의를 거쳐 결정되는 체계를 가져야 한다. 그러나 우리나라에는 그러한 시스템이 없다. 이 시스템 구축은 국토의 방만한 개발을 방지하기 위해 매우 중요하고 시급한 장치다. 부동산의 평가시스템을 크게 바꿔야 한다. 부동산감정평가는 가격결정 기능에서 의견 제시의 기능으로 전환하고, 가격의 결정은 대부분의 선진국에서 행하는 것처럼 부동산평가위원회를 구성하여 행할 수 있도록 한다. 이 위원회는 일개의 부처가 권한을 행사할 수 없는 독립된 운영체계를 가져야 한다.

16) 무엇이든지 물어보세요 개발과 묻지마 개발의 차이

16-1) 동산 개발과 부동산 개발의 차이

동산 개발은 경쟁시장에 신속하고도 대량 또는 적정량의 상품을 공급하는 시스템을 만들어 운용하는 것이다. 그래서 흔히 '빨리빨리 대량'으로라는 원칙이 활용되는 경우가 많다. 물론 다품종 적정생산 상품의 경우에는 빨리빨리 대량이라는 원칙에 수정이 가해져야 한다.

부동산 개발은 한번 개발하면 이를 변동하는 것이 매우 어렵기 때문에 처음부터 신중하게 해야 한다. 그러므로 부동산 개발은 '천천히 바르게'라는 개발 원칙이 적용된다. '빨리빨리 대량'은 부동산 개발에서 가장 멀리해야 할 금언禁言이다. 다만 안보나 국방을 위하거나 갑자기 난민이 대거 이주해왔을 경우에는 빨리빨리 대량이 허용되는 극히 예외적인 경우가 드물 게 있을 수는 있다. 극히 예외적인 경우라

하더라도 부동산 개발 원칙인 천천히 바르게 라는 정신을 훼손하는 일이 최소화되도록 해야 한다.

16-2) 물어봐요 개발

무엇이든지 물어봐요 개발은 개발계획의 수립, 개발사업의 시행 모든 과정을 국민에게 투명하게 공개하는 개발이다. 이 개발은 민주적 개발이며 자주적 개발이다. 민주적인 개발이야말로 부동산 개발에 있어서 극히 예외적인 경우를 제외하고는 반드시 금과옥조처럼 지켜야 할 행위 원칙이다. 물어봐요 개발은 국토에 대한 계획에서부터 그 실행에 이르기까지 이해관계자들은 물론 일반 국민에 이르기까지 개발과정을 훤히 알고 계획수립이나 수정에 적극적으로 참여하도록 개방하는 것이다. 그렇게 함으로써 최적의 개발을 구현할 수 있는 민주적 개발이 된다.

16-3) 묻지마 개발

개발의 목적, 개발의 범위와 설계, 개발의 비용, 개발의 효과 모든 부문을 비밀로 하는 개발이다. 오로지 개발자만이 정보를 독점하는 개발이다. 독재형 개발이다.

16-4) 양자의 관계

물어봐 개발은 진형적인 부동산 개발의 일반적인 방법이다. 반면에 묻지마 개발은 동산 개발에서나 볼 수 있는 개발 원칙이다. 부동산 개발은 물어봐요 개발을 할 때 '천천히 바르게'라는 원칙과 부합한다. 예외적으로 부동산 개발에도 묻지마 개발을 하는 경우가 있을 수 있는데 국방이나 특수 전략산업 등에 드물게 존재한다. 그렇더라도 모든 국방 관련 사업이나 특수 전략산업이 무조건 묻지마 개발을 해야 하는 건 아니다. 묻지마보다 물어봐가 훨씬 개발의 효과가 바람직한 경우가 많기 때문이다.

부동산 개발에서는 최대한 물어봐 개발을 해야 한다는 명제는 매우 중요하다.

16-5) 여태까지의 정부의 태도

박정희 정부 이후 여태까지 부동산 개발은 '무엇이든지 물어보세요'가 대원칙이어야 함에도 불구하고 묻지마 개발이 원칙인 것처럼 운영해왔다. 특히 수도권 대형 택지개발이 그러하였다.

헌법 제121조 제2항은 '국토와 자원은 국가의 보호를 받으며 국가는 그 균형 있는

개발과 이용을 위하여 필요한 계획을 수립한다'라고 하였다. 즉 정부는 국토계획을
수립해야 할 의무를 진다. 이에 의거하여 국토기본법상 국토종합계획이 수립되고 이
계획에 의거하여 국토에 관한 특수계획, 광역계획, 지역계획이 수립되어오고 있다.
이러한 계획수립 의무는 대부분 총론적인 면에서는 어느 정도 지켜져 오고 있다.
그러나 택지의 대형 개발에서는 이러한 계획수립에 매우 미온적이었다. 특히 수도권의
택지개발이 매우 중요함에도 불구하고 민간 중심의 구체적인 택지개발계획의
수립에는 항상 방관자였거나 맹탕이었다. 계획수립에 적극성을 가져야 할 정부가
자신이 해야 할 일을 수십 년 동안 나 몰라라 해온 것이다. 오히려 개인의 자발적인
개발의지를 방해까지 하였다. 그러다가 일정한 분위기가 무르익으면 부동산 정책에서
가장 멀리해야 하는 묻지마 규제와 더불어 묻지마 개발을 전격적으로 시행했다.
묻지마들을 확대까지 했다. 여태까지의 정부가 무엇이든지 물어봐요 개발은 모른
체하거나 은폐하고 방해까지 해온 사실들이 그동안의 부동산 개발 관련법들의 변천
과정에 마치 화석처럼 남아있다.
다른 한편으로 묻지마 규제나 묻지마 공영개발을 위한 특별법들은 양산되었다. 그러한
법들은 본문에서 수없이 살펴본 바 있다. 대표적인 것으로 주택법, 재개발 관련
일반법과 특별법, 토지 비축 관련법, 택지개발촉진법, 공공주택 특별법, 주택기본법
등을 위시하여 각종 지역이나 특수 개발을 위한 특별법들이다.

16-6) 앞으로의 방향

정상을 되찾아야 함은 발등의 불로 부과된 의무이다.

부동산 개발은 천천히 신중하게 해야 한다. 부동산 개발을 통해 국민들의 꿈이나
지역에 관한 이상을 구현할 수 있도록 해야 한다. 최고최선의 계획을 수립하여
실행해가는 시스템을 구축하고 활용해야 한다. 무엇이든지 물어봐 개발을 해야 한다.
정부는 민주 절차에 의하여 능동적으로 개발계획을 수립해야 한다. 종합계획과
조화되는 지역계획을 실행하기 위해 민간 중심의 사업 시행에 대하여는 적정한 지원을
해야 한다. 국방, 안보 등에서의 필요최소한의 경우를 제외하고는 항상 민주적으로
투명하게 무엇이든지 물어봐서 합리적인 계획을 세우고 효율적인 민간 주도의
시장을 통하여 실행해가는 시스템을 구축하여 적극적으로 이끌어가야 한다. 그래야
그동안 국민들의 꿈이나 이상과는 동떨어졌던 묻지마 규제나 묻지마 개발로 인하여
수많은 피해를 당해 상처투성이인 우리 국토가 국토의 헌법적 가치를 회복하는 길로
조금씩이나마 다가갈 수 있다.

부동산년

펴낸날 2021년 8월 11일 초판 1쇄

지은이 김용민

펴낸이 이동한
책임편집 전범준, 이일섭, 한상헌
디자인 김유희
캘리그라피 허욱
인쇄 타라(주)
펴낸곳 (주)조선뉴스프레스
등록번호 제301-2001-037호
발행자번호 979-11-90640
주소 서울시 마포구 상암산로34 DMC디지털큐브 13층(03909)
문의 02-724-6792, 6796

가격 25,000원
ISBN 979-11-5578-489-1